ein Ullstein Buch

W0310274

Barbara Noack

Danziger Liebesgeschichte
Geliebtes Scheusal
Italienreise – Liebe inbegriffen

Drei Romane

ein Ullstein Buch

ein Ullstein Buch
Nr. 22747
im Verlag Ullstein GmbH,
Frankfurt/M – Berlin

Neu eingerichtete Ausgabe
aufgrund der Ullstein Bücher
20463, 20046

Umschlagentwurf:
Hansbernd Lindemann
Illustration:
Gisela Aulfes-Daeschler
Alle Rechte vorbehalten

Danziger Liebesgeschichte
© 1965 by Lothar Blanvalet Verlag, Berlin
Taschenbuchausgabe mit Genehmigung
der Albert Langen – Georg Müller
Verlags-GmbH, München–Wien

Geliebtes Scheusal
© 1976 by Albert Langen – Georg Müller
Verlags-GmbH, München – Wien

Italienreise – Liebe inbegriffen
© 1957 by Lothar Blanvalet Verlag, Berlin
Mit Genehmigung der Albert Langen –
Georg Müller Verlags-GmbH,
München – Wien
10 Zeichnungen von Sigrid Müller-Kern

Printed in Germany 1991
Druck und Verarbeitung:
Ebner Ulm
ISBN 3 548 22747 3

Oktober 1991

Die Deutsche Bibliothek –
CIP-Einheitsaufnahme

Noack, Barbara:
Danziger Liebesgeschichte. Geliebtes
Scheusal (u.a.). 3 Romane / Barbara
Noack. – Neueingerichtete Ausg. aufgrund
der Ullstein-Bücher 20463, 20046. –
Frankfurt/M.; Berlin: Ullstein, 1991
Ullstein-Buch; Nr. 22747)
ISBN 3-548-22747-3
NE: Noack, Barbara: (Sammlung); GT

Barbara Noack

Danziger Liebesgeschichte

Der Mensch
hat hier dritthalb Minuten,
eine zu lächeln,
eine zu seufzen –
und eine halbe zu lieben.

JEAN PAUL

In der Marienkirche waren Sie doch sicher auch?

Das war neulich auf einer Konfirmationsfeier in einem größeren, renommierten Etablissement in Mülheim an der Ruhr. Es saßen fast ausschließlich ehemalige Westpreußen zu Tisch, welche sich seit Jahrzehnten kannten und ihre Vergangenheit hochleben ließen. Überall dort an der Tafel, wo einer stumm vor sich hin aß und aß, handelte es sich um einen Deutschstämmigen, der seine Heimat noch besaß und darum nicht mitreden konnte. Manche kränkten sich darüber, zum Beispiel mein schräges Gegenüber, eine Dame, aus Kaiserswerth gebürtig. Ich konnte sie verstehen. Ich litt ja auch unter meinem verhinderten Mitteilungsbedürfnis. (Die gelungenen Feste sind bekanntlich diejenigen, auf denen man selbst am meisten geredet hat.)

Die Dame beugte sich einmal zu mir herüber, so weit es ging – ihr Kopf lächelte über der Blumendekoration, ihrem gepreßten Tonfall merkte man die Tischkante an, die abweisend in ihren Magen drückte. Die Dame sagte: »Der verlorene deutsche Osten ist so en vogue geworden, finden Sie nicht? Jeder spricht drüber, jeder schreibt drüber – ich habe ihn erst so richtig kennengelernt, seitdem er weg ist.«

Und dann aß sie weiter Konfirmationstorte.

Man erzählte gerade von Maria Zabrowskis Hochzeit in der Marienkirche. Lieschen Krumrey – damals in rosa Organdy, heute in Rheinhausen ausreichend verwitwet – hatte Blumen gestreut. Ich sah Lieschen – am Tafelende sitzend – an und versuchte, sie mir in rosa Organdy vorzustellen. Und vergaß darüber völlig, daß auch ich nicht mehr in Knospe stand.

Mein Tischnachbar war ein steinalter, querknochiger Herr, den man allgemein Onkelchen nannte. Wenn ich Onkelchen betrachtete, so mußte ich zu der Erkenntnis kommen, daß für ihn der eigentliche Sinn dieses Zusammenseins christlichen Charakters darin bestand, so viel wie möglich von der gebotenen Feinkost und den Konditorwaren einzufahren, um wenigstens einen Bruchteil des Preises seines mitgebrachten Konfirmationspräsentes herauszuholen. Onkelchen mußte unheimlich futtern, schließlich hatte er von seiner Pension etwas Goldenes geschenkt – zwar innen hohl, aber immerhin achtzehnkarätig.

Ich hielt Ausschau nach dem einzigen Bekannten, den ich auf

dieser Feier hatte. Es handelte sich dabei um meinen Mann, Patenonkel des Konfirmanden, welchen er seit der Taufe nicht mehr gesehen hatte. Er saß einen halben Kilometer Festtafel von mir entfernt. Er hätte so viel besser an ihr unteres Ende gepaßt als ich, denn erstens störte es ihn nicht so sehr wie mich, wenn er nicht zu Worte kam, und zweitens hatte auch er eine verlorene Vergangenheit. Mit welcher er allerdings reichlich praktisch verfuhr. Fürs Gewesene gibt der Kaufmann nichts, pflegte er zu sagen.

Onkelchen neben mir knabberte mit der Emsigkeit eines Eichhörnchens. Aber einmal, so gegen fünf Uhr nachmittags, beendete er die Nahrungsaufnahme mit einem elegant kaschierten Rülpser und wandte sich mir zu, erlöste mich aus meiner – weil nur-preußischen – Isolation, indem er das Wort an mich richtete.

»Die Jugend von heute hat nicht mehr die rechte Heimatliebe. Sie denkt zu international.«

Und ehe ich darauf antworten konnte, fragte er: »Sie sind Berlinerin?«

»Ja.«

»Vor 1914 hätten Sie Berlin kennen müssen! Kam öfter zu Turnieren rüber. Donnerwetter, war das ein Leben!«

»Im allgemeinen wirft man mir vor, daß ich die zwanziger Jahre versäumt habe«, sagte ich.

»Wann waren Sie denn jung?«

»Als es ganz mies war, jung zu sein. Im Kriege«, sagte ich.

»So – na ja.« Er guckte auf meinen Teller. »Schmeckt das?«

»Nußsahne«, sagte ich. »Furchtbar süß.«

Onkelchen überlegte und nahm dann doch von einer Bestellung beim Ober Abstand.

»Unser schönes Danzig haben Sie wohl nie kennengelernt?«

»Anfang des Krieges war ich mal da, von Zoppot aus«, sagte ich.

Meine Antwort schien ihm mehr Freude zu bereiten, als ich erwarten konnte. Onkelchen hatte in mir einen Menschen gefunden, der Danzig zwar kannte, aber nicht so gut wie seine Landsmannen am Tisch. Es lohnte, so meinte er, mir noch einmal alle Sehenswürdigkeiten seiner Heimatstadt in Erinnerung zu bringen und gleichzeitig seinem Altmännerheimweh durch Nennung liebgewesener Namen kleine Freuden zu verschaffen.

Er führte mich durch die Gassen der Rechtstadt über den Langen Markt, am Rathaus und Artushof vorbei, einmal um den Neptunbrunnen herum zum Steffenschen Haus, durchs Grüne Tor an der Mottlau entlang, er führte durch stürmische Frühlingstage und klirrende Dezember, durch Mondnächte und Eichendorffgedichte, und seine Seele spannte weit ihre Flügel aus, flog durch die stillen Lande, als flöge sie nach Haus.

Es wurde ungemein wehmütig zwischen Onkelchens aufgestützten Ellbogen. Ein Seufzer nach dem anderen kollerte auf seinen Kuchenteller. Seine Gedanken zogen indes allein weiter, ohne sich mir mitzuteilen. Und dann, an einem bestimmten Punkt angelangt, bekamen sie wieder Stimme.

»Ich kenne einen schönen Spruch«, sagte er. »Den habe ich mir mal im Jahre dreizehn notiert. Ganz unbekannter Dichter. Jean Paul. Haben Sie vielleicht noch nie von gehört. Aber was er gesagt hat, das hat ein Leben lang gestimmt.«

»Was hat er denn gesagt?«

Onkelchen zitierte:

»Der Mensch hat hier dritthalb Minuten, eine zu lächeln, eine zu seufzen – und eine halbe zu lieben, denn mitten in dieser Minute stirbt er. Aber das Grab ist nicht tief, es ist der leuchtende Fußtritt eines Engels, der uns sucht.«

»Mir hat er den Tritt in Danzig versetzt«, sagte ich.

»Mir auch«, sagte Onkelchen und sah mich nachträglich verwundert an. »Wieso denn Ihnen?«

»Es war nun mal so.«

»Wo?« fragte er.

»Na, wo Fußtritte eben landen – auch die leuchtenden«, sagte ich.

»Ich meine – wo in Danzig?«

»Nicht in der Marienkirche«, sagte ich.

»Das konnte ich mir beinah denken. In unserer Marienkirche ... Sie sind doch sicher drin gewesen?!«

»Was glauben Sie, wo ich in Danzig alles war«, sagte ich, nun auch zwischen aufgestützten Ellbogen. – Und dabei habe ich mir geschworen, keine Erinnerungen zu schreiben!

»Zuerst gehen wir in die Marienkirche«

Ich war vierzehn Jahre alt.

Auf Fotos aus jener Zeit fällt vor allem die Welle auf. Sie reichte vom Scheitel bis zur Schulter und bedeckte in ruhendem Zustand ein Viertel des Gesichts. Die Augen suchten noch nach Idealen und blickten auf jedem der zeitgenössischen Abbilder hoffnungsvoll. Dem Mund sah man bereits an, daß es auf die Dauer nicht gutgehen würde. Figur fand zwar schon statt, jedoch sie wuchs noch wild, genau wie die Sehnsüchte.

Meine Freunde nannten mich damals Babs. Mit schickem Ä. Mein Vater sagte »Mariechen« zu mir. Unter Mariechen verstand er eine ganz andere Tochter, als ich sein wollte. Mein Vater schätzte das Gediegene. Mariechen war gediegen. Ich, Babs, mit schickem Ä in der Mitte, war es nicht gern.

»Mariechen«, sagte er, als wir mit der Vorortbahn von Zoppot nach Danzig fuhren, »deine Mutter hat mir aufgeschrieben, was wir alles besichtigen müssen. Ein großes Programm, Mariechen!«

»Schickt sie uns wieder auf die Friedhöfe?« fragte ich. Meine Mutter, Häuptlings Frau, war leidenschaftliche Leserin von Grabinschriften und der festen Annahme, anderen ginge es ebenso.

Sie hatte zur Zeit die Maler im Haus und darum keine Zeit gehabt, uns auf die Reise nach Zoppot zu begleiten.

Meine Mutter hatte die Maler, und Häuptling und ich mußten zusehen, wie wir ohne ihre Vermittlung miteinander auskommen sollten.

Das war nicht so einfach, schließlich klaffte zwischen uns ein halbes Jahrhundert.

Für mich war Häuptling ein alter Herr mit überholten Ansichten. Für ihn war ich eine dumme Göre mit Flausen im Kopf und Lippenstift. »Wenn ich das Ding zu fassen kriege, fliegt es ins Klo! Merk dir das!« Außerdem sammelte ich Jazzplatten. Die gehörten natürlich auch ins Klo. Für Häuptling endete anständige Musik bei Richard Strauss.

Vor unserer Abreise hatte meine Mutter zu ihm gesagt: »Paß gut auf das Kind auf. Es ist brav, aber neugierig. Man kann nie wissen.« Zu mir hatte sie gesagt: »Paß gut auf deinen Vater auf, du weißt schon!«

Und nun paßten wir mit verheerendem Eifer auf und gerieten

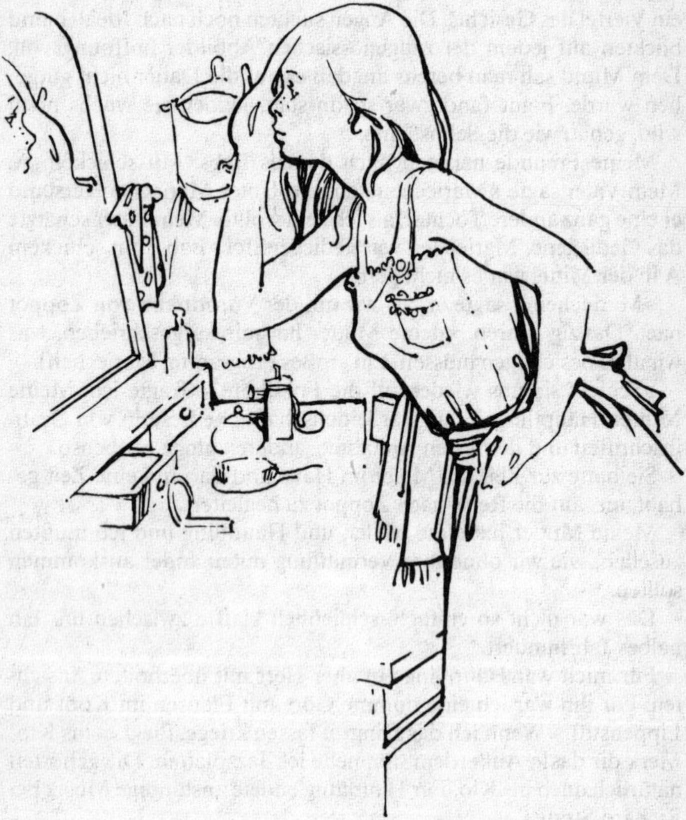

darüber zuweilen in ein Stadium, in dem wir uns gar nicht gut leiden mochten.

Häuptling mußte nüchtern bleiben und ich um neun Uhr abends in Bett.

Da lag ich denn hellwach von links nach rechts auf zwiefach gerolltem Kopfkissen und hörte hinter geöffneten Pensionsfenstern den Seewind und die Bäume und die Ausläufer des regen Zoppoter Nachtlebens vorüberrauschen. Bloß rauschen, sonst nichts, das heißt, zuweilen pfiff der Leutnant der Luftwaffe Jo Daniels die ersten Takte von »Some of these days« unter meinem Fenster.

Wir hatten seit elf Monaten Zweiten Weltkrieg. Bisher tat er noch nicht weh – wie siegten ja in einem fort und fort und . . . Ich litt nicht unter Krieg, sondern unterm Zujungsein. Zu jung im »eleganten Weltbad an der Ostsee« – wer weiß, wann jemals wieder!?

Jugend war ein Zwinger, an dessen Drahtverhau man sich die Nase wundschubbern durfte.

Auf Leutnant Daniels paßte in seinem Urlaub niemand auf. Er konnte, so lange er wollte, durch die geblümten Kuranlagen schlendern und weiter bis zu den Strandkörben, in denen des Nachts noch viel mehr Leben stattfand als am Tage, allerdings ohne Schaufel und Förmchen.

Der Leutnant trank Manhattan an der Bar des Kasinohotels, während Peter Kreuder dazu etwas von Peter Kreuder spielte. Zum Beispiel Good-bye, Jonny, warst mein bester Freund, aber leider, aber leider . . .

Der Leutnant hatte es gut. Er bewohnte ein Zimmer mit teurem Seeblick in dem langgestreckten, im international beliebten Grandhotelbarockstil erbauten Kasinohotel mit schloßartigem Walmdach und schmiedeeisernen Bäuchen vor französischen Fenstern.

Häuptling stieg niemals freiwillig in Grandhotels ab. Er bevorzugte stille Pensionen in Seitenstraßen. Hauptsache sauber und gediegen. Er vergeudete so ungern sein schönes Geld an Türöffner, Liftboys, Portiers – seiner Meinung nach Berufe, die sich im Handaufhalten erschöpften. Zudem verpönte er die Speisesäle dreisterniger Absteigen, in denen einem die Lustige Witwe und das Eiskalte Händchen zu Kalbskotelett mit Gurkensalat gefiedelt wurden.

Häuptling war absolut unelegant. Und krumm, wenn er sich bückte. Seine Familie schätzte er herzlich, jedoch sparsam. Einzig für musikalische Darbietungen klassischer Art und Spitzenweine zahlte er jeden Preis. Für Wagnerfestspiele in Bayreuth war immer Geld da, für hübsche Schuhe für Mariechen selten.

Wir saßen also im Vorortszug nach Danzig. Als der Zug sein Ziel erreicht hatte, erhob sich Häuptling aus dem knisternden Blätterwald des »Danziger Anzeigers«, zerknüllte diesen abfällig – »Papier ist auch nicht mehr das, was es war . . .« –, klopfte Asche von den Aufschlägen seines Jacketts und brummte in seine Zigarre: »Da sind wir nun. Eine schöne Stadt, Mariechen, du wirst sehen. Gediegen gebaut und übersichtlich. Schon sehr alt, von – na – so um – aber das habt ihr ja im Geschichtsunterricht gelernt.«

»Haben wir nicht«, sagte ich.

»Dann liegt das an eurem Lehrer. Was bringt der Mensch euch überhaupt bei! Nicht mal Verdienste von Stresemann. Zuerst gehen wir also in die Marienkirche, damit deine Mutter beruhigt ist.

Sie hat mir extra aufgetragen –« Er sprach sich vor mir her auf den Bahnsteig hinab, den Bahnsteig hinunter, und es dauerte eine Weile, bis er begriff, daß nicht ich neben ihm ging, sondern eine ältere Frau, die ihn ob seiner vermeintlichen Selbstgespräche befremdet musterte.

»Mariechen«, sah er sich mißbilligend um, »wo steckst du denn?« Sah den Menschenauflauf, der meine Ankunft bestaunte, kam ungeduldig zurück, sah mich auf dem Perron hockend, mit hochgestülptem Faltenrock.

»Mariechen –!!«

Ich war beim Aussteigen gestolpert und aus Versehen mit den Händen zuerst in Danzig gelandet. Kann ja mal vorkommen, nicht? Kann keiner für.

»Mariechen«, sagte er belehrend, »du mußt gucken, wohin du faßt. An den Haltegriff links von der Tür, nicht auf den Perron. Nun komm schon, komm.« Er zog mich aus dem öffentlichen Mitleid fort, und das mit einer Hast, die nicht der Rohheit entbehrte. Der Gedanke, daß ich mich verletzt haben könnte, ein möglicher Armbruch an seinem eigen Fleisch und Blut, erschreckte ihn nicht so sehr wie das Aufsehen, das mein Fehltritt erregt hatte.

Es war nichts gebrochen, aber es tat dennoch weh wie ein Unglücksfall. Mein Schmerz gierte nach Trost.

»Keine Hilfe, kein Jod, nicht mal ein liebes Wort«, heulte ich hinter ihm her auf den Bahnhofsvorplatz. »Wenn das meine Mutter wüßte –!«

Jetzt streifte ihn doch ein Anflug von Sorge. »Tut's denn sehr weh?«

»Fall du mal aus dem Zug!«

»Ich falle eben nicht. Seit Jahrzehnten fahre ich Eisenbahn, ohne herauszufallen. Aber ich trage ja auch nicht solche verrückten Schuhe wie du. Was sind denn das für Absätze! Das sieht ja aus wie Korken! Verstehe nicht, wie deine Mutter dir so was kaufen konnte!«

Wir betrachteten gemeinsam meine geschwollenen Handflächen. Mein hübsches, leuchtend rotes, preußisches Blut sickerte durch westpreußischen Bahnsteigstaub. Häuptling sah nicht gerne Blut.

Er dachte nach. Er dachte nach und hatte eine Erleuchtung.

»Lautenbacher! Wir gehen gleich mal zu Lautenbacher. Die Marienkirche kann so lange warten. Sie wird ja inzwischen nicht schlecht.« Häuptling wurde richtig fröhlich bei der Vorstellung, zu Lautenbacher zu gehen. Ich stellte mir darunter einen ihm bekannten Arzt vor. Mein Vater hatte beinah in jeder Stadt einen alten, gediegenen Herrn zum Freund.

Ich stolperte gläubig hinter seinem rhythmisch das Pflaster bearbeitenden Spazierstock her, sah nicht viel und das bißchen verschwommen, da am Heulen, Taschentuch hatte ich auch keins, bloß Ärmel ...

»Wohnt der Dr. Lautenbacher noch sehr weit?«

Häuptling versprach: »Gleich – es muß gleich hier sein. Ist doch schon Jopengasse, oder?« Beglückt blieb er vor einem Hause stehen.

Lautenbacher.

In einem Punkt traf meine Erwartung zu: Es handelte sich wirklich um einen alten Bekannten meines Vaters.

Von Dr. med. jedoch keine Spur. Lautenbacher war ein Lokal.

In seiner Toilette wusch ich wimmernd den Perron von meinen Wunden und trocknete Blutspuren ins Handtuch.

Häuptling saß inzwischen vor einem Schoppen. »Dieses Danzig macht einen Durst!« murmelte er bekümmert.

»Glaubst du, daß Wein das Richtige gegen Durst am hellichten Tag ist?«

»Nun steh nicht 'rum. Da ist ein Stuhl!«

Ich saß ihm gegenüber und klagte an. »Mutti hat gesagt, du sollst nicht . . .!«

»Zeig mal deine Hände her«, unterbrach er mich. »Na, bitte, ich wußte doch, daß du dich hier schön waschen kannst!«

Als er ebenso genußvoll wie schuldbewußt am dritten Schoppen kaute, begannen ihn meine anzüglichen Blicke wie ein Schwarm Mücken zu belästigen. Er brauchte keinen Aufpasser, der ihm seinen Durst nachzählte.

»Geh nur schon vor zur Kirche, Mariechen«, drängte er. »Guck dir alles genau an. Es gibt da viel zu sehen – ich erinnere mich an ein Altarbild. Götterdämmerung oder Jüngstes Gericht oder so ähnlich. Ganz berühmt. Nicht von Cranach, aber möchte sagen, selber Jahrgang. Das haben Danziger Kaufleute einmal auf eine krumme Tour gekapert.«

»Und du?« fragte ich mißtrauisch.

»Ich komme nach, Mariechen, ich komme gleich nach. Sowie ich gezahlt habe.« Er wollte mich gern loswerden, und er glaubte, es hier riskieren zu können. In Kirchen waren junge Mädchen verhältnismäßig sicher.

»Nein«, sagte ich, denn ich bin einmal mit ihm am Rhein gewesen. Ohne mütterlichen Beistand. Da war ich zwölf und reichlich unglücklich. Mein Wissensdurst wollte durch stolze Bergruinen klettern und dabei altdeutsche Phantasie entwickeln. Mein Vater jedoch ließ mich in säuerlich riechenden Kellern verzweifeln, während er sich mit einem silbernen Henkelschälchen von Faß zu Faß mit bedenklich zunehmendem Frohsinn probierte. Er konnte Weine nach Jahrgängen und Lage bestimmen wie ein Kunstexperte die Schaffensperiode und das Geschlecht eines Holzwurms in altem Palisander – mit dem Unterschied allerdings, daß Häuptlings wissenschaftliche Untersuchungen besoffen machten.

»Nein«, sagte ich entschieden, »du kommst mit. Wenn Mutti erfährt, daß du, anstatt mir die Marienkirche zu zeigen . . .«

»Ja doch, ja doch –« Und er zahlte murrend seine Schoppen. Die Marienkirche war gleich um die Ecke. Die Marienkirche war, wie ich im Verlaufe dieses denkwürdigen Augusttages feststellen konnte, immer gleich um die Ecke in der Rechtstadt Danzig.

Häuptling tupfte sich die verlängerte Stirn. »Noch ziemlich warm geworden heute, hätte man nicht gedacht.«

»Laß nur«, tröstete ich ihn. »In Kirchen ist es immer schön kühl und auf dem Turm –«

Er verharrte schaudernd. »Du glaubst doch nicht etwa, daß ich mit auf den Marienkirchturm –!«

»Und warum nicht?«

»Als Student war ich mal oben. Das genügt.«

Alle sportlichen Unternehmungen seines Lebens schien mein Vater in seiner Studienzeit vollbracht zu haben. Seitdem er mein Vater war, vermied er sie konsequent.

Am Kirchenportal erfuhren wir, daß die nächste Führung erst in einer halben Stunde stattfinden würde.

»Ist ja nicht so schlimm«, sagte Häuptling, »kommen wir eben noch mal wieder. Was machen überhaupt deine Hände, Mariechen? Was hast du denn um sie gewickelt? Das sieht ja wie ein Handtuch aus.«

»Von Lautenbacher«, sagte ich.

»Mariechen!«

»Andere Väter gehen mit ihren verunglückten Töchtern zum Arzt oder in die Apotheke. Du gingst einen heben«, sagte ich.

»Na und? Schließlich kann man ein Lokal nicht nur betreten, um sein Waschbecken zu benutzen. Ich war gezwungen, etwas zu verzehren.«

»Drei Schoppen!«

»Du bist zu direkt, mein Kind«, sagte er, »du wirst es mal schwer haben in deinem Leben, weil du nichts übersiehst, sondern alles registrierst. Das hat keiner gerne. Und das Handtuch schicken wir umgehend zurück – in gewaschenem Zustand! Jetzt komm«, sagte er und spazierte in die Frauengasse hinein. »Guck mich nicht vorwurfsvoll an. Guck in die Historie! Hier hast du sie – unverfälscht – waschecht – alles Historie!«

Es war so ganz anders altdeutsch in Danzig als in Rothenburg oder Nürnberg. Vergangenheit ohne Holzwurm und Arthritis. Die Fassaden der Patrizierhäuser krümmten sich nicht vor Mittelalter, sie hatten keine schiefen Hüften oder zu schwere, vor lauter Schwere überhängende Oberstübchen, die nach stützender Krücke jammerten. Sie standen aufrecht und wiesen jegliches romantisierende Mitgefühl des Beschauers mit ihrem Alter von sich. Sie waren absolut rüstig. Antiquitäten im täglichen Gebrauch. Verlangten Achtung und Bewunderung, sonst nichts. Damit man ihnen nicht zu nah an die Patrizierwürde kam, hatten sie leicht erhöhte steinerne Vorplätze, die man Beischläge nannte. Diese Beischläge ragten in die steinerne Gasse wie eine zugleich abstandgebietende als auch verbindlich ausgestreckte Hand – mal Frauen-, mal Männerhand, immer die ringgeschmückte Hand schwerblütiger, selbstbewußter, wohlhabender Bürger.

Als Tourist konnte man mit Danzigs Bauten nicht jovial umgehen. Sie waren nur für Einheimische gemütlich.

Häuptling, nach drei Schoppen Wein, sagte so selbstzufrieden, als ob er das alles selbst erbaut hätte: »Schau dir das an, Mariechen. Das fügt sich klar und rhythmisch und stark ineinander. Das ist keine Straße, das ist eine Komposition – steingewordene Bachmusik!«

Im allgemeinen war mein Vater sehr zurückhaltend mit seiner gewinnenden Menschlichkeit und gar nicht mitteilsam. Wein entriegelte diese Zurückhaltung. Nach drei Schoppen schaukelte ein Anflug von Poesie durch seine Äußerungen.

»Wo ist denn nun das Krantor?« fragte ich.

»Da gehen wir auch noch hin, Mariechen.«

Das Danziger Krantor kannte ich, so lange ich gucken konnte. Es hing bei meiner Großmutter im Nähzimmer über der Maschine. Die beiden waren für mich unzertrennlich. Das Krantor an der Nähmaschine.

Durch das Frauentor kamen wir an einen Fluß mit vielen Frachtkähnen.

»Ist das die Weichsel?«

»Nein, nicht die Weichsel. Wie kommst du denn auf Weichsel?«

Häuptling konnte auf Anhieb auch nur verneinen, genau wissen wußte er nicht viel, und das stimmte ihn vorbeugend aggressiv. »Guck im Stadtplan nach, Mariechen. Wozu habe ich dir einen gekauft?«

»Du hast mir keinen gekauft«, sagte ich.

»Dann hätte ich es eben tun sollen.« Und damit war der Fluß für ihn erledigt.

»Es muß hier irgendwo sein –«, suchte er sich die Uferstraße hinunter.

»Das Krantor?« fragte ich hoffnungsvoll.

»Das kennst du von Bildern, Mariechen. Das sieht in Wirklichkeit nicht anders aus.«

»Aber ich habe es noch nie ohne Nähmaschine gesehen!«

»Das Kuhtor ist auch sehr schön«, versprach er mir, »auch wenn's nicht in jedem Haushalt an der Wand hängt. Ich habe sowieso etwas gegen fotogene Bauwerke, die in Massenreproduktion für Bürgerwohnungen hergestellt werden. Die Motive sind viel zu abgedroschen. Der wahre Kenner liebt die stillen Winkel.« Wir hatten das Kuhtor erreicht. »Wer't mag, de mag't, wer't nicht mag, de mag't ja woll nich mägen«, stand drauf geschrieben. Aber das war noch immer nicht der von Häuptling angestrebte stille Winkel. Der lag hinterm Tor in der angrenzenden Hundegasse und war – ich seufzte – ein Lokal. »Aycke« oder so ähnlich hieß es.

»Man kann schließlich nicht in Danzig gewesen sein, ohne einen echten Tiegenhofer Machandel getrunken zu haben. – Was möchtest du, Mariechen?«

»Apfelsaft«, sagte ich verbittert, »und ich erzähle alles Mutti!«

»Wir gehen ja gleich zur Marienkirche. Sofort gehen wir – Herr Ober, einen Kurfürst für meine Tochter. Apfelsaft trinkt man auf Bahnhöfen.«

Einen Kurfürst für meine Tochter!

Der Satz, der klang im Raum. Klang beinah wie »Ein Königreich für ein Pferd!«

Zuerst nippte ich mürrisch an der Durchlaucht. Aber die Nachwirkung gefiel mir. Süße, warme Trägheit verbreitete sich allüberall im angenehm verdutzten Mariechen.

Hätte nie gedacht, daß ehemalige Landesherren im Glas einen so rasch in unverhoffte Stimmung versetzen würden.

Ich mußte kichern, obgleich von Natur ein ernster Mensch, und Häuptling lachte mit. In seinem Lachen, wenn nicht mehr ganz nüchtern, polterten Kochtöpfe, Deckel, Tassen, Teller, Steinschlag – eine mitreißende, amelodische Fröhlichkeit.

Wir brachten die Ellbogen auf den Tisch und kamen uns näher. Fünfzig Jahre Altersunterschied schrumpften merklich zusammen. Er erzählte derbe und skurrile Geschichten aus seiner Studentenzeit, und es machte gar nichts, daß ich sie schon alle kannte. Ich war fröhlich.

»Noch ein Kurfürst für Mariechen! – Ich zeige dir dieses Danzig schon richtig«, lobte sich Häuptling. »Wenn man eine Stadt kennenlernen will, dann muß man sie erst einmal von ihrem geistigen Kern her erfassen.«

Zu Danzigs geistigem Kern gehörten nach Häuptlings Meinung nicht nur seine geschichtliche und kulturelle Entwicklung, seine großen Söhne Schlüter, Chodowiecki oder Schopenhauer – dazu gehörten vor allem Machandel, Goldwasser, Kurfürst, Cordial und so fort. Ich habe nicht alle Namen behalten. Aber an ein geistig hochprozentiges Stadtkernchen erinnere ich mich noch: Krambambuli, des Abends spät, des Morgens früh . . .

»Zu Eseln seid ihr auserkoren und dorten wollt ihr Engel sein, sauft Wasser wie das liebe Vieh und meint, es sei Krambambuli . . .« Aber wie der Fluß hieß, der träge und schiffsbeladen durch Danzig zog und nicht die Weichsel war, das wußte er nicht. Es mußte wohl an seinem hohen Wassergehalt liegen, daß Häuptling sich seinen Namen nicht merken konnte.

»Kann ich noch einen Kurfürst haben?«

»Lieber nicht, Mariechen«, winkte er gutmütig ab. »Du bist das nicht gewöhnt.«

»Dann laß uns gehen.«

»Wohin? Hier ist es doch gemütlich«.

»Marienkirche«, seufzte ich. »Wenn Mutti . . .«

Langsam wurde sie ihm lästig – meine Mutter und die Kirche. Ihre Erwähnung störte so sehr seine innere Harmonie. Dennoch zog er energisch an der Kandare seines Pflichtbewußtseins und stieg blinzelnd hinter mir her in die Hundegasse.

Die Sonne hatte nicht vor der Lokaltür auf uns gewartet. Sie war inzwischen nach oben gegangen, Stockwerk für Stockwerk, und brannte jetzt rot in den Giebelfenstern.

»Es hat hier mal einen Likör gegeben«, erinnerte sich Häuptling auf dem Marsch zur Pflicht.

»Du trinkst doch gar keinen.«

»Es hat ihn trotzdem gegeben. Aus Maiglöckchen gebraut. Stell dir mal vor! So gediegene, ernsthafte Leute wie die alten Danziger kamen auf die meschuggene Idee, einen Likör aus Maiglöckchen . . . Lillien Komfallgen hieß er«, träumte Häuptling vor sich hin. »Ein Mädchen hätte man kennen müssen, das so hieß. Lillien Komfallgen . . .«

Ich staunte meinen Vater von der Seite an. Zum ersten Male machte ich mir Gedanken über sein Vorleben. Was mochte er in der langen Junggesellenzeit außer Wein und Klavierspiel wohl noch so alles geliebt haben –? Lillien Komfallgen.

»Bist du eigentlich ein Weiberheld gewesen?«

Häuptling blieb stehen. Blanke Verblüffung, auf einen Spazierstock gestützt, sah mich an. »Ein – was?«

»Weiberheld.«

Seine hellen Augen rutschten hinter Lider, Fältchen und Tränensäcke vor Lachen.

»Ach, mein Mariechen, ein Held war ich nie –«

Wir hatten das Kirchenportal erreicht und lasen mit und ohne Brille und noch einmal, weil wir es nicht glauben wollten, daß die Besuchszeit der Marienkirche für diesen Tag endgültig vorüber war.

Zwei begossene Pudel, ein ganz junger und ein betagter mit meliertem Schnurrbart, standen winzig klein und zerknirscht vor backsteingotischer Gewaltigkeit. Mein Nacken wurde steif vor lauter Aufwärtsgucken. Wenn ich den Kopf einen Zentimeter zu weit zurücklehnte, bemerkte ich die Kurfürsten.

»Imponierender Bau«, sagte Häuptling sicher.

»Hmhm – sehr.«

»Fünftgrößtes Gotteshaus Europas, glaube ich«, sagte er.

»Ach –«

»Möchte wissen, wer das finanziert hat«, überlegte er.

»Bestimmt nicht so säumige Kirchensteuerzahler wie du.«

»Sei nicht so frech, Mariechen«, sagte er. »Du sprichst von deinem Vater.«

»Bist du fromm, Häuptling?«

»Das kommt auf den Pastor an«, umging er meine Frage. »Aber bei Kirchenmusik immer. Bei gregorianischen Gesängen oder – ja, zum Teufel, was geht dich meine Frömmigkeit an? Überlege lieber, was wir jetzt deiner Mutter sagen sollen!«

Wir strengten beide unsere benebelten Köpfe an.

»Die Kirche wurde renoviert, und deshalb konnten wir nicht hinein«, schlug ich vor.

Aber nein, Häuptling wollte nicht lügen. Lügen auf gar keinen Fall. Das verstieß gegen seinen aufrechten inneren Georg.

»Und warum auch«, protestierte er lauthals. »Wir hatten ja die beste Absicht. Zweimal waren wir hier, und immer war nichts. Findest du das wohl recht, Mariechen, daß wir armen Protestanten das Amtsgebäude unseres obersten Herrn nicht dann, wenn wir gerne möchten, sondern ausschließlich zu festgesetzten Stunden besuchen dürfen? Da haben es die Katholiken viel besser. Bei denen ist durchgehend geöffnet.«

»Du hast so eine furchtbar laute Stimme, Häuptling«, schämte ich mich. »Die Ohren der Leute –«

»Was ist mit den Ohren der Leute?«

»Sie gucken schon!«

Ich zog ihn fort.

Seinem schlechten Gewissen hatte ich es zu verdanken, daß ich an diesem frühen Abend noch einiges von Danzig zu sehen bekam.

Häuptlings Stockspitze fuhr erklärend über steinerne Gotik – hinauf und herunter, fuhr über Renaissance- und Barockfassaden – hinauf und herunter, und einmal, beim Herunterkommen, erwischte sie aus Versehen das stramme, arglos vor uns hertrabende Hinterteil eines alten Hundes, welcher sich verschreckt umsah und aufjaulend davonhumpelte.

»Oh, Pardon«, rief Häuptling bekümmert hinter ihm her. »Es war nicht Absicht.«

Er zeigte mir in einer atemlosen Stunde alles, was ich gesehen haben mußte. Ich weiß heute nicht mehr, wie viele Bären er mir dabei aufgebunden haben mag. Ich weiß nur noch mit Sicherheit, daß *sie* überall war. Mit einem Spitzhelm ihres Querschiffs, mit Giebeln und Türmchen, mit dem steil aufragenden Chor oder ihrem Turmstumpf sah sie uns über Hausdächer und Gasseneinschnitte an, sah uns direktemang ins rabenschwarze Gewissen. Die Marienkirche.

Es ging uns mit ihr wie dem Hasen mit dem Igel im Märchen. Kaum schossen wir kunstpflichtschuldig um eine Gassenecke, schon erwartete *sie* uns mit steinernem Vorwurf: Hier bin ich – und wo wart ihr? In Kneipen. Das werde ich alles dem lieben Gott im Himmel und eurer Mutti in Berlin erzählen. Als wir ihren strengen Blick und auch das Milzstechen ob unseres ungewöhnlich beschleunigten Kunstdurstes nicht länger ertragen mochten, überlegte Häuptling: »Bieberstein oder Bodenburg?«

»Bodenburg« war gerade näher. Das Restaurant hieß »Speisewagen«. Der Ober war weißhaarig und so vornehm, daß es beinah peinlich war, sich von ihm bedienen zu lassen. Häuptling bestellte Stremellachs und – Champagner. Das hatte er noch nie getan. Als Weinexperte hielt er nichts von gekräuseltem Rebensaft. Er ließ ihn höchstens als althergebrachtes, unvermeidliches alkoholisches Symbol bei feierlichen Gelegenheiten gelten. Aber wenn schon, dann nicht Sekt – dann mußte es eben Champagner sein.

Wir hatten weder Hochzeit, Taufe, Einsegnung noch irgendein

Jubiläum an diesem Tage in Danzig. Wir hatten bloß die Besichti-
gungszeiten der Marienkirche versäumt – kein Grund zum Feiern. Und dennoch ein besonderer Tag, dieser Tag in Danzig. Vater und Tochter bezeichneten es zum ersten Male als einen Glücksfall, Vater und Tochter zu sein.

Während die kostbare Flasche mit getragenen Gesten zwischen die knirschenden Eisstückchen des Sektkübels an unserem Tisch gesenkt wurde, setzten wir in Gemeinschaftsarbeit und Diplomatie eine Ansichtskarte der Marienkirche in einen herzlichen Gruß an Mutti um. Häuptling zog, das Unternehmen erleichtert beendend, des Reichsoberhauptes gezacktes Halbprofil über die Zunge und pflasterte es ungefähr dahin, wo Briefmarken im allgemeinen zu kleben pflegen. Und dann begann der fürnehme Teil des heutigen Tages. Champagner, von weißen Handschuhen im halbrunden Serviettengriff in Spitzgläser zelebriert, leitete ihn ein.

Es war mir schon des öfteren aufgefallen, daß feine, alte Ober den Häuptling so ganz besonders behandelten. Auch dann, wenn er das nächste Mal wiederkam. Auch dann, wenn sie wußten, daß seine Trinkgelder nicht überschwenglich ausfielen. Sie ästimierten den Häuptling, weil er etwas von den Dingen verstand. Töchter haben keine objektive Kritik ihren Vätern gegenüber. Erfahrene Ober besitzen mehr Menschenkenntnis.

»Prost, Mariechen!« In Häuptlings amelodiösem Baß machte sich ungewohnte Bedeutung breit.

Ich sah mißtrauisch auf. Häuptling war ein Feind von Parteireden, Predigten, Festansprachen – von allem, was sich in Gemeinplätzen, Schlagworten und gesammelten Sprüchen aussalbaderte . . . Wollte er, der jedes Pathos verabscheute, etwa eine Tischrede –?

Er wollte.

»Mein Mariechen«, begann er, in seine Zigarre hustend, das Glas in der Hand, »tja – jetzt sind wir also in Danzig – und so ist das nun. Gediegen, wie? Prost, Mariechen!«

Und damit hatte er alles gesagt.

Erst später, viele Jahre später, als ich jung genug geworden war, um den alten Häuptling zu verstehen, da begriff ich, welche Huldigungen er mir an diesem Tage in Danzig dargebracht hatte.

Einen Kurfürst für Mariechen! Champagner für Mariechen! »Prost, Häuptling!«

Auf dem Wege zum Bahnhof hakten wir uns, würdesuchend, aneinander. Und waren mächtig fröhlich. Und stark. So stark.

Wir winkten den über Hausgiebel lugenden Körperteilen der Marienkirche jovial zu. Sie konnte uns gar nichts mehr. Niemand konnte uns. Die Ansichtskarte an Mutti steckten wir auch nicht ein. Völlig vergessen.

Meine Mutter fand sie später selbst, bei Durchsicht unserer Reisegarderobe in der inneren Rocktasche des Flanellanzuges, den Häuptling in Danzig getragen hatte.

»Man kann an einem einzigen Nachmittag nicht alles besichtigen«, meinte er, als wir den Holzmarkt überquerten. »Das kann nicht mal deine Mutter, Mariechen. Ich habe dir trotzdem eine Menge geboten, eh –?«

»Du hast mich gediegen verwöhnt«, versprach ich zärtlich.

Verwöhnt! Häuptling schwieg abrupt, und ich ahnte nicht, daß er seinen fröhlichen Rausch einen Augenblick beiseite schob und meine Versicherung, gediegen verwöhnt worden zu sein, in seinem sparsamen Herzen hin und her bewegte, untersuchte, endlich erschrocken feststellen mußte: *verwöhnt!!!* Ja, du lieber Himmel, hatte es ihn doch beinah einen guten, teuren Hunderter gekostet, dem Mariechen die Marienkirche *nicht* von innen zu zeigen. Wie sollte er das bei zunehmender Ernüchterung vor seinem Geiz verantworten?

Bereits auf dem Bahnhof setzte er mit Sparmaßnahmen ein, indem er mir kein Billett zweiter, sondern eins der dritten Klasse Vorortzug kaufte. Der Preisunterschied betrug ein paar Groschen, aber immerhin.

Auf dem Perron nahmen wir herzlichen Abschied voneinander und versicherten uns, daß wir einen wunderschönen Ausflug gehabt hatten.

Darauf erklomm Häuptling die eiserne Stiege zur Polsterklasse und ich die angrenzende zu gelben Holzbänken. Nach einem letzten herzlichen Winken von Plattform zu Plattform schoben wir die Waggontüren auf – und wieder zu, ohne in die zweite oder dritte Klasse getreten zu sein. Wir blieben draußen stehen, Vorstadt rollte rechts und links vorbei – Häuser, Hinterhöfe, Bäume. Wir standen durchgeschuckelt, eine Hand an eisernem Gestänge, die andere wedelnd in der kühlen Abendluft, und froren uns herzliche Grüße über rumpelnde Puffer zu und holten uns was weg – aber es war schön.

Hinter Oliva wurde die Landschaft weit – hügelige Wälder, in denen schon die Nacht wartete, grüne Ebene, der Strich Meer, kaltblau wie der Himmel mit der Mondsichel – überall Himmel, so viel Himmel –

Ich sah Häuptling an – flatternde Hosenbeine, schütter wehende Locken um seinen Türkenkopf, sein Mund bewegte sich – ich glaube, er sang.

Das Rattern des Zuges verschluckte seinen Baß.

Und da sang ich denn auch, schmetterte das Zuviel an Gefühl

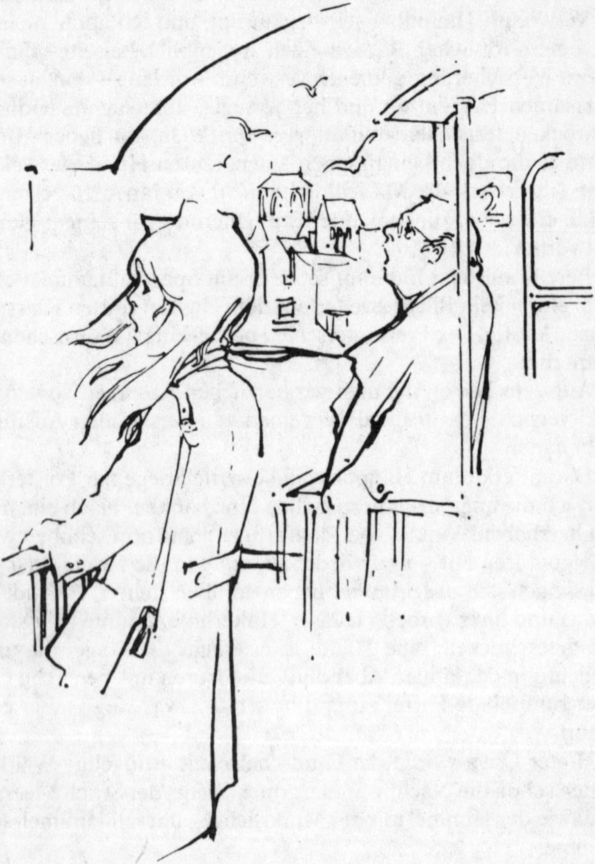
2

aus meiner werdenden Brust zu den fliegenden Telegrafendrähten hinauf: »O Danzig, o Danzig, du wunderschöne Stadt, darinnen liegt begrahaben so mannicher Soldahahat, darinnen liegt begrahaben so mannicher Soldatt.« Die nächste Strophe mußte ich überspringen, sie war mir entfallen. Aber an eine erinnerte ich mich noch, an eine besonders schön traurige: »Verlaaassen, verlaassen, es kann nicht anders sein, zu Danzig, zu Dahanzig, Soldaten müssen seiheihein – zu Danzig, zu Danzig, Soldaten müsse sein ...«

Ehe mir auffiel, daß ich etwas Irrtümliches geschmettert hatte – es hieß ja gar nicht Danzig, sondern entgegengesetzt, nämlich o Straßburg – ehe ich meinen Irrtum entdeckte, war es bereits zu spät. Es blieb immer ein umgesiedeltes Volkslied für mich. O Danzig –

Bei der Ankunft in Zoppot meinte Häuptling, zerzaust und durchgefroren: »Es wäre natürlich bequemer gewesen, wenn ich auch in die dritte Klasse gestiegen wäre ...«

Letzte Chance, die Marienkirche zu besichtigen

»Mariechen, wir müssen heute unbedingt nach Marienburg. Es ist wegen des Wurstpakets«, sagte Häuptling am letzten Ferientag.

In Marienburg kannte er einen Bahnbeamten, dessen Bruder einen Bauernhof besaß, auf welchem Schweinernes schwarzgeschlachtet worden war.

»So schwer, daß du es nicht allein tragen kannst, wird es bestimmt nicht sein«, sagte ich. »Was meinst du«, sagte ich, »wenn ich inzwischen noch mal nach Danzig und in die Marienkirche und auf den Turm – was meinst du dazu, Häuptling?«

Vierzehn Tage lang hatte er auftragsgemäß meine Tugend gehütet. Am letzten Feriennachmittag – ausgerechnet am letzten würde mir gewiß nichts Unverhofftes in Uniform zustoßen. Der Überzeugung war selbst Häuptling.

So kam ich zu der Erlaubnis, noch einmal allein nach Danzig und in die Marienkirche . . .

Er gab mir beim Abschied strenge Verhaltensmaßregeln und zehn Mark: »Nicht verplempern, Mariechen!«

Darauf stieg er in den Eilzug nach Marienburg.

Zwanzig Minuten später fuhr ich mit der Vorortbahn nach Danzig, aber nicht allein. Der Luftwaffenleutnant Daniels fuhr mit. Er war vor einundzwanzig Jahren in der Marienkirche getauft worden und somit der rechte Führer für mich.

Der Leutnant Daniels war alles und hatte alles, was kleinen und großen Mädchen imponierte.

Mir imponierte vor allem seine heftige Zoppoter Affäre mit der Gräfin, die wie eine stabile nordische Göttin aussah, bloß nicht so anständig. Ich hatte ihr Ende noch miterlebt. Die Gräfin war vor zehn Tagen abgereist, eine erstaunliche Person. Im Nordbad hatten sich die männlichen Blicke vor ihrer Kabinentür gedrängelt, dem Augenblick entgegenhechelnd, da die Gräfin dieselbe von innen öffnete und auf langbeiniger Selbstsicherheit in den spärlichen Sonnenschein trat.

Selbst meinem Vater war sie aufgefallen. Und das wollte etwas heißen. »Mariechen! Hast du die Person gesehen? Wie Grete Grabo!« (Häuptling hatte schließlich Kino-Bildung. Er kannte alle Chaplinfilme und Ralph Arthur Roberts. Einmal lockte ihn meine Mutter in einen gefühlvollen Streifen mit Greta Garbo. Erst soll er

bei Liebesszenen gelacht haben, dann soll er eingeschlafen sein, dann weckte ihn meine Mutter, weil er schnarchte, dann hatten sie Streit, weil sie ihn geweckt hatte, dann gingen sie getrennt nach Hause.)

Vor zehn Tagen war die Gräfin abgereist. Vier Tage lang – ihren Abreisetag mit eingerechnet – beachtete der Leutnant keine Frau, widmete sich ausschließlich dem Sport und schien Schlaf nachzuholen. Er sah jedenfalls längst nicht mehr so verschwiemelt um die Augen aus, als wir uns kennenlernten. Das war in einer Drogerie auf der Seestraße. Ich kaufte Rasierklingen für Häuptling, und der Leutnant kaufte Zahnpasta, und dabei kamen wir so ins landläufige Gespräch. Seither trafen wir uns jeden Mittag von zwei bis vier, wenn Häuptling auf dem Pensionssofa ruhte ... keine wichtigen Treffen, obgleich heimlich.

Wir vergeudeten gestohlene Zeit mit Gesprächen über Nat Gonella und Tommy Dorsey und übten Lambethwalk und Big Apple vor den Toren der Zoppoter Waldoper. Offiziell war Tanzen verboten wegen des Kriegszustandes. Wir tanzten so gern. Der Wald nahm keinen Anstoß.

Abends widmete sich der Leutnant Daniels seinen zugereisten Eltern, und ich mußte leider ins Bett.

Wir fuhren mit dem Vorortzug nach Danzig, der Leutnant und ich.

»Es ist sehr komisch, irgendwie«, sagte ich.

»Wie komisch?« wollte er wissen.

»Es ist wie ausgerissen, und keiner weiß, wohin. Ehe sie uns auf die Spur kommen, sind wir längst über alle Berge.«

»Es ist wie im Schlafwagen nach Cannes«, spielte er mit.

»Es ist beinah wie Frieden –«, sagte ich.

»Und selbst wenn Frieden wäre«, sagte der Leutnant und rollte sich um seine Zigarette. Er war lang, eckig und selbstsicher. »Selbst wenn Frieden wäre«, sagte er noch einmal, »Sie sind zu jung dafür.«

»Wofür?«

»Dreimal dürfen Sie raten!«

»Ich brauche nicht zu raten«, sagte ich. »Ich weiß, was man tut, wenn man heimlich mit der Eisenbahn türmt.«

»Na?«

»Man guckt sich die Marienkirche an.«

Als der Zug in Oliva hielt, fielen die ersten Tropfen gegen das schmutzige Zugfenster. In der Ferne hörten wir einen Arbeitsdienstzug lustlos vorüberdröhnen: »Auf der Heide blüht ein kleines Blümelein, und das heißt – bum bum – Eeeerika!«

Als der Zug in Danzig einfuhr, regnete es Strippen, Blasen, junge Hunde, und ich hatte kein Kopftuch mit.

Wir rannten über den Bahnhofsvorplatz schützenden Dächern zu. »Sind Sie eigentlich gern Soldat?« fragte ich den nassen Leutnant.

»Mir macht das Fliegen großen Spaß«, wich er aus.

»Und sonst?«

»Ich hoffe, es wird nicht ewig dauern.« Er guckte prüfend zum Himmel. »Ich hoffe, es wird bald aufhören.«

Es sah nicht danach aus.

»Wollen wir warten oder laufen?«

»Ist es weit bis zur Marienkirche?« fragte ich.

»Nichts ist nah genug bei diesem Schietwetter«, sagte er und nahm mich bei der Hand, und ich rannte vertrauensvoll mit.

Schließlich ist der Leutnant Daniels in dieser Stadt einmal Säugling gewesen. Säuglingserinnerungen sind bekanntlich anständiger als die eines versoffenen Studenten.

Wir rannten – rannten – hüpften – oben Wolkenbruch – unten blasige Pfützen – rannten regenblind und ohne anzuhalten. Ich hatte keine Ahnung, wo ich inzwischen war, als der Leutnant vor einem alten Haus die Bremse zog.

»Was ist das hier?«

»Breitgasse.«

»Marienkirche?«

»I wo – der ›Lachs‹.«

Ich blinzelte an der uralten Hausfassade aufwärts und seufzte. »In diesem Danziger Lokal war ich noch nicht.«

»Und dabei ist es das berühmteste von allen«, sagte der Leutnant.

»Aber ich –«

»Nun kommen Sie schon!«

»Nein.« Pflichtbewußtsein ließ mich hartnäckig im Pladderregen verharren. »Ich will zur Marienkirche, Marienkirche . . .«

»Babs . . .« Er zog an mir wie an einem störrischen Esel. »Was glauben Sie, was Sie sich in einer kalten Kirche in durchnäßten Kleidern alles holen –«

»Ein gutes Gewissen«, sagte ich standhaft.

»Die Grippe«, sagte Leutnant Daniels.

»Marienkirche!« sagte ich.

»Sobald der Regen aufhört«, versprach er und zog mich aus der Breitgasse durch eine alte Tür in etwas Wunderhübsches. Ein Kinderleben lang hatte ich mir gewünscht, einmal klein genug zu sein, um in einer Puppenstube wohnen zu können.

In diesem Haus aus dem 16. Jahrhundert gab es eine Puppenstube, die groß genug war, um nicht nur Däumlinge zu beherbergen. Ich meine das Hängestübchen des Danziger Lachs, eine halbe Etage hoch, über eine knarrende Stiege vom Lokal aus zu erreichen. Biedermeierstühle um wacklige Tischchen, abgewinkelte Gardinen vor kleinen Fenstern, die auf die Breitgasse oder die Diele des Hauses guckten.

Rheinländer schunkelten unter einem schwarzen, aufgespannten Regenschirm, dabei – der Schirm war unnötig. Es regnete bestimmt nicht an ihrem Tisch. Leutnant Daniels bestellte, er hatte Mühe, stimmlich gegen den Gesang anzukommen, der sich vierstimmig und immer rettungsloser ineinander verhedderte wie Garnknäuel in einem unaufgeräumten Nähkasten.

»Cheerio, Babs!«

»Noch nicht«, sagte ich und suchte nach einem Zahnstocher oder etwas Ähnlichem, womit ich ich die goldenen Fusseln herausfischen konnte, die in der farblosen Flüssigkeit meines Glases herumschwammen. Ich habe weder Asche, Fliegen noch Glanzpapier gerne im Getränk.

Aber Leutnant Daniels sagte, das müsse so sein.

»Sind Sie wirklich sicher, daß man das mittrinken darf?«

»Haben Sie noch nie vom berühmtem Goldwasser gehört?«

»Nein. Und ich versteh' auch nicht, was Gold in Likör zu suchen hat.«

Daniels stützte die Arme auf das alte Tischchen und sah mich an. »Ich dachte, Sie hätten Phantasie –«

»Es ist zu laut«, entschuldigte ich mich, »es ist einfach zu laut hier, um irgendwas zu schmecken.«

»Ich glaube, sie gehen«, sagte der Leutnant, der den rheinischen Frohsinn in seiner Blickrichtung hatte.

Einer nach dem anderen schoß unter dem schwarzen Schirm hervor, haarscharf an unserem Tisch vorbei und mit hilfreichen Schutzengeln die Stiege hinab in die Tiefe. Der letzte, ein älterer Mann, schaukelte einen Augenblick über meiner Stuhllehne.

»Landsmänner?«

»Berlinerin«, sagte ich.

»Getaufter Danziger«, sagte der Leutnant.

»So isset«, sagte der Mann, schüttelte uns herzlich die Hände, landete dabei auf meinem Schoß, wir hatten unsere Mühe mit ihm, er war schwer und scheinbar ohne Knochen, auf die man sich verlassen konnte. Als wir alle zwischen den Stühlen saßen, kam Hilfe von unten und transportierte den Menschen ab. Wir verblieben noch einen Augenblick auf dem Fußboden.

»Wenn ein Mädchen auszieht, eine ehrbare alte Stadt mit einer berühmten Kirche kennenzulernen . . .« sagte der Leutnant sinnend. »Wie alt sind Sie eigentlich, Babs?«

»Sechzehn.« Damals fing das Lügen mit dem Alter an.

»Ach!« Es schien ihn zu erleichtern. Er hatte mich wohl für jünger gehalten.

Bedienung kam herauf, brachte neues Goldwasser und dickliche Salzstangen an unseren Tisch, verkniff sich ein Erstaunen über den Leutnant und das Mädchen auf dem Fußboden und über den großen, schwarzen, umgekippten Schirm am Fenstertisch. Wir rekelten uns verlegen auf unsere Stühlchen zurück und warteten, bis sie gegangen waren – Bedienung und zusammengeklappter rheinischer Regenschirm.

Nun waren wir ganz allein im Hangestübchen, und seine plötzliche, absolute Stille störte anfangs. Wirkte beklemmend. Mußte zerbrochen werden.

Ich bewegte die goldenen Fische im schwerflüssigen Wasser meines langstieligen Aquariums – Goldfischchen in Goldwasser – Rauschgoldfischchen – Goldrausch –, ich mußte etwas sagen, sonst langweilte sich der Leutnant mit mir.

Es fiel mir nichts anderes ein als heitere Schulerlebnisse. Ich unterhielt den Leutnant mit einer Fülle von Paukergeschichten. Sein antwortendes Gelächter saß immer an der richtigen Stelle, jedoch – es klang mehr angestrengt als amüsiert. Vielleicht wollte er sich auch mal gerne sprechen hören. Ich richtete darum das Wort an ihn. »Was machen Sie, wenn der Krieg vorbei ist?«

»Ich – eh –« Er schien nicht so recht bei meinem Geplauder, aber den letzten Satz hatte er noch im Ohr. »Diplomat«, sagte der Leutnant.

»Oh, interessanter Beruf. Zu dumm bloß, daß er etwas mit Politik zu tun hat.«

»Gerade deshalb interessiert er mich«, sagte er. »Und Sie, Babs?«

»Schriftstellerin.«

Er griente, ich hatte nichts anderes erwartet.

Alle Leute grinsten, wenn ich sagte, was ich einmal werden wollte. Sie hatten ja recht. Allein das Wort Schriftstellerin klingt schon dußlig genug.

Und dann redeten wir nicht mehr von später. Der Leutnant brachte den Sport ins Gespräch.

Über mein Geständnis, wie ein Mehlsack am Reck zu hängen, und sein Geständnis, das goldene Sportabzeichen zu besitzen, über Schwimmen, Segeln, Skilaufen kamen wir so peu à peu zu unserer gemeinsamen Lieblingsanstrengung, dem Fechten. Und dabei blieb es nicht etwa, o nein. Wir wurden auch noch aktiv. Das Hangestübchen dröhnte von unseren Ausfällen. Die Salzstangen ersetzten Florette. Der Leutnant ließ mich siegen. Die zerbrochenen Säbel knirschten unter unseren Füßen.

»Wir brauchten einen Hund, der das alles in sich hineinräumt«, sagte er, das Dilemma auf dem Fußboden betrachtend, und dann: »Was möchten Sie jetzt spielen, Babs? Können Sie Golf?«

»Nein, aber Schneeschippen.«

Mit der Getränkekarte schurrte ich die zerbrochenen, zertretenen Salzstangen in eine schattige Ecke. Es sah danach nur noch auffallend staubig auf dem Fußboden aus, aber nicht mehr so lebensmittelverwüstend.

»Und jetzt?« fragte der Leutnant.

»Ich weiß nicht –« Es fiel mir wirklich kein Zeitvertreib mehr ein. Er könnte sich ja auch einmal etwas Unterhaltendes einfallen lassen, aber nein, er saß bloß da, saß mir gegenüber, sah mich nachdenklich an, sah mich endlich gestört an. »Sagen Sie, Babs, was haben Sie da eigentlich in der Hand, woran Sie immerzu herumkratzen?«

»Pflaster. Noch von neulich, als ich aus dem Zug – und die jukken so.«

»Möchten Sie noch ein Goldwasser?«

»Macht so durstig. Ich hätte gern richtiges Wasser –«

Der Leutnant ging selbst hinunter, um es zu holen.

Ich blieb allein und voller Zweifel. Auf keinen Fall zweifelte ich daran, daß ich irgend etwas falsch gemacht hatte. Bloß was? Ich unterhielt den Leutnant in einem fort durch lustige Schulgeschichten und sportliche Unternehmungen, ich war so ununterbrochen tätig, um ihn nur ja nicht zu langweilen.

Ich spürte, daß er trotz all meiner Bemühungen, unterhaltsam zu sein, sich diesen Nachmittag im Danziger Lachs anders vorgestellt hatte. Es mußte an mir liegen. Ich war wohl nicht so gut, wie ich zu sein glaubte. Vielleicht kränkte es ihn auch, daß ich die kleinen goldenen Fischchen im Likör miesgemacht hatte.

Als er ins Hangestübchen zurückkam, stand ich am Fenster zur Breitgasse.

»Es hat aufgehört zu regnen«, sagte ich.

»Möchten Sie gehen?« fragte er.

»Wieso?«

»Marienkirche!« erinnerte er.

Die Marienkirche! Wären wir bloß gleich nach der Ankunft – was man hinter sich hat, drückt einen nicht mehr –, aber es ist so schön hier – endlich schön still und überhaupt ...

»Wenn es plötzlich wieder zu regnen anfängt –«, sagte ich.

»Und wo Sie doch kein Kopftuch mithaben«, sagte er.

»Die Haare werden so schnell kraus«, sagte ich.

Draußen, in der Welt hinter kleinen, alten regenbespritzten Fenstern schlugen Kirchenglocken – Baß – Alt – Bariton – kleine, eilige Bimmel – dazwischen ein Glockenspiel – Glockenschlag vor alten Fenstern eines uralten Hauses. Es war fünf Uhr.

Fünf Uhr nachmittags im Jahre 1700, 1800, 1900, 1940 ... es machte keinen Unterschied im Lachs zu Danzig. Nachmittags irgendwann – ich war vierzehn, ich hatte sechzehn gesagt, aber nächsten Monat wurde ich fünfzehn. Der Leutnant hielt mir ein Glas hin, und ich trank. Feierlich gestimmt, mit geschlossenen Augen. Liebte den Augenblick voller Jahrhunderte und alles, was dazu gehörte.

»Jetzt habe ich das Gold geschmeckt.«

»Wie schön«, sagte der Leutnant hinter mir.

Erst später, beim Öffnen der Augen, bei der Rückkehr in den verregneten Augustnachmittag des Jahres 1940, beim erschrockenen Anblick des Glases, das ich in der Hand hielt, stellte ich fest, daß ich pures, irgendwann gewünschtes, vom Leutnant selbsthändig geholtes Leitungswasser getrunken hatte. Es war peinlich. »Ich habe trotzdem Gold geschmeckt.«

Er nickte und lachte bloß in den Augen.

Ich guckte von ihm fort auf die Breitgasse hinunter.

»Sagen Sie, Jo, wie heißt der Fluß – es ist doch nicht die Weichsel – warum heißen Sie eigentlich Jo? Kommt das von Joachim?«

»Viel schlimmer«, sagte der Leutnant. »Johann Gottlieb. Seit Generationen heißt der erstgeborene Sohn in unserer Familie so.«

»Da kann man nichts machen«, sagte ich und hatte, wie für alle Situationen, ein passend Lied auf den Lippen. »Johann Gottlieb Seidelbast, Seidelbast, hängte sich an einen Ast – aber nein, das

kommt ja erst am Schluß vom Lied. Es fängt so an: Johann Gottlieb Seidelbast war ein stolzer Gynmasiast, liebte die Elisabeth, und die war so jung und fett.«

»Nicht die Elisabeth«, unterbrach mich der Leutnant.

»Aber ich kenne das Lied genau.«

»Nicht die Elisabeth«, wiederholte er sanft.

Ich begriff. »Aber die Gräfin –«

»Was reimt sich schon auf Gräfin im Lied vom Johann Gottlieb Seidelbast?« lachte er, seine Stimme trug plötzlich Gewichte, diese Gewichte machten sie träge, tonlos und geradezu unerträglich sanft.

Und dann küßte der Leutnant Johann Gottlieb Daniels das Mariechen am Fenster zur Breitgasse im Danziger Lachs. Nahe dem Krantor von hinten ohne Nähmaschine. Es war das erstemal für Mariechen.

Nun fing das Leben langsam an.

Ich hatte noch keine Vergleichsmöglichkeiten, aber im unerschöpflichen Fortdauern des Johann Gottliebschen Kusses bei zunehmender Luftknappheit begann ich zu ahnen, daß das, was er da mit mir trieb, ganz besonders hübsch war. Ich lernte schnell, auch dabei zu atmen – und dachte an gar nichts mehr, und so, wie es damals war, hat es sich nie wiederholen lassen. Später waren Absichten dabei, Raffinesse, Ungeduld, kritische Gedanken, Langeweile, Leidenschaft und das andere mehr.

Auf der Breitgasse trommelte ein Regenguß, versiegte, Glocken läuteten, Stille, tropfende Stille, der Leutnant, das Leben, der süße, angenehme Spaß zu küssen, ein Räuspern im Hintergrund, verlegenes Räuspern, das in vorwurfsvolles Räuspern überging . . .

Wir sahen uns endlich verschlafen um.

Am Eingang des Hangestübchens stand ein Paar Mensch, wer weiß, wie lange schon. Bebrillte Entrüstung, schmale Lippen, einen Kleppermantel überm Arm, und alles tropfte vor Nässe.

»Guten Abend«, sprach man uns nachtragend an. »Unten ist alles besetzt!«

Was hatten diese Eindringlinge gesagt? Guten Abend, ja, du lieber Gottlieb . . .

»Haben Sie zufällig eine Ahnung, wie spät die Marienkirche ist?« stotterte ich. »Wir wollen nämlich noch – ob die Uhr schon zu hat?«

Der Mann guckte seine Frau an, die Frau guckte mich an mit der

Verachtung eines Menschen, den der Mangel an eigenen hübschen Erinnerungen seinen Mitmenschen gegenüber verständnislos gemacht hat. Endlich zogen sie zögernd ihre Taschenuhren ins Dämmerlicht des Hangestübchens. »Zehn vor halb sieben«, sagte die Frau. »Es ist genau achtzehn Uhr einundzwanzig«, korrigierte sie ihr Mann.

Auf alle Fälle war es zu spät für die Marienkirche. Als der Leutnant die Rechnung beglich, holte ich Häuptlings zehn Mark hervor. Jo Daniels sah erst den Schein an, dann mich mit zunehmendem Entsetzen. »Was soll denn das?«

Ich knitterte mein Vermögen verschüchtert in die Jackentasche zurück.

Wir jagten durch regenblanke, ausgekühlte Straßen zur Bahn.

»Aber du mußt mir zumindest sagen, wann sie erbaut worden ist, wieviel Stilperioden, wie oft ausgebrannt – Häuptling wird mich bestimmt danach fragen.«

»Wie soll ich das so aus dem Kopf –«

»Du bist schließlich in ihr getauft worden!«

»Ja, aber wann war denn das! Und ein Jahr später zogen wir nach Berlin. Ich kaufe dir am Bahnhof ein Buch, in dem alles über die Marienkirche drin steht«, versprach der Leutnant.

Am Bahnhof hatte er keine Zeit mehr dazu. Der Zug Richtung Westen wollte sich gerade in Bewegung setzen.

Jo Daniels stülpte mich auf das zunächst erreichbare Trittbrett, sprang nach – und da waren wir schon auf dem Wege nach Zoppot.

Wir fanden ein leeres Abteil.

Die Polstersitze hatten Lätzchen um. Sie machten aus der ersten Klasse ein spießbürgerlich-plüschenes Eigenheim.

Wir fielen mitten hinein.

Unsere Atemlosigkeit ging in Zärtlichkeiten über.

Einmal sah der Leutnant auf und staunte. »Nun gucke doch, Babs, wer auch da ist!«

Ich war nur ungern für Ablenkung zu haben. »Wo?«

»Da drüben.« Er zeigte auf ein Foto oberhalb des gegenüberliegenden Sitzes. Es zeigte ein Stadtbild von Danzig, aus dem sich der zierliche Rathausturm und »Mariechen sein Marienkirchturm« erhoben.

»Sieht er nicht aus, als ob eines Tages von See her ein Sturm gekommen wäre und seinen gotischen Höhenflug abgehoben und fortgeweht hätte? Zurück blieb ein mahnend erhobener Zeigefingerstumpf ...«

»... über den man Gedanken wie Ringe werfen möchte«, sagte der Leutnant.

»Was für Gedanken?« fragte ich.

»Nicht bloß fromme«, sagte er.

»Was für Gedanken? Wirf mal einen –«

Er deutete eine leichte Schleuderbewegung an.

»Nun?«

»Danebengegangen«, sagte er und sah zum Fenster hinaus und sagte: »Morgen früh reist du ab.« Und das tat uns beiden auf einmal sehr leid.

Montag früh Schulbeginn, ausgerechnet mit Mathematik. Den Ferienaufsatz hatte ich auch noch nicht zusammengeschustert. Als Westpreußenreisende war mir das Thema »Wie der unwiderstehliche Vormarsch unserer Truppen die polnische Gefahr für Danzig im Keime erstickt hat«, zugeteilt worden. Wo schrieb man so etwas bloß ab?

Montag früh würde man mich wieder wegen Zuspätkommens, mangelnder Aufmerksamkeit und Schwatzhaftigkeit herunterputzen. Ab Montag früh wieder dumme Schulgöre. Die Vorstellung machte mich krank.

»Und du?« fragte ich den Leutnant.

»Sonntag ist mein Urlaub zu Ende.« Er schob den Arm um meine Schulter und küßte ein bißchen auf meinen Augen und Händen herum, mehr nachdenklich als verliebt.

Welch ein Glück, daß mein erstes Erlebnis amouröser Art an den Leutnant Johann Gottlieb Daniels geraten war. Er beherrschte so gut die Spielregeln eines Ferienflirts mit einem kleinen Mädchen. Keine großen Töne, nichts überspitzen, alles hübsch heiter und nur ja die sumpfigen Ufer der Sentimentalität vermeiden. Einmal schaute er rein zufällig von mir fort aus dem Abteilfenster. Der Zug hielt gerade auf einem Bahnhof. Als er sich zischend in Bewegung setzte, stellten wir fest, daß es der Bahnhof von Zoppot war.

Wir sprangen Hand in Hand auf das westliche, äußerste Ende des Perrons – ich habe noch heute seine Unnachgiebigkeit in den Fußsohlen.

Das Reisen zwischen Danzig und Zoppot war nicht ohne Gefahr für mich.

Der Zug fuhr mit klaffender Waggontür Richtung Gotenhafen, während wir zur Sperre lahmten.

Der Leutnant blieb plötzlich ruckartig stehen und zischte mir etwas zu, das ich nicht verstand, das aber keiner Wiederholung bedurfte, denn ich hatte ihn inzwischen auch gesehen. Er stand wenige Meter vor mir an der Sperre, setzte ein mehrmals verschnürtes Paket ab, lehnte seinen Spazierstock gegen den nächstbesten Halt, um seine Karte aus der Tasche zu holen. Der Stock fiel mit einem häßlichen Knall um. Der Herr sah auf – es war der Häuptling, und es war zu spät für mich zum Türmen. Er hatte mich bereits erkannt.

»Mariechen«, freute er sich herzlich, »bist du etwa auch – ? Ich hab' in Danzig rausgeguckt, dich aber nicht gesehen. Th – gediegen. Im gleichen Zug –« Er nahm gedanken- und danklos den Spazierstock entgegen, den der Leutnant für ihn aufgehoben hatte. »Ja, hast du überhaupt richtig gelöst? Mit Zuschlag?«

»Du mußt mich nicht für dumm halten«, sagte ich. »Schließlich kann ich noch immer einen Vorortzug von einem Eilzug unterscheiden.« Ich konnte es wirklich ohne Schwierigkeiten, der Leutnant Daniels konnte es auch. Aber an diesem Abend hatten wir es nicht gekonnt. Vielleicht lag das an unserer Hast, vielleicht an einer glücklich verminderten Beobachtungsgabe. Ich sah mich nach ihm um. Er hob – bedauernd lächelnd – die Schultern. So hatten wir uns das Ende dieses Tages nicht gedacht. Häuptling lenkte meine Aufmerksamkeit auf sein Marienburger Paket. »Alles Wurst und Speck, Mariechen. Heb mal an, wie schwer!«

Aus dem pflichtschuldigen Anheben wurde ein Nachhausetragen für mich.

»Marienkirche gewesen?«

»Ja – ja, natürlich.«

»Und?«

«Einzigartig.«

»Mariechen!«

»Ja?«

»Du hast so eine dicke Unterlippe. Da muß dich was gestochen haben«, sagte er.

»Wahrscheinlich eine Mücke.«

Es war keine Mücke, Häuptling, sondern der Leutnant Daniels und seine intensive Art zu küssen. Er ging übrigens drei Schritte hinter uns und versicherte mir durch bekümmerte Gesten, wie leid es ihm tat, daß er mir das Paket nicht abnehmen konnte.

Häuptling erzählte von Marienburg. Aus einem geöffneten Fenster dröhnten die ersten Takte von Liszts »Les Préludes« im blechernen Volksempfängerton.

»Schon wieder Sondermeldung«, sagte Häuptling.

Der Wind rauschte Regen aus den Bäumen, rauschte fröstelnd Herbstahnungen und Abschied und kunstvoll niederrieselnde erste gelbe Blätter.

»Vier Würste, Speck und zwei Pfund Knochenschinken! So viel hatte ich gar nicht erwartet«, sagte Häuptling.

Der Leutnant hinter uns pfiff »Some of these days –«

Some of these days you'll be so lonely –

Ich sah mich um.

»Das Paket ist ganz schön schwer, wie?« erkundigte sich Häuptling.

»Möchtest du es wieder tragen?«

»Nein, laß nur«, winkte er ab. Häuptling war von der alten Schule – aber keiner ihrer Kavaliere, sondern ein Patriarch. Dem Oberhaupt der Familie stand das größte und beste Stück Fleisch zu, jedoch nicht das Tragen desselben.

Ich sah mich um, Häuptling sah sich ebenfalls um, irritiert durch das sentimentale Gepfeife in seinem Rücken.

Ausgerechnet in diesem Augenblick warf mir der Leutnant eine Kußhand zu.

Häuptling fing sie irrtümlich auf, guckte sie verdutzt an, schleuderte sie angeekelt fort und ging kopfschüttelnd weiter. »Thth –« Und kam zum Glück nicht auf die Idee, daß sie dem Mariechen gegolten haben könnte.

Als wir von der Seestraße links ab zu unserer Pension einbogen, brach zum ersten Male Jammer über mich herein. Ein kleines Abenteuer, ein Gefühl – bisher leicht und gaukelnd wie ein Schmetterling, wollte massiv werden und Erdberührung und eine Feldpostnummer. Es konnte doch so einfach nicht zu Ende sein!

»Wir müssen noch packen, Mariechen«, fiel es dem Häuptling unangenehm ein. »Morgen früh haben wir keine Zeit mehr dazu.«

Morgen früh reisten wir ab. Es war zu Ende. Ich sah mich um, stolperte, verlor das Paket, hob es schneller auf, als der Leutnant zugreifen konnte. Die rasche Zärtlichkeit seiner Hand fand keinen Halt auf meinem sich aufrichtenden Gesicht ...

»Ach, Heil Hitler!«

»Du mußt nicht fluchen, Mariechen«, sagte Häuptling. »Alle Ferien haben mal ein Ende. War doch ganz schön hier – bis auf das Wetter. Das ließ zu wünschen übrig. Hat's in Danzig auch so geregnet? Mein Anzug muß gleich Montag früh zum Aufbügeln.«

Wir hatten den Eingang unserer Pension erreicht. Die Milchglasscheiben der Tür klirrten beim Öffnen. Ich sah den gescheuerten Fliesenboden, die Korbstühle und Blattpflanzen in Majolikakübeln. Im bläßlichen Deckenlicht wirkte das Entree, als ob es sich selbst leid hätte.

Mein Jammer wuchs über mich hinaus, brach über mir zusammen. Ich blieb auf der Schwelle stehen und suchte den Leutnant, erkannte ihn im tiefen, tropfenden Baumschatten, selbst ein Schatten – komisch ist das im Leben. Manchmal wird ein harmlos angelegter Ferienflirt, den man um seinen Abschied bringt, zu etwas, wovon man nicht mehr so leicht loskommt.

»Mariechen!« rief Häuptling ungeduldig. »Wo steckst du denn?«

»Komm ja schon –« Und heulte dabei ein paar Tropfen auf das Packpapier des Wurstpakets aus Marienburg – Tropfen, in denen kleine, goldene Fischchen schwammen ...

Der Leutnant Johann Gottlieb Daniels fiel ein Jahr später im Luftkampf an der Westfront. Es blieb nichts von ihm übrig für ein Heldengrab.

Der Häuptling starb bald darauf an Eigensinn. Er wollte bei drei Grad Frost keinen Wintermantel anziehen, nun gerade nicht. Meine Mutter kaufte ihn auf einem besonders feinen Friedhof ein.

Hier ruht der Häuptling ungern und ärgert sich einen Tod lang darüber, daß er so teuer untergekommen ist.

Der Leutnant und der Häuptling – sie sind sich bestimmt nicht da oben begegnet. Denn der Leutnant kam in den Heldenhimmel, und der Häuptling – »Ach, mein Mariechen, ein Held war ich nie . . .«

Im März 1945 ging Danzig in Flammen auf.

Tod, Brände, Schmerz, Zerstörung, Hunger, Entsetzen – das vergißt sich mit der Zeit.

Aber Seifenblasen – schillernd in der Sonne schwebend, der Spaß, sie einmal gefangen zu haben, die fröhliche Jagd nach dem Nichts – Luftballons, die als bunte Pünktchen mit dem Winde zogen – kleine, klimpernde Töne einer unbeschwerten Begebenheit –

Man überlebt eine Sturmflut und erinnert sich an Tautropfen von irgendwann.

Nein, ich bin nicht in der Marienkirche gewesen

Die Konfirmationsfeier nahm ihren angestrengten Verlauf. Tortenteller und Kaffeetassen wurden abgeräumt, die süßen Krümel mit Hilfe einer Serviette vom Tischtuch gewedelt. Sie klebten später an den Sohlen der Festtagsschuhe. Am oberen Ende der Tafel reichte man bereits vom Alkohol. Es kostete Onkelchen eine lange, mühsam unterdrückte Ungeduld, bis auch er und wir alle am unteren Ende an die Reihe des Wählens kamen.

»Machandel dabei?« fragte er und ließ für uns beide denselben im Weinglas servieren. Bis zum Rand.

»Übrigens – ich bin nicht in der Marienkirche gewesen«, sagte ich zu ihm. »Es tut mir so leid, aber es kam immer etwas dazwischen.«

Er sah mich an, taxierte mich ab, lächelte onkelchenhaft. »Was Nettes?«

»Kurfürst und Goldwasser und noch so manches andere«, sagte ich. Und dann erzählte ich ihm die kleine Geschichte, wie Häuptling von Zoppot aus mit mir nach Danzig reiste, um mir die Marienkirche von innen zu zeigen, und wie der Leutnant Daniels von Zoppot aus mit mir nach Danzig reiste, um mir die Marienkirche von innen zu zeigen, und wie wir beide Male überall, wo es hochprozentig war, nur nicht in der Marienkirche landeten.

»Aber Sie können ja heute hinfahren und Versäumtes nachholen. Die Marienkirche hat man wieder so aufgebaut, wie sie einmal war«, sagte Onkelchen.

»Das ist eine gute Idee«, sagte ich.

Wir tranken Machandel aus Weingläsern.

»Das ist doch nicht so eine gute Idee«, sagte ich. »Es ist ja heute niemand mehr da, der mich davon abhalten würde, hineinzugehen.«

Gegen Mitternacht nahm die Konfirmationsfeier ein bacchantisches Ende. Zwei Schwestern von Onkelchen, eine verwitwete und eine unverheiratete, bugsierten ihn mit kleinen, böswilligen Puffen ins wartende Taxi.

»Hallo, Mariechen«, brummerte er fröhlich gegen die Scheibe, als er an uns vorüberfuhr.

Dann stieg ich zu meinem Mann in den Wagen. Das war nicht so einfach, schon wegen der Tischdekoration, die Onkelchen aus etlichen Blumenschalen der Festtafel gerupft und mir mit ausholenden Kavaliergebärden Stengel für Stengel gewidmet hatte. Jetzt häuften sich in meinem Schoß Maiglöckchen und blaue Iris und rosa Röschen und Tulpen und Tausendschön.

Mein Mann sagte, es wäre eine Schande, wie sich seine Frau vor so seriösen Leuten –! Machandel aus Weingläsern –! Und dann auch noch mit Onkelchen Duett gesungen!«

»Wieso gesungen? Wer?« fragte ich pikiert. Ich erinnerte mich nicht mehr. Und wieso betrunken? Wer denn, bitte schön?

Ich war mir geradezu phantastisch nüchtern vorgekommen – zumindest im Vergleich zu Onkelchen.

»Jawohl hast du gesungen!«

Nun ist man schon so alt, und die ungerechten Beschuldigungen hören nimmer auf. Ich suchte Beistand bei den leicht verwelkten Blumen in meinem Schoß und hatte plötzlich Heimweh nach Häuptling – –

»Was soll ich denn gesungen haben?«

»O Danzig, du wunderschöne Stadt«, schimpfte mein Mann.

O Danzig? Ja, das Lied ist allerdings von mir.

O Danzig – o Johann Gottlieb Seidelbast – Soldaten müssen sein – Some of these days you'll be so lonely – darinnen liegt begrahaben so manniche Erinnerung auch an Häuptlings über historische Pflastersteine rhythmisch klirrenden Spazierstock, an seinen gediegenen Durst –

Dritthalb Minuten, eine zu lächelnd, eine zu seufzen – und eine halbe zu lieben.

»Soll ich dir mal eine Geschichte erzählen?« fragte ich das nüchterne Profil an meiner Seite. »Stell dir vor, ich war vierzehn Jahre alt und fuhr mit meinem Vater, dem Häuptling, von Zoppot aus nach Danzig, um die Marienkirche, Marienkirche, Marienkirche . . .«

Komisch, die Geschichte hatte plötzlich einen Sprung.

Barbara Noack

Geliebtes Scheusal

Für J.E. –
nachfolgend
Eve Chrysanth
genannt

Ich bin gerade im Garten. Ich bin dabei, deinen Kopf zu scheuern, nun schon zum zweiten Male in diesem Monat. Die dummen, dummen Möwen wissen ja nicht, was sie tun und vor allem, wen sie bekleckern.

Immerhin verdanke ich ihrer Unbildung ein Erlebnis, das selbst durch etliche Wiederholungen nichts von seinem Reiz eingebüßt hat: ich meine das Schrubben eines illustren Mannes von der Bronzestirn bis zum Sockelanfang.

Es gab eine Zeit, da beendete ich diesen Scheuerakt mit einem kleinlichen Gefühlsausbruch, das heißt, ich schlug einmal kurz zu. Heute verzichte ich darauf. Erstens tut es sehr weh in der Hand, und zweitens sind die Zeiten, da ich dein Konterfei von Herzen gern verdrosch, vorbei.

Heute werde ich dir nach der gründlichen Säuberung eine alte Pudelmütze über den Kopf stülpen, ich habe sie schon anprobiert. Na, reizend, mein Schätzchen. Richtig solide siehst du darunter aus. Die Mütze wird nicht nur die Möwen irritieren.

Dabei fällt mir ein, ich könnte meine Erinnerungen also beginnen lassen, ich meine, ich könnte damit beginnen, daß ich im Garten stehe, bis zur Hüfte umrankt von abgeblühten Polyantharosen, und deinen Bronzekopf scheuere. Das wäre doch einmal etwas anderes, oder meinst du nicht?

Ich habe dir noch gar nicht erzählt, daß eine Zeitschrift an mich herangetreten ist und um einen »möglichst menschlich gefärbten« Bericht über dich aus meiner Feder gebeten hat. Deine Geschichte wäre doch so abenteuerlich, meint man, und ich als deine Frau würde dich schließlich am besten kennen, denkt man, und nun frage ich dich: Soll ich? Was meinst du? Soll ich einmal richtig »menschlich gefärbt« auspacken?

Das Schreiben von Memoiren ist ja so schick. Vor allem Witwen bekannter Männer verbrechen sie gern, einige von ihnen mit der eitlen Geschwätzigkeit alternder Frauen, denen endlich keiner mehr den Mund verbieten kann. Ohne Gefühl dafür, daß sie ihren Mann posthum der Lächerlichkeit preisgeben, veröffentlichen sie seine einstigen Liebesbriefe, die nur für sie selbst bestimmt waren und selten literarischen Wert besitzen. Sie verraten der staunenden Öffentlichkeit, daß der verehrte Meister sie »Püppele«, »Nymphlein« oder »kleine Zauberfee« zu nennen beliebte, daß er gerne an ihrer Schulter weinte, wenn verzagt, und entmeistern ihn vollends durch die Mitteilung, daß er ohne ihre, der Memoirenschreiberin, Inspiration gar nicht in der Lage gewesen wäre, seine unsterblichen Werke zu verfassen. Ohne Püppele kein Literaturpreis.

Ihre Männer sind tot, sie können nicht mehr widersprechen.

Du lebst, und wie – und selbst, wenn nicht, so würde ich dennoch vom Memoirengeplaudere Abstand nehmen müssen, denn – hast du mir jemals Liebesbriefe geschrieben? Es existierte nur irgendwo noch ein an mich gerichteter Zettel: »Warte nicht auf mich. Es wird spät werden.« Es wurde ziemlich spät. Wenn ich mich recht erinnere, dauerte es drei Monate, bis du wiederkamst.

Du nanntest mich anfangs gerne »meine Süße«. Das war weder einfallsreich noch besonders geschmackvoll. Du sagtest zu allen Frauen »meine Süße«, sobald du aufhörtest, »gnädige Frau« zu sagen, was meistens ziemlich rasch eintrat.

Du weintest weder an meiner Schulter noch überhaupt. Du warst weder verzagt noch im Krankheitsfall auf meine Hilfe angewiesen. Du wirst erst gar nicht krank. Dein Rheuma kurierst du mit Gewehröl.

Und das Traurigste: es gibt nicht einmal eine Kurzgeschichte, zu der ich dich inspiriert hätte.

Fazit: Das Erzeugen von Memoiren bereitet nur dann Befriedigung, wenn man selbst rühmlich in ihnen davonkommt.

Das täte ich nicht, es sei denn, ich würde schamlos lügen. Das Lügen aber, das habe ich von jeher dir überlassen. Du bist darin ein Meister, wie in allen anderen Dingen.

Wie sagtest du einmal von dir selbst? »Ich bin halt ein Naturtalent.« Und was für eins!

Ich denke, es ist auch in deinem Sinne, wenn ich der Zeitschrift mein Bedauern darüber ausspreche, daß es mir leider, leider zeitlich unmöglich ist, einen menschlich gefärbten Bericht über meinen Mann zu verfassen.

Aber einmal – selbstverständlich erst dann, wenn du mich zu deiner Witwe gemacht hast – werde ich einem bedürftigen jungen Schriftsteller, der sich auf das Dichten von Räuberpistolen versteht, die Geschichte deines Aufstiegs schenken.

Mach dir bitte keine Sorge ob dieser Drohung, denn so, wie du gebaut bist, wirst du mich ganz gewiß überleben.

1. Kapitel

Bis zu ihrer Verheiratung hatte Eve Treuhoff als Übersetzerin und zweite Lektorin in einem Hamburger Verlag gearbeitet. Ihren Mann, Claus Chrysanth, lernte sie im Hause des Verlegers kennen.

Er war ein kultivierter, auffallend hübscher Mensch, der viel von Antiquitäten, der Malerei des 19. Jahrhunderts, von Golf und Bridge verstand. Er wäre gerne Innenarchitekt geworden oder noch lieber berufsloser Ästhet. Zudem litt er an einem Ödipuskomplex, den Eve erst nach ihrer Eheschließung in seinem vollen Ausmaß zu spüren bekam.

Claus war der schwache, feinsinnige Sohn eines großen Vaters und als solcher absolut kein Einzelfall. »Der Alte« – Karl Wilhelm Chrysanth – hatte den im Jahre 1891 gegründeten Verlag zu einem der größten und angesehensten im deutschsprachigen Gebiet ausgebaut, nicht zuletzt dank der Fähigkeit, seine deutschnationale Denkungsart den wechselnden Regimen merkantil anzupassen, ohne dabei in den Verruf eines Mantelhängers zu geraten. Er war in erster Linie Persönlichkeit und erst in zweiter ein Charakter.

Im überladenen Salon seiner Witwe hingen die fotografisch festgehaltenen Beweise dafür: Händeschütteleien mit Kaisers, Ebert, Stresemann, Hindenburg – es hatte noch einen Handschlag und herzliches Anlachen mit Adolf Hitler gegeben, aber dieses Foto existierte nicht mehr. Damals, 1945, war man so radikal im Vernichten von Indizien gewesen.

Nachdem sich der alte Herr an oberer Stelle von diesem letzten Shakehand hatte säubern lassen – ehemalige emigrierte Autoren sagten gut für ihn aus –, fing er mit seinen alten Mitarbeitern wieder von vorne an. Sein Unternehmergeist war noch vorhanden, aber leider nicht mehr sein Gespür für das, was die Leute lesen wollten.

Es war die krampfhafte Wiedergeburt eines großen, alten, angesehenen Namens, die kostspielige Freizeitgestaltung eines Greises, der nicht abtreten wollte.

Mit vierundachtzig Jahren starb er in der Hoffnung, daß sein einziger Sohn Claus das väterliche Streben fortsetzen und den Verlag wieder zu dem machen würde, was er einmal gewesen war.

»Der Name Chrysanth darf niemals aus dem deutschen Verlagswesen gelöscht werden. Denke immer daran, mein Sohn.«

Claus dachte höchst ungern daran, aber er dachte. Schließlich saß ihm der Respekt vor dem Alten auch noch nach dessen Tode in den Knochen. Er führte das Unternehmen wie eine unerfreuliche Pflichtaufgabe weiter.

Jede geschäftliche Angelegenheit war ihm körperlich zuwider. Er überließ sie gern anderen, am liebsten seiner Frau.

Eve gebar ihm – nicht ohne ernstliche Komplikationen – zwei Kinder, zuerst eine Tochter namens Beatrice, genannt Bibi, und drei Jahre später den Knaben Christoph. Die Kinder brachten störende Unruhe in sein kultiviertes, gedämpftes Dasein, aber er ertrug sie klaglos, mit einem leicht nervösen Zucken seiner hellen Augenbraue. Nachfolger mußten schließlich sein.

Der Name Chrysanth durfte nicht aussterben.

Eines Tages suchte eine Steuerprüfung den Verlag heim. Es gab absolut nichts zu befürchten. Alle Defizits waren korrekt verbucht.

Dennoch erinnerte sich Claus ebenso dunkel wie rechtzeitig daran, daß der Kinderarzt seiner Mutter vor dreißig Jahren mit an die Nase erhobenem Zeigefinger verkündet hatte: »Cläuschens Mandeln sind nicht die besten. Sie bilden einen Infektionsherd in seinem anfälligen Körper. Eines Tages müssen sie heraus.« Claus Chrysanth begab sich ins Krankenhaus und überließ seinen Angestellten und seiner Frau den Umgang mit den lästigsten Beamten dieses Zeitalters. Mit noch nicht achtunddreißig Jahren wurde er endlich den Infektionsherd in seinem anfälligen Körper los. Leider starb er in der Nacht darauf an akuter Herzschwäche. Seine Frau Eve wußte bei der Beerdigung nicht, ob ihre Tränen unter dem schwarzen Schleier ausschließlich seinem unverhofften Ableben oder dem Berg von Verpflichtungen galten, mit dem er sie zurückgelassen hatte und dem sie nicht gewachsen zu sein glaubte.

Nach ihrer Verheiratung hatte Eve Chrysanth keinen beruflichen Ehrgeiz mehr verspürt. Sie war vollkommen zufrieden in ihrer häuslichen Atmosphäre und galt allgemein als Idealfall einer Frau und Mutter. Und außerdem war sie eine Dame. Kein Mann kam auf die Idee, mit ihr zu flirten. Aber jeder Mann hielt sie seiner Frau als lobendes Beispiel vor. Diese Ausnahmestellung trug ihr keine intimen Freundinnen ein, sie vermißte solche auch nicht.

Eve lebte für ihre Kinder, ihren Mann, mit schönen, kultivierten Dingen und den Büchern anderer Verlage.

Um ihre »süße, kleine Welt« züchtete sie abschützende Rosenranken wie viele Menschen mit uneingestandener Lebensangst.

Dann starb ihr Schwiegervater, und manches wurde anders.

Claus Chrysanth übernahm den Verlag und ließ Eve anfangs gesprächsweise, später aktiv und sich selbst entlastend an seinen unerfreulichen Verlegerpflichten teilhaben.

Dann starb auch er, und alles wurde anders.

Eves süße, kleine Welt hörte endgültig auf zu existieren – es gab keine Rosenranken mehr und keine friedvolle Idylle, es gab nur noch Ärger. Sie war mit achtundzwanzig Jahren Witwe. Ihre Kinder gerieten in die staatlich geprüften Hände einer anspruchsvollen, mißgelaunten Erzieherin, denn sie selbst war, da sich niemand fand, der bereit war, die undankbare Aufgabe eines Verlegers im Angestelltenverhältnis beim Chrysanth-Verlag zu übernehmen, auf diesen Posten verdonnert worden. Jener Beschluß erschien ihr wie eine Krönung all der Unsinnigkeiten, die die Familie in geschäftlicher Hinsicht nach dem Kriege unternommen hatte. Aber mit dem ererbten Pflichtbewußtsein, das stärker war als alle Überlegungen der Vernunft und des gesunden Menschenverstandes, nahm sie ihr Kreuz auf sich und war bemüht, zu retten, was noch zu retten war. Sie gehörte nun einmal zu jenen Frauen, die im Grunde ihres Herzens zaghaft sind, aber niemals versagen und das Beste aus dem zu machen versuchen, was man ihnen aufhalst. Diese Veranlagung war ihr persönliches Pech.

Der ehemalige Cheflektor mit vierzigjährigem Verlagsjubiläum, Herr Docht, war ihr als beratender Beistand zugeteilt worden. Diese Tätigkeit ließ ihm genügend Zeit, sich mit seinem Steckenpferd, der altnorwegischen und isländischen Skaldendichtung, und mit der Pflege seines Philodendrons, welcher sich vom Fensterbrett des Lektorats aus mit etlichen Armen – durch eingeschlagene Nägel und Bastfäden hilfreich unterstützt – über die bräunlich nachgedunkelte Tapetenwand schlängelte, zu befassen. Er zehrte von der großen Vergangenheit des Chrysanth-Verlages und wehrte sich mit greisenhafter Bockigkeit gegen jede Neuerung, die Eve vorschlug.

Sie hatte ihm bisher immer wieder nachgegeben, aus Achtung vor seiner langjährigen Verlagserfahrung und aus eigener fachlicher Unsicherheit.

Und dann war da noch Richard Kühlkamp, der Mann ihrer Schwägerin Ellen, geborene Chrysanth. Ebenso tüchtig und ehrgeizig im Beruf wie persönlichkeitslos im Privatleben. Zu Hause regierten der Eigensinn seiner Schwiegermutter Johanna und die Unzufriedenheit seiner Frau.

Richard oder Ricky Kühlkamp, wie er aus eleganten Gründen

gerne genannt wurde, leitete die Chrysanthsche Druckerei, ein florierendes Unternehmen, aus dessen Gewinnen der Verlag künstlich am Leben gehalten wurde. In Rickys Augen war er ein Parasit, der das Blut aus der Druckerei zog. Eves krampfhafte Wiederbelebungsversuche beobachtete er mit Besorgnis. Er gab ihr – selbstverständlich nur unter vier Augen – den dringenden Rat, ihre Energie nicht länger für eine aussichtslose Sache zu opfern, sondern vielmehr alles zu tun, was zu ihrem gewaltsamen Ende beitragen würde.

»Warum sagst du das mir?« fragte Eve. »Warum sagst du das nicht unserer gemeinsamen Schwiegermutter?«

Darauf zuckte er ebenso verärgert wie hoffnungsunfreudig die Achseln. »Wer beißt schon gerne auf Granit!?«

Der alte Chrysanth hatte seine Frau Johanna im Falle, daß sie ihren einzigen Sohn überlebte, zur Alleinerbin eingesetzt und ihr noch auf dem Totenbett das Versprechen abgenommen, für das Weiterbestehen des Verlages Sorge zu tragen. Da Johanna Chrysanth genügend Privatvermögen besaß, um nicht wie ihre Tochter und Schwiegerkinder auf die Gewinne aus der Druckerei angewiesen zu sein, fiel es ihr nicht schwer, dieses Versprechen einzuhalten.

Und außerdem war sie Vernunfthandlungen gegenüber weniger aufgeschlossen als dem Vergnügen, ihre angeheirateten Erben zu ärgern.

Richard Kühlkamp dachte des öfteren am Tage: »Zu schade, daß geschäftlicher Unverstand und ausgeprägter Hang zur Bösartigkeit nicht ausreichen, um die Alte entmündigen zu lassen.«

Aber abends schickte er ihr Rosen, denn schließlich würde auch Johanna Chrysanth eines Tages ihr Testament machen.

Eve Chrysanth unternahm etliche Versuche, um neue, begabte Autoren anzulocken, aber es kam keiner, der bereit war, seine Werke einem Verlag anzuvertrauen, der außer einer großen Vergangenheit nichts mehr zu bieten hatte.

Und dann lag da eines Tages ein Manuskript auf ihrem Schreibtisch. Titel: Brennende Stiere. Autor: Raoul M. Tambour. Was für ein schöner, protziger Name, bestimmt von einem erfunden, der sich über die Durchschnittlichkeit seines amtlich registrierten Namens – Hans Schmidt, Karl Schulze, Fritz Neumann – gewurmt hatte.

Eve blätterte anfangs lustlos in dem Manuskript – wer sandte dem Chrysanth-Verlag schon etwas Brauchbares ein – und dazu noch unaufgefordert?

Schließlich las sie die beigefügte Inhaltsangabe und Beurteilung des Lektors Docht. Las folgendes:

»Karl Freund, Liftboy im Edenhotel, Berlin, wird von zugereister spanischer Touristin verführt. (Ungewöhnliches, vollblütiges Weib, viel älter als K. – nichts für unsere Leser.) Sie nimmt ihn mit auf ihr Gut in der Nähe der Sierra Morena, wo sie Kampfstiere züchtet. Luiza (so heißt sie) bietet ihm hier ein Jahr der rauhen, großen, herrlichen Abenteuer. Zum ersten Male in seinem Leben empfindet er Liebe und Bewunderung für einen Menschen. Dennoch verläßt er sie, als der Bürgerkrieg ausbricht, weil seine politische Überzeugung nicht mit seinen privaten Gefühlen vereinbar ist. Als Arbeiterkind sympathisiert Karl mit der Volksfrontregierung Azaña und schließt sich der Internationalen Brigade an, während Luiza – Großgrundbesitzerin und Nationalistin – die Gegenrevolution General Francos unterstützt.

Karl nimmt an der Verteidigung Madrids teil. Im Frühjahr 1938 erfährt er durch Zufall, daß Luiza von Guerrilleros erschlagen und das Gut niedergebrannt worden ist. Diese Nachricht erschüttert ihn zutiefst. Er fühlt sich indirekt schuldig an Luizas gewaltsamem Tod und kann ihn doch nicht sühnen, denn das bedeutete einen Anschlag gegen seine eigenen Waffenbrüder. (Unter Sühne versteht er ausschließlich Rache!) Er verläßt seine Stellung und schlägt sich unter dramatischen Umständen zu den Trümmern seiner glücklichsten Zeit durch. Er findet keine Erinnerung mehr, nur tödliche Verlassenheit. Zum ersten Male im Leben hat er Furcht. Aus dieser Furcht erwächst geradezu panische Lebensgier. Von jetzt an wird es nichts mehr geben, wofür er bereit wäre, das kurze Erdendasein vorzeitig aufs Spiel zu setzen.

Auf der Flucht zur rettenden Grenze nimmt er sich des einzigen Überlebenden eines ausgehobenen Partisanennestes an, eines etwa einjährigen Kindes, das er Manolo nennt.

Manuskript endet vorzeitig auf Seite 402. Schluß fehlt.

Recht ungewöhnlicher, vollblütiger Stil, nicht ohne Spannung und Dramatik. Karls Reaktion auf Luizas Tod bleibt unbefriedigend, da ichbezogen. Man vermißt die politische Läuterung. Statt innerer Einkehr oder der verständlichen Suche nach dem eigenen Heldentod ein geradezu abschreckend egoistischer Lebenswille: Überleben – Leben – Erleben – egal wie. Diese Einstellung mag kurzfristig das menschliche Verständnis des Lesers erregen, wenn er bedenkt, daß sie in einer Zeit geboren wurde, in der der Tod stündlich eintreten konnte. Aber akzeptabel ist sie nicht. Vor allem nicht in unserem Verlag, der das Schicksal christlicher Märtyrer (ich erinnere nur an die Romane von R. A. Bürhelm ›Colosseum‹, ›Sebastian‹, ›Sonne in Katakomben‹) und die Heldenbiographien von Überhardsen und Lugorf herausgebracht hat.

Trotz zweifellos vorhandener schriftstellerischer Qualitäten plädiere ich für die Ablehnung des Manuskriptes ›Brennende Stiere‹, da nicht auf unserer Linie liegend. Docht.«

Wenn es etwas gab, was Eve Chrysanth auf die »Brennenden Stiere« neugierig machte, so war es vor allem Herrn Dochts abfällige Kritik. Sie nahm an dem unheroischen Überlebenswillen eines Neunzehnjährigen, der auf zweihundert Seiten bewiesen hatte, daß er kein Feigling war, weniger Anstoß als ihr Lektor und beratender Beistand. Sie hatte vor allem mit der Art und Weise zu tun, in der dieser Raoul Tambour seinen Roman geschrieben hatte. Sie war gleichermaßen schockiert und fasziniert. Das war alles so leuchtend und maßlos, so absichtslos tragisch und dann wieder nicht frei von triefender Kerlssentimentalität und muskelstarkem Mannestum. Es gehörte der Mut völliger literarischer Unbefangenheit, aber auch ein starkes Erzählertalent dazu, so zu schreiben.

Zwei Tage lang ging ich mit den »Brennenden Stieren« schwanger, gezwickt von Zweifeln, beschwingt vor Begeisterung. Letztere siegte. Nun erhob mich ein außerordentliches Gefühl über Teppiche und Gebohnertes, einen halben Meter über mich selbst hinaus. Später formulierte ich es nüchterner: »Ich muß wohl den Boden unter den Füßen verloren haben.«

Auf jeden Fall: ich hatte Raoul Tambour entdeckt, ein farbenprächtiges, starkes Naturtalent, von dem man noch viel erwarten konnte. Ich, Eve Chrysanth, erlebte die Sternstunde in meinem bisher so unerfreulichen Verlegerdasein.

Tambours »Brennende Stiere« würden die Wiedergeburt des Chrysanth-Verlages einleiten. Ich träumte von Genesung durch hohe Auflagen, von fußeküssender Dankbarkeit seitens der Familie Chrysanth.

Ich träumte . . .

Mitten aus diesem phantastischen Hochgefühl heraus und ohne noch einmal mit Herrn Docht Rücksprache gehalten zu haben, diktierte ich meiner Sekretärin einen Brief, in dem ich Raoul Tambour um eine Unterredung ersuchte.

Ich gebe zu, daß ich auf ihn sehr gespannt war.

Ich erwartete – ja, ich weiß nicht mehr, was ich erwartet habe. Auf jeden Fall nicht den, der mir zwei Tage später gegenüberstand.

2. Kapitel

Eve würde nie den Tag vergessen – einen Donnerstag um elf Uhr dreißig –, an dem er ihr zum ersten Male im getäfelten, traditionsreich-trübsinnigen Besuchszimmer des Chrysanth-Verlages gegenüberstand. Breitbeinig, selbstbewußt, die Daumen im Gürtel eines unangenehm knirschenden, khakifarbenen Ledermantels verhakt.

Und sie würde niemals ihre erste Reaktion bei seinem Anblick vergessen: Nein. Ganz unmöglich.

»Sie haben mir wegen des Manuskriptes geschrieben, das ich Ihnen zuschickte. Sie hätten mir wohl kaum geschrieben, wenn es Ihnen nicht gefallen hätte, es ist auch gut. – Setzen wir uns, oder bleiben wir stehen? Mir persönlich ist es egal.«

»Bitte«, sagte Eve Chrysanth und wies ihm einen Sessel zu.

Raoul Tambour war kein Beau. Ehe er sich die vorspringende Nase aus der von der Natur beabsichtigten Richtung prügeln ließ, mochte er ganz gut ausgesehen haben. Sein Mund war stark und rücksichtslos, das dichte schwarze Haar hatte die fatale Neigung, im Nacken Locken zu schlagen. Außerdem trug er Schnurrbart, keinen von der geschniegelten Sorte, eher von partisanenhafter Struppigkeit und auf alle Fälle mißtrauenerregend. Seine hellen Augen besaßen die lauernde Unergründlichkeit einer Raubkatze.

»Ehe wir zum Thema kommen, möchte ich Ihnen gleich eins sagen, Frau Chrysanth. Ich bin kein armes Luder, das vom Schreiben leben muß.« Tambour knöpfte seinen Ledermantel auf und ließ sich knirschend nieder. »Ich habe immer gutes Geld verdient, von meinem fünfzehnten Lebensjahr an. Zur Zeit habe ich mehrere Jobs.«

»Aha«, sagte Eve und hatte das wenig behagliche Gefühl, von einer D-Zug-Lokomotive überrollt zu werden.

Tambour war dabei weder laut noch lebhaft, er war nur von einer Zielstrebigkeit und Direktheit, die Eve Chrysanth gleichermaßen entwaffneten und amüsierten.

Sie saß auf der Kante ihres Stuhles und gab sich Mühe, so wenig verdattert wie möglich auszusehen.

»Die ›Brennenden Stiere‹ sind Ihr erster Roman, Herr Tambour?«

»Meine eigene Geschichte«, sagte er. »Ich bin der Karl, die Hauptperson.« Er zog ein zerknülltes Päckchen aus der Hosentasche, entnahm ihm eine verbogene Zigarette, und dabei sah Eve Chrysanth den Ring an seinem kleinen Finger.

Ein Rubin von Zweikaratgröße, um den sich eine goldene Schlange mit einem bösartig schielenden Smaragdauge ringelte. Sie dachte: Wie ist es nur möglich, daß ein Mann, der ein so hartes, kraftvolles Buch geschrieben hat, so einen abscheulichen Ring tragen kann!?

»Wie sind Sie ausgerechnet auf unseren Verlag gekommen, Herr Tambour?« fragte sie sinnend.

Er musterte sie blitzschnell und abschätzend, er glaubte so etwas wie mißtrauisches Staunen aus ihrer Frage herausgehört zu haben. Bei aller Kraftprotzigkeit war er doch empfindlich und feinfühlend genug, um ihre innere Abwehr zu spüren.

»Darauf antworte ich Ihnen später«, sagte er. »Mich interessiert jetzt erst mal, was Sie zahlen. Können Sie überhaupt zahlen?«

Eves Rücken versteifte sich. »Noch habe ich nicht davon gesprochen, daß ich mit Ihnen einen Vertrag machen werde.«

»Ach«, staunte er – ein aggressives Staunen. »Ja, warum haben Sie mich dann herbestellt? Können Sie es sich leisten, so ein Manuskript wie die ›Brennenden Stiere‹ abzulehnen? Können Sie das?« Und da sie nicht sofort antwortete, fragte er ungeduldig: »Ja oder nein?«

»Entschuldigen Sie«, lächelte Eve Chrysanth mit Mühe, »ich bin ein wenig verwirrt. Der Umgang mit unbekannten Autoren, die wie auflagestarke Dichterfürsten auftreten, ist mir noch zu neu.«

Seine Augen verengten sich zu bösen Schlitzen, aber er schluckte kommentarlos ihre Bemerkung.

»Hören Sie zu«, sagte er. »Ich bin über die Situation des Chrysanth-Verlags gut orientiert. Jeder vernünftige Kaufmann hätte den Laden längst zugemacht. Ist doch ein reines Zuschußunternehmen, oder? Kommt mir vor wie ein kranker, lebensmüder Greis, den man künstlich zum Weiterleben zwingt, nur weil er in seiner Jugend mal so berühmt war. Die paar Neuauflagen früherer

Erfolge, na schön. Finden vielleicht noch ihre Leser. Aber das Wenige, was Sie sich nach dem Kriege von Ihren Autoren haben zusammendichten lassen . . .! Was Sie brauchen, um wieder ins Rennen zu kommen, das sind junge, kraftvolle Schreiber, nicht solche blutarmen, gegenwartsfremden Ofen-Dichter. Sie brauchen knallharte Bestseller wie die ›Brennenden Stiere‹ zum Beispiel.«

Eve Chrysanth holte tief Atem.

»Was haben Sie jetzt schon wieder gedacht?« fragte er mißtrauisch. Und gab sich sofort die Antwort: »Sie halten mich für größenwahnsinnig, wie? Bin ich gar nicht. Ich weiß nur, was gut ist und was heutzutage ankommt, auch dann, wenn es zufällig von mir selbst stammt.«

Raoul Tambour sah Eve Chrysanth herausfordernd an. Eve Chrysanth sah seufzend auf ihre langen braunen Hände, die gefaltet in ihrem Schoß lagen.

Sie dachte: Ich möchte ihn so gerne hinauswerfen.

Er dachte: Wenn sie nicht so scharf auf die »Brennenden Stiere« wäre, hätte sie mir schon längst gezeigt, wie man die Tür von außen schließt.

Tambour zog seine Brieftasche aus dem Innern des Jacketts und blätterte ihren Inhalt auf den Tisch – Ausweise, Benzinquittungen, Reinigungsabschnitte und endlich zwei gefaltete Briefe, die er über die blankgebohnerte Tischplatte hinweg auf Frau Chrysanth zuschliddern ließ.

»Da, lesen Sie mal.«

Es waren Antwortschreiben renommierter Verlage, bei denen die »Brennenden Stiere« bereits vorgelegen hatten. Alle beide äußerten sich sehr wohlwollend, einer wollte erst den fehlenden Manuskriptschluß abwarten, der andere sprach von Vertrag.

Eve Chrysanth las die Briefe ausführlich durch und dachte dabei: Wie kann soviel Prahlerei auch noch schriftlich belegbar sein?

»Sehr schön«, sagte sie und schickte sie auf dem gleichen Wege über den Tisch zurück. »Mit *den* Verlagen können wir natürlich nicht konkurrieren.«

»Weiß ich«, sagte er und steckte sie wieder ein.

»Dann verstehe ich nicht, weshalb Sie noch zu uns gekommen sind. Ich verstehe das wirklich nicht.«

Er schaute rasch und abschätzend über sie hin.

Nordisch blonde, hochbeinige, ein wenig strenge Schönheit. Gute Figur. Dunkelblauer Kaschmirpullover, Schottenrock, flache, schmale Schuhe. Perlen in den Ohrläppchen, lange, geknotete Perlenkette. Ein ästhetischer Anblick, etwas zum Betrachten, aber nichts zum Berühren.

»Ich habe Ihnen Vorschläge zu machen«, sagte Tambour und erhob sich. »Ich habe bestimmte Gründe, warum ich bei einem kleinen Verlag mit einem guten Namen herauskommen will. Es muß nicht unbedingt der Chrysanth-Verlag sein. Purer Zufall, daß ich auf Sie gekommen bin. Aber darüber sprechen wir das nächste Mal. Ich muß jetzt weg. Um elf Uhr wartet ein Kunde auf mich.« Er zog den Mantelgürtel eng. »Bis wann brauchen Sie den Schluß?«

»Spätestens Ende Juni.«

»Abgemacht. Es werden ungefähr noch hundert Seiten werden.«

»Herr Tambour . . .«

Er sah auf seine Uhr. »Ja?« Und hatte es sehr eilig.

Eve wollte sagen: Ich traue Ihnen nicht. Am liebsten ließe ich die ganze Geschichte fallen. Ich bin auch an Ihren mysteriösen Vorschlägen nicht interessiert. Es genügt mir, in einem anormalen Verlag arbeiten zu müssen. Ich möchte mich nicht auch noch mit wildgewordenen Autoren herumärgern.

»Wir können Ihnen höchstens fünf Prozent vom Ladenpreis bezahlen«, warnte sie. »Und keinen Vorschuß.«

»Sehe ich so aus, als ob ich einen nötig hätte?« fragte er dagegen. »Wann soll das Buch herauskommen?«

»Im Herbst, falls wir überhaupt . . .«

»Wir werden schon einig«, unterbrach er sie. »Irgendwie werden wir schon einig werden. Schicken Sie mir einen Vertragsentwurf zu.«

Eve brachte ihn zur Tür, sein Händedruck tat weh. Sie ging ins Sekretariat hinüber.

Herr Docht war zufällig anwesend. »Na?« fragte er.

Eve hockte sich auf die Schreibtischkante. »Er ist unmöglich«, sagte sie bedrückt, »einfach unmöglich.«

Herr Docht strahlte. »Habe ich Sie nicht gleich gewarnt!?«

Fräulein Kügler, die Sekretärin, hängte sich aus dem Fenster, aber sie konnte Tambour leider nicht sehen, als er das Gebäude verließ.

»Nach dem Motorengeräusch zu urteilen, fährt er einen schweren Wagen«, sagte sie.

»Vielleicht ist der Topf seines Auspuffs kaputt«, sagte Eve dagegen. »Das dröhnt auch ganz schön.«

Sie ging in ihr Zimmer hinüber, setzte sich an ihren Schreibtisch, und während sie – die flachen Hände um die Nase gelegt – auf Fräulein Kügler wartete, um ihr den Vertrag zu diktieren, dachte sie über Tambour nach. Das Mißtrauen, das sie dabei benutzte, fand überall Raum, die Logik nirgends.

Aber das Buch ist gut, dachte sie, ich will das Buch haben. Und wenn er erst den Vertrag unterschrieben und die restlichen hundert Seiten geliefert hat, was kann mir dann noch mit ihm passieren!?

3. Kapitel

Raoul Tambour schickte weder den Vertrag unterschrieben zurück, noch ließ er verlauten, weshalb er es nicht tat. Jede schriftliche Anfrage blieb unbeantwortet. Auch wartete man im Chrysanth-Verlag vergebens auf die restlichen hundert Seiten. Eves Nervosität stieg von Tag zu Tag. Der unerfreuliche Auftritt des Kraftmeiers Tambour war über der Güte seines Manuskriptes, das sie noch einmal gelesen hatte, verblaßt. Sie setzte alle Zukunftshoffnungen auf diesen Stoff.

»Meine liebe Frau Chrysanth, worauf warten Sie eigentlich noch?« staunte Herr Docht. »Der Mensch hat längst mit einem anderen Verlag abgeschlossen.«

Eve beschloß zu handeln. An einem heißen Junimorgen versah sie das ältliche Fräulein Kügler – übrigens die einzige Person im Verlag, die ihr von Herzen wohlgesinnt war – mit Fahrgeld und dem Auftrag, Raoul Tambour in seiner Wohnung aufzusuchen.

»Und wenn Sie das Gefühl haben, er läßt sich verleugnen, dann geben Sie nicht auf. Klingeln Sie Sturm. Klagen wegen Hausfriedensbruchs gehen auf Spesenkonto.«

Fräulein Kügler war vom großen Erfolg der »Brennenden Stiere« ebenso überzeugt wie Eve selbst.

». . . schon wegen der Stelle, Frau Chrysanth, wo er das halbverhungerte Wurm von den Partisanen rettet und mitnimmt, und eigentlich stört es ihn furchtbar auf der Flucht und verrät ihn zweimal, und kleine Babys kann er sowieso nicht leiden. Er wäre es bestimmt in einem Kloster losgeworden, aber nein, er schleppt es weiter mit sich. Und sehen Sie, Frau Chrysanth, das ist das menschliche Anständige an ihm, und deshalb läßt er uns auch nicht mit den letzten hundert Seiten sitzen.«

Im Endeffekt fand jeder Mensch in jedem Roman genau das, was ihn interessierte. Die Kritiker klopften seinen Stil ab und untersuchten ihn nach Aussage und Anliegen, die Heimlichen blätterten so lange, bis sie an die Liebesszenen gerieten, die Gründlichen prüften an Hand von Lexika, ob der Autor sich auch nirgends geirrt hatte, und ältliche Fräulein wie die Kügler erwärmten ihr einsames Herz an der Rettung eines Partisanenbabys.

Um neun Uhr dreißig an einem leuchtend blauen Junitag zog sie ebenso neugierig wie tatendurstig aus.

Kurz vor Büroschluß kehrte sie verschwitzt, bis zur Weinerlichkeit verstört in den Verlag zurück und stülpte ihre Kunstlederhandtasche in einen, sich selbst in einen anderen Sessel vor Eves Schreibtisch.

»Also wenn ich Ihnen erzähle, was ich alles durchgemacht habe . . .!«

»War es so schlimm?«

»Auf jeden Fall werden Sie glauben, die Kügler spinnt.«

Eve steckte den Tauchsieder in den Wassertopf.

»Kaffee?«

»Das wäre aber nett. – Also, man ist ja allerlei gewohnt, wenn man sein Leben lang mit Autoren zu tun hatte. Die sind ja 'ne Plage für sich . . .«

»Haben Sie Tambour gesprochen?« fragte Eve, die Fräulein Kügler ebenso schätzte, wie sie ihre Weitschweifigkeit fürchtete.

»Ich erzähle lieber der Reihe nach. Zuerst fuhr ich zu seiner Wohnung. Das ist aber keine Wohnung, wo er wohnt. Das ist ein alter Kahn, Frau Chrysanth. Und wo der liegt! Noch weiter draußen geht's gar nicht. Siebzehn Minuten zu Fuß von der Omnibushaltestelle, und das bei der Hitze und mit meinem Bein, Sie wissen doch.«

»Ja, ich weiß«, sagte Eve. »Haben Sie es heute nicht gewickelt?«

»Eben nicht. Aber das war noch nicht das Schlimmste. Ich balanciere also – endlich angekommen – über den wackligen Landungssteg und rufe ›Hallo‹ – und was glauben Sie wohl, wer mir öffnet!?«

»Wie soll ich das wissen«, sagte Eve ungeduldig.

In Fräulein Küglers Augen trat prickelndes Entsetzen. »Sie war so ordinär, so – überall ordinär, wenn Sie vielleicht wissen, was ich damit meine. Und rothaarig dazu.«

»Tambours Geliebte wahrscheinlich«, konstatierte Eve.

»Sehen Sie, das habe ich auch gleich gedacht!«

»Na und?«

»Ich fragte sie, ob Herr Tambour in diesem Kahn wohnt, und sie sagte: ›Ja, aber er ist schon seit zwei Wochen nicht mehr hiergewesen. Ich weiß auch nicht, wo er steckt. Und wie er sich das denkt. Ich habe keinen Floh mehr in der Tasche‹, sagte sie, ›aber Schulden beim Kaufmann und in der Kneipe. Von etwas muß der Mensch doch leben.‹ Na, da gab ich ihr fünf Mark aus meiner Tasche, aber ich ließ mir eine Quittung darüber ausstellen, es muß ja alles seine Ordnung haben. Wissen Sie, Frau Chrysanth – das Wasser kocht! –, also, ich dachte mir, ein klingender Händedruck macht die Person leutseliger. Und so war es denn auch. Sie riet mir, zu Schybs & Co. zu fahren, das ist eine Immobilienfirma. Der Schybs ist tot, und der Co. ist Herr Tambour. Dort wüßten sie bestimmt, wo er sich gerade aufhält. Wenn sie selber dort anriefe oder aufkreuzte – ihre Worte! –, dann hieße es immer, er wäre gerade verreist. Aber das sei natürlich gelogen. Die Person wollte noch wissen, weshalb ich ihn sprechen möchte. Ich sagte, wegen eines Romans, den er geschrieben hat. Das war ihr sehr interessant. Und dann fragte ich sie, ob er vielleicht, ehe er vor zwei Wochen auszog, mal so abends etwas Längeres getippt hätte, aber sie sagte, nein, dazu käme in ihrer Gegenwart so schnell kein Mann.« Fräulein Kügler errötete.

»Ist der Kaffee so richtig?« fragte Eve.

»Ja, wunderbar. Vielen Dank.«

»Sie fuhren also zu Schybs & Co.«

Fräulein Kügler rührte in ihrer Tasse. »Zweimal Autobus und dann noch sieben Stationen mit der Elektrischen. Und so ein schlechter Anschluß, einmal habe ich zwölf Minuten warten müssen. – Das Büro macht übrigens einen sehr anständigen Eindruck. Auch die Sekretärinnen, Frau Chrysanth. Sehr seriös.«

»Nirgendwo ordinär?« fragte Eve.

»Und alles neu renoviert. Als ich sagte, woher ich komme, boten sie mir einen Stuhl an und waren auch sonst sehr zuvorkommend. Herr Tambour ist natürlich nicht verreist. Er war auch in den letzten beiden Wochen nicht außerhalb, das hatten sie nur auftragsgemäß lügen müssen, wenn die besagte Person erschien.«

»Haben Sie ihn gesprochen?« drängte Eve zur Sache.

»Konnte ich ja nicht, wo er doch gerade in der Luft war, au!« Fräulein Kügler hatte sich die Unterlippe an der heißen Kaffeetasse verbrannt.

»Luft? Wieso?«

»Die Verbindung zum Flugplatz war nicht schlecht. Nur zweimal Umsteigen, und die Busse kamen sofort. Herr Tambour war übrigens wirklich in der Luft, wie mir die Herren auf dem Privatflughafen versicherten. Es ist nämlich so –«, für Fräulein Kügler war bereits alles ganz verständlich, was Eve noch geistige Schwierigkeiten bereitete, »er ist auch Sport- und Kunstflieger. Von Zeit zu Zeit muß er immer wieder mal durch den Himmel turnen, sonst verliert er seinen Flugschein. Das war gerade heute. Oh, Frau Chrysanth, Ihr Schwiegervater hatte es besser mit seinen Autoren als Sie. Der war bloß in Sorge, sie könnten sich zu Tode saufen. Aber wie lange braucht eine Leberzirrhose, bis sie zum Grabe führt, und wie schnell und gründlich tritt ein fliegender Dichter aus dem Leben. – Soll ich weitererzählen?«

»Bitte«, sagte Eve.

»Ich fuhr also noch mal zu Schybs & Co. Dort hatte man Mitleid mit meinen umsonstenen Rundreisen bei der Hitze. Die Sekretärinnen glaubten nicht, daß Herr Tambour heute noch einmal ins Büro käme. Aber er riefe bestimmt noch einmal an, und dann würden sie ihm von meinem Besuch erzählen. Und dann sagten sie noch, wenn es sehr dringend wäre, dann sollte ich doch zum Zirkus ›Toniello‹ fahren, der gerade hier gastiert. Dort wäre er heute abend bestimmt zu erreichen.« Fräulein Kügler trank ihren Kaffee aus. »Ich sagte, daß ich leider heute nicht könnte, meine Schwester hat doch Geburtstag. Ich sagte, daß vielleicht meine Chefin hinkäme, wenn sie Zeit hat. Man möchte das Herrn Tambour ausrichten. Es ist Ihnen doch recht so – oder?«

»Was macht er denn beim Zirkus?« fragte Eve erschöpft.

Fräulein Kügler geriet in Verlegenheit. »Sehen Sie, Frau Chrysanth, das weiß ich auch nicht. Auf der Fahrt hierher fiel's mir ein. Du hättest doch fragen müssen, Elisabeth, was er da macht ... aber die Hitze ... ich war einfach zu fertig, Frau Chrysanth.«

Eve schwieg eine Weile. »Was halten Sie von diesem Tambour?« fragte sie schließlich.

»Seine Sekretärinnen fanden alles ganz selbstverständlich bei ihm. Man hatte auch das Gefühl, daß sie ihren Chef mögen. Und es waren wirklich sehr seriöse Damen.«

Eve bestellte telefonisch ein Taxi, damit Fräulein Kügler wenigstens einmal an diesem heißen Tage ohne Umsteiger reisen konnte. Beim Abschied fragte sie: »Was hat eigentlich mein Schwiegervater mit Autoren gemacht, die nicht termingerecht ablieferten? Wissen Sie das noch?«

Fräulein Kügler überlegte. »Na, meistens hat er getobt und gedroht, und das half denn auch. Aber in hartnäckigen Fällen, bei dem Hubertussen zum Beispiel, bei dem half bloß nackte Gewalt. Den sperrte er so lange im Lektorat ein, bis er seine Schularbeiten gemacht hatte. Wieso fragen Sie?«

»Ihr Taxi«, mahnte Eve Chrysanth.

Der »Toniello« war ein mittleres italienisches Zirkusunternehmen. Es ging ihm nicht sehr gut. Frau Direktor saß an der Kasse, die Tierpfleger rissen die Billetts ab, und die Musical-Clowns mußten in der Pause den Ausschank bedienen.

Eve hatte einen Platz in der ersten Reihe, sozusagen Loge. Ihre Schuhsohlen schabten nervös über den Manegenrand. Das Orchester bestand aus sechs Musikanten.

Eve studierte das Programm. Sie studierte es noch, als ein Dutzend Schimmel – mit roten und grünen Puscheln aufgeputzt wie Pariser Revuegirls – in die Manege galoppierte und vom Herrn Direktor persönlich zu Kunststücken angefeuert wurde.

Das Programm enthielt die Namen aller Mitwirkenden. Artisten, Verwaltungspersonal, Techniker, Dresseure, Tierpfleger, Pferde, Löwen, Tiger, Seehündchen, Affen – alle waren sie aufgeführt. Raoul Tambour aber hieß keiner von ihnen. Raoul Tambour klang dabei wie ein Artistenname. Wer so hieß, legte sich keinen anderen zu. Ergo folgerte Eve daraus, daß er hier gar nicht auftrat. Man hatte Fräulein Kügler einen Bären aufgebunden. Aber mit einem alten, guten Mädchen konnte man sich eben alles erlauben . . .

Diese Feststellung verstimmte Eve Chrysanth so sehr, daß sie der zweiten Programmnummer – einem jungen Mann, der eine Tüte auf dem Kopf und darauf einen rotierenden Ball, eine Stange zwischen den Zähnen und darauf eine Tüte und einen kreisenden Ball balancierte und gleichzeitig sieben bunte Reifen um Arme und Hosenbeine trudeln ließ – nicht die nötige Bewunderung entgegenbringen konnte, die dieser Leistung geziemte.

Erst einer telefonierenden Schimpansin in einem rosa Organdykleid gelang es, sie von ihrem Ärger abzulenken.

Sie sah Spaßmacher, eine Dame, die sich »Doretta, das Schlangenweib« nannte, eine Seiltänzerin, Kaskadeure, und dann war Pause. Während sie im Restaurationszelt nach Kaffee und Bockwurst anstand, fühlte sie einen aufmunternden Stoß im Rücken. Eve hatte das nicht gern.

Sie sah sich um – sah geradewegs in die quellenden Fischaugen einer Frau, die in ihrem Hause wohnte. Eves erkennendes Lächeln war so weit sichtbar, als es die Höflichkeit verlangte.

Die Dame hieß Micky Meyer und führte gemeinsam mit ihrem sanften, veilchenäugigen Freund, den sie »mein Mäuschen« zu nennen pflegte, das elegante Trikotagengeschäft »Salon Venus«.

»Nein, so ein Zufall!« brach es aus Micky hervor. »Nun guck doch mal, Mäuschen, wer auch hier ist.«

Eve reichte beiden je einen Ellbogen zur Begrüßung, ihre Hände waren mit Tasse und Teller besetzt.

Sie dachte: Wie werde ich die bloß los? Ausgerechnet Micky Meyer. Trotz ihrer Hilfsbereitschaft war sie nirgends im Hause sehr beliebt. Das lag wohl daran, daß sie diesen edlen Charakterzug hauptsächlich dazu benutzte, um ihre Nase möglichst tief in die Angelegenheiten anderer Leute stecken zu können.

Im Zirkuszelt setzte die Musik ein. Die Pause war beendet, und Eve wollte sich erleichtert verabschieden, aber Micky Meyer hängte sich in ihren Arm. »Wir bringen Sie zu Ihrem Platz. Wo sitzen Sie denn?«

»In der ersten Reihe«, sagte Mäuschen. »Das weißt du doch. Wir haben Frau Chrysanth ja vorhin schon sitzen sehen.«

»Er ist immer so gründlich«, sagte Micky zu Eve. »Hier sind ja noch zwei Plätze frei. Sie haben doch bestimmt nichts dagegen, wenn wir bei Ihnen bleiben? Zu dritt amüsiert es sich viel besser als alleine.«

»Natürlich«, sagte Eve gedehnt.

Man hatte während der Pause ein hohes Schutzgitter um die Manege gebaut, denn laut Programm stand ihnen jetzt »Abdul, der weltberühmte Dompteur mit seiner gemischten Raubtiergruppe« bevor. Einer der Tiger hieß »Rocco der Mörder« – so stand es im Programm. Rocco hatte schon einen Mann beinahe getötet und seinen Dompteur schwer verletzt. Als besonderer Nervenkitzel trat Jonny der Gitarrist in dieser Nummer auf.

»Ob er den Bestien aufspielt?« überlegte Micky.

»Uns bleibt auch nichts erspart«, sagte Eve.

»Wofür doch manche Menschen ihr Leben leichtfertig aufs Spiel setzen«, sagte Mäuschen ernsthaft.

Micky küßte ihn aufs Ohr. »Nicht wahr, so was würdest du

nie tun?«

Die gemischten Raubtiere schlichen durch ihren Gittertunnel in die Manege und pflanzten sich mißmutig auf ihre Podeste. Man spürte, daß sie den Sinn dieses Unternehmens auch nach der tausendsten Vorstellung noch immer nicht einsahen, aber viel zu satt und träge waren, um mit ihrem Maestro darüber zu streiten.

Abdul, der Dompteur, war in hautenge, silbrig glänzende Hosen mit nachtblauen Biesen gekleidet. Darüber trug er nur muskulösen, dunkelglänzenden Oberkörper. Sein Peitschenstiel kitzelte die Kätzchen so lange, bis sie in jenes bedrohliche Grollen ausbrachen, welches das mit todesmutigen Darbietungen übersättigte Publikum von einem richtigen Raubtierakt erwartete.

»Ich glaube, der Dicke mit dem tückischen Blick, das ist Rocco, der Mörder«, flüsterte Micky.

Die Tiere machten auf Kommando Männchen, sprangen durch brennende Reifen, sprangen sich gegenseitig über die niedergeduckten Rücken und gestatteten Meister Abduls Haupt in ihrem widerwillig aufgesperrten Maul.

»Die armen Viecher! Jetzt werden sie für den Rest des Abends den Pomadengeschmack nicht mehr los. Guck mal – nein, nicht in die Manege – nach oben sollst du gucken«, sagte Micky aufgeregt. »Es wird immer schöner.« Aus der Zirkuskuppel sank eine Schaukel mit Gitarren-Jonny in die Manege herab.

»Das ist aber nun wirklich der Clou«, staunte Micky. »Versteht ihr, warum die Viecher nicht nach seinen Beinen fassen?«

»Bist du endlich stille!« drohte Mäuschen.

Jonny mißachtete unbekümmert lachend die Gefahr, in die er sich da herabgeschaukelt hatte. Er sprang leichtfüßig in die Sägespäne, angetan mit einem bunt bestickten Torerokostüm.

Ehe er sich dem Dompteur zuwandte, winkte er großartig zu Eve hinüber.

Und war ihr Autor Raoul Tambour.

Zuerst war sie starr vor Schreck. Dann begann ein hysterischer Lachanfall in ihr zu wüten.

»Er hat Ihnen zugewinkt«, staunte Micky. »Kennen Sie ihn?«

»Nein.«

»Artisten knöpfen sich immer mal einen aus dem Publikum vor«, erklärte Mäuschen.

»Aber er hat eben schon wieder herübergelacht!«

»Es ist Zufall«, sagte Eve und wünschte Micky zur Hölle.

»Es ist, weil Sie so schön sind«, sagte Mäuschen galant.

»Mir hat auch schon mal ein Zauberer zugewinkt«, sagte Micky darauf schnell.

»Na also«, sagte Mäuschen.

Der Dompteur begrüßte den niedergeschaukelten Jonny alias Raoul Tambour mit Schulterschlag und rief ein wenig hölzern: »Hallo, Jonny, nett, daß du uns besuchst. Und deine Gitarre hast du auch mitgebracht.« Er sah sich nach seinem mächtigsten Tiger um. »Komm, Rocco, gib Jonny das Pfötchen.«

Eve guckte fort.

Nicht die Hand, dachte sie entsetzt, bitte, bitte, nicht die Hand. Tritt ihm lieber auf den Fuß, Rocco, den braucht er nicht zum Schreiben.

Es ging alles glatt.

Jonny begann mit seiner musikalischen Darbietung. Zuerst spielte er einen Fandango. Er spielte übrigens ganz ausgezeichnet. Selbst Micky fand das.

»Es klingt richtig wie in Spanien, Mäuschen. Weißt du noch?«

Spanien, dachte Eve. Karl, der Liftboy aus dem Edenhotel, dachte sie. Luiza, Stiere, Bürgerkrieg – meine hundert Seiten, dachte sie und schlug die Hände vors Gesicht.

Wenn er sich schon öffentlich produzieren mußte, warum dann ausgerechnet zwischen Raubtieren, deren Kannibalität bekanntlich weit stärker ausgeprägt ist als ihr Sinn für Gitarrenklänge!

»Was ist denn?« forschte Micky interessiert über ihre Schulter.

»Ich mag so was nicht sehen«, sagte Eve.

»Jawohl«, nickte Mäuschen, »das ist haarsträubender Leichtsinn.«

»Wieso?« fragte Micky. »Die Bestien gähnen doch ganz friedlich.«

»Das kann sich in Sekundenschnelle ändern«, sagte Mäuschen.

»Eben hat er wieder hergeguckt«, sagte Micky.

»Wer?« fragte Eve und nahm die Hände vom Gesicht.

»Er sieht nicht übel aus«, plauderte Micky. »Finden Sie ihn nicht auch gut, Frau Chrysanth? Endlich mal ein richtiger Mann, der mit Tigern verkehrt und ein Instrument spielen kann. Mein Mäuschen hatte ja mal Klavierunterricht, aber . . .«

Eve lächelte bedauernd hinter sich. »Ich muß leider gehen. Eine geschäftliche Verabredung . . .«

»Jetzt noch?« fragte Mäuschen mitfühlend.

»Man kann sich die Zeit nicht immer aussuchen«, sagte Eve. »Auf Wiedersehen.«

Micky sagte gar nichts, solange Eve in Hörweite war. Wenn Micky einmal nicht sprach, dann tat sie noch etwas viel Schlimmeres. Dann kombinierte sie. »Wie der Mensch ihr nachschaut«, sagte sie endlich.

»Wer?«

»Glaubst du wirklich, sie hat nachts um zehn noch eine geschäftliche Verabredung?«

»Geht es uns etwas an, ob sie hat oder nicht?«

»Aber das kriege ich schon heraus. Wollen wir auch gehen?«

»Wo wir die teuren Plätze haben?« Mäuschens Hand krallte sich sicherheitshalber in ihrem Kleid fest.

»Wir haben sie ja nicht bezahlt. Wir sitzen ja nur drauf«, sagte Micky.

»Pschscht«, machte der Mann neben ihr.

Mäuschen sah ihn zustimmend an. »Sie haben ganz recht!«

Als sie eine dreiviertel Stunde später den Zirkus verließen, bemerkte Herr Mäuschen mit peinlichem Erschrecken, daß er einer fremden Dame seinen Wunsch, noch irgendwo ein Bier zu trinken, mitteilte. Micky ging nicht mehr neben ihm. Sie war wortlos verschwunden.

Er wartete eine Weile, bis sich der Platz vor dem Zirkus geleert hatte, dann setzte er sich in seinen Wagen.

»Entschuldige, mein Mäuschen!« Sie stand plötzlich wundervoll gelaunt neben ihm und küßte ihn durch die heruntergelassene Wagenscheibe. »Ich mußte nur noch ganz schnell mal wohin.«

»Hattest du denn überhaupt Geld bei dir?« fragte er.

Micky lief um den Kühler herum und sank auf den Nebensitz. »Ich habe mir doch gleich gedacht, daß da etwas nicht stimmt.«

Mäuschen sah sie fragend an.

»Und du hältst sie mir immer als lobendes Beispiel vor. Aber die feinen, kühlen Blonden sind die Schlimmsten, glaube mir.«

»Worauf willst du hinaus?« fragte er, ebenso ärgerlich wie neugierig.

Micky rieb sich die Hände. »Ich habe mich eben mal ein bißchen umgeschaut. Eve Chrysanths Wagen steht noch immer hier auf dem Parkplatz.«

»Na und?« sagte Mäuschen.

»Na und!!« sagte Micky. »Denk doch mal nach!«

Und dann fuhren sie langsam in die Stadt zurück.

Eve erreichte den Artistenausgang in dem Augenblick, als im Zelt der Beifall aufrauschte und das Orchester mit einem Schlager einsetzte. Ein zwergenhafter Clown mit riesigem Schädel und unendlich freundlichen Augen näherte sich ihr. »Pardon, Madame, ierr ist verbotten fierr Püpplikum.«

»Ich weiß«, sagte Eve, »aber ich muß Jonny, ich meine, Herrn Tambour sprechen. Es ist dringend.«

Er lächelte verständnisvoll.

»Es ist rein beruflich«, fügte sie rasch hinzu.

»Natierrlich«, lächelte er.

»Ich bin Verlegerin. Editor.«

Er nickte begreifend und begriff wiederum nicht den Zusammenhang zwischen einer Verlegerin und Jonny dem Gitarristen. Eve hatte keine Zeit, ihn noch gründlicher aufzuklären, denn durch den Gittertunnel trabten die Bestien ihrem Wagen zu. Und gleich darauf erschienen Abdul, der Dompteur, und Raoul Tambour, unvergittert.

Letzterem troff die überstandene Angst aus den dunklen Locken, sein Hemd klebte an Brust und Rücken, und die Erleichterungszigarette hing ihm schon im Mundwinkel.

Über die im Wind flackernde Flamme seines Feuerzeuges hinweg sah er Eve an und grinste.

»Ah, die Witwe Chrysanth. Ich habe Sie bereits in der Vorstellung gesehen. Fanden Sie mich gut?«

»Einfach lächerlich«, sagte sie, durch seinen überheblichen Ton gereizt.

»Gustav!« rief er dem Dompteur nach. »Die gnädige Frau findet meinen Auftritt zwischen euch lächerlich.«

»Na und?« rief Gustav zurück. »Ist er das etwa nicht?«

Tambour zuckte lachend die Achseln. »Da hören Sie es. – Aber was soll ich machen!? Mein Hasenherz verlangt ständig Mutproben von mir. Und außerdem brauche ich den Nervenkitzel.«

»Und etwas Blödsinnigeres als Gitarrespielen im Raubtierkäfig ist Ihnen dafür nicht eingefallen?«

»Wieso? Wissen Sie etwas noch Dümmeres?« fragte er dagegen.

»Ich muß Sie unbedingt sprechen, Herr Tambour.«

Er überlegte. »Warten Sie hier, bis ich mich umgezogen habe. Es geht ganz schnell.«

»Und inzwischen entwischen Sie mir wieder. O nein, Herr Tambour, diesmal . . .«

»Also gut, kommen Sie mit.« Er legte leicht seine Hand auf ihren Rücken, während sie zu den Wohnwagen hinübergingen.

Eve Chrysanth machte den Rücken steif, Tambours Hand nahm keine Notiz davon. »Wollen Sie noch den Kätzchen gute Nacht sagen? Ein kleines shakehand mit Rocco?« fragte er, als sie am Raubtierwagen vorübergingen.

»Ich bin nicht hier, um Bestien zu tätscheln. Ich möchte die restlichen hundert Manuskriptseiten. Sie müssen nächste Woche in Druck.«

»Ach herrje . . .« Tambour nagte an der Lippe. »Die habe ich doch ganz vergessen. – Hallo, Süße!« begrüßte er eine langbeinige, weißgekleidete Dressurreiterin, die sich ihren Lipizzaner vorführen ließ.

Sie kletterten über Kabel, ein Clown rannte an ihnen vorbei, aus seiner Ziehharmonika schlenkerte ein langgezogener, trauriger Ton. Seehunde planschten in ihrem fahrbaren Becken. In den Wohnwagen brannte Licht.

Raoul Tambour steuerte auf einen zu, der nahe dem Pferdezelt stand.

»Haben Sie nicht jemand, der Ihnen den Schluß schreiben kann?« fragte er. »Ich weiß im Augenblick wirklich nicht, wo ich die Zeit dafür hernehmen soll.« Sie schüttelte, stehenbleibend, seine Hand ab.

Sie nahm sich zusammen und sagte nur: »Langsam kommen mir Zweifel, ob Sie die ›Brennenden Stiere‹ überhaupt selbst geschrieben haben.«

»Ich tue alles ohne Double, gnädige Frau«, grinste er. »Ich bin halt ein vielseitiges Naturtalent.«

»Und warum haben Sie den Vertrag nicht unterschrieben?« Ihr kam plötzlich der Gedanke, daß Herr Docht mit seiner Prophezeiung recht haben könnte. »Bitte, sagen Sie mir gleich, wenn Sie inzwischen mit einem anderen Verlag abgeschlossen haben. Es würde uns viel unnütze Worte ersparen.«

»Wir Dichter sind schon ein unzuverlässiges Völkchen«, lachte er, ließ sie stehen, stieg die Treppe zur Wohnwagentür hinauf und rief: »Gustav! Kann ich eine Dame mitbringen, oder bist du gerade nicht passend?«

»Bring sie herein«, rief der Dompteur von innen.

Er stand in einem alten Bademantel vor seiner Kochplatte und rührte in einem Topf.

Tambour stellte vor. »Das ist mein Freund Gustav Stiffelknecht. – Frau Chrysanth, eine feine Dame. Machen Sie es sich gemütlich, gnädige Frau. Ich bin gleich wieder da.«

Eve sah ihm mißtrauisch nach, aber er verschwand nur hinter einem Kunststoffvorhang mit Goldfischmuster.

Gustav warf ihr ein gutmütiges Grinsen über die Schulter zu. Eve lächelte zurück.

»Es ist gemütlich bei Ihnen.« Sie umfaßte mit einer Handbewegung das Innere des Wohnwagens mit seinen glanzseidenen Sofakissen, gerahmten Fotos und künstlichen, leicht verblichenen Blumen. »Und alles so ordentlich.«

»Da staunen Sie, wie?« Tambour steckte den Kopf zwischen die mit einer Sicherheitsnadel zusammengehaltenen Goldfischvorhänge. »Hier waltet Gustav als ordentliche Hausfrau. Artisten können es sich nicht leisten, Bohemiens zu sein.«

»Vielen Dank für die Belehrung«, sagte Eve. »Ihr Dressurakt ist übrigens großartig, Herr Stiffelknecht. Nur eins stört mich daran: die Musikeinlage.«

»Was glauben Sie, wie die meine Katzen anfangs gestört hat«, lachte Gustavs heisere, fast tonlose Kommandostimme. »Wenn Sie vielleicht auf meine Suppe aufpassen möchten . . . Ich muß denn ja noch mal zu ihnen rüber.«

Die Kelle wechselte in Eves Hand. Sie rührte folgsam.

Hinter dem Goldfischvorhang plätscherte Wasser, und eine rauhe Bürste kratzte über Tambours Haut.

Eve dachte: So ist das also, wenn man auszieht, einen säumigen Autor einzufangen. Man endet im Wohnwagen eines Dompteurs und ist damit beschäftigt, seine Bohnensuppe vorm Überkochen zu bewahren.

»Gefällt es Ihnen beim fahrenden Volk?« fragte Tambour.

»Ausgezeichnet.«

»Wirklich?«

»Wirklich.«

»Vielleicht kann Sie Gustav auch noch in seiner Nummer unterbringen.«

»Schlecht«, sagte Eve. »*Mein* Hasenherz verlangt nach keiner Mutprobe.«

Tambour trat hinter dem Vorhang hervor, seinen massiven

Oberkörper abtrocknend. Er stellte sich neben Eve. Sie guckte nicht hin.

Sie guckte nirgendwo hin. Das war ein Fehler, denn die Suppe benutzte den unbewachten Augenblick, um überzukochen.

»Da haben wir die Bescherung«, lachte er.

Zehn Minuten später war Tambour ausgehbereit. Er trug einen roten Rollkragenpullover und einen Pepitaanzug, der eine Spur zu elegant war, um fein zu sein. Er wirkte jetzt wie ein Revolutionär aus Übersee, der in einem Boulevardstück den versnobten Sportsmann spielen möchte.

»Wo gehen wir hin?« fragte er, Zigaretten und Feuerzeug vom Tisch nehmend.

»Zum Verlag«, sagte sie entschlossen, als sie den Wohnwagen verließen.

»Mitten in der Nacht?«

»Sie sehen mir nicht wie ein Frühschläfer aus«, sagte Eve.

»Nein, aber – ich wüßte ein gemütlicheres Lokal.«

Eve verspürte selbst wenig Lust auf die düsteren Geschäftsräume, aber sie hatte nun einmal einen Plan gefaßt und ließ sich noch nicht von ihm abbringen, nicht einmal durch die immer stärker werdende Erkenntnis, daß Raoul Tambour sie bei seiner Ausführung keineswegs unterstützen würde, im Gegenteil.

Aus dem Zirkuszelt dröhnten Klatschen und Gelächter hinter ihnen her, als sie zum Parkplatz hinübergingen. Dann klang Musik auf. – Rumtata – rumtata . . .

»Wollen wir wirklich zum Verlag?« fragte Tambour, ehe er ihren kleinen, offenen Wagen bestieg. »Was wollen wir überhaupt da?«

»Damit wir uns recht verstehen, Herr Tambour, ich bin nicht hierhergekommen, um mir mit Ihnen einen lustigen Abend zu machen.«

»Das dachte ich mir beinah«, seufzte er und rutschte in den Sitz, bis sein Nacken auf der kühlen Plastiklehne lag.

Sie fuhren vom Parkplatz. Die Straßen unter den dichten Baumkronen waren noch sehr belebt.

»Was ist los, Herr Tambour?« begann sie sachlich.

Er rauchte den Abendhimmel an.

»Vollmond, gnädige Frau.«

»Warum haben Sie den Vertrag nicht unterschrieben?«

»Gibt es wenigstens was zu essen im Verlag?«

»Ich möchte wissen . . .«

»Ja oder nein?«

»Wurstbrote«, sagte sie ärgerlich.

Er rückte enttäuscht von ihr ab. »Und dafür ließ ich Gustavs Suppe im Stich.«

»Herr Tambour . . .«

»Aber die Reue kommt immer zu spät.«

Sie bremste den Wagen so heftig, daß er mit der Stirn gegen die Windschutzscheibe flog.

»Steigen Sie aus, bitte, steigen Sie aus«, sagte Eve zwischen zusammengebissenen Zähnen. »Ich habe genug.«

»Und der Vertrag? Ich denke, Sie wollen, daß ich den Vertrag unterschreibe«, sagte er erstaunt.

»Es hat Zeit bis morgen«, sagte Eve.

»Morgen kann ich nicht«, sagte er. »Vielleicht will ich morgen auch gar nicht mehr. – Haben Sie ihn bei sich?«

»Im Verlag«, sagte sie erschöpft.

»Also fahren wir hin und holen ihn.«

»Nein«, sagte sie rasch und abwehrend und dachte nicht mehr an ihr Vorhaben, nur an ihren Wunsch, diesen Mann loszuwerden.

»Frau Chrysanth, was wollen Sie eigentlich?« fragte Tambour.

Tja, was hatte sie gewollt? Zuerst seine Unterschrift unter den Vertrag und dann das Rezept ihres verstorbenen Schwiegervaters mit säumigen Autoren anwenden, das heißt Raoul Tambour so lange im Lektorat einsperren, bis er die restlichen Seiten geschrieben hatte, fürwahr, ein blödsinniger Plan. Denn sie hatte eins dabei nicht bedacht. Ihr Schwiegervater war eine starke Persönlichkeit, und seine also vergewaltigten Autoren waren labil und durch hohe Vorschüsse in eine Lage geraten, in der sie sich solche Freiheitsberaubung notgedrungen gefallen lassen mußten.

Raoul Tambour hingegen war alles andere als labil, hatte bisher überhaupt noch keinen Vertrag unterschrieben und war dem Chrysanth-Verlag zu gar nichts verpflichtet.

Sie dachte einlenkend: Aber wenigstens den Vertrag könnte ich holen. Er kann ja solange unten warten.

Raoul Tambour wartete nicht. Er lehnte mit verschränkten Armen ihr gegenüber an der Liftwand, als sie aufwärts schwebten. Sie schwiegen aneinander vorbei.

Er folgte ihr über den von einem Notlicht schwach beleuchteten Gang, wartete hinter ihr, als sie den Schlüssel des Lektorats aus der

Tasche zog und aufschloß, kam schweigend mit herein, blieb mitten im Zimmer stehen, während sie zum Schreibtisch ging.

Er sah sich interessiert um. »Arbeiten Sie hier?«

»Nein. Mein Lektor.«

»Sie haben mir ein Wurstbrot versprochen.«

»Gleich«, sagte Eve und nahm ein Schriftstück von der rissigen Lederplatte des Schreibtischs, nahm einen Tintenstift und reichte beides ihrem nächtlichen Gast.

»Was ist das?«

»Ein Durchschlag des Vertrages, den wir Ihnen zugeschickt haben.«

Tambour grinste sie kurz an und unterschrieb.

Eves Erleichterung war hörbar. Sie griff nach dem Schriftstück, faltete es zusammen, steckte es in ihre Handtasche, hängte die Handtasche über den Arm.

»Kuriere pflegen ihre Taschen mit wichtigen Akten durch ein Kettchen mit ihrem Handgelenk zu verbinden«, sagte er.

Sie lachte. »Ich denke, das ist nicht nötig. – Gehen wir?«

»Das Wurstbrot«, erinnerte er.

»Aber gern.« Sie war so glücklich, daß es ohne Feilschen und Kämpfe abgegangen war. Keine Kommentare zu einzelnen Vertragsparagraphen, keine Wünsche. Er hatte einfach unterschrieben.

Eve öffnete den Wandschrank um einen Spalt und griff nach einem im oberen Fach untergebrachten Picknickkoffer. Sie wollte rasch wieder abschließen, aber Tambour nahm ihr die Schranktür aus der Hand und öffnete sie weit.

Und staunte.

»Betten«, staunte er, »Whisky, Nescafé, Bier. Pyjama. Obst. Und Zigaretten. Meine Sorte.«

»Machen Sie die Tür zu«, sagte Eve. »Die Wurstbrote sind hier.«

Sie ging zum Fensterbrett, öffnete dort den Picknickkoffer und dachte: Es ist so maßlos peinlich.

»Sagen Sie mal, meine Süße, was hatten Sie eigentlich heute nacht mit mir vor?« Sie hörte deutlich das breite Grinsen aus seiner Stimme.

»Die Sachen gehören meinem Lektor«, sagte Eve. Nur keine Entschuldigungen. Das macht die Angelegenheit erst recht schlimm.

Ihre Finger zupften gelbe Blätter aus Herrn Dochts Philodendron, Eve wußte es nicht einmal. Ihre Finger hatten ihre eigene Nervosität in diesem Augenblick.

»Wann werden Sie die restlichen hundert Seiten liefern?« fragte sie.

»Nicht ablenken«, lachte er. »Die Angelegenheit ist viel zu schön. Ihr Lektor verstaut also Brote und leicht verderbliches Obst und frischbezogene Betten im Verlag, bevor er am Freitag abend zum Wochenende nach Hause fährt. Sie arbeiten doch samstags auch nicht, oder?«

»Ich weiß nicht, was er damit will.« Ihre Finger pflückten nicht mehr nur gelbe Blätter, sondern auch junge Triebe aus der Blattpflanze.

»Wollten Sie mich heute nacht vernaschen?« fragte er interessiert.

»Halten Sie mich für geschmacklos?« fuhr sie ihn an.

»Ich frage ja nur. Es muß doch schließlich einen Grund geben für all diese umsichtig getroffenen Vorbereitungen.«

Eve antwortete nicht.

»Nun machen Sie nicht die arme Pflanze kaputt«, sagte er. »Sie kann ja nichts dafür.«

Eve nahm ihre nervösen Finger aus dem Philodendron.

»Also schön, ich will's Ihnen sagen. Mein Schwiegervater pflegte säumige Autoren in diesem Lektorat einzusperren, so lange, bis sie . . .«

»Das heißt, ich sollte hier einsitzen?« unterbrach Tambour amüsiert.

»Nicht direkt. Ich wollte Ihnen ein ruhiges Wochenende bereiten, damit Sie ungestört die ›Brennenden Stiere‹ beenden können.«

»Und Sie glauben, ich hätte da mitgespielt?« fragte er gespannt.

»Es war ein alberner Plan, ich weiß«, sagte Eve. »Wollen wir jetzt gehen?«

Tambour folgte ihr nicht. »Im Grunde genommen ist er gar nicht so übel.« Er zog sein Jackett aus und hängte es über die Lehne des Lutherstuhls, auf dem Dochts plattgesessenes Kelimkissen lag.

»Was soll das heißen?« fragte Eve mißtrauisch.

»Ist die Schreibmachine noch benutzbar?« Er zog die rissige, schwarze Hülle von der uralten Remington. »Und wo ist Papier?«

»Sagen Sie bloß, Sie wollen wirklich!«

»Ja«, sagte er. »Ein billigeres Hotelzimmer kann ich doch gar nicht finden. Nach Hause mag ich nicht – dort wartet eine Dame, die noch immer nicht eingesehen hat, daß es aus ist. Zur Zeit wohne ich bei einem Freund. Ruhe habe ich da auch nicht zum Arbeiten.«

»Also gut«, sagte Eve noch immer mißtrauisch – es ging alles viel zu glatt, geradezu besorgniserregend glatt. »Glauben Sie, daß Sie hier schreiben können?«

»Warum sollte ich nicht? – Gehen Sie jetzt nach Hause?«

»Bald«, sagte Eve. »Der Waschraum ist dort drüben. Die erste Tür. – Ich habe noch in meinem Büro zu tun, etwa eine halbe Stunde. Wenn Sie etwas brauchen – Apparat 1.«

Einen Augenblick stand sie zögernd in der Tür.

»Ich habe bereits Inspirationen«, sagte er hinter ihr her. »Ich werde hier wundervoll arbeiten können. Das muß an der traditionsgeladenen Umgebung liegen.«

Als sie ihr Büro erreichte, läutete das Telefon auf ihrem Schreibtisch zum ersten Male.

»Wo sind die versprochenen Wurstbrote?«

»Auf dem Fensterbrett.«

»Danke.«

Nach zwei Minuten läutete es von neuem. »Die biegen sich ja schon vor Alter«, schimpfte Tambour. »Vergammeltes Brot beflügelt keinen großen Geist.«

»Frisches noch weniger. Trinken Sie einen Whisky. Und bitte, schreiben Sie.«

Eve hängte ein. Und mußte den Hörer gleich wieder aufnehmen.

»Der Whisky ist warm.«

»Haben Sie die Eisbüchse nicht entdeckt?«

»Doch.«

»Na also.«

»Aber ich mag keinen Whisky. Ich mag überhaupt keinen Alkohol«, sagte er.

»Dann machen Sie sich einen Nescafé. Der Tauchsieder liegt im Wandschrank oben links.«

»Nach Kaffee kann ich so schlecht schlafen«, lamentierte er.

»Sie sollen nicht schlafen. Sie sollen dichten.«

Eve hängte ein. Und ließ keinen Blick vom Telefon, aber es klingelte nicht mehr. Es blieb von jetzt ab mißtrauenerregend stumm.

Eve zündete eine Zigarette an und dachte nach. Aus dem Hause kam er ohne Schlüssel nicht hinaus. Es gab somit nur zwei Möglichkeiten: entweder schrieb er wirklich, oder er verstand sich aufs Fassadenklettern.

Damit er sie nicht sehen konnte, wenn sie ihn über den Lichtschacht hinweg von ihrem Zimmerfenster aus beobachtete, löschte sie die Schreibtischlampe, stieg auf einen Stuhl und lugte angestrengt ins Lektorat hinüber. Herrn Dochts Philodendron behinderte zwar die Sicht, aber immerhin sah sie ein Stück von seinem Schreibtisch, an dem Raoul Tambour nicht saß, und das Kopfende des Kanapees.

Darauf ruhte des Dichters Haupt mit den schwarzen Haaren, die die fatale Neigung hatten, hinter den Ohren Locken zu schlagen. Tambour hatte die weiße Bettdecke über die Schultern gezogen und war endgültig zur Ruhe gegangen.

Nun ja, dachte sie verzagt und stieg vom Stuhl in ihre Schuhe zurück.

Mit seinem frühzeitigen Schlafbedürfnis hatte sie nicht gerechnet. Dieser Mann tat genau das, was sie nicht von ihm erwartete. Er ließ sich weder fangen noch festlegen.

»Wie sich der kleine Moritz eine Verlegerin vorstellt, genauso hat sich die Witwe Chrysanth benommen«, würde er morgen seinen Freunden erzählen. »Stellt euch vor, sie wollte mich mitten in der Nacht im Verlag einsperren, damit ich auf Kommando losdichte. Ich habe natürlich mitgespielt. Es war schon sehr komisch.«

Eve warf einen flüchtigen Blick in den Biedermeierspiegel, der hinter ihrem Schreibtisch hing. Sie dachte dabei: Wie kann eine Frau nur so intelligent aussehen und dabei doch so ein dummes Luder sein!?

Aber wenigstens eins hatte sie in dieser Nacht erreicht: Tambours Unterschrift unter den Vertrag.

Sie nahm ihn aus ihrer Handtasche, um ihn in ihrem Schreibtisch einzuschließen. Sie schlug die letzte Seite mit seinem Namenszug auf und sah ein großes, stürmisches R – aber beim zweiten Hinschauen erkannte sie, daß hinter dem R nicht Raoul Tambour, sondern »Rocco, der Mörder« stand.

Das war denn doch zuviel.

Eve Chrysanth fühlte sich einen Augenblick lang zu beschämt, um Ärger zu empfinden. Ich habe genug, dachte sie, ich habe genug von ihm, vom Verlag, von allem, ich bin müde, ich möchte nach Hause, ich habe Sehnsucht nach den Kindern. Ich habe mich noch nie so lächerlich gemacht, lächerlich machen lassen. Und wenn er ein neuer Goethe wäre, ich habe genug. Ich möchte nichts mehr mit Autoren zu tun haben. Ich bin kuriert. Morgen lasse ich mich krankschreiben und kehre nie wieder in den Verlag zurück.

Erst in dem Moment, da sie vor dem altmodischen, durchgesessenen Kanapee stand und auf den schlafenden Tambour niederblickte, erwachte ein maßloser Zorn in ihr.

Sie rüttelte grob an seiner Schulter. »Stehen Sie auf. Ich will abschließen.«

Er rührte sich nicht. Mit geschlossenen Augen wirkte er noch vulgärer als sonst. Alles an ihm war Kraft, selbst im ruhenden Zustand noch aggressive Kraft.

»Aufstehen, verflixt noch mal! Stellen Sie sich nicht schlafend. Ich habe genug. Wenn Sie wüßten, wie leid es mir tut, daß ich mich überhaupt mit Ihnen eingelassen habe.«

Nichts.

»Nun kommen Sie schon. Ich möchte nach Hause.«

Nach Hause, dachte sie sehnsüchtig. Mein kultiviertes Dachgeschoß. Zärtliche, verspielte Welt, in die Typen wie Raoul Tambour niemals Einlaß finden werden.

Als er sich noch immer nicht rührte, griff sie ärgerlich nach seiner schlaff herabhängenden Hand, um ihn vom Kanapee zu ziehen.

Aber das war ein Fehler, den sie sofort bereuen sollte.

Denn er reagierte blitzschnell. Er tat das, was jede im Umgang mit Männern erfahrenere Frau als Eve vorausgeahnt hätte.

Seine Finger schlossen sich um ihr Handgelenk, so plötzlich und hart, daß sie stolperte und vor dem Sofa in die Knie sank. Verzweifelt versuchte sie, sich zu befreien, und erreichte nur Schlimmeres dadurch. Es erging ihr wie einem Insekt am klebrigen Fliegenfänger. Jeder kopflose Rettungsversuch fesselte sie nur noch hoffnungsloser.

Beide Handgelenke befanden sich jetzt in Eisenklammern, die sie in eine Lage zwangen, in der sie nicht einmal mit Schuhabsätzen weiterkämpfen konnte. Ich möchte ihn umbringen, dachte sie fuchsteufelswild, aber wie, aber wie!?

Und alles ist meine Schuld. Lieber Herr Docht – Sie hatten ja so recht. Es ist angenehmer, seriös unterzugehen, als sich mit der neuen Linie herumzuboxen.

Eve zappelte und wehrte sich verzweifelt – sie hatte das Gefühl, allein gegen eine Armee von Händen, Schultern, Heldenbrüsten und -schenkeln anzukämpfen.

Soviel lästiger Kerl – überall Kerl.

Mit einer einzigen Armbewegung voll unerbittlicher Sanftheit streckte er sie neben sich auf das Sofa.

»Lassen Sie mich los – loslassen!!!«

»Nicht beißen – das paßt nicht zu einer Dame . . .«

Eve machte es ihm nicht leicht. Er hatte Mühe, sie zu bändigen, ohne ihr weh zu tun.

»Loslassen!«

»Warum? Mir gefällt es.«

»Ich hole die Polizei«, keuchte sie.

»Tu das, meine Süße. Aber überlege dir genau, was du den Beamten sagen wirst. Du hast einem Mann im Zirkus aufgelauert, hast ihn hierhergelockt, mitten in der Nacht – laß das Kratzen!!!« Sekundenlang klang seine Stimme gefährlich, dann verfiel sie wieder in ihren alten, provozierenden Singsang: »Du hast dich und mich in einem menschenleeren Gebäude eingeschlossen. Und jetzt wunderst du dich . . . und die Polizei soll dir helfen. Die Polizei wird wenig Verständnis für dich haben . . .« Sein Lachen grub sich in ihren Hals.

Es war so mühsam mit ihm. So lästig, so ärgerlich, so demütigend – und es war ganz schlimm, denn es war plötzlich nicht mehr ohne Reiz.

Ihr Gefühl ließ sie im Stich, nur ihr Verstand kämpfte noch verbissen mit ihr weiter.

»O meine Süße . . .«, lachte Tambour leise, »du wirst mich noch lieben lernen. Du willst es nur nicht so schnell zugeben. Du möchtest Knopf für Knopf in wochenlanger Kleinarbeit erobert werden. Aber ich bin nicht sehr geduldig, meine Süße, und ich hasse Knöpfe . . .«

Eve stellte ihren heftigen Widerstand ein und lag plötzlich brettsteif da. »Und so ein Mann will so ein gutes Buch geschrieben haben!« murmelte sie zwischen den Zähnen.

Auf einmal war sie frei – geradezu unbeschreiblich frei. Sie setzte sich aufrecht, tastete mit zittrigen Fingern das Sofa nach einer verlorenen Haarnadel ab und steckte damit die Strähnen zurück, die in ihr Gesicht hingen.

»Jetzt muß ich mich auch noch mit Autoren herumprügeln«, schimpfte sie vor sich hin, gegen ein leichtes Schwindelgefühl ankämpfend.

»Was sagten Sie?« fragte er, sein Jackett von der Stuhllehne nehmend.

»Mit Autoren herumprügeln!« wiederholte Eve lauter.

»Das hätten Sie sich vorher denken können«, sagte er grob.

»Ich habe es mir eben nicht gedacht«, sagte sie und stand auf. Während sie vor ihrem Handtaschenspiegel zumindest ihr Äußeres wieder in Ordnung zu bringen versuchte, bemerkte sie, wie er aus seiner inneren Jackentasche ein zusammengerolltes Bündel beschriebener Durchschlagseiten zog und achtlos auf den Schreibtisch warf.

»Da. Die restlichen Manuskriptseiten. Fünfunddreißig mehr als angekündigt. Aber man weiß ja vorher nie, wieviel man noch zu sagen hat.«

»Das stimmt.« Ihre Stimme klang plötzlich merkwürdig blechern.

»Ich habe das Zeug mitgenommen, als ich von meiner Sekretärin hörte, daß Sie heute abend in den Zirkus kommen würden.« Er gähnte ohne Hemmungen. Und sah nach der Uhr. »Halb zwei. Können wir gehen?«

»Stecken Sie Ihr Manuskript ruhig wieder ein«, sagte Eve. »Wir pflegen nicht mit Tigern Vertrag zu machen.«

Er lachte böse. »Sie haben doch nicht im Ernst geglaubt, daß ich unter solche indiskutablen Vorschläge meinen Namen setzen würde?«

Eve nahm ihre Tasche auf. »Was hatten Sie überhaupt vor, Herr Tambour?« fragte sie müde. »Warum wollten Sie mit uns ins Geschäft kommen? Was für ein krummes Geschäft sollte das werden?«

Er sah sie an, und Eve dachte: Wenn ich ein Mann wäre, würde er jetzt zuschlagen. »In Ihren Augen ist so einer wie ich wohl nicht zu fairen Handlungen fähig, wie?«

So einer wie ich – auf einmal verstand Eve. Sie verstand, warum er ihr durch Unverschämtheiten, Prahlereien, durch lächerliche Mutproben und tätliche Beweise seiner starken, männlichen Anziehungskraft zu imponieren versuchte. Er hatte Komplexe vor ihr, jenes völlig unbegründete, nicht einmal vor sich selbst eingestandene Minderwertigkeitsgefühl eines Selfmademannes gegenüber einer Frau, die zwar nichts Außergewöhnliches in ihrem bisherigen Leben geleistet, aber von klein auf zu jenen Leuten gehört hatte, von deren Trinkgeldern er sich das erste ungebrauchte Paar Schuhe kaufen konnte.

Jetzt war er mächtig stolz auf das, was er inzwischen erreicht hatte, und voll Verachtung für jene auf ihre Degenerationserscheinungen so eingebildete Gesellschaft, zu der er auch Eve Chrysanth zählte. Er durfte sie beleidigen, lächerlich machen – sie durfte das nicht.

Als Eve dies begriffen hatte, gewann sie ihre Sicherheit zurück und Nachsicht im Umgang mit Raoul Tambour.

»Ich habe nicht behauptet, daß Sie nur ›krumme Sachen‹ machen«, sagte sie einlenkend. »Ich hatte nur bisher keine Gelegenheit, Ihren Versprechungen zu trauen.«

»Können wir jetzt endlich gehen? Ich bin verdammt müde«, sagte er ungeduldig.

»Gleich«, sagte Eve.

Sie räumte flüchtig im Lektorat auf und dachte dabei verstört: Das ist ja fürchterlich. Ich muß mich im Gefühl vergriffen haben! Das ist ja beinah so schlimm wie bei Strindberg. Fräulein Julie. Erst so stolz und dann geknickt und dann dem Gauner ausgeliefert. Evchen, wo treibst du hin. Und was hat er denn schon, was dir das Innenleben total durcheinandergebracht hat. Muskeln! Na schön, aber seit wann fliegst du auf Muskeln!? Mut. Ja, mutig war er und somit von erregender Erstaunlichkeit für eine Frau, die allzuoft in ihrem Leben hatte feststellen müssen, daß bei vielen Männern der Mut durch eine Fülle logisch-fundierter Argumente zur Erklärung ihrer berechtigten Feigheit ersetzt wurde. – Was hat er noch? Schlechte Manieren. Schlechten Geschmack. (Der Schlangenring!) Und ganz bestimmt keinen feinen Charakter. Was will ich denn – das kann ich doch gar nicht wollen! Doch nicht Raoul Tambour!

Warum sagte er nichts? Wollte er bis zum kühlen Abschied böse vor sich hinrauchen und die Asche immer auf den Fußboden und den Stummel mit der Schuhspitze und mit Verachtung austreten, so, als ob es kein Stummel, sondern ein lästiger Käfer oder Eve Chrysanth wäre!?

»Ich möchte trotzdem noch immer wissen, warum Sie ausgerechnet mit uns abschließen wollten«, sagte sie, um das bitterböse Schweigen zu brechen.

Tambour antwortete nicht. Er wartete ungeduldig darauf, daß Eve ihre Aufräumungsarbeiten beendete. Aber Eve wollte sie gar nicht beenden. Sie wollte Frieden schließen, denn sie ahnte, daß sie ihn nicht wiedersehen würde, wenn sie jetzt das Haus verließen.

»Vielleicht sollten wir uns doch noch einmal zusammensetzen,

Herr Tambour.«

Sie ist zäh, die Witwe Chrysanth, dachte er. Sie gäbe einen guten Staubsaugervertreter ab.

Und auf einmal begriff er, daß es ihr gar nicht mehr so sehr um die »Brennenden Stiere« ging. Die Witwe selbst hatte Feuer gefangen.

Vorhin hatte sie ihn gereizt – eine Dame – mal etwas anderes, wahrscheinlich langweilig, aber immerhin. Jetzt war er nur noch müde, ein Jammer, denn die Gelegenheit würde sich sobald nicht wieder bieten. Morgen würde sie die Zugbrücke hochgezogen haben und die Eroberung der Festung Eve Chrysanth ein solides, schweres Stück Arbeit bedeuten, und dafür reizte sie ihn nun wieder nicht genug.

Der Gegenstand seiner männlichen Berechnungen konnte den Aufräumungsakt nicht länger hinziehen, alles war in zwei bauchigen, grünen Wollnetzen verpackt . . . »Wir können gehen.«

An der Tür, als sie das Licht löschen wollte, nahm er ihr die beiden Netze ab.

Schau mal an, dachte Eve, wenn er will, dann weiß er sogar, was sich gehört. Selbst im Zorn.

Aber Tambour beabsichtigte nicht, die Netze zum Lift zu tragen. Er stellte sie auf den Boden. Und war auch nicht mehr zornig.

Oh, Raoul Tambour, wie bin ich fröhlich auf dich hereingefallen!

Wir standen uns zwischen Herrn Dochts dreifüßigem Lutherstuhl und seinem zerzausten Philodendron gegenüber. Ich hielt deinen schmalen Blick für Sinnlichkeit. Dabei waren die halbgeschlossenen Augenlider eine Folgeerscheinung lähmender Müdigkeit. Hinter dir lag ein konzentrierter Neunzehnstundentag, und vor dir stand eine Frau, in der du alle Sinne geweckt hattest, auch solche, von deren Existenz sie bisher nichts geahnt hatte.

Sie erwartete ein betörendes Erlebnis von dir. Und du wolltest so gerne schlafen, nichts als schlafen.

Daß ich nichts davon gemerkt habe, ist mir noch heute ein Zeichen dafür, daß ich nicht mehr fähig war, irgend etwas anderes wahrzunehmen als mein Glück, wieder zu leben. Ja, leben habe ich gesagt. Spürbar, von den Haarwurzeln bis zu den Zehen, mit allen Nerven und Muskeln und Gliedern, mit einem richtigen Blutkreislauf, mit allen Sinnen, mit diesem den Verstand ausschaltenden Gefühl, einen Körper zuviel zu haben, mit diesem bedenkenlosen

»Egal, was hinterher wird«. Es hatte sich bereits auf Herrn Dochts kränkelndem Kanapee während unseres erbitterten Nahkampfes angekündigt und war bei deinem ersten, endlichen Lachen mit der Gewalt einer Naturkatastrophe ausgebrochen, die alle konventionellen Bedenken, angeborene Zurückhaltung, taktische Überlegungen und was einen sonst noch so im allgemeinen aufrecht hält, mit sich fortspülte. Es war das erste Mal seit langer, langer Zeit, welche meine Ehe mit Claus Chrysanth einschloß – daß ich spürbar lebte. Vielleicht zum ersten Male überhaupt.

»Meine Süße«, murmeltest du, die Augen aufreißend und deine Arme über meine Schultern hängend – wie warst du nur müde, wie bleientenschwer dein Gewicht, das du auf mich abludest.

Dann nahmst du dich ruckartig zusammen und dein Gewicht von mir fort, deine Hände legten sich in einer vom mühsam ermahnten Gehirn dirigierten Gebärde um meinen Hals. Dein Mund leistete Routinearbeit, auch im Halbschlaf sicher in der Reihenfolge. Zuerst die Schläfen, Augenbrauen und so fort . . . wunderschöne, bedächtig ausgeführte Routinearbeit . . .

»Meine Süße . . .« Dein Gesicht jetzt auf meiner Schulter, die Hände tiefer, du nahmst angestrengt den Kopf hoch, es war nicht gut, ihn abzulegen, es stellten sich sofort perspektivelose, durcheinanderschwankende Traumbilder vor den geschlossenen Augen ein. »Komm, gib mir einen Whisky.«

Ich stellte Gläser, Flasche und Eisbehälter auf den Schreibtisch.

Ich sagte: »Ich komme gleich wieder« und verließ das Lektorat. Ich weiß nicht, wie lange ich fort war. Aber ich duftete betörend, als ich wiederkam.

Du hocktest auf dem Schreibtisch, eine lange Philodendronranke um den Hals. »Hallo . . . Süße . . .«

Und warst leider stockbetrunken.

Du hattest während meiner Abwesenheit versucht, deine dringende Müdigkeit mit Whisky – gleich aus der Flasche – zu bekämpfen. Du warst keinen Alkohol gewöhnt.

Ich blickte auf die Trümmer meiner ersten, tollen Leidenschaft und empfand kurz Enttäuschung, dann Rührung und schließlich nur noch den Wunsch, zu helfen. Aber ehe ich stützend eingreifen konnte, hattest du dich selbst auf Herrn Dochts Kanapee balanciert.

»Meine Süße – es wird irrsinnig werden – – so einen – hip – Kerl wie mich – – – –«, lange Pause, in der ich dir die Schuhe auszog, »–

– hast – du noch niiie –«

Aus.

Du schliefst bereits, als ich das weißbezogene Plaid über dich breitete.

Dann setzte ich mich mit den restlichen Manuskriptseiten und einem Whisky an den Schreibtisch und las und wußte nicht, was ich las, und trank und wußte nicht, wieviel, und duftete umsonst vor mich hin . . .

Aber ich wußte genau, wie du im Schlaf ausschautest. Seither glaube ich, daß du auch noch im Traum Geschäfte machen mußt.

Ich erinnere mich dunkel, daß ich große Mühe hatte, deinen schweren, murrenden Körper zur Wand zu stülpen und mich gleichzeitig und schneller, als du zurückrolltest, auf dem also freigewordenen Platz neben dir auszustrecken.

Sonnenstrahlen und Hände weckten mich. Mein Kopf dröhnte. Ich wußte nicht, wo ich war und wer mich da belästigte.

Dann sah ich dich, die brennende Schreibtischlampe, die Whiskyflasche, die herumliegenden Philodendronranken und ein Zifferblatt, von dem ich nicht wußte, ob es zu deiner oder meiner Armbanduhr gehörte. Auf jeden Fall standen die Zeiger auf sieben Uhr.

»Oh, mein Liebling«, seufzte ich, deine schuldbewußten Zärtlichkeiten abwehrend, »es lohnt nicht mehr. Die Putzfrauen kommen gleich.«

»Kannst du mir noch einmal verzeihen?« fragtest du. »Dieser verdammte Alkohol!« Ich lag still da und wartete auf Vorwürfe in meinem Innern. Auf ein Gefühl von Reue, Widerwillen, Verachtung. Diese ersten nüchternen fünf Minuten nach dem Aufwachen entschieden immer darüber, ob das, was ich am vergangenen Abend getan hatte, richtig war oder verwerflich. Ob etwas geschehen war oder nicht, spielte dabei keine Rolle, die Absicht allein genügte . . .

Aber es tat sich nichts außer leichten Magenbeschwerden in meinem Innern. Entweder versagte der Gewissenstest heute, oder das Gewissen spielte bedenkenlos mit. Du bettetest mich in deinen Arm. So lagen wir eine Weile zufrieden schweigend da und dachten jeder für uns in die Sonnenstreifen, die schräg auf das verblichene Tapetenmuster schienen.

Ich dachte: So ist das also nun . . .

Du nahmst meine Hand und wischtest einmal mit deinem rauhen

Kinn über ihre Innenfläche, und dann sagtest du so friedlich und heiter, wie ich dich noch nicht kannte: »Was wird der Montag früh staunen, wenn er seinen gerupften Topf sieht!«

Du meintest Herrn Docht. Den gab es ja auch noch auf dieser Welt.

Wir räumten gemeinsam die Unordnung aus dem Lektorat und vernichteten sorgfältig alle Spuren. Während ich die Decke abzog und zusammen mit Flaschen und Gläsern in einem Beutel verstaute, bemühtest du dich, die welken Philodendronranken in den Topf zurückzupflanzen. Schließlich warfst du sie verärgert zum Fenster hinaus in den Lichtschacht.

»Was machen wir mit den Wurstbroten?« fragtest du.

»Parkteichenten füttern.«

Im Fahrstuhl nahmst du mich noch einmal in den Arm.

»Sehen wir uns heute abend?«

»Wann?«

»Nach der Vorstellung.«

Ich rückte mit berechtigtem Befremden von dir ab. »Du willst den Blödsinn doch nicht etwa fortführen?«

»Solange der Zirkus hier gastiert, trete ich in Gustavs Nummer auf.«

»Das verstehe ich nicht. Du hast es doch wirklich nicht nötig, dich so sinnlos und so lächerlich in Lebensgefahr zu begeben.«

»Hör zu, meine Süße«, sagtest du freundlich, aber endgültig, »ich mag keine Frauen, die mir meine Zigaretten nachzählen und mich mit Vitaminen füttern wollen, weil sie gesund sind, die wach bleiben, bis ich nach Hause komme, und mir vorschreiben, wie schnell ich fahren darf, die mit mir Hand in Hand vorm Fernsehschirm sitzen möchten, wenn ich Lust habe, zwischen Raubkatzen Gitarre zu spielen. Bist du in der Lage, mich mehr zu lieben als deinen Bemutterungskomplex?«

Wir verließen das Verlagsgebäude. Vor der Tür erwartete uns ein diesig-heißer Großstadtmorgen, der Unerträgliches für die Mittagsstunde vorausahnen ließ.

»Soll ich dich irgendwohin fahren?« fragte ich, als wir vor meinem Wagen standen. Die Sonne hatte bereits den nächtlichen Tau von den Polstern getrocknet. Ich warf den vollen Beutel in den Fond.

»Danke«, sagtest du. »Lieb von dir. Aber ich gehe ins Schwimmbad hier um die Ecke. Ich mache das jeden Morgen.

Zwanzigmal die Beckenlänge rauf und runter.«

Du gehörtest schon nicht mehr mir, sondern deinem Tagespensum. Du wartetest, bis ich eingestiegen war und den Motor anließ.

»Tschüß, Eve Chrysanth. Ich rufe dich nachher an . . .«

Dann gingst du davon, die Hände in den Taschen deiner vom Schlafen zerknitterten Hose, gingst mit deinen leichten, raschen Schritten in den diesigen Großstadtmorgen hinein, und ich dachte: Es wird nicht immer ein Vergnügen sein, dich zu lieben . . .

Du hattest unter Einsatz deiner Energie, deiner Männlichkeit und geradezu unverschämten Zielstrebigkeit das Kunststück vollbracht, innerhalb weniger Stunden aus einer Frau, die dich als Mann heftig ablehnte, eine Frau zu machen, die verliebt war wie noch nie zuvor. Gewiß, es hatte anfangs Schwierigkeiten gegeben, du mußtest ein paarmal die Taktik ändern, und dennoch hattest du nicht geglaubt, daß es dir so schnell gelingen würde.

Die Panne mit dem Whisky, der die Müdigkeit vertreiben sollte, hattest du dir längst verziehen. Jetzt marschiertest du zielstrebig neuen sportlichen und geschäftlichen Unternehmungen entgegen, während vor mir die längsten, sinnlosesten und teuersten Stunden lagen, die ich seit langem durchstanden hatte.

Eve gab an diesem Vormittag beim Friseur mehr für sich aus als sonst in einem halben Jahr. Und sie kaufte lebende Hummer und französischen Sekt und etliche Sorten Käse und alles, was sie im Delikatessengeschäft so besonders anlächelte. Nur an Brot und Kartoffeln dachte sie nicht, was in ihrem Ausnahmezustand beinah verständlich war.

Micky Meyer stand – natürlich nur rein zufällig – in ihrer Wohnungstür, als Eve, mit Paketen beladen, an ihr vorbei zum Dachgeschoß hinaufkeuchte. »Na . . .?« fragte sie so richtig menschlichverständnisvoll.

»Furchtbar heiß heute«, lächelte Eve und war schon auf der nächsten Treppe.

»Es kamen noch ein paar aufregende Nummern, nachdem Sie gegangen waren«, rief Micky ihr unbefriedigt nach. »Aber das Komischste war wirklich der Gitarrist zwischen den Raubtieren.«

»Wie schön«, rief Eve zurück. »Dann habe ich ja nichts versäumt.«

Sie packte ihre Einkäufe – außer den Hummern – im Wohnzimmer aus und sank todmüde zwischen einen Berg zerknüllten

Papiers.

Es war sehr schwül, eine von der Dachgartenmarkise rötlich getönte Schwüle, und still bis auf das träge Zwitschern der Vögel in den Gartenbäumen. Die Kinder waren verreist und Eve somit an diesem Samstagmittag ohne Pflichten, die sie aus ihrem beschwingten, verdummenden Zustand hätten erwecken können.

Das beste ist, ich gehe schlafen, dachte sie. Schlaf bringt die endlose Zeit bis zum späten Abend um, bis zu dem Augenblick, da Raoul wieder da ist. Sie hatte gerade noch die Kraft, den Käse, ehe er sich im Wohnraum penetrant bemerkbar machen konnte, in die Küche und die Hummer mit den verbundenen Scheren unter die Strömung des Badewannenhahnes zu räumen.

Um acht Uhr begann sie, sich für Tambours Besuch anzuziehen. Um zehn Uhr dreißig warf sie mit abgewandtem Gesicht die beiden Hummer in das kochende Wasser mit dem darin herumsprudelnden Suppengrün. Um zehn Uhr fünfundvierzig rief Raoul Tambour an.

»Meine Süße! Ich kann nicht kommen. In der Abendvorstellung war ein alter Freund von mir aus Philadelphia. Er bleibt nur bis morgen. – Bist du sehr böse?«

4. Kapitel

Die Villa war 1910 von einem Industriellen im Neobarockstil erbaut und von ihm allein und einer Menge Personal bewohnt worden. Vor drei Jahren hatte man sie in Appartements aufgeteilt. Außer Eve, die das schrägwandige Dachgeschoß gemietet hatte, lebten in dem Hause noch ein Bauunternehmer, eine Arztfamilie, ein Tänzer von der Oper, eine Direktrice, Micky Meyer und eine lustige Witwe mit ausreichender Apanage, wie sie ihre Pension zu nennen pflegte. Und im Souterrain das geplagte Hausmeisterpaar.

Es war ein Haus der offenen Türen, der gegenseitigen Besuche, des Pumpens untereinander und des Beinah-Friedens, denn alle Bewohner – außer Micky Meyer – hielten ihre Klatschfreude in gutartigen Grenzen.

Jeder hatte schon einmal beim anderen am Bett gesessen und getröstet, jeder hatte beim anderen Kinder oder Tiere gehütet, und jeder hatte etliche Male über das Übel geschimpft, in einem so offenen Hause zu wohnen, in dem jeder jeden Augenblick an die Tür des anderen klopfen konnte. Es gab schließlich Situationen, da hatte man das nicht gern.

Eve, die von Natur aus zurückhaltend war, hatte es überhaupt nicht gern, sie spielte nur höflich mit.

An diesem schwülen Sonntagmorgen fiel es ihr besonders schwer. Unter der rot-weiß gestreiften Markise ihres kleinen Dachgartens hockten immerhin fünf uneingeladene Hausbewohner und hatten so viel Zeit.

Ausgerechnet bei mir, dachte sie erbittert und schaute von Zeit zu Zeit nervös auf das Telefon, das an langer Schnur, über die alle stolperten, neben ihrem Liegestuhl stand und schwieg, ein Glück, daß es schwieg, sosehr sie auf Raoul Tambours Anruf wartete. Aber vor all diesen träge gespitzten Ohren hätte sie nicht gern mit ihm gesprochen.

Die Direktrice massierte seit geraumer Zeit an einem lästigen Fettpolster unterhalb ihrer Shorts. Die Arztfrau genoß das Glück, ihre Familie einen Sonntag lang auf einem Segelausflug zu wissen, und konnte dennoch nichts Positives mit ihrem Endlich-einmal-allein-Sein anfangen, sonst hätte sie es wohl kaum auf Eves Dachgarten untergebracht. Die lustige Witwe sprach mit der Direktrice über ihr Lieblingsthema: Wo kriegen wir Frauen über Mitte Dreißig noch einen Mann zum Heiraten her?

Es war schon schwer genug, einen passenden Freund zu finden, und wenn er endlich gefunden war und nett dazu und mit passablem Einkommen, dachte er noch lange nicht ans Heiraten, wozu denn, es ging ja auch so. Und außerdem hatten sich diese Männer – laut lustiger Witwe – während ihres jahrelangen, ausführlichen Junggesellendaseins Angewohnheiten angezüchtet, die ein Zusammenleben mit ihnen für eine Frau mit ausgeprägter Urteilskraft und fehlender Bereitschaft, Ungezogenheiten kritiklos hinzunehmen, unmöglich machten. Die Direktrice und die lustige Witwe konnten ein Lied davon singen. Sie verbrachten ihre Freizeit zwischen Sehnsucht, kurz aufflackernder Hoffnung, ein bißchen künstlich aufgeputschtem Glück, Enttäuschung, Nervenzusammenbrüchen und neuem Hoffen. Und dabei wurden sie leider immer älter und auch recht zickig.

Eve beteiligte sich ebensowenig an der Unterhaltung wie der Tänzer, der auf einem Liegestuhl mit sich selber kuschelte und dabei in einem alten Kochbuch blätterte. Jetzt klappte er es zu und erhob sich. »Wißt ihr, was ich heute mache? Eine Büchse gemischtes Gemüse auf.«

»Möchten Sie Hummer?« fragte ihn Eve. »Ich habe soviel da. Ganz frisch.«

»Kann ich doch nicht vertragen«, jammerte er und küßte alle Damen, ehe er ging.

Auch die anderen lehnten ab. Viel zu heiß, um überhaupt etwas zu essen!

»Hatten Sie wirklich neulich nach dem Zirkus noch was Geschäftliches?« fragte Micky Meyer, als Eve sie schließlich alle vor sich her zur Wohnungstür schob. »Mir war nämlich so, als ob ich Ihren Wagen noch auf dem Parkplatz gesehen hätte, aber ich kann mich natürlich irren«, fügte sie bereitwillig hinzu.

»Es war mein Wagen«, sagte Eve wütend und schloß die Tür und mußte sie gleich wieder öffnen, weil Micky von außen dagegenbummerte. »Sie haben vor lauter Eile, uns loszuwerden, meinen Rock mit eingeklemmt«, kicherte sie.

Eve dachte: Ich ziehe aus. Ich möchte endlich einmal meine eigene Wohnung haben und meine eigenen Angelegenheiten, die keinen Hausbewohner etwas angehen.

Raoul durfte sie hier nicht besuchen, nicht ehe sie einen Kran besaß, der ihn von außen zum Dachgeschoß hinaufhievte, das Treppenhaus und Micky Meyers Tür vermeidend.

Im Laufe des brütendheißen Nachmittags mußte sie jedoch einsehen, daß sie sich unnötig Sorge um Raouls möglichen Besuch in diesem Hause gemacht hatte. Er kam nicht vorbei. Er rief nicht einmal an. Es war so, als ob es ihn nie gegeben hätte.

Es meldeten sich nur Bekannte, die eine Theaterkarte für diesen Abend übrig hatten. Eve nahm an. Kurz vor acht Uhr traf sie sich mit ihnen im Foyer.

»Ich glaube – es tut mir sehr leid . . .«, sie war so nervös, ». . . aber ich kann nicht bleiben. Mir ist nicht gut. Ich habe zu Mittag soviel Hummer gegessen.«

»Ja, wer ißt denn bei dieser Hitze mittags Hummer?«

»Er muß gegessen werden«, sagte Eve. »Ich habe zuviel davon.« Und dann schluckte sie eine nach Parfüm schmeckende Magentablette aus der Handtasche der befreundeten Dame, ließ sich mit guten Besserungswünschen für den Heimweg versorgen, fuhr jedoch nicht nach Hause, sondern direkt vom Theater auf das Feld hinaus, auf dem der Zirkus Toniello gastierte, kaufte einen Tribünenplatz und nahm sich in ihrem Theaterdreß ein bißchen absonderlich zwischen offenen, verschwitzten Hemdkragen und bunten Waschkleidern aus.

Alle Leute um sie herum schienen sich zu kennen, denn sie nannten sich Oma, Frieda, Hubert, Gretchen, Schwiegermutter und Wenn-du-nicht-endlich-still-bist-Liesbeth-denn-mußt-du-raus. Und dabei leckten sie wachsam um ihr zerfließendes Eis und knipsten durch die Luft nach dem Bierverkäufer.

Die Raubtiere waren heute abend sozusagen unwirsch, sie warfen gereizt die Köpfe. Rocco wollte nicht durch den brennenden Reifen springen, es war ihm auch so warm genug. Gustav verzichtete darauf, seinen Kopf in das Löwenmaul zu legen, und paßte höllisch auf, als Jonnys Schaukel niedersank.

Eves gesunder Menschenverstand und vor allem ihr sensibler Geschmackssinn schlugen Purzelbäume bei seinem Auftritt. Es war wirklich so peinlich, was er da trieb.

Sie mußte plötzlich an ihre Mutter denken und was sie wohl dazu sagen würde, wenn sie erführe, daß ihre Tochter diesen schwarzlockigen Spaßmacher da unten liebte. »Dafür habe ich dich nun so kostspielig erzogen, und das gleich in vier Sprachen! Der Chrysanth lag mir schon nicht, aber schließlich, die Familie war gut. Denk an deine Kinder, Eve. Denk an dich selbst! Komm mal nach Bielefeld, bei uns sind immer Großindustrielle zu haben für eine Frau wie dich!«

Eve dachte: Es ist ein Fehler, von der Tochter zu erwarten, daß sie das erreicht, was der Mutter nicht gelungen ist.

Sie dachte: Den da unten hat meine Mutter nicht nur nicht erwartet, so einen hat sie nicht einmal befürchtet, weil er noch außerhalb der möglichen Unmöglichkeiten lag, mit denen sie als Mutter rechnete.

Eve nahm ihr Theaterglas und richtete es auf die hellbestrahlte Manege.

Der Schweiß lief Raoul in Strömen über Gesicht und Hals. Sein Lächeln war angespannt, mehrere Male schaute er zu Gustav hinüber, und Gustav ließ vor allem Rocco nicht aus den Augen, der in die Luft biß wie nach einer lästigen Bremse.

Hätte Raoul diesen riskanten Blödsinn aus Geldmangel gewagt, bliebe Eve wenigstens der Trost, seine Tapferkeit zu bewundern. Aber er tat es, weil er die Gefahr brauchte . . .

Der Fandango schien endlos. Raouls Fingerknöchel klangen wie rhythmisch stampfende Stiefelabsätze auf dem Holz der Gitarre. Das mußte doch einem Tiger einmal auf die Nerven gehen. Das konnte doch gar nicht gutgehen. Mit einem schrillen Disakkord endete das Spektakel endlich – und in die winzige, erleichterte Stille zwischen Darbietung und Applaus rief eine helle Frauenstimme: »Bravo, Raoul!« Ein künstlicher Veilchenstrauß flog aus der ersten Reihe, von dort, wo Eve vor zwei Abenden gesessen hatte.

Der Strauß fiel zwischen die Pranken einer Löwin, Raoul bückte sich danach, die rechte Pranke war plötzlich über seinem Nacken, sämtliche Tiere hockten angespannt wie zum Sprung auf ihren Podesten, Gustavs rauhe, tonlose Stimme fuhr zwischen sie, sein Körper deckte den Gitarristen, der sich strahlend aufrichtete.

»Meine Zeit, der Löwe ischa man ganz schön zickig«, sagte Eves Nachbarin, sich mit dem Programm Luft zufächelnd. »Wenn der einen zu grabschen kriegt, denn liegt man dscha wohl aufs Letzte.«

Tambour stand jetzt flach am Schutzgitter, gedeckt von Gustavs mächtigem, schweißtriefendem Körper. Er trieb die Tiere aus der Manege, die Löwin fauchte gereizt und schlug nach ihm, er sprach ununterbrochen auf sie ein.

»Guck mal, Herbert«, sagte die Frau neben Eve, »die Dame, wo die Veilchen geworfen hat, is die nich vom Film?«

»Ich kann nichts bekennen«, sagte Herbert. »Du hast meine Brille, Schwiegermutter.«

Gustav drängte die Löwin in den Gang und schlug die Gittertür hinter ihr zu, während Raoul das Sträußchen küßte und mit weitausholender Grandezza in den Applaus schwenkte, diesen dadurch künstlich verlängernd. Er umarmte Gustav und gab mit aufdringlicher Bescheidenheit zu verstehen, daß aller Dank dem Dompteur zukomme.

Die Frau in der ersten Reihe – Eve holte sie in ihr Glas – war aufgestanden und rief etwas, das im Klatschen unterging. Sie war ein römischer Typ, elegant und sehr geschmeichelt, als der einzige anwesende Reporter ein Blitzlicht an sie verschwendete.

»Mudder«, rief Gretchen, deren runder Specknacken sich zuweilen großporig und feucht vor Eves Theaterglas gedrängt hatte, »dscha die Leoni, die wo die Schkandale hatte!«

»Die kann dscha nun auch nicht mehr die Dschüngste sein«, meinte die Schwiegermutter.

Ob es die Leonie war oder nicht, auf jeden Fall wußte Eve jetzt, warum Tambour gestern abend keine Zeit und heute den ganzen Tag über nicht angerufen hatte. Ihre Ernüchterung ging beinah schmerzlos vonstatten.

Sie hatte sogar die Kraft, noch nachträglich über einen Zustand zu lachen, den sie zwei Tage lang als leidenschaftliche Liebe bezeichnet hatte und der doch nichts anderes gewesen war als eine anstrengende Kombination aus Hysterie, wunschbedingter Phantasie und chloroformiertem Verstand.

Die Leoni ging nach der Raubtiernummer.

Dumme Gans, dachte Eve, womit sie sich selber meinte. Wegen diesem bißchen männlichen Sex und ein paar siegessicheren Unverschämtheiten hättest du beinah alles über Bord geworfen, was dein bisheriges Leben ausgemacht hat. Du hast nicht einmal an deine Kinder gedacht.

Die Vorstellung ging weiter.

Vor ihrem Hause parkten viele Wagen rechts und links halb auf dem Bürgersteig. Bauunternehmers gaben ihre große Sommerparty, und Eve überlegte, ob sie ihnen nicht ihren zweiten Hummer hinunterschicken sollte, der rot und glotzend in der Eisbox auf sie wartete. Ein paar Tage würde er sich zwar noch halten, allzulange nicht. Eve schätzte Hummer sehr, aber große Mengen, selbst von einem Leibgericht, unter Zwang verspeist, konnten zur Anstrengung ohne Vergnügen werden.

Drei Zäune hinter ihrem Hause fand sie einen Platz für ihren Wagen, er bekam sogar einen Schein Laterne ab. Sie stülpte das Verdeck über, schloß ab, prüfte sicherheitshalber noch einmal, ob sie auch wirklich abgeschlossen hatte, und vernahm Musik dabei aus einem Autoradio. Der Mann, der vergessen hatte, es abzudrehen, würde vergebens morgen früh zu starten versuchen, wenn er die Bauunternehmersche Party verließ.

Sie ging über den Bürgersteig, hörte von weitem die Stimmen auf der Terrasse, hörte Micky Meyers über allen beschwingt kreischend segeln, ging an dem Wagen vorbei, aus dem die Musik kam, einem hochtourigen Sportwagen übrigens. An seinem Steuer saß ein Mann. Sie sah die glimmende Zigarette.

Die Musik verstummte, die Zigarette flog auf den Damm, als sie vorüberging. Der Mann stieg aus und kam ihr nach.

»Eve?«

Ein heißer Schreck in der Magengegend, halb Ärger, halb unbeschreibliche Erleichterung. Sie ging weiter und öffnete das Gartentor. Von hinten legten sich Hände um ihre Schultern. »Meine Süße! Endlich kommst du!« Diese Stimme, diese verflixte, verräucherte Stimme! »Ich habe mich so auf dich gefreut. Ich warte seit Stunden auf dich. – Ich habe die Abendvorstellung im Zirkus abgesagt, um dich möglichst früh sehen zu können. Wo warst du so lange?«

»Im Zirkus«, sagte Eve nüchtern und schüttelte seine Hände ab. »In der Abendvorstellung.«

Sekundenlang spürbare Stummheit, dann lachte er schallend, ganz ohne Verlegenheit.

»Gute Nacht«, sagte Eve. »Ich bin wirklich sehr müde.«

»Ich überhaupt nicht. Ich werde dir nie wieder in müdem Zustand unter die Augen treten.«

»Bitte, laß mich zufrieden«, sagte Eve. »Geh zu deinem Veilchenstrauß aus Philadelphia!«

»Veilchen . . .«, überlegte er. »Waren das Veilchen? Habe ich gar nicht gesehen. Habe ich einem Pony zu fressen gegeben. Ponys sind bekanntlich Mülleimer. – Gib endlich auf, mir die Gartentür in den Magen zu schieben. Mach mich nicht ärgerlich, Eve, verdirb uns nicht den Abend. Ich habe dir nichts getan.«

»Nichts«, sagte sie und sah ein, daß es keinen Sinn hatte, ihn am Betreten des Grundstücks zu hindern. Er würde höchstens einen Skandal veranstalten. »Nichts, außer daß du lügst, wenn du den Mund aufmachst.«

Er lachte. »Das ist meine Stärke.«

»Loslassen«, sagte sie, »laß mich doch los!« Ich will nicht mehr, dachte sie angestrengt. Ihr Kummer hatte endlich die Möglichkeit, in Zorn umzuschlagen. »Ich habe zwei Tage auf dich gewartet, aber der ›Freund‹ aus Philadelphia . . .«

»Sollte ich dir am Telefon sagen, daß er eine Frau ist? Außerdem bedeutet sie mir heute wirklich nicht mehr als ein Freund! Die Geschichte ist längst verjährt!«

»Tanja Leoni«, sagte Eve kleinlich. »Ziemlicher Skandalstar von gestern.«

»Von vorgestern«, sagte er.

»Sie muß doch mindestens schon Anfang Vierzig sein.«

»Neunundvierzig genau, aber das wissen nur ich und jetzt du auch.«

»Dafür hat sie sich großartig gehalten«, sagte Eve und war schon beinah nicht mehr böse. Aber versöhnt auf gar keinen Fall.

»Als wir befreundet waren, machte Tanja gerade ihren ersten Film bei der Tobis, und ich trat im ›Ciro‹ als Gitarrist auf. Das war, als ich aus Spanien nach Deutschland zurückkam. Willst du noch mehr wissen?«

»Nein«, sagte Eve. »Doch«, sagte sie. »Die Tanja Leoni ist also die kleine Tänzerin Talita, die am Schluß der ›Brennenden Stiere‹ auftritt und dich bekocht und sich gleichzeitig von dir Ratschläge geben läßt, wie man ganz schnell nach ganz oben kommt.«

»Ich habe sie immer gut beraten«, sagte Raoul zufrieden. »Zur Zeit ist sie mit einem Millionär aus Philadelphia verheiratet. Er macht in Fleischkonserven und soll sehr nett sein und hat sie erst vor zwei Jahren ehrlich gemacht. Das war doch für eine Frau von siebenundvierzig ein Kunststück.«

»Das möchte ich meinen«, sagte Eve anerkennend. »Manchen Frauen gelingt noch mit Fünfzig ein Wunder, und manchen gelingt es nie.«

»Unser Wiedersehen war ebenso herzlich wie harmlos«, sagte Tambour.

Und da sie gerade beim Klarstellen der Verhältnisse, seiner Verhältnisse waren, dachte Eve: Es ist schon ein Abwasch, also frage auch nach der anderen.

»Das Mädchen aus dem Hausboot?«

»Befindet sich auf einer Gesellschaftsreise durch Italien. Florenz, Rom, Neapel, Capri und zurück. In einundzwanzig Tagen. Aber nie wieder zurück in mein Hausboot.«

Eve sah skeptisch in sein von der Hauslaterne beschienenes, unbedenkliches Gesicht. Er lachte so schön. »Stimmt das?«

»Einem Lügner glaubt man nicht, selbst wenn er mal die Wahrheit spricht«, leierte er vor sich hin.

»Hoffentlich hat sie gutes Wetter auf der Reise«, sagte Eve und gab ihm die Hand. »Gute Nacht, Raoul. Du mußt jetzt wirklich gehen.« Warum eigentlich, dachte sie gleichzeitig. Micky Meyer dröhnt doch auf des Bauunternehmers Party. Und außerdem habe ich noch den zweiten Hummer.

»Hör zu«, sagte er, »wir müssen endlich über den Vertrag sprechen. Denk daran, daß ich auch dein Autor bin, Süße, dann fällt es dir leichter, mich einzulassen.«

Die Hauslaterne schien direkt in sein Gesicht, auf Furchen, Narben, auf sehr viel Rücksichtslosigkeit, auf sein plötzliches, unbekümmertes Auflachen. Wie war es ihm nur gelungen, seine anziehende Jungenhaftigkeit trotz allem zu bewahren?

»Ach, richtig, wir haben ja auch beruflich miteinander zu tun.« Sie hatte es zeitweise vergessen. »Aber sei leise. Da, wo der Lärm stattfindet, war ich heute auch geladen. Ich habe mich gedrückt.«

Sie stolperten im Dunkeln die Stufen hinauf. »Immer noch höher?« fragte Raoul.

»Bis es nicht mehr weitergeht«, flüsterte sie zurück.

Irgendwo auf einem Treppenabsatz fing er sie ein und küßte sie ausführlich. Und dann ging unten im Hause das Licht an, und Eve sah, daß sie vor Micky Meyers Tür standen.

»Die arme Person«, sagte sie. »Wenn sie das geahnt hätte, wäre sie gewiß nicht zur Party gegangen.«

Eve schloß die Tür auf und ging vor ihm her in die Wohnung, gleich durch bis zur geöffneten Dachgartentür, um sie zu schließen. Mickys Stimme, die siegreich den betrunkenen Frohsinn auf des Bauunternehmers illuminierter Terrasse übertönt hatte, klang danach viel leiser.

Sie zog die schweren Vorhänge zu.

»Muß das sein?« fragte Raoul. »Bei der Hitze?«

»Wenn Licht herausscheint, ist bestimmt in zehn Minuten jemand oben. – Setz dich. Möchtest du etwas essen? Du kannst einen Hummer haben.«

»Hummer?« sagte Raoul gedehnt. »So was Feines! Den iß man lieber selbst.«

»Ich gebe ihn dir wirklich gern«, versicherte sie.

Er küßte sie im Vorbeigehen auf den Nacken. »Du bist so lieb, Eve, aber wenn ich trotzdem eine richtige, ordinäre Stulle haben könnte? Am liebsten mit Käse.«

Sie ging in die Küche und wusch rasch über dem Spülstein den Abend von ihren Händen. Ich bin so froh, dachte sie dabei, so unbeschreiblich froh, daß er wieder da ist!

Käse möchte er.

Raoul sah sich inzwischen in ihrer Wohnung um. Weißgestrichene, englische Möbel mit froschgrünen Bezügen vor einer Rosentapete. Dazu ein Empireofen aus weißem Porzellan. Das war die Eßnische.

»Was war denn mit der Löwin los?« rief Eve von der Küche her.

»Hast du's gemerkt? Der Veilchenstrauß hatte schuld. Sie wurde rabiat, als sie Tanjas Parfüm roch.«

»Kann ich verstehen«, rief Eve.

Und dann der Wohnraum, rosenholzfarben ausgeschlagen. Medaillonstühle. Weiche, seidige Sofas, die soviel Entschlußkraft verbrauchten, wenn man sich aus ihnen erheben wollte. Weiße, eingebaute Bücherregale um die Fenster herum bis zur Zimmerdecke. Eine blauweiße Vase mit leuchtend-blauem Rittersporn und rosa Pfingstrosen. Und überall standen Dinge herum, zum Teil verschrobene Dinge, deren Wert Raoul nicht kannte.

Er fand das alles hübsch und sicher sehr teuer, aber sein Geschmack war es nicht. Ihm fehlte der Sinn für elegante Spielereien. Er hatte auch nie gelernt, mit ihnen umzugehen.

Wenn er an seine Kindheit dachte – eine Spielkiste in ständig wechselnden Wohnküchen, die alle eins miteinander gemein hatten: Schlampigkeit. Später – sieben Jahre lang – die Küche von Tante Hertha. Zerrissenes Linoleum mit braunem Rhombenmuster. Aber sehr sauber. Ein abgescheuertes Fensterbrett mit Onkels Rasierpinsel im Bierglas, einem Pudding, der kühlen sollte, einer Satte Milch, auf der Fliegen schwammen. Außerhalb des Fensters eine Strippe mit abgefressenem Meisenring und seinen trocknenden Socken. Der Blick: eine Teppichstange, ein Schuppendach und dahinter der Friedhof, auf dem sein Vetter nachts Blumen stahl und weiterverkaufte, bis man ihn dabei erwischte. Raoul dachte gern an diese Zeit zurück. Tante Hertha prügelte zwar leicht, aber immerhin gab sie ihm ein Gefühl der Geborgenheit. Sie war Putzfrau in einer Gastwirtschaft.

Die Tür zu Eves Schlafzimmer war halbgeöffnet. Er schaute hinein. Lavendel und Sepia. Nur die Kleenextücher auf ihrem Toilettentisch wagten, rosa aus dem Farbrahmen zu fallen. Strenge Möbel aus Rosenholz mit Goldbeschlägen, solche selbst an den Kanten des Bettes. Hier las sie sich also Nacht für Nacht in den Schlaf.

Aber es war ein schönes Zimmer mit duftigen Voilegardinen, und vor allem roch es gut.

Später, nachdem er gegessen hatte, kam sie ins Schlafzimmer, um sich zurechtzumachen.

Raoul lehnte rauchend im Türrahmen und sah ihr zu. Und war sehr nachdenklich. »Ich glaube, ich kann von dir noch manches lernen. Zum Beispiel Kultur. Du hast viel Kultur. Ich bin jetzt soweit, daß ich sie mir auch leisten möchte.«

Eve war beinah gerührt, eine seltene Gefühlsregung im Zusammenhang mit Raoul Tambour.

»Weißt du«, sagte er, »ich stecke sie alle in die Tasche, wenn es darauf ankommt, Mut zu beweisen. Aber wann kommt es schon darauf an. Am Kamin sind sie alle Maulhelden. Ihnen imponiert höchstens mein Wagen, aber den kann ich nicht immer mit raufnehmen, wenn irgendwo eine Party stattfindet. Ich kann mich nicht am Alkohol festhalten, weil ich keinen trinke, ich kann's auch nicht an den Damen der sogenannten Gesellschaft, denn entweder lassen sie mich deutlich fühlen, daß ich in ihrem Kreise ein Emporkömmling bin, oder sie werden sinnlich. Ich werde überhaupt nur eingeladen, weil es sich herumgesprochen hat, daß ich gute Geschichten weiß, die ihnen die Langeweile vertreiben, und weil Junggesellen rar sind. Ich weiß das alles, Eve. Und am liebsten sage ich ab. Aber ich kann nicht immer absagen, das große Geschäft wird oft beim Whisky eingefädelt. Wie bin ich bloß darauf gekommen?« Er sah sie fragend an. »Was habe ich denn sagen wollen?«

»Kultur«, gab sie ihm als Stichwort.

»Ah ja, richtig. Kultur und Bildung. Ich war da zweimal bei einem Kunden eingeladen. Eve, so blöd bin ich mir in meinem ganzen Leben nicht vorgekommen. Den ganzen Abend über sprachen sie nur von Opern und Museen und Theaterstücken, die ich nicht mal dem Namen nach kannte. Zwischendurch drehten sie die herumstehenden Nippes um und waren ganz glücklich, wenn sie auf Anhieb die Herstellungsfirma und die Zeit geraten hatten, sie sagten überhaupt immerzu ›. . . aus der Zeit‹ und machten aus jedem Stuhl eine Doktorarbeit, so daß ich mich hinterher nicht mehr unbefangen reinsetzen konnte. Ihr Lieblingsthema aber waren nicht anwesende Leute, die zu kennen anscheinend wichtiger war als der eigene Vater. Aber wie bin ich denn darauf gekommen, Eve?«

»Kultur und Bildung«, sagte sie.

»Ja, damit hat das doch alles nichts zu tun«, sagte er.

»Eben.«

»Im Grunde genommen wollte ich eigentlich nur sagen, daß ich noch verdammt schnell verdammt viel lernen möchte, und du kannst mir dabei helfen.«

»Für die Schriftstellerei wäre es nicht schlecht.«

Aber er hatte sie wohl nicht gehört, denn er sagte: ». . . und was meinst du, wie überzeugt ich sie dann alle verachten kann.«

Eve lachte. »Das Verachten ist dir wohl das Wichtigste?«

»Nein«, widersprach er ernsthaft, »nur Sicherheit, auf jedem Gebiet.«

»Die gibt es nicht«, sagte sie. »Auch für dich nicht.«

Er schwieg einen Augenblick, dann sagte er, wieder ganz der alte Raoul: »Wozu schminkst du dir eigentlich noch die Lippen? Wozu dieser Aufwand? Ich habe ja doch alles nachher auf dem Hemdkragen.«

Eve sah sich nach ihm um. Er hockte auf der unteren Kante ihres Empirebettes und streute die Asche seiner Zigarette in seine Handmuschel.

Sie stand auf, um einen Aschenbecher für ihn zu holen, aber als sie am Bett vorbeiging, zog er sie zwischen seine Schenkel und sah sie an. »Ich habe ziemlichen Blödsinn da eben geredet.«

»Aber wo«, versicherte Eve.

»Ich muß dich wirklich liebhaben, wenn ich über solche Dinge mit dir spreche«, sagte er.

Sie richtete sich ein wenig auf, um sein Gesicht zu sehen, um Liebe darin zu finden, aber sie sah nur seinen konzentrierten Blick, der sich auf die weit abgehaltene Hand mit dem winzigen, unter einem steilen Aschenturm verglühenden Zigarettenrest richtete.

»Entweder verbrenne ich mir jetzt mannhaft die Pfote, oder dein Teppich kriegt alles ab. Ist er eigentlich ›aus der Zeit‹?«

»Quatschkopf«, sagte sie und rannte nach einem Aschenbecher.

»Warum umgebt ihr euch mit soviel Morschem, Wurmstichigem, Vergilbtem, wenn ihr selbst solche Angst vor dem eigenen Verfall habt?« fragte er hinter Eve her.

»Ich habe es nicht gern, wenn du ›ihr‹ sagst, wenn du mich meinst«, rief sie verärgert.

Frauen erleben mit den Augen und mit den Ohren und immer subjektiv. Männer erleben Tatsachen. Ihr Gehirn registriert sie wie ein Terminkalender, das weibliche ist für schmucklose Fakten zu emsig. Seine Gedanken tanzen gleichzeitig auf drei Hochzeiten und einer Beerdigung. Dieser Umstand und die Gabe, alles so zu sehen, wie sie es gern sehen möchten, bringt Frauen um sachliche Erinnerungen.

Ich, zum Beispiel, habe heute Mühe, mich genau an meine Aufgaben als Verlegerin zu erinnern. Mindestens jeder dritte Fachausdruck ist mir entfallen. Aber ich weiß noch genau jene erste Nacht mit dir, die in die gleiche Zeit fiel. Alles längst Erinnerung, das eine wie das andere, aber welcher Unterschied in der Erinnerung . . .!

Vollkommen im Nebel die geschäftlichen Begebnisse, bei denen ich glasklar und nüchtern dachte. Vollkommen vorhanden – mit allem Drum und Dran – die Erinnerung an jene erste Nacht, in der ich benebelt war vor lauter Gefühl. Erinnerst du dich eigentlich noch an sie? Und wenn, dann nur dunkel. Es war kein großer Geschäftsabschluß, kein einschneidendes Erlebnis für dich – nur eben ein erster Abend mit einer neuen Frau.

In seiner ersten Hälfte lag das Eingeständnis deiner Bildungslücken und gesellschaftlichen Unsicherheit.

In der zweiten Hälfte warst du bombensicher. Da brauchtest du dich nur auf deine Männlichkeit zu verlassen.

»Der Aschenbecher kommt leider zu spät«, sagte Raoul. »Alles auf dem Teppich.« Und lutschte an seiner angesengten Fingerkuppe.

Und nahm so rasch den Finger aus dem Mund und Eve in die Klammer seiner Arme – es geschah alles viel zu schnell und übergangslos und auch zu intensiv.

Sie wehrte sich. Sie brauchte noch ein wenig Atem, Zögern, Zärtlichkeit, Beteuerungen, wie immer man es nennen wollte. Auf jeden Fall noch Zeit für die innere Bereitschaft.

»Raoul, ich bitte dich . . .«

»Alles, was du willst.«

»Ich möchte mich mit dir unterhalten, ich muß dir soviel sagen . . .«

»Später, meine Süße, später.«

»Ich bin wahrscheinlich altmodisch . . .«

»Freitag abend warst du's nicht.«

»Nein, aber ich habe inzwischen nachgedacht.«

»Schon schlecht.«

Telefonklingeln zerriß die Abgeschlossenheit des Zimmers. Eve fuhr zusammen, als ob der Anrufer bereits in der Tür stände.

»Das Telefon . . .«, sagte sie nervös und wehrte sich gegen ihn.

»Es wird schon wieder aufhören.«

»Bitte, Raoul – versteh doch! Ich möchte wirklich nicht!«

»Ich habe auch inzwischen nachgedacht«, murmelte er, »und jetzt möchte ich noch viel mehr.«

»Das Telefon macht mich wahnsinnig!«

Das Telefon und auch Raouls poesielose Zielstrebigkeit.

»Laß mich hingehen, bitte! Vielleicht ist es etwas Wichtiges!«

»Gibt es etwas Wichtigeres?«

Die Kinder, dachte sie. Vielleicht ruft meine Mutter an.

»Es gibt etwas Wichtigeres«, sagte sie, und in ihrer Gegenwehr kämpfte auf einmal ehrlicher Zorn.

»Dann geh«, sagte Raoul und gab sie frei.

Als sie den Hörer aufnahm, war nur noch das Freizeichen in der Leitung, man hörte es überall im Zimmer, das Tuten und auch den animierten Krach von der unteren Terrasse.

»Na, siehst du«, sagte er, »so wichtig kann es nicht gewesen sein. Komm wieder her.«

Eve hockte auf dem Bettrand neben dem Telefon. »Ist es denn nicht möglich, daß wir erst einmal gute Freunde werden?«

Tambour betrachtete sich im gegenüberliegenden Spiegel. »Zerraufst du all deinen guten Freunden so leidenschaftlich die

Haare?«

»Wieso?«

»Na, dann guck mich mal an.«

»War ich das?« fragte sie gedehnt.

»Nennen wir es die Begleiterscheinung deiner ehrlichen Beteuerungen, von mir nicht mehr zu wollen, aber auch gar nichts anderes als gute Freundschaft. Wo gehst du hin?«

»Was trinken«, sagte Eve.

»Komm bald wieder«, sagte er hinter ihrer hilflosen Flucht her.

Sie stand einen Augenblick mitten in der Küche und wußte nicht mehr, was sie wollte, was wollte sie nur noch . . .

Es geht bestimmt nicht gut, dachte sie. In spätestens vier Wochen werde ich ihn nicht mehr interessieren.

Eve öffnete die Eisschranktür, vermied den starren Blick des rotgebrühten Schalentiers, das niemand essen wollte.

Warum bin ich so zaghaft, dachte sie. Warum gehöre ich nicht zu den Frauen, die mit Format und schöner Gelassenheit eine schöne Dummheit begehen und nicht daran denken, wie lange sie andauern wird und ob es vertretbar ist, die eben lieben, wenn ihnen einmal ein richtiger Mann begegnet, es ist ja so selten, und was kann ich denn noch von diesem Leben für mich erwarten außer Mutterpflichten und Geschäftssorgen? Sie zog eine Sektflasche aus der Eisbox. Zwei Gemüsebüchsen purzelten mit heraus und kollerten dröhnend über die Küchenfliesen. Eve kroch hinter ihnen her – das war ziemlich ernüchternd.

Dann versuchte sie, die Sektflasche zu öffnen. Der Verschluß brach selbstverständlich ab. Sie suchte im Werkzeugkasten nach einer Zange.

»Raoul«, rief sie, »du mußt mir helfen.«

Es kam keine Antwort.

Sie suchte ihn in der Wohnung – »Raoul! Ich kriege die Flasche nicht auf!« – und fand ihn schließlich im Schlafzimmer. Er lag nackt, mit übereinandergeschlagenen Beinen auf ihrem Bett und stippte Zigarettenasche in eine Schale, die auf seiner Brust stand.

»Raoul!!«

»Meine Süße . . .?«

Und er fand das alles vollkommen natürlich.

Du warst so fest von deiner männlichen Anziehungskraft überzeugt, daß du gar nicht, auch später nicht, trotz all meiner Proteste nicht, auf die Idee kamst, ich hätte mehr Ärger als Hingabe bei deinem unerwarteten Anblick empfunden. Dabei, gib's doch zu, warf ich die Zange nach dir. Daß ich dich verfehlte, leider verfehlte, lag ausschließlich an meiner Unfähigkeit, mit welchem Gegenstand immer genau mein Ziel zu treffen.

Ich haßte dich in diesem Augenblick. Du machtest es dir so leicht und mir so schwer. Ich konnte dich schließlich nicht hinauswerfen, dazu warst du zu stark und vor allem zu nackt. (Micky Meyer!)

»Steh auf!« schrie ich dich an.

»Gerne«, sagtest du, »aber ich warne dich.«

Aus dem kleinen weißen Radio auf meinem Nachttisch sprach eine nüchterne Stimme den Wetterbericht. Es war ein Uhr.

»Es wird schön bleiben, meine Süße«, sagtest du, dich räkelnd. »Ein neues Hoch über Skandinavien.«

Ich weiß nicht mehr, wann und wodurch das Ende meines aufrichtigen Zornes eintrat. Am Hoch über Skandinavien lag es nicht, auch nicht an deinem Anblick. Ich bin nie in meinem Leben auf Anblicke hereingefallen.

Vielleicht lag es an jener freundlich gelassenen Geste, mit der dein Arm auf das Laken glitt. Sie wischte alle Dramatik fort und machte den Fall ganz selbstverständlich.

Während meine Gedanken da oben noch zauderten, streiften meine Füße da unten die Schuhe ab.

Als es hell wurde hinter den Ritzen der Fensterläden, schickte Eve ihn auf die Suche nach der Zange, denn ihre Kehle war wie ausgedörrt. Sie brauchte dringend ein Glas Sekt.

Raoul fand sie unter der Verschalung der Fensterheizung. Seine Hand war grau vor Staub, als er sich aufrichtete.

»Früher wischte sie da täglich«, sagte Eve.

Er antwortete nicht, sondern betrachtete nachdenklich ein kleines, räderloses Spielzeugauto, das er ebenfalls unter der Heizung gefunden hatte. Er sah sie fragend an.

»Es gehört Chris. Er hat es schon so lange vermißt«, sagte Eve.

»Chris ist dein Sohn?«

»Ja.«

»Wie alt?«

»Drei. Bibi wird bald sechs.«

Seine massigen Schultern spannten sich etwas, das war alles. Aber Eve spürte deutlich, Kinder hatte er in dieser Liaison nicht eingeplant.

»Du hast mir nichts von ihnen erzählt«, sagte er schließlich und legte das Auto auf den Nachttisch.

»Wann sollte ich? Wir kennen uns alles in allem nur ein paar Stunden. Wir hatten anfangs Berufliches zu besprechen und später vollauf mit uns selbst zu tun. Und außerdem – meine Kinder – ich glaube nicht, daß du der Mann bist, der . . .«

»Du hast recht«, unterbrach er sie. »Kinderbilder und -aussprüche amüsieren höchstens die eigene Familie und andere Eltern, selten einen Liebhaber. – Aber du wolltest ja Sekt.«

Er setzte sich auf den Bettrand und bog mit der Zange die abgebrochenen Drahtenden des Flaschenverschlusses auseinander. Eve zählte die Leberflecke auf seinem vorgebeugten Rücken.

»Wo sind sie im Augenblick?« fragte er. »Etwa im Nebenzimmer?«

»In Bielefeld«, sagte Eve, »bei meiner Mutter.«

»In Bielefeld, in Bielefeld, was macht man bloß in Bielefeld mit all dem Geld?« sang er rauh vor sich hin. Und erwähnte die Kinder nicht mehr. Was immer er über sie denken mochte – er ließ sich nichts anmerken. Eve kam es nur so vor, als ob er eine Spur sachlicher geworden wäre.

Warum hatte sie, deren Lebensinhalt und somit Hauptthema die Kinder waren, sie ausgerechnet vor Raoul bisher nicht erwähnt? Es gab keinen Grund dafür – nur einen Instinkt.

Eve wollte sie nicht zusammenbringen. Sie wollte den Kindern keinen Onkel auf Zeit bescheren. Raoul war auch nicht der Mann, der Geduld mit ihnen hatte. Sie würden ihm lästig sein – und sie, Eve, würde ihn dafür hassen. Er war ein Kapitel außerhalb ihres normalen Lebens, das am Spätabend begann, wenn die Kinder bereits schliefen. Ein langes Kapitel würde es sowieso nicht werden. Es wäre überhaupt das Beste, jetzt ein Glas Sekt zu trinken oder auch zwei und eine freundliche, kurze Ansprache zu halten etwa folgenden Inhalts: Lieber Raoul, es war schön mit dir. Ich werde dich nie vergessen. Du bist der hinreißendste, anstrengendste und geschickteste Liebhaber, ich werde dich wirklich nicht vergessen. Aber man soll bekanntlich die Dinge beenden, solange sie noch schön sind. Und darum leb wohl, vergiß mich, laß mir noch eine Zigarette da, und dann geh.

»Wo sind Gläser?« fragte er, die Handfläche gegen den herausdrängenden Sektpfropfen pressend.

»Warte, ich hole sie.«

»Es ist schon wieder halb vier«, sagte sie, als sie zurückkam. Seine Stimme klang sehr sachlich. »Ich muß ins Bett. Kann man das Haus schon verlassen, oder tagt die Gesellschaft da unten noch?«

»Die Wagen sind alle fort.«

Eve hielt die Gläser, während er den Sekt einschenkte. Er lächelte flüchtig, als sie sich zufällig ansahen, und trank sein Glas in einem Zug aus. »Müde«, sagte er.

»Ich auch«, sagte Eve. »Ruf mich morgen an, damit wir den Vertrag aushandeln können.«

Es ging ganz von selbst, ohne daß sie eine Abschiedsrede zu halten brauchte. Er machte es ihr so leicht.

»Willst du zuerst ins Bad?«

»Geh du nur.«

Sie griff nach ihrem Morgenrock und zog ihn dann doch nicht an. Er war so schottisch kariert und zweckbedingt, so abgetragen, so ausschließlich für die Augen von Briefträgern, Zeitungskassierern und Gasmännern und für die Marmeladenhändchen kleiner Kinder bestimmt, so unausgeschlafener Alltagsmorgen . . . es war zum Heulen. Alles. Wer ist schon gern mit dreißig Jahren Witwe!?

Im Bad stand Eve so vor sich hin, zu keinem Gedanken mehr fähig. Sie wußte nichts mehr, gar nichts, außer daß sie traurig war.

Und dann war Raoul hinter ihr. Sie hatte ihn nicht kommen hören.

Er war da – sehr nahe – Haut, Spannung, Wärme – er sagte nachdenklich und fast so, als ob er es selbst am allerwenigsten begreifen könnte: »Komisch, aber ich liebe dich wirklich.«

»Ich liebe dich auch«, sagte Eve.

Am nächsten Morgen hatte die Sekretärin einige Mühe, Eve Chrysanth aus ihrem geistigen Koma zu erwecken. Sie saß hinter ihrem Schreibtisch, übernächtig, mit schlechtsitzenden Haaren, hörte absolut nichts von dem, was man ihr einmal sagte und zweimal wiederholte. Sie lächelte nur abwesend »hm –« mit seltsamer Schwingung der Stimme bei diesem »Hm«, aber sie wirkte nicht verärgernd auf Fräulein Kügler, eher verwunderlich. Sie wirkte jung und sehr, sehr menschlich – und irgendwie auch gut durchblutet. Nur eben vernünftig reden konnte man nicht mit ihr.

Eve starrte Löcher in die Zimmerwand und versah sie mit Blütenblättern, so daß sie vor ihren schläfrig-glücklichen Augen wie

Blumen, von Kinderhand gemalt, aussahen.

»Raoul Tambour hat endlich geliefert«, sagte sie, als Fräulein Kügler das Zimmer mit einem Achselzucken verlassen wollte.

»Waren Sie Freitag abend im Zirkus?«

»Hmhm.«

»Na und?« Man sah es deutlich, die Sekretärin gierte nach einer Sensation. »Schöne Vorstellung? Als was trat er denn auf?«

»Überhaupt nicht«, sagte Eve, sich aufrichtend. »Er verhandelte mit dem Zirkusdirektor wegen eines Grundstücks.«

»Ach so.« Fräulein Kügler wirkte enttäuscht. »Und ich wollte mir schon für heute abend eine Karte besorgen.«

»Es lohnt nicht. Keine Spitzenkräfte«, riet Eve ab.

»Wie ist denn der Manuskriptschluß ausgefallen?«

»Fünfunddreißig Seiten länger als vorgesehen.«

»Ist er gut?«

»Wer?« fragte Eve abwesend.

»Na, der Schluß. Was wird aus dem kleinen Partisanenjungen, dem Manolo?«

»Den bringt der Held in einem Kinderheim auf einer Nordseeinsel unter.«

»Ja, verträgt er denn das Klima? Ich meine ja man nur, weil er doch aus Spanien stammt.«

»Es steht nichts davon im Manuskript, wie es ihm bekommen ist«, sagte Eve geduldig.

»Schade. Ich habe gedacht, der Karl würde in Deutschland eine ordentliche Frau finden und das Kind zu sich nehmen. So ein Ende hätte allen Leserinnen gefallen, glauben Sie mir.«

»Das Buch ist zu gut für ein profanes Happy-End«, klärte Eve sie auf.

»Wer sagt das?«

»Die Kritiker. Sie werden die Manologeschichte in den ›Stieren‹ sowieso als zu gefühlsbetont bemängeln.«

Fräulein Kügler wurde sehr böse. »Die Kritiker sind immer gegen Happy-End, aber die Leser haben es gerne. Und wenn man bedenkt, daß die Kritiker die Bücher umsonst kriegen und die Leser sie bezahlen – schließlich leben wir doch vom Verkauf, oder? Von guten Kritiken allein ist noch keiner satt geworden. Ich möchte einmal ein Buch lesen, das einer geschrieben hat so ganz für sich, ohne an die Leser und an die Zensur und an die Kritiker zu denken«, sagte Fräulein Kügler. »Beim Tambour hatte ich stellenweise das Gefühl . . .«

»Sie haben sogar recht«, sagte Eve, »aber an etwas gedacht hat er trotzdem dabei: ans Geschäft.«

Fräulein Kügler ging.

Als sie an der Tür war, fiel Eve ein, nach Herrn Docht zu fragen. »Ist er schon im Haus?«

»Na, Herr Docht!« Die Sekretärin mußte noch einmal zurückkommen. »Dem ist eine Katastrophe zugestoßen! Er war richtig grün um die Nase, aber es ist ja auch eine Gemeinheit, ihm die Ranken von seinem Topf abzureißen. Das muß einer übers Wochenende gemacht haben. Die Putzfrauen schwören Stein und Bein, sie wären es nicht gewesen, sie hätten den Topf überhaupt nicht angefaßt. Natürlich sind sie's gewesen, wer kommt denn sonst hier rein, aber was soll man machen, wenn sie leugnen, man kann sie höchstens verärgern, und dann kommen sie nicht wieder!«

»Um Gottes willen«, sagte Eve erschrocken, »bloß das nicht!«

Der Apparat auf ihrem Schreibtisch surrte. Sie nahm den Hörer ab. »Herr Tambour. – Sind Sie zu sprechen, Frau Chrysanth?«

Eves intensivem Blick auf Fräulein Küglers kurze, stämmige Füße gelang es, diese in Richtung Tür in Bewegung zu setzen.

»Guten Morgen, gnädige Frau!« Raouls Stimme barst vor Kraft und Unternehmungslust. Wo nahm er die nur her nach solcher Nacht? »Gut geschlafen?«

»Überhaupt nicht«, sagte Eve.

Er lachte. »Thththth – wie kommt denn das!« Und dann, sehr geschäftlich. »Hören Sie zu, ich habe wenig Zeit. Ich muß noch heute vormittag ins Rheinland. Ein Objekt ansehen, für das ich einen Interessenten habe. Werde nicht vor morgen nachmittag zurück sein Muß auch im Zirkus absagen, aber montags ist der sowieso schwach besucht. – Haben Sie Lust mitzukommen?«

Eve hatte in Gedanken schon den Koffer in der Hand. Aber dann setzte sie ihn wieder ab.

»Es geht nicht. Ich muß morgen die Kinder abholen.«

»Na und«, sagte er. »Ist doch ein Weg. Rufen Sie Ihre Mutter an und sagen Sie ihr, daß wir morgen früh da sind.«

»Herr Tambour . . .«

»Auf der Fahrt können wir über alles Geschäftliche sprechen. In einer Stunde bin ich vor dem Verlag – oder soll ich Sie zu Hause abholen?«

»Ja«, sagte Eve, von seinem Tempo überrollt.

»Was ja?« fragte er ungeduldig.

»Zu Hause.«

»Bis dann – ich freu' mich.«

Eve unterrichtete nur Fräulein Kügler von ihrem abrupten Aufbruch.

»Es ist mir etwas Dringendes ... ich weiß nicht, ob ich heute noch einmal zurückkomme – und morgen, wie Sie wissen, muß ich nach Bielefeld, aber übermorgen früh bin ich wieder da.« Den Rest rief sie bereits auf dem Eilmarsch zum Fahrstuhl.

5. Kapitel

Tambour fuhr sehr sportlich, schnell, ganz ohne Nerven und die Besorgnis, daß ihm jemals etwas passieren könnte. Und da er dabei nicht leichsinnig fuhr und an sein Glück glaubte, war bisher auch alles gut gegangen, er sagte es jedenfalls, wenn man ihn danach fragte.

Seine Lichthupe scheuchte die linke Seite der Fahrbahn frei, und dabei sprach er vom Geschäft.

»Hör zu, Eve«, sagte er. »Ich habe mir das so gedacht. Gebe ich die ›Brennenden Stiere‹ zu einem großen Verlag, dann bin ich dort der Autor Nummer Soundso und kann nicht mehr für mein Buch tun, als einen Vertrag zu unterschreiben und abzuwarten, was die anderen daraus machen. Ich habe es aber nicht gern, wenn andere meine Ware vertreiben, ich will maßgeblich daran mitarbeiten. Ich verkaufe mich selbst immer am besten, verstehst du?«

»Jetzt bin ich gespannt, wie es weitergeht«, sagte Eve, das Gesicht mit geschlossenen Augen der Sonne zugewandt.

»Was ich brauche, ist ein kleiner Verlag mit einem guten Namen, der es sich gefallen lassen muß, alle meine Bedingungen zu akzeptieren, wenn er mein Buch haben will. Komm, sei lieb und stecke mir eine Zigarette an. Sie liegen im Handschuhkasten.«

»Wie lauten diese Bedingungen?« fragte Eve.

»Unbegrenztes Mitspracherecht bei der Herstellung und Ankündigung des Romans. Und zwölf Prozent vom Ladenpreis.«

»Du hast einen Sonnenstich«, sagte Eve, ohne die Augen zu öffnen.

»Wieso? Finde einmal jemand, der so viel von Verkauf und Werbung versteht wie ich ...«

»Aber vom Verlagswesen verstehst du nichts, sonst würdest du nicht solche indiskutablen Vorschläge machen.«

»Meine Süße«, sagte er, »es ist im Grunde genommen vollkommen egal, was man verkauft. Hauptsache, man ist ein cleverer Geschäftsmann, das bin ich, und man hat einen guten Artikel. Die ›Brennenden Stiere‹ sind gut.«

»Und zwölf Prozent sind ein Wahnsinn«, konnte sie sich nicht beruhigen. »Das gibt es überhaupt nicht.«

»Für mich schon, meine Süße.« Er beugte sich an ihr vorbei zum Handschuhkasten. Ach, richtig, er wollte ja eine Zigarette.

Eve sah auf das behaarte Stück Unterarm zwischen seinem hochgeschobenen Pulloverärmel und dem kurzen Handschuh. Sie dachte dabei: Warum gibt es nur dieses Buch, über das wir uns zanken müssen! Ich bin in ihn verliebt und möchte mit ihm über seine Kindheit sprechen und seine Eltern und seine erste Liebe und vor allem über diesen unseren augenblicklichen Zustand. Er ist verliebt in mich und würde nicht um vier Prozent von seinem Vorschlag heruntergehen. Das ist der Unterschied zwischen uns. Ihm machte es gar nichts aus, gleichzeitig ihr Geliebter und dennoch eiskalt auf seinen Vorteil bedachter Verhandlungspartner zu sein. Eve war es rundherum peinlich.

»Du siehst anscheinend nur das, was ich fordere. Du übersiehst dabei, was ich zu bieten habe, und das ist nicht wenig«, sagte er. »Erstens einmal ein gutes Buch, aus dem man, wenn man es richtig lanciert, einen Bestseller machen kann. Es bringt ja alle Voraussetzungen dafür mit.«

»Das hat schon manches Buch – und wurde trotzdem ein Ladenhüter.«

»Wenn ich es manage, wird es keiner, darauf kannst du dich verlassen. Was glaubst du, was ich für eine Werbung vorhabe! Ich denke vor allem an die Presse dabei.«

»Was glaubst du, was das kostet!« sagte Eve kopfschüttelnd. »Steht Unilever oder Volkswagen hinter dir, um die Anzeigen zu finanzieren?«

»Wer redet denn vom Inseratenteil, meine Süße?« unterbrach er sie. »Mein Buch wird an einer anderen Stelle der Zeitung angekündigt, da, wo sie nichts kostet und zudem auch noch gelesen wird.«

»Da bin ich aber gespannt.«

»Ich denke weder an den teuren noch an den normalen Weg, ein

Buch bekanntzumachen.«

»Und vor allem denkst du dir das alles furchtbar einfach, aber bei zwölf Prozent mache ich nicht mit. Das wäre glatter Selbstmord.«

»Wenn du mich nur einmal ausreden lassen wolltest, Eve«, seufzte er. »Der Run auf die ›Brennenden Stiere‹ muß vom Publikum ausgehen. Wenn das Publikum auf etwas neugierig ist, müssen die Buchhändler nachziehen. Ich denke an einen hübschen, runden Skandal, der den Autor in die Zeitungen und in aller Munde bringt. Das Buch wird mit hereinge . . .«

»Was für einen Skandal?« fragte sie entsetzt dazwischen. Allein das Wort hatte so gar keinen Platz in ihrer Lebensanschauung.

»Jetzt machst du deinen spinösen Mund«, sagte er mißbilligend. »Jetzt siehst du aus wie Witwe Chrysanth!«

»Was für einen Skandal?«

»Das weiß ich selbst noch nicht, aber es fällt mir bestimmt was Wirkungsvolles ein. Ich habe schon ganz andere Dinger fertiggebracht.«

Eve seufzte. »Ich denke, wir lassen es lieber. Zwölf Prozent und Mitspracherecht und dann auch noch ein Skandal . . .!«

Nach einer Weile sagte er: »Über die Prozente können wir reden. Versteh mich recht, ich bin sonst nicht der Typ, der nachgibt. Aber ich habe mir nun einmal in den Kopf gesetzt, das Buch selbst zu machen, vom Umschlag bis . . .«

». . . zum Skandal. Immer mit der Axt in der Hand. Raoul, ich möchte mich so ungern mit dir zanken. Gib die ›Stiere‹ einem anderen Dummen, oder bring sie am besten im Eigenverlag heraus. Ich bin bereit, dir ohne Schadenfreude die Hand zu halten, wenn es ein fürchterliches Fiasko gibt.«

Er sah sie bedauernd von der Seite an. »Dir fehlt der Mut zum Außergewöhnlichen, nicht wahr? Dir fehlt die große Linie. Du bist nicht nur zaghaft, du steckst auch viel zu tief in der Konvention. Du setzt immer auf Nummer Sicher.«

»Jawohl«, sagte Eve. »Ich springe höchstens vom Zehnmeterbrett, wenn ich ganz sicher bin, daß unten im Becken Wasser ist. Ich bin nicht für mich allein verantwortlich, sondern für den Verlag und vor allem für meine Kinder.«

»Verlaß dich auf mich«, sagte Raoul stark. »Mir ist bisher noch alles gelungen, was ich mir vorgenommen habe.« Es gelang ihm jedoch nicht, ihr starkes Unbehagen bei diesem Kuhhandel zu verscheuchen.

»Wie bist du eigentlich zum Schreiben gekommen?« fragte Eve nach einer Weile ablenkend. Sie wollte heute keinen Streit mehr.

»Ganz einfach. Ich sprach mit einem Journalisten über meine Spaniengeschichte, und der sagte: Du, das möchte ich schreiben. Du kriegst auch Prozente ab. Ich dachte mir: Meine eigene Geschichte und bloß Prozente dafür? Dann schreibe ich sie lieber selbst. So kam das eben.«

Eve glaubte ihm nicht. »Man fängt doch nicht eines Tages so einfach zu schriftstellern an und ist auch noch gut dabei! Das gibt's doch nicht. Du mußt doch schon vorher zumindest das Bedürfnis . . .«

»Das Bedürfnis wohl, aber nicht die Ausdauer. Ich habe es oft versucht und immer wieder gelassen. Es ist so eine verflucht mühsame und zeitraubende Art, sich mitzuteilen.«

»Wirst du ein neues Buch schreiben?« fragte sie.

»Wenn das erste ein Geschäft wird, ja.«

»Literarische Ambitionen hast du keine?«

»O doch!« Er lachte. »Hohe Auflagen.«

»Geschäft, immer Geschäft. Und du gibst das auch noch zu!«

»Es ist entwaffnend, nicht wahr, meine Süße. Aber ich gehöre nun einmal nicht zu den Menschen, die irgend etwas in ihrem Leben umsonst tun. Ich würde die größere Begabung an den Nagel hängen, wenn sie mir nicht mehr als Ehren einbrächte.«

»Was hat dich eigentlich so geldgierig gemacht?« fragte sie.

»Weiß nicht, wahrscheinlich meine sonnige Jugend.«

Sie fuhren unter einem Gewitter hindurch. Starke Seitenböen ließen den Wagen schwimmen. Sie fuhren so schnell, daß der Regen ihnen nichts anhaben konnte.

»Krakau«, erzählte Tambour. »Stell dir vor, ich komme aus Krakau. Meine Mutter war Polin. Schneiderin von Beruf. Mein Vater kam aus dem Elsaß. Er war drittklassiger Aushilfstenor an kleinen Operettenbühnen. Du kannst dir nicht vorstellen, wie peinlich es für ein Kind ist, einen miserablen Sänger zum Vater zu haben. Er hatte ein kurzfristiges Engagement in Krakau, als er meine Mutter kennenlernte. Sie verfiel dem schmalzigen Charme dieses Knödlers. Er blieb über Gebühr im Orte, denn er fand kein neues Engagement. Meine Mutter nähte ihn durch. Und dann kam ich unerwünscht dazu. Jetzt mußte sie für drei nähen. Den Namen Raoul verdanke ich einem Fortsetzungsroman, in dem der feine Held so hieß. Ehe ich sie mit Bewußtsein kennenlernen konnte, starb sie, und der Knödler hatte mich am Hals. Wir zogen von Kleinstadt zu Kleinstadt. Wenn er kein Engagement hatte, spielte er Nachtportier auf Fabrikgeländen. Dann fand er eine neue Dame, die bereit war, ihn durchzufüttern. Aber sie wollte ihn ohne Kind. Mein Vater brachte mich zu seiner Cousine Hertha, die in Berlin-Pankow verheiratet war. Er sagte, es sei höchstens für eine Woche, aber er holte mich nie wieder ab. Mir war es ganz recht so. Ich weiß nicht, was aus ihm geworden ist.«

Eve schwieg. Was sollte sie dazu sagen?

»Ich erzähle Frauen ungern diese Geschichte«, sagte Raoul vorwarnend. »In den meisten erweckt sie das penetrante Bedürfnis, mich zu bemuttern und meine Unverschämtheiten – wirklich, Eve, ich kann tun, was ich will: die Frauen entschuldigen alles mit meiner traurigen Jugend. In ihren Augen habe ich plötzlich wieder eine Rotznase und geflickte Hosen an und stehe zwischen Mülltonnen – barfuß – auf einem Hinterhof. Ich hasse das Bemuttertwerden, und außerdem liegt kein Grund dafür vor. Ich bin heute erfolgreich und widerstandsfähig nicht zuletzt wegen dieser Jugend. Damals habe ich sie übrigens gar nicht als traurig empfunden. Ich kannte ja keine bessere. Und meine Tante Hertha war ein prächtiger Besen.«

Raoul erzählte deftige Geschichten von ihr. Eve sah sie vor sich, lang, knochig, mit einem gutmütigen Bulligesicht. Fünf Kinder und etliche Fehlgeburten, der Ärger mit dem Mann, einem Quartalssäufer, und Schwerarbeit hatten sie frühzeitig altern lassen. Sie lag lebenslänglich an der Kette ihrer Sorgen, deren Glieder sich stark und reißfest ineinanderfügten. Einmal war sie im Spreewald. Und zweimal lud Raoul sie ins Varieté ein. Das waren die Höhepunkte in ihrem Leben. Sie starb, als er in Spanien war. »Sie hat sich immer eine Laube gewünscht und einen eigenen Gasherd. Und es wird mir ewig leid tun, daß sie mit dem Sterben nicht so lange warten wollte, bis ich ihr das alles bieten konnte.«

Sie fuhren durch das Ruhrgebiet!

Raoul dachte in Kilometern, Eve in mütterlichen Gefühlen ihm gegenüber. Sie sah ihn mit Rotznase und geflickten Hosen – barfuß – auf einem Hinterhof. Man muß ihm vieles verzeihen, dachte sie und war versucht, all das mit ihm zu tun, weshalb er den anderen Frauen davongelaufen war.

Das Objekt – ein Hof aus dem Jahre 1809 – kam für Tambours Kunden nicht in Frage. Er lag viel zu einsam und zu weit von Düsseldorf entfernt in den Rheinwiesen, und das weiße, weithin durch die grüne Ebene leuchtende Herrenhaus bot außer stabilen Mauern absolut keinen Komfort. Es war seit vielen Jahren nicht mehr bewohnt worden und in trostlosem Zustand.

Eve erinnerte es im Stil an Goethes Gartenhaus. Eine bewachsene Mauer schloß den Hof ein, Haus und Wirtschaftsgebäude miteinander verbindend. Über den Remisen war die Kutscherwohnung. Hier vegetierte seit Kriegsende ein aus Königsberg gebürtiger Bibliothekar namens Kadereit mit seiner voluminösen rheinischen Gattin Hiltrud. Sie bewachten das Anwesen und hielten den Garten in Ordnung, und dafür wohnten sie frei.

Als sie sich von Herrn Kadereit verabschiedet hatten, sagte er mit unsicherer Bitte hinter ihnen her: »Meine Frau und ich, wir haben einen Papagei . . .«

»Wie schön«, sagte Tambour und stieg in seinen Wagen, der auf dem Hof des Anwesens parkte.

»Wenn er in Stimmung ist, sagt er den Anfang der Odyssee auf griechisch her . . .«

»Ich kann leider kein Griechisch. – Auf Wiedersehen.«

Tambour ließ den Motor an, Eve stieg ein, sie sahen sich verabschiedend nach Herrn Kadereit um. Sahen den alten Mann mit runden Schultern und beutelnden Hosen im fahlen Dämmerlicht des Hofes stehen.

»Wenigstens auf eine halbe Stunde«, bat sie Raoul.

Wären wir damals nur fortgefahren, wären wir nur nicht aus dem Wagen auf den kopfsteingepflasterten Hof zurückgestiegen, um uns aus Gefälligkeit einen Papagei anzuhören, der Jakko hieß und gar nicht daran dachte, griechisch zu sprechen.

»Kadereit, dreh der Jas ab!« befahl er im singenden Tonfall der Bibliothekarsgattin, welche er »der Omma« zu rufen pflegte.

Der alte Mann hielt mir einen epischen Vortrag über Hegels Grundlinien zur Philosophie des Rechts. Er war so glücklich, einmal Ansprache halten zu dürfen. Jakko wurde durch eine gestärkte Kreuzstichdecke am Mitreden gehindert.

Wir saßen in der Küche, wir wollten wirklich nur eine halbe Stunde bleiben. Jedoch Herr Kadereit füllte unsere Weingläser immer von neuem, schenkte bald auf das Tischtuch ein, da er nicht mehr nüchtern. Ich merkte es auch an der zunehmenden Verworrenheit Hegelscher Philosophie. Hiltrud, sein Weib, mußte ihn zu Bett bringen, aber uns ließ sie deshalb noch immer nicht fort. Sie hielt mich für deine Frau, wir hatten nicht widersprochen. Sie bot uns »dat Soffa« in ihrer guten Stube an, in Düsseldorf würden wir um diese späte Stunde kaum noch ein Hotelzimmer bekommen. Und mit dem vielen Wein intus . . .

Einmal gingst du hinunter zum Wagen, um Zigaretten zu holen. Du kamst nicht wieder.

Ich suchte dich im schwachen Schein eines verhungerten Mondes und fand dich schließlich auf einer verschnörkelten, rostigen Eisenbank unter tropfenden Bäumen

»Hallo, Eve«, sagtest du friedlich kauend und hieltest mir deine gefüllten Hände hin. »Komm, iß. Die besten Kirschen, die ich je gestohlen habe.«

Die dunkelblaue Stille, in die wir unsere Kirschkerne spuckten, war endlos. Über die Ebene wehte ein feiner, warmer Sprühregen. Es roch nach Miesmuscheln und auch nach Rosen. Auf dem Strom ankerten Frachtschiffe zur Nacht.

»Möchte wissen, was so ein Kahn kostet«, überlegtest du, und dann: »Sag mal, könntest du dir vorstellen –«

»Nein«, sagte ich. »Im Sommer muß es ganz reizvoll sein, aber im Winter . . .«

»Ich wollte dich fragen, ob du dir ein Leben in dieser Einöde vorstellen könntest.«

Warum habe ich damals nicht nein gesagt, strikt und endgültig nein! Warum sagte ich: »Für einen Schriftsteller oder Bildhauer oder für einen alten Mann mit sehr vielen Büchern, die zu lesen er ein Leben lang keine Zeit und Muße fand, mag das der richtige Ort sein. Es gibt hier so gar nichts, was einen von seinem Innenleben ablenkt – vorausgesetzt, man hat eins.«

Es gefiel mir damals wirklich – das Haus, das mich an Goethes Gartenhaus erinnerte, der idyllische, von drei Seiten ummauerte Hof, der altmodische Garten mit seinem Rosenrondell in der Mitte, seinem verfallenen Pavillon und dem weiten Blick über Strom und grüne Ebene. Es hätte mir selbst der Blick auf einen Rangierbahnhof und abblätternde Hauswände mit abblätternd lächelnder Zahnpastareklame gefallen. Ich war ja verliebt.

Und ahnte nicht, daß du dich mit der Absicht trugst, diese Klitsche aus Spekulationsgründen zu erwerben – Grundstückspreise zogen mächtig an –, um sie eines Tages für das Doppelte ihres Kaufpreises wieder abzustoßen. Es war nur so eine erste Idee – und ich hatte sie leider unterstützt.

Ich stand auf, um die nassen Büsche des Rondells nach einer Rose abzusuchen, und fand in der Dunkelheit nur Blätter und Abgeblühtes, das unter meinen Händen lautlos zerfiel. Ich stach mich und griff auch einmal in den seidigen Widerstand eines Spinnennetzes – und ahnte nicht, daß inmitten dieses Rondells eines Tages deine Bronzebüste thronen sollte, mit Pudelmütze bis über die angedeuteten Ohren.

Ich ahnte nicht, daß ich diese Einsamkeit und den ungebrochenen Blick bis zum diesigen Horizont einmal hassen würde, vor allem im Winter, wenn es neblig ist und der Wind selten aufhört, höchstens seine Richtung ändert, das alte Haus von allen Seiten angreifend . . .

»Komm her«, sagtest du endlich ungeduldig. »Laß die Rosen. Was willst du damit auf der Reise!«

Du zogst mich in die warme Trockenheit deiner Jacke, ohne die Hände aus ihren Taschen zu nehmen. Im blassen Mondlicht zwischen zwei raschen grauen Regenwolken erkannte ich dein Gesicht. Niedrige Stirn, hohe Backenknochen, breitgeschlitzte Pantheraugen, vorspringende, schiefe Nase. In manchen Augenblikken, in diesem zum Beispiel, fehlte dir nur ein Ring im Ohr und eine Augenklappe, um den Fasching vollkommen zu machen. In manchen Augenblicken sahst du geradezu lächerlich nachgeahmt aus.

»Man könnte eine ganze Menge aus dir machen«, sagte ich.

»Zum Beispiel?«

»Einen von Attilas schlimmen Hunnen, einen Korsaren, einen südamerikanischen Rebellen, einen – eh – Zaporoger Kosaken, einen Geliebten Katharinas der Großen . . .«

»Kurz gesagt: ich gäbe einen vielseitig verwendbaren Edelkomparsen ab«, unterbrachst du mich und zogst die Hände aus den Taschen. »Komm her, meine nordische Sagengestalt.« Aus deinem Munde war das nicht direkt ein Kompliment.

Sie wachten beinah gleichzeitig von der Helligkeit auf, die durch das niedrige Fenster mit den adrett abgewinkelten Scheibengardinen schien.

Tambour quälte sich von der Sofalehne fort und war erstaunt, sie vorzufinden.

»Eve!«

»Immer ziehst du mir die Decke fort!« schimpfte sie.

»Hast du eine Ahnung, wo wir hier sind?«

»Tu doch nicht so, als ob du das nicht mehr wüßtest.«

Er überlegte einen Augenblick, aufrecht im Sofa sitzend. Dann sagte er: »Aber er hat kein Wort griechisch gesprochen.«

Eve reckte sich jammernd. Die eine Hälfte ihres Körpers war geheizt von seiner Nähe, die andere, welche über dem Sofarand geschwebt hatte, fror. Und beide Seiten taten gleichermaßen weh.

»Sollten altersschwache Sitzgelegenheiten unser Schicksal werden?« fragte sie besorgt. »Zuerst Herrn Dochts Kanapee, die Gartenbank, und nun dies hier.«

Um sie war kalte, unbenützte Pracht. Ein Büfett mit gläsernen Schiebefenstern. Windhunde aus Porzellan und Tänzerinnen, die sich vor leichtfertiger Grazie beinah in den eigenen Zeh bissen. Familienbilder mit getrockneten Blumensträußchen. Rostrotbezogene Stühle, über denen ihre Kleider hingen. Ein Philodendron, an dem sie sich nicht vergriffen hatten. Die Standuhr tickte eilig.

Das ganze Zimmer war gegen sie. Es war nicht gewöhnt, bewohnt zu werden. Es haßte Allzumenschlichkeiten und forderte seine kalte, steife Ordnung zurück. Eve spürte es deutlich. Sie wollte so schnell wie möglich von hier fort. Raouls Arme hielten sie zurück. »Es ist doch noch so früh . . .«

»Aber draußen findet schon der Morgen statt. Hörst du die Vögel?«

»Warum stampfen sie so?« murmelte er.

»Das sind nicht die Vögel, das sind die Schiffe. Ich ziehe mich jetzt an.«

Sie stand mit bloßen Füßen in der Küche vor einer Emailleschüssel. Der Duft von Hiltruds Seife breitete sich über ihren Körper. Und während Eve sich wusch, blickte sie abgelenkt aus dem geöffneten schiefen Fenster.

Auf den gegenüberliegenden flachen Rheinwiesen umkreiste ein kläffender Hütehund die hellen Buckel erwachender Schafe. Regenschwere Obstbäume verdeckten den Blick über die Mauer in den altmodischen Garten.

»Meine Dame duftet so schön billig«, stellte Raoul fest, als sie in die gute Stube zurückkehrte. »Was ist das?«

»Weiß nicht. Die Seife war lila«, sagte Eve.

Er hatte inzwischen einen Zettel geschrieben und ihn auf die Filigrandecke des Stubentischs gelegt: »Vielen herzlichen Dank! Wir melden uns.«

Sein Arm fing sie auf, als sie zum Sofa gehen und die Betten zusammenlegen wollte, so wie es sich gehörte nach einer Nacht in einem kostenlosen Gastzimmer. »Eve . . .«

Sie wollte ihn küssen, sie mußte gähnen. »Verzeih, aber ich komme nicht zum Schlafen, seitdem ich dich kenne.«

»Bereust du es?«

Er küßte sie, dabei ihren Mund vermeidend – er dachte wohl an den Wein und die Zigaretten, an den Schlaf und an die Tatsache, daß er sich noch nicht die Zähne geputzt hatte. Er vermied jede Möglichkeit, ihr taktvolle Opfer abzuverlangen.

Er blieb immer ein umsichtiger Liebhaber, selbst im Laufe der Gewöhnung. Er brachte sich ein Leben lang um den Genuß achtloser Bequemlichkeit.

Kein Wunder, daß seine Frauen – trotz nachträglichen Zorns über all das, was er ihnen zugefügt hatte – nie die Erinnerung an einen ebenso anstrengenden wie appetitlichen Liebhaber verloren. Dies war eine seiner Stärken.

Ehe sie sich aus der ehemaligen Kutscherwohnung mit ihren berauscht schlafenden Gastgebern schlichen, lüpfte Raoul einen Zipfel der Kreuzstichdecke vom Vogelbauer.

»Wir gehen jetzt, Jakko«, flötete er aufmunternd. »Sag schnell noch was Griechisches!«

»Tschö mit öh!« krächzte der Papagei. »Tschö, Omma!«

Auf der untersten Stufe der steilen Stiege zogen sie ihre Schuhe an.

»Das ist nun wirklich der erste, der mich Oma genannt hat«, sagte Raoul.

Während der ersten zehn Minuten Fahrt saßen sie scheu und schweigsam auf dem schmalen Hinterbänkchen des Sportwagens.

Chris hatte trostlos verschnittene Haare, ein eintoniges Waldhorn um den Hals und in jeder Hand ein Spielzeugauto und in den ausgebeulten Taschen seines Blazers Kieselsteine, ein Katapult, viele Gummibänder, eine Wasserpistole und eine Tüte mit bunten Lutschern.

Bibi litt an rührender Zahnlosigkeit und war so stolz auf ihre neuen Korallenohrringe.

»Ich finde sie ja selber haarsträubend«, hatte sich Eves Mutter entschuldigt, »aber was sollte ich machen. Jeden Tag stand sie beim Uhrmacher vor der Ladenscheibe und sehnte sich nach ihnen. Und jeden Abend betete sie inbrünstig um diese schrecklichen Dinger. Eve, du siehst doch ein, daß sie an Gott gezweifelt hätte, wäre ich nicht in den Laden gegangen, um sie ihr zu kaufen?«

Eve sah es nicht ein. Spätestens morgen früh würden sie im Müllkasten sein. Sie bemerkte übrigens das lippenkräuselnde Erstaunen, mit dem ihre Mutter Tambours Schlangenring betrachtete. Dieses Schmuckstück schien sie nicht als unumgängliches Gottesgeschenk anzusehen, sondern ausschließlich als eine blanke Geschmacksverirrung. Der Mann, den ihre Tochter als neuen Autor des Chrysanth-Verlages vorgestellt hatte, erregte ihr Mißtrauen, sie wußte selbst nicht, warum. Sie behandelte ihn – sozusagen vorbeugend – über die linke, hochgezogene Schulter. Und hatte bereits einen Warnbrief an ihre Tochter im Konzept fertig, als der überladene Sportwagen Bielefeld verließ.

Chris zog seine Lutscher aus der Jackentasche und hielt zögernd einen grünen über Tambours Schulter, sozusagen als Werbegeschenk.

Raoul bemerkte es nicht, bis Eve ihn darauf aufmerksam machte. »Er möchte dir einen Lutscher schenken.«

»Oh, danke.«

Tambour steckte ihn folgsam in den Mund.

Chris gab auch seiner Mutter einen in Rot. Und Bibi einen in Gelb, und als Bibi ihren anbiß, stellte er fest, daß er keinen weiteren in der Tasche hatte. Chris war zwar von Natur aus spendabel, jedoch in gesunden Grenzen. Er war nicht der Typ, der sein letztes Hemd oder seinen letzten Bonbon verschenkte, während er selbst leer ausging. Darum nahm er seiner Schwester den gelben Lutscher aus dem Mund – der Mangel an Vorderzähnen, mit denen sie ihn festhalten konnte, kam ihm dabei zu Hilfe. Es bahnte sich eine Keilerei an, die sich auf Tambours Nacken ausdehnte und ihn beim Fahren beeinträchtigte.

»Sofort setzt ihr euch artig hin«, drohte Eve. »Chris, gib Bibi den gelben Lutscher. Du kannst meinen roten haben.«

Aber er wollte nicht ihren, er wollte den seiner Schwester, nun gerade.

Die Situation im schmalen Fond des Wagens spitzte sich zu, bis Tambour sagte: »Wenn ihr nicht stille sitzt, fahren wir gegen einen Baum.«

»Gegen welchen?« fragte Bibi gespannt. »Gibt es ein Unglück?«

»Mit Feuerwehr?« fragte Chris.

»Mit Prügel auf den blanken Po!« drohte Eve.

Danach nahmen sie von einem eventuellen Unfall Abstand.

Aber der Bann war gebrochen. Es wurde lebhaft im Wagen, und es hörte nicht mehr auf, lebhaft zu sein.

Und dann hatte Bibi ein schamhaft ins mütterliche Ohr gelispeltes Anliegen.

»Was ist los?« fragte Tambour.

»Bibi muß mal.«

Sie hielten an einer Parkstelle.

Bibi stelzte durch feuchtes Gras und vermodernde Papiere in die Waldeinsamkeit.

Raoul lehnte am Kühler und rauchte schweigend vor sich hin. Bibi kehrte – erleichtert hüpfend – aus dem zwitschernden Dikkicht zurück und lächelte schüchtern, als sie seinem Blick begegnete. Sie war mager und storchbeinig, die Ohrringe machten sie billig. Ihr Lächeln entblößte die Zahnlücken – zwei oben, eine unten. Man konnte sich zur Zeit nicht vorstellen, daß sie Eves Tochter war. Man konnte bei ihrem Anblick höchstens auf ein Wunder hoffen.

Während der Weiterfahrt zog Chris Sandalen und Söckchen aus und winkte damit den Autos, die Raoul überholte, zu. Er fand das sehr ulkig. Und dann hatte Bibi Durst. Sie kramte in ihrem Picknickkoffer nach der Thermosflasche, schraubte sie auf, hatte Mühe mit dem festgedrückten Korken, ihre Selbständigkeit ließ es nicht zu, um erwachsene Hilfe zu bitten. Es gelang ihr schließlich mit Gewalt. Der gesüßte Orangensaft floß über ihren Bruder. Chris' Geschrei hatte auf fremde Nerven dieselbe Wirkung wie Messerquietschen auf einem Tellerrand.

Sie mußten abermals halten, die Koffer ausladen, in den Koffern nach frischer Kleidung suchen. Raoul half dabei. Er sagte nichts.

Chris stand klebrig und schimpfend zwischen ihnen. Kurzes, zipfelndes Unterhemd. Verschrammte Knie.

»Wo ist deine zweite Sandale?« fragte Eve. »Ich finde nur eine.«

»Die andre is rausgewinkt«, sagte Chris.

Eve sah Raoul an.

Raoul grinste.

»Es war deine Idee, sie abzuholen«, sagte Eve. »Ich habe dich gleich gewarnt.«

»Hmhm.«

»Gehen sie dir sehr auf die Nerven?«

»Du wirst lachen, ja«, sagte er, »und wie. Aber sie dürfen.«

Eve sah ihn erstaunt an.

»Bist du etwa kinderlieb?«

»Was verstehst du unter sogenannter Kinderliebe? Bonbons in Onkeltaschen und immerzu ein Küßchen wollen?«

»Nich Küßchen geben«, wehrte Chris ab. »Hand auch nich.«

»Brauchst du auch nicht«, beruhigte ihn Raoul. »Ich verlange keine dressierte Sympathiekundgebung. Je mehr Kinder ich kennenlerne, um so weniger kann ich sogenannte kinderliebe Erwachsene vertragen. Wann haben sie denn ein Kind gern? Wenn es pariert, wenn es brav ist und nichts schmutzig macht, wenn es nicht stört, wenn es bereit ist, zu jeder Zeit von jedermann Zärtlichkeiten zu erdulden, wenn es bei Bestrafung nicht aufmuckst, wenn es auf keinen Fall einen eigenen Willen hat . . . kurz, wenn es überhaupt kein richtiges Kind . . .« Er brach ab und rannte mit affenartiger Geschwindigkeit seinem Wagen hinterher, der in diesem Augenblick, mit Bibi am Steuer, an ihnen vorbei über den abschüssigen Parkweg der Autobahn zurollte.

Eve schrie auf. Raoul holte ihn ein, stieß Bibi zur Seite und brachte ihn zum Stehen, als die Nase des Kühlers die Bahn mit den vorüberheulenden Autos erreichte.

Er griff übrigens nicht ein, als Eve ihre überstandene Angst in einer schallenden Ohrfeige an ihrer Tochter abreagierte. Er sagte nur: »Schau mal, wenn ich ein sogennannter Kinderlieber wäre, wäre ich jetzt nicht mehr kinderlieb. Wie gut, daß ich keiner bin.«

Und dann fuhren sie weiter. Bibi blätterte in einem Warenhauskatalog, die eine Wange feuerrot. Chris sackte in einen unglücklich verkrümmten Schlaf auf dem engen Hinterbänkchen. Eve rauchte mehrere Zigaretten hintereinander, verfolgt, geplagt, richtig elend von der Vorstellung, was hätte passieren können, wenn . . . Die Zeit, da sie Raouls Geliebte war und nichts sonst, lag nicht Stunden, sondern Jahre zurück.

Und sie war überzeugt, daß er sich auch nicht mehr so genau an sie erinnerte.

Sie warf einmal einen kurzen, fragenden Blick auf sein verschlossenes Profil mit der brennenden, im Mundwinkel klebenden Zigarette. Verzogene Wange, zusammengekniffenes Auge hinter den dunklen Gläsern der Sonnenbrille – der aufsteigende Rauch störte ihn.

Kurz vor Hannover fiel es ihr ein zu fragen: »Was ist eigentlich aus ›Manolo‹, dem Partisanenkind, geworden? Ist er eine Erfindung, oder existiert er wirklich?«

»Den gibt's«, sagte Raoul. »Zur Zeit lernt er in Köln bei einem Grundstücksmakler. Er soll später einmal mein Büro übernehmen. Ich will ja nicht ewig Immobilienhändler bleiben. Sobald eine Sache aufgebaut ist, interessiert sie mich nicht mehr.«

»Stehst du gut mit ihm?« fragte Eve.

»Uns hat im Grunde nie mehr verbunden als ein monatlicher Scheck. Ich habe ihm eine gute Erziehung bezahlt – wer tut das schon für anderer Leute Kinder. Ich habe ihn sogar adoptiert, damit er einen Namen hat. Oft hätte ich das Geld fürs Kinderheim und später für das Internat selbst verdammt nötig gehabt.«

»Ist er nett?«

»Och ja. Anfangs war er ein sehr schwieriges, nervöses Kind, das sich nicht ins Heimleben einfügen wollte. Aber ich konnte ihn ja nicht zu mir nehmen, bei dem unsicheren Zigeunerleben, das ich führte. Ich konnte ihm auch keine feste Mutter bieten. Die Damen wechselten zu oft in meinem Leben.«

»Verheiratet warst du nie?« fragte Eve.

»Ich?« Er lachte. »Du lieber Himmel, nein. Ich bin nicht der Mann, der sich aus Angst vorm Alleinsein oder wegen seiner ungewaschenen Wäsche eine dauernde Verpflichtung auflädt. Ich koche mir mein Essen lieber selbst, als daß ich mit ihm tausend kleine Fragen serviert bekomme: Wo warst du? Wie war es? Was hast du gemacht? Hast du Hunger? Schmeckt es dir? Warum sagst du nichts? Hast du schlechte Laune? Warum hast du schlechte Laune? Du hast keine? Aber warum bist du dann so brummig? – Ich liebe es, meine freundliche Ruhe zu haben und Frauen in Form von Telefonnummern in meinem Notizbuch. Entschuldige, Eve, du bist selbst eine Frau, aber allein die Tatsache, daß ich darüber mit dir gesprochen habe, muß dir beweisen, daß ich dich für vernünftig genug halte . . .«

»Warum sprecht ihr so leise?« fragte Bibi dazwischen. »Ich verstehe sehr schlecht.«

»Du hast nichts versäumt«, beruhigte sie Raoul.

»Nein«, bestätigte Eve, »du hast wirklich nichts versäumt.«

Raoul trug die Koffer in die Wohnung hinauf. Für einen Kaffee hatte er keine Zeit mehr.

»Komm morgen mit den Kindern in die Nachmittagsvorstellung«, sagte er, während sie in der kleinen Diele abschiednehmend voreinanderstanden.

Bibi feierte mit ihren Puppen und Spieluhren Wiedersehen, Chris zog auf seinem Dreirad rasche, geschickte Kurven um ihre Beine, und alle beide hatten dringende Wünsche: Himbeersaft, Kirschen, eine Zange, aufs Töpfchen . . .

»Mütterchen«, grinste Tambour, als er Eve anschaute, die ein wenig erschöpft und nachdenklich vor ihm stand. »Ich rufe dich heute abend an. – Tschüß, Kinder!«

»Tschühüs«, rief Bibi zurück. »Komm mal zu uns spielen!«

Chris stellte das prustende Motorengeräusch seines imaginären Rennwagens ab und gab freiwillig die Hand.

Und dann galoppierte Raoul die Treppen hinunter. Eve nahm zwei Koffer auf und trug sie ins Kinderzimmer.

Bibis Spieluhren bimmelten alle durcheinander: Fuchs, du hast die Gans gestohlen – Kling, Glöckchen, klingelingeling – Ich weiß nicht, was soll es bedeuten, daß ich so traurig bin . . .

Eve wußte es auch nicht.

Sie wartete an jenem Abend vergebens auf seinen Anruf, schlief über dem Warten ein und nahm ihre Enttäuschung mit in den Traum.

Am nächsten Morgen, auf dem Weg zum Verlag, hielt Eve vor einem Blumengeschäft. Claus Chrysanth hätte heute Geburtstag gehabt. Eve drang jedoch nicht bis zu den Blumen vor. Ihre Absichten wurden durch einen Kiosk aufgehalten, an dem die Morgenzeitungen aushingen. Ein Groschenblatt sprang ihr mit fetter Schlagzeile entgegen: »Zirkustiger beinah wieder Mörder.«

»In der gestrigen Abendvorstellung des Zirkus Toniello griff der berüchtigte Tiger Rocco den in der Raubtiernummer auftretenden Gitarristen Jonny an. Dem blitzschnellen Eingreifen des Dompteurs ist es zu verdanken, daß größtes Unheil verhütet wurde. Obgleich selbst verletzt, gelang es ihm, Herr über die Bestien zu bleiben und den Rückzug des verwundeten Gitarristen zu decken. Näheres lesen Sie auf Seite vier.«

Auf Seite vier las Eve einen stimmungsvollen Bericht, in dem vom »Aufschrei der Massen« und »Menge hielt den Atem an« gesprochen und Roccos bisherige Untaten aufgezählt wurden.

Aus der nächsten Telefonzelle rief sie bei Schybs & Co. an. Man wußte es dort bereits und gab ihr die Adresse des Unfallkrankenhauses, in das Gustav eingeliefert worden war. Von Raoul fehlte jede Spur.

Eine Viertelstunde später stand Eve dem Dompteur zwischen Zimmerlinden und weißgestrichenen Stühlen im Besuchsraum der Männerstation gegenüber.

Gustav Stiffelknecht trug ein städtisches Nachthemd, dessen Zuviel in seine Zivilhose gestopft worden war. Der verbundene

Arm lag in einer Schlinge. Quer über seine Wange, von den schwarzen Koteletten bis zum Nasenbein, zog sich ein breites Pflaster. Eve sah zum ersten Male, daß er gefärbte Haare hatte.

»Wenn Sie von mir wissen möchten, wo Raoul steckt – ich weiß das auch nicht«, eröffnete er das Gespräch mit seiner tonlosen Kommandostimme. »Der Doktor hat uns noch auf dem Platz verbunden – meins ist man bloß ein kleiner Ritzer, und nach der Visite zieh ich hier ab. Aber der Raoul, bei dem hat Rocco schon 'n büschen fester zugefaßt. Er hat ihn mal kurz und sozusagen umarmt. Gitt, nee, Frau Chrysanth, mit dem Rücken kann er kein Dekollté mehr tragen. Wie wir denn unsre Spritze intus hatten, sind wir mit dem Krankenwagen los, der Raoul und ich. Und haben noch so Witze gemacht, und als wir an einer Kreuzung halten, da sagt er: ›Tschüß, Gustav, ich steig' nu aus.‹ Und weg war er. Ich wollte nach, aber da kam Grün, und da war es denn zu spät für mich.«

»Haben Sie eine Ahnung, wo er sein könnte?« fragte Eve nervös.

»Keine Ahnung. Aber unvernünftig is er nich, Frau Chrysanth.«

»Unvernünftig nicht? Ja, als was bezeichnen Sie denn dann seinen Auftritt in Ihrer Nummer?«

»Das war pure Freundschaft. Dabei hab' ich unsern Direktor schon so oft gesagt: Wozu der Nonsens mit'm Musikanten in unserer Nummer. Die ist gut, die steht für sich, die braucht das nich, und Rocco will partout nich mit'm Außenstehenden arbeiten. Aber immer muß noch eine Extrasensation sein! Zuletzt hatte ich einen Bläser in der Nummer – Piccoloflöte. Der trat als Rattenfänger von Hameln auf, und die Katzen mußten immer hinter ihm hermarschieren. Der Rocco hatte ihm dabei mal aus Spaß an die Hose gefaßt, und da konnte der Mensch nich mehr mit die Nerven, die hielten das einfach nich mehr aus. Immer so mit verkniffenem Hintern vor den Ästern hermarschieren und flöten und denken: gleich schnappt einer wieder zu –! Wie er denn das Engagement nach Bad Pyrmont zur Kurkapelle bekommen hat, mußten wir ihn laufenlassen. Ich hatte keinen Ersatz, und da sprang Raoul eben ein. Pure Freundschaft, Frau Chrysanth! Wo mag er bloß stecken?« Gustav polkte nachdenklich an seinem Gesichtspflaster.

»Im Hausboot ist er nicht, im Büro auch nicht. Kennen Sie seine Freunde – oder Freundinnen?« fragte Eve, aufstehend.

Gustav breitete bedauernd die Handflächen aus.

Sie fuhr hoffnungsvoll zum Verlag, aber Raoul hatte inzwischen nicht angerufen.

Auch bei Schybs & Co. wußten sie nichts von ihm. Nichts, nichts, nichts – den ganzen Tag über kein Lebenszeichen von Tambour.

Seine Sekretärin schickte einen Angestellten zum Hausboot. Nichts. Zu jenem Freund, bei dem er in den letzten Wochen gewohnt hatte. Nichts. Schließlich alarmierte sie die Polizei. Nichts. Schluchzend sah sie das Schlimmste voraus und hatte dafür nichts passendes Schwarzes anzuziehen!

Um fünf Uhr fuhr Eve nach Haus. Kein Anruf lag vor.

Um acht Uhr klingelte es.

Micky Meyer stand vor der Wohnungstür, mobil und kindlich schalkhaft.

»Schönen guten Abend, Frau Chrysanth. Sind Sie allein? Stör' ich auch nicht, ich will bestimmt nicht stören« – lauernder Blick durch den Wohnraum –, »ich wollt' nur fragen, ob Sie etwas zu lesen haben.«

Eve dachte: Wenn sie schon hier ist, kann sie auch den Schlaf der Kinder hüten – ich muß fort, ich muß ihn suchen, ich halte dieses Warten nicht mehr aus.

Nachdem sie alle Schübe und Schränke, zu denen Schlüssel existierten, abgeschlossen und somit Mickys Schnüffelsucht ein begrenztes Aktionsfeld hinterlassen hatte, setzte sie sich in den Wagen.

Eve fuhr direkt zu seinem Hausboot hinaus, ein weiter Weg. Raoul Tambour wohnte recht verzwickt und nach Einbruch der Dunkelheit auch keinesfalls anheimelnd. Auf der Landseite Wald. Ein schmaler, unbeleuchteter Weg zwischen Zäunen, die schlafende Bootswerften abgrenzten. Er endete in einem schwankenden Steg. Rechteckig und schwarz hob sich das Boot gegen den See ab. Und dahinter, am gegenüberliegenden Ufer, schaukelten Lampions über einem Betriebsausflug. Das lustlose Humtata der Dreimannkapelle und Kreischen gezwickter Weiblichkeit schallte durch die raschelnde, glucksende Einsamkeit.

Eve erkannte undeutlich eine Veranda am Hausboot mit aufgestelltem Liegestuhl; die leere, gespannte Wäscheleine bemerkte sie erst, als sie sich beinah an ihr aufhängte. Hinter den verhängten Fenstern schimmerte Licht.

Es war zumindest jemand da.

Eves Bummern und Hackentrommeln gegen die Tür fand ein

Echo überall.

»Raoul, mach auf!«

Sie fiel ihren hämmernden Fäusten hinterher, als sich die Tür lautlos von innen öffnete.

Tambour stand vor ihr – mit bloßem, verbundenem Oberkörper. Zerknitterte Shorts. Barfuß. Er rauchte ... Und sah sie gerade höflich, auf keinen Fall erfreut an.

»Hallo, Eve.« Sein unrasiertes Gesicht wirkte unendlich müde. »Was ist los? Warum schlägst du solchen Krach?«

Mit ein paar ärgerlichen Worten hatte er aus einer über die Maßen besorgten Geliebten einen lästigen Störenfried gemacht.

Sie starrte ihn fassungslos an.

Er stand breitbeinig – aus Gleichgewichtsgründen. Es ging ihm sehr schlecht. Aber größer als sein körperliches Mißbefinden war seine Angst, Eve könnte sich mit wehleidigen Ausrufen über seine ureigene Blessierung hermachen. Frauen – außer Krankenschwestern – entwickelten seiner Meinung nach einen geradezu tyrannischen Pflegetrieb, wenn ihnen ein verwundeter Mann ausgeliefert war. Die meisten Männer hatten das nicht nur gern, sie erwarteten es sogar. Mit den meisten Männern war es leichter als mit ihm. Er mußte immer der Stärkere bleiben. Und außerdem machte ihn Bemutterung nervös.

Eve trampelte alle natürlichen Regungen wie Sorge, Mitleid, den Wunsch zu helfen und zu trösten, Vorwürfe und das Selbstmitleid wegen der durchstandenen Angst in den seelischen Mülleimer und sagte ärgerlich: »Für Bootsbeleuchtung bist du wohl zu geizig!? Ich hätte mir beinah die Kehle an deiner Wäscheleine durchgeschnitten.«

Raoul lachte vorsichtig und ausschließlich im Gesicht. Sein Körper vertrug keine Gefühlserschütterungen. »Komm herein, Eve.«

Sein Hausboot war ebenso spartanisch wie lieblos eingerichtet. Nur Nützlichkeit, wohin man schaute. Büro mit Schlafkoje und Herd. Der Wandschmuck: ein Foto vom ganz jungen Raoul auf einem schnaubenden Rappen. Einzige greifbare Erinnerung an Spanien.

»Sehr gemütlich bei dir«, sagte Eve.

»Wieso? Gefällt's dir nicht?« fragte er grinsend dagegen.

»Ich habe mich übrigens schon lange gewundert, daß sich Rocco dein Geklimpere so geduldig angehört hat – muß so einem Tiger doch auf die Nerven gehen. Tut's sehr weh, ja? Schadet dir gar nichts. Wer sich in Gefahr begibt, pflegte meine Großmutter immer zu sagen . . . aber dein kleines Hasenherz braucht ja solche Mutproben. Ist es jetzt beruhigt? Ist es stolz auf seine Wunden?«

Eve war richtig spitz und schick im Umgang mit Raoul. Sie kam sich selbst zum Kotzen vor.

Er fand das auch. Aber es gefiel ihm immerhin, daß sie sich anstrengte, nicht wie eine besorgte Frau zu reagieren.

»Möchtest du einen Drink?« fragte er.

»Ich habe nicht viel Zeit. Eine Nachbarin hütet die Kinder. – Aber ›one for the road‹ wäre vielleicht ganz gut.«

Sie viel ihm schwer, diese Beugung zum Eisschrank hinab, aber Eve kam ihm nicht zu Hilfe. Laß ihn nur, er will es ja so haben! Als er den Korkenzieher in den Flaschenhals bohrte, dachte sie nur noch an seinen Rücken und die Wunden, die so leicht aufbrechen konnten.

Sie sagte: »Gib schon her.«

Er nahm Gläser aus einem Wandschrank.

»Es verärgert dich nicht allzusehr, wenn ich frage, was gestern abend geschah, nachdem du aus dem Krankenwagen türmtest?«

Er vergaß einen Augenblick, daß er ein blessierter Mann war, als er sich mit dem alten Schwung auf die gegenüberliegende Sitzbank fallen ließ. Es dauerte eine beträchtliche Weile, bis Farbe in sein Gesicht zurückkehrte. Er grinste verzerrt. Seine Augen waren merkwürdig blank dabei.

»Ich ging zu meinem Freund Herbert«, sagte er schließlich. »Er wohnt an der Ecke, an der ich ausstieg. Gynäkologe ist er. Gestern hatte er zufällig Geburtstag. Schlafen konnte ich sowieso nicht, also feierte ich mit. War ganz lustig. Vor allem habe ich bei ihm Tom Keeper kennengelernt, den Graphiker, der die aufregenden Mädchen malt. Wir haben auf Rezeptblöcken Umschlagzeichnungen für die ›Brennenden Stiere‹ ausgetüftelt. Schöne Sachen. Wenn die Entwürfe halb so gut wie die ersten Skizzen werden –! Nächste Woche bekomme ich sie.«

»Die ganze Nacht?« fragte Eve.

»Wir bastelten noch, als mein Freund Herbert aufstand. Er war sehr wütend, als er meine durchbluteten Rückenverbände roch. Tom Keeper hatte mir nämlich Wodka drübergegossen. Er meinte, das könne nichts schaden. Herbert jammerte um seinen guten Sprit.«

»Und dann?« fragte Eve. »Was hast du an diesem endlos langen Tag getrieben, an dem dich alle Welt suchte?«

»Geschlafen. Im Sessel. Nach der zweiten Praxis fuhr mich Herbert nach Haus. Ich bin gerade eine halbe Stunde hier.«

Er sah sie abwartend an. Eve sagte nichts.

Er sagte: »Wenn ich mir vorstelle, wie schwer es dir jetzt fällt, deinen Kommentar zu dieser Geschichte zu unterdrücken! Prost, meine Süße! Auf Rocco! Anstoßen ist wohl nicht fein. Komm, laß uns anstoßen!«

Und dann wollte er Eve loswerden. Es ging ihm gar nicht gut. Er sagte, das läge an der Tetanusspritze.

»Wo willst du schlafen?« fragte Eve, aufstehend. »In der schmalen Koje da?«

»Das laß nur meine Sorge sein. Es geht alles wunderbar.« Er brachte sie zur Tür. »Weißt du, was mich am meisten ärgert? Daß die ›Brennenden Stiere‹ noch nicht heraus sind. Was wäre dieser Zwischenfall für eine tolle Reklame für das Buch gewesen. ›Autor beinah von Tiger zerrissen!‹«

»Du kannst dich ja zu gegebener Zeit noch einmal mit Rocco einlassen«, schlug Eve vor und küßte ihn. »Gute Nacht, Raoul.« Er wartete, bis sie den dunklen Pfad zu ihrem Wagen zurückgestolpert war. Als sie den Motor startete, verlosch der fahle Lichtschein auf der Bootsveranda. Er war hineingegangen. Er war jetzt ganz allein mit seiner schmerzhaften Hilflosigkeit. Es mußte wirklich anstrengend sein, immer ein starker Kerl zu bleiben. Es war nicht weniger leicht für die Frau, die ihn liebte. Sie kam ihm nie ganz nahe.

Auf der Heimfahrt dachte Eve an Claus Chrysanth, der an diesem Tage vierzig Jahre alt geworden wäre.

Claus war kein Held, er war ein Muttersöhnchen. Er beanspruchte ständig ihr Mitleid und merkte dabei nicht, daß es zuweilen nicht frei von Verachtung war. Sie hatte ihn trotzdem lieb gehabt. Es war so einfach mit ihm, trotz all seiner Kapricen. Ein Zusammenleben ohne Zweifel, Rätsel und Mißtrauen. Nichts Aufregendes, keine Leidenschaft, mehr Resignation als Glück – eine sogenannte zufriedene Ehe.

Ein paar Tage später wurde es geschäftlich zwischen uns. Du erklärtest dich mit acht Prozent pro verkauftem Buch einverstanden, und ich räumte dir Mitspracherecht bei der Herstellung und Werbung für die »Brennenden Stiere« ein. Verlegerinnen, die in einen ihrer Autoren verliebt sind, sollte man umgehend beurlauben.

6. Kapitel

Tambours Erscheinen im Verlag hatte eine verheerende Wirkung. Er stieß mit der Kampffreudigkeit eines jungen, starken Hahnes in die Idylle eines friedlichen Hühnerhofs, scheuchte die Gockel und zwickte die zähen Hennen, nur Eves Sekretärin, das Fräulein Kügler, gackerte erfrischt. Die übrigen flatterten verstört durcheinander. »Das kann ich mir nicht bieten lassen, Frau Chrysanth! Seit dreißig Jahren bin ich im Verlagswesen tätig, und immer war man mit meiner Arbeit zufrieden. Jetzt kommt dieser Mensch daher und bezeichnet mich als Lahmar . . . Sie wissen schon, was ich meine!«

»Frau Chrysanth? Seit wann darf ein Autor in sämtliche Schränke und Geschäftsbücher eingucken, als ob er von der Steuerfahndung kommt? Ein Autor gehört ins Besuchszimmer!«

»... möchte ich Ihnen mitteilen, Frau Chrysanth, daß er schon wieder unsere Kalkulationen über den Haufen geworfen hat.«

»... und alles weiß er besser! In seinen Augen sind wir Idioten ...«

»Ein Skandal ist das!«

»Das Papier paßt ihm nicht ...«

»... um zwei Tage Urlaub bitten. Meine Leber murkst wieder. Ja, ist denn das ein Wunder bei den täglichen Aufregungen?«

Eines Morgens rief ihr Schwager Ricky Kühlkamp an. »Hör mal zu, dieser Tambour war eben bei mir. Er verlangt, daß wir sein Buch bevorzugt drucken. Wir haben zur Zeit keine Maschinen frei. Mich befremdete sein selbstherrliches Auftreten, und aus dem Verlag höre ich Dinge –! Meinst du nicht, daß du ihm zu viele Rechte eingeräumt hast? Ich begreife überhaupt nicht, daß du das alles mitmachst! – Du warst doch sonst eine vernünftige Person. Komm nachher mal mit seinem Vertrag herüber. Wir wollen ihn in Ruhe durchsprechen. So geht das nicht weiter!«

»Lieber Ricky«, sagte Eve, »ich mische mich ja auch nicht in deine geschäftlichen Angelegenheiten«, und hängte ein.

Der Vertrag, dachte sie bedrückt, o Himmel, der Vertrag. Raoul hatte ihn noch immer nicht unterschrieben. Jeden Tag sprach sie ihn darauf an, und er sagte, natürlich, meine Süße, morgen vormittag ganz bestimmt, und am nächsten Tag hatte er wieder keine Zeit, schließlich mußte er sich ja auch um seine Maklerfirma kümmern. Und das alles mit dickverpflastertem Rücken.

Warum hat er bloß so eine gute Heilhaut? dachte Eve. Warum konnte er nicht noch ein bißchen länger leidend bleiben? Seine Aktionsfreudigkeit bringt uns noch alle um.

Eve litt an der Erkenntnis, daß ihre Liebe zu Tambour ihre Energie ihm gegenüber zerbrochen hatte. Sie befand sich in dem herzabschnürenden Zustand eines Menschen, der eine Katastrophe vorausahnt und in sich selbst keine Kraft mehr findet, um diese noch verhindern zu können.

»Frau Chrysanth, kann ich Sie einmal sprechen?« Vor ihr stand Herr Docht.

»Ich weiß, Sie wollen sich über Herrn Tambour beschweren«, sagte sie müde.

»Haben Sie schon seine Umschlagentwürfe gesehen?«

»Nein.«

»Na, dann gucken Sie die mal an. Und dann, glaube ich, werden auch Sie einsehen, daß es so nicht weitergeht.«

Eve erhob sich, steckte ihre Zigaretten ein, denn sie rauchte eine leichtere Sorte als Tambour, und machte sich auf den Weg zum getäfelten Besuchszimmer, das er für die Stunden, die er im Verlag verbrachte, zu seinem Befehlsbunker erkoren hatte. Und dabei dachte sie: Jetzt kommt es. Jetzt geht es leider schief.

Die Entwürfe lagen über den runden Tisch gebreitet, er selbst stand darüber gebeugt.

»Eve!« freute er sich bei ihrem Eintritt. »Ich wollte gerade zu dir kommen.« Er küßte sie zur Begrüßung, denn sie hatten sich an diesem Tage noch nicht gesehen. »Gut geschlafen, meine Süße?«

»Sprich nicht so laut, die Wände haben Ohren!«

»Na und? Glaubst du, die wissen es hier nicht schon längst?« lachte er unbekümmert. »Schau dir das an.« Sein Handrücken fegte in einer entzückten Gebärde über die ausgebreiteten Entwürfe hin.

»Na, ist das gut? Genau, wie ich es mir vorgestellt habe. Nur der Hintergrund ist mir noch nicht rot genug. Er muß mehr brennen, verstehst du? Und genau ins Feuer muß die Stierherde laufen. Der Reiter kommt noch etwas größer. Aber die Figur der Luiza ist doch phantastisch! Die Echte wäre selig gewesen, wenn sie so einen Busen gehabt hätte. Der ist ein Blickfang! Und wie sie das MG hält. Schon wegen der Frau würde ich das Buch sofort kaufen, wenn ich Leser wäre!«

Sie schwieg. »Nun, sag was!« fuhr er sie ungeduldig an.

»Ich würde ihr vielleicht noch ein Amulett um den Hals hängen, auf dem ein Hotelboy deutlich sichtbar ist«, sagte Eve gedehnt.

Sie standen sich gegenüber und griffen gleichzeitig nach ihren Zigarettenpäckchen. Eve war wie erstarrt. Ihr Geschmackssinn hatte Kapriolen geschlagen beim unverhofften Anblick von Jonny dem Gitarristen. Aber ihr Sinn für Humor hatte ihren Geschmack vor dem blanken Entsetzen bewahrt. Beim Anblick dieser Entwürfe ließ ihr Humor sie im Stich.

»Ich begreife einfach nicht – wenn du schreibst, hast du ein Gefühl für das Richtige!«

»Das habe ich immer, meine Süße. Ich weiß, was die Kassen füllt, und das ist das allein Wichtige. Diese Entwürfe versprechen Spannung, Sex, Abenteuer, Mord . . .«

»Ganz recht, sie versprechen ausschließlich billige Kolportage«, sagte sie.

Er schluckte ihre unerwartet harte Kritik, obgleich er keine Kritik vertrug, vor allem nicht von Frauen. Und blieb noch ruhig.

»Du willst es also nicht so«, sagte er kühl.

»Nein. Dein Roman ist mir zu schade dafür.«

»Was hat denn dir vorgeschwebt? Etwa ein simpler Schrifttitel?«

»Er muß ja nicht unbedingt simpel sein, Raoul«, sagte sie entschlossen – und auf einmal gelang es ihr zu vergessen, daß er vor allem ihr Geliebter war. Ihr Verantwortungsgefühl als Verlegerin war endlich wieder erwacht. »Ich muß mit dir sprechen. Ich habe bisher geschwiegen, ich habe dich in Schutz genommen . . .«

»Kommen sie alle zu Mutti petzen?« unterbrach er sie voll bitterbösem Amüsement. »Paßt es ihnen nicht, daß mal einer frischen Wind in diese Mottenkiste bläst?«

»Nein, es paßt ihnen nicht. Mir auch nicht. Stell dir vor, es käme ein Kunde in dein Immobilienbüro und schnüffelte durch alle Karteien und studierte die Bilanzen und sagte deinen Sekretärinnen, daß sie lahmar – na ja – sind und mischte sich in die Geschäftsmethoden, von denen er absolut nichts versteht . . .«

»Ich schmisse den Kerl glatt raus«, sagte Tambour. »Aber in diesem Fall ist das etwas anderes. Ich habe Mitspracherecht bei der Herstellung und Werbung für mein Buch.«

»Bisher hast du noch gar nichts, mein Lieber. Und ich bin sehr froh, daß du den Vertragsabschluß immer wieder hinausgezögert hast. Ich ahnte ja nicht, daß deine ›Mitsprache‹ derart ausarten würde. Meine Leute hier sehen mich seit Tagen wie jemand an, der entmündigt werden müßte. Ich habe dir zuviel gestattet.« Eve zuckte müde die Achseln. »Eine Verlegerin sollte sich – wenn überhaupt – erst dann in ihren Autor verlieben, wenn sie bei nüchternem Verstand mit ihm Vertrag gemacht hatte.«

»Du hast also nur meine Vorschläge akzeptiert, weil du mich liebst?« fragte er.

»Ich konnte bei dir schwer die Grenze ziehen«, sagte sie.

»Aber jetzt kannst du es.«

»Diese Umschlagentwürfe haben es endlich geschafft. Raoul, ich achte deine Geschäftstüchtigkeit, aber . . .«

»Sag's doch!« unterbrach er sie.

»Was willst du hören?«

»Daß mein Geschmack dir zu vulgär ist.«

»Auf jeden Fall ist dein Roman zu gut für eine Dreigroschenaufmachung.«

»Meine Süße –«, oh, das klang böse, »– eines Tages wirst auch du begreifen, daß nur das Laute, Marktschreierische im Konkurrenzkampf siegt. Literatur wird nur noch gehen, wenn man sie wie einen Markenartikel herausbringt.«

»Vielleicht. Aber die Werbung muß auf den Artikel abgestimmt sein. Du kannst einem schwachen Buch durch einen verführerischen Umschlag zwar Anreiz geben, aber die Enttäuschung spricht sich schnell herum. Deine ›Stiere‹ sind gut, warum willst du sie billig verpacken? Das hast du doch gar nicht nötig. Schließlich entscheidet noch immer die Güte der Ware den endgültigen und dauernden Verkauf.«

»Du salbaderst wie der Monatsbericht eines Marktforschers«, sagte er wütend.

Ihr Streit wurde ebenso leise wie heftig ausgetragen. »Raoul«, erinnerte sie ihn eindringlich, »hast du nicht einmal selbst gesagt, daß du von mir noch manches in puncto Geschmack und Kultur lernen möchtest?«

»Sehr taktvoll von dir, mich daran zu erinnern.«

Eve zuckte die Achseln.

»Du sagst allen Leuten rauhe Wahrheiten ins Gesicht, aber du selbst verträgst keine Kritik.«

»Ob ich Kritik vertrage?« Er nahm den ersten Entwurf auf und riß ihn mittendurch. »Da, bitte, so gut beherzige ich Kritik.« Er zerriß auch den zweiten, zielte die Fetzen in den Papierkorb, trat mit dem Hacken nach und war einfach unausstehlich in seinem Zorn.

Eve sah seinem rabiaten Vernichtungswerk interessiert zu. »Willst du dir nicht wenigstens den Schnipsel mit Luizas schönem Busen aufheben?«

Aber das hätte sie nicht fragen dürfen. Das war zuviel.

»Ich habe die Nase voll«, zischte er. »Ich wollte dir helfen, diesen verstaubten Laden wieder flott zu machen . . .«

»Komm, komm, keine edlen Motive«, unterbrach sie ihn. »Du hast immer nur an deinen Vorteil gedacht.«

Er steckte eine Zigarette zwischen die Lippen, vergaß, sie anzuzünden. Sie wippte beim Sprechen auf und ab. »Mit der Werbung, die ich vorhatte, hätte ich die ›Brennenden Stiere‹ zum Buch des Jahres gemacht. Aber es kostet zuviel Zeit. Was werde ich mich zerreißen! Schließlich habe ich ein gutgehendes Geschäft. Ich kann mit solchen Trantüten wie deinen Angestellten nicht arbeiten. Ich kann auch mit dir nicht arbeiten. Gleich beim ersten Umschlagentwurf, den ich dir vorlege, fällst du in Ohnmacht.«

»Das Buch des Jahres!« griff Eve, gereizt lachend, seine Worte auf. »Ja, sag einmal, bist du in deiner Überheblichkeit überhaupt noch zu retten? Das Buch des Jahres!«

»Hör auf zu lachen!« schrie er sie an.

»Raoul! Bitte! Nimm dich zusammen! Wenn uns jemand hört!«

»Laß mich, ich bin wütend. Wütend auf mich, auf jede Stunde, die ich hier vergeudet habe.« Er steckte Zigaretten, Feuerzeug, Tintenstift ein . . .

»Das ist meiner«, mahnte Eve.

Er warf ihn auf den Tisch zurück. Und ergriff seine Aktenmappe. Der Schlangenring blitzte in einem Sonnenstrahl auf.

Und sie dachte: Diese ganze, lächerliche Szene träume ich nur.

»Du gehst jetzt also endgültig?« erkundigte sie sich.

»Ja.«

»Du findest dich ziemlich großartig in deinem Trotz?«

Er sah sie von oben bis unten an wie einen lästigen Gegenstand.

»Und was wird aus den ›Brennenden Stieren‹?«

»Die kriegt ein großer Verlag. Soll er damit machen, was er will. Mir ist die Lust an der Herstellung vergangen. Du guter Gott, habe ich das überhaupt nötig!?« Er war so böse über die Dummheit, in die er sich da aus Unkenntnis eingelassen hatte. Und diese Auseinandersetzung – Eve spürte es deutlich – kam ihm sehr gelegen, wurde sogar von ihm zu einem effektvollen »Aus-der-Affäre-Ziehen« benutzt. Er hatte inzwischen genügend Einsicht in das Verlagswesen genommen, um an der erfolgreichen Durchführung seines Planes zu zweifeln. Er hatte zum ersten Male in seinem Leben vollkommen falsch spekuliert, und das nahm er sich so übel!

Sie hatte Mühe, das nervöse Zittern ihres Kinns zu unterdrükken, als sie sagte: »Ich bin sehr froh über diese Lösung. Sie erspart uns allen viel Ärger und dem Verlag den restlosen Bankrott. Wer riskiert es schon, einen Autor groß herauszustellen, bei dem er nicht sicher ist, ob er jemals ein zweites Buch zustande bringen wird.«

Er stutzte. »Wie kommst du darauf?«

»Glaubst du wirklich, daß du noch einmal deine kostbare Zeit zum Schreiben anstatt zum raschen Geldverdienen vergeuden wirst? Und außerdem, das erste Buch gebiert sich leicht. Das schreibt man eigentlich noch für sich. Da hat man noch keinen Namen, keinen Ruf, keinen möglichen Erfolg, überhaupt gar nichts zu verteidigen. Beim zweiten wird der Fall schwieriger. Da fängt man an, bewußt zu schreiben. Da steht etwas auf dem Spiel, da hat man den Wunsch, besser zu werden. Da beginnt der Kampf mit den eigenen Fähigkeiten. Da hat man mit der Erkenntnis seiner schriftstellerischen Grenzen fertig zu werden.«

Raoul Tambour hatte sie ausreden lassen, er hatte ihr sogar zugehört, aber jetzt sah er flüchtig auf sein Uhrenarmband, sah keine genaue Zeit, wollte nur fort. »Sei mir nicht böse, aber ich habe es eilig. Ein Kunde wartet auf mich.«

Er ging zur Tür.

»Raoul!«

»Ja?« Er hatte bereits die Klinke in der Hand.

»Sind wir jetzt bitterböse miteinander?« fragte Eve. »Auch privat?«

»Aber keineswegs«, lachte er ungeduldig.

»Bleibt es also bei heute abend?«

Er zögerte einen Augenblick mit der Antwort. Dann sagte er: »Ich fliege mit der Abendmaschine nach Frankfurt.«

»Ach«, sagte Eve, »was für eine plötzliche Reise.«

»In meinem Leben geschieht immer alles sehr plötzlich«, gab er zurück.

»Also dann – wünsche ich dir einen guten Flug.« Sie lächelte verzagt.

»Danke dir. Ich rufe dich an . . .«

Eve schaute auf die Tür, die sich hinter ihm geschlossen hatte. Die Messingklinke, die Fingerabdrücke drumherum. Risse im Lack . . .

Sie stand da, erschreckend kalte, gefaltete Hände vor dem Mund, und nagte am Zeigefingerknöchel. Und wußte bereits in diesem Augenblick, daß Raoul sich nicht mehr melden würde. Es war aus für ihn, auch »privat«. All seine Versicherungen seiner Liebe waren für die Katz. Und was hätte ihm eine Witwe mit zwei Kindern auf die Dauer schon sein können. Sie hatte ihn gerührt, aber gefesselt hatte sie ihn nicht. Im Grunde genommen hing er an keiner Frau. Im Grunde genommen war es überhaupt kein Verlust, ihn verloren zu haben.

Zwei Stunden später rief ihre Schwiegermutter an und beorderte sie für den Spätnachmittag zu sich.

Betrachtete man Johanna Chrysanth von links, so fühlte man sich an den alten Geheimrat Goethe erinnert. Ihr rechtes Profil ähnelte verblüffend dem Richard Wagners. Selbst in ihrer Jugend hatte sie Schönheit durch Haltung ersetzen müssen. Aber sie sollte damals einen sprühenden Witz besessen haben, und der prächtige Rahmen ihres Elternhauses verklärte ihre Erscheinung ungemein. Johanna wäre gewiß eine verbissen streitende Suffragette geworden, hätte sie nicht die Begegnung mit dem Verleger Wilhelm Chrysanth vor diesem einseitigen Schicksal bewahrt. Sie, die eine bittere Jugend lang unter ihrer Reizlosigkeit gelitten hatte und das Vermögen ihres Vaters nur zu gern gegen ein bißchen landläufige Niedlichkeit eingetauscht hätte, gebar ihm einen engelhaft schönen, blondlockigen Sohn, vergaß darüber all ihre frauenrechtlerischen Ambitionen und widmete sich entzückt der Verziehung dieses kleinen Wunders. Daß ihm noch eine Schwester folgte, beeindruckte sie nicht sonderlich. Sie nahm es als Gegebenheit hin.

Cläuschen wuchs heran und geriet in ein Alter, in dem er unter Weiblichkeit nicht nur mütterliche Liebe verstand. Jedoch – er ließ verstört von jungen Mädchen, als er merkte, wie schmerzhaft seine Mutter auf ihr Erscheinen reagierte. Nur einmal blieb er rücksichtslos, das war, als er Eve kennenlernte. Er liebte sie mit einem Mut, der ihn selbst verschreckte. Er kam sich wie ein Mörder vor, denn seine Mutter wurde über der Tatsache Eve ernstlich krank. Es gelang ihr, durch bedenkliches Unwohlsein den Hochzeitstermin immer wieder hinauszuschieben. Verhindern konnte sie ihn nicht.

Als Claus Chrysanth starb, fürchtete man das Schlimmste für seine Mutter und ließ sie Tag und Nacht nicht unbewacht. Aber Johanna überstand sein vorzeitiges Ableben ohne allzugroßen seelischen Schaden. Durch seinen Tod gehörte er ihr wieder ganz.

Sein Tod verhalf Malern und Bildhauern zu Aufträgen. Johanna bestellte ihren verblichenen Liebling in Öl, Pastell, Bronze und Stein. Sie widmete den Rest ihres Lebens seinem kostspieligen Andenken – und dem Zwietrachtstiften innerhalb der überlebenden Familie. Von Geschäften hatte sie nie viel verstanden. Und Vernunft ließ sie heute ungern aufkommen. Vernunftsgründe anerkennen war gleichbedeutend für sie mit Nachgeben.

Sie war eine schwierige Frau, und mit zunehmendem Alter artete der Umgang mit ihr zu einer Strapaze aus.

Als Eve an diesem Spätnachmittag die Wohnung ihrer Schwiegermutter betrat, ahnte sie, daß ihr heute noch mehr Ärgernisse bevorstanden.

Schwägerin Ellen und ihr Mann Ricky Kühlkamp waren bereits anwesend. Sie lehnten auf dem Rokokosofa vor halbgeleerten Kaffeetassen. Und sahen ihr ebenso mißmutig wie neugierig entgegen.

Eve spürte Abwehr in ihrem laschen, flüchtigen Händedruck. Man hatte wohl schon ausführlich und nicht sehr günstig über sie gesprochen. Selbst in dem grobknochigen Westfalengesicht ihres Schwagers verzog sich kein Muskel zu einer Sympathieäußerung. Er hatte Eve eigentlich ganz gern, aber er durfte ja nicht, vor allem nicht in Gegenwart seiner Frau Ellen.

Das Mädchen brachte eine Tasse für Eve.

»Nimm einen Keks«, sagte Johanna Chrysanth.

»Danke.«

»Wie war es heute im Verlag?«

»Nichts Besonderes«, sagte Eve und griff nach den angebotenen Plätzchen – immer die gleichen –, Mürbeteig mit zwei halbierten eingebackenen Mandeln.

»Ich wußte ja gar nicht, daß dein Kindermädchen gekündigt hat! Erst Herr Docht hat es mir heute am Telefon erzählt«, jammerte Johanna sanft. »Na, was machst du denn jetzt?«

»Die beiden sind tagsüber im Kindergarten.«

»Aber das ist doch kein Zustand auf die Dauer. Meine Enkel Heimkinder!«

»Nur von neun Uhr früh bis nachmittags um fünf. Du ahnst nicht, wie gut es ihnen bekommt«, sagte Eve.

Johanna wollte das nicht vernommen haben. »Es ist überhaupt eine Tragödie, daß meine Enkel ohne Vater und nun auch ohne Mutter aufwachsen müssen!« jammerte sie.

Jetzt wurde Eve hellhörig.

Als sie sich vor zwei Jahren mit Händen und Füßen gegen die Übernahme der Verlagsleitung gewehrt hatte – nicht zuletzt wegen der Kinder –, da hatte Johanna Chrysanth absolut kein Verständnis für ihre mütterlichen Sorgen gehabt.

»Aber aller Ärger kommt immer zur gleichen Zeit«, seufzte Johanna. »Das hat der Ärger so an sich. Zuerst kündigt das Kindermädchen, dann das Debakel im Verlag. Ricky und Herr Docht erzählten mir, was du Arme zur Zeit mit diesem Tambour durchmachst.«

Eve sah ihren Schwager an, ihr Schwager betrachtete ausgiebig das feuchte, zerknautschte Mundstück seiner Zigarre.

»Kann ich mir einen Whisky holen?« fragte er. »Ellen, möchtest du auch einen? Eve?«

Sie nickten beide abgelenkt.

»Was ist dieser Tambour eigentlich für ein Mensch?« fragte Johanna.

»Ich denke, Herr Docht und Ricky haben dich genau über ihn unterrichtet?« gab Eve zurück.

Kühlkamp reichte beiden Frauen ein Whiskyglas. »Ich habe gar nichts weiter gesagt«, versprach er.

Ellen sah ihn ärgerlich an. »Du hast gesagt, er wäre von einer maßlosen Überheblichkeit, und Eve wäre ihm nicht gewachsen.«

»Das stimmt«, sagte Eve.

»Wir müssen mit dir sprechen, Eve«, sagte Ellen. »Nun lauf doch nicht schon wieder fort, Ricky.«

»Ich suche mein Feuerzeug«, sagte Kühlkamp.

»Ja, kommen wir endlich zur Sache oder nicht? Ricky! Mein Gott, dieser Mann macht mich wahnsinnig!«

Kühlkamp hatte sein Feuerzeug gefunden und setzte sich auf das Rokokosofa. Das Sofa stöhnte unter seinem Gewicht.

Alle drei sahen Johanna an, Johannas Blick hing an der Wand auf dem lebensgroßen Pastell, das Claus Chrysanth im Alter von zwanzig Jahren darstellte.

»Du weißt, Eve, wie sehr mir der Verlag am Herzen liegt«, hub sie mit abwesender Stimme an. »Er war schließlich das große Lebenswerk meines Mannes und meines unvergeßlichen Sohnes.«

»Der Whisky ist zu warm«, sagte Kühlkamp und wollte sich erheben.

»Das Mädchen kann Eis bringen. Du bleibst jetzt hier«, zischte Ellen.

Eve sah ihren Schwager fragend an: Was habt ihr vor? Er reagierte nicht auf ihren Blick.

»Ich will nicht sagen, daß du nicht im Rahmen deiner Fähigkeiten alles getan hättest . . . auch Ricky hat mir das bestätigt, Eve, aber es sind doch Schwierigkeiten aufgetreten, vornehmlich in letzter Zeit, die man anfangs nicht vorausahnen konnte. Du bist Anfechtungen und Gefahren ausgesetzt, nun ja, verständlich, niemand ist vollkommen . . . und ich glaube, es wäre auch im Sinne von Claus, wenn man dich von dieser verantwortungsvollen Bürde befreite, schon wegen seiner Kinder. Keine noch so perfekte Erzieherin kann eine Mutter ersetzen.«

»Kurz gesagt, ihr wollt mich ausbooten«, sagte Eve und ließ sich ihre Erregung nicht anmerken.

»Gleich bist du eingeschnappt«, schüttelte Johanna Chrysanth bedauernd den Kopf, »dabei habe ich das doch gar nicht so gemeint.«

»Nein, Eve, wirklich nicht«, sagte Kühlkamp.

»Wie ist denn das alles so plötzlich gekommen?« fragte Eve. »Ich meine, eure Sinnesänderung. Es muß doch einen Anlaß dafür geben!«

»Denk einmal scharf nach«, sagte Ellen spitz. »Vielleicht fällt es dir selbst ein.«

»Tambour«, sagte Eve entschlossen. »Seinetwegen, nicht wahr?«

Einen Augenblick war es still. Nur die Gardine klatschte gegen die geöffneten Flügel der Balkontür, es war ein Wind aufgekommen. Kühlkamp erhob sich.

»Bleib hier«, sagte seine Frau wütend.

»Ich will nur die Balkontür zumachen«, sagte er und leistete sich dabei eine kurze private Regung: Eve tat ihm leid.

Eve dachte: Ich möchte hier heraus. Ich möchte nach Hause zu der lauten Wichtigkeit der Kinder, hinter der noch nichts Bösartiges lauert. Sie sehnte sich nach dem bißchen Schutz, den ihre kleinen Hemdenzipfel einer ausgewachsenen Frau bieten konnten, die gerade ihren Geliebten verloren hatte und jetzt im Begriffe stand, auch noch ihren Job zu verlieren. Es war ein bißchen viel Verlust für einen Wochentag, der so heiter-verschlafen begonnen hatte.

»Du mußt Mama verstehen«, sagte Ellen. »Es ist recht schmerzhaft für sie, sich vorzustellen, daß die Witwe ihres geliebten Sohnes ihre Stellung im Chrysanth-Verlag – ich betone bewußt den Namen Chrysanth – zu privaten Exkursionen mit neuen Autoren ausnutzt und diesen nicht nur außerordentliche Rechte im Verlag einräumt. Nicht nur im Verlag.«

»Du sprichst in der Mehrzahl«, sagte Eve gefaßt, es war ihr schon alles egal. »Wen außer Tambour meinst du denn noch damit?«

»Kinder, macht's nicht so dramatisch«, murmelte Kühlkamp bedrückt, zwischen langen Whiskyschlucken, die behaarten Hände um das Glas gelegt, den Blick im Glase. Und Eis hatte er noch immer keins.

»Du gibst es also zu?« fragte Johanna lauernd.

»Was?« fragte Eve.

»Ich weiß alles!« schrie die alte Dame so plötzlich auf, daß die Umsitzenden erschrocken zusammenfuhren. »Wenn ich abends bei dir anrufe, meldet sich eine fremde Frauenstimme. Du bist bei ihm. Du bist ihm verfallen. Du räumst ihm die haarsträubendsten Rechte im Verlag ein. Wie kommst du dazu! Und dabei soll der Mensch ein Prolet sein. Ohne Manieren. Die Frau meines Sohnes mit solch einem – einem –« Sie brach in Schluchzen aus.

Ellen bemühte sich um sie.

Docht, dachte Eve, sie kann es nur von Docht wissen. Er muß uns belauscht haben. Daß Micky Meyer, wenn sie abends die Kinder hütete, die Kontrollanrufe der alten Dame zu einem Austausch von Mutmaßungen und Informationen benützte, ahnte sie nicht. Und Johanna hütete sich, ihre Nachrichtenquelle preiszugeben.

»Mama muß jetzt Ruhe haben«, sagte Ellen, und Eve erhob sich sofort. Ricky Kühlkamp brachte sie zur Tür.

»Es tut mir sehr leid«, versicherte er, als er sicher sein konnte, daß seine Frau ihn nicht mehr hörte.

»Habt ihr schon einen Ersatz für mich?« fragte Eve.

»Wir brauchen keinen mehr.«

Eve sah ihn überrascht an. »Heißt das . . .?«

»Ja«, sagte er. »Mama hat endlich von sich aus beschlossen, den Verlag eingehen zu lassen.«

Und das erfahre ich so nebenbei, dachte Eve bitter. Sie ließ sich nichts anmerken, im Gegenteil, sie lächelte. »Na, dann hast du ja deinen Willen, Ricky. Eigentlich müßtest du Tambour dafür dankbar sein.«

Kühlkamp ging darauf nicht ein. »Dieser Tambour«, sagte er, »wie ist das, Eve, was hast du für einen Vertrag mit ihm gemacht?«

»Anscheinend arbeitet euer Informationsdienst nicht lückenlos, sonst müßtest du wissen, daß überhaupt noch keiner mit ihm besteht. Tambour wird euch keine Schwierigkeiten mehr machen.«

»Überhaupt kein Vertrag und dann das alles? Ja, Eve . . .!«

»Ich weiß, was du sagen willst, Ricky. Und du hast vollkommen recht. Aber im Grunde genommen haben sich all meine Torheiten doch günstig ausgewirkt. Für dich, für die Druckerei, für mich auch – ich kann mich endlich wieder mehr um meine Kinder kümmern. Und jetzt möchte ich gehen.«

»Komm morgen in mein Büro«, sagte er und sah ihr nach, während sie rasch auf ihren Wagen zuschritt.

Eve Chrysanth, dachte er, vor wenigen Wochen noch eine zuverlässige, absolut einwandfreie, vernünftige Person – jetzt war sie erreichbar geworden für Klatsch, Vorwürfe und – ja, dafür auch. Ricky Kühlkamp sah ihr zum ersten Male mit männlichem Interesse nach.

7. Kapitel

Eve Chrysanth war für Tambour gestorben. Ob es sich um einen zeitweiligen Scheintod oder ein endgültiges Auslöschen handelte, wußte er noch nicht zu sagen. Es interessierte ihn auch nicht.

Er hatte sie gern gemocht, vielleicht sogar geliebt mit einem Schuß Rührung und einem doppelten Schuß Erstaunen darüber, daß es ihm überhaupt möglich gewesen war, mit diesem Typ Frau mehr Pläsier als Langeweile zu empfinden.

Es hatte ihn anfangs gereizt, sie zu gewinnen. Und so leicht, wie es dann war, hätte er es sich niemals vorgestellt. Aber Damen reagierten wohl nicht anders als Lebedamen, wenn sie liebten. Sie waren nicht so skeptisch wie letztere, da es ihnen an schlechten Erfahrungen mangelte. Sie verlangten nur mehr Poesie und Zartgefühl in den Anfangsstadien.

Weiß Gott, er hatte Zartgefühl im Umgang mit Eve entwickelt. Und es war ihm nicht einmal schwergefallen. Er mochte ihren Körper und ihre Ausstrahlung. Vielleicht war sie eine Spur zu erfrischend und eine große Spur zu anständig für einen Mann wie ihn gewesen.

Aber immerhin blieb sie eine der wenigen Frauen, die sich Mühe gegeben hatten, seine Eigenarten zu respektieren. Sie war im Umgang ideal.

Schade, daß sie ihre kurze Affäre so ernst genommen hatte. Man konnte sie nicht zur Adresse im Notizbuch machen, die man anrief, wenn man Lust auf ein besseres Abendessen mit einer schönen, gutangezogenen Frau oder auf ein vernünftiges Gespräch hatte.

Nebenbei, er wollte sie auch gar nicht anrufen. Er war ihr böse. Wegen dieses letzten Gesprächs im Verlagsgebäude. Wegen ihrer Anspielung auf seinen anfechtbaren Geschmack. Th – Geschmack! Kultur. Bildung. Alles erlernbar, und wenn er sich dahinterkniete – von heute auf morgen. Er hatte sich bisher noch alles beigebracht. Außerdem ärgerten ihn ihre Zweifel an seiner Fähigkeit, ein zweites, ebenso gutes Buch zu schreiben. Sie hatte die »Brennenden Stiere« als Zufallstreffer bezeichnet.

Zuerst unternahm er das, was er unter Bildung-Zulegen verstand.

Er kaufte sich ein Benimmbuch und lernte es Punkt für Punkt auswendig. An Hand eines Stilführers durch die Jahrhunderte brachte er sich dem antiken Mobiliar von Wohnungen näher, in die er zuweilen eingeladen wurde: Barock war Wuchtigkeit auf geschwungenen Beinen. Rokoko erinnerte ihn an verzierte Torten. Directoire und Empire waren die Stile, die er nie auseinanderhalten würde. Auf beiden saß er gleichermaßen ungern. Sie kamen vor allem in Eves Wohnung vor. Und Biedermeier war das, was in dem Zimmer gestanden hatte, das er kurzfristig bei einer Frau Elsa Ludiwig gemietet hatte. Schon lange her.

Tambour ging zum besten Herrenschneider und verlangte: »Schwatzen Sie mir nichts auf, was gerade modisch ist. Gucken Sie mich an. Ich will weder als Lord noch als Strizzi, noch als Beamter verkleidet werden. Und nun schlagen Sie vor, was zu mir paßt.«

Zu seinem raschen Bildungsprogramm gehörten auch Theaterbesuche. Obgleich ihn der hohe Eintrittspreis verstimmte, ließ er doch keine Premiere aus. Premiere war wichtig, da sah man in den Pausen die guten Leute. Die guten und die weniger guten Frauen sahen sich flüchtig musternd nach ihm um. Sein Schneider hatte also richtig gearbeitet.

Nachdem er in zwei Konzerten moderner Meister unruhig geschlafen hatte, gab er es auf, seine musikalische Bildung über Schlager, spanische Volkstänze und gängige Opernmelodien hinaus erweitern zu wollen.

Aus öffentlichen Büchereien versorgte er sich mit allen namhaften Neuerscheinungen. Schließlich wollte er ja wissen, wie das gemacht wurde, was man als moderne Literatur bezeichnete. Die Klassiker pumpte er aus den verstaubten Bibliotheken seiner Freunde. Er entdeckte dabei Goethe als einen großartigen Dichter. Er las gern Heine und Balzac und Tolstoi. Seinem phänomenalen Augen- und Ohrengedächtnis gelang es, sich in kurzer Zeit eine gewisse Allgemeinbildung anzueignen.

Nur vor jenen künstlerischen Werken, die weder eine greifbare Handlung, einen erkenntlichen Gegenstand als Motiv oder eine zu Ende geführte Melodie besaßen, mußte sein Bildungsdrang kapitulieren. Es fehlte ihm der Intellekt, der dann einsetzt, wenn der gesunde Menschenverstand nicht mehr weiter weiß.

Aber diese Erkenntnis störte ihn nicht weiter. Seiner Meinung nach war das Studium von Unverständlichkeiten sowieso keine befriedigende Beschäftigung für einen richtigen Mann.

Raoul Tambour hatte im Selbst-Schnellkurs einen feinen Pinkel und Halb-Gebildeten aus sich gemacht. Müßig zu erwähnen, daß während dieser Verfeinerungsaktion der Schlangenring in einer Schublade verschwand und die üppigen Hauptlocken im Mülleimer des Friseurs.

So, Eve Chrysanth, dachte er zufrieden, das wäre geschafft. Jetzt weiß ich, wie man mit Bildung und Geschmack umgeht. Ich kann mitreden.

Nun zu dem neuen Roman.

Er hatte noch kein bestimmtes Thema, aber eine reichhaltige, abenteuerliche Vergangenheit, aus der er unbegrenzt schöpfen konnte. Er wußte nur nicht, wo er zu schöpfen anfangen sollte.

Er saß drei Wochen lang Nacht für Nacht vor der Schreibmaschine. Zuerst dachte er, es läge am E seiner Maschine, das ständig klemmte und somit den Gedankenflug beeinträchtigte. Als das E nicht mehr klemmte, dachte er, es läge vielleicht am Papier oder an dem Krach, der über den See schallte. Oder daran, daß er abends einfach zu müde zum Denken war.

Er verbrauchte eine Menge Bogen. Er grübelte und fluchte und zerriß mehrzeilige Versuche. Er trank literweise Kaffee und rauchte noch mehr als gewöhnlich –

Er fühlte sich schließlich wie ein Hund, dem man alle Ursprünglichkeit aus dem Leibe dressiert hatte.

Er wußte jetzt, wie die anderen schriftstellerten, er hatte eine Menge inzwischen gelernt und darüber seine Unbefangenheit verloren. Er schrieb nicht mehr aus dem bloßen, raschen Wunsch heraus, sich mitzuteilen und ein starkes Erlebnis loswerden zu wollen. Er dachte an Aufbau und Satzstellung, an Aussage, Anliegen, an die richtige Verteilung der dramatischen Höhepunkte, an sensationellen Erfolg, an die Kritik, an die Möglichkeit einer Verfilmung.

Mit fortschreitender Bildung hatte sich eine Eigenschaft bei ihm eingestellt, unter der er bisher niemals gelitten hatte: Selbstkritik. Er war in der Lage, zu erkennen, daß das, was er in nächtelanger, verräucherter Grübelei zusammenpusselte, glatter Nonsens war – und diese Einsicht nagte an seiner Frohnatur. Sic machtc ihn zu einem unausstehlichen Mitbürger.

Er hatte bisher immer alles gekonnt, was er können wollte, ob es sich um Reiten, Fliegen, Geschäftemachen, Gitarrespielen, Kochen, fremde Sprachen handelte. Er hatte sich eines Tages hingesetzt und innerhalb von wenigen Monaten ein gutes Buch geschrieben.

Die »Brennenden Stiere« würden im Herbst bei einem großen Verlag herauskommen, wie und in welcher Aufmachung interessierte ihn nicht mehr.

Mit zunehmender Einsicht seines Unvermögens, einen neuen Roman schaffen zu können, wuchs seine Wut auf Eve Chrysanth, die dieses Unvermögen vorausgeahnt hatte.

Er begegnete einmal ihrem Wagen. Sie fuhr Richtung City, er kam aus der City. Sie trug einen schottisch karierten Regenhut und hatte nur Augen für den Laster, den sie überholen wollte. Sie sah reizend aus.

Ihr kurzes Auftreten in seinem Leben hatte ihn einen kostspieligen Haken von seinem geraden Weg zu geschäftlichen Erfolgshöhen schlagen lassen. Er war bedeutend zufriedener gewesen, ehe er sie kennenlernte. Vor allem selbstzufriedener.

Eine Woche später begegnete er Marischa, im Flugzeug zwischen Frankfurt und Berlin.

Marischa war Journalistin polnischer Herkunft, die für ein großes amerikanisches Magazin Studien über die »Europäische Frau« treiben mußte.

Es bestand von vornherein jene Anziehungskraft der Ähnlichkeit zwischen ihnen. Marischa war wie Raoul – stark, ehrgeizig, ein wenig abenteuerlich und ruhelos, mit einer Wohnanschrift zwar, aber keinem Zuhause, mit einer Menge guter Freunde überall in der Welt und einer inneren, manchmal sehr spürbaren Einsamkeit. Sie hatten beide soviel hinter sich – und so wenig Zeit. Und beide stammten sie zufällig aus Krakau.

Raoul wollte nur einen Tag in Berlin bleiben, es wurden mehrere. Er begleitete Marischa auf ihren Informationsfahrten, er zeigte ihr, was sie von der Stadt sehen wollte, und zwischendurch sprachen sie über sich.

Marischa war achtunddreißig Jahre alt und sah keinen Tag jünger aus. Es gab nichts, was sie nach einer im Konzentrationslager verbrachten Jugend nicht erlebt hätte, es sei denn das Dasein einer behüteten Frau. Nachdem sie Raoul ein paar intensive Tage lang beobachtet hatte, fragte sie ihn amüsiert: »Was hast du nur für eine absonderliche Selbstdressur betrieben? Was willst du eigentlich darstellen? Du kommst mir vor wie ein Stier, dem es peinlich ist, ein Stier zu sein, weil er so gern ein Rassepferd sein möchte. Warum? Was hast du gegen Stiere?«

Also durchschaute ihn Marischa Jarasinska, es war ebenso ärgerlich wie peinlich für ihn, aber heilsam. Er ertrug zu seinem eigenen Erstaunen ihre kränkende Ehrlichkeit.

Es war eine kurze, wichtige Zeit mit ihr, und er würde sie nie vergessen, nicht zuletzt, weil sie etwas tat, was noch keine Frau vor ihr zustande gebracht hatte: sie verließ ihn, ehe er sich an ihr erstaunliches Vorhandensein gewöhnen und ihre Überlegenheit als Hemmschuh empfinden konnte. Eines Morgens war sie abgereist, ohne

Abschied, war einfach fort und ließ ihn in jenem unzufriedenen, revanchesüchtigen, an Verzweiflung grenzenden Zustand zurück, mit dem Sitzengelassene nicht fertig zu werden glauben – anfangs zumindest nicht. Raoul machte für seine Verhältnisse Herbes durch. Und er rächte sich dafür an seiner Umgebung. Er lud Frauen ein und warf sie auf keine feine Art wieder hinaus, war nervös, bösartig, zerfahren, verzankte sich mit seinen Angestellten und war bereit, jeden niederzuschlagen, der sich ihm arglos näherte.

Raoul litt zum ersten Male in seinem Leben wegen einer Frau, und das würde er Marischa niemals verzeihen. Er nährte sein stark lädiertes Innenleben von der Vorstellung, ihr plötzlich wieder zu begegnen und alles »heimzahlen« zu können, was sie mit ihm angerichtet hatte. Selbst seine Phantasie benahm sich unmöglich. Raoul war so gar nicht routiniert im Umgang mit Niederlagen. Er war so gern der Sieger.

Eines Abends begegnete ihm niemand, mit dem er streiten konnte. Es befand sich auch keine Zeitung in seinem Hausboot und kein Buch, das er noch nicht gelesen hätte. An Schlafen war nicht zu denken.

Da fing er an zu schreiben. Vier Wochen lang ließ er sich nirgendwo sehen, es sei denn im nächsten Gartenlokal, um Zigaretten zu holen, und beim Kaufmann. Vier Wochen lang hämmerte er gekränkt und zerstörungswütig und unglücklich und sehnsüchtig auf seine Schreibmaschine ein. Mit zwei Fingern. Es entstand die ebenso bösgewalttätige wie zarte »Studie über Marischa«. Als sie beendet war, schlief er sechsunddreißig Stunden hintereinander, ließ sich am folgenden Morgen von einem Friseur europäisieren, ritt ein Mietpferd durch kalte Herbstnebel in Schweiß, wurde bei Schybs & Co. wie der verlorene Sohn begrüßt – und war kuriert, so vollständig kuriert, daß er die »Studie über Marischa« in wenigen Tagen von allen persönlichen Ressentiments entrümpeln und zu dem machen konnte, was seinen Ruf als ernstzunehmenden Schriftsteller begründete.

Komisch, ich muß für jedes bißchen Glück bezahlen. Mir wird sofort die Rechnung vorgelegt. Mich neppt man. Dich nie.

Du baust auf die Nachgiebigkeit deiner Mitmenschen und vor allem auf deine Stärke. Du forderst und bekommst und nimmst deinen Vorteil wahr und gehst, wenn du genug hast, und wenn du einmal in deinem Leben, wie in Marischas Fall, Trinkgeld geben mußt, so machst du dennoch ein Geschäft daraus. Dein Zorn verwandelt die Niederlage in das beste Buch, das du je schreiben wirst. Ich war trübseliger dran als du. Mir hatte man für ein paar aufregende Wochen mit dir, in denen ich die Vernunft verstauben ließ, die Schuld am Ende des großen, ruhmreichen Chrysanth-Verlages aufgehalst, dabei außer acht lassend, daß es sich bei diesem bereits um einen Todeskandidaten handelte, als man mir seine Leitung aufzwang. Den letzten beißen immer die Hunde. Ich hatte den Hund dazu herausgefordert! Niemand sprach es aus, was sich so schnell herumgesprochen hatte, aber alle *blickten* es aus, wenn sie mir begegneten: die Frau Chrysanth. Wer hätte das gedacht! Bringt mit ihren privaten Torheiten ein ganz seriöses, altes Unternehmen um. Wie konnte ihr das nur passieren! Und da mich niemand angriff, nur ansah, konnte ich mich nicht rechtfertigen. Ich war auf einmal interessant geworden, da anrüchig.

Am liebsten wäre ich in eine andere Stadt gezogen, in der ich wieder ein unbeschriebenes Blättchen sein durfte, distinguierte, junge Witwe mit reizenden Kindern und gepflegtem Eigenheim.

An dich, Raoul, den Quell all meiner Freud' und Schande, dachte ich vor allem mit Unbehagen zurück.

8. Kapitel

Meine Kinder profitierten von meiner Reue. Es hat selten eine aufopferndere, geduldigere, nachgiebigere Mutter gegeben als Eve Chrysanth in den folgenden Monaten.

Und dann kam jener Abend, an dem ich ausgerechnet mit Micky Meyer und ihrem Mäuschen in ein jugoslawisches Restaurant ging. Ich nahm damals jede Einladung an, die mich von meinen einsamen Abenden befreite.

Vor der Tür parkte dein Wagen – mitten aus dem Schwung heraus mit schräg gestellten Rädern, halb auf dem Bürgersteig. Es war noch so viel Tempo selbst im Stillstand.

Ich hatte plötzlich blödsinniges Herzklopfen im Hals und den dringenden Wunsch nach einem anderen Restaurant. Ich wollte chinesisch essen, schwedisch, bayrisch-bürgerlich, alles, nur ja nicht jugoslawisch, doch es fiel mir keine plausible Begründung für meinen spontanen Geschmacksumschwung ein.

Du bemerktest unseren Einmarsch nicht. Du hattest gerade viel zu sehr mit deiner eigenen, spannenden Erzählung zu tun.

Du warst großartig in Form an jenem Abend, ich spürte, du fandest das selbst. Vielleicht war auch eine Frau am Tisch, der du imponieren wolltest. Ich konnte nicht herausfinden, auf welche von den drei anwesenden du es abgesehen haben mochtest. Du beachtetest keine besonders, aber alle drei schauten fasziniert auf deinen erzählenden Mund und deine Gesten. Die beiden anderen Männer am Tisch schrumpften in deiner Gegenwart zu Statisten, deren einzige Aufgabe darin bestand, dem Star Applaus zu zollen.

Und dann hörte ich dein Lachen – ich hatte ganz vergessen, wie breit und unbekümmert und fröhlich es klang.

Es ist wohl vor allem seine echte Fröhlichkeit, basierend auf einem unerschütterlichen Selbstvertrauen, die ihn so anziehend macht, dachte ich. Und ich dachte außerdem: Wie ist es nur möglich, daß in seinem Leben alles so abläuft, wie er es sich vorgenommen hat. Er zweifelte niemals am Erfolg der »Brennenden Stiere« und bekam auch prompt seinen Erfolg, genauso, wie er mich bekommen hat und alles andere . . .

Micky Meyer nahm meine Nachdenklichkeit rasch wahr und folgte meinen Blicken und störte ihren Freund aus der konzentrierten Freude des Suppenlöffelns auf. »Mäuschen«, zischte sie, »guck dich mal unauffällig um.«

»Vom Film«, sagte er und kehrte zu seiner Suppe zurück.

»Ja, auch, aber der in der Mitte – erkennst du ihn nicht? Das ist doch Frau Chrysanths Bekannter aus dem Zirkus, der das schicke Buch geschrieben hat – du weißt doch, Mäuschen, die ›Feurigen Bullen‹. Es liegt auf deinem Nachttisch.«

»Ich komme immer nicht zum Lesen«, entschuldigte er sich bei mir. »Gerade die erste und die letzte Seite von der Zeitung, schon schlafe ich ein.« Nachdem er seine Suppe erledigt hatte, holte er eine Tüte mit Leinsamen aus der Tasche und schüttete eine Handvoll in seinen Mund zur Vorbeugung möglicher Magenbeschwerden.

»Woher wissen Sie das eigentlich alles, Micky?« fragte ich fassungslos.

»Micky weiß immer alles«, kaute Mäuschen, »und sie sieht auch alles, bei andern, bloß niemals ihre eigenen Fehler.« Er hatte endlich sein Vogelfutter zermalmt und mit zwei angestrengten Schlukken in die Speiseröhre geschickt. –Essen Sie Ihre Suppe nicht, Frau Chrysanth?«

»Sie können sie haben«, sagte ich und schob ihm die unberührte Tasse zu.

Raoul hatte sich die Locken stutzen lassen, dachte ich.

Als du die Hände in einer lebhaft demonstrierenden Gebärde hobst, vermißte ich den Schlangenring. Es war absolut kein Talmi mehr an dir, womit ich nicht sagen will, daß du wie ein Herr aussahst.

Und dann passierte ausgerechnet Mäuschen, der jedes Aufsehen haßt, das Malheur mit dem Rotweinglas. Micky Meyer krähte wie ein Fischweib, das man in den drallen Hintern kneift, als der Wein über die Tischplatte auf meinen Schoß floß. Wir sprangen alle drei auf und wischten mit unseren Servietten an dem Schaden herum, Mäuschen hieb Micky dabei auf die Finger, so ärgerlich war er über ihr Gelächter.

Du sahst interessiert zu uns herüber.

Eve lief zu den Toilettenräumen, lief zuerst in der falschen Richtung. Ein Ober wies sie diskret auf ihren Irrtum hin.

Raoul Tambour sah ihr nach. Lange Beine in hohen Pumps, ein schwarzes Etuikleid, das viel von ihrem Rücken sehen ließ. Er erinnerte sich in den Handflächen an die Berührung ihrer straffen, ein wenig trockenen Haut. Sie roch so gut. Er hatte ihr duftiges, rötlichblondes Haar sehr gern gehabt.

Eve Chrysanth, dachte er nachdenklich, ohne großes männliches Interesse und empfand eine gewisse, unverständliche Rührung beim Anblick ihres Rückens mit den vor Unbehagen angespannten Schulterblättern.

Sie hatte sich viel Mädchenhaftigkeit bewahrt.

Raoul freute sich beinah, sie wiederzusehen. Ich muß ihr von meinem neuen Buch erzählen, dachte er. Sie wird staunen.

»Entschuldigt mich«, sagte er zu den Leuten an seinem Tisch und ging ihr nach.

»Sie sind hier falsch«, fing ihn die Toilettenfrau an der Tür ab, durch die Eve verschwunden war. »Für Herren ist vorne, neben der Garderobe.«

»Ich weiß«, sagte Raoul und schob sie beiseite.

Eine Dame verließ gerade eine der gekachelten Zellen, durch das Kleid hindurch an ihrem verrutschten Korsett rückend. Sie schimpfte voll sittlicher Empörung bei Raouls Anblick. Er nahm keine Notiz davon.

Eve stand vor dem Waschbecken und rieb an ihrem Kleid.

»Eve«, sagte er.

»Du hörst doch, daß du hier nicht hereindarfst«, sagte sie und sah lächelnd, ohne Überraschung, auf.

»Ich möchte dich gern sprechen«, sagte er.

»Tut mir leid, ich bin mit Freunden hier.«

»Na und? Ich auch.«

»Ich werde mich bei dem Geschäftsführer beschweren«, schimpfte die Dame.

»Wann und wo sehe ich dich?« fragte er, breitbeinig und unverrückbar im Eingang zu »Damen« verharrend.

»Es geht nicht. Ganz unmöglich.«

»Wann geht es nicht?«

»In einer halben Stunde.«

»Sehr schön. Ich erwarte dich vorm Restaurant.«

Eve gab der Toilettenfrau ein Trinkgeld von versöhnendem Ausmaß und strahlte die bitterböse Dame an. »Es tut mir so leid.«

Man glaubte ihr nicht.

Tambour saß inzwischen wieder als Mittelpunkt zwischen den Filmleuten, gestikulierte mit einem Stück Brot, erzählte, lachte schallend und fand auch noch Zeit dabei, ein Gericht, das wie die Hölle brannte, einzufahren.

Er blinzelte einmal, als Eve an seinem Tisch vorbeiging. Mickys Karpfenaugen kamen ihr auf halbem Wege vor Neugier entgegen.

»Naaa?« fragte sie.

»Die Flecken sind heraus«, lächelte Eve.

Tambour und seine Freunde gingen bald darauf. Dann verabschiedete sich Eve.

»Schon?« fragte Micky, nicht mehr, das lag an Mäuschens Schuh, der sich schmerzhaft und mahnend auf ihre Zehen setzte.

»Viel Glück«, sagte er herzlich zu Eve. »Wozu immer Sie es gebrauchen können.«

Micky seufzte, als sie ihr nachsah. »Jetzt trifft sie sich mit ihm! Sie hat ja keinen Stolz! Jetzt fängt das nervenzermürbende Hin und Her zwischen den beiden wieder von vorne an.« Sie schäkerte versöhnlich mit Mäuschens Hand, die die Gabel mit einem Stück Schafskäse hielt. »Mein schönes Mäuschen, haben wir uns zu Anfang nicht auch himmlisch gestritten und nicht mehr gekannt und wieder versöhnt?«

»Wir streiten uns noch heute, aber es ist nicht mehr himmlisch«, sagte er.

»Was glaubst du, was die noch mit dem Mann erleben wird«, träumte Micky zwischen aufgestützten Händen. »Der macht doch mit ihr, was er will. Heute verspricht er ihr goldene Berge, morgen läßt er sie fallen wie eine heiße Kartoffel. Das ist doch ein ganz Rücksichtsloser, das siehst du doch schon an seinem Nacken.«

»Sag mal, Micky Meyer«, fragte Mäuschen interessiert, »sprichst du etwa aus Erfahrung?«

Raoul Tambour wartete in seinem Wagen auf Eve. Er öffnete den Schlag auf der rechten Seite, als sie das Restaurant verließ. Eve stieg ein. Das Autoradio spielte.

»Du siehst gut aus«, sagte er.

»Danke«, sagte sie, »du hast dich auch zu deinem Vorteil verändert. Ich muß dir überhaupt gratulieren. Ich habe ein paar sehr positive Rezensionen über die ›Brennenden Stiere‹ gelesen. Wie ist der Verkauf?«

»Ausgezeichnet. Sie werden verfilmt. Zur Zeit arbeite ich am Drehbuch mit. Aber es ist unerfreulich. Alle reden sie einem herein, der Produzent, der Dramaturg, der Regisseur, alle wollen mir weismachen, wie es damals in Spanien war. Zur Zeit streiten wir darüber, ob die Luiza ermordet oder in Karls Armen, durch eine versehentliche Kugel getroffen, ihr Leben aushauchen soll. Der Produzent ist für aushauchen, mein Mitautor tut alles, was der Produzent will, der Regisseur ist zur Zeit noch mit mir im Bunde.« Und im selben Tonfall, ohne Übergang: »Ich muß dich, glaube ich, um Verzeihung bitten.«

»Never mind, wie wir in Deutschland sagen.«

»Ich habe wirklich ein schlechtes Gewissen, Eve. Du hattest mit allem recht, was du damals gesagt hast.«

»Es ist so lange her«, winkte Eve ab.

»Aber es dauerte eine Weile, bis ich das einsah«, fuhr er fort. »Und ich bin ja wohl auch nicht ganz unschuldig daran, daß man dich als Verlegerin abservierte.«

»Wie kommst du darauf?«

»So etwas spricht sich herum.« Er hielt vor einer Bar. »Komm, laß uns hier was trinken.«

»Ich bin nicht ›abserviert‹ worden«, sagte Eve beim Aussteigen. »Der Verlag wurde aufgelöst.«

»Aber ich war der indirekte Anlaß dazu.«

»Das könnte dir so passen«, lachte Eve. »Es gibt auch Dinge, die ohne dein Zutun kaputt gehen.«

Also schön, dachte er, ihr Stolz erlaubt es ihr nicht, meine Schuld an ihrem Malheur zuzugeben.

Der Geschäftsführer marschierte vor ihnen her durch eine verräucherte, leicht angestaubte Satinatmosphäre, angefüllt mit hellen, desinteressierten Gesichtern, zu einem Ecktisch, der gerade frei geworden war. Die Sitzpolster fühlten sich leider noch warm an.

Die Kapelle gastierte bereits zwei Monate in dieser Bar und gab sich keine Mühe mehr.

»Was möchtest du trinken?« fragte Raoul.

»Mir ganz egal«, sagte Eve.

Raoul bestellte eine Flasche Metternich. »Wie geht es deinen Kindern?« fragte er.

»Danke, großartig, seitdem ich mich mehr um sie kümmern kann. Außerdem habe ich eine nette Frau, die die beiden vergöttert und bei ihnen bleibt, wenn ich ausgehen will.«

»Gehst du viel aus?« fragte er.

»Ja«, sagte Eve.

»Geht es dir gut?« fragte er.

»Ja«, sagte Eve. »Ich habe jetzt keine Sorgen mit dem Verlag und seinen Autoren mehr.«

Er sah sie prüfend an und lachte. »Schön, dich wiederzusehen.« Und meinte es auch so. Jetzt, da sie ihm gegenübersaß, ansehnlich, gepflegt, sehr ruhig und ohne Vorwürfe, empfand er nachträglich, daß er sie in den vergangenen Monaten manchmal vermißt hatte. Vor allem begriff er nicht, weshalb er ihr jemals böse gewesen war.

Er wollte heute nicht mehr von ihr als eine Après-Freundschaft. Er wollte mit ihr über seine Arbeit sprechen. Sie konnte so gut zuhören. Sie war klug, aber nicht superklug wie Marischa. Und wenn sie ihn durchschaute, so ließ sie ihn das wenigstens nicht spüren. Sie war so angenehm, so taktvoll und so ein schöner Anblick dabei. Er zeigte sich gern mit ihr.

»Das wird ein langer Abend«, versprach er ihr herzlich. »Ich habe dir soviel zu erzählen. Und ich muß dir soviel zeigen. Wenn wir das Zeug hier ausgetrunken haben, fahren wir zu mir, das heißt, wenn du magst.«

»Das heißt, wenn ich mag«, lächelte Eve.

Tambour hatte sein Hausboot verkauft und ein Zweizimmerapartment in einem Neubau bezogen, den man bisher nur über ein schmales, auf zwei Ziegelsteinen wippendes Brett erreichen konnte. Eve kam in der Dunkelheit vom Wege ab und mußte später ihre Pumps mit dem Messer putzen.

Den schmalen Wohnungsflur versperrte eine Einbauküche, noch in Packpapier. »Mein erstes Eigenheim«, grinste Raoul, als er Eve daran vorbei ins Wohnzimmer schleuste.

Eine Innenarchitektin hatte ihm bei der Einrichtung geholfen. Gardinen gab es noch keine, an den Fensterkreuzen hingen seine Anzüge. In den weißen, eingebauten Bücherregalen standen zwanzig Exemplare der »Brennenden Stiere«, vorläufig durch einen angeschlagenen Milchtopf am Umfallen gehindert. Diesen schien die Architektin wohl nicht vorgesehen zu haben.

Eve bewunderte einen alten, englischen Sekretär. »Hier wirst du also dichten.«

»Ach wo«, sagte er, »der ist bloß zur Dekoration. Arbeiten werde ich in der Küche. Mir ist das alles zu elegant zum Nachdenken.«

Er holte eine angebrochene Flasche Whisky vom Balkon.

»Schreibst du überhaupt noch?« fragte Eve.

Auf diese Frage hatte er gewartet. »So hin und wieder«, sagte er nachlässig, suchte nach Gläsern, erinnerte sich daran, daß er noch keine ausgepackt hatte. Als er seinen Zahnputzbecher aus dem Bad mitbrachte, legte er ihr ein Manuskript auf den Schoß.

»Studie über Marischa«, las Eve. »Sag nur, das hast du inzwischen geschrieben.«

»Es soll viel besser sein als die ›Stiere‹. Mein Verleger ist begeistert.« Raoul hatte Mühe, nicht allzu selbstzufrieden zu wirken.

»Marischa . . .«, sprach Eve nachdenklich vor sich hin. »Wie hübsch Mariechen doch auf polnisch klingt. – Hat es sie gegeben?«

»Es gibt sie noch – irgendwo in New York, Moskau, Hongkong – weiß der Teufel, wo sie gerade steckt. Sie ist Journalistin.«

»Erzähl mir von ihr«, sagte Eve und ließ sich nichts anmerken, absolut gar nichts.

»Lies das Manuskript, dann weißt du genug über sie.«

»Ich möchte gern jetzt etwas von ihr erfahren. Wie war sie?«

»Eine außerordentliche Frau. Nicht mehr ganz jung, sehr menschlich. Und so einsam und traurig wie alle Leute, die das Pech haben, einen Intellekt zu besitzen, der sich nicht belügen läßt und ihnen darum das Leben in jeder Gesellschaft auf die Dauer unerträglich macht.« Er setzte sich zu ihr an den Tisch. Ein Grinsen überspielte seine Ernsthaftigkeit, als er jetzt sagte: »Sie paßt einfach nicht, verstehst du? Sie kann sich in keiner Gesellschaftsform unterbringen. Sie sagte, sie wäre Kommunistin ohne politische Überzeugung. Kommunismus als geistige Zufluchtsstätte für Intellektuelle, die gegen sattes Bürgertum und Societylife rebellieren und ihrer Rebellion einen Namen geben wollen.« Tambour suchte in seinen Rocktaschen nach Zigaretten, knüllte ein leeres Päckchen in den Aschenbecher und riß ein frisches auf. »Marischa«, sagte er, »war zu klug, zu selbständig und zu stark für eine Frau auf Dauer. Sie war dazu geboren, die kurzfristige, große Geschichte im Leben eines Mannes zu sein. Sie wußte das selbst. Darum war sie eines Tages verschwunden. Sans laisser l'adresse. – Und außerdem mußte sie nach New York zurück«, fügte er sachlich hinzu.

»Ich nehme an, sie gehörte zu den seltenen Frauen, die dir gewachsen waren«, sagte Eve langsam.

»Sie gehörte zu den Frauen, denen kein Mann gewachsen ist«, sagte er. »Im Grunde ihres Herzens war sie ein armes Luder. Sie hatte keinen Glauben und keine Kinder und keine politische Anschauung und wußte nicht, zu wem sie gehörte. Sie hat nicht einmal einen Hund. Sie hat die ganze Welt und gar nichts.«

»Was hast du über sie geschrieben?« fragte Eve schließlich.

»Du wirst es ja lesen«, sagte er. »Und ich bin sehr gespannt auf dein Urteil. Du kannst das Manuskript mitnehmen.«

»Danke.« Sie legte ihre Handtasche darauf, um es später nicht zu vergessen.

»Du hast damals daran gezweifelt, daß ich jemals wieder ein Buch zustande bringen würde.« Er konnte es sich nicht verkneifen, das zu sagen.

»Es mußte wohl erst diese Marischa kommen«, sagte Eve darauf.

»Sie war ganz heilsam für mich«, gab er zu. »Wenn ich dir erzählte, was ich vorher, ich meine, bevor ich ihr begegnete, alles angestellt habe – mit mir selber – mit der Schreiberei – Eve, du würdest dich schieflachen.«

»Soviel Selbsterkenntnis, Herr Tambour, wie kommt denn das!? Diese Marischa muß wirklich sehr heilsam auf dich gewirkt haben. Früher hattest du absolut keinen Humor mit deinen Fehlern. Du pflegtest sie anderen übel zu nehmen.«

»Komm, hör auf, nimm lieber eine Salzstange. Das Gespräch

wird unbequem, und der Abend ist zu hübsch dafür. Ich freu' mich wirklich, daß du da bist, Eve. Und jetzt möchte ich dir mein Schlafzimmer zeigen.«

Er stand auf, sie folgte ihm in den Nebenraum.

»Schau dir diese Pracht an«, sagte er. »Sie ist noch völlig jungfräulich.«

Eve sah sich um.

Schwarzer Velours auf dem Boden, grüne Lederstühle, ein breites, kalbsledern bezogenes Bett.

»Deine Architektin scheint eine Heidenangst vor Motten zu haben«, sagte sie schließlich. »Überall Leder, wohin man schaut. Wie schläft es sich eigentlich auf Leder?«

»Miserabel. Man gerät darauf zuerst ins Frieren, später ins Schwitzen, und der Geruch dringt durchs Laken in den Schlaf ein. Ich träume abwechselnd von Schulmappen, Sätteln und neuen Schuhen«, gestand Raoul. »Wie war es doch, ach, so schön in meiner alten Bootskoje!«

Eve ging betrachtend durch die Dekoration dieses betont männlich erschaffenen Schlafzimmers, lobte die Vorhangwand aus schwarzem, mit Riedingerstichen bemustertem Chintz; soviel schöne Lipizzaner in jeder Dressurstellung und in weichfallenden Falten! Von der Decke bis zum Fußboden.

Als sie den Raum verlassen wollte, als Raoul schon den Finger auf den Lichtknipser hielt, entdeckte sie seine Gitarre, die in einer schäbigen Segeltuchhülle an einem grünen Stuhl lehnte.

»Ach, spiel doch mal«, sagte sie. »Ich möchte endlich einmal ohne Angst vor bösartigen Tigern (sie sprach sie wie Tiecher aus) hören, wie es klingt.«

»Muß das sein?« fragte er unlustig.

»Muß nicht, aber . . .«

»Na schön«, sagte er – sie war so nett heute abend, so verständnisvoll, warum sollte er ihr nicht einen Gefallen tun – und zog das Instrument aus seiner fleckigen Hülle.

Eve setzte sich auf einen grünen Lederstuhl. Raoul setzte sich mit der Gitarre auf das Lederbett. Seine Finger griffen stimmend über ihre Saiten. Aus dem Stimmen entstanden ein paar rhythmische Takte, aus den Takten eine Melodie – angedeutet – irgendeine Melodie – dann eine neue, mit Variationen – und dann hatte er keine Lust mehr.

»Weißt du«, sagte er, das Instrument in die Hülle zurückschiebend, »ich möchte mal wieder nach Spanien. Ich war seit damals nicht mehr dort. Ich habe bloß immer gearbeitet und gearbeitet – niemals Ferien – ich will das Immobiliengeschäft verkaufen. Ich habe langsam einen inneren Widerstand auf der Zunge, wenn ich Objekte anpreisen muß. Ich kann mich selber nicht mehr preisen hören. Und ich verliere die Geduld mit den Kunden. Ich habe es satt. Verstehst du, Eve?« Er sah sich nach ihr um.

Sie saß mit sittsam gekreuzten, langen Beinen auf ihrem grünen Lederstuhl. Die Hände im Schoß. So schön und so geduldig, als ob sie einem Genremaler Modell saß für das bewußte Gemälde über dem Kamin.

»Eve«, sagte er.

»Hmhm«, sagte sie und lächelte ein bißchen.

»Du hattest mich doch einmal sehr gern, Eve.«

»Warum?« fragte sie vorsichtig.

»Ich dachte nur eben daran, wie du auf diese Frau, auf Marischa, reagiert hast. So ganz verständnisvoll, so ohne jegliche weibliche Eifersucht.«

»Ist mir ziemlich schwergefallen, gab sie zu. »Immerhin hat sie dich zu einem neuen Roman inspiriert. Mir ist das leider nicht gelungen.«

»Ah«, sagte er abwehrend und stand auf, »was hat sie schon davon. – Ich bringe dich jetzt nach Hause.«

Er war sehr höflich, geradezu behutsam im Umgang mit ihr.

Nun bin ich also seine gute, alte Freundin geworden, dachte sie. Welch hochanständiges Schicksal!

In den folgenden Wochen hattest du wenig Zeit für mich. Du standest in heftigem Nahkampf mit Co-Autor, Produzent, Regisseur und Dramaturg wegen der »Brennenden Stiere«. Schließlich warfst du die Drehbucharbeit hin und sagtest zu allen wieder böse »Sie«, mit denen du dich anfangs verbrüdert hattest.

Und nie wieder Film, Eve, nie wieder möchte ich mit dieser Branche etwas zu tun haben.

Ich nahm das nicht so ernst.

Dann fuhrst du nach Spanien. »Erster Urlaub seit – ich weiß nicht mehr wie langer Zeit, Eve.« Du versprachst mir zu schreiben. Ganz bestimmt. Du schriebst selbstverständlich nicht.

Aber nach drei Wochen läutete nachts das Telefon neben meinem Bett. Ein Hotel in Madrid meldete sich. Und dann war deine

Stimme da.

»Eve? Hast du schon geschlafen?« Du sagtest noch mehr.

»Ich verstehe dich so schlecht . . .«

»Die Verbindung ist miserabel«, schriest du zurück. »Eve, hörst du mich?«

»Ja . . .«

»Eve, ich habe mir überlegt . . .«

»Wie?«

»Da ist aber wirklich halb Europa in der Leitung! Eve . . .«

»Vielen herzlichen Dank für deine lieben, zahlreichen Briefe«, schrie ich. Du antwortetest etwas, das in Sausen, Tüten und Stimmengewirr unterging.

»Das ist ja zum Kotzen!« schimpftest du, und das war sehr deutlich zu hören.

Auf einmal herrschte eine gewisse Stille. Es fehlten etwa zehn Nebengeräusche von den bisherigen dreißig.

Du belltest: »Eve! Kannst du mich verstehen?«

»Du brauchst jetzt nicht mehr so zu brüllen. Ich verstehe dich ganz gut!«

»Eve, ich habe mir überlegt – hörst du mich?«

»Jaha!«

». . . wollen wir heiraten? – Hallo! Eve! – – – Bist du noch dran?«

»Ja . . .«

»Na und?«

»Du bist vollkommen wahnsinnig.«

»Wie . . .?«

»Wahnsinn!« schrie ich. »Ich habe zwei Kinder!«, die von meinem Gebrüll inzwischen aufgewacht sein mußten.

»Das weiß ich!«

»Sie brauchen einen richtigen Vater!«

»Das weiß ich.«

»Und außerdem . . .«

»Ja?«

»Du liebst mich doch gar nicht. Was willst du auf die Dauer mit mir anfangen? Das kann doch nicht gutgehen!«

Eine spanische Telefonistin mischte sich ein. Du pfiffst sie aus der Leitung.

Und plötzlich war deine Stimme ganz deutlich und ganz allein da – wie von nebenan. »Eve . . .«

»Wieviel hast du getrunken?«

»Ich bin stocknüchtern. Ich meine es ernst. Ich möchte dich wirklich behalten.«

»Ja«, sagte ich, »ich dich ja auch, Raoul. Aber heiraten? Ganz unmöglich. Die Kinder – das ginge niemals gut mit dir, nein wirklich. Wie bist du überhaupt auf diese Idee gekommen?«

»Du weißt, ich treffe Entscheidungen immer sehr plötzlich. Überleg es dir, Eve«, sagtest du. »Ich werde . . .«, und dann war die Verbindung gestört. Eine Stunde lang wartete ich griffbereit neben dem Telefon auf deinen Rückruf. Aber es kam keiner.

Du kamst auch nicht.

Es vergingen noch acht Tage, dann standest du eines Mittags vor der Wohnungstür. Wetterbraun, mit nachgewachsenen Locken, den Kamelhaarmantel voller Schmieröl. »Hallo, Süße – ich habe dir auch was mitgebracht.«

Es handelte sich um ein halbes Dutzend Dosen Tintenfisch. Die gleichen gab es beim Delikatessenhändler um die Ecke.

Du sagtest, deine Rückkehr hätte sich verzögert, weil du noch Land in Spanien kaufen mußtest. »Ein hübsches Stückchen Küste. Die Grundstückspreise steigen auch da unten.«

Vierzehn Tage später heirateten wir.

Dieser Entschluß war nicht mein Entschluß. Dein Wille hatte den meinen einmal wieder überrollt. Andere Frauen, die eine Ehe eingingen, hatten jetzt Anrechte auf Eifersucht, Szenen, Strenge, Lockenwickler und schlechte Launen. Ich würde durch die Namensänderung absolut keine Rechte über dich gewinnen, ich konnte dich höchstens verlieren, wenn ich sie beanspruchte. Denn du hattest mich geheiratet, weil ich die einzige Frau war, die durch ihr voreheliches Verständnis für dich und ihren Verzicht auf Vorwürfe bewiesen hatte, daß sie die einzige Frau war, mit der du es auf die Dauer aushalten konntest – das heißt, wenn ich blieb, wie ich war, das heißt, im Umgang so bequem. Unser »Kräfteverhältnis« war von Anfang an geklärt worden: Du warst der Stärkere, und ich hatte nichts dagegen, im Gegenteil, ich liebte dich dafür.

Man mag mich für einen schwachen Charakter halten, für eine persönlichkeitslose Frau. Vielleicht bin ich beides, aber mit der Erkenntnis, daß Gleichberechtigung zwischen Mann und Frau von Frauen nur als Ersatz für fehlende männliche Überlegenheit angestrebt wird. Halt, da habe ich ein neues, gefährliches Wort hereingebracht: Überlegenheit.

Auf jeden Fall warst du immer der Stärkere und der Lautstärkere und der Unabhängigere von uns beiden. Und bist es geblieben.

Meine Mutter war entsetzt über unsere Heirat. Die Familie Chrysanth strich mich von der Verwandtenliste. Johanna Chrysanth versuchte, mir das Erziehungsrecht über die Kinder zu nehmen, indem sie anhand von mühsamen und kostspieligen Nachforschungen die moralische Fehlbarkeit des neuen Stiefvaters ihrer Enkel nachwies. Doch deine noch feststellbaren Vergehen – Schwarzmarktdelikte, zeitweiliger Umgang mit Vorbestraften und fragwürdigen Individuen und Beleidigung von Amtspersonen – hatten nicht ausgereicht, um dich als unzumutbaren Stiefvater abzustempeln.

Du befandest dich heute in guten Verhältnissen. Man konnte dir weder Trunksucht, Unzucht mit Abhängigen oder Minderjährigen, Spielleidenschaft noch Roheitsdelikte gegenüber Frauen und Kindern nachsagen.

Nachdem es Johanna Chrysanth nicht gelungen war, mir das Erziehungsrecht für die Kinder ihres Sohnes zu nehmen, erlosch augenblicklich ihr Interesse an denselben. Sie dachte nicht einmal mehr an ihre Geburtstage.

Aber ausgerechnet die Kinder sind es, die deinen Entschluß, mich zu heiraten, noch heute als deinen besten Einfall bezeichnen. Du warst zwar kein »sogenannter Kinderlieber«, wie du selbst einmal behauptet hattest, aber du verstandest mit ihnen umzugehen.

Und du konntest einfach alles, was kleinen Jungen und Mädchen imponiert. Leider imponierte ihnen vor allem das Wagemutige.

Was du sagtest und tatest, war Evangelium für sie – selbst kalte Duschen zwecks Abhärtung. Dir zuliebe aßen sie sogar Spinat. Sie taten mir manchmal leid, wenn sie Strapazen auf sich nahmen, nur um dir zu imponieren. Aber wehe, ich äußerte mein Mitleid. Ich war ja bloß Mutter. Du warst ihr Held.

Nachdem wir geheiratet hatten, verkauftest du dein ledernes, kaum benutztes Apartment an einen Schlagersänger mit ersten Erfolgen und zogst mit ein paar Koffern in unsere Dachwohnung.

»Nur so als Übergang, Eve, bis wir was Geeignetes gefunden haben!«

Als Immobilienhändler wäre dir das keinesfalls schwergefallen, aber ich merkte bald, daß du dir überhaupt keine Mühe gabst, eine große Wohnung oder ein Haus für uns zu finden. Es gefiel dir sehr gut in unseren drei Zimmern.

Selten bin ich einem bedürfnisloseren Mann als dir begegnet und nie wieder stärkeren Nerven. Dich stört absolut gar nichts, kein Kindergeschrei, kein Buntstiftgekritzel auf deinen Akten, kein Papierhelm, der sich bei näherem Hinschauen als Manuskriptseite entpuppte . . .

9. Kapitel

Du warst in Sachen Immobilien verreist, nach Stuttgart, wenn ich mich recht erinnere, als der junge Mann vor unserem Hause auf und ab ging, während ich den Garten sprengte.

Er fiel mir durch die betonte Unauffälligkeit auf, mit der er mich, das Haus, jedes Fenster musterte.

Er war unbeschreiblich schmal, fast schmächtig bis auf die Schultern. Ihre – in Anbetracht des übrigen Körperbaus beinah unnatürliche Verbreiterung ließ auf hartes Bodybuilding schließen. Sein Gesicht war intelligent, die Augen waren schwarz wie das Haar und tiefliegend. Zu Gemüte gehende Träumeraugen. Er mochte etwa achtzehn Jahre alt sein, vielleicht älter, genau ließ sich das bei ihm nicht feststellen.

Ich legte den Schlauch in eine Baumgrube und ging zum Wasserhahn, um ihn abzustellen. Der Hahn war nah am Zaun.

»Wohnt hier Herr Tambour?« fragte mich der junge Mann.

»Ja.«

»Ist er zufällig da?«

»Nein«, sagte ich, »verreist. Er kommt erst morgen abend wieder. Kann ich ihm etwas bestellen?«

Er sah mich zögernd an.

»Ich bin Frau Tambour«, sagte ich.

»Ach – seit wann denn?« entfuhr es ihm.

»Seit ein paar Wochen. Wieso fragen Sie?«

»Ich bin Pedro«, sagte er schließlich und sah mich wachsam an. Er wartete auf meine Reaktion.

»Ach, wie nett, daß Sie uns mal besuchen«, sagte ich ebenso höflich wie ahnunglos.

»Haben Sie zufällig die ›Brennenden Stiere‹ gelesen?« half der junge Mann meinem Gedächtnis nach, tippte sich gleich darauf gegen die Stirn. »Dumme Frage! Natürlich haben Sie. Im Buch nennt er mich ›Manolo‹ . . .«

»Das arme, verwaiste Partisanenkind!« entfuhr es mir.

Pedro lachte. »Ich war auch mächtig erstaunt, was er da aus mir gemacht hat! Waisenkind.«

»Eben«, lachte ich auf gut Glück mit, »wo Sie doch gar keins sind!« Und begann zu kombinieren und dunkel zu ahnen, während unsere Reden und Antworten vorsichtig tastend umeinanderstelzten.

»Hat Ihnen Raoul erzählt . . .?«

»Ja«, sagte ich, »natürlich. Sie lernen jetzt in Köln, nicht wahr? In einem Immobiliengeschäft. Ich freue mich sehr, Sie kennenzulernen. Bleiben Sie länger hier?«

»Ich bin mit einem Freund übers Wochenende hergekommen. Wenn ich gewußt hätte, daß Raoul inzwischen verheiratet ist – ich hätte Ihnen bestimmt Blumen mitgebracht. Aber er teilt mir ja nie etwas Persönliches mit. Er liebt Überraschungen.«

»Ja«, sagte ich, »o ja.«

Und zwischen uns blieben die ungeklärten Fragen: Weiß sie alles? – Ist er etwa –? Er sagt, er wäre kein Waisenkind. – Wieviel hat Raoul ihr erzählt? – Wenn er kein Waisenkind ist, wessen Kind ist er dann?

Alle diese Überlegungen, während wir die Treppe zum Dachgeschoß hinaufstiegen und Belangloses redeten, über seine Herfahrt, das Wetter und so fort . . .

Ich stellte ihn meinen Kindern vor. »Das ist Bibi – das ist Chris.«

»Guten Tag«, sagte der junge Mann zu ihnen, »ich bin Pedro Tambour.«

Chris musterte ihn gleichgültig. Neu auftauchende Bekannte interessierten ihn nicht.

Bibi hingegen machte ein nachdenkliches Gesicht, während sie ihre rutschenden Strümpfe hochzog. »Tambour? So heißt Raoul auch.«

Pedro sah mich fragend an.

»Ja«, sagte ich entschlossen. »Pedro ist euer großer Bruder.«

Diese Mitteilung gab sogar Christoph zu denken. »Bruder?« fragte er skeptisch. Und Bibi, die Gründliche: »Wenn er unser Bruder ist, dann bist du auch seine Mutter, Mami?«

»Nein.«

»Wer ist deine Mutter?« wandte sie sich an Pedro.

Obgleich mich das selbst interessierte, drängte ich ablenkend:

»Händewaschen! Es gibt gleich Abendbrot. Pedro, Sie bleiben doch zum Essen? Oder haben Sie etwas Besseres vor?«

»Ich bliebe gern«, sagte er.

»Wo ist deine Mutter?« bohrte Bibi.

»Sie ist gestorben, als ich noch ganz klein war.« Er wandte sich an mich. »Ich habe meine Mutter eigentlich erst durch die ›Brennenden Stiere‹ kennengelernt. Raoul hatte mir so wenig von ihr erzählt.«

»Sie meinen Luiza?« fragte ich tastend.

»Ja, natürlich, wußten Sie das nicht?«

»Lieber Pedro«, sagte ich, »wir unterhalten uns nachher in Ruhe.«

Während ich mich umzog, hörte ich Bruchstücke der Unterhaltung aus dem Kinderzimmer. Bibi und Pedro versuchten, ihr verwandtschaftliches Verhältnis zu klären.

»Dann ist unser Papi also auch dein Papi?« fragte sie.

»Ja. – Sag mal, Bibi, habt ihr Raoul, ich meine, euren Papi schon lange?«

»Ja. Sehr lange. Schon wie noch Winter war.«

»Und vorher?«

»Keinen«, sagte Chris.

»Doch«, sagte Bibi, ich hatte mal einen. Du nich, Chris.«

»Chris immer alles nich«, sagte der Knabe beleidigt.

Wir aßen zu Abend und brachten die Kinder gemeinsam zu Bett. Sie erschienen noch etliche Male mit immer neuen Ausflüchten. Sie schleppten ihr Spielzeug herbei, um es dem neuen Bruder zu zeigen. Sie prügelten sich. Und dann zog endlich Frieden ein.

Während ich in der Küche eine Flasche Wein entkorkte, hörte ich Pedro halblaut mit seinem Freund telefonieren.

». . . tut mir leid, aber ich kann hier nicht weg. – Nein, mein Vater ist nicht da. Aber er hat inzwischen geheiratet. Ich dachte, mich haut's vom Stuhl, als ich sie sah. – Wie? – Ich kann hier nicht so reden. – Hmhm. – Viel Spaß für heute abend. Aber besauf dich nicht. Denk an die Rückfahrt. – Tschau.«

Pedro blieb bis Mitternacht bei mir. Lange Beine, die nicht die rechte Lage fanden. Magere, nervöse Hände, die ständig mit irgend etwas spielen mußten. Umherwandernde Blicke. Eine lebhafte Stimme. Nachdem er die anfängliche Verlegenheit überwunden hatte, sprach er fast pausenlos. Bei aller Mitteilungsfreudigkeit sehr sachlich, ohne jede Gefühlsäußerung.

»Ich sah die ›Brennenden Stiere‹ vor etwa einer Woche im Fenster einer Buchhandlung. Autor: Raoul Tambour. Ich dachte, das ist doch ganz unmöglich, aber dann habe ich mir das Buch gekauft und las von Spanien und all das über meine Mutter. Sie muß ja eine ziemlich tolle Frau gewesen sein, wenn das stimmt, was er über sie schreibt. Aber es wird schon manches erfunden sein. Aus mir hat er ja auch ein armes Waisenkind gemacht.«

Ich sagte nichts dazu.

»Das Buch ist gut geschrieben. Imponiert mir sehr. Hätte ich ihm wirklich nicht zugetraut, aber ich weiß ja so wenig von ihm. Wann haben wir uns schon gesehen. Ich war in Spiekeroog. Im Kinderheim und er – ich weiß nicht. Aber gesorgt hat er immer für mich«, fügte Pedro entschuldigend hinzu.

Ich sah ihn an.

Ich sah ihn plötzlich zwischen stämmigen, hellschopfigen Kindern über die zerzausten Dünen einer Nordseeinsel traben, vorneweg eine Heimschwester, hintenan noch eine. Ein kleiner, exotischer Vogel mit schwarzem Gefieder, der nirgendwo hin gehörte. Zu nervös und viel zu zart für die ererbte Vitalität. In den Ferien blieb er allein im Heim zurück, die Taschen voll zerdrückter Muscheln. Ein besetztes Bettchen in einem großen Saal. Zweimal im Jahr – zu Weihnachten und zum Geburtstag – schickte ihm sein Vater Spielzeug, das gleich im Geschäft versandfertig verpackt worden war. Keine kolorierte Karte mit einer Katzenfamilie oder einem albern verkleideten Hund für ihn dabei, wenn Post ausgeteilt wurde.

Als er groß genug war, um schreiben zu können, sandte er genau wie die anderen Kinder ungelenke Briefe mit Zeichnungen von Häusern und Sonnen und Bäumen an den Mann, der für ihn zahlte und diese kindlichen Kunstwerke nicht einmal beantwortete.

»Pedro«, sagte ich, »ich glaube, wir müssen uns jetzt endlich duzen, schließlich sind wir ja Verwandte.«

»Gern.« Er kam mit seinem Glas um den Tisch herum und küßte mich auf die Wange. »Wie soll ich dich nennen?«

»Eve, am besten.«

»Nein«, sagte er, »du heißt vielleicht so, aber du siehst nicht aus wie ›Eve‹.«

»Wie sehe ich aus?«

»Du könntest Isabella heißen. Ich nenne dich Isabell, ja?«

Und so nannte er mich denn auch, und du hast dich bis heute

darüber geärgert, Raoul.

Pedro kehrte auf seinen Platz zurück.

Ich sagte: »Du mußt von jetzt ab oft zu uns kommen. Im Urlaub und zu Weihnachten und wann immer du Zeit hast.« Ich hatte die Vorstellung des kleinen, mageren Heimkindes in meine Arme geschlossen, ich wollte so gern an dem großen Jungen gutmachen, was in seiner ersten Jugend versäumt worden war.

»Im Urlaub geht es nicht«, sagte Pedro, »da fahre ich endlich einmal nach Spanien. Aber vielleicht zu Weihnachten, ich bin zwar seit Jahren um diese Zeit bei einem Freund. Seine Eltern wohnen in Garmisch. Läufst du auch Ski?«

Ich spürte, meine mütterlichen Angebote kamen bei diesem Jungen zu spät. Er sah so aus, als ob viel Zärtlichkeit in ihm wäre, aber er hatte gelernt, sie für sich zu behalten. Seiner Liebebedürftigkeit und seiner großen, kindlichen Hilflosigkeit war man zu lange mit freundlicher Vernunft begegnet. Er war dazu erzogen worden, mit sich allein fertig zu werden. Statt einem einzigen Zuhause hatte er überall ein flüchtiges, zeitbegrenztes gefunden. Er war heute beinah erwachsen und der Sehnsucht nach »herzlichem Familienanschluß« entwöhnt.

»Früher bin ich sehr viel Ski gelaufen«, sagte ich, »aber in den letzten Jahren gar nicht mehr.«

»Salute, Isabell«, sagte er, schon ein bißchen beschwipst, denn er hatte den Wein wie Sprudel in sich hineingeschüttet und drehte jetzt sein leeres Glas bedauernd vor dem flackernden Kerzenlicht.

»Ich glaube, es ist noch etwas in der Flasche . . .«

Er stülpte den Weinrest in sein Glas, ein paar Tropfen schwenkten über den Rand. Und mitten in dieser nicht mehr ganz kontrollierten Gebärde sah er mich an – brennende Augen in tiefen Schatten.

»Ich komme zu Weihnachten, Isabell. Ganz bestimmt.«

Sein Durst war so offensichtlich, daß mir nichts anderes übrig blieb, als eine neue Flasche Wein zu holen.

»Das Essen muß ziemlich salzig gewesen sein«, sagte ich.

»Nein«, sagte er, »ich trinke gern viel Wein.«

»Du bist zu jung dafür. Dein Vater trinkt heute noch so gut wie nichts.«

»Haben wir eigentlich Ähnlichkeit miteinander?«

»Nein«, sagte ich, »überhaupt nicht.«

Er schwieg und trank und drehte sein Glas, seine Hände waren ja ständig in Bewegung. »Habe ich eigentlich noch Großeltern?«

Nicht einmal das wußte er.

»Raoul ist genauso ohne Eltern aufgewachsen wie du.«

»Wirklich?« Er überlegte einen Augenblick und lachte dann. »Also haben wir doch etwas Gemeinsames. – Wo stammt er eigentlich her? Wenn die ›Brennenden Stiere‹ seine eigene Geschichte sind, so war er wohl Liftboy, als er meine Mutter kennenlernte.«

»Ich glaube, das stimmt sogar.«

»Heißt das, daß du auch nicht weißt, was Wahrheit bei ihm ist und was Dichtung?« fragte er mich ziemlich direkt.

»Natürlich weiß ich das«, sagte ich rasch.

Pedro reckte sich und fiel gleich darauf wieder in sich zusammen ... »Mir hat er nie etwas erzählt. Wenn er mich früher einmal besuchte, so machte ich mir schon tagelang vorher einen Zettel mit all den Fragen, die ich ihm stellen wollte, und lernte sie auswendig. Aber wenn er dann da war, so abgelenkt, so von der ersten Minute an schon wieder ans Fortfahren denkend, dann saß ich stumm und wie blöd da. Und es fiel mir nichts mehr ein. Aber die Jungs im Internat wollten natürlich wissen, wer meine Eltern waren, und so habe ich eine Geschichte erfunden. Am Ende glaubte ich sie selbst. Aus meiner Mutter machte ich eine Art spanische Nationalheilige, die bei der Bergung Verwundeter umgekommen war, und aus meinem Vater wurde ein moderner Graf von Monte Christo. Was glaubst du, wie die braven, bürgerlichen Eltern meiner Freunde neben diesen beiden Helden verblaßten. Später wurde ich dann etwas vorsichtiger mit meinen Erzählungen.« Pedro rutschte in die dicken, nachgiebigen Kissen der Couch, sein Profil verschwand bis zur Nase in dem geöffneten Hemdkragen. »Stell dir vor, meine Freunde lesen die ›Brennenden Stiere‹ und erfahren, daß mein Vater ein Liftboy war, den meine so viel ältere Stierzüchter-Mutter verführte und mit sich nach Spanien nahm.«

Er lachte, aber es klang nicht froh.

»Erstens«, beruhigte ich ihn, »ist von dir überhaupt nicht die Rede in dem Buch, sondern von einem anonymen Partisanenkind. Ich nehme an, Raoul hat das bewußt getan, um dich zu schützen. Und zweitens: Weißt du, weiß ich, wie deine Mutter wirklich war? Vielleicht hat er aus einer kreuzbraven, achtbaren Frau nur eine Abenteurerin gemacht, weil die mehr Stoff und Farbe für seine Story hergab. Ich finde die Figur der Luiza übrigens großartig«, fügte ich hinzu.

Pedro sagte darauf nichts mehr. Er glaubte meinen Beteuerungen wohl nicht. Er richtete sich mit Schwung auf und sah mich über den Tisch hinweg an. Bin gespannt, was er einmal über dich schreiben wird, Isabell.«

»Er wird niemals über mich schreiben. Ich passe nicht in seine Geschichten, sonst hätte er mich wohl auch nicht geheiratet. Mit zunehmendem Alter brauchen auch Männer wie dein Vater eine uninteressante, simple Durchschnittsperson für den Hausgebrauch.«

»Fishing«, sagte Pedro. »Wenn ich auch nur einen Funken schriftstellerisches Talent in mir hätte, würde ich bestimmt über dich schreiben.«

»Und das weißt du schon, nachdem du mich ein paar Stunden kennst?«

»Das weiß man im ersten Augenblick oder nie.« Die Hände um ein eckiges Knie gefaltet, wippte er vor und zurück. Ihn anzuschauen war ebenso reizvoll wie enervierend. Ich hätte ihm so gerne zugerufen: »Nun sitz mal endlich still!«

»Ein junger Mann geht an einem Gartenzaun vorüber und sieht eine Frau in Jeans, die Beete sprengt, auf denen nichts Erkennbares wächst«, begann er zu spinnen. »Von weitem sieht sie wie ein junges Mädchen aus, beim Näherkommen wie eine junge, zufriedene Frau, deren Mann verreist ist und die sich deshalb auf eine immer noch hübsche Art gehen läßt. Ehe sich der junge Mann restlos in sie verlieben kann, erfährt er, daß es sich um seine neue Stiefmutter handelt, von der er noch nichts wußte. – Nun, ich bitte dich, ist das keine Story, Isabell?«

Ich gebe zu, daß mir seine Erzählung schmeichelte, aber ich beschloß gleichzeitig, ihm keinen Wein mehr zu trinken zu geben. Und mein grenzenloses, mütterliches Mitgefühl mit dem verlassenen, schwarzgefiederten Vögelchen auf der Nordseeinsel schwand abrupt dahin.

»Liebst du Raoul?« fragte er.

»Ja.«

»Wie ist das eigentlich, meinen Vater zu lieben? Erzähl mal . . .«

Ich stand auf. »Es wird Zeit. Entweder bestelle ich dir jetzt ein Taxi, oder ich bringe dich zum Bus.«

Pedro erhob sich folgsam. »Geht überhaupt noch einer?«

»Ja«, sagte ich, »wenn wir uns beeilen.«

Pedro hängte sich auf der Straße bei mir ein.

»Du nimmst mir nicht übel, daß ich gesagt habe, ich wäre in dich verliebt?«

»Aber nein«, versprach ich ihm. »Es war ja nur eine Story, die du erfunden hast.«

»Eben«, sagte er und nach einer Weile: »Ich bin aber wirklich in dich verliebt. Das darf ich doch? Es ist eine großartige Sache, plötzlich zwischen sieben und acht Uhr abends zu einer Stiefmutter zu kommen, die ebenso hübsch wie jung ist. Und das nächste Mal trinke ich bestimmt nicht so viel, ich verspreche es dir. Bin ich sehr blau?«

»Nicht doch, du hast nur eine leichte Schlagseite nach links. Ich lande immerzu mit dir an Zäunen.«

In diesem Augenblick fuhr Micky Meyer vorüber.

»O je«, sagte ich.

»Wer war das?«

»Die Klatschbase vom Dienst. Bis ich deinen Vater heiratete, war ich flüchtig mit ihr befreundet. Raoul hat sie kurzerhand hinausgeworfen.«

»Wie schade«, lachte Pedro. »Jetzt kann sie ihm nicht erzählen, daß sie dich mitternachts mit einem jungen Mann Arm in Arm spazieren gehen sah.«

Die Nacht war kalt und stürmisch. Wir standen mit eingezogenen Schultern an der Bushaltestelle. Pedro kroch frierend an mich heran. »Geh nach Haus«, zitterte er und rieb seine Wange leicht an meiner Schläfe. »Du mußt nicht warten. – Ich melde mich morgen früh noch einmal, bevor wir zurückfahren. Und schaff dir ein verschließbares Kästchen an, Isabell, für all die glühenden Liebesbriefe, die du ab Dienstag täglich erwarten kannst. Soll ich dir eine Locke von mir schicken?«

»Quatschkopf«, lachte ich und schob sein Gesicht mit allen zehn Fingern von mir fort.

In diesem Augenblick rollte der leere, hellerleuchtete Bus an uns vorbei. Pedro rannte ihm nach. »Hab tausend Dank!« schrie er zurück. Sein offener Mantel wehte. Er schwang sich auf das Trittbrett, stolperte, fing sich, winkte, fiel in der Kurve beinah heraus . . .

»Komm bald wieder!« rief ich ihm nach und lächelte noch, als ich zu Hause ankam.

In der offenen Haustür stand Micky Meyer. »Ich habe auf Sie gewartet. Ich dachte, vielleicht fürchten Sie sich im Dunkeln . . .«, rief sie mir entgegen.

Ihre Fischaugen tasteten mein Gesicht ab. Dann lachte sie. »Kommen Sie noch auf einen Drink zu mir herein? Mein Mäuschen ist verreist. Nach München. Wir wollen doch übersiedeln, wußten Sie das noch nicht? Aber wir sprechen uns ja jetzt so selten. Sie haben ein hübsches Kleid an, darf ich mal sehen?« Sie nahm meinen Mantel auseinander. »Sehr schick! War teuer, nicht? Kleidet Sie gut. Reine Seide. – Sie hatten Besuch?« fragte sie im gleichen Ton.

»Ja«, sagte ich und gab ihr die Hand. »Gute Nacht.«

Sie lief hinter mir her die Treppe herauf: »Wieder ein Autor?«

»Nein«, sagte ich, »diesmal mein Sohn.«

Eve wollte Raoul nicht gleich bei seiner Rückkehr von Pedros Besuch erzählen, sie wollte eine ruhige Minute dafür abwarten, aber sie hatte nicht mit den Kindern gerechnet.

»Bruder war da«, sagte Chris, nachdem er Raouls Mitbringsel vorsorglich vor Bibi in seinem Bett versteckt hatte.

»Wer?« fragte Raoul.

»Unser neuer Bruder, er sagt, du kennst ihn auch«, erklärte Bibi.

Er sah Eve fragend an.

»Das arme, arme Waisenkind«, sagte Eve.

»Pedro?« Ein flüchtiges Erstaunen, mehr nicht.

»Er war übers Wochenende mit einem Freund hier. Um dich zu sehen.«

»Schade, daß ich ihn verpaßt habe. – Kann ich einen Kaffee haben?«

»Bruder kann zaubern«, sagte Chris. »Mit Groschen. Djups in Ärmel, weg ist er . . .«

». . . und aus der Nase holt er ihn wieder raus«, ergänzte Bibi.

»Er sieht dir überhaupt nicht ähnlich«, sagte Eve. »Er muß nach Luiza kommen.«

Jetzt sah Raoul auf, erstaunt und auch verärgert über den spitzen Unterton in ihrer Stimme. Er war Anzüglichkeiten von Eve nicht gewohnt.

»Was ist los?« fragte er, sobald sie allein waren.

»Das fragst du?« fuhr sie ihn an. »Hast so einen netten Sohn und unterschlägst ihn! Er wußte nicht einmal, daß wir geheiratet haben.«

»Oh, habe ich ihm das nicht mitgeteilt? Tut mir leid«, sagte

Raoul, nicht sonderlich bekümmert.

»Er hat die ›Brennenden Stiere‹ gelesen! Er hat durch das Buch zum ersten Male etwas Genaueres über seine Mutter erfahren. Stell dir die Erschütterung eines Jungen vor, der seine Mutter für eine halbe Heilige hält und erfahren muß, daß sie – oh, Raoul, wie konntest du sie nur so mannstoll schildern! Du verkaufst noch einmal deine Seele für einen reißerischen Effekt! – Wie konntest du sie nur so schildern! Du mußtest doch damit rechnen, daß Pedro das Buch einmal lesen wird.« Eve war so böse auf ihn. »Und warum hast du mir nicht erzählt, daß er Luizas Sohn ist? Warum hast du mich in dem Glauben gelassen, ›Manolo‹ wäre ein Partisanenkind!? Warum hast du mir nicht gesagt, daß Pedro dein Sohn ist? Hältst du mich für so kleinlich? Es gibt ganz andere Dinge, die ich dir verziehen habe!«

Raoul betrachtete die trockene, rissige Haut auf seiner gespreizten Hand. Er ließ sich mit einer Antwort Zeit. Endlich sah er Eve an und grinste. »Ach, mein Schätzchen, ich habe so viele Kinder – von dir zwei, von Luiza eins – ausgerechnet ich drei Kinder! – dabei niemals Vater – und jetzt auch noch Vorwürfe!«

Eve war zu zornig, um sofort zu begreifen, was er meinte. »Laß dieses verflixte Grinsen!« fauchte sie ihn an.

»Du hast recht, es ist auch gar nicht komisch. Und es wird langsam Zeit, daß ich mit der Eigenproduktion beginne. Komm, bleib hier, Eve.«

Er fing sie ab, als sie an ihm vorbei zur Tür wollte. Er zwang sie in seine Arme und war auf einmal ernst. »Pedro ist nicht mein Sohn, wirklich nicht. Ich hätte es dir doch gesagt. Er kann gar nicht mein Sohn sein. Als er geboren wurde, hatte ich Luiza schon lange nicht mehr gesehen. Ich weiß nicht einmal mit Sicherheit, ob er Luizas Sohn ist. Die Frau, die ihn bei sich hatte und loswerden wollte, behauptete es. Sie arbeitete früher auf der Hazienda, daher kannte sie mich. Ich sollte ihn zu Luizas Mutter nach Alicante bringen. Es ist so eine lange Geschichte – wenn du sie unbedingt hören willst, erzähle ich sie dir heute abend.« Raoul sehnte sich nach einem Bad, aber jetzt war es Eve, die ihn am Flüchten hinderte.

»Wo war Pedro, als Luiza ermordet wurde?«

»Sie muß etwas geahnt haben«, sagte er. »Sie brachte ihn einen Tag vorher ins Dorf zu eben jener Frau. Es war ja nicht der erste Überfall auf die Hazienda.«

»Hast du ihre Mutter in Alicante gefunden?«

»Niemand mehr, sonst hätte ich ihn ja nicht mitgenommen. Und jetzt möchte ich gerne duschen.« Als er Eves nachdenkliches Gesicht sah, sagte er: »So mitten im tiefen Frieden hören sich solche Geschichten immer etwas unwahrscheinlich an.«

»Aber Pedro glaubt doch, daß du sein Vater bist.«

»Ja. Ich dachte mir damals, so ein Wurm hat lieber einen falschen als gar keinen Vater. Und wo ich sowieso für ihn sorgen wollte ... aber wenn es dir lieber ist, Eve, dann kläre ich ihn auf. Ich sehe bloß nicht den Sinn ein nach soviel Jahren.« Er strich leicht über ihre Wange. »Noch eine unaufschiebbare Frage, Frau Tambour?«

»Geh schon duschen«, sagte sie.

Hinter der Tür fiel Christophs helle Stimme über Raoul her. Er schien schon lange auf ihn gewartet zu haben.

10. Kapitel

Zwei Monate später fand in Frankfurt die Welturaufführung der »Brennenden Stiere« statt. Eine Galapremiere – ein unauslöschliches Erlebnis für Eve, die mit Raoul dazu geladen worden war. Zum erstenmal durfte sie in einem Taxi – zwischen Raoul und einem Pressechef eingeklemmt – durch grölende, schwarze, kaum zu bändigende Menschenmassen fahren. In dem Taxi vor ihnen fuhr der Hauptdarsteller mit dem Produzenten und dessen Frau.

Eve sah bis zum Irrsinn verzückte Gesichter über den Schultern der engen, vornüberschwankenden Polizistenkette, Gesichter unter ihren Armen, ja selbst zwischen ihren gespreizten Beinen hervorlugen. Es waren vor allem Jugendliche verwahrloster Natur. Sie schrien: »Karl Rudi!« , so hieß der Hauptdarsteller.

»Karlrudi – karudi – karudi . . .« Ein auf- und abschwellender, bösartiger Rhythmus. »Karudi – kaarudi – kaaarudi . . .«

Kein Wunder, daß Karl Rudi größenwahnsinnig geworden war. Ausgerechnet vor ihrem Taxi riß rechts der Polizeikordon. Die Masse stürzte auf die Straße. Johlen. Schreie. Grinsende Gesichter an den Wagenscheiben. Nicht nur Jugendliche, auch Halbstarke, zahnlose Großmütter darunter. Die Platzangst schnürte Eve den Hals ab. »Warum fahren wir nicht weiter?« fragte sie verzweifelt.

»Geht nicht. Liegt weicher Widerstand vor den Rädern«, sagte Raoul. »Muß ein Mensch sein oder so was Ähnliches.«

Fäuste hämmerten gegen die Wagenscheiben.

»Man hält Sie für einen Filmstar, gnädige Frau«, kicherte der Pressechef.

Eves Finger klammerten sich in Raouls Smokingärmel. »Ich muß hier raus«, flüsterte sie zwischen den Zähnen. »Ich möchte zu Chris und Bibi . . .«

»Stell dir vor, wie süß sie jetzt in ihren stillen, kleinen Bettchen schlafen. Möchte wissen, in welchem der neue Hund liegt!« lachte er.

Und dann hatten rohe Polizistenarme den weichen »Widerstand« zum Rinnstein geschleudert – ein spitzes, junges Gesicht, fettige Haare, ein bis zur Hüfte hochgerutschter Rock, eine irre kreischende Stimme: »Kaarudi – Kaarudi . . .« Höchstens vierzehn Jahre, der fortgeräumte Widerstand.

»Aber ich habe ihnen doch strikt verboten, den Hund mit ins Bett zu nehmen«, sagte Eve.

Sie hielten vor dem bombastisch verkleideten Kinoportal. Raoul und der Pressechef zogen Eve aus dem Taxi.

Ein roter Kokosläufer, über den vor wenigen Sekunden Karl Rudi geschritten war. Rechts und links die von amtlichen Armketten gehaltene, tobsüchtige Begeisterung.

»Karuuudi – Karuuudi . . .«, klang hier der Rhythmus.

Und dann rief eine Frauenstimme kreischend hoch dazwischen: »Raoul Tambour! Raoul Tambour!«

Eve spürte, wie sich der Brustkorb des Mannes, in dessen Armbeuge drei ihrer Fingerspitzen Halt suchten, wohlgefällig plusterte. Ein sieghaftes Lachen machte sich auf seiner Wetterbräune breit. Er winkte lässig nach rechts in Richtung der krähenden Frauenstimme und fühlte sich gleichzeitig links in den Unterarm gezwickt.

»Was ist?« zischte er ärgerlich.

»Micky Meyer«, zischte Eve zurück.

Micky hing über der Muskelbarriere unnachgiebiger Polizistenarme. Verrutschtes Kopftuch, regennasse Haarsträhnen.

»Raoul Tambour! Hallo, hallo!« rief sie schrill. »Wie geht's euch? Wir sind zufällig in Frankfurt!« Hinter ihr klemmte Herr Mäuschen mit unglücklichem Gesicht in der Menge. Er sah obenherum so aus, als ob er untenherum keinen Grund mehr unter den Füßen hätte. Er ließ sich gewiß nicht freiwillig die Rippen eindrükken. Er hatte mitgemußt.

Eve winkte ihm ihr Mitleid zu und dachte dabei: Micky Meyer!

Wenn das nur kein böses Omen ist!

Und dann das hell erleuchtete Foyer. Blumenkörbe, wo irgend man Blumenkörbe hatte anbringen können. Und alles möglichst spanisch gehalten. Etliche Smokings rannten sich vor lauter Wichtigkeit gegenseitig um. Vorstellungen. Handküsse für Eve. Lächeln, das wegen seiner Unnatürlichkeit in den verzerrten Wangen zwickte. Sie behielt keinen einzigen Namen. Und nicht ein Gesicht, bis auf Karl Rudis natürlich. Wer kannte das nicht!

Er reichte ihr bei der Begrüßung den weichen, abgerundeten Rest seiner Fingerkuppen und machte eine Miene dabei, als ob ihn die spitzen Schuhe drückten. Eve ahnte nicht, daß dieses seine spezielle Art von privatem Gucken für Leute war, die weder zu einflußreichen Persönlichkeiten der Filmbranche noch zu Journalisten gehörten.

Karl Rudi und Eve und Raoul standen einen Augenblick stumm nebeneinander, während sie den Auftritt der Hauptdarstellerin Antonia beobachteten. Ein Busenstar aus Italien. Extra für diesen Film importiert. Mit der spanischen Luiza hatte Antonia nur die südliche Herkunft gemein.

Ein Rasseweib in Meergrün und Sonnenbraun. Darüber schlängelte sich ein fürwitziger Weißfuchs. Als die Blitzlichter der Fotografen aufgrellten, zog Antonia den Magen ein, schoß den üppigen Busen vor, warf die schwarze Mähne zurück und lächelte himmlisch verworfen.

Bis zu diesem Augenblick hatte sich Eve recht hübsch in ihrem neuen, teuren Schwarz gefunden. Jetzt spürte sie deutlich, wie sie verblaßte, wie ihr Licht erlosch gleich den Lampen in einem Zuschauerraum. Der Vorhang war aufgegangen. Antonia hatte die scheinwerferhelle Bühne mit ins Foyer gebracht. Ah, sie verstand aufzutreten.

»Wie findest du sie?« zischte Eve zu Raoul hinauf. Er konnte nicht antworten, denn in diesem Moment wurden sie Antonia vorgestellt.

Zuerst Eve kurz. Dann Raoul. Er sagte etwas auf spanisch. Antonia antwortete auf italienisch. Ihre Stimme klang wie dunkles Taubengurren. Beide lachten darauf herzlich unnatürlich – und schauten sich an. Abschätzend, erstaunt, erfreut. Und gaben das alberne Lachen auf.

Ein Mann begegnete einer Frau.

Raoul hob mit federleichtem Bedauern die Schultern.

Hätte er das gewußt, dachte Eve, hätte er bestimmt zu mir gesagt: Was willst du in Frankfurt, meine Süße? So eine Premiere ist das Langweiligste von der Welt.

Ein Rundfunkreporter stürzte sich in holperigem Touristen-Italienisch auf den üppigen Star und hielt ihm das Mikrophon vor die Nase. Antonia zog einen Zettel, den ihr der Pressechef kurz zuvor zugesteckt hatte, aus ihrem langen Handschuh, entfaltete ihn und las vom Blatt: »Frankfurt ist scheen. Isch liebe Äppelwoi!«

Alle lachten schallend, Antonia auch, sie brach vor Lachen über ihrem Busen zusammen. Der Weißfuchs wich von ihrer Schulter und wedelte in Höhe ihrer Kniekehlen.

Karl Rudi mißbilligte den Lacher, den seine Kollegin für sich gebucht hatte. Er wandte sich darum der zunächst stehenden Person zu, um ihr Interesse von Antonia abzulenken. Diese Person war Eve.

»Sie ist so schlecht«, sagte Karl Rudi, seine Partnerin ansinnend, »so maßlos schlecht.« Und dann begrüßte er eine neu angekommene Schauspielerin, von deren Glanzzeit nur der Schmuck übriggeblieben war. »Du siehst wunderbar aus!«

»Du auch, mein Schätzchen.« Küsse. Kandierte Komplimente. Der Rundfunkreporter sprach Karl Rudi behutsam an, welcher sich im Nu aus einem Beau in einen Nachdenker verwandelte. Leise, belegte Stimme, jedes Wort erhielt seine Bedeutung. »Doch – doch ja. – Ich habe diese Rolle gern übernommen. – Denn sie ist vielseitig. – Sie enthält menschliche Aussage. – Mich reizt dieses – eh – ich möchte beinah sagen – Konglomerat aus – eh – dichterischem Tiefgang und echtem, hartem Mannestum. – Dieser – eh – Stoff hat ein Anliegen.«

Eve dachte ergriffen: Das war soo schön gesagt, das muß ich Raoul wiederholen. Wo steckt er überhaupt?

Es hatte ihn mit geradezu magnetischer Zufälligkeit in Antonias Nähe gezogen. Sie lachten sehr ausländisch miteinander. Eve wechselte freundliche Belanglosigkeiten mit dem Produzenten und seiner Frau und ließ sich nichts anmerken.

Zehn Minuten später saß sie neben Raoul im verdunkelten Rang. »Hast du dich gut unterhalten?« fragte er.

»Was man so spricht, wenn man sich nichts zu sagen hat. Und du?«

»Die Person ist ganz komisch«, sagte Raoul. »Sie hat Mutterwitz.«

Eve stellte sich Antonia vor und überlegte: Wo sitzt der wohl bei ihr?

Reklame. Kulturfilm. Wochenschau. Und endlich »Die Heißblütigen« nach dem Roman »Brennende Stiere« von Raoul Tambour. In Technicolor auf Breitwand. Untermalende dramatische Motive ließen das bittere Ende vorausahnen.

Raoul ärgerte sich, weil sein Name im Vorspann viel zu klein erschien. Eve dachte während der ersten hundert Meter Film: Nun ja, ich habe es mir anders gedacht, aber jeder hat schließlich so seine eigene Vorstellung. Die Uniform des Liftboys Karl hätte Karl Rudi zwar herzig gestanden, aber man konnte ihn beim besten Schummeln nicht mehr als Sechzehnjährigen ausgeben. Er war bereits zum geschniegelten Empfangschef des Edenhotels avenciert, als die rassige Antonia als Luiza durch die Drehtür in sein Leben tändelte. Sie benahm sich sehr volkstümlich.

Eve warf einen halben Blick auf Raouls verschlossenes Profil.

Luiza macht dem Empfangschef einen eindeutigen Antrag. Antonia im Abendkleid. An der Bar. Antonia und Karl Rudi im Apartment. Leidenschaft auf einem seidenen Kanapee. Antonia zieht das Licht aus. Flatternde Gardinen vor geöffneter Balkontür. Der Morgen graut. Antonia mit ausgebreitetem Haar und Spitzenhemd auf dem Bett, an dem leeren zweiten Kopfkissen erkennt man, daß Karl Rudi bereits wieder seinen Dienst als Empfangschef angetreten hat. Antonia streichelt über die Delle, in der sein Kopf gelegen hat. Und es steht von vornherein fest: diese »Luiza« ist begehrenswert, aber Kampfstiere züchtet sie nicht. Höchstens weiße Kaninchen.

Gemeinsame Schiffsreise nach Spanien. Mondschein über der Reling. Der Nachtwind bauscht Antonias Haar, und die Musik erinnert an Claire de lune. Es ist wunderschön stimmungsvoll. Auch das, was zwischen den beiden gesprochen wird. Die Frau des Produzenten seufzt neben Eve auf.

Und dann Spanien. Auf in den Kampf, Torero. Sonnenbeschienene Arena. Volksfest. Fandango. Viel Rotwein. Kastagnetten. Karl Rudi und Antonia galoppieren durch die Nacht. Sinken aus dem Sattel in die freie Liebe hinein. Die Kamera schaut währenddessen auf das mondbeschienene Panorama, und neben Eve wird eine bitterböse, rauhe Stimme laut: »Weißt du, wie Aalsuppe schmeckt?«

»Pschscht!«

»Du denkst, das ist eine harte Sache, und dann sind süße Backpflaumen drin.« Raoul stand auf. »Komm!«

Eve schaute in kein Gesicht, sie spürte den eisigen Widerstand der Knie, an denen sie sich vorbeidrängten. Sie dachte: Das ist ein Alptraum. Sie dachte: Skandal! Sie dachte: Bloß heraus hier. Sie dachte: Er könnte sich an einem für den Film verantwortlichen Rockkragen vergreifen. Und was wird dann?

Raoul brauste durch die leeren, hellerleuchteten Foyers, gereizter Kampfstier im Smoking. Eve atemlos hinterher, feststellend, daß sie nur einen Handschuh in der feuchten Hand hielt. Aber selbst, wenn sie ihre Pelzjacke bei dem abrupten Aufbruch vergessen hätte, wäre sie dennoch nicht umgekehrt.

»Warte doch! Ich kann nicht so schnell!«

Raoul stürmte auf die Straße. Luft, Luft, Clavigo! Eve blieb mit dem Absatz hängen, stand im Strumpf. Haßte ihren Mann.

»So macht man nicht Karriere!« rief sie wütend hinter seinem breiten, nachtblauen Rücken her. Erstaunte Gesichter, die ihnen nachschauten.

»Wo willst du denn hin? Wenn ich geahnt hätte, daß ich heute abend noch durch halb Frankfurt rennen muß, hätte ich mir Haferlschuhe angezogen. – Raoul!!!«

Es begann zu regnen. Eve zog die Jacke über ihre Welturaufführungsfrisur und war dem Weinen nahe.

Eine bitterböse Nacht stand ihr bevor bei Entkleidungskünstlerinnen und Wäscheangeln. Raoul lud in Kneipen käufliche Damen an den Tisch. Aber sie blieben nicht lange, denn er war nicht sehr unterhaltsam. Und dafür nicht großzügig genug.

Um ein Uhr früh trabte er auf einem stumpfsinnigen, senkrückigen Gaul durch eine Lokalmanege, immer rund, und sang dabei: »Es war in Schpaanien, im Monat Mai, und auch der Vollmond war stets dabei! In jeder Liebesszene, meine Herrschaften! Waren Sie schon mal in Spanien? Nein? Dann fahren Sie hin, meine Herrschaften. Da geht es lustig zu.«

Eve saß schmerzhaft nüchtern vor einem unberührten Glas Bier und zählte die nassen Ringe auf der Tischplatte.

Die Leute amüsierten sich prächtig über Raoul. Ein krakeelender Mann im Smoking verkehrt herum auf einem alten Zossen ist immer komisch. Solange es sich nicht um den eigenen Mann handelt.

Dabei war er nicht etwa betrunken. Er war nur so fuchsteufelsböse über das, was man aus seinen »Brennenden Stieren« gemacht hatte. Kein einziger Satz war von seinem Drehbuch übriggeblieben. Aber das bedeute noch lange keinen Anlaß, sich derart zu benehmen, fand Eve. Sie war entsetzt. Sie machte ihren spinösen Mund. Sie dachte: Schadet mir gar nichts. Man heiratet als Eve

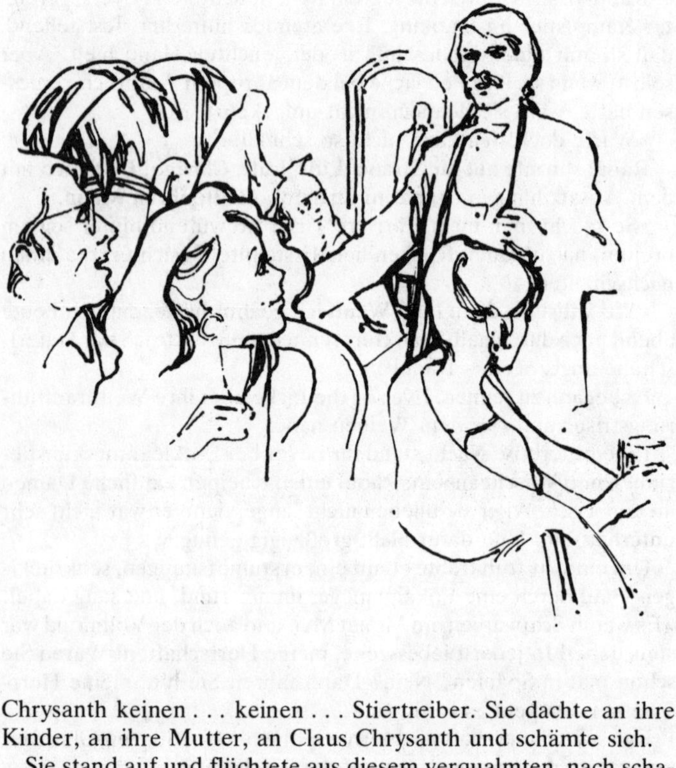

Chrysanth keinen . . . keinen . . . Stiertreiber. Sie dachte an ihre Kinder, an ihre Mutter, an Claus Chrysanth und schämte sich.

Sie stand auf und flüchtete aus diesem verqualmten, nach schalem Bier und Schweiß und Pferd riechenden Alptraum. Sie würde sich scheiden lassen. Es war nicht weit bis zum nächsten Taxistand.

In der Hotelhalle saßen der Regisseur des Films mit seiner Frau und der zweite Drehbuchautor.

Eve sah lieber nicht hin, als sie an ihnen vorbei zum Lift ging. Auf

den Sesseln ihres Zimmers lag noch die Unordnung des hastigen Umkleidens. Dazwischen steif und zu dick für die enge Vase der Nelkenstrauß der Filmgesellschaft. Hinter den Fenstern leuchtete bunte Reklame. Tief unten rauschte der Verkehr vorbei, noch immer eilig und dicht trotz der nächtlichen Stunde.

Ich nehme die Frühmaschine, beschloß Eve und packte ihren Koffer. Sie duschte und legte sich im Morgenrock nieder und mußte wohl eingeschlafen sein, denn als das Surren des Telefons sie weckte, schien farbloser Morgen ins Zimmer. Regen rauschte eintönig hinter den halbgeöffneten Fenstern.

Eve hatte Mühe, den weißen Hörer beim richtigen Ende zu erwischen. »Ja, bitte?« Die unpersönliche Stimme des Nachtportiers. »Gnädige Frau, Ihr Gatte ist eben eingetroffen. Aber nicht allein, gnädige Frau. Er befindet sich in Begleitung eines Pferdes.«

»Danke schön«, sagte Eve. »Ich komme hinunter.«

Der Ritt auf dem Lokalgaul durch den strömenden Regen schien Raoul völlig entzürnt zu haben. Er wirkte heiter und etwas abgespannt.

Beide parkten vor dem Hoteleingang von einem Zeitungsfahrer und einem Boy bestaunt.

»Hallo, Eve. Das ist Willy. Ihr kennt euch ja bereits. Willy bekommt die Kneipenluft nicht, er sollte demnächst zum Abdecker. Ich dachte, die Kinder würden sich über ihn freuen.« Und leiser: »Gib dem Portier ein Trinkgeld, er ist mir böse. Und ich hab' nichts mehr. Willy und ich konnten uns nicht mal ein Taxi leisten. Er war so teuer. Einen halben Derbysieger hätte ich für ihn kaufen können.«

Eve sah ihn kopfschüttelnd an. »Du benimmst dich unmöglich!« Raoul lehnte seinen nassen Kopf in sentimentaler Gebärde gegen den triefenden Pferdehals. »Ich fühlte mich Willy so verbunden. Seine Nacht war freudlos, meine Nacht war freudlos. Er sollte zum Abdecker, und der Filmproduzent darf ungestraft weiterleben. Das konnte ich nicht zulassen.«

Der Hotelboy hatte ihnen aus einiger Distanz zugehört. Jetzt verschwand er durch die Glastür und lief zu den Telefonzellen. Er pflegte die Zeitungsreporter mit Informationen über prominente Hotelgäste zu versorgen.

»Warst du betrunken?« fragte Eve streng.

»Wahrscheinlich«, sagte Raoul und sah sie etwas betreten an. »Was machen wir jetzt mit dem Zossen?«

Sie brachten Willy auf dem Parkplatz zwischen einem Mercedes und einem BMW unter. Vorläufig. Später wollte Raoul einen Unternehmer für Pferdetransporte aufsuchen.

Eve war so böse auf ihn, aber die Frühmaschine nahm sie dennoch nicht. Sie schob auch den Gedanken an Scheidung auf, denn sie hatte zur Zeit eine größere Sorge: Wo sollte Willy zu Hause wohnen?

Auf dem Rückflug am Nachmittag lasen sie sich gegenseitig die verheerenden Kritiken über die »Heißblütigen« alias »Brennenden Stiere« aus den Abendzeitungen vor.

Raoul war blendender Stimmung. Er lachte und schlug sich zufrieden auf die Schenkel, denn kein Journalist hatte auf seine bissige Bemerkung von der »Aalsuppe« verzichtet. Seine morgendliche Rückkehr auf Willy, dem Kneipengaul, füllte eine Spalte. »Er sollte zum Abdecker, und der Filmproduzent darf ungestraft weiterleben!? Das konnte ich nicht zulassen.«

Man sprach nicht von den »Heißblütigen«, man sprach von Raoul Tambour. Und Eve kam plötzlich ein Verdacht.

»Sag mal, du bist doch geizig von Natur aus. So ein Pferdekauf! Du tust doch alles mit Berechnung!«

Raoul lehnte sich in seinem Sitz zurück, die Hände über den raschelnden Zeitungen gefaltet, und lachte.

»Worauf willst du hinaus, meine Süße?«

»Willy geht auf Konto Werbespesen«, sagte sie ahnungsvoll.

»Na und? Ich habe meine Reklame durch ihn. Die Zeitungen sind voll von mir. Er muß nicht zum Abdecker. Und unsere Gören haben sich schon immer ein Pferd gewünscht.«

»Du redest dich noch mal vom Galgen herunter«, sagte sie.

»Das wäre nicht das erste Mal«, sagte er. »Was glaubst du, wie oft –« Aber er sprach sich nicht näher aus.

Trotz der schlechten Kritiken wurden die »Heißblütigen« ein Kassenschlager. Dieselbe Produktionsgesellschaft trat mit neuen Angeboten an Raoul heran. Beim Film verzeiht man eben alles, nur keinen finanziellen Mißerfolg.

Und Willy, die bleibende, lammfromme Erinnerung an jene Premierennacht – übrigens ein Holsteiner Fuchswallach, etwa neunzehn Jahre alt –, wurde in einem Reitstall eingemietet und durfte weiterhin stur im Kreise traben. Die nächtliche Lokalpraxis hatte ihn idiotensicher gemacht. Bibi voltigierte unter Raouls Anleitung auf ihm, später auch Chris.

Nur das Biertrinken konnte sich Willy nicht abgewöhnen. Und das verteuerte seinen Unterhalt ungemein.

11. Kapitel

Du hattest die »Studie über Marischa« in einem gesegneten Zornanfall geschaffen, aus einer blindwütigen Reaktion auf dein Sitzengelassenwordensein heraus.

Jetzt kamen die Kritiker und zerpflückten sie nach etlichen Gesichtspunkten und schoben dir Absichten unter, die dich höchst überraschten.

Du studiertest tagelang die Rezensionen, welche dir vom Verlag zugeschickt worden waren, du lasest sogar die negativen aufmerksam, denn du spürtest deutlich – ob Lob oder Verriß –, sie nahmen dich alle ernst. Und das war schon viel.

Später interessierten dich Kritiken nicht mehr. Aber damals beeindruckten sie dich. Raoul Tambour wurde durch sie auf die Gewichtigkeit des Autors Raoul Tambour aufmerksam gemacht.

Raoul Tambour, dem man jetzt die angelsächsische Fähigkeit nachsagte, einen Reißer in literarische Höhen zu erheben.

Du verkauftest das Immobiliengeschäft, dabei nicht berücksichtigend, daß Pedro es eines Tages hatte übernehmen sollen und sich schon jetzt darauf vorbereitete.

»In meinem Leben hat auch kein gemachtes Bett auf mich gewartet. Er wird's schon schaffen, Eve. Für deine Kinder ist gesorgt, und wir beide brauchen nicht zu verhungern, selbst wenn ich auf Jahre hinaus nichts verdienen sollte. Aber ich werde verdienen, Eve, mach dir keine Sorge.«

Du wurdest zum ambitiösen Ganztagsdichter. Das erwies sich vor allem als schädlich. Ich stellte für mich eine Rechnung auf:

Soundso viele Zigaretten
soundso viele Kannen Kaffee
soundso viele durchgearbeitete Nächte

---

gleich: ein literarisches Erzeugnis.

Frage: War so ein Roman – unterm Strich besehen – es überhaupt wert, daß du seinetwegen deine Gesundheit ruiniertest?

Dein drittes Buch behandelte einen Zuchthausstoff ohne autobiographische Züge. Aufgebaut auf einer Zeitungsnotiz, die du zufällig beim Frühstück gelesen hattest.

Da es dir nicht wie anderen deiner Kollegen gegeben war, menschliches Elend am gepflegten Barockschreibtisch zu gestalten, schlossest du dich in der Küche ein, später im Bad – beides führte zu außerordentlichen Störungen in unserem häuslichen Tagesablauf. Das Geschrei der Kinder störte dich nicht. Du konntest vollkommen abschalten, wenn du arbeitetest, so sehr, daß du mich zuweilen mit »Sie« anredetest. Solange der Stoff gut vorankam, warst du freundlich gestimmt. Sobald jedoch geistige Leeren, Fehlkonstruktionen im Handlungsaufbau oder dunkle Momente der Einsicht in die eigene schriftstellerische Unzulänglichkeit die Arbeit ins Stocken brachten, konnte man dich nur noch als unausstehlichen Teufel bezeichnen.

Als unsere Frau Braun kündigen wollte – ». . . weil ein ständig anwesender, launenhafter Hausherr, der überall seine fliegenden Blätter und seine Asche rumstreut und immer da sitzt, wo man gerade wischen oder kochen will, bei meinem Eintritt nicht ausgemacht worden war« –, richteten wir den Geräteschuppen hinter dem Garagenhaus notdürftig für dich ein.

Somit hatten wir wenigstens tagsüber vor unserem Dichter Ruhe. Ich schlief jeden Abend allein ein, gewiß, daß du wenig später vor meinem Bett stehen würdest, unrasiert, in verwaschenen Jeans, ein paar beschriebene Blätter in der Hand: »Lies das mal!« Und ich, den Schlaf und die Übelkeit ob des schreckhaften Erwachens vertreibend, studierte folgsam unter deinem scharfen Blick einen Fetzen Dialog, eine Schilderung.

»Warum sagst du nichts, Eve? Du findest das nicht gut, nicht wahr?«

»Ich weiß nicht, ich bin noch nicht richtig da«, entschuldigte ich mein Mißfallen.

»Was stört dich schon wieder?« bohrtest du aggressiv.

»Wenn ich rede, gibt's bloß Krach, und ich hasse Szenen!« flehte ich.

»Rede.«

»Also schön. Ich überlege schon seit Tagen, wen du zu imitieren versuchst. Raoul Tambour auf keinen Fall. Das Ganze ist so konstruiert trostlos. Du wühlst geradezu wollüstig in der tiefsten, schmutzigsten Misere herum. Und dabei war es bisher deine Stärke, negative Themen positiv und vor allem männlich zu verarbeiten. Du verleugnest hier deine eigene Lebenseinstellung, und das geht nicht gut. Das Reißerische hast du ausgemerzt, und Handlung kommt schon gar nicht mehr in diesem neuen Manuskript vor. Handlungsarmut ist Zeitgeschmack. Was aber kannst du als Äquivalent dafür bieten? Was hast du überhaupt vor, wenn du deine Leser über vier Seiten dabei zusehen läßt, wie eine von einem Kindesmörder geschwängerte Halbblöde den Fußboden eines Bürohauses schrubbt? Und wenn er nur zuschauen müßte, aber er muß auch noch riechen – Schweiß, Ausgebrochenes, ungewaschene Haare, Asozialität, Hoffnungslosigkeit und Putzmittel. Wenn du dabei wenigstens eine sozialkritische Absicht verfolgtest, aber tust du ja gar nicht. Oh, Raoul, laß das Experimentieren, oder glaubst du etwa, du kommst mit diesen hochgestochen formulierten Unappetitlichkeiten einem Kulturpreis näher?«

Meine langatmige Kritik sorgte dafür, daß du wütend das Schlafzimmer räumtest.

Schuld an diesen neuen Stilübungen hatten nicht nur die Literaturkritiker, die das Reißerische an deinem ersten Roman, den »Stieren«, bemängelt hatten, sondern auch die Leute, mit denen du dich in jener Zeit zu umgeben pflegtest. Vor allem Schriftsteller, die sich ungemein wichtig nahmen und allen seelischen Unrat dieser Welt, gepaart mit absoluter Humorlosigkeit, in unsere Wohnung trugen. Sie brachten meistens ihre Frauen mit, die eine ganz andere Einstellung zu ihren außergewöhnlichen Männern hatten als ich. Denn sie glaubten bedingungs- und kritiklos an deren hohe Sendung, waren ihre ergebenen Jüngerinnen und lauschten aufmerksam, geduldig, ohne zu ermüden, einer dialektisch einwandfreien Diskussion, die bis zum Morgen dauerte, ohne jemals zu einem Resultat zu führen.

Am Tage nach so einer Literatensitzung roch unser Wohnraum nach kalter Asche und Eigenlob.

Ich dachte sehnsüchtig an den strahlenden, unbekümmerten Gitarristen zwischen Gustavs Raubkatzen zurück. An den eiskalten Geschäftemacher. An den gutangezogenen Mann mit dem gestutzten Lockenhaar, der sich im Schnellkurs Allgemeinbildung zugelegt hatte. An den enttäuschten Filmautor, der im Smoking auf einem stumpfsinnigen Pferdchen durch eine Kneipenmanege ritt.

Das alles war Raoul, unmöglich vielleicht und manchmal hassenswert, aber echt Raoul gewesen.

Und was war aus dir geworden! Ein graugesichtiger, bärtiger, an seinem eigenen Ehrgeiz krankender Experimental-Literat, als Endziel wohl den Nobelpreis vor Augen.

Es war ein Jammer um dich! Wie sehr mochte deine starke, positive Natur unter dieser geistigen Vergewaltigung leiden. Und wie litt ich mit.

Dann kam eine Vortragsreise, die deine Arbeit am neuen Roman unterbrach. Ich begleitete dich, immer in Angst, dir könnte die Peinlichkeit zuteil werden, vor leeren Sälen lesen zu müssen. Es erschien mir schier unbegreiflich, daß es für die vorhandenen Sitzplätze genügend Leute gab, die bereit waren, aus deinem Munde noch einmal zu hören, was sie bereits von dir im Bücherschrank stehen hatten.

Du gingst hinter die Bühne des Vorlesungssaales, ich nahm meinen Platz in der ersten Reihe ein und zählte die leeren Stühle und hätte am liebsten jeden umarmt, der mit der geduckten Eiligkeit der Zuspätkommenden nach seiner Sitzreihe suchte.

Das Podium schmückten Blumen – meist Astern, denn es war gerade Herbst. Ein älterer Herr in dunklem Anzug kündigte dich mit ebenso humorigen wie bedeutungsvollen Worten an.

Und dann erschien der Dichter persönlich. Als Jonny der Gitarrist war dein Auftritt wirkungsvoller gewesen, da aus der Luft. Hier mußtest du immer durch eine Seitentür kommen. Aber dein leichtfüßiger Panthergang, deine plötzlich aufstrahlende Selbstsicherheit machten auch so viel her.

Wenn du zu lesen begannst – rauchrauh, untertreibend, ohne farblos zu sein, du warst ein guter Interpret deiner Werke –, wandte ich mich ausschließlich dem Publikum zu. Deine Bücher konnte ich mittlerweile im Schlafe singen, die Reaktion der Zuhörer kannte ich nicht. Gingen sie mit, so war ich beruhigt. Gingen sie nicht mit . . . aber diesen Zustand habe ich Gott sei Dank niemals erlebt.

Nach der Lesung fand immer ein geselliges Beisammensein mit Honoratioren und Kulturbeflissenen im kleinen Kreise statt. Du throntest zwischen ihnen wie der preisgekrönte Bulle und beantwortetest gelassen alle Fragen. Ich verströmte indessen Liebenswürdigkeit.

Als wir in Köln auftraten, saß Pedro neben mir in der ersten Reihe.

»Komm, laß mich deine Hände halten, Isabell, das beruhigt.«

»Aber ich bin gar nicht aufgeregt.«

»Dann halte du meine, ich bin's.« Händehalten wollte er auf jeden Fall mit mir, und die Umsitzenden belächelten das gute Stiefmutter-Sohn-Verhältnis.

»Was willst du jetzt tun, wo Raoul verkauft hat?« fragte ich ihn. »Willst du weiter im Maklergeschäft bleiben oder einen Beruf ergreifen, der dir mehr Freude macht?«

»Woher weißt du, daß er mir keine Freude macht? Habe ich mich jemals beklagt?«

»Nein, aber . . .«

»Im Grunde habe ich mich in dieser Branche nie wohlgefühlt«, gab Pedro zu.

»Was willst du werden?« fragte ich. Und während ich ihn ansah, wußte ich, daß für einen jungen Mann von seiner Art nur drei Berufswünsche in Frage kamen: entweder Architektur, Werbung oder die Bühne. »Ich möchte Soziologie studieren«, sagte er.

»Oh, Liebling«, sagte ich verdattert. »Was machst du denn später einmal damit.«

»Es gibt viele Möglichkeiten. Vielleicht gehe ich in die Wirtschaft. Ich weiß noch nicht, wofür ich mich entscheiden werde und wie ich das Studium finanzieren soll!« Während er sprach, schlug er ein Bein übers andere, sein hübscher Münzenkopf war überall zur gleichen Zeit.

Soziologie! dachte ich und wußte noch immer nicht präzise, was ich unter diesem Studium verstehen sollte.

Am nächsten Tage gingen wir in eine Buchhandlung. Du, Raoul, ließest dir ein Lexikon zeigen und schlugst es unter S auf.

»Soziologie ist die Lehre von den Formen und Veränderungserscheinungen des menschlichen Zusammenlebens sowie den Verhaltensweisen und Handlungen der Menschen. Sie weist vielerlei Richtungen und Schulen auf, denn nahezu alle natur- und geisteswissenschaftlichen Methoden sind auf sie angewandt worden. In letzter Zeit steht ihre Entwicklung im Zeichen empirisch-statistischer Forschungen.« Wir sahen uns an. »Was kann man denn damit verdienen?« überlegtest du. »Ich fürchte, er ist auch viel zu zappelig dafür«, sagte ich.

Während der Lesung in Düsseldorf hatte Eve eine Überraschung. Sie stand in der Pause mit dem Kritiker einer Tageszeitung und Mitgliedern eines literarischen Vereins zusammen und pflegte gehobene Konversation, als sie an der Treppe zufällig einen Mann bemerkte, der ihr unsicher zugrinste.

Er war mittelgroß, gedrungen, sein breites Kreuz sprengte beinah das auffällig gemusterte Jackett. Sein grobknochiges Gesicht wurde durch Koteletten talmihaft besänftigt. Ein Zeigefinger wedelte durch die Luft – er hätte Eve so gern gesprochen, er hatte es sehr eilig, aber er wußte nicht recht . . .

Es war Abdul, der Dompteur, Gustav Stiffelknecht.

»Entschuldigen Sie bitte«, sagte Eve zu einem alten Herrn, der ihr gerade erzählen wollte, wie gut er ihren Schwiegervater Chrysanth gekannt hatte, und lief auf die farbenfrohe, einsame Gestalt zu. Es war wie eine Flucht aus der bedeutungsvollen Mühsal ihres heutigen Lebens als Dichtersgattin in die bunte, herzhafte, unvergeßliche Erinnerung an ihre Leidenschaft zu Jonny, dem Gitarristen.

Gustav war ganz erstaunt, als sie ihn umarmte, aber dann griff er zu. Mein Gott, die armen Tiger, dachte sie, die müssen ständig blaue Flecken haben.

Er fragte Eve vorsichtig, ob sie als Verlegerin hier sei oder privat. Eve sagte: als Frau Tambour.

Und da staunte Gustav: »Kinners, dascha wolln Ding. Der Raoul im Ehehafen! Geht das denn gut?«

»Ach, Gustav«, sagte Eve, »er ist so zahm und so literarisch zur Zeit, Sie würden ihn gar nicht mehr wiedererkennen. – Wie kommen Sie überhaupt hierher?«

Er erzählte, daß der Zirkus seit zwei Tagen in Düsseldorf stände. Auf einer Litfaßsäule hatte er zufällig gelesen, daß Raoul Tambour hier »aus eigenen Werken vorträgt«, und das wollte er schließlich gehört haben. Während er sprach, trat er ungeduldig von einem Fuß auf den anderen. Er mußte eilends zum Zirkus zurück.

»Raoul wird sich maßlos freuen, Sie wiederzusehen«, sagte Eve.

»Glauben Sie das?« fragte er skeptisch.

Sie verabredeten sich für den Spätabend in seinem Wohnwagen.

Als sie um zwei Uhr nachts vom Zirkus in ihr Hotel zurückfuhren, war Tambour unwirsch, für Eve ein Zeichen, daß ihn etwas plagte.

»Er war mal so gut, Eve. Du kannst dir nicht vorstellen, wie gut der Gustav damals war. Ich habe ihn zum erstenmal im Médrano gesehen, als ich aus Spanien kam. Braune Bären, Eisbären, Tiger, Löwen, Hunde – das war eine Nummer! Und jetzt? Er sollte aufhören. Er wird zu alt für diesen Job. Glaubst du, er wäre noch bei Toniello, wenn er ein besseres Engagement fände?« Aber das war es nicht, was Tambour bekümmerte. »War kein schöner Abend heute mit ihm, Eve. Lag das etwa an mir? Sollte ich mich so sehr verändert haben? Aber Gustav war auch nicht der alte. Manchmal richtig krötig, ist dir das aufgefallen? Hält er mich heute etwa für einen feinen Pinkel, Eve? Aber ich bin doch keiner. Nun sag schon was!« fuhr er sie an.

»Es liegt nicht an dir und auch nicht an ihm, sondern – an den Umständen«, suchte sie nach einer Begründung. »Gute Freundschaften halten alles aus bis auf eins: den Aufstieg des einen, während es mit dem anderen bergab geht.«

»Das ist doch nicht meine Schuld!« verteidigte sich Raoul.

»Du kannst nichts dafür, aber Gustav kann auch nicht gegen seine Verbitterung an. – Und außerdem hast du vor ihm geprahlt«, fügte sie hinzu.

Am nächsten Morgen war sein Bett leer, als Eve aufwachte. Erst gegen elf Uhr stellte er sich ein, strahlend vor richtig schönem Gewissen.

»Du wolltest dich wohl vorm Packen drücken?« fragte sie.

»Ich war noch mal bei Gustav. Es ließ mir keine Ruhe. Ich habe zur Zeit alles – euch, Geld, Erfolg –, und Gustav, nach dem sie früher in Sechserreihen anstanden, Gustav hat heute nicht mal eine einzige Braut, die ihm das Absteigen leichter machte.«

»Und da bist du hingegangen und hast ihm großmütig deine Hilfe-in-allen-Lebenslagen angeboten!« erschrak Eve.

»Was du denkst!« freute er sich. »Gejammert hab' ich wie ein ganzes Nest von Klageweibern. Über alles gejammert – Beruf, Gesundheit, Steuern, Fehlspekulationen –, aber du darfst das natürlich nicht wissen, und darum habe ich gestern abend geprahlt, und das sah Gustav vollkommen ein. – Hier.« Aus der Jackentasche zog er zwei Fotos von »Abdul, dem weltberühmten Dompteur« aus seiner Glanzzeit. »Hab' ich mir für die Kinder von ihm geben lassen. Mit Autogramm. – Zuletzt habe ich ihn noch angepumpt.« Zufrieden: »Er war ganz der alte, als ich ging.«

Wahrscheinlich hat er in seinem gründlichen Bestreben, den Freund mit Sorgen und Ärgernissen zu überbieten, auch noch unsere Ehe miesgemacht, überlegte Eve. »Und wann hast du dir alles so fein ausgedacht?« fragte sie.

»Heute früh, beim Rasieren.«

Eine Stunde später traten sie die Heimreise an, denn die Vortragstournee war beendet.

Auf der Autobahn pfiff Raoul leise vor sich hin, sah Eve plötzlich von der Seite an und sagte: »Nie wieder. Ich hab's satt, Frau Tambour.«

»Was?« fragte sie.

»Das und das andere auch.«

»Danke«, sagte sie erleichtert und küßte ihn auf die Wange. »Danke für diese Einsicht.«

»Dafür, daß einen dieses Herumgereise vom Arbeiten abhält, bringt es viel zu wenig ein. Außerdem wird mir langsam übel, wenn ich Abend für Abend mein Selbstgemachtes vorlesen muß.«

»Kann ich verstehen.«

»Eben, du Arme mußt es dir ja anhören. Das ist wahrscheinlich noch schlimmer. Wir eignen uns nicht zu Vortragsreisenden, meine Süße. Sei lieb. Gib mir 'ne Zigarette.«

»Und das andere?« fragte Eve.

»Damit heizen wir den Kamin. Alles, was ich mir in den letzten Monaten abgequält habe, ist schlecht, weil gekünstelt. Ein Glück, daß ich es noch niemand zu lesen gegeben habe. Ich stecke schon lange in einer Krise, Eve.«

»Ich weiß.«

»Ich wollte meine Grenzen sprengen, ich kriegte plötzlich literarische Ambitionen – ausgerechnet ich. Vielleicht sah ich mich wirklich im dunklen Anzug vor einem erlauchten Gremium stehen und einen Preis entgegennehmen.«

»Wo du doch so gegen das Tragen von dunklen Anzügen bist«, sagte Eve.

»Ich habe geglaubt, ich könnte alles, was ich mir vornehme. Aber zwei Dinge kann ich auf keinen Fall aus mir machen: ein Genie ...«

»Und?«

»Ein kleines Mädchen.«

»Keiner kann gegen seine Natur«, sagte Eve.

»Eben. Und durch Schaden wird man klug«, nickte er grinsend. »So ist das Leben nun mal.«

Er reckte sich, den Arm um ihre Schulter legend, und griff zu den nächsten Gemeinplätzen. »Aber auf Regen folgt Sonne. Jetzt hängt der Himmel wieder voller Geigen.«

»Schön wäre es«, sagte Eve. »Wenn wir nach Hause kommen, mußt du deine Einkommensteuererklärung machen.«

Nach einer Weile sagte er, und das gab ihr zu denken: »Wir sind eigentlich schon mächtig miteinander verheiratet.«

»Wieso? Reut es dich bereits?«

»Nein, nein. Ich liebe euch alle drei. Ich stellte nur gerade so fest . . . ohne jeden Hintergedanken«, beteuerte er.

Sie fuhren durch leuchtenden Herbst. Eine dunkle Wolke von Zugvögeln schwebte über die Autobahn Richtung Süden.

»Ein Jammer, daß es schon wieder Winter wird«, sagte Raoul.

Hinter den Fenstern tobten Herbststürme die Bäume kahl, und der Regen hörte gar nicht mehr auf.

Aber mehr noch als das triste Wetter, das innerhalb weniger Tage den letzten Zauber der warmen Jahreszeit mit sich fortschwemmte und Melancholie im Gemüte seines Betrachters ansiedelte, viel mehr noch bedrückte Eve die Unruhe, die Raoul gepackt hatte.

Er konnte nicht arbeiten. Er hockte mit einem Übermaß an Arbeitswut vor der Maschine, aber was immer er begann, landete wenig später zerrissen im Papierkorb. Schöpferische Pause nannte man so etwas wohl. Verlorene Tage, gleichbedeutend mit finanziellem Verlust, nannte Raoul sie und bereute, Schybs & Co. verkauft und sich damit um ein Betätigungsfeld für sein Zuviel an Unternehmungslust und ungenützte Energie gebracht zu haben.

Wenn er zu Hause war, trabte er mit der lautlos federnden Unruhe eines Zoo-Panthers durch die Wohnung. Man konnte gar nicht hinschauen, ohne selbst nervös zu werden. Er mied die Kinder, die sehnsüchtig nach seinen Späßen und aufregenden Geschichten verlangten, beantwortete weder seine Post, noch ließ er sich von den Dramaturgen zweier Filmgesellschaften sprechen, die ihn für Drehbücher gewinnen wollten. Da bot sich ihm Arbeit, eine Verdienstmöglichkeit, und er interessierte sich nicht einmal dafür, auch das gab Eve zu denken.

Er nimmt nichts an, was ihn auf Zeit binden könnte, überlegte sie. Was hat er vor?

Nachts nahm Raoul seine peinigende Unruhe mit ins Bett,

konnte nicht schlafen, starrte die Dunkelheit an und blieb stumm, obgleich er wußte, daß Eve auch nicht schlief.

Er war ein Mann, der unendlich viele Geschichten von sich zu erzählen beliebte, wahre und erlogene, der aber niemand an seine Gedanken heranließ.

Er richtete Mauern um sich auf, unüberwindlich, undurchschaubar, und beantwortete mit Feuerwaffen jeden Angriff wie die bescheidene Frage: »Nun sag schon, was ist los?«

Eve lag neben ihm in der Dunkelheit, besorgt, auf ihre eigenen Gedankenkombinationen angewiesen.

Es war nicht nur die schöpferische Pause, unter der er litt. Bei dieser handelte es sich vielmehr um eine Folgeerscheinung seiner inneren Unruhe. Der Abenteurer hinter Familiengittern sehnte sich nach der Freiheit. Es tat ihm selbst sehr leid, Eve spürte das an der Behutsamkeit, mit der er sie und die Kinder seit einigen Tagen behandelte.

Er hatte guten Willen und beste Absichten gehabt, seßhaft zu werden. Und anfangs hatte ihm der geregelte Alltag in einem Familiendasein sehr gefallen.

Aber dann kam jener Morgen im November, über den Eve noch lange nachdenken würde.

Bibi und Chris waren im Kindergarten, Frau Braun holte ein.

Eve stand in der Diele und zog sich zum Ausgehen an, sie wollte zum Friseur. Raoul war ihr nachgekommen und lehnte zwischen Mänteln in der Garderobe. Er beobachtete sie schweigend, während sie ihren Hut aufsetzte. Ihre Augen trafen sich zufällig im Spiegel, lange und mit einer Intensität wie seit Wochen nicht mehr.

Eve spürte, die Mauer um Raoul hatte plötzlich ein Loch.

Und da sagte sie: »Manchmal glaubte ich, du bereust, daß du das Immobiliengeschäft verkauft hast. Und jetzt . . .« Sie brach ab.

»Sprich weiter«, forderte er.

»Aber du hättest es so und so aufgegeben. Das einzige, was du immer weitermachen mußt, wird das Schreiben sein. Es wird dich nie loslassen, weil du nie das Gefühl haben wirst, daß du es vollkommen beherrschst.«

»Was willst du damit sagen, Eve?«

»Daß dich alles nur so lange interessiert, solange es neu ist und unerforscht.«

Er betrachtete schweigend ihre langbeinige, schlanke Figur im kurzen Jaguarpelz, ihr kühles, viel zu nordisches Gesicht unter dem sportlichen Hut. Sie strich ein paar helle Strähnen aus dem Nacken in den angedeuteten, durch eine Spange gehaltenen Knoten. Er sah ihre Hände mit den schmalen, gewölbten Nägeln, unterschiedlich in der Länge und an den Spitzen etwas brüchig. Das kam vom Haushalt.

Er hatte sie in diesem Augenblick besonders lieb. Sie war so verständnisvoll und gewiß nicht glücklich dabei.

Eve zog den linken Handschuh über und sah sich plötzlich nach ihm um.

»In deinem Leben gibt es keine Beständigkeit, Raoul.« Es gelang ihr, das große Bedauern darüber sachlich auszusprechen.

Er sagte nichts, küßte sie nur auf die Wange . . . sie wartete auf irgend etwas Zärtliches, Klärendes, Beruhigendes.

»Jetzt habe ich deinen Hut verrückt«, lachte er, versuchte, ihn in seine alte Stellung zurückzuschieben, und als es ihm nicht gelang, zog er die Krempe bis auf ihre Nasenspitze herab. »Mein Schätzchen, ich ahne meistens gar nicht, wie lieb ich dich habe.«

Als Eve eine Stunde später unter der heißrauschenden Haube saß, eine Illustrierte vor der Nase, Soraya in melancholischer Großaufnahme vor Augen, da packte sie plötzlich eine durch keine Vernunftsvorhaltungen zu beschwichtigende Unruhe.

Sie verließ den Friseursalon unausgekämmt, holte die Kinder nicht ab, fuhr direkt nach Haus.

Auf dem rosa Marmortisch vor dem Kamin lag ein Zettel mit Raouls Handschrift: »Warte nicht auf mich. Es wird spät werden.«

Sie wußte, daß Raoul nicht irgendwo in der Stadt bei einem Freund war, bei dem es spät werden würde.

Sie ging ins Schlafzimmer, auf die eingebaute, weiße Fassade des Kleiderschrankes zu und öffnete die Türen.

Er hatte seine Hemden mitgenommen, seine Pullover, seine Wäsche, seine Schuhe, seine Anzüge, bis auf den Smoking. Im Bad herrschte befremdende Leere. Das lag wohl daran, daß seine Toilettenutensilien fehlten.

Eve fuhr zum Kindergarten, um Bibi und Chris abzuholen. Sie waren die letzten, standen bereits sehnsüchtig am Tor und beschimpften Eve ob ihrer Verspätung, als sie aus dem Wagen stieg.

Man merkte ihr beinah nichts an. Es hat schon etwas für sich, wenn man von klein auf dazu erzogen wird, seine Gefühle zu beherrschen.

Aber nachts, da kam es dann nach.

Zwei Tage später rief Raoul aus Ascona an. Das Wetter wäre herrlich, kühl, aber sonnig, und Eve sollte nicht böse sein. »Ich hasse Abschiede, darum habe ich dir nichts von meinen Plänen erzählt.«

Er sagte, er müßte eine Zeitlang allein sein, er brauche das, um wieder etwas Vernünftiges schreiben zu können. Wann er wiederkäme? Das könnte er jetzt noch nicht sagen, er wäre ja gerade erst in Ascona angekommen, und dann gab er ihr die Adresse eines Bildhauers, bei dem er wohnte. Eve sollte ihm alle Post dorthin nachschicken.

Schließlich fragte er nach den Kindern und wie das Wetter bei ihnen wäre, und Eve sagte: Zum Verrücktwerden.

12. Kapitel

In der freundlichen Jugend des Kindes Eve kamen Bösewichte nur in Märchenbüchern vor. Sein Leben verlief sanft, wohlbehütet, niemals laut, ohne sonderliche Entbehrungen und tragische Ereignisse. Der Tod des Vaters – er war General – und der Tod ihres Bruders in Tobruk bereiteten ihr viel Herzweh, doch ihr noch kindlicher Schmerz blieb ohne die Härte des absoluten, plötzlichen, miterlebten Verlustes. Die beiden waren schon so lange fort von zu Haus, ihr Tod hatte nicht sichtbar im Nebenzimmer stattgefunden. Er bedeutete vielmehr die traurige Gewöhnung an ein endgültiges Fortbleiben.

Das Kriegsende überstand sie in einem Internat, dem niemand etwas zuleide tat. In der Nachkriegszeit überstrahlte die Freude am eigenen Jungsein das zeitweilige Hungergefühl. Die Ehe mit Claus Chrysanth löste keine Emotionen positiver oder negativer Art in ihr aus. Sie mißbilligte dieses und schätzte jenes, blieb dabei jedoch immer in ihrem altvertrauten Rahmen.

Und dann kam Raoul Tambour. Er riß die Tür auf, die sie bisher von der Straße getrennt hatte. Er war der erste Mann in ihrem Leben, der sich rücksichtslos nach oben geprügelt und am eigenen Leibe all das durchgemacht hatte, wovon sie bisher nur mit prikkelndem Interesse, auch ehrlichem Mitgefühl, jedoch immer mit dem nötigen inneren Abstand dabei in Zeitungen gelesen hatte.

Er hatte das Tor geöffnet. Eve hatte ihn eingelassen, schockiert und fasziniert zugleich, aber nicht fähig, ihm und dem Leben, das er mitbrachte, mehr zu geben als tapferes Verständnis. Mitgehen konnte sie nicht. Dreißig konventionelle Lebensjahre, in denen oberstes Gebot Zurückhaltung und Vermeidung jedes öffentlichen Ärgernisses gewesen war, ließen sich selbst durch eine Ehe mit Raoul Tambour nicht auslöschen.

Sie liebte ihn, weil er so war, wie er war, und die Rückkehr zu ihrem alten Leben, die Abkehr von ihm zu einem Mann ihrer Erziehung würde nur eine Resignation aus Vernunftgründen bedeuten. Dennoch schämte sie sich für die marktschreierische Art, mit der er seine Männlichkeit und – seine Ware verkaufte.

Was sie in den folgenden Monaten über ihn hörte, stellte zuweilen große Anforderungen an ihr Verständnis.

Er schrieb nicht nur an seinem neuen Stoff, er erwarb nebenbei – gemeinsam mit einem Mailänder Freund – Baugrund oberhalb des Luganer Sees, auf dem sie Bungalows errichten und diese zu einem Überpreis an Wirtschaftswunderlinge verkaufen wollten.

Dann fuhr er für ein paar Tage nach Rom und das ausgerechnet in einem Zug, der mit einer rangierenden Lok zusammenstieß. Es gab fünf Tote und etliche Schwerverletzte. Raoul kam mit ein paar Schrammen davon. Laut Zeitungsberichten mußte er Ungeheuerliches bei den Rettungsarbeiten geleistet haben. Seiner sofortigen, aktiven Besonnenheit waren zumindest zwei Menschenleben zu verdanken. Aber er war leider nicht der Mann, der gute Taten um der Taten willen und anonym beging. Er schilderte den herbeigeeilten Reportern nicht nur seine Eindrücke während des schrecklichen Geschehens, er erwähnte auch, daß er der Autor Raoul Tambour sei, dessen erste beide Werke nach Bestsellerauflagen im deutschsprachigen Raum nun auch unter anderem in italienischer Übersetzung vorlägen. Er nannte sogar den Verlag.

Reporter entdeckten den Busenstar Antonia mit einem Unbekannten in römischen Nachtlokalen. Antonias Begleiter leistete keinen Widerstand, als er nach seinem Namen gefragt wurde. Es stellte sich heraus, daß er jener Schriftsteller war, der bei dem Eisenbahnunglück in Norditalien so rühmlich von sich reden gemacht hatte.

Antonia über Raoul: »Er ist ebenso aufregend und abenteuerlich, wie er schreibt.« (Sie hatte noch kein Buch von ihm gelesen.)

Raoul über Antonia mit bewunderndem Blick auf ihre Kurven: »Das Beste an Antonia ist ihr Mutterwitz.«

Beide bestritten energisch, eine »Romanze« miteinander zu haben. Antonia: »Wir sind noch nicht einmal gute Freunde. Ich habe in seinen ›Brennenden Stieren‹ die Hauptrolle gespielt. Und jetzt zeige ich ihm Rom.«

Wenige Tage später war – rein zufällig! – ein Fotoreporter anwesend, als Raoul am winterlich-verödeten Strand von Ostia ein Meerbad nahm. Kommentar zu dem Foto: »Die tiefen Narben auf seinem Rücken stammen von einem Kampf mit einem bengalischen Königstiger.« Bengalischer Königstiger, das klang immerhin nach etwas. Das adelte Roccos Pranken ungemein.

Nachdem er also für sich und die italienische Ausgabe seiner Bücher Reklame gemacht hatte, reiste er befriedigt nach Ascona zurück, und vergrub sich in seine Arbeit. Zwischendurch fand er Zeit, dem Bildhauer, in dessen Atelier er wohnte, Modell zu einem Bronzekopf zu sitzen.

Es lief alles ganz vortrefflich, fand er. Verdruß machten ihm nur die Telefongespräche mit Eve. Zum ersten Male strapazierte sie nicht mehr ihr Verständnis für seine Lebensgewohnheiten. Zum ersten Male war sie eindeutig böse.

»Sag mal, bist du ein ernstzunehmender Schriftsteller, oder bist du eine billige Skandalnudel? – Ja, ich glaube dir, daß mit Antonia nichts war, aber erzähl das mal den Klatschweibern hier! – Oh, Raoul, deine Reklame ist dir anscheinend mehr wert als mein Ruf! Seitdem ich dich kenne, bin ich eine Zielscheibe für Zeigefinger. – Und was sollte dieses lächerliche Striptease am Strande von Ostia? Ich hoffe, du hast hinterher vor Rheuma nicht krauchen können!«

Eve ließ ihm keine Möglichkeit, sich zu rechtfertigen. Sie hängte vorher ein und schickte von da an die Kinder ans Telefon, wenn es klingelte. Raoul war das nicht unangenehm, denn die beiden freuten sich uneingeschränkt über seine Anrufe. Chris wollte immer wieder genau von ihm wissen, wie es war, als die Lok in den D-Zug fuhr. Bibi erzählte von ihren Tieren.

Eves Ernüchterung war nicht aufzuhalten. Sie mißbilligte jegliches forciertes Aufsehen. Szenen gehörten auf die Bühne oder ins Filmatelier.

Ausgerechnet und gegen ihren heftigen Willen geriet sie selbst in eine unerfreuliche Szene, als sie an Micky Meyers Auszugsmorgen vom Kindergarten heimkehrte.

Im Hausflur, zwischen eisiger Zugluft und Möbelträgern in gestreiften Hemden, die Kommoden von ihren Rücken gleiten ließen und stille standen, um ja nichts zu verpassen, schrie eine Frau der anderen alles ins Gesicht, was sie jahrelang in sich aufgespeichert

hatte. Den Anlaß dazu – wahrscheinlich war er unbedeutend wie alle Anlässe zu großen Auseinandersetzungen im privaten Leben –, den Anlaß erfuhr Eve nicht. Sie geriet mitten in den

Höhepunkt.

Bei den streitenden Damen handelte es sich um die lustige Witwe aus dem ersten Stock, eine von Natur aus recht friedfertige Person, und um Micky Meyer.

Das Ungeheuerliche an der Situation war, daß Micky zum ersten Male, seitdem Eve sie kannte, nicht zu Worte kam.

Der schrille, ungezügelte Zorn der Witwe beherrschte die Szene im Treppenhaus. ». . . und in alles hast du dich eingemischt, und überall hast du Zwietracht gestiftet und intrigiert und geklatscht und immer unter dem Mantel der Hilfsbereitschaft. Du bist ein Satan! Ich wünsche dir die Pest an den Hals, und ich danke meinem Schöpfer auf Knien, daß du ausziehst. Ich möchte Glocken läuten lassen . . . Da kommt Frau Tambour! Frau Tambour, Sie kommen mir gerade richtig!«

»Was ist denn los, um Himmels willen?« fragte Eve, entsetzt rückwärtsgehend, während sie von der gar nicht mehr lustigen Witwe auf die spitznasige, erschlagene Micky, von Micky auf Mäuschen im Arbeitsdreß blickte. Er war leichenblaß und putschte: »Laß dir das nicht gefallen!« Im Endeffekt hielt er immer zu Micky. Sie war das böse Rückgrat seines anständigen, ellenbogenlosen Ichs. Böse zwar, aber immerhin Rückgrat.

»Sie tun mir leid«, sagte die Witwe voll ehrlichen Bedauerns zu ihm, und dann ging sie auf Eve los, die fassungslos in der weitgeöffneten Haustür stand. »Wenn Sie wüßten, Frau Tambour – oh, wenn Sie wüßten! Sie waren ihr damals so dankbar, wenn sie abends bei den Kindern wachte. Warum hat sie das wohl gemacht!? Na, warum wohl!? Um Ihre Wohnung und Ihr Privatleben durchschnüffeln, um Ihrer Schwiegermutter immer genau Bericht erstatten zu können, wie lange und wie oft Sie abends bei Herrn Tambour waren.«

»Das ist nicht wahr!« schrie die Angeklagte auf.

»Die Einladung bei der alten Chrysanth, die hast du auch erfunden, wie? Du warst so stolz darauf, daß sie dich ins Vertrauen zog. Wenn Sie Ihren Verlegerposten verloren haben, Frau Tambour, so ist das Mickys Schuld!«

»Du lügst!« schrie Micky.

»Das ist infam!« schrie Mäuschen. »Frau Tambour, glauben Sie ihr nicht!«

»Und wenn Sie wüßten, wie froh sie ist, daß Ihr Mann Sie verlassen hat und mit dem italienischen Filmstar . . . O Gott, wenn Sie wüßten, wie Micky das ausschlachtet!«

Eve konnte nicht antworten. Ihr war, als ob man Bretter vor ihren Kopf schlug mit den Nägeln nach innen. Sie dachte angeekelt: Selbst wenn die Witwe recht hat, dürfte sie dennoch nicht und dazu noch im Hausflur solch Spektakel inszenieren! Sie dachte: So ein Biest, so ein niederträchtiges Biest! Ich schlag' sie tot! Ihre Handtasche flog in die Höhe auf Mickys fettige Umzugsfrisur zu – aber im gleichen Augenblick wurde sich Eve der amüsierten Träger bewußt, welche die Szene umstanden.

Sie ließ die Tasche ziellos sinken. Und schämte sich.

Einer der Männer fragte enttäuscht: »Warum hast du nicht zugeschlagen, Süße?«

Eve fuhr herum, suchte die grinsenden Gesichter über massigen Schultern ab. Raoul unterschied sich von den Möbelträgern nur durch seine Kleidung. Rollkragenpullover unter einem abgetragenen Homespunjackett, verbeulte Cordhosen. Er war dicker geworden. Und reichlich verwildert.

Aber er war da, lautlos, unangemeldet, im richtigen Augenblick unfaßbar und hundertprozentig da. Er grinste in das rindsäugige Staunen um sich herum. Sein plötzliches Erscheinen hatte eine merkwürdige Wirkung auf die Kampfhennen.

»Ach, Herr Tambour«, sagte die Witwe verwirrt und erinnerte sich daran, daß sie nicht sehr vorteilhaft aussah.

Und Micky rief: »Das ist aber eine Überraschung.«

Raoul grinste sie an. Er besaß die Fähigkeit, mit einem einzigen Blick eine Frau herauszufordern und fallenzulassen. Es war seine Art von Beleidigung, die viele Worte ersparte.

Er legte die Hand um Eves Arm und schob sie zur Treppe. Bis zum ersten Absatz folgte ihnen Schweigen. Dann nahmen die Träger ihre Lasten auf, die Wohnungstür der Witwe schlug zu, und Mäuschen sagte tröstend: »Sei froh, daß du hier herauskommst, Micky.«

»Du mußt zugeben, daß ich nicht rechtzeitiger zurückkehren konnte«, lachte Raoul, als sie das Dachgeschoß erreichten.

Er strich Eve den Hut vom Kopf. Sie heulte mit geschlossenen Augen.

»Nun hör schon auf. Ich bin doch da. Deine Ehre ist wieder hergestellt.« Er zog sie zu sich heran. »Guten Tag, meine Süße.« Und als sie nicht antwortete: »Hallo, Frau Tambour! Ich bin wieder da! Wollen Sie mich nicht ›herzen und küssen‹?«

»Ich ärgere mich so«, schluchzte Eve. »Ich hätte sie doch verprügeln sollen!« Ihre verheulten Augen öffneten sich, und aller Zorn schwamm jetzt ihm entgegen.

»Komm, komm«, sagte er vorbeugend. »Du hast ja recht. Ich habe mich miserabel benommen. Ich habe dich drei Monate allein gelassen. Ich weiß alles, was du sagen willst. Ich bin ein schlechter Ehemann. So einer wie ich hätte überhaupt nicht heiraten dürfen. Aber es ist nun einmal geschehen, und ich habe nicht die Absicht, mich scheiden zu lassen. Wo sind die Kinder?«

Sie antwortete nicht.

»Im Kindergarten, nehme ich an«, gab er sich selbst die Antwort. »Und Frau Braun? Wollen wir sie nicht ein bißchen fortschicken? Mich stört Saugen im Nebenzimmer, wenn ich mit meiner Frau Wiedersehen feiere.«

»Ist sowieso nicht da«, sagte Eve störrisch.

»Etwa gekündigt?« fragte er erschrocken.

»Venenentzündung.«

»Komm, Süße. Gib den Trotz auf. Du siehst, ich bin geständig und voll Reue, und ich verspreche dir harmonisches Familienleben. Schenk mir Bewährungsfrist!« grinste er und küßte ihre Fingerspitzen. »Ich verstehe ja deinen Stolz. Ich ahne die Reihenfolge. Erst Zürnen und Vorwürfe, dann Selbstmitleid und dann Versöhnung. Können wir das nicht alles überspringen? Im Grunde genommen bist du froh, daß ich wieder da bin!«

Sie streckte ihm ihr tränennasses Gesicht entgegen und sagte mit der Sachlichkeit ihres Sohnes, wenn er eine Heularie beendet hatte: »Abtrocknen!« Raouls Taschentuch sah so aus, als ob er es zum Putzen seiner Wagenscheiben benutzt hätte.

Sie saß aufrecht im Bett, den angenehmen Schmerz seiner Umarmung noch in den Gliedern. Unten im Hause rumorte Micky Meyers Auszug.

Sie blickte auf seinen langen, nackten Rücken mit den »bengalischen« Narben und dachte bekümmert, aber nicht sehr bekümmert: Ich mache es ihm zu leicht. Ich dürfte nicht . . .

»Komm, laß die charaktervollen Gedanken«, sagte er ahnend und zog sie zu sich herab. »Es tut mir ja selbst leid, dir Kummer zu machen. Ich würde dir zuliebe so gern ein heimtreuer Ehemann werden mit exakten Gewohnheiten und Stalldrang nach Büroschluß, mit Abendzeitung im Sessel und spielenden Kindern zu meinen Pantoffeln, aber es ist einfach keine Regel in mein Leben zu zwingen. Und keine Bürgerlichkeit. Entweder waren Nomaden unter meinen unbekannten Vorfahren oder Zigeuner.«

»Und warum, bitte schön, hast du überhaupt geheiratet?«

Über dem Bett schwelte der Rauch seiner Zigarette.

»Es war ziemlich egoistisch von mir, nicht wahr? Aber selbst so einer wie ich braucht eines Tages eine eigene Herdstelle, an die er immer zurückkehren kann.«

»Hätte für die paar Monate, die du zu Hause bist, nicht eine Wirtschafterin genügt, die dein Herdfeuer hütet?«

»Aber nein«, sagte er, »zu der zöge es mich ja nicht nach Haus.« Er biß sie leicht in die Schulter. »Zu dir zieht es mich, meine Süße.«

»Mein Pech«, sagte sie. »Welche Frau ist schon gerne Herd!« Und dachte dabei: Ich muß auf so vieles verzichten, beinah auf alles, was die Zufriedenheit einer verheirateten Frau ausmacht. Er verzichtet auf nichts. Er lebt sein Leben weiter wie bisher, seiner Unruhe und seinen Einfällen folgend, stark, fröhlich, erlebnishungrig, rücksichtslos, zuweilen sich daran erinnernd, daß er da irgendwo eine Frau hat, eine gutmütige, angenehme Person, von der er weiß, daß sie ihre begründeten Vorwürfe in erträglichen Grenzen halten und ihm die Heimkehr nicht zur unbehaglichen Pflichtaufgabe machen wird.

»Und weil du so ein Schatz bist, habe ich auch eine große Überraschung für dich«, sagte er.

Eve sah ihn skeptisch an. »Überraschung?«

»Eigentlich sind es zwei. Die eine ist unten im Wagen, im Kofferraum, die andere wartet im Rheinland auf dich.«

»Was liegt im Kofferraum?« Zur Skepsis kam die Neugier.

»Mein Bronzehaupt, Süße, von Bildhauer Coloni kunstfertig hergestellt.«

Eve freute sich. »Einen Watschenaffen mit deinen Zügen habe ich mir schon immer gewünscht. – Und das andere?«

»Erinnerst du dich noch an das Objekt, das wir uns damals im Rheinland angesehen haben?«

»Ja, natürlich. Du hast es doch selbst gekauft. Ich wollte dich schon immer danach fragen! Was macht denn die alte Klitsche? Ist das Haus inzwischen zusammengefallen?«

»Damals sprachst du freundlicher von ihm«, erinnerte er gedehnt.

»Damals war ich bis zur Urteilsunfähigkeit verliebt.«

»Es ist wirklich hübsch, Eve. Ich habe das Dach erneuern lassen. Die Mauern sind in Ordnung, die halten noch zweihundert Jahre. Man müßte nur Bäder, Licht- und Wasserleitungen und eben Ölheizung einbauen . . .«

»Man müßte vor allem einen Idioten finden, der dir die gottverlassene Einöde abkauft«, sagte sie.

»Die ›gottverlassene Einöde‹ ist heute das Doppelte wert, und ernsthafte Interessenten habe ich zwei. Deshalb war ich ja jetzt auf der Rückfahrt unten.«

»Lebt mein Freund, Herr Kadereit, noch?«

»Nein. Ihn hat's im Frühjahr wegjeputzt – so jedenfalls drückt es Witwe Hildtrud aus.« Raoul spielte schon eine geraume Weile mit Eves Hand, küßte Finger, blies hinein, streichelte sie jetzt mit ungeahnter Innigkeit, als er vorsichtig sagte: »Sie hat mir versprochen, dir im Haushalt zu helfen.«

Eve nahm ihm ihre Hand fort. »In was für einem Haushalt – Raoul???« fragte sie. Panik in der Stimme.

»Sieh mal, Süße, diese Wohnung ist dir doch zu klein . . . und für die Kinder wäre es dort ein Paradies – fünfzehn Minuten mit dem Wagen bis zur nächsten Schule –, und Willy hätte endlich seine eigene Wiese . . .«

Eve lag ganz still, dem Heulen nahe.

»Ich wollte nur zwei Tage unten bleiben und die Interessenten treffen. Ich habe nicht verkauft, ich bin vierzehn Tage geblieben und habe mehr geschrieben als in der ganzen Zeit im Tessin. Das Arbeitsklima ist da ganz ausgezeichnet, Eve. Eve! Süße! Ich habe gedacht, du würdest dich freuen.«

Sie gab keine Antwort.

»Aber wenn es dir zu einsam ist, wenn du nicht auf die Großstadt verzichten kannst, sprechen wir nie mehr davon«, beteuerte er.

13. Kapitel

Zwei Monate später siedelten sie ins Rheinland über.

Sie kamen im Frühling an, und dieser Frühling war üppig, stürmisch und sonnenreich. Die Kinder genossen ihn bis zur totalen Verwahrlosung. Raoul erlebte ihn als Anstreicher und Bauarbeiter. Willy galoppierte im altgewohnten Kreise über seine erste eigene Weide. Die verfilzten, seidigen Ohren des kleinen Spaniels ließen sich nur noch mit der Schere kämmen.

Eve richtete mit Hildtruds Hilfe das Haus ein und hatte vor allem ihren Garten. In diesem Frühling schien alles auf einmal zu blühen – gläserne Narzissen, Osterglocken, Tulpen, dazwischen Tuffs von bunten Primeln, Himmelsschlüsseln, Vergißmeinnicht, Stiefmütterchen und blaue Iris. Erste Blüten dunkellila Flieders in windgeschützter Sonnenkraft. Über Beeten und Wegen und Rasenflächen das weiße Konfetti der Obstblüte. Und der Geruch von Erde und jungem Laub und Lärchen, von Zement und Terpentin und frischverarbeitetem, harzigem Holz und der altmodische Duft der Hyazinthen und des samtfarbenen Goldlacks.

Wenn Eve an manchen Abenden im Hausflur aus den lehmverkrusteten Gummistiefeln stieg, die zerrissenen Lederhandschuhe abstreifte und mit dem Unterarm Haarsträhnen aus ihrem sonnenverbrannten Gesicht strich und stöhnend ihr Kreuz reckte und hungrig war wie ein Wolf und zufrieden, wie es nur ein Großstädter sein kann, der zum ersten Male auf seinem eigenen Land bis zur Erschöpfung gearbeitet hat, wenn sie dabei die Kinder und den Spaniel auf dem Hof toben hörte und Raouls vergnügtes Pfeifen von einer wackligen Malerleiter, wenn sie auf Strümpfen in den niedrigen, weißgekalkten Wohnraum trat und durch die Fenster auf den Strom und die weite, grüne Ebene blickte, dann fand sie ein gewisses Mitleid mit ihrem bisherigen Dasein, das ihr auf einmal bläßlich und gekünstelt und nur langwierige Vorbereitung für diesen Frühling gewesen zu sein schien.

Und außerdem war es eine glückliche, heftige Zeit mit Raoul.

Obgleich das Arbeitsklima am Niederrhein so »ausgezeichnet« sein sollte, kam sein dritter Roman nicht zu Ende. Es fehlte ihm das innere Bedürfnis zur Niederschrift der letzten fünfzig Seiten. Er besaß höchstens das Pflichtbewußtsein, aber dieses hat noch keinen Geist befriedigend angeregt.

»Sobald es regnet, Eve«, versprach er ihr. Und wenn es regnete, blieb dennoch die Inspiration aus. Raoul fand immer einen Grund, sich vorm Schreibtisch zu drücken. Er war unerschöpflich im Erfinden nebensächlicher Dringlichkeiten, die die Schreiberei von Tag zu Woche hinauszögerten.

»Für einen richtigen Mann kann das Schriftstellern sowieso nur eine Freizeitgestaltung bedeuten«, erklärte er eines Morgens beim Frühstück.

»Jetzt ist dir aber eine feine Begründung für deine Arbeitsunlust eingefallen«, lachte Eve.

»Solange es noch eine Wand im ersten eigenen Hause zu weißen gibt, denkt man nicht an dumme, kleine Buchstaben«, und er meinte das auch, während er ihr – herzhaft kauend – in seiner zufriedenen Breitbeinigkeit gegenübersaß. »Und außerdem muß ich brüten.«

Raoul Tambour erwartete seinen Sohn namens Kai.

Es liefen da zwar zwei sehr lebendige, geräuschvolle Beweise für Eves Fähigkeit, Mutter zu werden, herum. Und dennoch, wenn Raoul sie von der Höhe seiner Malerleiter über den Hof gehen sah – so überraschend langbeinig und sonnenverbrannt und mädchenhaft –, dann konnte er es nicht begreifen, daß da nicht nur Eve ging, sondern Eve mit seinem Sohn Kai. Er liebte sie sehr, mit einem nie gekannten Zusammengehörigkeitsgefühl.

Ich habe dir nie die Wahrheit gesagt. Ich hatte Angst, du würdest den Hund erschlagen, dabei konnte er gar nichts dafür. Wenn ich das Licht im Vorkeller angeknipst hätte, hätte ich ihn gesehen und wäre nicht über ihn gestolpert und so unglücklich auf die abgestellten Fahrräder gefallen und mit diesen zusammen hingestürzt.

Eine Kettenreaktion, beinah lächerlich.

Selbst als der Schmerz einsetzte, kam ich noch immer nicht auf die Idee, daß er den Abschied von Kai einleiten könnte.

Ich war im sechsten Monat. Die Ärzte konnten das Kind nicht retten. Du wehrtest dich bis zuletzt wie ein Wahnsinniger gegen die Tatsache, daß es etwas in deinem Leben gab, worauf du keinen Einfluß hattest, daß dein starker Wille nicht fähig war, deinen Sohn am Leben zu erhalten.

Pedro war gerade da. Er verbrachte die Semesterferien bei uns, keine sehr erbaulichen Ferien für ihn. Zweimal täglich besuchte er mich im Krankenhaus, und als ich nach Hause kam, wich er überhaupt nicht mehr von meiner Seite. Er hatte gerade einen Artikel über Schwangerschaftspsychose gelesen und fürchtete, ich könnte mir ein Leid antun.

Dabei kam ich – vielleicht durch Pedros zärtlich-zappliges Immervorhandensein – besser über Kai hinweg als du, Raoul.

Du erwähntest das Kind nie mehr. Ich weiß nicht, was in dir vorging. Ich kam nicht mehr an dich heran.

Du verlorst die Lust am Haus, es interessierte dich nicht mehr. Schließlich fandest du zum Schreibtisch zurück.

Das Landleben, im Frühling und Sommer als berauschende Neuheit empfunden, war inzwischen zum Alltag geworden, wurde in der feuchten, nebligen Trostlosigkeit des Novembers zur spürbaren Weltabgeschiedenheit.

Dann kam das Martinsfest.

Sie marschierten mit den feierlich singenden Kindern hinter einem auf einem sanften Schimmel reitenden, heilig verkleideten Landarbeiter durch die Gassen der nächsten Kleinstadt. Ein scharfer Regenwind löschte die Laternenlichter der Kinder und verwehte ihren Gesang.

Gustav Stiffelknecht war gerade zu Besuch. Er ging mit ihnen. Ohne Toupet und schwarzgefärbten Haarkranz wirkte sein verwittertes Gesicht alt. Gustav hatte seine Raubtiergruppe an einen jüngeren Kollegen abgegeben. Er besaß »Gespartes«, wußte nur nicht, wie er es anlegen sollte, unternahm auch nichts in dieser Richtung. Ihm war alles egal, und nichts machte ihm Freude. Er kam innerlich vom Zirkus nicht los.

Das feierliche Gedröhn der Musikkapelle in ihrem Rücken, der plärrende Gesang der Kinder machten ihm zu schaffen. Er schnüffelte hörbar. Wie alle starken Männer war er leicht gerührt.

Raoul verbarg sein mögliches Gefühlsdilemma hinter einem bitterbösen Gesicht. Vielleicht denkt er auch an Kai, überlegte Eve und schob ihre Hand in seine Manteltasche, wurde von seiner warmen Hand mit abgelenkter Zärtlichkeit in Empfang genommen.

»St. Martin – St. Martin«, sangen die Kinder.

»Hongkong«, sagte Raoul vor sich hin, als er Eves Blick begegnete.

»Wie bitte?« Sie glaubte, sich verhört zu haben.

»Ich möchte zu gern mal nach Hongkong«, sagte er.

> »St. Martin gibt den halben still,
> der Bettler rasch ihm danken will . . .«

»Meinst du etwa das in Asien?« fragte Eve entsetzt.

»Kennst du ein anderes?«

»Nein.«

> »St. Martin aber ritt in Eil'
> hinweg mit seinem Mantelteil.«

Sie bogen auf den kleinen, kahlbäumigen Marktplatz ein.

Der Schimmel des edlen Martin äpfelte dampfend, die Musikanten bliesen mit klammen Lippen, aber eindrucksvoll. Der Wind fegte jetzt ungebrochen vom Strom herauf und löschte die letzten Kinderlaternen.

»Wann willst du fahren?« fragte Eve.

»Ich sage ja nicht, daß ich wirklich fahren will«, widersprach Raoul ohne Überzeugung. »Ich meine ja nur – dieses Hongkong muß eine faszinierende Stadt sein. Eine wahre Fundgrube für einen Schriftsteller.«

Aber Eve wußte, daß er nicht nach einem Romanstoff suchte, sondern nach einem neuen Ausflugsort für seine innere Unruhe. Der November war ein gefährlicher Monat für ihn.

Diesmal wartete er Weihnachten noch ab, ehe er seine Koffer packte.

Ausgerechnet in Hongkong, unter dem Rasiermesser eines chinesischen Hotelfriseurs, traf Raoul Luizas Bruder wieder. Er hatte ihn für tot gehalten, doch der Bruder war dieser Annahme zum Trotz zu einem rundlichen Mittfünfziger herangereift und befand sich mit seiner Frau auf Asienreise.

Dem spanischen Herrn war das Wiedersehen mit dem ehemaligen »Gigolo« seiner mißratenen Schwester etwas unangenehm, er wurde nicht gern an dieses dunkle Familienkapitel erinnert. Seine Frau jedoch zeigte Interesse an Pedros Schicksal.

»Sie hat sich seine Adresse notiert«, erzählte Raoul bei seiner Rückkehr, »aber ich glaube nicht, daß sie sich melden werden. Wer beunruhigt nach so vielen Jahren schon gern sein unbeflecktes Ansehen durch die Anerkennung eines unehelichen Neffen?«

Er irrte sich. Bereits zwei Wochen später ereilte Eve ein aufgeregter Anruf aus Tübingen von Pedro. »Isabell, stell dir vor, ich habe einen Brief bekommen von Leuten, die behaupten, meine Verwandten zu sein. Sie wollen mich in Paris treffen. Was meint denn Raoul dazu? Soll ich fahren? Und dann noch etwas – sie drücken sich so komisch aus, so, als ob er gar nicht mein richtiger Vater wäre . . .«

Du lieber Gott, dachte Eve, was hatte dieser Mensch bloß in Hongkong zu suchen, und warum mußte er dort zum Friseur gehen, er geht doch hier nicht, es sei denn, ich drohe ihm mit der Hundeschere und eigenhändigen Maßnahmen.

»Liebling«, sagte sie, »komm übers Wochenende her. Ich schicke dir das Fahrgeld.«

Raoul zeigte plötzlich Ansätze von Feigheit – »Ich habe was in München zu erledigen« – und überließ Eve die schwere Aufgabe, einen völlig verstörten Jungen aufzuklären und zu trösten.

Ich hielt Pedros schluchzenden Jammer in meinen Armen. Er wäre so gern dein Sohn geblieben. Ich überzeugte ihn von der Unwichtigkeit einer zufälligen Blutsverwandschaft und davon, daß man ein angenommenes Kind ebenso lieb haben kann wie ein eigenes. Es würde sich nichts zwischen uns ändern, wir blieben immer eine Familie. Und als mir nichts mehr zum Trösten einfiel, schlug ich ins Schimpfen um: »Was mußte dieser Idiot auch den Spaniern erzählen, daß du nicht sein Sohn bist!«

Pedro streichelte schluchzend meine Hand. »Du gibst dir soviel Mühe, Isabell . . .«

Er fuhr nach Paris. Nach einer Woche erhielten wir einen Brief. »Die Verwandten sind sehr nett, wer hätte das gedacht! Aber Ihr bleibt mir trotzdem lieber. Wie geht's Euch? Paris ist eine Wucht. Jetzt muß ich runter. Sie warten in der Hotelhalle auf mich. Euer Pedro, nicht ihrer.«

Nach einigen Tagen kam der zweite Brief. Er klang schon ganz anders. »Die Verwandten sind wirklich nett, vor allem Tante Juana. Sie verwöhnt mich und stopft pausenlos Eßbares in mich hinein. Ich bin ihr zu dünn und zu protestantisch, aber sie meint, beides könnte man ändern. Ich glaube, sie hätten es gern, wenn ich zu ihnen nach Spanien käme. Sie haben keine Kinder und suchen nach einem Erben für Südfruchtexport. Müssen ziemlich viel Geld haben. – Aber ich will natürlich erst mein Studium beenden. Bis bald! Euer Pedro.«

»Er wird wohl doch die Soziologie gegen Apfelsinen eintauschen«, sagtest du.

Und so wurde es denn auch. Pedro ging nach Spanien, sich hundertmal deshalb entschuldigend, schwörend, daß er ganz bald wiederkommen würde.

Er kam nicht wieder, nicht einmal zu Besuch.

Ich vermißte ihn sehr.

Gewiß, ich hatte noch die Kinder. Ich erlebte ihre Kümmernisse und Freuden mit und etliche Feste – es gab hier ja immer einen Grund zum Feiern und zum Bonbonverteilen. Sie kriegten so schlechte Zähne davon. Sie schwatzten urwüchsig Rheinisch. Sie waren rundherum glückliche, ständig aufgeregte Kinder. Zweimal im Jahr verreiste ich mit ihnen.

Im Sommer hatten wir viel Besuch. Im Winter nahm selten jemand die Strapaze über aufgeweichte, einsame Feldwege zu uns auf sich. Wenn der Sturm ungebrochen über die Ebene auf das Haus zujagte, spürbar durch das Haus hindurch, wenn Knarren, Klappern, Knacken überall selbst die kleine Hündin das Gruseln lehrte, obgleich sie nicht einmal über meine reiche Phantasie verfügte, wenn ich an diesen einsamen Winterabenden nicht zum Säufer wurde, so ist das beinah unverständlich. Ich haßte dich dafür, daß du mich aus meinem gepflegten, geselligen Großstadtdasein in diese Einöde deportiert hattest.

Du merktest ja nicht viel von ihren Nachteilen. Du warst ja nur noch selten hier, höchstens zweimal im Jahr, um zu arbeiten.

An deinen Romanen hatte ich wenig Anteil. Ich las sie erst, wenn das inzwischen in den Ruhestand getretene Fräulein Kügler herbeireiste und Unleserliches aus Hunderten von Bogen klaubte und in eine fortlaufende Geschichte zusammenfügte, eine Geschichte, strotzend vor Kraft und Spannung. So eine Mischung aus Dumas und Edgar Wallace. Und mit viel Sex natürlich.

Raoul Tambour schrieb nur noch für Raoul Tambour, und der brauchte ein gewaltiges, farbenfreudiges, überraschungsgeladenes Feuerwerk, um in Spannung zu bleiben. Sein Einfallsreichtum war unerschöpflich. Mit Literatur hatte das alles nichts mehr zu tun, sollte es auch gar nicht.

Du wurdest in acht Sprachen übersetzt und verdientest ein Vermögen. Deine ständig wachsende Lesergemeinde stand nach jedem neuen Tambour an. Die Bucheinnahmen finanzierten deine kostspieligen Reisen und wurden in Häusern angelegt.

Wir lebten weiter unseren alltäglichen Trott auf der einsamen Klitsche mit dem, ach, so guten Arbeitsklima. Reporter, welche uns heimsuchten, bezeichneten sie als den »romantischen Landsitz des Schriftstellers«. Romantisch, nun ja, für einen Nachmittag bei Tee und Whisky – da hätte es mir auch bei uns gefallen. Aber tageintagaustageintagaus, und das jahrelang und den Erfolgsschriftsteller nur auf Stippvisite – wenn ich etwas Genaueres über dich, deine Geschäfte oder beruflichen Pläne erfahren wollte, mußte ich dein Düsseldorfer Büro anrufen. Und wenn du einmal hier warst, wenn ich meine langen Hosen gegen eins von der in mottensicheren

Säcken baumelnden Horde Cocktailkleider eintauschte und also vor dich hintrat, dann gucktest du ganz verschreckt: »Willst du etwa ausgehen, Eve? Aber dann müßte ich mich ja noch rasieren!« Wir blieben selbstverständlich zu Hause.

Solange ich dich liebte, habe ich es hingenommen.

Aber seit einiger Zeit bin ich immun gegen deine vielgepriesene Männlichkeit. Vielleicht liegt es daran, daß ich sie mit zu vielen Frauen teilen mußte. Du imponierst mir auch nicht mehr. Ich kann mich nicht einmal mehr über dich ärgern.

Manchmal, wenn du da bist, schaue ich dich an und staune: Was hat er doch für einen guten Kopf bekommen! Er wittert sich mit den Jahren und den Erlebnissen zu einem bemerkenswerten Typ durch.

Ich bin seine Frau und wahrscheinlich die einzige Frau, auf die er nicht mehr wirkt.

Vor wenigen Wochen stand mittags eine blutjunge, unfrisierte Weiblichkeit vor unserer Haustür. Stand und blieb – gleich über Nacht. Sie kann Gin aus Biergläsern trinken und surreal dichten. Du weißt schon, wen ich meine: den steilen Zahn aus St. Paul de Vence.

Laut ihrer Erzählung muß es eine ebenso kurze wie heftige Angelegenheit zwischen euch gewesen sein. Als Schriftsteller verachtet sie dich, als Mann weniger. Sie ist dir bis nach Rom nachgefahren, aber du wolltest nichts mehr von ihr wissen. Du sollst dich schändlich gegen sie benommen haben.

Ich verstehe nicht, warum sie ausgerechnet hierherkam, um in unserem Badezimmer mit deinen alten Rasierklingen, die wir für alles Mögliche verwenden – für harte Haut auf kleinen Zehen, zum Abkratzen von Malerflecken, zum Entfernen von Hildtruds Warzenhärchen –, einen Selbstmordversuch zu inszenieren. Du hattest dein kurzfristiges Amüsement mit der Kleinen gehabt, wir hatten den langfristigen Ärger mit Arzt und Krankenpflege. In ihrer Genesungszeit mußte sie um deinen Bronzekopf herum Unkraut jäten. Ich hielt das für eine heilsame Therapie. Inzwischen ist sie wieder in München und surreal und schickt mir zuweilen ihre Gedichte. Sie hat mich so nett gefunden, auch das noch.

Wir hatten uns noch nicht von ihrer blutigen Hysterie erholt, da erschien eines Mittags ein amerikanischer Straßenkreuzer auf unserem Hof mit einem pompösen Wohnwagen im Schlepptau. Aus dem Kreuzer flossen eine unerschöpfliche Fülle schwarzlockigen Kinderlebens, ein verwegen aussehender Mann mit langen Koteletten und eine hübsche Frau voll malerischer Schlampigkeit. Sozusagen Zigeuner.

Ein kurzes Handschreiben von dir auf der Rückseite einer Speisekarte stellte sie mir als deine lieben, alten Freunde vor. Ich gewährte ihnen daraufhin einen dreitägigen Aufenthalt auf unserem Anwesen und konnte es nicht verhindern, daß man mir aus der Hand las. In Anbetracht meiner Gastfreundschaft habe ich eine köstliche Zukunft zu erwarten.

Nebenbei, ich habe viel Unterhaltung durch diese Leute gehabt, ich hatte nur Ärger mit Hildtrud.

Die Zigeuner stahlen kein fadenscheiniges Küchenhandtuch von ihrer Leine, sie ließen sogar eins versehentlich da. Aber Hildtruds bürgerliches Weltbild war durch ihr erlaubtes Dasein auf unserem Grundstück in seinen Grundfesten erschüttert worden.

Sie verbarrikadierte ihre Wohnung einbruchssicher und wanderte, Entrüstung um sich schwenkend, zu ihrer Tochter nach Düsseldorf-Unterrath aus. Erst einem neuen Wintermantel mit Persianerbesatz, mit dem ich mich, demütig werbend, vor der Unterrathschen Neubautür einfand, gelang es, sie zur Rückkehr in unsere Einöde zu bewegen.

Aber Achtung wird sie nie mehr vor uns haben.

Bibi und Chris genossen die kurze Zigeunerinvasion. Leider erzählen sie in der Schule soviel davon, daß sie zur Zeit nicht mehr zu besseren Kindergeburtstagsfeiern eingeladen werden. Ihr argloses Mitteilungsbedürfnis hat uns in weitem Umkreis anrüchig gemacht.

Und unsere Spanielhündin, die jeden Stammesgenossen fortbeißt, hat sich ausgerechnet mit dem Halbhund der Zigeuner eingelassen. Jetzt haben wir die Bescherung.

14. Kapitel

Sie hatte alles hingenommen, jahrelang. Aber plötzlich, von einer Stunde zur anderen, war es genug. Am Morgen ihres 36. Geburtstages beschloß Eve Tambour, sich scheiden zu lassen.

Sie wollte mit den Kindern in die Großstadt zurück und ihr Leben noch einmal neu aufbauen, ehe es dafür zu spät wurde.

Sie teilte Raoul ihren Entschluß schriftlich nach Kairo mit, wo er sich seit einigen Tagen aufhielt, und bereitete vorsichtig ihre Kinder auf die Möglichkeit eines baldigen Umzuges vor.

Sie sahen Eve ablehnend an. »Müssen wir etwa mit?« fragte Chris. »Ich kann schlecht fort, wo mein Hündchen bald wirft.«

Und Bibi, die – im Gegensatz zu ihrem Bruder – unter Umzug nicht nur eine kürzere Reise verstand, sondern einen endgültigen Abschied aus ihrem vertrauten Erlebnisbereich vorausahnte, Bibi sagte abwehrend: »Was sollen wir in der Stadt? Hier ist es doch schön. In der Stadt war es nicht so schön. – Was soll aus unseren Tieren werden? Was sagt denn Raoul dazu?«

»Ich habe es ihm gerade geschrieben.«

»Und was willst du in der Stadt, Mammi?«

Sollte Eve sagen: Ein neues Leben anfangen? – so würde Bibi in ihrer Gründlichkeit fragen: Was für ein neues Leben? Und darauf wußte Eve sich selbst noch keine klare Antwort zu geben.

Ihre Mutter, Frau Treuhoff, war zum Geburtstag ihrer Tochter herbeigereist und putschte auf zurückhaltende Art. Sie sagte nicht: »Mach doch Schluß mit diesem Mann! Du hast ihm genügend Jahre geopfert.« Sie sagte: »Du mußt mal hier heraus. Nicht bloß so mit den Kindern in den Ferien. Du mußt einmal ganz allein verreisen. Du hast es nötig. Jeder Mensch hat das nötig. Fahr nach Berlin oder Hamburg, fahr nach Paris – du hast doch Einladungen genug.«

Zwei Tage später nahm ein Telegramm Eve die Entscheidung ab, wohin sie fahren sollte. Ricky Kühlkamp teilte ihr das plötzliche Ableben Johanna Chrysanths mit und bat sie als Vormund ihrer Kinder um ihre Anwesenheit bei der Testamentsvollstreckung.

Für Eve wurde dieser traurige Anlaß zu einer Versöhnung mit ihren ehemaligen Anverwandten und zu einem Wiedersehen mit etlichen Freunden von damals.

Sie genoß in der Stadt den Zauber der eigenen Wichtigkeit, des Umworbenseins, das seltenen Besuchern zuteil zu werden pflegt. Sie erfuhr, daß sie noch immer eine gut aussehende Frau war, nahm jedes Kompliment beglückt entgegen; fand selbst an einer faden Cocktailparty und bissig-amüsantem Klatsch Gefallen. Es war alles wieder so neu für sie. Und sie selbst war neu für die anderen.

Im Laufe der zweiten Woche gewann sie mit der Gewöhnung an dieses rasche, elegante Leben auch kritischen Abstand zu demselben.

Eve stellte fest, daß man sie »süß, aber ein bißchen anstrengend«

fand in ihrem Bestreben, den Dingen Gehalt zu geben, mit ihrem Hang zur Ernsthaftigkeit. Sie reagierte so gar nicht schick, beherrschte nicht die Fähigkeit, an der Oberfläche zu plätschern, und wußte nicht mehr, daß eine höflich gestellte Frage keine ausführliche Antwort verlangte. Sie langweilte durch kleine Geschichten von ihren Kindern, sie konnte die allgemeine Aufmerksamkeit nicht durch wirklich interessante Neuigkeiten wie zum Beispiel »Der schwule Jicky will heiraten, stellt euch mal vor!« an sich reißen, denn sie kannte solche Neuigkeiten nicht mehr.

Eve sah ein, daß sie während ihres Landaufenthaltes nichts Lebenswichtiges in der Gesellschaft versäumt hatte. Sie würde sich wohl neue Freunde suchen müssen, wenn sie in die Großstadt zurückkehrte, denn diese Gesellschaft, ausschließlich von Frauen geführt und beherrscht – von ehrgeizigen Frauen, unzufriedenen Frauen, nervös alternden Frauen –, legte auf Eves Wiederdazugehörigkeit nur dann Wert, wenn sie mehr zu bieten hatte als ein viel zu gut erhaltenes, konkurrenzfähiges Aussehen. Und dabei besaß sie doch etwas, was sie hochinteressant machte: ihren Mann. Seine literarischen Qualitäten interessierten hier weniger als sein bekannter Name, mit dem man Partys würzen und sich selbst und seinen Freundinnen zu einem neuen, angenehmen Prickeln verhelfen konnte: Voilà ein richtiger Kerl, den noch keine von uns näher kennengelernt hat.

Aber ausgerechnet über ihren Mann schwieg sich Eve beharrlich aus.

Niemand ahnte, daß sie im Begriffe stand, sich von seiner »prikkelnden Männlichkeit« zu trennen.

Jeden Abend, bevor sie sich zum Ausgehen anzog, telefonierte sie mit ihren Kindern und hörte sich lächelnd ihre furchtbar wichtigen Tagesereignisse an. Die Spanielhündin hatte noch immer nicht geworfen. Es regnete. Bibi hatte im Aufsatz eine Vier geschrieben. Omi hatte ihnen neue Schuhe gekauft.

Und einmal sagte ihre Mutter: »Hier ist noch jemand, der dich sprechen möchte!«

»Raoul?« fragte Eve gespannt.

»Nein«, sagte eine Männerstimme, die sie nicht sofort erkannte.

»Wer ist denn da?«

»Rate mal!«

An seinem Lachen erkannte sie Pedro.

»Isabell, ich komme eigens aus London hierher, um dich zu sehen. Und du bist nicht da. Ich muß dich unbedingt sprechen. Ich bleibe bis Freitag, dann fahre ich auf die Insel.«

»Was für eine Insel?« fragte sie.

»Spiekeroog. Du weißt doch – Kinderheim, Internat – ich muß mal wieder hin. Den Reumütigen zieht's immer zu den Stätten seiner Jugend. Und du hast mir einmal versprochen mitzukommen.«

»Habe ich?«

»Am Samstag nachmittag geht ein günstiges Schiff, das erreichst du bestimmt. Ich suche dir noch die Züge heraus. Die Hinfahrt ist ziemlich kompliziert.«

»Pedro, ich kann am Wochenende nicht. Ich habe bereits eine Einladung angenommen.«

»Dann sagst du sie eben ab, ganz einfach. Soll ich dir Hosen und warme Pullis von hier mitbringen, oder hast du so etwas bei dir?«

15. Kapitel

Auf Deck türmten sich Gemüsekisten.

In der Kajüte saßen nur wetterfest verkleidete Einheimische um einen Kohlenofen, vor allem Frauen und Kinder, die mit dem ersten Schiff aufs Festland zu Einkäufen gefahren waren und jetzt auf ihre Insel zurückkehrten. Ein Mann hatte sich einen jungen Hund im verschnürten Seifenkarton mitgebracht. Der Karton wurde immer rissiger vom vielen Vorzeigen, schließlich landete der kleine Hund im Mantel seines neuen Besitzers. Alle Leute kannten sich. Eve kauerte in einer Ecke, die Hände in den Taschen ihres Leopards vergraben – hier war ein Pelz kein Renommierstück mehr, sondern ausschließlich ein Ding zum Warmhalten.

Sie dachte verärgert: Warum muß ich Anfang November umständlich auf eine gottverlassene Nordseeinsel reisen, nur weil ein junger Mann aus Spanien, der sich jahrelang herzlich wenig um mich gekümmert hat, es so will? Warum bin ich immer für die anderen da? Warum tue ich nicht endlich einmal das, was ich gerne möchte!?

Hinter dem Bullauge stand absolute Dunkelheit, nur das Schaukeln und eintönige Pumpern der Maschinen ließ darauf schließen, daß das Schiffchen sich vorwärtsbewegte.

Auf einem weit ins Watt hinausgebauten Steg mußte Eve in eine Spielzeugbahn umsteigen, rot-grüne Zugmaschine, Gepäckwagen, grün-weiß gestrichener Waggon. Es dauerte noch eine Viertelstunde, bis sich das Ganze mit einem Pfiff in Bewegung setzte und in die lichtlose Schwärze zwischen Wattwiesen und Dünen hineinrumpelte.

Eve fühlte sich ins 19. Jahrhundert versetzt. Das Bähnchen stieß nochmals einen Pfiff aus und verlangsamte seine Langsamkeit bis zum endgültigen Stillstand. Ein spärlich beleuchtetes Bahnhofsgebäude, ein Pferdefuhrwerk, Gesichter, die an den Abteilfenstern entlangsuchten.

Dann sah sie Pedro.

Es war Pedro und doch nicht Pedro. Kein Junge mehr. Du lieber Himmel – ein Mann, blendend aussehend und ihr so fremd.

In seinen Gesten, seinem Mienenspiel brannte temperamentvolle Wiedersehensfreude darauf, losgelassen zu werden. Aber als er Eve dann auf dem Trittbrett erkannte, so damenhaft streng und leicht verkühlt, da schrumpfte der geplante Gefühlsausbruch zu einem Handkuß ein. Es ging ihm wohl wie Eve selbst.

Sie tauschten Verlegenheiten aus und hielten sich an konversationelle Gemeinplätze und ans Wetter, diesen niemals versagenden Gesprächspausenfüller, während er ihr weniges Gepäck auf eine zweirädrige, langstielige Karre lud, während sie sich verstohlen auf- und abmusterten, befangen lachten, wenn beim Mustern ertappt, während sie aus dem fahlen Laternenlicht in eine unbeschreiblich klare Stille hineintrabten, die ausschließlich dem Wind gehörte. Soweit Eve noch schauen konnte, erkannte sie nichts Reizvolles.

»Aber schöne Luft hier«, lobte sie höflich. »Ist es denn noch weit?«

»Das Licht da ganz oben«, sagte Pedro. »Das Haus gehört den Eltern eines Internatsfreundes. Sie kommen nur im Sommer her. Wir dürfen hier machen, was wir wollen, nur keine Brandstiftung.«

Es war ein liebenswertes, eins von jenen seltenen Häusern, bei denen man glaubt, daß man sie selbst erfunden hat. Es ließ kein Gastgefühl zu. Es machte aus einem zufälligen Besuch eine Art Heimkommen.

Sie saßen auf der Ofenbank, pulten Krabben aus, Pedro erzählte von der Lietzschule, die er am gleichen Morgen auf dem Ostende der Insel aufgesucht hatte, vom Wiedersehen mit alten Lehrern. Sie tranken Genever. In einer belebten Hotelhalle wäre das Fehlen der alten, arglosen Vertrautheit und das Vorhandensein eines neuen, unerwartet beunruhigenden Zustandes leichter zu überspielen gewesen.

In dieser absoluten Einsamkeit lenkte sie nichts voneinander ab. Unvorstellbar, daß Eve mit jenem fremden jungen Mann einmal »mütterlich« geflirtet hatte. Es fiel ihr auf, daß er sie nicht mehr Isabell nannte. Sie dachte beklommen: Und das bis Montag früh –!

Pedro hielt sich an den Genever. Er dachte: Wenn ich zuwenig trinke, werde ich die Hemmungen ihr gegenüber nicht los. Sie strahlt so verflucht viel Abstand aus. Wenn ich zuviel trinke, möchte ich sie wahrscheinlich küssen.

Als er gerade genug getrunken hatte, sagte er: »Ich freu' mich so, daß du doch gekommen bist. Du ahnst ja nicht, wie sehr ich dich vermißt habe!«

Eve lachte. »Ich nehme an, seit ein paar Tagen. Du vermißt mich erst, seitdem du beschlossen hast, einmal wieder nach Deutschland zu kommen. Den Grund dafür kenne ich nicht. Auf jeden Fall war's nicht Sehnsucht nach mir, sondern Ärger über irgendwelche Leute in Spanien, was dich hierhergetrieben hat. Stimmt's?«

Nach dieser nüchternen Feststellung ging es plötzlich besser.

»Aber seitdem ich dich gesehen habe, begreife ich erst, was ich vermissen mußte«, beteuerte Pedro lachend.

»Ah – ich bin alt geworden«, wehrte sie ab.

»Nein«, widersprach er lebhaft, »überhaupt nicht, nicht einen Tag. Nur ich. Ich habe inzwischen an Erfahrung aufgeholt.«

Und damit sprach er genau das aus, was Eves instinktives Abstandhalten ausgelöst hatte.

Ich bin nicht mehr seine vermeintliche Stiefmutter, dachte sie. Ich habe nicht das Bollwerk Raoul neben mir. Er ist kein harmloser, lieber, zappeliger Junge mehr. Ich bin noch nicht zu alt, und er ist inzwischen ein Mann geworden. Und das bis Montag früh?

Sie dachte ärgerlich: Ich bin sechsunddreißig Jahre alt. Ich habe weiß Gott mit Raoul Tambour mehr Erfahrungen gesammelt als manche Frauen mit zwanzig Männern. Und ich benehme mich noch immer wie eine dumme Kuh. Wovor habe ich denn Angst? Vor dem hübschen, schwarzhaarigen Jungen da drüben? Das ist doch Pedro!

Er war immer ein bißchen verliebt in mich. Na und? Welche Frau hat das nicht gerne. Ich wäre enttäuscht, wenn es heute nicht mehr so wäre. Ich wüßte dann, daß ich alt geworden bin. Was will ich eigentlich? Warum treibe ich solchen vorbeugenden, inneren Aufwand? Er tut mir doch gar nichts. Warum rechne ich denn überhaupt mit dieser Möglichkeit? Wünsche ich sie mir etwa? Habe ich mich in die Tatsache verliebt, daß er inzwischen ein Mann geworden ist? Erwarte ich etwas, was ich gleichzeitig verhindern möchte?

Ich brauche auf Raoul keine Rücksicht zu nehmen. Hat er je welche auf mich genommen? Ich bin sechsunddreißig Jahre. Es dauert nicht mehr lange. Und es ist ja so bald schon Montag früh!

»Guck mal«, sagte Pedro.

»Was?« fragte Eve. »Ich sehe nichts.«

»In der Scheibe da.«

Im großen Terrassenfenster spiegelte sich ihr Beisammensein. Malerischer Winkel im Landhaus. Blonde Dame im weißen Schaukelstuhl. Schöner junger Mann auf Ofenbank. Ein roter Rollkragenpullover, ein dunkelblauer. Beide rauchten.

»Weißt du, woran mich das erinnert?«

»An ein Reklamefoto für eine Filterzigarette«, sagte Eve.

Er lachte. »Genau. Und wir grinsen wie die Fotomodelle auf so einer Aufnahme. Harmonie vortäuschend, aber ohne jede Beziehung zueinander. Eigentlich schade . . . Ich möchte so gerne wieder Isabell zu dir sagen.«

»Dann sag's doch.«

»Es stimmt irgendwie nicht mehr.«

Eve spürte, er war wirklich ein Mann geworden – und in diesem Augenblick war er nicht stolz darauf, sondern voller Bedauern darüber.

Jetzt müßte ich ihm die Flasche Genever fortnehmen, dachte sie. Jetzt ist er gerade in der richtigen Stimmung. Er trauert mit vierundzwanzig Jahren seinen Erinnerungen mit achtzehn nach.

»Und nun erzähle«, sagte sie.

Pedro kramte aus seinen Hosentaschen Pfeife und Tabaksbeutel hervor. »Es ist eine ziemlich lange Geschichte, Eve. Ehe ich damit anfange, möchte ich dir gleich eins sagen: Ich bin ausgerissen. Ich kehre nie mehr nach Spanien zurück.«

In der Nacht kam ein starker Westwind auf. Er brach sich am Schornstein, unter dem ihr Zimmer lag.

Im schrägen, undicht verschlossenen Dachfenster jammerte der Sturm wie auf einer Mundharmonika in halben Tönen über eine ganze Oktave, eine irre Melodie.

Eve lag wach in ihrer Koje und dachte über das nach, was ihr Pedro erzählt hatte. Es ging ihm gut bei seinen Verwandten. Sie hatten ihn offiziell als Luizas Sohn aus ihrer heimlichen Ehe mit einem Offizier der Legion Condor ausgegeben. Pedro sagte dazu: »Mir ist langsam alles recht, was man aus meiner Herkunft macht. Wer weiß, vielleicht behauptet jemand eines Tages, ich wäre als Sternschnuppe vom Himmel gefallen. Stell dir vor, wie niedlich!«

Diese schnoddrige Bitterkeit war neu an ihm.

Er hatte es gut, er gewöhnte sich an das Wohlleben und daran, einmal Erbe von Südfrüchten en gros zu werden. Er entschloß sich, in Spanien zu bleiben, und entzückte seine Verwandten durch den Eifer, mit dem er sich in die Geschäfte seines Onkels einarbeitete. Eine jüngere verheiratete Freundin seiner Tante Juana, gebürtige Belgierin, vervollkommnete im Dämmerlicht geschlossener, die Hitze etlicher Spätnachmittage abhaltender Fensterläden seine flüchtigen, ersten Kenntnisse in der Liebe. Sie war natürlich nicht die einzige, glaubte er Eve mit südländischer Renommiersucht beruhigen zu müssen. »Ich hatte viele Mädchen.« Dann lernte er Maria kennen, achtzehn Jahre alt, fünfte Tochter eines wohlhabenden Rechtsanwalts.

»Die Hochzeit wurde festgesetzt und mußte dreimal verschoben werden. Einmal war Maria sehr krank, zweimal starben Verwandte von ihr – keine Sorge, sie hat deshalb noch immer mehr als genug. Und dann kam nichts mehr dazwischen, aber ich scheute mich plötzlich vor einem neuen, endgültigen Termin. Ich hatte dreimal schon beinah meinen Hochzeitsanzug angehabt, ich hatte dabei alle Erwartung und Vorfreude verbraucht. Und außerdem hatte ich Schiß bekommen. – Eve, stell dir vor, ein Junge, der bis zu seinem achtzehnten Lebensjahr keine Familie hatte, soll plötzlich zweiundzwanzig nahe Verwandte heiraten, die zusammenhalten wie die Kletten . . . Ich weiß heute, daß ich Maria nicht allein bekäme, sondern ihren ganzen Klan dazu, daß zweiundzwanzig nahe Familienmitglieder ständig an unserem Eheleben teilhaben würden. Man setzt mir die Pistole auf die Brust, man spürt wohl, daß ich nicht mehr will . . . Als ich jetzt in London war, geschäftlich für meinen Onkel, na ja, da kam eben der Moment . . . Ich sagte mir: Du Trottel! Willst du dich wirklich schon mit vierundzwanzig Jahren an die Kandare legen lassen? Na, und da bin ich nach Düsseldorf geflogen. Ich mußte mit dir über alles sprechen – und ich hatte Sehnsucht nach der Insel.«

»Und jetzt sollen wir dir beide raten – die Insel und ich.«
»Ja.«
»Und Maria?«
»Ich habe ihr kein Härchen gekrümmt. Sie wird schon über einen ausgerissenen Bräutigam hinwegkommen. Und die Aussteuer wird ja nicht schlecht, wenn sie bis zum Nächsten liegenbleibt.«
»Und dein Onkel – und deine Tante?«
»Für sie ist das Ganze ein gesellschaftlicher Skandal. Sie werden mir das nie verzeihen. Ich kann nicht zurück. Und wenn ich alles aufgeben muß.« Er sah Eve an. »Weißt du übrigens, daß meine Mutter mit achtzehn Jahren – zwei Tage vor ihrer Hochzeit – mit einem Stierkämpfer davongelaufen ist?«
Eve lag noch lange wach und dachte über diese Beichte nach. Sie dachte: Es sah alles so rosig für Pedro aus. Und jetzt kommt ihm das mütterliche Erbteil dazwischen.
Über Pedros Ratlosigkeit vergaß sie ihre eigene.

Sie liefen stundenlang am Meer entlang, ohne einem einzigen Menschen zu begegnen. Anscheinend waren diese bis auf Pedro und Eve über Nacht ausgestorben.
Über den haarigen Dünen leuchtete der Himmel tiefblau. Der Westwind trieb die Wellen quer zur Insel, sie erreichten den Strand nicht. Sprühfontänen wehten aus weißen Schaumköpfen zurück. Die Wellen hatten plötzlich Mähnen. Es war Ebbe.
Eve ging ein paar Schritte vor Pedro her, umging die blauen und orangefarbenen zusammengefallenen Glocken der Quallen, ging an ein paar unbeweglichen Austernfischern vorbei – langbeinig, hell, einsam.
Wie gut sie in diese Landschaft paßt, dachte er.
Sie saßen im Windschatten einer Düne, sahen die Frachtschiffe auf der geraden Linie des Horizontes fahren, hörten das Klagen der Möwen. Jede Muschel zog einen Sandkeil hinter sich her, der Strand wirkte wie genagelt. Zerrissene Fischkörbe, angeschwemmte Kistenbretter. Flaschen, leer und anonym durch ihr verlorengegangenes Schild. Pedro hob eine auf.
»Könnte Whisky drin gewesen sein«, überlegte er und warf sie weit. Irgendwo rollte die Flasche im Sand aus.
Es geschah nichts. Es war, als ob die Zeit stehengeblieben wäre, als ob sie aufgehört hätte, Zeit zu sein.
Himmel, Sonne, Weite, Einsamkeit, die See . . . Eve hatte einen

Augenblick lang das Erlebnis absoluten Glücks, eines Glücks, das ihr allein gehörte. Sie war ein paar ruhige Atemzüge lang sehr jung, wußte noch nichts von Claus Chrysanth, Raoul Tambour, vom Leben überhaupt . . .

Pedro brach leider viel zu früh in dieses glückliche Atemholen zwischen Zeit und wieder Zeit ein. Er fragte ausgerechnet jetzt: »Du willst dich also scheiden lassen?«

Eve sah ihn an – abwesend, dann langsam ernüchternd.

»Woher . . .?«

»Deine Mutter hat's mir gesagt.«

Sie stand auf und schüttelte den Sand ab. »Gehn wir zurück?« Sie mochte jetzt nicht von Raoul sprechen.

Sie rannte seinen Fragen fort in die olivgrüne Kraterlandschaft hinter den Dünen. Das Korallenrot der Sanddornbeeren leuchtete an ihr vorbei und braun vertrocknendes Silberblau von Stranddisteln.

Ein Hase riß hakenschlagend aus.

Eve wußte den Augenblick voraus, an dem Pedro sie einholen und umarmen würde. Sie wehrte sich nicht, aber sie kam ihm auch nicht entgegen. Sie sah ihn lächelnd an.

Er beugte sich über ihr windkaltes Gesicht und küßte sie schließlich nur auf die Wange und verfluchte dabei diese Scheu vor ihr, die seinem Verlangen im Wege stand und alles Wunsch bleiben ließ, und es war doch so ein Jammer –

Als sie weiterliefen, fragte Pedro: »Was hältst du davon, wenn wir nach Hamburg gehen? Mit meinen kaufmännischen Kenntnissen und Beziehungen finde ich jederzeit einen Job.«

»Und was soll ich dabei?«

»Mitkommen«, sagte er einfach.

»Ich hatte schon Angst, du wärst ein Mann geworden, aber du bist noch immer ein Junge.«

»Eve!« Er war sehr gekränkt.

»Türmst du aus einem allzu intensiven Familienanschluß, um dir einen neuen aufzuladen? Wie denkst du dir das überhaupt?«

»Kann man mich nicht ernst nehmen? Bin ich dir immer noch zu jung, Eve?«

»Heute bist du zu jung für mich, morgen bin ich zu alt für dich, und das wäre für beide Teile so viel schlimmer.« Was für ein bezaubernder junger Mann! Was wäre sie gerne zwanzig Jahre alt!

»Du hast mir übrigens noch immer nicht deine alte Schule gezeigt.«

»Du hast eine verblüffende Art zu ernüchtern«, sagte er dazu.

»Bist du böse?«

»Nein, nur traurig.«

Ich auch, dachte sie.

Der Sonntag fuhr fort, ein schöner, einsamer Tag zu sein. Ponys grasten am Haus vorbei. Kurz vor Einbruch der Dämmerung sah Eve in weiter Ferne eine windgebeugte Gestalt über die Insel traben.

»Guck mal«, rief sie Pedro herbei, »ein Mensch.«

Er nahm das Jagdglas auf. »Wahrhaftig. Ist also doch noch einer außer uns beiden übriggeblieben.«

Sie saßen vor dem großen Fenster zum Watt und zündeten keine Lampe an, und dafür, daß sie beide, jeder für sich und zusammen erst recht nicht, wußten, wie ihr Leben von jetzt ab weitergehen sollte, waren sie recht vergnügt. Ihre Sorgen hatten sich aufs Festland zurückgezogen.

Als Pedro einmal hinausging, um Kohlen zu holen, läutete das Telefon. Eve sprach eine Weile, sprach noch, als er ins Haus zurückkehrte. Aus ihren zusammenhanglosen Worten: »Ja – nein – nein – ich weiß noch nicht –« konnte er nicht heraushören, mit wem sie telefonierte.

Er stand in der Dunkelheit vor dem Fenster und beobachtete durch das Glas den Mond hoch über dem Watt zwischen grauen, jagenden Wolken, als sie zu ihm trat.

»Es war meine Mutter«, sagte sie.

»Schade, wenn ich das gewußt hätte – ich hätte sie gern gesprochen.« Er reichte ihr das Glas. »Guck dir mal den Mond an. Mit bloßem Auge wirkt er wie ein zahnwehkranker alter Mann. Aber in der Vergrößerung . . .«

»Ein bißchen unheimlich.«

»Unheimlich, weil du zuviel Phantasie und zuwenig astrologische Kenntnisse besitzt«, belehrte er sie.

»Astronomische«, verbesserte Eve sanft und gab ihm das Glas zurück. »Ich verwechsele das auch immer.«

»Weißt du, daß das der schönste Tag für mich war seit langer, langer Zeit?« fragte er nach einer Weile in die Dunkelheit.

»Weißt du, weshalb meine Mutter anrief?« sagte Eve darauf. »Raoul hat ein Telegramm geschickt. Er kommt heute abend nach Haus.«

»Was wirst du jetzt tun?« fragte Pedro nervös. »Nach Haus fahren oder hierbleiben? Bleib doch noch hier!«

»Ich muß mit ihm sprechen«, sagte sie. »Ich muß auch mit einem Anwalt sprechen. Wenn du wüßtest, wie mir davor graust! Dieses Breittreten interner Angelegenheiten! Und dazu im Juristendeutsch. In dieser Sprache wird selbst das kaputt gemacht, was man sich gern als Erinnerung bewahrt hätte.«

»Ist es denn nötig? Glaubst du, daß Raoul dir Schwierigkeiten machen wird?«

»Ich weiß nicht. Ich weiß überhaupt gar nichts, Pedro. Komm, sei lieb, mach das Licht an.«

Ihr letzter Abend auf der Insel.

Musik aus dem Radio. Viel Spannung. Wenig Natürlichkeit. Vorzeitig abbrechende Gespräche. Ängstlich vermiedene Blicke. Als die Spannung unerträglich wurde, nahm Eve den gefüllten Aschenbecher und trug ihn in die Küche. Er ist all das, was Raoul nicht ist. Ich würde mit ihm wahrscheinlich bedeutend glücklicher sein, überlegte sie. Zwölf Jahre Unterschied!

»Ich mache mir jetzt ein Wurstbrot. Möchtest du auch was essen?« fragte sie von der Küche her.

Pedro antwortete etwas, das sie nicht verstand. »Was hast du gesagt?« fragte sie, in die Tür tretend.

Er hockte zusammengesunken im Schaukelstuhl. Er sah bezaubernd aus. Nur seine Augen wirkten glasig.

»Trink nichts mehr«, sagte Eve. »Morgen hast du einen Brummschädel.«

»Na und?« sagte er. »Morgen bist du nicht mehr da . . .«

Er brachte sie zum Bahnhof. Sie standen sich auf dem Trittbrett gegenüber. Das Bähnchen stieß seinen gewichtigen Pfiff aus – er war überflüssig, aber schön. Es zuckelte in die weite, karge Insellandschaft hinein.

»Du mußt jetzt absteigen«, sagte Eve.

»Gleich«, sagte Pedro. Sein Gesicht wirkte maskenhaft trocken. Die Augen hatten sich in dunkle Schatten zurückgezogen.

»Paß auf dich auf«, sagte Eve. »Trink nicht soviel und . . .«

»Jajaja«, unterbrach er sie, verärgert über ihre mütterlichen Ratschläge in letzter Minute.

Das Bähnchen hielt in Westend. Das war eine Station, die aus einem Schild und einer Bank bestand. Ein Mann mit einem Rucksack stieg ein. Der Zug fuhr weiter.

»Was wirst du jetzt tun?« fragte Eve.

»Ich weiß noch nicht.«

»Geh nach Spanien zurück.«

»Nein.« Er sah sie unglücklich an. »O mein Gott, Eve, was haben wir doch versäumt.«

Sie nahm sein graues, übernächtigtes Gesicht zwischen ihre Hände und küßte ihn. »Glaubst du, mir ist es leichtgefallen?«

Auf einmal war er nicht mehr da. Sie sah ihn im Gras landen. Er heulte. Eve sollte es nicht sehen.

Er stand jetzt zwischen den Schienen, wurde immer kleiner und die Insel um ihn immer weiter und das Grau endlos. Er winkte nicht.

Eve heulte nun auch, heulte noch, als sie vom Bähnchen auf den Dampfer umstieg. Es tat ihr so furchtbar leid – um Pedro, um sich selbst. Sie kam sich plötzlich so alt vor. Zum ersten Male zu alt . . .

Aber dann setzte zwischen geräuschvollem Schnauben die Erleichterung darüber ein, daß an diesem Wochenende keine Wirklichkeit zustande gekommen war.

Als sie nach einer ebenso ermüdenden wie umständlichen Tagesreise am späten Abend heimkam, waren die Kinder noch auf. Sie hörte ihre Stimmen von der Küche her, während sie ihren Pelz auf einen der primitiv geschnitzten, bemalten Tierköpfe hängte, die als Garderobenhaken dienten. Mantel und Hut ihrer Mutter fehlten, sie war am Morgen abgereist. Dafür hing ein gefütterter Trenchcoat da, den sie nicht kannte, und Raouls dunkelblauer, abgetragener Kaschmirmantel auf einem Schimmelkopf.

Eve ging in die Küche, sah Hildtrud brummig am Herd lehnen und Raoul und die Kinder auf dem Steinboden. Zwischen ihnen – auf Decken, Gummiunterlage und Handtüchern – lag die Hündin. Es war endlich soweit.

Sie bemerkte Eve zuerst und wedelte entschuldigend, weil sie ihr nicht entgegenkommen konnte. Ihre Zunge wischte emsig um einen eben geborenen Welpen. Dann sahen sie auch die anderen.

»Ach, Mammi ist da«, sagte Bibi, nicht sonderlich überrascht.

»Du kommst gerade richtig«, rief Chris. »Zwei sind schon raus!«

Hildtrud war die einzige, die guten Abend sagte und anschließend verkündete: »Isch ersäuf' der janze Zijeunerbrut, ehja!«

Eve sah nur Raoul. Sah seinen gekrümmten, breiten Rücken zuerst, sein Gesicht, das sich ihr zuwandte, langsam, völlig ausdruckslos, sah seinen kalten, hellen Blick, sah ihn aufstehen und auf sich zukommen.

Er sagte nichts, nahm nur ihren Arm und schob sie vor sich her aus der Küche. Sie gingen in sein Zimmer.

Auf dem Schreibtisch brannte noch die Lampe, in die Maschine war eine halbbeschriebene Seite eingespannt. Das Radio spielte für sich allein.

Im Zimmer sah es so aus, als ob Raoul es in Eile verlassen hätte, um Hebammendienste in der Küche zu leisten.

Er schloß die Tür.

»Was ist los?« fragte er übergangslos. Seine Ruhe hatte etwas Unheimliches. »Was war mit Pedro!«

»Ich versteh' dich nicht . . .«

»Wenn du heute nicht gekommen wärst, dann wäre ich morgen auf der Insel gewesen und hätte euch alle beide umgebracht.«

Eve lachte ärgerlich. »Laß diese starken Reden, und vor allem laß Pedro aus dem Spiel. Ich glaube . . .«

»Was war?« Er hatte ihr Handgelenk ergriffen, er tat ihr weh, sie wich seinem rauchigen Atem aus. »Hast du mit ihm geschlafen?«

»Nein, zum Kuckuck noch mal, laß mich los. Wie kommst du auf diese absurde Idee!«

»Was wollte er von dir? Warum hat er dich auf diese Insel bestellt?«

Sie zerrte an ihrer Hand. »Ich glaube, zwischen uns gibt es im Augenblick Wichtigeres zu besprechen. Du hast doch meinen Brief bekommen.«

Raoul ließ sie frei. Eve rieb ihr schmerzendes Gelenk.

»Hör zu«, sagte er nach einer Weile, und es klang, als ob er jedes Wort langsam und gründlich kaute. »Hör zu, meine Süße, ich *habe* deinen Brief bekommen.«

Sie wartete ab. Aber er sagte nichts weiter. Er lehnte an der Tür. Warum ausgerechnet an der Tür, dachte Eve und hatte plötzlich Angst vor ihm. So etwas Blödsinniges – Angst vor Raoul – er ist doch mein Mann – ich hatte nie Angst vor ihm – auf einmal – er spielt jetzt den starken Mann, um mich einzuschüchtern – er kann mich nicht einschüchtern.

»Du hast also meinen Brief bekommen«, sagte sie ärgerlich. »Du hast es nicht einmal für nötig gehalten, ihn zu beantworten.«

»Nein«, sagte er.

Dieses auf jegliche Begründung verzichtende, mißachtende »Nein« traf sie mit der erniedrigenden Wirkung einer Ohrfeige.

Jetzt hatte sie keine Angst mehr, nur noch den Wunsch zurückzuschlagen. »Du bist geradezu phantastisch, Raoul Tambour. Du spielst jetzt den Buhmann, den Beleidigten, Blutrünstigen, ausgerechnet du, der mich jahrelang betrogen und belogen hat, der rücksichtslos sein eigenes Leben lebte, ausgerechnet du machst mir völlig haltlose Vorwürfe wegen Pedro.« (Ein Glück, daß sie haltlos geblieben sind!) »Du ignorierst meinen Brief, gehst mit einem Achselzucken über alles hinweg, was du mir in sechs Jahren zugemutet hast. Es ist wirklich phantastisch, aber es ist genug. Ich gehe morgen zum Anwalt.«

Er grinste böse.

»Wird nicht so ganz einfach werden, meine Süße. Alle nachweisbaren Scheidungsgründe sind verjährt, da von dir großmütig verziehen.«

»Ich habe dir nichts verziehen, absolut gar nichts!« schrie sie ihn an.

»Menschlich wohl nicht, aber juristisch.«

Eve war fast ohnmächtig vor Wut und der Erkenntnis, daß er leider recht hatte.

Sie sagte, sich zusammennehmend: »Ich hoffe, du wirst dich wenigstens einmal in deinem Leben wie ein Gentleman benehmen. – Und jetzt gibt die Tür frei. Ich muß die Kinder ins Bett schicken und mich um den Hund kümmern.«

Er schob sich mit einer leichten Schulterbewegung zur Wand. Eve wollte an ihm vorbei.

Da sagte er nachdenklich: »Gesetzt den Fall, ich willige in die Scheidung ein . . . was dann!?«

Sie sah sich nach ihm um. Sie konnte plötzlich nicht mehr fortgehen.

Ich stand da und sah dich an, nahm all das wahr, was mein Leben ausgemacht hatte. Hoffnungen. Pläne, Enttäuschung. Ärger. Warten. Warten. Manchmal Glück.

»Gesetzt den Fall, ich willige in die Scheidung ein – was dann!?«

Ja, was dann. Du lieber Himmel, was dann! Ich hatte plötzlich ein Vorgefühl grenzenloser Verlassenheit, ein Auslöschen aller Farbigkeit. Was war ich ohne dich – ohne den Ärger über dich – ohne dein breites, dröhnendes, fröhliches Lachen?

Wir standen voreinander, abwartend beide, nicht mehr wütend, auf irgend etwas hoffend.

»Es geht doch gar nicht«, sagtest du endlich. »Dein Brief war doch Quatsch. Wo willst du denn verkümmern, wenn ich nicht mehr da bin? Etwa in deinen sogenannten gesellschaftlichen Kreisen? Kannst du denn überhaupt dahin zurück? Erzähl mir nicht, daß du mit Sechsunddreißig abgeklärt genug bist, um nur deinen Kindern zu leben. Du wirst auf die Suche nach einem neuen Mann gehen, auf schöne Beteuerungen hereinfallen – du bist der Typ, der glaubt und hereinfällt.« Du sahst mich bekümmert an. »Was soll denn aus dir werden, wenn ich dich laufenlasse?«

Auch im Einrenken immer noch in der Offensive, dachte ich. Keine Entschuldigung, kein Versprechen, kein Eingeständnis, dafür ein väterlicher Vorwurf. Was soll denn aus dir werden, wenn ich dich laufenlasse.«

Es war beinah unfaßlich.

Du gingst zum Schreibtisch, genauer gesagt zu einem angebrochenen Zigarettenpäckchen.

Du sagtest dabei: »Ich werde nicht verkommen, wenn du nicht mehr da bist, ganz einfach, weil so einer wie ich gar nicht verkommen kann. Ich würde das hier verkaufen – du willst ja schließlich in die Stadt zurück –, und mir reicht ein Zimmer irgendwo zum Abstellen meiner Sachen. Ich würde noch mehr reisen als bisher, aber es würde mir nicht mehr solch Vergnügen bereiten. Ohne dich, Eve, wäre ich eben doch ein verflucht armer Hund.«

Verflucht armer Hund – das war so eine echt Raoulsche Formulierung, stark und sentimental, für Situationen zuständig, in denen du wie ein unerschütterlicher Kerl und auf keinen Fall sentimental wirken wolltest.

»Ich möchte dich wirklich behalten, Eve«, sagtest du.

Als ich die meuternden Kinder die Treppe hinauf ins Bett scheuchte – es war immerhin schon zehn Uhr –, kamst du mir nach: »Beinah hätte ich es vergessen, Eve. Geh nicht in dein Zimmer. Ich habe den Gustav mitgebracht und dort einquartiert. Er hat sich noch mal beim Zirkus versucht, ist ihm schlecht bekommen. Und pleite ist er auch, der arme Kerl. Laß ihn bloß schlafen!«

Wir saßen bis zum Morgen auf Küchenstühlen, während die Hündin einen Fehltritt nach dem anderen warf. Zehn kleine Zigeuner, zwei davon ließen wir ihr.

Hiltruds Wecker tickte emsig. Hinter den Fenstern lag die stumpfe Stille des Nebels. Die Hündin leckte ihre kleinen Zigeuner, zuweilen fiel sie in einen röchelnden Erschöpfungsschlaf.

Um drei Uhr früh, als kein umhüllendes Plaid mehr gegen das innere Frösteln der Übermüdung anwärmen konnte und ich auch ohne Spiegel das totale Verblassen meines Gesichtes miterlebte, sagtest du: »Ich muß dir etwas vorlesen, Eve. Ich bin gleich zurück.«

Dieses Gleich dauerte eine lange Weile, in der das kleinkarierte, rot-weiße Muster des Küchentisches vor meinen Augen zu flimmern begann.

Und da dachte ich schläfrig-traurig an Pedro.

War es wirklich erst – wieviel Stunden eigentlich? – ich konnte nicht mehr rechnen, und es ist ja auch unwichtig, wieviele Stunden mich schon von dem grauen Morgen unseres Abschieds trennen. Die stille, kleine Insel liegt unendlich weit zurück, beinah in einem anderen Leben . . . .

Pedro – in meinen Händen spüre ich noch die Magerkeit seines Gesichts . . . Pedro . . . süße Erinnerung an eine dunkeläugige Sehnsucht . . . ich war so gern romantisch mit ihm. Und gefühlvoll. Und all das, was ich mit Raoul nie sein kann.

Was wird wohl aus ihm werden – wozu wird er sich entscheiden? Was wird überhaupt? Ich bin so müde – ich möchte nicht mehr nachdenken . . .

Nach einer Weile stand ich auf, das Schurrgeräusch der Stuhlbeine auf dem ausgetretenen Steinboden vermeidend, um die Hündin nicht zu wecken. Sie war, um ihre flattrig atmenden, rattenhaften Welpen gerollt, eingeschlafen.

Ich machte mich in unserem nächtlich ausgekühlten, uralten, schiefwandigen Hause auf die Suche nach dir und fand dich am Schreibtisch, tippend. Das Radio gab pfeifende Geräusche von sich. Durch das halbgeöffnete Fenster zum Strom zog der Zigarettenqualm nicht ab, nur feuchte Nebelnacht ins Zimmer.

Du nahmst mein Kommen wahr, ohne den Kopf zu wenden. »Ach, Eve, entschuldige – ich bin sofort für dich da – nur einen Satz noch . . .« Und hintenan ein leicht gestörtes: »Setz dich doch.«

»Aber wenigstens das Fenster darf ich schließen?«

»Ja, natürlich.«

Ich spürte, du hättest mir in diesem Augenblick einen grünen Hund versprochen, nur um Ruhe zu haben.

Ich schloß das Fenster und setzte mich und wartete und gähnte . . . Es war ein langer, langer Satz, den du noch schreiben mußtest.

Er dauerte bis kurz vor vier Uhr früh. Nach jedem Vornübernikken richtete ich mich schreckhaft blinzelnd auf, sah deinen breiten, grobgestrickten Rücken, deinen ergrauten Hinterkopf und aufsteigenden Qualm, einmal über dir, dann rauchtest du gerade, das nächste Mal bläulich tanzend in den Kegel der Tischlampe steigend, dann lag die Zigarette im Aschenbecher. Das Tippgeräusch schläferte mich ein.

Das helle, ratschende Geräusch eines energisch aus der Maschine gerissenen Bogens weckte mich auf.

Du kamst auf mich zu, einige beschriebene Seiten in der Hand, mitleidiges Erstaunen in der Stimme: »Meine Süße! – Hast du etwa geschlafen? – Bist du sehr müde? Ist dir kalt? Soll ich dir eine Decke holen? – Wenn du natürlich zu müde bist, verschone ich dich – aber ich würde dir trotzdem gern etwas vorlesen.«

»Hol mir einen Kognak«, bat ich, mir von diesem Getränk gleichermaßen Erwachen und Erwärmung versprechend.

Er schmeckte scheußlich wie jeder erste Kognak. Du schenktest eilfertig nach, du brauchtest mich ja wach genug, was solltest du mit einem Tränen gähnenden Zuhörer anfangen?

Nach dem zweiten, verachtungsvoll heruntergeschütteten Glas erwachte in mir ein gewisses Gefallen an diesem Getränk, und vor allem erwachte ich selbst.

»Ich bin jetzt fröhlich. Fang an zu lesen«, forderte ich dich auf.

Und nun geschah etwas Seltsames. Du fühltest dich von deiner Selbstzufriedenheit im Stich gelassen und wurdest verlegen. Du und Verlegenheit!! »Es ist nichts Besonderes – und es ist noch längst nicht fertig, Eve. Ich muß noch daran feilen . . . wahrscheinlich ist es schlecht. Es ist etwas ganz anderes, weißt du. Wenn du aber zu müde bist, gehen wir lieber zu Bett.«

Du standest fluchtartig auf . . .

»Hör zu«, sagte ich und kaute jedes Wort langsam und gründlich auf Raoul Tamboursche böse Manier, »hör zu. Jetzt will ich zuhören!«

Du setztest dich und griffst hilfesuchend nach einem herauszögernden Räuspern. »Wenn es dir nicht gefällt, mußt du's ehrlich sagen.«

»Spiel nicht den Verschüchterten«, sagte ich ungeduldig. »Wer soll dir denn das glauben?«

Und dann fingst du endlich an.

Es war wirklich nichts Besonderes, darin hattest du recht.

Das Thema: Ein Junge und seine Hündin, die bald werfen wird. Es war die Aufzeichnung kindlicher Gedanken, sprunghaft, voll abstrakter Phantasie und umständlicher Gründlichkeit. Es war die Beschreibung ebenso emsig wie sinnlos getroffener Vorbereitungen für ein Ereignis, von dem niemand dem Jungen gesagt hat, wie es vor sich gehen wird. Die Hündin beobachtet schwerfällig, mit gutmütigem Interesse seine Bemühungen, deren Sinn sie nicht begreift, und erduldet die gutgemeinte Tyrannei seiner Hände.

Christophs rissige Hände, das pausenlose Hochziehen seiner Nase, seine blecherne Stimme, seine Geschäftigkeit – und endlich sein staunendes Zurückbleiben und Zuschauen bei einem Akt, der seine Hündin von ihm entfernt, über ihn hinauswachsen läßt.

Das war alles. Ich kann es leider nur in meinen Worten wiederholen. Vielleicht habe ich es dadurch verniedlicht.

Du sahst mich an, und weil ich nichts sagte, brachst du noch einmal in Entschuldigungen aus. »Es ist ja noch nicht fertig. Ich habe es heute so zwischendurch geschrieben . . . Ich rannte im Haus herum, vollkommen verrückt vor Eifersucht und Wut auf Pedro und dich und eure einsame Insel. Ich begegnete dabei immer wieder Christoph und seiner Hündin – und der Gedanke, daß ich ihn und Bibi ja mitverlieren würde –«

»Im Zorn ist dir noch immer das Beste gelungen«, sagte ich.

»Findest du die Story gut?«

»Das Beste seit der ›Studie über Marischa‹.«

»Ah, – du mußt nicht immer meine anderen Bücher miesmachen«, schimpftest du milde und ordnetest die Manuskriptseiten mit der behutsamen Wichtigkeit, die ihnen auf einmal zukam.

Du legtest sie auf meinen Schoß.

»Da, schenk' ich dir. Hol sie hervor, wenn du Grund hast, mich zu hassen, oder wenn du gar zu miese Kritiken über Raoul Tambour lesen mußt. Veröffentlicht wird sie nicht. Mir genügt die Anerkennung meiner unbequemsten Kritikerin und die Genugtuung, daß ich Besseres könnte, wenn ich wollte. – Ich weiß, Süße, du hättest gern eine Art Dichterfürsten aus mir gemacht. Tut mir leid, daß ich dich um diese Würde und Ehre bringe, aber nun stell dir bitte mich mal in solcher seriösen, verpflichtenden Herrlichkeit vor. Na, sehr komisch!«

Ich mußte auch lachen.

»Und jetzt gehen wir schlafen.«

»Ich bin überhaupt nicht mehr müde«, stellte ich fest.

»Wie schön«, sagtest du. Wir drehten das Radio ab und löschten das Licht.

Du gingst noch einmal auf den Hof, um die Remisen abzuschließen, ich sah nach unserer jungen Mutter und ihren Fehltritten.

Zu Füßen der alten Eichentreppe standen noch immer meine Koffer. Aus manchen Kleidungsstücken mochte beim Auspacken Inselsand rieseln . . .

Am nächsten Tag hatten die Kinder schulfrei, weil niemand im Hause wach war, der sie in den nächsten Ort fahren konnte. Sie waren absolut nicht böse darüber. Sie hatten schließlich junge Hunde.

Gegen neun Uhr stand ich als erste von uns beiden auf und gelangte unbemerkt an der offenen Küchentür vorbei. Ich sah Gustavs breiten Rücken im gestreiften Bademantel und hörte, die Stimmen der Kinder.

»Wirst du ihnen beibringen, durch Reifen zu springen?« fragte Bibi.

»Kannst du sie so richtig bissig machen?« erkundigte sich Chris. »Sie sollen niemand mögen außer mir.«

Es sah beinah so aus, als ob Gustav bei uns bleiben würde. Er hatte ja keine andere Wahl, nachdem es ihm gelungen war, durch Fehlspekulationen sein Vermögen um die Ecke zu bringen.

Ich ging in den Garten und stand einen Augenblick unter dem nackten Kirschbaum und blickte auf das triste Nebelgrau und auf die vorbeiziehenden Frachtschiffe.

Ich brauchte nicht länger hierzubleiben. Du hattest mir in endlosen nächtlichen Gesprächen versprochen, ein hübsches, modernes Haus in belebter Gegend mit gefälligem Klima zu bauen. Ich brauchte nur zu wählen, wo. Du versprachst mir eine Stadtwohnung und einen Sommersitz. Du warst für deine Verhältnisse so unbeschreiblich großzügig, du wolltest mich ja behalten.

Meine fröhliche, gute Zeit brach an, die Zigeunerin hatte es bereits in meiner Hand gelesen.

Ich sah mich um. Sah das Haus. Hundertsechzig Jahre alt. Weiß, streng, mit grün-weißen Fensterläden. Kein Balkon, keine Terrasse, die Fenster schief. Immerzu etwas zum Reparieren, und es dauerte ewig, bis Handwerker zu uns herauskamen. Ich hatte das alte Haus plötzlich so fürchterlich lieb, weil ich es endlich verlassen durfte. Aber ich mußte ja nicht. Kein Mensch konnte mich zwingen fortzugehen. Die Kinder waren glücklich hier. Und der uralte Willy, unser Pferd. Und die Hunde, jetzt drei an der Zahl. Und die Katzen und all das andere Viehzeug, was sie mir im Laufe der Jahre angeschleppt hatten. Und Gustav Stiffelknecht – wenn er bei uns bliebe, hätte ich endlich einen muskelstarken Schutz für jene Zeiten, in denen du nicht hier wärst. Denn es würde sich nichts ändern . . .

Meine Gummistiefel brachen in die feuchte, schwarze Erde des Rosenrondells ein. Ich stand jetzt vor deinem Bronzekopf und schaute in die Leblosigkeit seiner angedeuteten Augen.

Ich war nicht einmal sicher, ob ich dich heute noch liebte. Ich hatte bei meinem Ausbruchsversuch aus unserer recht einseitigen Ehe vor allem eine Erkenntnis gewonnen: es war für alle Beteiligten besser, das alte Kreuz weiterzutragen, als eine neue Ungewißheit einzugehen. Ich hatte von der Zukunft nicht mehr zu erwarten als von der Vergangenheit, gegen die ich erfolglos rebellierte.

Jetzt warst du noch da – da oben – das zweite Fenster von links im ersten Stock. Aber wie lange noch – wie kurz –

Ich zog die Pudelmütze von deinem Bronzekopf. Mehr konnte ich im Augenblick nicht tun – für dich nicht, für mich nicht und auch nicht für die Möwen.

Barbara Noack

Italienreise – Liebe inbegriffen

Ein Roman, in dem es munter zugeht

1. Kapitel: *Der Reiseleiter*

Er ist so unerwartet brünett und elegant, wie sich die weiblichen Mitglieder der Busbesatzung niemals einen Reiseleiter erhofft haben. Seine Wirkung wäre mit der eines neuen, hübschen Zeichenlehrers in der Mädchenschule zu vergleichen: man wird von Stund an weniger randalieren, aufmerksamer zuhören – und heimlich schwärmen.

Aber es gab auch einen Mann, der etwas besonders Reizendes in Blond zum Autobus brachte und unseren Reiseleiter mit einem eindeutigen Blick bedachte: So einer wie Sie müßte als Aufseher über alleinreisende junge Damen glatt verboten werden, jawohl!

Jetzt – nach den ersten zwanzig Kilometern Autobahn – denkt der schöne Reiseleiter an nichts Blondes, das hinter ihm im Busparkett den Polstersitz 7 auf seine Bequemlichkeit hin ausprobiert. Er hat die Augen zum regenschweren Himmel erhoben und betet inbrünstig: »Lieber Gott, schütze unsern Bus vor Unfällen und Pannen. Gib mir die nötige Geduld – dies ist die vierte Herde, die ich in diesem Jahre nach Italien führe! –, und bitte, lieber Gott, gib mir die vorbestellte Anzahl Einzelzimmer. Amen.«

Drauf zieht er die Mikrophonschlange an den Mund, schluckt zweimal ergeben und beginnt:

»Meine Damen und Herren. Ich begrüße Sie im Namen des Reisebüros, in meinem eigenen – Robert Florian heiße ich – und selbstverständlich auch im Namen unseres Fahrers Krause. Er hat gerade vor acht Tagen seinen Führerschein gemacht.«

»Oho«, lacht man. »Das kann ja noch gut werden.« Und Robert Florian denkt: Die alten Witze haben jetzt, im dritten Jahr, noch immer Erfolg.

»Sie wählten Italien als Ihr Reiseziel, und Italien hat mir versprochen, Sie nicht zu enttäuschen. Es wird Ihnen während der nächsten drei Wochen unendlich viel bieten, und ich hoffe, es ist für jeden von Ihnen etwas Erfreuliches dabei: berühmte Stätten der Christenheit, römische Ausgrabungen, bewegte Renaissance, südliche Nächte, billige Weine, Santa Lucia-Sentimentalität und echte Romantik. Wie bitte?«

»Es zieht! Von links zieht es am Kopf!«

»Ich bitte die linken Herrschaften, die Fenster zu schließen.«

Er wischt über sein Mikrophon und fährt fort.

»Vielleicht kennen Sie die Meinung, die im Ausland über den deutschen Touristen besteht?! – Danach soll er sofort erkennbar sein an seiner stabilen, wetterfesten Wanderkleidung, seinem Hang zum sangesfrohen Schunkeln und der oft und laut gebrauchten Redewendung ›Kommse mal zu uns. Bei uns ist das alles viel sauberer, ehrlicher und haltbarer‹. Kurz, man sagt uns im Ausland einen provozierend zur Schau getragenen Patriotismus nach, den wir im eigenen Lande allzuoft vermissen lassen. Sagt man.

Sie, meine dreißig Damen und Herren, gehören selbstverständlich nicht zu diesem Typus. Sie wissen, daß Italien das Land des Weines und der Spaghetti ist, in dem Bier und Bockwurst seltener vorkommen als bei uns. Sie wissen, daß der Italiener die Schönheit intensiver als die Ordnung liebt und die absolute Ehrlichkeit großmütig nördlicheren Völkerstämmen überläßt.

Sie fahren nach Italien so, wie man ins Ausland eben fahren muß: um Land und Leute kennenzulernen, nicht, um Land und Leute mit den eigenen heimischen Vorzügen zu vergleichen. Ihr persönlicher Charme, Ihr untadeliges Auftreten, Ihr bewundernswertes Einfühlungsvermögen in fremde Länder und Sitten wird die Italiener verblüffen.

Und wenn unser Bus auf der Rückfahrt die Grenze überschreitet, so lassen wir ein staunend Volk zurück, das verwundert rufen wird: Aber der deutsche Tourist ist ja ein ganz entzückender Mensch und viel angenehmer als die übrigen ausländischen Reisenden. Und sehen Sie, meine Damen und Herren, das wird Ihr Verdienst sein.

Nun zu uns selbst. Uns verbindet bisher nur die gleiche Reiseidee. Wir kommen aus allen Gegenden Berlins, aus verschiedenen Interessenwelten und Generationen und frieren noch vornehm im Eise unserer eigenen Zurückhaltung vor uns hin.

Aber recht bald, so hoffe ich, werden wir eine große, herzliche Familie sein. Ohne verwandtschaftliche Zwistigkeiten.

Jetzt wünsche ich denen, die seit dem ersten Kilometer unserer Reise ununterbrochen Wurstbrot, Pfirsiche, Eier und Schokolade durcheinandergegessen haben, einen gesegneten Schulausflugsmagen, und denen, die schlafen möchten, eine gute Nacht. Es tritt eine Redepause von unbestimmter Zeit ein, die wir mit Musik ausfüllen werden. Mit den besten Wünschen für gute Laune und Unterhaltung – Ihr sehr ergebener, stets zu Ihren Diensten stehender Reiseleiter und Kunsthistoriker Robert Florian.«

2. Kapitel: *Das Busparkett*

Bei jenem biegsamen, weizenblonden Geschöpf auf Platz Nummer 7, das dem Reiseleiter gleich als besonders reizend auffiel, handelt es sich um das Fotomodell Jou.

Ihre großen Augen voll schwermütiger Rätselhaftigkeit büßen leider an orientalischem Zauber ein, sobald Jou den Mund aufmacht: sie s-pricht nämlich eindeutigen Hamburger Tonfall.

Jou reist nach Italien, weil sie endlich einmal mitreden möchte, wenn das Gespräch unter ihren Kolleginnen auf dieses Land kommt.

Der Herr, mit dem sich ihre Füße den Gang teilen, heißt Gustav C. Kümmel. Herr Kümmel ist genauso gemütlich wie der Anblick seines stattlichen Leibesumfangs, er besitzt die lächelnde Weisheit eines alten Weintrinkers und ein eigenes Auto. Aber mit dem geht er nicht auf Reisen. »I, wie werd ich denn! Will doch was von der Landschaft haben, und das darf ich nicht, wenn ich selber fahre!«

Er erklärt Jou auch, was er unter Landschaft – in diesem Falle italienischer – versteht, nämlich Asti spumante, Frascati, Lacrimae Christi, Bardolino . . . und sie denkt, das kann ja noch lustig mit Herrn Kümmel werden.

Jenes griesgrämige Bulligesicht auf dem Fensterplatz neben ihm gehört Herrn Eduard Schnell, der von seinem Nachbarn alsbald »Primus« getauft wird. »Weil er wie unser ehemaliger Klassenprimus aussieht. Klimmzüge konnte er nicht, aber den Caesar auswendig, auch das, was wir nicht von ihm aufhatten, stellen Sie sich so was vor!«

Der Primus, unser Allesbesserwisser, unternimmt diese Reise, weil er einmal auf eine Frage keine Antwort gewußt hatte. Eine Frage, die er sich an seinem fünfzigsten Geburtstag nach Büroschluß in seinem einsamen Junggesellenzimmer stellte: »Wofür lebst du eigentlich?«

Der Primus beschloß darauf, weniger zu schuften und mehr zu leben. Er kaufte sich als ersten Leichtsinn eine Schmalfilmkamera und einen Fotoapparat. Um diese kostspieligen technischen Errungenschaften nützlich einzusetzen, unternahm er eine Reise – jene, auf der wir ihn kennenlernen. Primus will nachholen – sich selbst, die Welt und auch die Frauen. (Eben hat er Jou einen halben Pfirsich geschenkt.)

Hinter ihm döst ein korrekt gealtertes Fräulein im strengen Schneiderkostüm, dem man ohne Bedenken seinen Ehemann, Schmuck und Bargeld anvertrauen würde: Elisabeth Herzberg.

Vor Kümmel und dem Primus schlafen Elfi Duvenage und Rudi Staubschläger, beide sind ringverlobt. Rudi besitzt ein ungewöhnliches Profil, das – dank einem kühn entwickelten Adamsapfel – erst unterhalb der Kinnlinie als ein solches zu bezeichnen ist.

Der ältere Herr, der diesem kernigen jungen Mann über den Gang hinweg einen verächtlichen Blick nach dem andern zuwirft, ist sein Schwiegervater Emil Duvenage – ein hugenottischer Name, der Düvenasch ausgesprochen wird. Rudi nennt den grimmigen Herrn »Papachen«, was alle sehr mutig finden.

»Papachen«, sagt er, »Elfi läßt fragen, ob du ein kleines Käsestüllchen möchtest?«

Neben Düvenasch sitzt »die Feldherrin«, Frau Behrend. Kümmel prägte diese Bezeichnung, weil Frau Behrend so selbstbewußt und monumental wie die Marmorbüste eines ruhmvollen Militaristen auf dem zweisäuligen Sockel ihrer kurzen Beine ruht. Stark, bärtig, gutmütig lärmend und immer guter Laune, ist sie die Unverwüstlichste von allen und sehr tierlieb: all ihre Nerze hat sie mit auf die Reise genommen. Die schlenkern während der Fahrt aus dem Gepäcknetz und glotzen mit ihren starren Glasaugen Herrn Düvenasch an – was diesem ungemein mißfällt.

In der ersten Reihe sehen Sie ein älteres Ehepaar, unauffällig, bieder und feierlich steif wie auf einem Jubiläumsfoto. Das sind Herr und Frau Josef Radke auf ihrer verspäteten Hochzeitsreise. Einer Hochzeitsreise, die vor fünfunddreißig Jahren, als sie sich füreinander entschlossen, von Oma Radke geplant wurde, für die das Geld nie reichte, weil sie das Gesparte immer wieder ausgeben mußten, um eine Arztrechnung zu bezahlen, Mobiliar zu kaufen oder eine Tochter auszusteuern.

Darüber sind sie zu mehrfachen Großeltern geworden. Jetzt haben sie endlich die nötige Summe für eine Italienreise zusammen. Opa Radke hätte sie zwar lieber zur Anschaffung von neuem Werkzeug verwandt, aber Oma bestand auf der Erfüllung ihres Jugendwunsches . . . und ihm blieb nichts anderes übrig, als mitzufahren.

Im Hintergrund sehen Sie noch mehrere Ohren, Haarlocken, Brillen und Zigarettenschwaden. Die gehören zu den jungen, unternehmungslustigen Neumanns, zur schwerhörigen Frau Küßnich, zur üppigen Frau Peters und zu jenen »ferner Mitfahrenden«, die alle vorzustellen zuviel Geduld von Ihnen fordern hieße.

Der Fensterplatz neben Jou ist leer. Sein Besitzer wird erst in München zusteigen.

3. Kapitel: *Jous Platznachbar*

Die Polster eines Busses müssen Mohnsamen enthalten. Anders ist die unersättliche Schlummerlust seiner Insassen gar nicht zu erklären.

Einzig Jou kann nicht schlafen. Ihre Gedanken laufen sich wunde Füße auf dem Wege nach Berlin zurück. Sie beschäftigen sich mit dem Tierarzt Hans Fichte und seinem Dackel Erwin. Beide bilden seit einem Jahr das einzige Stückchen Solidität in ihrem überaus modischen Leben, in dem sie nicht unter ihrem reiztötenden bürgerlichen Namen Sieglinde Knopf, sondern als »rätselhafte Jou« bekannt ist. Sie wünschte, Hans Fichte säße jetzt auf dem freien Platz neben ihr. Aber er wollte sie partout nicht nach Italien begleiten.

»Kindchen, ich kann meine Praxis nicht allein lassen. Und außerdem, wozu soll ich mir für teures Geld und etliche Strapazen angucken, wie die Zitronen von unserem Kaufmann aussahen, als sie noch auf italienischen Bäumen hingen? Nee, nee, laß mich man hier. Fahr allein, aber such dir eine Reise aus, bei der du ständig auf der Achse bist, damit kein Mann Gelegenheit findet, dich intensiver zu umbalzen.«

Er brachte sie heute früh zum Bus. Als er den gutaussehenden Reiseleiter sah, radierte ein plötzliches Mißtrauen alle Fröhlichkeit aus seinem Gesicht.

»Fährt der Kerl da etwa auch mit?«

»Er scheint unser Führer zu sein«, flüsterte sie.

»Ach ...!« Und seine Miene verriet, daß er sich einen Reiseleiter bedeutend anders vorgestellt hatte: weniger brünett, mehr mausgrau.

Und dann fuhren sie ab. Hans Fichte stand zwischen den winkenden Zurückbleibenden. Regen rann über sein ehrlich besorgtes Gesicht, und in der Hand hielt er einige Tüten, in denen sich Reiseproviant für Jou befinden mochte.

Lieber, lieber Hans ... Aber das bißchen Besorgnis schadete ihm gar nichts. Warum hat er sie nicht nach Italien begleiten wollen!? Warum ist ihm seine Praxis wichtiger gewesen!?

Es gießt in Strömen, als sie das laternen- und reklameglitzernde München einnehmen. Herr Florian greift zum Mikrophon und zerreißt die Träume der Schlafenden mit der Bemerkung: »Am Hauptbahnhof halten wir etwa eine Viertelstunde. Dort steigt unser Hamburger Komplice zu.«

Aus Hamburg also stammt ihr Platznachbar. Jou freut sich, denn sie selbst ist in Altona aufgewachsen. Ihre Eltern und ihr Bruder wohnen noch heute dort.

Der Bus hält mit sanftem Ruck und Innenlicht. Gerappel und zerknitterte, verschlafene Töne auf allen Sitzen. Florian schlingt sich einen sandfarbenen Schal um den Hals und springt in den Schnürlregen auf der Suche nach dem Zusteiger.

Dieser steht mit hochgezogenen Schultern unter einer Laterne, Koffer und Aktentasche an seine Schienbeine gelehnt – nach dem schmalen Rücken zu urteilen, ein sehr junger Mann, das heißt: mehr noch eine Schaufensterpuppe aus dem Warenhaus. So steif und funkelnagelneu wirkt seine Kleidung.

Florian spricht ihn an. Der junge Mann nickt, zieht seine Schirmmütze aus hellem Popeline von einem Bürstenhaarschnitt – und Herr Kümmel erschrickt über Jous totenbleiches Gesicht.

»Was haben Sie denn, Fräulein Knopf? Ist Ihnen plötzlich nicht gut?«

»Nein«, sagt sie leidenschaftlich, »nein, nein, nein. Üüüberhaupt nicht.«

»Das Beste ist frische Luft«, rät Fräulein Herzberg. »Soll ich Sie hinausbegleiten?«

»Danke«, sagt Jou, »dagegen hilft keine frische Luft.«

In diesem Augenblick erklettert der Neue die Vorderstiege des Busses und schaukelt verlegen-forsch durch die Sitzreihen. »Hei, Siegi«, winkt er in Jous starres, bleiches Gesicht. »Ischa woll eine Überraschung, nöch?«

Sie ist ein gutmütiger, geduldiger, stets freundlicher Mensch. Manche behaupten sogar, sie sei ein Schaf. Es gibt nur einen Menschen auf dieser Welt, dem es bisher gelungen ist, das gutmütige Schaf Sieglinde in eine Tarantel zu verwandeln. Und das ist ihr achtzehnjähriger Bruder Giselher, der letzte Namensträger des Stammes Knopf aus Altona.

»Gisel«, knurrt sie, »ausgerechnet du! Und ich habe mich so auf diese Reise gefreut!«

»Du wirst lachen, ich auch«, sagt er und knetet sich an ihren eisernen Knien vorbei zum Fensterplatz, hängt seinen Mantel auf, tastet die Taschen seiner senfgelben, imitiert ledernen Jacke ab und fragt: »Hast du eine Zigarette für mich?«, fragt so lange und so laut, bis Herr Kümmel ihm sein Etui reicht.

»Es ist mein Bruder«, sagt Jou und bufft in Giselhers Rücken. »Stell dich gefälligst dem Herrn vor!«

»Angenehm. Knopf, Hamburg. – Na, denn woll'n wir mal sehen, was uns dieses Italien zu bieten hat!« Es gelingt ihm, seine Magerkeit so weit auszubreiten, daß sie noch ein Viertel des schwesterlichen Sitzes mitbelegt.

Sobald sich der Bus in Bewegung setzt und sein Brummen das vielohrige, neugierige Schweigen um sie her geschluckt hat, beginnt Jou mit dem Verhör. »Nun sag bloß mal – so gemein kann doch ein Zufall gar nicht sein. Also, wie kommst du ausgerechnet in diesen Bus?«

»Mein Schwager hat mich dazu eingeladen«, grinst er, seinen Sitz in Liegestellung kippend.

»Was für ein Schwager?« Jou guckt verständnislos.

»Dumme Frage. Dein Freund Fichte aus Berlin. Ich denke, ihr –«

»Mein Hans?«

Jou hat plötzlich böse, rote Funken vor den Augen.

Giselher beugt sich vor und tastet die Taschen seines aufgehängten Mantels ab, zieht endlich einen zerknitterten Brief hervor und reicht ihn ihr zusammen mit seiner Stablampe.

»Lieber Giselher«, liest sie. »Wir kennen uns zwar noch nicht, aber Siegi hat mir schon viel Humorvolles von Dir erzählt. Da ich sie leider nicht nach Italien begleiten kann, aber auch nicht möchte, daß sie allein fährt, wollte ich Dich bitten: Sei am 7. September, abends 8 Uhr, in München vor dem Hauptbahnhof. Im Reisebüro ist man davon unterrichtet, daß du dort in den Bus aus Berlin zusteigen wirst. Sei aber pünktlich, Junge! Anbei das bezahlte Gutscheinheft für die Reise und hundert Mark extra. Paß gut auf Sieglinde auf, damit erweist Du mir einen großen Dienst. Sie hat natürlich keine Ahnung, daß Du mitfahren wirst. Zeig ihr auf keinen Fall diesen Brief.

Alsdann – viel Spaß
Dein
Hans Fichte.«

Jou knipst die Lampe aus und verbraucht all ihre Vorräte an Selbstbeherrschung bis zum letzten Gramm. Sie reichen gerade aus, um sie vor einem die anderen Fahrgäste irritierenden Zornesausbruch zu bewahren. Sie sagt nur:

»Giselher, warum hat dir dein Meister bloß Urlaub gegeben!«

»Hat er gaa nich, ich hab kündigen müssen. Es findet sich eh eine neue Lehrstelle wie ein Dummer, wo mich umsonst nach Italien einlädt.«

Danach schweigen sie mehrere Kilometer lang. Giselhers Zigarette zieht großartige Glutarabesken durch die Dunkelheit.

Nachdem er sie aufgeraucht hat, holt er sein Taschentuch hervor, entfaltet es schlenkernd und ...

»Giselher!«

»Na, und?«

»Wie riechst du denn? Hast du dich parfümiert?«

Er schnüffelt wohlgefällig an seinem Taschentuch und an den Aufschlägen seiner Jacke. »Meerkt man das?«

In diesem Augenblick wendet sich Elfi Düvenasch nach ihnen um. »Ihr Brüderchen, Fräulein? Und Sie haben nichts davon gewußt, daß er mitfahren wird? Aber das ist doch sicher eine Freude, was?«

»O ja –«

Um Mitternacht meldet Jou vom Garmischer Hotel ein Gespräch nach Berlin an. Hans Fichte findet dabei keine Gelegenheit, zu Worte zu kommen. Am Schluß ihrer zornigen Rede sagt sie: »Wenn du glaubtest, ich hätte einen moralischen Aufpasser nötig, werde ich dafür sorgen, daß der Aufpasser auch zu tun kriegt. Seine Fahrkarte wäre ja sonst rausgeschmissenes Geld. Unser Reiseleiter ist wirklich ein gutaussehender Mann. Gute Nacht.«

Etwas später, in der Dunkelheit des nach Heu und Regen und Sauberkeit duftenden Hotelzimmers, tut ihr der Anruf bereits leid. Es tut einem immer hinterher leid, wenn man das beschimpft hat, was man am meisten liebt ... aber nichts auf der Welt beschimpft man meistens so sehr wie das, was man liebt. Außerdem hat sie vergessen, sich nach Erwin zu erkundigen. Das tut ihr auch leid.

In Berlin hängt Hans Fichte zögernd den Hörer ein. Jous fernmündliche Drohung aber klirrt in seinem Ohr fort – und er fühlt sich über die Maßen bedrückt.

»Tja, Erwin«, sagt er zu dem Dackel, der vor ihm auf dem blankgebohnerten Boden des Sprechzimmers hockt. »Da hat sich dein Papi aber was Kluges eingebrockt!«

Der Dackel wedelt, weil Wedeln immer das Günstigste ist, wenn man nicht begreift, warum der große, zweibeinige Leithund plötzlich in ernstem Tonfall mit einem spricht.

»Was machen wir nun?«

Aber Erwin weiß es auch nicht. Vielleicht Spazierengehen oder Ringspielen? Er holt seinen zerkauten, blauen Gummireifen vom Flur und erlebt eine Abfuhr. »Laß mich in Frieden, Kleiner, ich muß nachdenken.«

›Wenn du glaubtest, ich hätte einen moralischen Aufpasser nötig, werde ich dafür sorgen, daß der Aufpasser auch zu tun kriegt. Unser Reiseleiter ist wirklich ein gutaussehender Mann.‹

»Oijehoijeh –«, seufzt Hans, zehnfingrig und in vollendeter Ratlosigkeit seinen Kopf kratzend. Er ist zwar nicht unerfahren im Umgang mit Frauen, aber naiv genug, um jede ihrer Drohungen für bare Münze zu nehmen, ganz besonders dann, wenn es sich um diejenige einer Frau handelt, die er lieb genug hat, um ihr einmal sein kostbares Junggesellentum zu opfern.

Plötzlich springt er auf. Alle Flaschen, Instrumente und Scheiben der weißen Schränke klirren gestört. Er läuft zur Tür, schliddert den Gang entlang zur Küche, zerrt den verstaubten Koffer aus seinem jahrelangen Ruhestand auf dem Besenschrank, stolpert über Erwin, der ihm gefolgt ist, stößt einen Stuhl um, erschrickt vor seinem eigenen ungeahnten Temperament, mit dem er Schranktüren aufreißt und Kleidungsstücke samt Bügel um sich streut, und verharrt endlich in düsterer Hilflosigkeit, auf das schüchterne Aufflackern seines Verstandes wartend, denn – sooo geht es wohl nicht.

»Vater muß logisch denken, Erwin«, sagt er und sieht sich suchend nach ihm um. »Wo steckst du denn?«

Der Hund kommt hinter der Couch hervor. An seinem mißtrauischen Zögern kann Hans ermessen, wie sehr er selbst während der letzten Minuten gewütet haben muß. »Ja, sieh mal, Dackel, dein armer Papi muß nämlich leider nach Italien reisen, unsere Zukunft retten.«

Er geht in die Knie und betrachtet nachdenklich das bißchen rauhe Fell mit den blanken Korinthenaugen. Seit vier Jahren folgt ihm Erwin in kritikloser, unerschütterlicher Sancho-Pansa-Treue.

»Kleiner«, sagt er bedrückt, »wo soll ich dich bloß hingeben, während ich in Italien bin?«

4. Kapitel *Man fährt sich langsam ein*

Petrus muß seinem Himmel den Rat gegeben haben, den sonst gute Freundinnen betrübten Freundinnen zu geben pflegen: »Heul dich man tüchtig aus, dann wird dir besser.«

Der Himmel über Bayern und Österreich heult seit dem Morgen. Ohne Schnupfpause. Unser Bus rollt durch tiefverhangene, sauber aufgeräumte Landschaft mit viel nassem Rindvieh und durch geranienumblühte, barockbeschwingte, tröpfelnde Spielzeuglieblichkeit. Von den Bergen rechts und links sind nur die bewaldeten Zehen und in sehr lichten Momenten auch einmal die Knie zu sehen. (Nur auf Ansichtskarten ist das Panorama immer vollzählig versammelt.)

Während der Wagen zwischen schluchtenreichen, eng ineinandergeschobenen Kulissen über die Brennerstraße aufwärts brummt, weht lauer Tauwind durch sein Inneres und schmilzt die letzten Eisschollen der Fremdheit. Man tauscht bereits die Fotos der zurückgelassenen Kinder, Vierbeiner und Piepmätze. Zu Jous großem Erstaunen zückt auch Giselher seine kunstlederne Brieftasche und reicht ein Bild herum, auf dem vorn ein Rhesusäffchen auf der Schulter eines Matrosen und im Hintergrund das mit lässigem Bordleben angefüllte Oberdeck eines Schiffes zu sehen ist.

»Christoph Columbus hieß der Affe und war das Maskottchen auf dem Übersee-Luxusdampfer meines Vaters. Das Foto wurde kurz vor

Ausbruch des Krieges gemacht«, erklärt er laut und eindrucksvoll.

»Ach«, staunt der Primus, »Ihr Herr Vater war Reeder?«

Giselher entzieht sich einer Antwort, indem er vorgibt, etwas auf dem Boden zu suchen. Er spürt wohl allzu deutlich Jous Ellbogen zwischen seinen Rippen.

Auf einmal holen die Umsitzenden außer Radkes und Kümmel einen feinen Verwandten hervor, mit dem sie sich gegenseitig imponieren können.

»Ein Onkel von mir war Schiffsingenieur bei der Hapag und fünfmal in Amerika«, sagt der Primus mit erhobenem Zeigefinger.

Frau Küßnich, die sich ob ihrer Schwerhörigkeit mehr von den optischen als den akustischen Dingen beeinflussen läßt, ruft, erschrocken auf des Primus' Finger weisend: »Aber Sie müssen was gegen Ihre Warzen tun, mein Herr.«

Er zieht verschämt und sehr plötzlich seine Hand ein.

»Ich weiß ein Mittel, das wirkt garantiert«, sagt Frau Küßnich eifrig. »Sie brauchen bloß bei abnehmendem Mond einen Heringskopf zu verbuddeln und drei Kreuze über Ihren Warzen zu machen, schon gehen sie weg!«

»So'n Quatsch«, brummt Düvenasch, und im gleichen Augenblick ruft Herr Neumann aus der letzten Busreihe:

»Wir wollen ein Lied singen!«

»Am liebsten ›Das muntere Rehlein‹«, schlägt die üppige Frau Peters vor.

»Nein. Wir singen ›Was ist des Deutschen Vaterland?‹«, verlangt Düvenasch und räuspert bereits seine Kehle frei.

In der hinteren Busreihe hat man sich jedoch einmütig für »Mariechen« entschlossen und, das Einverständnis der anderen gar nicht erst einholend, mit dem Singen begonnen.

»Mariechen saß auf einem Stein, einem Stein,
einem Stein ...«

»In München stieg Herr Knopf dann ein, mit viel Gepäck«, kräht Herr Neumann, und man sieht ihm an, wieviel Konzentration ihn das rasche Dichten kostet.

»Vater im Himmel!« stöhnt Düvenasch, seine Schläfen mit beiden Handflächen stützend.

»Knopf und Mariechen fuhr'n zu Bus, mit Florian,
ei, welch Genuß!
Und Düvenasch war auch dabei – im Bus, im Bus.

Heißt hier übrigens jemand Mariechen?«

Gleich drei weibliche Zeigefinger schnellen in die Höhe. Sie gehören Frau Peters, Oma Radke und der Feldherrin.

»Gut«, sagt Neumann, »dann wird ›Mariechen‹ zu unserem Bus-Blues ernannt.«

Währenddessen beugt sich Jou zu ihrem Bruder und zischt: »Giselher! Du bist mir ein ganz dammlicher Angeber! Wie kannst du so tun, als ob unser Vater ein Schiff und einen Affen gehabt hätte. Warum sagst du nicht die Wahrheit? Warum sagst du nicht, daß er Schiffskoch war? Ist da vielleicht was bei?«

»Nöö, da ist nix bei, und ich hab ja auch gaa nich gesagt, daß er es nich gewesen ist! Oder?«

»Nein, aber du hast so getan ...«

»Man muß immer so tun, als ob man mehr is, wie man is«, erklärt er weise. Sie möchte ihm im Namen ihres prächtigen Vaters eins links und rechts auf die pickligen Backen geben, damit ihm der Hochmut im weiten Bogen aus dem Gesicht fliegt, aber sie sind ja leider nicht allein. »Bluff ist das halbe Leben, Sieglinde. Meerk dir das man.«

Primus nutzt den kurzen Aufenthalt am Brenner, um seine Schmalfilmkamera gleich einem Maschinengewehr über die von kaltem Paßwind durchwehte Grenzstation knattern zu lassen, und Bruder Giselher, dies bemerkend, lehnt sich wie zufällig gegen den schlanken Kühler eines Lancia, wobei er sich so gebärdet, wie er glaubt, daß sich ein gelernter Weltreisender vor seinem Auto gebärden würde.

Am gegenüberliegenden Ufer einer großen Pfütze lauscht Florian mit höflichem Ohr und abgelenktem Auge den Seefelder Urlaubserlebnissen der Frau Küßnich aus dem Jahre Einunddreißig.

Sein abgelenktes Auge ruht übrigens auf Jou. Was für ein reizendes, helles, unkompliziertes Geschöpf sie ist – vielleicht zu hell, zu unkompliziert, um ihn auf die Dauer fesseln zu können. Aber was weiß er denn schon von ihr?

Sie haben kaum drei Worte bisher miteinander gesprochen. Fremdheit, die starke Erinnerung an ihr Zuhause, das sie erst gestern früh verließen – und eine große Pfütze trennen sie noch voneinander.

Wie zufällig fängt Jou seinen Blick auf. Sie lächeln sich rasch zu, und erst beim Fortgucken bemerken beide, daß in ihrem Blick eine unbestimmte Ahnung zitterte.

Uff! denkt Jou besorgt, ich hatte Hans mit unserem Reiseleiter doch nur *drohen* wollen!!

Zur gleichen Zeit, da der Bus aus der Grenzstation rollt und sich von riesigen Agip-Gas-, Wein- und Nähmaschinenreklamen im sonnigen Italien begrüßen läßt, wird Fichtes Auto, dem er beim Kauf aus dritter Hand, von Vaterstolz erfüllt, den Namen »Herzlieb« gab, in einer Grunewalder Tankstelle auf seine Reisefähigkeit untersucht, telefoniert Hans nach einem Vertreter für die Praxis, beschnüffelt der Dakkel Erwin voll Unruhe zwei gedankenlos vollgestopfte Koffer, und Fichtes Assistentin spricht ganz offen von »Wahnsinn, Herr Doktor!«.

5. Kapitel: *Ein Hirte und einunddreißig muntere Schafe in Venedig*

»Empfiehlt der Republik Venedig, sie möge nie wieder einem Feldherrn so eine unbeschränkte Macht einräumen wie mir. – Erstaunlich einsichtige Feststellung für einen Feldherrn«, sagt Florian, während sie zum drittenmal, den Kopf im schmerzenden Nacken, um das erzene Reiterstandbild des finsteren Colleoni herumtrotten. »Allerdings verliert diese Feststellung an charakterlicher Wucht, wenn man erfährt, daß dieser Condottiere sie nicht während seiner Macht- und Mannesblüte, sondern vorsichtshalber erst auf dem Sterbebett traf. Sein Reiterstandbild gehört zu den großartigsten, die es überhaupt gibt, und ist auf Verrocchio zurückzuführen. Schnaubendes Roß und grimmig blickender Colleoni sind ein stolzes, energiegeladenes Eins, sind niederstampfende Rücksichtslosigkeit und – wie bitte, Herr Krause?«

»Wetten, daß sich keina traut, diß Pferd Zucker zu jeben?«

Mit dieser Bemerkung hat der Fahrer genau auf Florians kunsthistorisches Feuer gespuckt, und Kümmel bringt es gänzlich zum Verlöschen, indem er sagt: »Wenn man sich Rüstung und Pferd wegdenkt, dann wird die Ähnlichkeit noch verblüffender. Mit wem wohl?«

»Mit Schwiegerpapachen«, jubelt Rudi, und die Feldherrin ruft:

»Aber genau! So sieht Düvenasch aus, wenn er mit seinen Spaghettis kämpft.«

»Gehn wir weiter«, sagt Florian kurz und marschiert, den wißbegierigen Primus neben sich, vom Platz.

Robert Florian hat es nicht leicht. Er ist nicht nur der vom Reisebüro angestellte Hirte, sondern auch sein eigener ehrenamtlicher Hütehund, der sich beim Zusammentreiben seiner Herde die Zunge aus dem Halse jachelt, denn: dauernd verliert er Frau Küßnich bei Kinkerlitzchenhändlern; ständig werden die Fotografen vermißt; die Feldherrin lockt scheue Katzen um Marktstände herum; Düvenasch (ausgerechnet er) rutscht auf einer Tomate aus und muß von Elfi massiert werden; die üppige, rothaarige Frau Peters verliert einen Absatz; Giselher, der Galante, klopft ihn an einer Hausmauer wieder ein; Krause verhandelt wegen einer versilberten Gondel, die man auch als Anspitzer benutzen kann; und Jou schließlich entdeckt in der Auslage eines Schuhgeschäftes die »Angelos«. So jedenfalls heißen die zierlichen, weißen, sehr spitzen Pumps. Jou, noch stark im Portemonnaie, zahlt eilig ihren hohen Preis und behält sie gleich an.

Florian atmet erschöpft auf, als er all seine Schafe endlich auf der größten Empfangshalle Europas, dem Markusplatz, zusammengetrieben hat. Sie verharren sekundenlang in mundoffenem Entzücken, weniger wegen der architektonischen Vollendung der Piazza als wegen der zahllosen Tauben, die sie bevölkern und ihren Lebensunterhalt dadurch verdienen, daß sie sich gegen Futter mit den Vertretern aller Länder und Rassen fotografieren lassen.

Krause guckt sich staunend um. »Diß müssen andre Tauben sein wie bei uns. Die hier klacksen nich, oder sehn Se was, nee, nich? Diß sind wohl stubenreine Tauben.«

Ehe nicht jedes Mitglied des Trupps, von Kopf bis Fuß mit flatterndem, sanftäugigem Getier übersät, geknipst worden ist, kann an einen

bildungsfördernden Weitermarsch nicht gedacht werden. Da kommt ein dunkler Glockenschlag vom Campanile dem armen Florian zu Hilfe. Unzählige Taubenflügel rauschen auf, überschatten das Himmelsrechteck sekundenlang mit flatternder Dunkelheit, und man hat jetzt nichts mehr dagegen, den Dogenpalast zu besichtigen.

Vor Jou steigt Bruder Giselher mit der üppigen Peters die breite Treppe des Innenhofes hinauf. Der gelockerte Absatz scheint die beiden einander nähergebracht zu haben. Giselher trägt ihren Fotoapparat und ihre Basttasche, sein Rücken schlenkert vor Selbstbewußtsein wie ein elastisches S, während er ihr gestenreich von seinen engen Beziehungen zu berühmten Filmstars erzählt.

Daß Giselhers Geltungsbedürfnis ihn zu den schamlosesten Lügen hinreißt, ist Jou seit Jahren bekannt. Es wundert sie nur das Entzükken, mit dem die um mindestens zwanzig Jahre ältere Frau Peters ihm zuhört.

Jetzt treten sie auf die hohe Galerie des Dogenpalastes hinaus. Unter ihnen leuchtet die Piazetta. Wie meisterhaft der Zufall die leuchtend bunten Kleider der Frauen auf dem sonnenhellen Rechteck vertupft hat!

Der Primus bleibt zurück. Er beugt sich über die Brüstung und lächelt, souverän . . .

»Nun kieken Se bloß ma, Herr Kümmel, wie der komisch abwärts wedelt!« staunt Krause.

»Pschscht«, flüstert Kümmel, ihn sanft weiterziehend. »Primus wedelt nicht. Er winkt huldvoll auf sein venezianisches Volk hinab. Primus spielt nämlich gerade Doge.« Er sagt das so verständnisvoll, daß weder Krause noch Jou losprusten können. »In jedem noch so nüchternen Bürger steckt halt ein kleines bißchen Romantik und der Hang zur Macht. Es wäre besser um unsere Welt bestellt, wenn alle Menschen ein so friedfertig-romantisches Ventil für ihre Machtgelüste fänden wie unser Primus, nicht wahr?«

Sie nicken nachdenklich, können es sich aber nicht verkneifen, noch einen raschen Blick über die Schulter auf Doge Primus I. von Venezia zu werfen.

». . . und darum zieht ihn nachher nicht auf, verstanden?« sagt Kümmel mahnend, ehe er sich an die Seite des Reiseleiters schiebt. »Ich muß mal mit Ihnen was besprechen, Herr Florian. Wegen unserer verspäteten Hochzeitsreisenden, den Radkes. – Schauen Sie, Oma Radkes Sehnsucht hatte fünfunddreißig Jahre lang Zeit, ein Venedig aufzubauen, dem die Wirklichkeit niemals standhalten kann. Venedig müßte ein leuchtend buntes, blankgeputztes Märchen sein, untermalt von Operettenchören, um sie nicht zu enttäuschen. Sie darf aber auf keinen Fall enttäuscht werden.«

»Ich fürchte, sie ist es bereits«, meint Florian. »Vorhin sagte sie zu mir, die Leute hier müßten mal dringend ihre Häuser anstreichen – und ob man die Kanäle nicht parfümieren könnte, damit sie nicht so stinken!«

»Hat sie wirklich gesagt?« fragt Kümmel, nachdenklich an seiner Unterlippe kauend. Und dann schiebt er seinen Arm unter Florians. »Ich hab 'ne Idee. Ich laß ein bißchen was springen und mach die Radkes glücklich. Die sollen nicht fünfunddreißig Jahre umsonst auf diese Stadt gehofft und gespart haben. Die kriegen ihr Venedig, wie es hundertmal in Schlagern rosa vergewaltigt worden ist. Mit allem Drum und Dran. Müssen wir mal besprechen.«

»Heute nachmittag«, beschließt Florian. »Nach dem Essen fahre ich mit den Badewütigen zum Lido rüber, aber so gegen fünf bin ich wieder hier. Schlage vor, wir treffen uns in der ›Città di Milano‹. Abgemacht?«

»Abgemacht. Aber – Florian! – daß mir keiner erfährt, wer den ganzen Zauber inszeniert!«

6. Kapitel: *Die neuen Schuhe*

Es ist nicht ganz zufällig, daß Jou auf dem endlosen Lidostrand gerade vor ihm liegt, flach ausgestreckt, ein bißchen Türkis und sehr viel braune, samtene Haut. Ihr helles Haar berührt fast seine sandigen Zehen, und Florians Phantasie ist sehr unternehmungslustig, während er äußerlich unbeweglich dahockt und vor sich hinzudösen scheint. Sieglinde Knopf, geboren am 27. Februar 1931 in Hamburg-Altona, Augenfarbe Braun, besondere Merkmale keine ... Er hat ihren Paß am Brenner genau studiert.

Giselher beschränkt sich nicht auf stummes, phantasievolles Betrachten. Er hat ein Spiel erfunden – kein besonders originelles, aber immerhin ermöglicht es ihm, sich den üppigen Formen seiner Angebeteten nicht nur in Gedanken, sondern auch körperlich zu nähern: mit beiden Händen und schwitzendem Eifer schippt er heißen, muschelhaltigen Lidosand auf Marie Peters, die ihn kichernd gewähren läßt.

Die Verliebtheit eines männlichen Wesens – egal, ob es dem eigenen fortgeschrittenen Jahrgang entspricht – hat noch jeder Frau gutgetan.

Nur Marie Peters' rotes, feixendes Gesicht schaut noch aus dem üppigen Sandgebirge, und der Schöpfer dieser drallen Mumie steht ein wenig ratlos davor.

»Nu schütteln Sie sich mal!« sagt er.

»Warum?« fragt Marie.

»Weil ich sonst nichts mehr von Ihnen sehen kann!«

Florian beugt sich über Jou.

»Ihr Bruder scheint für Rubenssche Formen zu schwärmen«, flüstert er.

»Wieso für Rubenssche? Mir kommt's eher so vor, als ob er sich in die Petersschen verguckt hat«, gibt sie zurück.

Au! Der Kunsthistoriker fühlt einen winzigen Stich – aber nur sekundenlang. Es ist doch ganz gleichgültig, ob sie die Gemälde eines fleischfreudigen Malers namens Rubens kennt oder ob sie nicht. Sie ist so hübsch . . .

»Ich bin um fünf mit Kümmel in Venedig verabredet. Wir wollen das Festival Radke besprechen. Kommen Sie mit?«

Weniger die Besprechung mit Kümmel reißt Jou aus ihrer langausgestreckten, besonnten Faulheit, als die Aussicht, mit Florian eine Überfahrt lang nach Venedig allein zu sein. Ganz allein, ohne dreißigstimmigen Anhang. Wie Privatreisende. Wie zwei Menschen, die Venedig als dekorativen Hintergrund für ihre Verliebtheit gewählt haben.

Solche Vorstellung ist natürlich waghalsig und, wenn Jou bedenkt, daß sie Florian erst wenige Tage kennt, auch ausgesprochen verfrüht – und wenn sie an Hans Fichte denkt, also, dann kann man sie nur noch als blanke Sünde bezeichnen.

»Ich bin ja verrückt«, sagt sie beim Anziehen in der Badekabine vor sich hin, obgleich Selbstgespräche sonst nicht ihr Fall sind – aber leichtsinnige Vorstellungen waren es bisher auch nicht.

Und dann, vor dem schief hängenden Kabinenspiegel, der einen Sprung hat, beim Kämmen ihrer hellen, sandigen Haare, sagt sie noch einmal: »Ich bin verrückt – aber ganz schön eingebrannt.«

Vor dem blau-weiß gestreiften Umkleidehäuschen wartet Florian bereits auf sie. »Wir fahren jetzt nach Venedig zurück«, verkündet er seiner faulen ölglänzenden Herde, aber kein Schaf rührt sich. Niemand hegt das Bedürfnis, schon jetzt in die Stadt zurückzukehren, und da fügt Florian erleichtert hinzu: »Also dann – pünktlich heut abend um halb acht im Hotel.«

Auch Giselher hat sich nicht gemuckst. Marie Peters' überreife Gegenwart läßt ihn ganz vergessen, daß er auf dieser Reise die Funktionen eines Sittenpolizisten bei seiner Schwester auszuüben hat.

So laufen Florian und Jou zur Straßenbahn, und Jou verhält sich dabei sehr wortkarg. Aber ihr Schweigen ist diesmal nicht mehr mit leichtsinnigen Vorstellungen verschwenderisch angefüllt. Sie trägt einen wehen Ausdruck über der Sonnenbräune, und all ihre Gedanken kreisen schmerzlich um ihre Füße. Oh, die verflixten, hochhackigen, eine halbe Nummer zu kleinen, teuflisch am Hacken und am Ausschnitt brennenden Angelos!

Wenig später lehnen sie nebeneinander an der Reling des vollbesetzten Dampfers, der sie zum dunstigen, pastellfarbigen Profil der Stadt hinüberbringt, und Florian sagt:

»Irgendein geistreicher Mann hat Venedig einmal als ein steinernes Schiff bezeichnet, das seit dreizehn Jahrhunderten vor Anker liegt. – Wir haben noch eine halbe Stunde Zeit, und da dachte ich, wir steigen einmal tief in dieses Schiff hinein. Denn wer nur 1. Klasse Markusplatz fährt, lernt Venedig nicht wirklich kennen.«

»Au fein«, lächelt Jou gequält, dankbar für die Mühe, die er sich um ihre Bildung gibt, und darum sagt sie ihm nicht, daß ihr Wissensdrang bedeutend kleiner ist als ihr Wunsch, zu sitzen und die Angelos auszuziehen.

An der Accademia steigen sie aus dem Boot. »Ist es sehr weit bis in das andere Venedig?« fragt Jou.

»Wenn wir rasch gehen, etwa eine Viertelstunde.«

Jou besitzt genügend Selbstbeherrschung, um nur innerlich zu hinken. Aber ihre Selbstbeherrschung frißt alles Interesse, das sie mit bequemem Schuhzeug vielleicht für die beklemmend engen, freudlos riechenden Gassen aufgebracht hätte, in die Florian sie führt.

Schwitzende Mauern mit gefängnisähnlichen Gittern vor viereckigen, schwarzen Löchern. Über ihnen wedelt keine Wäsche mehr. Wäsche, die rhythmisch auf einen niedertropft, gewährt ein Gefühl der Sicherheit, irgendwie. Diese Gassen sind bedrückend still und tot. Nicht mal ein bißchen hungriges, huschendes Leben – nicht einmal eine Katze in den Katzenstadt Venedig.

»Betrogene Ehemänner hatten es zu allen Zeiten leicht, sich hier radikale Genugtuung zu verschaffen«, sagt Florian und – stehenbleibend: »Auch das ist die ›Perle der Adria‹. Ich würde Ihnen so gern die ganze Stadt zeigen, jeden Winkel – was haben Sie denn?«

»Meine Füße«, flüstert Jou. »Die neuen Schuhe brennen so.«

Einen Augenblick lang schaut er sie mit den unwillig-erstaunten Augen eines Menschen an, der fähig ist, über seiner eigenen Wißbegierde jegliche körperliche Beschwerden zu vergessen, und von denen, die er an seinem Wissensschatz teilnehmen läßt, das gleiche erwartet. Doch dann siegt das Mitleid mit ihren Füßen, siegt der bloße Anblick ihres reizenden, schmerzverzerrten Gesichts über seine eigene, leichte Gekränktheit.

»Armes Mädchen! Soll ich Sie tragen?« Und als sie nur ein bißchen erschrocken den Kopf schüttelt, fügt er lächelnd hinzu: »Ich täte es sehr gern!«

Und ich fänd's auch herrlich, gesteht ihr Blick. Das ist ja das Schlimme!

»Bis zur Trattoria werd ich schon noch laufen können«, sagt sie laut.

Aber seinen stützenden Arm nimmt sie gerne an. Und lehnt ihr gesamtes Gewicht darauf – und auch ein bißchen mehr als ihr Gewicht, was soll sie machen? Zu Hause hätte sie sich zurückhaltender benommen. Es muß an Italien liegen. Sie befinden sich erst am Anfang von Italien.

Du lieber Gott, was soll daraus noch werden!?

Gustav C. Kümmel hat bereits eine Languste verzeht, als sie die »Città di Milano« erreichen. Sein rundes Gesicht ist noch ganz verklärt vom Nachgenuß. Während die beiden Männer das Festival Radke besprechen, kühlt Jou ihre brennenden Füße auf dem Steinboden, trinkt Campari mit Zitrone und Eis – nicht etwa, weil er ihr schmeckt, sondern weil Florian ihn auch bestellt hat – und studiert schweigend seine gemessen gestikulierenden Hände. Dunkel, schmal und klug sind sie –

genau wie sein Kopf. Und was für unverständlich gebildetes Zeug er mit Kümmel schwätzt, wenn sie einmal vom Thema Festival abschweifen!

Jou kennt schon viele Arten Mann: den grundehrlichen, korrekten, amusischen vom Schlage ihres Vaters; den jovial lärmenden, reichen Fabrikanten, vor dessen zwickfreudigen Händen sie sich in acht nehmen muß. Sie hat unter dem breitschultrigen Selbstbewußtsein ihres Chefs gelitten und gelernt, um elegante, hübsche Windhunde einen Bogen zu machen. Das schwarze Bärtchen unter den schnaufenden Nüstern des kleinbürgerlichen Don Juans ist ihr auch nicht mehr neu. Die herzlich-heitere, unbeschwerte Jungenhaftigkeit eines Hans Fichte hat sie liebengelernt.

Aber noch niemals ist Jou mit einem Feingeist vom Schlage Florians in Berührung gekommen. Sie fühlt sich sehr dumm und ungebildet neben ihm, aber weil er zu allem Wissen auch noch wunderschöne, melancholische Augen besitzt, empfindet Jou ihre geistige Unterlegenheit ihm gegenüber nur als angenehm.

»He, Mädchen«, sagt Herr Kümmel und stupst sie freundlich an, »träumen Sie schön? Wir wollten Ihnen gerade das Festprogramm für heute abend vorlesen. Überschrift: Radkes verspätete Hochzeitsreise. – Apropos Hochzeitsreise: Mein Vetter hat seine dreimal nach Venedig gemacht. Er war seinen Prinzipien immer treuer als seinen Frauen.«

»Ich verstehe überhaupt nicht, warum diese Stadt für Flitterwochen prädestiniert ist«, sagt Florian. »In verliebtem Zustand spielt die Umgebung doch gar keine Rolle. Man sollte vielmehr hierherfahren, wenn man Liebeskummer hat. Venedigs Romantik ist ohne Sentimentalität. Und in die grüne Brühe seiner Kanäle springt nicht mal der leidenschaftlichste Selbstmörder.«

»Sehr weise gesprochen«, grinst Kümmel von Jou zu Florian, von Florian zu Jou. »Aber in verliebtem Zustand ist es doch auch ganz hübsch hier, wie?«

Da schaut der Reiseleiter sehr sachlich auf die Uhr an seinem Handgelenk. »Höchste Zeit für mich, wenn ich noch die Musikanten und die Gondel für heute abend bestellen will. Wollen wir gehen?«

»Wollen schon«, sagt Jou und fummelt verzweifelt unter dem Tisch.

Die beiden Männer sehen sie verständnislos an.

»Wegen der Angelos«, wispert sie. »Ich kriege sie beim besten Willen nicht mehr an.«

Kümmel und Florian lugen forschend unter das Tischtuch. Ein Segen, daß Jou ihre Füße vor der Reise noch kunstvoll herrichten ließ. Samtpfötchen hatte die Pediküre sie genannt, jeden einzelnen Zeh freundschaftlich geschüttelt und ihm gute Reise gewünscht. Aber – geschwollene Samtpfötchen? Jou zieht sie schamhaft unter den Stuhl.

Nach ratlosem Schweigen sagt Florian: »Warten Sie hier, ich bin gleich zurück.« Kümmel geht mit ihm. Am Ausgang der Trattoria sehen sich die beiden noch einmal um.

»Was für eine Schuhgröße haben Sie?« ruft Kümmel.

»Neununddreißig«, seufzt Jou. »Warum?«

»Wie?«

»Neununddreißig!« Sie schreit die Zahl voll Trotz, denn Trotz ist bekanntlich der aggressive Komparativ von Scham.

Da sitzt Jou nun, gekettet an ihre barfüßige Ratlosigkeit, und muß an Hans Fichte denken. Wie herzlich würde er ihre augenblickliche Situation genießen.

Die Nebentische füllen sich. Von den Stühlen um sie herum grinst man ohne jedes Taktgefühl auf ihre bloßen Füße, und Florian und Kümmel kommen nicht wieder. Eine Viertelstunde wartet Jou.

Dann reicht es ihr.

Sie sammelt die Angelos auf und erhebt sich. Florian hat zwar gesagt, sie möchten den deutschen Touristen im Ausland würdig vertreten. Wer aber erkennt an ihren bloßen Füßen, daß sie Deutsche ist, sofern sie den Mund hält!

Jou stolpert über das unebene Pflaster und zerdrückt ein Wimmern zwischen den Zähnen, als sie auf einen glühenden Zigarettenstummel tritt. Um sie ist das unvergleichliche, zart verwischte Pastell Venedigs: smaragdgrüne Kanäle, weiße Filigranbrücken, schläfrige Palazzi von verblichenem Gelb und Erdbeerrot, blau-weiße Gondelpfähle, schwarze Gondeln, blühende Balkone, tiefe Schatten und helle Sonnenstreifen . . . Aber Jou sieht nur die lebhafte Schadenfreude auf den Gesichtern der Entgegenkommenden.

»He, Knöpfchen! Fräulein Knopf!« Ihr Rücken wird mit aufgeregtem Geschrei bombardiert: Kümmel und Florian. Florian erreicht sie zuerst. Er greift in ihren Handtaschenbügel wie in den Zügel eines durchgehenden Pferdes.

»So warten Sie doch!«

Jetzt ist auch Kümmel – Wangen, Doppelkinn und Bauch in keuchender Bewegung – herangekommen. Er wickelt im Laufen eine weißlackierte Holzsandalette aus und stellt sie vor Jou aufs Pflaster. »Wir konnten doch nicht so schnell was Passendes finden!«

Jou ist nicht mehr böse auf die beiden. Ihr ist weinerlich zumute. Vor Rührung über ihren Einkauf und auch, weil ein Holzpantoffel mit einem breiten Riemen aus hartem Leder für einen mit Blasen und schmerzhaften Schwellungen bedeckten Fuß ein wahres Martyrium bedeutet.

7. Kapitel: *Eine gute Fee namens Kümmel*

Oma Radke ist sehr müde, als sie gegen halb acht Uhr das Hotel betritt. Sie sagt, sie wolle nach dem Abendbrot gleich zu Bett gehen. Opa ist der in Öl gebackene Fisch nicht bekommen. Kümmel zeigt sich darob sehr beunruhigt.

Er lotst die beiden in die Hotelhalle und bestellt einen Mokka für Oma und einen Magenbitter für Opa, und dabei sieht er sie beschwörend an: Macht mir bloß keinen Strich durchs Festprogramm! Jous Aufgabe ist es, den beiden möglichst unauffällig einzuschärfen, daß sie nicht vor ein Viertel nach acht im Speisesaal erscheinen dürfen.

Die übrigen Bus-Mitglieder versammeln sich schon vorher. Sie tragen sämtlich ihren nur leicht vom Aufenthalt im Koffer zerknautschten Sonntagsanzug und strahlen einmütig, weil Freude bereiten, die ein anderer finanziert, reinste Freude ist.

Punkt Viertel neun tritt Opa Radke auf – mit unbehaglichem Gesicht, woran sein guter Anzug, aber auch die Peinlichkeit, die Reisegenossen schon vollzählig vorzufinden, Schuld tragen mag.

»Nu komm schon, Mutter«, tuttert er in Richtung der Halle. »Wir sind die letzten.«

Kümmel zwinkert Florian zu, worauf dieser seinen Stuhl zurückschiebt und auf Radkes zugeht. Er überreicht jedem mit feierlicher Verbeugung eine frisch aufgeblühte Gardenie.

Opa hält die seine verdattert und mißtrauisch wie einen feuergefährlichen Gegenstand mit steifem Arm von sich. Oma zeigt sich bedeutend gewandter. Sie schiebt ihre Blüte unter die Granatbrosche an ihrem spitzen Ausschnitt, läßt sich von Florian die Hand küssen und lächelt dabei so reizend und huldvoll wie Königin Elizabeth beim Empfang ausländischer Wichtigkeiten. Sie ist völlig der unerwarteten Situation gewachsen, nur mit Opa hat sie Ärger.

»Ins Knopfloch, Mann, du mußt sie ins Knopfloch stecken!«

»Mecht erscht ma wissen, fir was«, brummt er, äußerst irritiert.

»Herr Radke«, sagt Florian, »Sie befinden sich auf Ihrer Hochzeitsreise, und auf einer solchen trägt man eben eine Gardenie im Knopfloch.«

»So – nuja – höhö.« Er lacht verlegen. »Denn mach se mir man ock an, Mutter.«

Als er die feierliche Garnierung seines Platzes mit Lorbeerlaub und weißen, süßduftenden Tuberosen bemerkt, möchte er am liebsten seine arme Verwirrung unter den Arm klemmen und mit ihr ins schützende, stille Grau der Nichtbeachtung flüchten, aber Oma, die seine Reaktionen in fünfunddreißig gemeinsamen Jahren genau studieren konnte, Oma hält ihn noch rechtzeitig am Ärmel fest.

Ihr runzliges Gesicht hat die Freude reizend geglättet und rosig überpudert. »Nun sieh doch, Vater, wie schön! Wer hat sich denn das für uns ausgedacht?«

Alle lachen so selbstgefällig, vor allem Düvenasch und Bruder Giselher, daß sie annehmen muß, es sei die Idee jedes einzelnen gewesen. Nur Kümmel ribbelt unbehaglich-aufgeregt an seiner Serviette.

Der Ober schenkt jedem ein Glas Sekt ein, und Florian, bis an die Schläfen dunkelrot, sagt etwas Kurzes, Einfaches, Freundliches, das auch Opas schlichtem, schlesischem Herzen behagt. Seine Bartspitzen zittern ein bißchen . . . einziger sichtbarer Ausdruck seines aufgewühlten Innenlebens.

Drauf kommt die Suppe.

Zum Nachtisch wird Gelati, Obst, Käse und Rotwein serviert, und zum Mißfallen aller erhebt sich Herr Düvenasch.

»Liebes, verehrtes, betagtes Hochzeitspaar! Anwesende! Mit tiefer Freude stelle ich fest . . .«

»O Herr, laß es ihn kurz machen«, murmelt Kümmel in seine Serviette. »Ich kriege bei Tischreden so oft das verkehrte Lachen.«

». . . stelle ich also mit tiefer, bewegter Freude fest, daß unsere kleine Überraschung gelungen ist. Ä-hüm. Vor fünfunddreißig Lenzen, als unser lieber, verehrter Radke aus seiner sauberen, lieblichen Heimat Schlesien als braver Handwerksbursch nach Berlin kam, um in dieser Weltstadt sein Glück zu machen, begegnete er einem adretten jungen Mädchen namens Marie – unserer lieben, verehrten, noch immer hübschen Oma Radke – dort sitzt sie!«

Leidenschaftlicher Applaus. Florian schaut nervös auf seine Uhr – die Musikanten werden gleich kommen. Krause erhält einen mahnenden Schubs von Frau Küßnich, weil er sein Eis weiterlöffelt. Kümmel guckt sehnsüchtig nach seinem Weinglas. Oma tupft Tränen der Rührung in ihr Taschentuch, und Opa ist sehr mulmig ums Herz, weil Düvenasch sein geliebtes, verlorenes Schlesien erwähnt hat . . .

Auf langwierigen Umwegen über das Kaiserreich, Gerhart Hauptmann und seine eigene Militärzeit findet Düvenasch endlich zum Tisch und zu Radkes zurück. Er beschließt seine Rede mit einem dreifachen zackigen »Hipp Hipp Hurra!« und anschließendem »Hoch soll'n se leeeben!«.

Oma springt auf und drückt ihm entzückt die Hände. »Lieber Herr Düvenasch, Sie guter Mensch, Sie! Was haben Sie meinem Mann und mir für eine stilvolle Freude bereitet, nicht wahr, Josef?«

Düvenasch läßt sich feiern, und Kümmel grinst stillvergnügt in sich hinein. Jetzt hebt er ein wenig den mächtigen Kopf, und ein Ausdruck herzlicher, mitfühlender Sympathie macht sich auf seinem grob-klugen Gesicht breit, denn . . .

. . . Opa Radke hat sich erhoben und stottert seinen Dank. Er mecht sich woll erlauben, allen einen Schnaps zu schpendiern.

Sie lehnen lärmend ab, auch – notgedrungen – diejenigen, die ihn gern angenommen hätten.

Und in diesem Augenblick erscheint das von Florian engagierte Zwei-Mann-Orchester, operettenhaft-venezianisch verkleidet, um

Opa und Oma Radke zum Hotelkai zu begleiten.

Es zupft und knautscht den Hochzeitsmarsch von Mendelssohn. Unser Pärchen schreitet Arm in Arm ihm nach, die anderen schließen sich an. Venedig strömt aus den umliegenden Gassen in Scharen herbei, um begeistert Beifall zu johlen, Hunde bellen wütend durch ihre Maulkörbe, Hotelgäste klatschen amüsiert – es ist ein großartiger, internationaler Radau!

Am Kai schaukelt eine weiß ausgeschlagene, nur leicht zerschlissene Hochzeitsgondel, phantasievoll mit Teppichen und Troddeln, mit Schleifen, Lämpchen und Blumen wie eine gute Stube zu Pfingsten ausgeschmückt. Ihr bunter Laternenbogen spiegelt sich im lackschwarzen Canale. Es ist ein so hinreißend gefühlvoller Anblick, daß Oma nur noch selig seufzen kann.

Der Gondoliere – mit roter Nelke am weißen, blusigen Hemd – hilft ihr galant in die leise schwankende Pracht. Opa stolpert verwirrt hinterdrein. Die Musikanten springen nach, und Giselher möchte auch, aber Florian reißt ihn barsch am Arm zurück.

Die Gondel stößt vom Kai ab und entgleitet sanft, mit rhythmischen Schlägen, in Richtung San Marco.

Bunte Lämpchen. Leiser werdende Mandolinen- und Akkordeonmusik. Ein schmelzender Volkstenor. Oma und Opas tapfere Silhouette, das heißt nur ihre Hinterköpfe, ragt aus dieser Bühnenherrlichkeit.

Zuerst haben die beiden noch zurückgewinkt, jetzt nicht mehr. Oma Radke fährt in die große, glitzernde, von schluchzendem Gesang und Mandolinenklang untermalte Stunde ihres Lebens. Opa fährt mit. Für seinen braven, nüchternen Handwerkssinn mag der ganze Zauber ein rührseliger Alptraum sein. Aber wenn er Mutters Seligkeit ausmacht und ihn nichts extra kostet . . . er hält fein still.

Sie sind nur noch ein kleines Diadem aus bunten, funkelnden Steinen auf dem schwarzen Wasser, und die Zurückbleibenden stecken ihre Winktücher ein.

Kümmels Arm legt sich schwer um Jous Nacken.

»Da fahren sie hin, unsere geliebten Kinder«, seufzt er wehleidig. »Kaum flügge geworden, verlassen sie das elterliche Nest. Ja ja, wie das Leben so mit uns Alten spielt. War rührend was? Wie'n Heimatfilm, aber ich glaube, unsere Oma ist glücklich, und das ist ja die Hauptsache. – Nanu, Mädchen?« Er guckt ihr erschrocken ins Gesicht. »Was haben Sie denn?«

»Ich – ich heule Rotz und Wasser, Herr – fh – Kümmel.«

8. Kapitel: *Tadidadam tadidada*

Motorboote zerschneiden, geschäftig rauschend, die schwarze Stille der kleinen Kanäle. Vornübergeneigte, schlafende Palazzi – wie alte Leute mit großer, standesgemäßer Vergangenheit, so unnahbar und stolz verwittern sie. Und wieder eine Brücke, die Gondel gleitet drunter durch ...

Kümmel sagt, er habe über dieser verwunschenen Kulisse einmal einen runden Mond gesehen – es sei bald nicht mehr zum Aushalten schön gewesen. Jetzt genießt er mit stillem Entzücken die schlafende Gruppe Giselher–Peters.

Gisels Kopf ruht weinschwer auf ihren Formen. Von Zeit zu Zeit nickt sie selbst ein und vornüber, um jedesmal, wenn ihr rundes Kinn in seine Bürstenhaare stippt, mit unzufriedenem Gesicht zu erwachen.

Beabsichtigt war die nächtliche Gondelfahrt ohne die beiden, aber sobald seine Aufpasserpflicht mit kostenlosen Annehmlichkeiten verbunden ist (Kümmel zahlt ja), erinnert sich Giselher ihrer geradezu vorbildlich. Gerade als sie abfahren wollten, kam er in langen Sprüngen angewetzt und brachte selbstverständlich seine neue, herzliche Bekannte, Frau Peters, mit.

Jou und Florian lehnen auf dem zerschlissenen Staatssitz dieser Kalesche zu Wasser, der eine sehr weit links, die andere rechts. Aber so ein betontes Möglichst-weit-auseinander ist manchmal schon ein halbes Arm-in-Arm. Florian singt leise: »Tadidada tadidadam ...« internationaler Hilfstext für diejenigen, die den Wortlaut eines Liedes vergessen haben. Tadidada tadidadam bedeutet nichts und kann doch sehr viel enthalten. Ist so reizvoll wie alles Unausgesprochene.

Jou ist nicht besonders wohl. Man soll eben niemals ein Pfefferminzbonbon auf Chianti benutzen, selbst wenn die Verweigerung eines solchen gegen das erste Touristengesetz: alles anzunehmen, was einem von freundlichen Mitreisenden geboten wird, verstößt. Der Chianti stammte von Kümmel, das Pfefferminz mit leichtem Eau de Cologne-Geschmack aus Frau Peters' Handtasche.

Florian ist weniger mit seinem Magen als mit seinem bisherigen Dasein unzufrieden. Im nächsten Leben wird er nicht wieder Kunsthistoriker, o nein. Im nächsten lernt er reicher Mann, gleich von Anfang an. Dann hat er es nicht nötig, sich mit einunddreißig wildfremden Launen und Eigenwillen herumzuärgern, nur um noch ein bißchen Geld nebenher zu verdienen.

»Wenn ich einmal sterbe, dann nur allein. Ganz allein, verstehen Sie? Nicht bei einem Massenunglück. Sonst wählt man mich wieder als Reiseleiter für eigenwillige und launische Seelen, die zum Himmel wollen. Wenigstens seine letzte Fahrt will Robert Florian als Privattourist unternehmen.«

Herr Kümmel reicht ihnen – aufmunternd lächelnd – eine Weinflasche. Sie gluckert schon ganz leicht, als Florian sie wie eine Fanfare an den Mund setzt. Jou will nichts mehr trinken, bloß nicht. Sie ist beschwipst genug – zum erstenmal ohne Hans Fichtes fröhlich-lärmende Assistenz. Ach ja, Hans – so weit weg in Berlin. Und Florian – soviel nah . . .

Sie rappelt sich tapfer aus ihren lockeren Gefühlen auf und sagt:

»Schade, daß mein Hans nicht hier ist.«

»Ihr – Hans?« fragt Florian verletzt. »Ist das der, der Sie zum Autobus brachte?«

»Ganz recht. Ein wundervoller Mann. Tierarzt. Und so zuverlässig!«

Dummes Ding! denkt er ärgerlich. Spricht jetzt von einem andern, obgleich . . .

»Ich bedaure auch, daß Eve nicht hier ist«, sagt er.

»Eve?« fragt Jou eifersüchtig.

»Nun ja, Eve. Wundervolle Frau. Lektorin in einem Wiener Kunstverlag. Und so zuverlässig!«

Sie sehen sich an. Ampellicht wischt über ihre sonnengebräunten Gesichter.

Jou kichert. »Ach, Florian –«

»Ja?«

»Sind wir schön blau?«

»Zauberhaft blau – und sehr, sehr albern, Jou.«

»Ja, sehr, sehr albern ...«

Sie wehrt sich nicht, als er sie in seine Arme zieht. Da sind seine Lippen – weich und zärtlich auf ihrer kühlen Haut. Da ist seine Schulter unter dem geöffneten Hemd, an der ihr Kopf jetzt ruht. Komisch, sie dachte immer, Kunsthistoriker hätten vor lauter Bildung gar keine Zeit, sich einen durchtrainierten Körper zuzulegen!

»Die Welt ist voller Wunder«, murmelt sie.

»Ja«, nickt Florian, und seine Blicke streicheln die leichte, biegsame Weiblichkeit an seiner Schulter – fahles Haar, dunkle, samtweiche Haut mit einem feinen Duft nach frischen Himbeeren, ein Kleid, bläulichblaß wie Mondlicht und leise raschelnd ...

»Tadidadam ...?«

»Tadidada ...«

»Tadidada ...?«

»Tadidadam, Florian.«

Es ist schön in der verwunschenen Nächtlichkeit der Kanäle. Es ist schön, hier zu sein, jung zu sein. Es ist schön, daß noch Sommer ist, daß alles so ist, wie es ist – ach, Venedig. Zum Büßen hat's morgen genügend Zeit.

»Denken Sie an Ihren Hans?«

»Ja, natürlich. Und Sie? Denken Sie an Eve?«

Florian überlegt einen kurzen, ihre Haut warm streifenden Atemzug lang.

»Nein«, sagt er dann, »jetzt nicht.« Männer sind eben doch ehrlicher als Frauen.

Vor ihnen rumort es, begleitet von zerquetschten Kehllauten: Giselher ist am Erwachen. Er richtet sich aus Frau Peters' Wärme auf und blinzelt verstört um sich. »Wo bin ich denn überhaupt?«

»In Italien, mein Jung«, sagt Kümmel freundlich.

»Is mein tleiner Hamburger Tschunge aufdewacht?« fragt Frau Peters wie eine liebe Tante. '

... aber Jou hatte einmal einen Onkel, der glaubte, solange er die Babysprache im Umgang mit ihr benutzte, auch ein Anrecht darauf zu haben, sie wie ein Baby auf den Arm nehmen zu dürfen. Ihr Vater brachte ihm darauf gründlich das Hochdeutsche bei.

Sie nähern sich dem Kai zwischen San Marco und Accademia. Die schwarzen, geschwungenen Hälse der Gondeln schwanken zwischen ihren Pfählen. Viele lebendige Stimmen. Ein Musikfetzen. Lachen. Lichter. Das charakteristische Lockgeschrei der venezianischen Gondolieri: »Gondola! Gondola! Scheene Gondola, Lady . . .!«

Und Giselher, der sich verpflichtet fühlt, seiner Dame noch etwas anderes als den Anblick seines tiefen, alkoholhaltigen Schlafes zu bieten, grölt: »Das schmeißt doch einen Seemann nich gleich um, so'n lütten, lütten, lütten Buddel Rum . . .«

Florian hebt Jou mit einem leichten, doch vielsagenden Armdruck auf ihren Sitz zurück. »Schade«, sagen seine behutsamen Hände. »Aber wir haben ja noch viel Zeit und Italien vor uns«, sagen sie auch.

Kümmels mächtige Gestalt erhebt sich, unsicher schwankend, aus dem plüschverzierten Bootsinneren. Er stapft, würdevollen Suff in der Bewegung, zum Bug der Gondel und steigt aus. Dies geschieht sehr langsam und bedacht, jedoch von leichtem Plätschern begleitet, da einige Augenblicke zu früh.

Sie sind alle zugleich aufgesprungen und gucken fassungslos über Bord.

»Ich glaube, er ist aus Versehen in den Canale getreten«, sagt Frau Peters.

»Und wie korrekt er schwimmt!«

»Sogar mit Hut«, kreischt Giselher, und Florian kommandiert mit Schwimmlehrerstimme: »Eins-zwei! Schön ruhig atmen. Und die Beine nicht vergessen. Soo ist's fein. Und nun noch einmal: eins – zwei –«

Kümmel klettert, die durchnäßte Zigarre noch zwischen den Fingern, an Land. Er schüttelt sich, sprüht Canale wie eine Fontäne, nimmt seinen Hut ab und betrachtet ihn voll Bedauern – es war ein ganz besonders teurer Hut; er hat aufrichtig an ihm gehangen.

Und endlich blickt er sinnend auf die Gondel hinab, in der sich alle wieder setzen mußten – es lacht sich so schlecht im Stehen.

»Was grölst du, Volk von Venedig«, sagt er mit lauter, salbungsvoller Stimme, »ich tat doch nur, was Unsterbliche freiwillig vor mir taten.

Lord Byron, zum Beispiel. Er durchschwamm den gesamten Canale und blieb trotz des penetranten Wassergeschmacks ein Poet.«

Der Weg zum Hotel gestaltet sich zu einem wahren Triumphzug, obgleich sie mit Bedacht die ruhigen Nebengassen wählen.

Gustav Kümmel trieft vorneweg. Seine riesigen, nassen Fußabdrücke auf dem Pflaster erregen das laute Entzücken des ständig wachsenden Gefolges. Oh, diese Italiener verstehen es schon, aus jeder Begebenheit ein Volksfest zu machen – ob es sich nun um den Geburtstag eines Heiligen, ein Begräbnis oder einen nassen Touristen handelt.

Vor dem Hoteleingang verabschiedet sich Kümmel mit der hutschwenkenden Grandezza eines gelernten Heldentenors von seinem Gefolge, und niemand sieht ihm an, wie elend er sich in den kanalschweren Hüllen fühlt, die er wenig später zum Nachtportier hinunterträgt, damit er sie auf eine möglichst schnelle Weise trocknen lasse.

Als Jou ihre Fensterläden aufstößt, um die drückende Hitze ihres Zimmers gegen kühle Nachtluft zu vertauschen, sieht sie Radkes. Sie schlendern Arm in Arm auf den Hoteleingang zu, die verwelkten Gardenien leuchten blaß von Rockaufschlag und Ausschnitt. Oma summt leise und schlenkert mit ihrem Seidenschal. Diese Bewegung wirkt seltsam mädchenhaft und ist Ausdruck einer glücklich-besinnlichen, weinseligen Stimmung. Auch Opa macht einen durchaus zufriedenen Eindruck.

Gustav C. Kümmel hat ihnen mehr als eine nachträgliche Hochzeitsfeier geschenkt. Das Erlebnis dieses Abends löschte die Erinnerung an alles Unerfreuliche, Triste aus, das es auch in ihren gemeinsamen fünfunddreißig Jahren gegeben hatte. Sie sind sich wieder ganz einig.

Jou hockt noch eine Weile mit angezogenen Knien – eingehüllt in viel weißes, weichfließendes, griechisches Nachthemd – auf dem Fensterbrett.

»Tadidadam tadidada ...«

Es hatte bisher keine großen Probleme für sie gegeben. Jou war zufrieden, weil sie keine übertriebenen Erwartungen an das Leben stellte. Jenes Märchen vom Aschenputtel, das einen Königssohn heiratete, hatte niemals Eindruck auf sie gemacht. Auch nicht die erregende Karriere eines Filmstars. Als sie dem stets vergnügten, gutmütigen Hans Fichte (mit Doktorgrad!) begegnete, glaubte sie sich am Ziel ihrer hausbackenen Wünsche. Konnte es ein besseres Glück geben als ihr durchschnittliches, heiteres, ohne große Leidenschaften und Worte?

»Tadidada tadidadam ...«

Und jetzt mußte ihr Robert Florian begegnen und die Schutzhäubchen von all jenen Gefühlen ziehen, die bisher tief und unerkannt in ihr geschlummert hatten. Sie war nicht mehr unbekümmert. Sie war verwirrt, unruhig, ohne Zufriedenheit, voll unbestimmter Sehnsucht, zum Weinen glücklich, zum Lachen unglücklich ... Tadidadam tadidada!

»Tadidadamtata ...« grölt Hans in die nächtliche, kühl durchwehte oberitalienische Landschaft, die sich gegen seinen falschen Gesang nicht wehren kann. Herzliebs Motor brummt dazu.

»Tadidadamtata tadidadamtata ...« Bloß nicht am Steuer einschlafen! Bloß nicht!

9. Kapitel: *Venezianisches Nachspiel*

Rudi beugt sich unerschrocken über Düvenasch und küßt ihn auf den eisern gefurchten Widerstand seiner Stirn: »Guten Morgen, Papachen.« Der Primus schimpft über sein stumpfes Messer und stiehlt das der Feldherrin in der irrigen Annahme, ihres sei schärfer als das seine. Herr Neumann stopft die übriggebliebenen Brötchen in seine Rocktaschen; Elfi schreibt zwischen Kaffeeflecken und Tellern noch rasch eine Postkarte, und Jou bekleckert sich mit Marmelade. Kurz: es ist wie jeden Morgen.

Nur Giselher fehlt beim Frühstück. Von seinem Bettnachbarn Rudi erfährt sie die Nummer seines Zimmers und läuft in den zweiten Stock hinauf. Jou muß mit ihrem Bruder ein ernstes Wort unter vier Augen sprechen. Seine Tändeleien mit der um zwanzig Jahre älteren Frau Peters gefallen ihr nicht. Was soll daraus noch werden, wenn er schon jetzt – und dazu freiwillig! – ihre Tasche trägt und seinen Rausch an ihren blühenden Formen ausschläft! Sie befinden sich erst am Anfang der Reise, und allen Untugenden sind während der nächsten zweieinhalb Wochen noch ungeahnte, geradezu bedrohliche Entwicklungsmöglichkeiten gegeben!

Die Tür zu Giselhers Zimmer ist unverschlossen, sein Koffer steht geöffnet auf dem Tisch, daneben liegen ein angefangener Brief in seiner Handschrift auf Hotelpapier und Jous Kugelschreiber, den sie seit gestern früh vermißt. Giselher selbst ist abwesend.

Es ist sonst nicht ihre Art, fremde Briefe zu lesen – zumindest würde sie es niemals zugeben.

»Lieber zukünftiger Schwager«, liest sie. »Nun sind wir in Venedig, und es ist eine Enttäuschung, muß ich sagen. Keine Autos in der Stadt, nicht mal ein Radfahrer. Auch mußten wir viele Kirchen besuchen, wo ich mich nicht für interessiere. Lieber Schwager! Sieglinde gefällt die Stadt ja, aber das liegt wohl an unserem Reiseleiter. Die beiden möchten gerne zusammen schäkern, aber, lieber Schwager, mach Dir keine Sorgen, ich beschatte die beiden wie ein Detektiv.«

»Mistfink!« knirscht Jou, und ihre Fäuste finden sich in ihren Hüften wieder. Auch wenn Giselher hundertmal recht hat, darf doch Hans nichts von der höllischen Verwirrung, die Florians Nähe in ihr auslöste, erfahren. Gewiß, sie hatte ihn eifersüchtig machen wollen aus Rache dafür, daß er ihr Giselher als Sittenhüter mitschickte. Aber in der Liebe droht man doch meistens nur mit Personen, die einem im Grunde gar nicht gefährlich werden können. Als sie Hans mit dem Reiseleiter drohte, ahnte sie noch nichts.

Jetzt ist alles so ganz anders geworden. Jetzt ist eine Heimlichkeit da, die vor Hans versteckt werden muß, denn ernstlich weh tun möchte sie ihm noch nicht.

Jou greift zum Füller und schreibt auf den gleichen Briefbogen: »Liebling, falls ich wirklich flirten sollte (was ich nicht tue!), so wäre mein Bruder der letzte, der dies bemerken würde. Denn sofern er sich nicht auf anderer Leute Kosten besäuft, steigt er einer Dame nach, die altersmäßig seine Mutter sein könnte. Um mich kümmert er sich überhaupt nicht, und das ist die volle Wahrheit . . .«

»Hallo, Sie hier?«

Jou schrickt zusammen, denn hinter ihr steht Florian. Sie spürt Herzklopfen überall, selbst in den Knien. Es ist das erstemal, daß sie beide allein in einem Zimmer sind. Zwischen ihnen liegt die Erinnerung an die Gondelfahrt, liegen die vielen, beunruhigenden Gedanken einer schlaflosen Nacht, verbotene Träume, verwirrtes Erwachen voll unbestimmter Hoffnungen.

»Ich wollte Ihren Herrn Bruder noch einmal persönlich auffordern, sich in der Halle einzufinden. Wir brechen in Minuten auf«, sagt Florian.

»Mein – Herr Bruder ist nicht hier«, stottert Jou und schaut ihn an. Auch ihr Verhältnis zueinander hat während der nächsten Wochen noch ungeahnte Entwicklungsmöglichkeiten . . . »Gehen wir schnell, die anderen warten.« Und sie läuft an ihm vorbei durch die offene Zimmertür zur Treppe.

»Sie flüchtet«, denkt er, ihr langsam folgend.

Für sieben Uhr dreißig war der Abmarsch vom Hotel festgesetzt. Aber sie können diese Zeit nicht einhalten. Gustav Kümmels Anzug ist nicht aufzufinden und der Nachtportier auch nicht.

Der Tagesportier schickt einen Boy zur Wohnung des Nachtportiers, dieser schickt den Boy zu seinem Schwager, der die Bäckerei in der Nähe des Hotels betreibt. Er hatte Kümmels canaleschwere modische Hülle dorthin überführen lassen. Und hier, neben dem Ofen der glutheißen Backstube, findet der Boy endlich das Prachtstück.

Das Unternehmen kostet den armen Kümmel noch vier solide Trinkgelder für zwei Portiers, einen hechelnden Boy und einen Bäkker. Der Anzug duftet jetzt weniger nach venezianischem Gewässer als nach Backwaren und ist so weit entfeuchtet, daß er nicht mehr drippt.

Giselher, der sich inzwischen auch eingefunden hat, wechselt mit Jou einen einzigen Blick. Aber in diesem Blick liegt Gosse.

10. Kapitel: *Sei wachsam, Emil!*

Man sagt, Jou sei zerstreut, und das bereits in ihrem Alter. Und was aus dieser Zerstreutheit noch einmal werden solle, wenn sie erst in die Jahre kommt, in denen das Gedächtnis sowieso eine Brille braucht!

Man sagt auch, ihre einzigen dichterischen Fähigkeiten offenbarten sich in ihren mathematischen Versuchen.

Mit einem gerüttelten Maß voll Zerstreutheit also und einem totalen Mangel an rechnerischer Begabung; mit einem Portemonnaie, vollgepfropft mit appetitlichen, fransenreichen Hundert-Lire-Lappen, wenigen Fünftausend-Lire-Scheinen, für deren unerhört handliches Format eine Brieftasche von der Größe DIN A4 das einzig Passende wäre – und mit dem strammen Mißtrauen des Nordländers gegenüber der Ehrlichkeit des Südländers ausgerüstet, begegnete sie Italiens gewiegter, gerissener Kaufmannsgilde.

Möglich, daß die Naiven einen intensiveren Schutzengel haben als die Gewitzten, möglich auch, daß unser nordisches Mißtrauen eine veraltete Regung ist – auf jeden Fall hat noch niemand in Italien sie auch nur um fünf Lire betrogen.

Jou gibt diese schöne Erfahrung bei einem Campari zwischen Ferrara und Bologna tönend kund. Aber Papachen Düvenasch trennt sich trotzdem nicht von seinem mißtrauisch-lauernden Gesichtsausdruck. Italiener sind alles Gauner.

Sei wachsam, Emil!

Er trägt seine Mammutscheine, durch eine Geldklammer zusammengehalten, in der linken inneren Rocktasche und diese mit drei großen Sicherheitsnadeln sorgfältig zugepikt. Trotz der Hitze und trotz dieser dreifachen Extraversicherung gegen möglichen Diebstahl wagt er es nicht, sein Jackett auszuziehen und – gleich den anderen männlichen Jacken – über die Stuhllehne zu hängen.

»So ein Mißtrauen könnte mir die ganze Reise vermiesen«, sagt die Feldherrin, als Düvenasch aufsteht und zum nächsten Tabakladen der kleinen Dorfpiazza geht, um Briefmarken für Elfis Postkarten zu kaufen.

»Wenn ihm dieses Mißtrauen aber innerliche Befriedigung gewährt?« meint Kümmel dagegen.

Sie schlendern zum Bus zurück. Der sieht jetzt längst nicht mehr so schmuck wie am Abfahrtstage aus. Die Landstraßen Bayerns, Tirols, Venetiens und der Po-Ebene haben seinen hellblauen Bauch mit einer gräulichen internationalen Schmutzschicht überzogen, darin in Druckbuchstaben geschrieben steht »Papachen! Huhu!«, »Kümmel ist ein Säufer!« und »Dieser Bus ist preisgünstig zu verkaufen. Anfragen sind an Neumann, Platz 31, zu richten.«

Sie ersteigen ihn durch seine hintere und die Vordertür. Im Mittelgang gibt es – wie üblich – eine Verkehrsstockung, wenn die Feldherrin und Kümmels leibliche Ausmaße gegeneinanderprallen.

Florian ruft: »Alle da?«, und sie rufen zurück: »Alle – außer Düvenasch!«

Der schießt in diesem Augenblick durch die klirrenden Perlenschnüre der Tabakladentür. »Florian! Polizei! Sofort kommen! Räuber, Gauner!«

Sie springen noch einmal sensationslüstern aus dem Bus und stürzen hinter ihrem Reiseleiter her zum Tatort. Nachdem sich auch Kümmel in den winzigen Tabakladen gedrängelt hat, paßt kein Floh mehr hinein. Es bleibt den zuletzt Ankommenden nichts weiter übrig, als ihre neugierigen Nasen zwischen die Perlenschnüre zu stecken.

»Der Kerl hat mich um fünfzig Lire betrogen!« schreit Düvenasch und läßt einen mörderischen Zeigefinger über den Ladentisch schnellen, hinter dem sich der Besitzer in südlichen Unschuldsbezeugungen windet. Fünfzig Lire sind eine winzigkleine Summe. Trotzdem betrachten die Zuschauer den Mann nicht ohne Ehrfurcht: Was für ein Machiavell muß er sein, wenn es ihm gelang, den wachsamen Emil Düvenasch selbst um fünfzig Lire zu behumsen!

Im Laden befindet sich außer den beiden Kontrahenten, Kümmel und einigen grinsenden, olivenhäutigen Lazzaronis noch Florian, der sich – beschwörend gestikulierend – um eine deutsch-italienische Verständigung bemüht.

»Haben Sie sich auch nicht geirrt, Herr Düvenasch?«

»Ich schwöre; der Kerl hat mir bloß sechshundertfünfzig statt siebenhundert Lire auf meinen Tausender rausgegeben.«

»Nonono, Signore!«

»Doch, widersprechen Sie nicht, Mann!«

»Mancano cinquanta Lire«, übersetzt Florian dem Ladenbesitzer, der bisher sein »Nonono« nur sicherheitshalber gerufen hat, ohne zu wissen, worum es eigentlich geht.

Jetzt aber wird dieses »No, Signore!« sehr energisch, und gleich darauf nimmt das Geschrei an Lautstärke und Anzüglichkeit zu.

»Kinder, Kinder! Bambinos!« mischt Kümmel sich ein, stillvergnügt lächelnd. »Macht nicht soviel Radau. Guckt euch lieber um. Da liegen sie doch!« Und er weist zu Boden auf einen zerknitterten Fünfzig-Lire-Schein, der zur Hälfte unter Düvenaschs Fußsohle hervorblinzelt. Kümmel hatte ihn sofort beim Betreten des Ladens bemerkt, verschwieg aber sein Wissen, weil ihm der leidenschaftliche Disput über den Ladentisch hinweg zuviel Spaß machte.

Florian kauft eine Schachtel Zigaretten, klopft dem in triumphaler Napoleonsgeste sich wiegenden Ladenbesitzer abbittend auf die Schulter, und sie rollen aus diesem Dorfe Italiens, das sie hoffentlich in guter Erinnerung behält.

Düvenasch baut einen Wall schmollender Feindseligkeit um sich auf, den niemand während der nächsten zwanzig Kilometer zu durchbrechen wagt.

Plötzlich greift er an sein Herz. Er tut dies so lärmend, daß selbst Rudi davon erwacht und die Feldherrin »Gott, haben Sie mich aber erschreckt!« ruft.

Düvenasch hört nicht. Seine Finger zittern ins Innere des Jacketts, sie finden die geöffnete Sicherheitsnadel, die ihn soeben in die Brust gestochen hat; sie finden aber nicht, sooft und immer verzweifelter sie auch in der Brusttasche herumstochern mögen . . .

»Hast du was verloren, Papachen?« fragt Elfi besorgt.

»Nein, nein«, keucht Düvenasch, »es hat mich nur etwas gestochen.«

»Etwa ein Moskito?« erkundigt sich Kümmel teilnahmsvoll, obgleich er das Fürchterliche ahnt . . .

Düvenasch antwortet nicht. Er mordet immer still für sich hin: Italiener und deutsche Touristen mit ätzendem Humor . . . und ist weder für eine höfliche Frage der Umsitzenden noch für einen gutgemeinten Zitronendrops zugänglich.

Als sie durch Bologna fahren, erzählt Florian ihnen von der berühmten Universität. »Auf die darf die Stadt wahrhaft stolz sein«, sagt er. »Auf ihre Geschichte weniger. Zwar führt Bologna das Wort ›Libertas‹ im Wappen, und Libertas bedeutet Freiheit. Aber was Freiheit heute bedeutet, bedeutete Libertas damals auch: einen Begriff, keinen Zustand.«

Hinter Bologna steigen sie in die Berge hinauf. An einem Abhang döst ein kleiner Hirte im Schatten seiner zottigen Ziegen.

Er winkt dem vorüberfahrenden Bus zu.

»Mal anhalten!« befiehlt Florian und beschießt den Jungen mit Bonbons.

Wenige Minuten später keucht und knattert ein altes Kabriolett vorüber. Der semmelblonde Mann an seinem Steuer hat keinen Blick für Hütejungen und keine völkerverbindenden Bonbons. Er ist nur darauf aus, bis zum Abend Florenz zu erreichen, wo laut Auskunft des Reisebüros am gleichen Tage ein gewisser Reisebus eintrudeln muß. Infolgedessen ist er ausschließlich damit beschäftigt, sein Auto mit verbissener Zärtlichkeit zu beschwören:

»Herzlieb, süßes Mädchen, halte durch. Nimm auch diese Höhe, irgendwann wird es schon wieder abwärts gehen!«

11. Kapitel: *Hinten kichert man*

Die Straße kringelt sich gleich einem gekochten Spaghetti um den Paß, und auf einmal – unerwartet weit und duftig – breitet sich die Toskana unter ihnen aus, väterlich beschützt vom hohen Apennin. Das tiefe Grün der Maronenwälder verdünnt sich silbrig auf den unteren Abhängen: Olivenbäume.

»Die erste Stadt, die wir im Tal erreichen werden, heißt Pistoia«, sagt Florian, und die hinterste Reihe lacht darob.

Jou guckt interessiert auf die Stadt hinab. Sie sieht so aus, wie eine italienische Stadt in dieser Gegend eben von oben aussieht, auf keinen Fall lächerlich.

Jetzt tippt auch Krause grinsend auf die Schulter des Reiseleiters und zeigt in den Rückspiegel. »Erinnern Se sich an diß Vehikel, was da hinter uns kommt? Nee? Na, Berlin, Stuttgarter Platz, kurz vor Abfahrt. Kam doch Frollein Knopp mit an. Gehört ihr'm Zukünftjen. Ob sie weiß, daß er ihr nachschliddert? Sicher nich. Wir verraten auch nischt, verstanden?«

»Nein«, sagt Florian und zieht nervös an seiner Zigarette.

»Alle Achtung und Hut ab vor diß Auto. Diß keucht doch bestimmt schon auf seine letzten Löcher. – Was ham' Se denn, Herr Florian?«

»Oh, nichts. Ich konzentriere mich gerade auf das, was ich dem Volk über Florenz erzählen muß.«

Der Bus kreist immer tiefer ins Tal hinab, die Ohren tauen auf, und jedes Geräusch klingt plötzlich brausend laut. Sie erreichen Pistoia, und die hinterste Reihe ruft einstimmig, sie müsse mal.

Es dauert bedeutend länger als sonst, und Jou beschließt, die Gelegenheit vorsichtshalber auch zu nutzen, aber Krause hindert sie geradezu leidenschaftlich am Aussteigen. »Nee, halten Se man durch, wir sind ja gleich in Florenz.«

Der Wagen fährt im silberblauen Licht der Dämmerung durch köstliche Blumenfelder. Rosen, Mispeln, Gladiolen. Das tiefe Leuchten gelber, aprikosenfarbener und feuer- bis blutroter Tabakpflanzen.

Florian zieht sein Mikrophon an den Mund und beginnt mit einem Vortrag über die Stadt Florenz. »Sie ist die Geburtsstätte der Renaissance. Ihr Kunstreichtum ist vor allem den Medicis zu danken.«

In diesem Augenblick erreicht Jou eine Tüte aus der hinteren Bus reihe.

Der Primus übergibt sie ihr. »Die ist für Sie, Fräulein Knopf.«

Mit einem Minimum an Geräusch öffnet Jou das Päckchen und findet nicht mehr ganz frische Pfirsiche darin, ehrlich gesagt – dreiviertel von ihnen sind braun und mulsch, und sie denkt: Die Herzchen aus der hinteren Reihe wollen mich bestimmt hochnehmen.

»Als Vater der Renaissance können wir den Maler Giotto bezeichnen. Obgleich noch starr in der Darstellung . . .«

»Wie bitte? Was ist denn schon wieder?« raunt sie verärgert, als eine weitere Tüte mit zwar aufgeweichten, doch sonst noch recht gut erhaltenen Cremehütchen und Kokosflocken auf ihrem Schoß landet.

Florian ist inzwischen mit seinem Bericht bei Cellini, dem großen florentinischen Goldschmied, gelandet, aber Jou kann ihm nicht zuhören, denn schon wieder ist eine rückwärtige Tüte mit einer Packung Kognakbohnen über ihre Schulter gereicht worden.

Kognakbohnen? Die machen Jou etwas stutzig. Alle ihre Verehrer haben ihr immer Kognakbohnen geschenkt, und niemals brachte sie den Mut auf, ihnen zu sagen, daß sie gar keine mag.

»Primus«, flüstert sie hinter sich, »was sollen die Tüten?«

Primus flüstert wieder zurück, und endlich kommt auf dem gleichen Stille-Post-Wege die Antwort aus der hintersten Reihe: »All diese Leckerbissen haben Sie in Berlin vergessen.«

In Berlin? Dort vergaß sie nur den Pflaumenkuchen ihrer Wirtin in Fichtes Auto, aber keine Cremehütchen, Kognakbohnen oder faule Pfirsiche. Es ist wirklich sehr mysteriös.

Im dunkelblauen Abendlicht erreichen sie die engen Straßen von Florenz.

Krause jongliert den Bus um den Dom, sie biegen in eine Gasse, so schmal, daß der Wagen bald die Hauswände kratzt, und halten vor einem hell erleuchteten Hoteleingang.

Jou stolpert als letzte, bis zum Kinn beladen, durch die hintere Bustür. Auf dem schmalen Bürgersteig stehen Neumanns, Krause, Frau Peters und lachen ihr erwartungsvoll entgegen. Frau Neumann tritt mit einer Wichtigkeit vor, als ob sie ein Gedicht aufsagen will – und legt auf Jous zahlreiche Lasten noch ein bläulich-durchsupptes Päckchen: den Pflaumenkuchen ihrer Wirtin.

Jou denkt: So schwierig es ist, aber ich steige mit allem Krempel wieder ein und verkrieche mich unter Sitz Sieben. Denn entweder bin ich meschugge oder . . .

»He, Kindchen«, sagt eine Männerstimme – ganz rund vor Fröhlichkeit und ihr, ach, so gut bekannt. Jou läßt ihre Schätze auf florentinisches Pflaster fallen. »Hans!«

»Freust du dich, daß wir da sind?«

Sie ist fassungslos. Zu ihren Füßen sieht sie Bruder Giselher in plötzlicher, gefallsüchtiger Eifrigkeit ihre Sachen aufsammeln. Jous Blick irrt über viele strahlende Gesichter und findet eins, das sie so anschaut wie das Gesicht eines Menschen, der auf dem Perron zurückbleiben muß, während sich der Zug langsam im Bewegung setzt und all seine Hoffnungen mit sich fortträgt . . .

Adieu, Florian –

Zwei feste Arme umschließen sie, Arme, zu denen sie sagen möchte: Wartet noch einen Augenblick, bis ich wirklich zu euch zurückgefunden habe.

»Seit zahlreicher Weile fahren wir hinter dir her. Die letzte Busreihe wußte es, hat aber nix verraten, nicht wahr? In Pistazia oder wie das Ding hieß, übergab ich deinen Genossen die in Berlin vergessene Reisemunition. Denn sieh mal, Jou, deine Mannen sind korrekt. Darum brachten sie dir den Zwetschgenkuchen und die Pfirsiche in Eilmärschen bis Florenz nach. Unter Hintansetzung ihrer eigenen beruflichen Pflichten. Wie findest du das?«

Hat Jou vor dieser Rede mit Düsenantrieb noch geglaubt, in den Armen einer optischen Täuschung zu liegen – jetzt ist sie sicher, daß Hans Fichte sich wirklich in Florenz befindet. Denn solches Mundwerk wie sein Mundwerk, das gibt es nur einmal.

»Meine Mannen«, flüstert sie, verwirrt seine Worte aufgreifend – und stutzt. »Wieso Mann-e-n, du bist doch allein hier!«

»Ümüm, Erwin ist auch mit.«

»Erwin?«

»Natürlich«, sagt er, über ihre Begriffsstutzigkeit den Kopf schüttelnd. »Glaubst du etwa, so 'n kleiner Dackel möchte nicht den sonnigen Süden kennenlernen? Immer bloß Kiefern und Linden – is doch eintönig auf die Dauer. Erwin will Palmenstrände ...«

»Hans«, unterbricht sie ihn eingedenk seines befremdend herzhaften Wortschatzes, in dem es keine diskreten drei Pünktchen an Stelle von urdeutschen Wörtern gibt. »Hans, nun sag mir bloß, wie sollen wir Erwin ins Hotel bekommen? Hunde sind hier sicher verboten.«

»Ganz einfach«, lacht er, »genau wie über die Grenze: als Schmuggelware.«

Jou stellt ihn den anderen Touristen vor, die sie neugierig umranden. Giselher küßt Fichte nahezu, bietet ihm sofort eine Zigarette an (auf einmal besitzt er welche!), zerbricht vor lauter Eilfertigkeit drei Streichhölzer, und Hans raunt anerkennend: »Prima Junge, dein Bruder!«

Mit Neumanns begrüßt er sich fast intim. Sie haben ja schon während vieler Kilometer eine pantomimische Unterhaltung durch die

Wagenscheibe geführt.

Florian erhält anfangs nur ein mißtrauisches Mustern, dem jedoch eine zögernde Rechte folgt, als er verspricht, Hans in seinem Zimmer unterzubringen, falls das Hotel überfüllt sein sollte. Dann eilt er zu seinem Herzlieb und kommt gleich darauf mit einem Rucksack und zwei Koffern zurück. Einer davon ist ein Fiberkoffer, der Schweres durchgemacht haben muß. An Stelle eines fehlenden Schlosses hält ihn ein Gürtel zusammen.

»Hat mir der Hausmeister gepumpt«, erklärt Fichte, Jous Staunen auffangend. »Nett von ihm, was? Wo er doch so an dem Stück hängt! War 1943 zwei Tage lang mit ihm verschüttet, im Hansaviertel, weißt du. Müssen ihm als Dank was Hübsches mitbringen, 'ne Vase oder so.«

»Und der Rucksack, Hans!« Jou hat die Hand gegen einen Mund gepreßt, der nicht weiß, ob er sich zu einem Lachen oder Entsetzen verziehen soll. »Das ist ein feines Hotel. Du kannst doch hier nicht wie ein Kartoffelhamsterer auftreten!«

»Hiii!« kreischt Elfi Düvenasch. »Er bewegt sich ja!«

Und jetzt sieht auch Jou, wie der Rucksack auf Fichtes Buckel nach rechts und links auskeilt: Erwin!

Ihre Hand streichelt zärtlich über den rauhen Sackstoff, und sie ahnt, daß Hans darin nicht nur einen kleinen Rauhaardackel namens Erwin Fichte, sondern mit ihm auch eine unerschöpfliche Quelle für Komplikationen nach Florenz getragen hat.

12. Kapitel: *Jous Mannen*

Das Hotel ist sehr elegant, zumindest seine riesige Halle, in der sie auf Florian und die Verkündung ihrer Zimmernummern warten. In den tomatenroten ledernen Sesseln döst einfach, doch wertvoll gekleidetes internationales Globetrottertum, das bei ihrem geräuschvollen Einmarsch beleidigend schnell die Flucht ergreift, nicht ohne vorher noch einen bestürzten Blick auf Hänschens Rücken geworfen zu haben. Rucksäcke sind in dieser Umgebung zumindest ungewöhnlich.

Sie nehmen die noch globetrotterwarmen Sessel ein, Hans legt den strampelnden Äser auf Jous Schoß und schwingt sich zur Deckung vor

wachsamen Portiersblicken auf die Lehne.

»Nun erzähl doch bloß endlich.« Ihre Hände nesteln heimlich die Verschnürung auf, tasten sich in warmes struppiges Fell, eine eifrige Zunge leckt ihre Finger – armer, kleiner, unterschlagener Erwin.

»Da gibt es nicht viel zu erzählen«, sagt Hänschen vergnügt. »Nach deinem besorgniserregenden Anruf aus Garmisch beschloß ich: nix wie nach Italien, Fichte, wenn du deine zukünftige Ehe retten willst. Bestellte einen Vertreter für die Praxis, ließ Herzlieb volltanken, neu bereifen und machte mich mit Erwin auf die Socken. Ist doch ein tapferes, kleines Mädchen, unser Herzlieb. Hättest sehen sollen, wie sie die Berge genommen hat!«

»Wie denn?« fragt Kümmel interessiert.

»Na, spielend – im Schlepptau von anderen Touristenwagen.«

Kümmel schuckelt vor ungläubigem Lachen. Der Junge spinnt, denkt er, aber er spinnt ganz unterhaltsam. Doch nach einem tieferen Blick in Hänschens geradezu bedrückend sonnige Kinderaugen schwindet langsam der Unglaube aus Kümmels lachender Miene, und er begreift, daß diese ungewöhnlich fröhliche Naivität fähig ist, das Unmögliche möglich zu machen.

»Was soll jetzt geschehen?« fragt Jou.

»Ganz einfach – Hans und Erwin Fichte machen Urlaub in Italien. Sie werden so lange hinter euch herfahren, bis sie irgendwie wieder nach Berlin kommen – sofern Schicksal, Herzlieb und Finanzen nicht querschießen sollten.« Sein Gesicht verdüstert sich etwas. »Ich fürchte nur, meine Garderobe wird nicht ausreichen, Jou. Hatte nur ein frisches Hemd zu Hause.«

Florian tritt in diesem Augenblick zu ihnen – höflich-bestimmt, verbindlich-kühl, nur noch Reiseleiter. »Ich habe nicht die vorbestellte Anzahl Einzelzimmer bekommen können und muß leider für diese Nacht zwei Damen zusammenkoppeln. Fräulein Herzberg und Fräulein Knopf – ist es Ihnen recht, wenn Sie sich einen Raum teilen?«

»Natürlich«, sagen beide, obgleich es ihnen gar nicht recht ist. Zuletzt wendet er sich an den erwartungsvollen Hans. »Ich ziehe mit Krause zusammen, wir haben ein Dreibettzimmer. Wenn Sie das dritte nehmen wollen? Ihr Hund muß aber im Auto übernachten.«

»Kommt nicht in Frage!« mischt sich die Feldherrin ein. »Der Dakkel ist klein genug, um im Bidet Ihres Zimmers zu schlafen. Ich leihe ihm mein Reisekissen, das schieben Sie ihm unter, damit er's nicht so hart hat. Widersprechen Sie mir nicht, Herr Florian! Ich könnte Ihre Mutter sein!«

Fräulein Herzberg baut Zahnbürste und Seiflappen auf die linke Seite des Waschbeckens, Jou belegt die rechte. Dann schreiten sie zu einem völlig gleichgültigen, höflichkeitshalber aber ungemein wichtigen Problem: »Möchten Sie lieber im rechten oder im linken Bett schlafen?«

Während Jou sich wäscht, denkt sie über die völlig neue Situation nach. Hans und Erwin in Italien! Sie ist über diese Tatsache gar nicht entzückt. Das liegt vor allem an der störenden Gegenwart Giselher Knopfs. Seinen venezianischen Petzbrief wird er nach ihrem schriftlichen Zusatz wohl zerrissen haben. Aber noch besitzt er sein Mundwerk. Obgleich sie ihre Wachsamkeit von Stund an verdoppeln wird, mag ihr doch einmal ein Augenblick entgehen, jener Augenblick, den ihr nicht minder wachsamer, einschmeichelbeflissener Bruder nutzen wird, um seinen Schwager über ihren kleinen Flirt mit Florian aufzuklären. Und eine Spannung zwischen Touristenoberhaupt und eifersüchtig knurrendem Fichte würde den Frieden der gemeinsamen Weiterfahrt aufs äußerste gefährden.

»Fräulein Herzberg, Sie sind nicht böse, wenn ich schon hinuntergehe?«

In der Halle haben sich Kümmel, Florian, Hans und Neumanns zu einem neugierigen Rund um die dramatisch fuchtelnde Elfi gedrängt. »Stellen Sie sich vor, Papachen ist ein armer Mann geworden! Er hat's mir erst vorhin gestanden. Und alles bloß wegen seines scheußlichen Mißtrauens, das hat er nun davon!« Nach und nach entnehmen sie ihrem aufgeregten, mit Ausrufen gespickten Geflüster die äußerst traurige Geschichte: Düvenasch hatte vor Wut über die angeblich fehlenden fünfzig Lire den Tabakladen verlassen und dabei seine streng gehüteten, tapfer durchgeschwitzten Fünftausend-Lire-Scheine samt Klammer auf dem Ladentisch vergessen. Die mochte einer der anwesenden, freundlich grinsenden Lazzaronis in seine Obhut genommen haben. Erst durch das Piken der offenen Sicherheitsnadel war er auf seinen Verlust aufmerksam geworden. Die Hoffnung, dieses Geld wiederzubekommen, hätte nicht mal der Sanftgläubigste gehegt – geschweige denn Papachen. Und die Angst vor Schadenfreude verschloß ihm bisher den Mund.

Aber man gebärdet sich nicht schadenfroh über Elfis Bericht. Auch diese Abart der Freude hat ihre finanziellen Grenzen.

Im Speisesaal begegnen sie wieder den vornehmen Globetrottern. Diesmal türmen diese nicht. Sie sind erst bei der Suppe, deshalb.

Jou läßt ihr Fleisch in einem unbeobachteten Moment vom Teller in einen Briefumschlag gleiten, den ihr Kümmel zu diesem Zweck gegeben hat. »Es fettet etwas durch, haben Sie noch einen?« Kümmel hat. Kümmel hat überhaupt alles, was einen perfekten Mitreisenden ausmacht: viel Geduld, immer gute Laune, ein offenes Portemonnaie, genügend Briefmarken, Streichhölzer, Stadtpläne und sogar Einwickelpapier fürs Hundeabendbrot.

»Wie gefällt Ihnen Ihr Zimmer?« wendet er sich an Hans.

»Oh, gut. Es ist gemütlich wie beim Kommiß. Drei Betten, drei Spinde, drei Männer . . .«

»Und Erwin?« erkundigte sich die Feldherrrin besorgt.

»Den haben wir auf Ihr Anraten hin komfortabel in der kleinen Waschbecken-Filiale untergebracht.« Nach dem Essen flüsterte er:

»Jou, ich möchte mit dir allein ausgehen. Ob sich das wohl machen läßt?«

Als sie gegen neun Uhr, den Rucksack mit Erwin möglichst unauffällig zwischen sich, das Hotel verlassen, wetzt Giselher aus dem nächsten Tabakladen auf sie zu. »Hallo, Schwager! Siegilein! Nett, daß ich euch treffe. Geht ihr was trinken? Dann mache ich euch die Ehre und komme mit!« (Es ist immer so eine Sache mit dem Sich-gewählt-Ausdrücken . . .)

Jou sieht Hans' trauriges Gesicht und sagt lächelnd: »Danke, Giselher. Du brauchst dich nicht zu bemühen. Schau, ich bin's ja gewohnt, daß du wegen Frau Peters keine Zeit für mich hast. Sie wird sicher schon auf dich warten!«

Er schenkt ihr einen Blick, der ihr unvergeßlich bleiben wird, und zieht sich mit einem gliederschlenkernden: »Na, denn viel Spaß, Schwager«, zurück.

»Wer ist Frau Peters?« erkundigt sich Hans, während sie die schmale Straße hinunterschlendern. »Doch nicht etwa die mollige Rothaarige? Die ist doch viel älter als er!«

»Eben, einen feinen Sittenhüter hast du mir mitgeschickt! Vorerst ist das Ganze zwischen den beiden ja noch harmlos, aber man weiß nie – wenn wir Knopfs uns erst mal in einen Menschen verbeißen ...«

»Eine hübsche Vorstellung«, sagt Hans. »Hast du dich auch in mich verbissen, Jou?« Er greift in ihren hellen Schopf, sein Kuß verirrt sich auf ihre kleine, gekrauste Nase, dann ruft er sich selbst zur Ordnung, denn da ist noch immer eine Sorge ungeklärt.

»Was ich dir noch sagen wollte: es hebt nicht gerade das eigene Selbstbewußtsein, und mühsam ist es auch, wenn man sich als eifersüchtiger Othello gebärden muß. Mir jedenfalls macht's keinen Spaß.«

Jou ist zumute, als ob ihr Herz Bocksprünge vollführt. »Ich hab dir doch bloß mit Florian aus Zorn gedroht. Es ist bestimmt nichts, Hans!«

»So « fragt er, und man spürt, wie gern er ihr glauben möchte. »Aber warum hat er dich dann beim Abendbrot mit solchem – schlesischem Blick bedacht?«

»Schlesisch? Das laß nicht Opa Radke hören!«

»Aber warum hat er so geguckt?«

»Nicht meinetwegen. Wegen Erwin. Er fürchtet, der Hund bringt ihn mit der Hotelleitung in Schwierigkeiten. Das ist alles.«

»Wirklich – alles?« fragt er skeptisch.

»Natürlich, Hans! Ich schwör's dir!« Und Jou zittert: Wenn's bloß keine Brücke auf unserem abendlichen Weg gibt. Die kracht bestimmt unter dieser Lüge mit mir ein. Sehr haltbar ist das alles hier sowieso nicht mehr ...

Hans zieht ihre Hand durch seinen Arm, beinahe beruhigt. Und Jou, seinen Ärmel streichelnd, bittet: »Wo du jetzt hier bist, könnten wir Giselher eigentlich wieder nach Hause schicken, findest du nicht?«

Hans überlegt, aber dann schüttelt er den Kopf. »Kann man doch nicht machen, Kindchen. Erst einladen und dann so einfach zwischen Suppe und Hauptgericht nach Hause jagen – nee.«

»Spätestens in Rom wird er dich anpumpen«, bohrt sie streichelnd weiter.

Er seufzt. »Trotzdem, Kindchen ...«

Sie sind auf die Piazza della Signoria gelangt; und Hans ruft überwältigt: »Oh, schau mal!«

»Ja«, sagt sie, den marmorweißen Körper des David von Michelangelo betrachtend. »Er hat ein schönes Gesicht, nur die Beine sind etwas kurz.«

»Aber den meine ich doch gar nicht.« Und Hans zerrt sie mit sich zu einem fliegenden Händler, der unterhalb des David einigen Amerikanern seine Zelluloidkühe vorführt. Sie lassen sich durch einen leichten Fingerdruck melken. Allerdings geben sie Wasser statt Milch, aber dafür sind sie ja auch nur aus Zelluloid.

Es kostet Jou einen Wortschwall, um Hans davon zu überzeugen, daß sein Hausmeister, der ihm den wertvollen Fiberkoffer pumpte, sich weniger über eine solche Kuh als über ein nützliches Geschenk freuen würde.

»Aber eine Kuh ist etwas Nützliches«, protestiert er, »und sieh mal, Jou, bis Berlin könnten wir selber damit spielen!«

Sie antwortet nicht, hört überhaupt nicht, was er sagt, denn gerade schlendert Florian über den Platz, die Hände in den Hosentaschen ... er hat sie bestimmt bemerkt, aber er geht vorbei. Und Jou ist plötzlich sehr seltsam zumute. Wie wäre wohl dieser lauwarme Sommerabend mit seiner schwarzen, sternenbesäten Samtdecke über der hellerleuchteten Renaissance, seinen sorglosen Stimmen, schlendernden Schritten und klappernden Hufen ... tja, wie wäre wohl dieser Abend ohne Hans Fichte ausgefallen?

»Schau, Jou«, sagt er gerade und hält ihr kleinlaut die Zelluloidkuh vors Gesicht. »Sie wollte einfach mit. Wir nennen sie Florenzia, ja?« Und als sie nur stumm den Kopf schüttelt, fühlt er sich verpflichtet, sie auf die Nützlichkeit seines albernen Spielzeugs aufmerksam zu machen: »Erwin hat doch soviel Durst in Italien, und Wasser ist nicht immer gleich zur Stelle. Da brauchen wir nur Florenzia zu melken ...«

13. Kapitel: *Galoppierende Kunstsucht*

In der Kapelle mit den berühmten Grabmälern Michelangelos für zwei unberühmte Medicis befinden sich außer zahlreichen Privatreisenden noch vier Touristengruppen, angeführt von vier laut dozierenden Führern.

Florian wirft ärgerliche Blicke über seinen Vortrag hinweg auf seinen hageren schwedischen Kollegen, der sieht sich gestört nach der näselnden Stimme des Engländers um, so als ob sie ein schlechter Geruch wäre, und der Engländer wiederum fühlt sich zu ständig wachsender Lautstärke gezwungen, um seinen französischen Kollegen zu übertönen.

Außerdem beteiligen sich an dem kunsthistorischen Radau noch zwei Privatdozenten – italienisch und gebrochen deutsch brüllend.

Hans Fichte, ans Ende der deutschen Gruppe gedrängt, erhält seine Instruktionen in fließendem Schwedisch und zeigt darob ein so beeindrucktes Gesicht, daß Florian sich bemüßigt fühlt, ihn beim Hinausgehen zu fragen: »Nun, wie hat es Ihnen gefallen?«

»Och, gut«, sagt Fichte. »So schön laut.«

»Das hier war eine stille Messe im Vergleich zu dem Krach, der uns in der Sixtinischen Kapelle in Rom erwartet«, klärt Florian ihn auf, und dann, seine Stimme hebend: »Beeilen, bitte!«

Vor dem Kapelleneingang warten Giselher und Erwin auf sie. Ersterer hat seit dem Erscheinen des »Schwagers« seiner natürlichen Schnöseligkeit ein beunruhigend gutes Benehmen übergezogen. Jou fürchtet demnach, daß er Hans bereits in Florenz um eine milde Gabe angehen wird.

Gemeinsam hetzen sie hinter der Tete der Gruppe – Florian und dem wißbegierigen Primus – her, die Straße hinunter, werfen sich – preußischen Gehorsam in den Knochen – zwischen Vespas, schrill hupenden Autos und Pferdehufen hindurch zum gegenüberliegenden Straßenufer.

Sie müssen heute noch kilometerweise Kunst betrachten.

»So 'ne Stadt wie Berlin ist doch weniger anstrengend für auswärtige Besucher«, keucht Hans neben Jou, an deren Füßen die venezianischen Wunden wieder aufbrechen. »Bei uns sind die pompösesten

Bauten heute Versicherungsgebäude, die man nicht gesehen haben muß. Unsere Ruinen sind zu jung für den Baedeker, und unsere berühmtesten Söhne stammen zumeist von außerhalb. Aber dieses Florenz – wo man hinspuckt, eine Kostbarkeit, große Namen ... das reinste Museum, aber keine Stadt.«

Sie hetzen in Eilmärschen durch die Gassen. Flitzen hinein in den Dom, rum um den Hauptaltar zur Pietà Michelangelos, wieder raus aus dem Dom und hinüber zum Baptisterium, ein steiles Blinzeln hinauf zum Glockenturm Giottos – »Beeilen, bitte beeilen!« – und weiter.

Wenn Jou zuweilen einen Blick auf den dumpftrottenden, schwitzenden Erwin wirft, fühlt sie heißes Mitleid. Für einen Dackel aus dem Grunewald ist Florenz keine erfreuliche Stadt. Zuviel Pflaster, wenig Grünes, im Stadtinnern nicht ein Baum, dafür aber viele Katzen, die er nicht jagen darf. Außerdem sträubt er sich bereits energisch gegen die unwürdige Unterbringung im dusteren Rucksack.

Erwin hat Heimweh, man sieht es ihm deutlich an, und die Liebe der gesamten weiblichen Bus-Besatzung kann ihn über dieses Gefühl nicht hinwegtrösten. Im Gegenteil, sie verschafft ihm neue Leiden. Erwin ist gerne Liebling – wer ist das nicht –, und er frißt alles, was ihm geboten wird: Schokolädchen von Frau Peters, Elfis Salami, zähe Brocken aus »Neumanns italienischem Bäckermuseum«, wie Kümmel Herrn Neumanns Hosentaschen bezeichnet, in denen dieser seit den Dolomiten Weißbrot sammelt, warum, weiß er selber nicht. Erwin soff auch mit Behagen die Büchsensahne, die ihm die Feldherrin auf einer Untertasse in ihrem Zimmer vorsetzte.

Dieses geschah am zweiten Abend ihres florentinischen Aufenthalts, kurz vor dem Schlafengehen.

Kann so ein dummer, kleiner Erwin wissen, daß unverdünnte Büchsensahne seine Verdauung zu ungeahnten Leistungen steigern würde!?

Sie tat es.

Florian, Fichte und Fahrer Krause hatten gerade nacheinander ihre brennenden Füße zum Kühlen ins Waschbecken gestippt und waren – als Folge der kunsthistorischen Strapazen des vorangegangenen Tages – in einen todesähnlichen Schlaf gefallen, als Erwin in seinem Bidet unruhig wurde und leise wimmernd in die Dunkelheit stieg.

Er versuchte es zuerst bei seinem Herrchen, aber das bekam er nicht wach. Darauf stellte er sich am nächsten – Krauses – Bett hoch und leckte ihm das Ohr. Krause kam mit Grunzen und Um-sich-Schlagen zu sich. »Ha? – Was ist denn?«

Erwin wimmerte jammervoll zur Antwort. Davon wachte Florian auf und knipste das Licht an.

»Ich glaube, er muß runter«, sagte Krause.

»Dann wecken Sie Fichte!«

Fichte, Krause und Florian mußten noch mehrere Male während der Nacht den Rucksack aus dem Hotel zur nächsten Straßenecke tragen.

Die beiden Portiers überboten sich an Mißtrauen, und beim letzten Abmarsch, so gegen fünf Uhr früh, brachte Hans nicht mehr den Mut auf, mit seinem elenden Hündchen ins Hotel zurückzukehren.

Er fühlte sich von Nachtportiers verfolgt und wanderte auf Umwegen zum Domplatz, allwo das Herzlieb seine Nächte zwischen großen und kleinen Kollegen aus Europa verbrachte.

Die beiden waren erschöpft genug, um noch zwei Stunden – quer über die Sitze gerollt – im Auto zu schlafen, und ließen sich auch nicht durch die Vorübergehenden beirren, von denen es keiner versäumte, gegen die Wagenscheiben zu bummern.

Nach dem Frühstück nahm Florian Jous Arm und führte sie in einen dämmrigen, stillen Winkel der Hotelhalle. Er war verärgert und schien sich keinen Augenblick mehr an ihre venezianische Nacht, aber allzu deutlich an die vergangene zu erinnern.

»Fräulein Knopf«, begann er, »ich kann es nicht dulden, daß Ihr Freund mit seinem Hund noch einmal ein Hotel in unserer Begleitung betritt. Wegen Erwin möchte ich nicht meine Stellung als Reiseleiter verlieren, verstehen Sie? Man hielt uns ja heute nacht für Subjekte, die das Hotelsilber schubweise im Rucksack aus dem Hause schmuggelten.«

»Das lag bestimmt an der Büchsensahne«, wagte Jou einzuwenden. »Trinken Sie mal unverdünnte Büchsensahne!«

»Wenn irgendjemand aus der Gruppe, zum Beispiel Düvenasch, sich bei meinem Reisebüro beschwert –« Er brach plötzlich ab, sein Grimm verlor sich unter ihrem Blick in Nachdenklichkeit. »Richten Sie Fichte aus, was ich Ihnen eben gesagt habe.«

»Ja, Florian.«

»Jou –«

Er sprach ihren Namen so spontan, wie man ihn nur sprechen kann, wenn man ihn schon sehr, sehr oft vor sich hingedacht hat.

»Jou, es ist zum ... Warum hast du bloß soviel reisefreudigen Anhang?«

Dann ließ er sie stehen und ging ohne ein weiteres Wort zu den anderen, die am Eingang der Halle abmarschbereit auf ihn warteten.

Alles meine Schuld, daß Hans hier ist.

Alles – deine Schuld, Florian. Warum hab ich ihm mit dir gedroht?

»Hei, Siegi!« rief Giselher, um ein dekoratives Grüngewächs biegend, und zerstörte mit seinem überraschenden Auftritt ihre schöne Wehmut. »Was machst'n du hier, he?«

Sie bedachte ihn mit aller stummen Verachtung, deren sie fähig war, und ging dem Reiseleiter nach. Und ihr Herz war zum erstenmal in ihrem Leben so schwer, daß sie sein Gewicht deutlich fühlte.

14. Kapitel: *Bruder Erwin in Assisi*

Heute ist Sonntag, und alles, was es zwischen Florenz und Assisi an Männlichkeit gibt, wimmelt festlich gekleidet auf den Straßen. Wimmelt in fauler Feiertäglichkeit auf dem Damm, über den Krause gern fahren möchte, und läßt sich auch nicht durch gellende Huptöne fortschrecken, denn gerade mitten auf der Straße liest sich die Sonntagsbeilage der Zeitung am schönsten.

Jetzt fahren sie durch Arezzo – namentlich bekannt durch Guido d'Arezzo, den Erfinder der modernen Notenschrift, und Herr Kümmel sagt: »Komisch. – Wenn man bedenkt, wie viele bedeutende Männer sich kleine Orte zum Geborenwerden aussuchten, zum Beispiel Tizian, Puccini, Leonardo da Vinci, selbst ich. Stamme auch bloß aus Wulkow, Kreis Stargard. – Gustav da Wulkow«, sinnierte er selbstgefällig vor sich hin. »Klingt ungewöhnlich gut, nicht wahr? – Hallo, Knöpfchen!«

»Ja«, sagt Jou, »klingt sehr schön.«

»Sie lächeln aber mächtig waidwund«, wundert sich Kümmel.

Ohne zu ahnen, daß er indirekt auch für seine Schwester eine Antwort gibt, seufzt Giselher plötzlich: »Es ist schlimm, wenn man sich verknallt und dabei schon anderweitig verknallt ist. Sieh mal, Siegi, zu Hause in Hamburg habe ich Else. Ein nettes Mädchen, aber zu jung. Man kann noch gaa nix mit ihr anfangen. Und nu begegnet mir hier so ein Vollweib . . .«

»Ich hoffe, du fängst mit der Peters auch nichts an!« sagt Jou erschrocken, ihren eigenen Kummer vergessend.

»Warum nich?«

»Denk an Vater, Gisel!« erinnert sie nur, und danach sinken beide in ihr schwermütiges Schweigen zurück.

Der Bus fährt am Trasimenischen See vorbei. Ein Südwind treibt kleine Wellen über seine stille Weite. Jou und Giselher denken beide an ihren Vater, jenen grundordentlichen Mann, der sich alle Mühe gab, seine Kinder zu grundordentlichen Menschen zu erziehen, wobei er besonderen Wert darauf legte, daß ihr ererbter gesunder, nüchterner Menschenverstand durch keine hochtrabenden Ambitionen oder gar eine künstlerische Ader getrübt werde.

Er konnte es jedoch nicht verhindern, daß der Sohn seinen heimlichen Hang zum Höheren übernahm. Knopf taufte seine Kinder Sieglinde und Giselher, obgleich Paul und Grete vollauf für sie genügt hätten. Giselher wird sein Leben lang daran kranken, daß er kein »von Knopf« ist . . .

. . .und vor den Anfechtungen abseitiger Liebe konnte der Vater sie auch nicht bewahren. Wenn Otto Knopf wüßte, daß ein Vollweib die noch knospenfrischen Sinne seines Sohnes zu beunruhigendem Blühen entfaltet hatte, daß sein Stolz Sieglinde eine akademische Partie und zugleich einen prachtvollen Mann wie Hans Fichte aufs Spiel zu setzen im Begriffe war, nur weil ihr Herz zum erstenmal die süßen Qualen einer romantischen Verliebtheit zu kosten bekam – wenn er das wüßte, er kratzte sein Gespartes zusammen und eilte gleich einem heiligen Donnerwetter nach Italien!

Die bloße Vorstellung eines solchen väterlichen Donnerwetters kühlt Giselhers Gefühlsleiden im Nu ab. Dafür wird er sich eines anderen, weitaus prosaischeren Unbehagens bewußt. »Hab ich einen Hunger!«

»In Assisi gibt's Mittag«, tröstete Kümmel.

Assisi. Florian spricht gerade von dem herben Zauber des hellen, steinernen, auf dem dritten Rang eines Bergabhanges gelegenen Städtchens und von dem Manne, der ihm fromme Unsterblichkeit verlieh: Franz von Assisi, Sohn eines reichen Kaufmanns. In seiner Jugend zeichnete er sich unrühmlich durch einen ausschweifenden Lebenswandel aus. Als die göttliche Erleuchtung über ihn kam, sagte er allen weltlichen Freuden ade, gründete den Franziskanerorden, vollbrachte zahlreiche Wunder und ging in die Religionsgeschichte als der liebenswerteste Heilige ein.

»Ich freue mich, daß Erwin uns begleitet«, sagt die Feldherrin. »So lernt er doch wenigstens die Stadt seines Schutzheiligen kennen.«

Düvenasch äußert sich dazu mit einem aufreizend spöttischen, lachähnlichen Geräusch, das die gläubige Ergriffenheit der alten Frau zu erzenglischem Zorn auftreibt. »Sie, Mann! Auf Sie ist der Heilige schon lange tücksch! Treten so einen kleinen, harmlosen Hund mit Füßen, wenn er arglos wedelnd auf Sie zugelaufen kommt. Leugnen Sie nicht! Ich hab's oft genug gesehen! Schämen sollten Sie sich! Dabei hat doch der heilige Franz den Menschen gepredigt, daß sie die Tiere und Pflanzen wie ihre Brüder und Schwestern lieben sollen!«

»Ach nee! Und deswegen muß ich vielleicht sagen: ›Komm her, Bruder Erwin, schmier mir mit deinen Pfoten die Hosen voll!‹?«

Nichts ahnend von dem erbitterten Streit, den seine kleine Unwichtigkeit zwischen den Busnachbarn Düvenasch und Behrend hervorgerufen hat, sitzt Erwin neben Fichte im keuchenden Herzlieb. Sie essen gemeinsam eine Tafel bittere Schokolade – Schokolade ist bekanntlich ein gutes Mittel gegen die Auswirkungen unverdünnter Büchsensahne –, und Fichte spricht mit seinem Hund im friedlichen Märchenerzählerton: »Weißt du, deshalb mag ich den Franz so gern. Er war ein fröhlicher Heiliger, liebte die Sonne und die Blumen und die Vögelein auf dem Felde und alle kleinen Erwins. Und die Onkel Doktors, die viel Geld und Jahre verstudieren, damit sie die Erwins wieder gesund machen können, die liebt er auch. Darum wird er dafür sorgen, daß das Herzlieb uns ohne Mucken bis nach Rom fährt. – Noch ein Stückchen Schokolade?«

Es sei an dieser Stelle noch eine kleine Begebenheit erwähnt, die sich auf der Fahrt von Assisi nach Rom zutrug. Frau Behrend, die Feldherrin, hatte sich Erwins Gegenwart im Bus von Florian und Fichte ausgebeten. Sie hielt ihn auf dem Schoß – ob aus purer Liebe zu dem Dackel oder um ihren Erzfeind und Platznachbarn Düvenvasch zu ärgern, bleibt dahingestellt.

Niemand sprach. Sie waren alle satt vom Schauen und Mittagessen und ein wenig müde vom unvermeidlichen Landwein (warum ist er auch so billig!), und Jou wollte gerade ins Schlafseits hinüberdämmern, als Kümmel sie sanft auf die Schulter tippte. »Gucken Sie mal!« flüsterte er, nach vorn zeigend.

Erwin war mit jener zeitlupenlangsamen, behutsamen Beharrlichkeit, mit der ein kleiner Hund auch das ersehnte Verbotene den Menschen abzuringen vermag, vom weichen, zärtlichen Mutterschoß der Feldherrin auf die eckigen, abweisenden Knie des Tierfeindes Düvenasch umgestiegen. Hockte dort anfangs merklich unbequem, guckte unverwandt mit seinen Korinthenaugen in das Gesicht des personifizierten Ingrimms, legte eine krumme Pfote auf seinen unbeweglichen Arm und rollte sich endlich mit einem tiefen Seufzer zusammen.

Düvenasch rührte sich nicht. Er saß starr da wie eine Vogelscheuche, auf der sich ein Spatz nach Erkennntnis ihrer Ungefährlichkeit zufrieden niedergelassen hat – und tat Jou plötzlich leid.

»Herr Düvenasch«, sagte sie, »wenn Erwin Sie stört, dann werfen Sie ihn einfach runter, ja?«

Aber er guckte sich bitterböse um. »Sei'n Sie doch ruhig! Gerade ist das Kerlchen eingeschlafen!«

Jou, Kümmel, Primus, Radkes, Neumanns, Giselher, Frau Peters, Krause, Florian, Fräulein Herzberg – sie alle werden von Stund an frei von großstädtischer Skepsis sein, wenn von den Wundern des heiligen Franz von Assisi erzählt wird. Denn sie haben eben selbst eins erlebt.

15. Kapitel: *Das Kolosseum*

Sankt Peters helle, kleine Glocke läutet die neunte Stunde ein. Gleich Notenlinien zeichnen sich seine Treppen ins matte Licht der Kandelaber. Auf ihnen hocken helle und dunkle Noten, wie zu einer zufälligen Melodie gefügt.

Nüchtern betrachtet handelt es sich um ein paar auf den Kirchenstufen kauernde, schweigend um sich staunende, von ihrer eigenen Unwichtigkeit aufs angenehmste überzeugte Menschlein.

Da hockt zuerst die Feldherrin mit frommen Tränen in den Augen. Sie weint, weil sie zum erstenmal in Rom ist, und auch, weil es wohl das letztemal in ihrem Leben sein wird. Gleich neben ihr wünscht sich Giselher ein Rad, jawohl ein Fahrrad. Und mit dem möchte er über das unwahrscheinlich weite Rund des Petersplatzes flitzen, immer rum um den Obelisken, Mann, o Mann, wäre das ein Spaß!

Hans Fichte denkt, halb seufzend, halb amüsiert: Da stellt man sich dieses Italien von oben bis unten wie ein Plakat im Reisebüro vor – schön bunt, mit Palmen, immer Sonne, Meer, so richtig zum Faulenzen und Verliebtsein. Statt dessen brennen mir die Füße. Und in meinem Kopf sieht es aus wie in einem historischen Museum nach einem Erdbeben. Alles durcheinander. Weiß ich doch nicht mehr, welches Jahrhundert zu welcher Ausgrabung gehört, welche Büste zu welchem Papst und welches Massenmordunternehmen auf welchen Tyrannen zurückzuführen ist. Julier, Borgias, Flavier, Faschisten – Nero, Lucrezia, Piusse und Victor Emanuels, die irren zeit- und hoffnungslos durch mein Gedächtnis. Was mein Freund Philip, das alte Huhn, wohl hämisch grinsen würde, wenn er mich hier so durch die höhere Bildung wetzen sähe! Hat er doch oft gesagt: »Du, Hans, verstehst auch von nichts nischt außer von deiner Kuharschastronomie.« Muß ihm morgen mal eine Karte schreiben.

Zwei Stufen höher als Hans Fichte raucht Florian eine Zigarette und denkt an Eve. Und wie sie vor zwei Jahren an einem ebenso warmen Septemberabend hier neben ihm gesessen hat – schmal, apart und so intelligent in ihrem Schweigen und in dem, was sie manchmal mit halblauter Stimme zu ihm sagte.

Jetzt ist Jou da – ihr sanft geschwungener Nacken, die mondblasse, duftende Helligkeit ihres Haares, die wohlgeformte Linie ihrer Schultern, weich und dunkel aus dem runden Ausschnitt ihres Kleides steigend – Jou! Sie ist dumm, gewiß, aber ihr Anblick hätte jeden Maler jeder Epoche entzückt. Jou – in der reinen, frommen Strenge eines Giotto. Jou – in der stilisierten Melancholie eines Botticelli. Jou – voll barocker Lebensfreude . . .

»Ach, was würde ich gerne mal tanzen gehen«, sagt sie herzhaft in seine Überlegungen hinein, und Herr Neumann neben ihr greift begeistert ihre Worte auf.

»Das wäre eine Idee. Herr Florian – können wir nicht?«

Eine halbe Stunde später hält der Bus mit den Nachtlebenbedürftigen der Reisegruppe vor einem Tanzlokal an der Via Appia antica. Lässiges junges Rom im Abendanzug räkelt sich unter dichten Baumkronen, gebärdet sich so müde, daß Giselher sofort voll Achtung erkennt: Die sind was Besseres.

Eine Frau im strengen Tailleur mit der unvergleichlichen, gelassenen, rauh-melodiösen, blauschwarzen Stimme der Römerin singt zur Band.

Selbst Krause sagt, es kribble ihm bei diesem Gesang auf dem Rükken.

Hans Fichtes Finger schlendern über das Tischtuch zu Jous Hand.

»Knöpfchen, ach, Knöpfchen! Wenn ich mir vorstelle, ich säße jetzt in Berlin, knietief im Alltag – also, dann könnte ich mir in den Dutt beißen.«

Sie sieht in sein glückliches Gesicht, fühlt Reue und Zärtlichkeit zugleich, hat ihn ganz besonders lieb – und kann es doch nicht verhindern, daß ihr Herzklopfen dem Manne gilt, an dem sie sorgsam vorbeischaut. »Hans –«

»Ja, Kindchen, ich dich auch. Unendlich. Und Rom ist eine herrliche Stadt. Selbst Erwin gefällt es hier. So viele Bäume.«

Fichte zeigt sich arglos glücklich. Solange keine Gefahr bestand, war er auf Florian eifersüchtig, denkt sie erleichtert. Seitdem er Grund zur Eifersucht hat, wiegt er sich in Sicherheit. Sein Instinkt muß Schnupfen haben, einen mildtätigen Schnupfen, der ihm jegliche Witterung nimmt. Jou drückt voll bekümmerter Zärtlichkeit Fichtes Hand – und auch ein wenig mitleidig, denn sie weiß, was Hans auch noch nicht ahnt: Bruder Giselher hat Marie Peters zu diesem Ausflug eingeladen. Giselher verfügt aber nur mehr über zweihundert Lire, und Fichte wird die Zeche der beiden mitbezahlen müssen, um Giselher eine Blamage zu ersparen. Armer Hans...

In diesem Augenblick wechselt die Band von den »Drei Münzen im Brunnen« auf »Kornblumenblau« über. Arme greifen von rechts und links unter des verblüfften Florians Ellbogen, er wird von verschieden schunkelnden Seiten fast auseinandergerissen. Man singt kräftig mit, und Elfi Düvenasch freut sich: »Aufmerksam von der Kapelle. Aber wie kommt es bloß, daß sie uns gleich als Deutsche erkannt hat?«

»Ja, sehr aufmerksam«, nickt Florian und wechselt einen tiefen Blick mit Gustav da Wulkow-Kümmel.

Später vermischen sie sich mit der römischen Abendeleganz auf der Tanzfläche. Krause verbeugt sich vor Jou – unterm Tisch knallen Hakken in Erinnerung an seine Militärzeit, sein Mund verzieht sich zu einem unwahrscheinlichen Grinsen:

»Wollen wer, Frollein Knopp?«

Es dauert einige Minuten, aber dann haben sie sich auf ein und denselben Tanzschritt geeinigt, und an dem halten sie fest, ob die Kapelle nun einen Mambo, langsamen Walzer oder Tango spielt.

»Ha'm wer uns doch noch janz jut zusamm'jestuckert, wie?« lacht er, und dann: »Kieken Se mal unsern Kümmel!«

Dieser hat die mächtige Feldherrin am Wickel, betont schweigend, den Kopf mit zusammengepreßten Lippen zur Seite gewandt.

»Er darf mich nicht anreden«, ruft sie erklärend. »Hat der Kerl doch zum Abendbrot eine halbe Zehe Knoblauch gegessen. Wie finden Sie das?«

»Rücksichtslos«, sagt Neumann, der gerade mit seiner Frau vorübertanzt.

Die Band spielt wirklich großartig und unermüdlich. Man ist bereits beim siebenten Tanz. Kümmel und die Feldherrin haben ihre altdeutschen Schwenker aufgegeben und marschieren keuchend, schwitzend, aber unverzagt im Kreise.

Giselher – dünn und verzückt am Bug Marie Peters' klebend, zeigt mit dem Finger auf die beiden. »Wie müde Schildkröten, nöch?«

Marie Peters' kreischt vor Vergnügen, aber die Feldherrin sagt böse:

»Kümmel, strafe ihn für seine Taktlosigkeit. Hauche ihn an!«

»Ach, gnä' Frau«, seufzt Giselher beim achten Tanz ein wenig atemlos, »Sie sind mir vielleicht eine Verführerische . . .«

»Aber, Junge!«

»Nönö, wirklich. Ich mein das ernst. Und wie Sie noch tanzen können bei Ihrem Alter!«

Er spürt nicht, der Unglücksrabe, wie die üppige Marie bei diesen Worten in seinen Armen störrischer wird. »Sie sind doch mindestens so alt wie meine Mutter, aber die kann nicht mehr gut tanzen, die . . .« Er fühlt sich zurückgestoßen, stolpert über seine eigenen Tanzschritte und starrt verdutzt in Marie Peters' Gesicht, das plötzlich so abwehrend kühl und so erloschen ist.

»Flegel –«, zischt sie.

»Aber, gnä' Frau –«, stottert er. »Was haben Sie denn?«

»Mir reicht's«, sagt Marie Peters und läßt ihn in seiner rundäugigen Ratlosigkeit auf der Tanzfläche allein.

Hat er sie gekränkt? Aber womit bloß? Er war doch so galant!

Auch an diesem Abend ist der Wein an allem schuld. Schuld daran, daß gegen Mitternacht die krähende Feldherrin nur mit Hilfe von vier kräftig schiebenden und einem ziehenden Männerarm in den Bus zurückspediert werden kann; schuld daran, daß ihre Nerze verschwinden und Florian seinen Trupp nicht zum Hotel begleitet. Er gibt seinen Führerposten für die Dauer der Rückfahrt an Gustav da Wulkow ab und setzt sich hinter Herzliebs Steuer, nachdem Hans Fichte erklärt hat: »Ich bin total beschickert. Möchte am liebsten hier im Gebüsch übernachten, denn die Via Margutta find ich nie und nimmermehr.«

Er muß sie aber wiederfinden, denn in dieser Straße liegt die kleine Pension, in der Hans und Erwin ein Unterkommen fanden, und Erwin wartet dringend auf seinen letzten Ausgang.

»Nichts wie Ärger hat man mit den beiden«, steht deutlich zwischen den steilen Falten auf Florians Stirn, als er sich mit Herzliebs antiquiertem Mechanismus vertraut macht und das Auto in Richtung Rom wendet.

Kümmel setzt sich indessen neben Krause und greift zum Mikrofon: »Verehrte Damen und Herren. Freunde! Wir fahren jetzt über die Via

Appia, die antikste Straße Italiens, über die schon Gallonen von Römern, Sklaven, Touristen . . .Feldherrin, was schreist du so?«

»Meine Nerze sind weg, und du hast sie gestohlen, Gustav!«

»Beim Suff des Bacchus, diesmal war ich's nicht. Hat jemand die Tiere der Feldherrin, so sage er schlicht und einfach: Hier!« Kümmel fällt vornüber in seine geschwollene Rede, denn in diesem Augenblick fährt Krause an.

Neben Jou kümmert Giselher vor sich hin. Er versteht die Welt nicht mehr – versteht nicht die plötzliche Kühle der angebeteten Frau Peters, was hat er denn bloß so Schlimmes zu ihr gesagt? Versteht nicht, warum sein Schwager so gereizte Nasenlöcher gemacht hat, als er zweitausenddreihundert Lire für ihn im Lokal hat mitbezahlen müssen. Giselher fühlt sich zum Heulen unverstanden, und am liebsten würde er sein Seelendilemma mit einem vernünftigen Menschen besprechen. Aber wo – in diesem Bus – befindet sich ein vernünftiger Mensch? Jeder hat mit seinem Schwips zu tun, und Jou –? Manchmal kann sie ja wirklich unerwartet nett sein, vergißt aber niemals, die ältere Schwester hervorzukehren. Im Augenblick ist sie auch gar nicht ansprechbar, lehnt in ihrem Sitz, himmelt die Busdecke an und japst ab und zu wie ein sehnsüchtiger Karpfen.

»Wir wollen ›Mariechen‹ singen!« ruft Neumann und hebt auch gleich zu dichten an.

»Mariechen war's so schwer ums Herz, schwer ums Herz,
schwer ums Herz,
Denn sie vermißte ihren Nerz, ihren Nerz.

Alle mitsingen:

Da kam der schöne Königssohn, Königssohn . . .«

»Ruhe!« brüllt Kümmel ihn nieder. »Wir nahen uns gleich dem Kolosseum. Rechts und links sehen Sie römische Reste. Rauf und runter – alles römisch. – Krause, bitte, rechts rum fahren!«

»Mariechen, warum weinest du, weinest du,
weinest du?

Ich schenk dir neue und mein Schloß dazu,
Schloß dazu!«

Sie singen von Mariechen und ihren verlorenen Nerzen und dem schönen Königssohn, der ihr neue Nerze, sein Schloß und Herz zu Füßen legt. Sie singen Mariechen durchs nächtliche Rom, durchs antike, mittelalterliche und moderne.

»Halt!« ruft Kümmel plötzlich. »Wir haben uns verfranzt. Hier geht's nicht Richtung Petersdom. Fahren wir lieber jetzt mal links herum.«

Krause fährt links herum, immer links, durch die Wildfremde.

Und es ist gewiß nicht ganz einfach, aber mit Kümmels Hilfe gelingt es ihm doch: Sie landen nach zehn Minuten wieder am Kolosseum.

Rom bei Nacht wird ihnen immer bekannter, das antike, mittelalterliche und moderne. Mariechen heiratet indes den Königssohn. Es ist die Hochzeit des Jahres, und viele, viele Reporter und Fotografen finden sich dazu ein . . . fragen Sie Herrn Neumann, den Buspoeten.

Rudi und Elfi nutzen Papachens Abwesenheit – er hat an ihren nächtlichen mondänen Vergnügungen nicht teilgenommen –, um ausführlich miteinander zu kosen.

Und die Feldherrin fummelt den Boden nach ihren Nerzen ab.

Mariechen gebiert inzwischen drei stramme Söhne, die da heißen Giselher, Gustav und Prinz Rudi.

Kümmel weint: »Falsch, Krause, wieder falsch. Da lang geht's höchstens nach Potsdam. Wir müssen sooo rum fahren!«

Sie fahren »sooo rum«. Rom ist indessen schlafengegangen. Mariechen findet in dem Lateinlehrer ihres Sohnes Gustav einen Seelenfreund, und die Feldherrin sucht ihre Nerze.

»Jetzt sind wir gleich da!« verspricht Kümmel.

Sie lugen gespannt nach vorn – und schlagen sich auf die Schenkel vor Vergnügen, denn das, was da mächtig, düster und zum drittenmal in dieser Nacht vor ihnen auftaucht, ist das Kolosseum.

Aber einmal landen sie, ganz durch Zufall, vorm Hotel. Es ist ein Palazzo aus der Renaissancezeit mit unendlich vielen Gängen, Vorzimmern, Galerien, nochmals Gängen, Nischen, Treppchen, rauf und runter. Jou wandert, die Schuhe in der Hand, von Falsch zu Falsch und will schon verzagen, da begegnet sie Gustav Kümmel. »Na, Mädchen, suchen Sie das Kolosseum?« dröhnt er gemütlich.

»Nein, mein Zimmer. Ich kann's nicht wiederfinden«, jammert sie und läßt sich auf ein wunderschönes Gobelinsofa fallen, das vorwurfsvoll knarrt, als sich der schwere Kümmel neben sie setzt.

»Piekfeines Hotel. Hat leider zu wenig Wegweiser.« Sein Arm sinkt schwer und väterlich um ihre Schulter. Schweiß-, Wein-, und Knoblauchdüfte hüllen sie ein, während seine Finger einen vergnügten Takt gegen das alte Holz klopfen. Er lacht. »Wenn man bedenkt, was in einer italienischen Woche aus uns allen geworden ist. Giselher steigt der Generation seiner Mutter nach. Die Feldherrin säuft. Rudi wagt es, Papachen zu widersprechen, dieser läßt seinen Grimm von einem Dackel bezähmen. Radkes sind frisch verliebt, der Primus läßt sich Koteletten wachsen. Neumann entdeckt seine poetische Ader, und Fräulein Herzberg hat heute abend zum erstenmal Lippenstift benutzt. Für wen wohl???« Er gähnt melodiös. »Bin gespannt, was sich noch alles auf dieser Reise ereignen wird.«

»Ich auch. Ach, Herr Kümmel, wenn Sie wüßten . . .«

»Aber ich weiß es doch, Mädchen, habe schließlich Augen im Kopf. Und außerdem – bin ja selbst in meinen hübschen Jahren durch diese schwierig-schöne Ratlosigkeit gewatet, dicke Seufzer ausstoßend, während meine Phantasie dabei polygame Kapriolen schlug. Donnerwetter Gustav«, sagt er zu sich selbst, sein Ohr kratzend, »das hast du aber schlicht formuliert!« Und dann ist nur noch Mitgefühl in seiner Stimme, sehr viel Verständnis, so daß nicht einmal der Knoblauchgeruch stören kann, der es begleitet. »Quäle dich ruhig ein bißchen herum, mein Mädchen, träume und seufze, wälze dich auf heißen Laken . . .«

»Herr Kümmel, es ist gar nicht so ein schöner Zustand, wie Sie glauben. Es ist so schrecklich, zwei Männer auf einmal zu lieben.«

»Es ist nicht so sehr schrecklich, zwei zu lieben, als sich für einen von beiden entscheiden zu müssen. – Wenn du jetzt auch denken magst: Laß den ollen Zausel ruhig reden, was versteht er schon von meinem Seelendilemma. Eins darfst du dem Zausel glauben, Mädchen: Es gibt keine süßere Erinnerung als die an das einmal ersehnte Ungeschehene.«

»Was meinen Sie damit?«

»Du wirst schon von selbst dahinterkommen. So, und jetzt gehn wir schlafen.« Er erhebt sich, Jou sammelt ihre Schuhe auf, und gemeinsam machen sie sich auf die Suche nach ihrem Hotelzimmer. »Die Nerze der Feldherrin hat übrigens der Rudi gestohlen. Er will sie Papachen ins Bett schmuggeln, weil er sie doch so gerne mag. Blöde Idee, zeigt aber, daß der Junge anfängt, selbständig und mutig zu handeln. – Gute Nacht, Mädchen.«

»Gute Nacht, Herr Gustav da Wulkow, und – es ist sehr schön, daß gerade Sie in unserem Bus mitfahren.«

»Danke, Mädchen.« Er klopft auf ihre Wange, und während sie ihre Zimmertür aufschließt, verhallen seine schweren Plattfußschritte auf dem Gang.

Jou wäscht sich gedankenvoll – jawohl, man kann auch bei einer so prosaischen Beschäftigung wie dem Waschen sehr nachdenklich sein!

Dann legt sie sich in ihren imitierten Renaissance-Pfühl. Liegt da, ganz klein und unzufrieden und sehr sehnsüchtig . . . und hört endlich die Schritte auf dem Flur, auf die sie – den Schlaf bekämpfend – gewartet hat.

Die Schritte verstummen vor ihrer Tür. Ein Fingerknöchel klopft an das Holz. »Jou . . .?«

Sie antwortet nicht, weil sie vor Aufregung keine Stimme zur Verfügung hat.

»Jou?« fragt es zärtlich, sehnsüchtig, überzeugend.

»Nein, Florian«, ruft sie laut und klammert sich – wie Hilfe suchend – an ihr Kopfkissen. »Ich schlafe schon längst!!!«

»Wirklich – Jou?« fragt seine Stimme belustigt, und sie hat keinen Mut zu antworten.

Dann klingt noch ein amüsiertes Lachen auf dem Flur auf, Schritte, die sich entfernen . . .dann ist es endgültig still.

»Lieber Gott, ich danke dir, daß du mich vor – na, eben davor bewahrt hast«, betet Jou unzufrieden.

. . .und es dauert sehr, sehr lange, bis sie einschläft.

16. Kapitel: *Fichte verliert einen Zettel*

Fünfzehn Minuten Aufenthalt am wilden Strand von Terracina. Hans Fichte bleibt mangels einer Badehose auf dem steinigen Ufer zurück und hütet die Kleider. Zwar bot ihm Giselher in einem Anfall von (geldknapper) Großmut seine eigene Hose an, doch kamen Fichte bei ihrem Anblick begründete Bedenken: »Junge, in dem Zwickel würde ich zum öffentlichen Ärgernis!«

Während Gisel selbst in das kümmerliche Dreieck schlüpft, seufzt er: »Weißt du, Schwager, ich bin ein induvidaler Mensch und kann das Getümmel im Bus nich leiden. Soll ich nich das Herzlieb nach Neapel steuern, denn sind wir zwei Männer so ganz unter uns!?«

»Hm«, äußert sich Hans, nicht eben entzückt von der Aussicht: Giselher an Herzliebs Steuer. Doch dann siegt eine Regung über seine Bedenken, die – obgleich edel – doch schon manchen Menschen zu Zugeständnissen verleitet hat, welche ihn hinterher bitter reuten: nämlich Mitleid. Hans fühlt Mitleid mit Giselher, denn sein angebetetes Vollweib Peters hat seit jener unseligen Galanterie im römischen Tanzlokal nur mehr eine eiskalte Schulter für ihn. »Also gut, du kannst nachher mit mir fahren.«

Fünf Minuten später als der Bus rollt Herzlieb aus dem Orte, an ihrem Steuer posiert Giselher. Daneben melkt Fichte die Wasserkuh Florenzia für seinen durstigen Erwin und beobachtet mit ständig wachsender Nervosität die rasanten Fahrkünste des jungen Knopf.

»Um eins bitte ich dich: nimm es gelassen hin, wenn dich ein Lancia Baujahr 56 überholt. Herzlieb ist ein tapferes Mädchen, aber kein Renner mehr. – Junge, paß auf!!! Der Mann will noch ein bißchen leben! – Doch, sie ist wirklich ein tapferes, treues Mädchen, trotz ihrer weiblichen Launen.«

»Tscha, die Weiber!« stöhnt Giselher dumpf.

»Hast du so schlechte Erfahrungen mit ihnen gemacht?« amüsiert sich Fichte.

»Klar, Schwager, du etwa nich?«

»Erinnere mich, des öfteren darüber lamentiert zu haben, besonders in meiner Jugend. Da nahm mich keine für voll. Aber seitdem mir rapide die Haare ausgehen, habe ich ungeahnte Chancen. Verstehe einer die Weiber!«

»Eben, das meine ich ja, Schwager!«

Sie fahren jetzt über die endlose Gerade, die sich durch die ehemaligen Pontinischen Sümpfe zieht. Erwin hat sich auf Fichtes Knien hochgestellt und genießt mit flatternden Ohren den Fahrtwind. Sobald er einen Bauern mit seinen schwarzen Rindern gewahrt, bellt er unflätig.

»Und nun erzähle mir mal ein bißchen von Jou«, sagt Hans. »Wie war sie als kleines Mädchen?«

»Na –« Giselher ist völlig uninteressiert an diesem Thema und darum auch nur zu den kürzesten Aussagen bereit, »sie war, wie wohl alle älteren Schwestern sind – ziemlich zickig. Bildete sich wer weiß was auf die Jahre ein, die sie mir voraushatte.«

Das ist allerdings eine Zickigkeit, die sich mit zunehmendem Alter von selbst kuriert«, meint Fichte, »aber ...«

»Nönö«, protestiert Gisel, »da schlägt sie ins Gegenteil um. Denn wie ich der Peters gesagt habe, daß es mir gar nix ausmacht, daß sie soviel älter is wie ich ...«

»Hast du ihr das wirklich gesagt?« staunt Hans dazwischen.

»So ähnlich schon –« Gisel beugt sich vor und pliert auf die sonnenhelle Straße, sein Tempo verlangsamend. »Guck doch, Schwager! Die Frau da winkt wie verrückt! Ich werde mal anhalten.«

Und er bringt das Herzlieb mit verwegenem Bremsenkreischen hinter einem roten Buickkabriolett mit amerikanischer Nummer zum Stehen.

Eine Frau, überschmal und hochbeinig wie ein New Yorker Starmannequin, nicht mehr ganz jung, aber hinreißend gealtert – kurz, eine Frau, wie man sie niemals als Tischdame noch als zufällige Nachbarin im Kinoparkett erhält, nur erträumt, kommt winkend auf Herzlieb zugelaufen. Mit einem knappen, bedauernden Lächeln und rauher Stimme sagt sie etwas, das Fichte nicht versteht, nachdem er Erwins kläffende Schnauze zuhält.

»Ihr ist das Benzin ausgegangen, ob wir ihr aushelfen können!«

»Sure, Lady«, sagt Giselher hingerissen. Mit Feuereifer schleppt er die beiden Benzinkanister aus Herzliebs Kofferraum zum Buick, füllt seinen Tank – wie bitte, oh no, sie haben selber noch genügend Brennstoff bis Neapel, da könne sie ganz beruhigt sein. Was, bezahlen? Aber Lady, das kommt doch nicht in Frage. Die Dame lächelt reizend, es wäre extremely kind von ihnen gewesen, ihr zu helfen, und sie hopes, sie wiederzusehen. Letzteres ist natürlich nur eine Höflichkeitsformel.

Hans Fichte sitzt indessen sprachlos vor Verblüffung im Auto. Während der Buick breit, lautlos und funkelnd rot in Richtung Neapel davonschießt und bald nur mehr ein winziger, leuchtender Punkt am Horizont ist, kehrt Giselher händereibend ans Steuer zurück. »Dolles Weib, was? Die hatte Rasse!«

»Doller Schwager, den ich da mal mitbekomme«, knurrt Hans, zum erstenmal ernstlich böse. »Sag mal, hast du dir eigentlich unsere Benzinuhr angeguckt? Ist dir klar, daß wir nach zwanzig Kilometern ebenfalls trocken sitzen, sofern wir nicht vorher eine Tankstelle finden, was in dieser gottverlassenen Gegend geradezu ein Wunder wäre!? Ist dir klar, daß wir uns die Arme beim Winken ausrenken können, ehe einer anhält, um uns auszuhelfen!? Gegen teures Geld natürlich nur. Der Idiot, der einem in Italien zwanzig Liter Benzin schenkt – und noch dazu vom besten! –, der ist bloß einmal vertreten. Aber sein Wahnsinn tut ihm ja nicht weh, für all seinen Wahnsinn kommt ja der dumme Fichte auf!«

Geizkragen, zischt Giselher in sich hinein, und: »Ungebildeter Kerl, weiß nich mal, wie man sich einer Dame gegenüber zu verhalten hat.«

Bereits nach achtzehn Kilometern sagt Herzlieb: Nun ist Schluß! Und sie rollen an den Straßenrand. Über ihnen ist blauer Himmel und strammer Sonnenschein. Rundherum ländliche Gegend. Fünfhundert Meter ab ein zerfallener Bauernhof. Und weder von rechts noch von links ein Auto. »Jetzt winke, mein Sohn«, sagt Hans, die Arme verschränkend. Giselher ersticht ihn mit einem Blick und steigt aus. Am südlichen Horizont taucht ein Bus auf, aus Stuttgart, wie sie bei seinem Näherkommen feststellen können. Giselher winkt wie verrückt – der Fahrer hupt einen Gruß, sämtliche Insassen schwenken herzhaft ihre Taschentücher. Vorbei. Nichts bleibt ihnen als die Trauer über eine einmalig gute, mißverstandene Gelegenheit.

Von Rom her drei verkappte Rennfahrer – heulende Motoren – schon am südlichen Horizont. Aber dann endlich ein hochbeiniger Lastwagen, auf dem schon Mussolinis Schwarzhemden die Giovinezza gegrölt haben mögen. Krachend und quitschend hält er an. Sein junger Fahrer besitzt die grimme Schönheit Giulianos, des Banditenhäuptlings. Unter Mitwirkung aller Glieder macht Fichte ihm sein Anliegen klar. Der andere grinst und nickt. Doch, könnten sie haben. Fünf Liter? Gut. Und dann schreibt er in Herzliebs Staubschicht eine Ziffer, die das Doppelte des normalen Benzinpreises beträgt. »No – niente!« schreit Hans verärgert. Der Mann will achselzuckend wieder in sein Ungetüm klettern – er gibt sich schließlich nicht mit knausrigen Deutschen ab, die immer glauben, mit den Neapolitanern handeln zu müssen –, aber Hans reißt ihn zähneknirschend auf die Straße zurück, und man einigt sich auf den halben Überpreis.

Kurz vor Neapel zwingt Hans eine wichtige Frage, den Verkehr mit seinem mißratenen Partner wiederaufzunehmen.

»Wie heißt denn das Hotel, in dem die Gruppe absteigen wird?«

»Weiß ich nicht. Dachte, du wüßtest es, Schwager!«

»Hab's irgendwo auf einen Zettel geschrieben.« Er durchsucht seine Anzugtasche, den Handschuhkasten, das ganze Herzlieb, endlich und immer nervöser auch die Koffer und sämtliche Kleidungsstücke in ihnen, die Taschen enthalten. Er findet zahllose Eintrittsbons für Kirchen, Katakomben und Museen, aber keinen Zettel, auf den Jou den Namen des neapolitanischen Hotels geschrieben hat. »Was ist eigentlich heute für ein Tag? Vielleicht Freitag der Dreizehnte?«

»Wieso«, fragt Giselher.

»Weil alles so glattgeht, darum!«

»Wir werden die Gruppe schon finden, keine Bange, Schwager. Neapel ist doch ein Nest. Und denn möcht ich dir ja was raten: du darfst nich so nervös sein, sonst kriegst du die Managerkrankheit. Guck mich mal an, ich bin ganz ruhig, nöch?«

17. Kapitel: *Sorgen*

Neapel sehen und sterben! Dieser klassische Ausruf ist Jou seit der Schulzeit bekannt und hat den gleichen Eindruck auf sie gemacht wie eine recht unwahrscheinliche biblische Begebenheit, wonach Lots Weib zur Salzsäule erstarrte, als sie sich nach dem brennenden Sodom umsah.

Jou konnte sich nie entschließen, was sie unangenehmer fand: sich nach Sodom umgucken und Salzsäule werden oder Neapel sehen und sterben.

Inzwischen hat sie von Florian erfahren, daß das Zitat »Vedi Napoli e poi muori!« als überschwengliche Liebeserklärung aufzufassen ist, die sich weniger auf die Stadt als auf den herrlichen Golf bezieht. Denn Neapel selbst . . .

Sie steht gerade auf dem fußbreiten Balkon ihres Hotelzimmers im tiefsten Mittendrin der Stadt und hat das Gefühl, sich auf einer tollwütigen Kirmes zu befinden. Ein Händler brüllt den anderen nieder, Frauen kreischen, junge Hunde quietschen unter mutwilligen Fußtritten, Kinder johlen, mindestens drei Personen zanken sich immer, es klingt jedenfalls so, und in jedem Hause prüft ein Caruso seine Stimme auf ihre Lautstärke hin. Die schmale Gasse unter ihrem Fenster ist gleichzeitig Waschküche, Kneipe, Ausguß, Warenhaus, Schlafstube, Mülleimer – und manchmal weiten sich Jous Augen vor blankem Staunen, ehe sie rasch weggucken.

»Ist dieses Neapel nicht einmalig?« fragt Florian vom Balkon schräg über ihr.

»Einmalig schon«, sagt sie gedehnt und dann: »Herr Florian, meine Mannen sind noch immer nicht eingetroffen. Ich habe so Angst, daß etwas passiert sein könnte. Sie müßten seit vier Stunden hier sein!«

»Machen Sie sich keine Sorgen«, sagt er leichthin. »Sie werden eine Panne haben. Spätestens morgen früh stürmen sie Neapel.«

Während Florian also auf Jous helles, sorgenvolles Haupt hinabtröstet, stehen die Vermißten am Hafen und starren in dumpfer Ratlosigkeit vor sich hin. Erwin mauzt vor Hunger, Giselher jammert um seine Koffer, und Hans sorgt sich über die Sorgen, die sich Jou bestimmt um sie machen wird.

Ein Händler pirscht sich an die verlorenen drei heran, wickelt ein Gebiß aus schmuddligem Seidenpapier, und es kostet Hans einen wütenden Wortschwall, den Mann davon zu überzeugen, daß er mit seinen eigenen Zähnen noch recht zufrieden sei.

»Fah'n wir zum fünftenmal die Stadt ab, Schwager. Vielleicht finden wir irgendwo den blauen Bus.«

Fichte stöhnt. Er hat noch immer nicht ergründen können, nach welchem tollkühnen System in Neapel Auto gefahren wird, aber eins hat er gelernt: diejenigen, die wie aufgescheuchte Hühner zentimeternah an kreischend stoppenden Kühlern vorbei über die Dämme flattern, das sind Touristen. Ähnlich, wenn auch nur im Herzen flatternd, gebärdet er sich an Herzliebs Steuer in den Straßen, und er mag nicht mehr fahren, aber was soll er machen?

Seufzend steigt er in den Wagen, zur gleichen Zeit, da der bereits bekannte rote Buick weichfedernd ins Hafengelände einbiegt. Die Amerikanerin steigt aus, spricht mit einem Hafenbeamten, schaut sich suchend nach einem Träger um, und Fichte greift vorsichtshalber nach Giselhers Arm.

»Hier bleibst du«, sagt er streng, »sonst engagiert sie uns als Kofferträger. Ist ja bereits an unsere ungewöhnliche Großmut gewöhnt.«

Die Frau schließt den Wagen ab (sie ist wirklich sehr apart), ein Träger lädt ihr Gepäck auf, sie verlassen den Parkplatz, und da hält es Giselher nicht länger. »Muscha woll fragen, wie ihr das Benzin gefallen hat.«

Er entwetzt, die Hacken am Hosenboden, und Hans bleibt verärgert zurück. Streitet sich mit einem Schuhputzer über den Grad der Putzbedürftigkeit seiner Slipper, wobei ihre Ansichten weit und laut auseinandergehen, und atmet auf, als sich Giselher endlich zu ihm zurückschlenkert.

»Sie fährt nach Capri, Schwager.«

»Soll sie. Wir durchstreifen jetzt noch einmal Neapel. Steig schnell ein!«

»Aber es ist doch gleich dunkel! Heute abend können wir niemand mehr finden. Und morgen früh fahren unsere Leute schon um halb acht nach Amalfi.«

»Du sollst endlich einsteigen, Junge!«

»Übermorgen trifft unser Trupp in Capri ein. Ich hielte es für das beste, wir führen jetzt gleich auf die Insel. Da finden wir sie am ehesten wieder.«

Fichte schaut Giselher von der Seite an – und einzig der Gedanke, daß dieser Knabe, dem er all sein Leid zu verdanken hat, Jous Bruder ist, hält ihn davon ab, allzu giftig zu werden. Er sagt: »Dir spukt die Amerikanerin im Kopf rum, wie? Die Anbetung bleibt die gleiche, bloß das goldene Kalb wechselt, das heißt, bei deinen Damen kann man schon ruhig von ausgewachsenen Rindern sprechen.«

»In fünfzehn Minuten geht ein Dampfer nach Capri, hat sie gesagt«, bohrt Giselher unbeirrt weiter. »Soll ich Billetts besorgen, oder willst du . . .?«

–

Zwanzig Minuten später sitzen sie auf dem Achterdeck des friedlich rauschenden Dampfers. Vor ihnen wächst die Bucht in die Breite, ein Lichterkollier schlingt sich sanft und kostbar um ihren Hals. Die schwarzen Abhänge sind mit Lichterfunken besät, und eins dieser unzähligen, flimmernden Pünktchen gehört zu dem Hotel, in dem sich Jou jetzt um sie sorgt. (Ach, wenn sie sich doch wirklich ein bißchen sorgen wollte!)

Unter Fichtes zugeknöpftem Dufflecoat schläft Erwin in hungriger Ergebenheit. Neben ihm, in weißen, weichen Flausch gehüllt, die Füße auf die niedrige Verstrebung der Reling gestützt und Giselhers Balzen gelassen überhörend, lehnt die Amerikanerin.

Sie heißt Mrs. Joan Parker, und lebt seit einem Jahr mit ihrem Mann in Rom. Eine geschäftliche Verhandlung hat seine Abreise von dort verzögert. Er wird ihr erst in drei Tagen nach Capri folgen können. Wenn Mr. Fichte sein Zimmer so lange haben möchte? Er würde heute abend wohl schwerlich ein anderes Quartier auf der Insel finden. Mr. Fichte sagt, das sei wonderful, und fleht zu seinem lieben Gott: »Gib, daß sich dieses Zimmer nicht in einem Luxushotel befindet!« Die hohen, unvorhergesehenen Geldausgaben, zu denen Giselhers Anwesenheit ihm verhalf, haben Hans bereits zum Heulen mürbe gemacht. Aber das Parfum, das der Nachtwind aus Mrs. Parkers Haar zu seiner Nase weht, die Nacht selbst, der Anblick der glitzernden Bucht . . .Hans Fichte müßte nicht Hans Fichte sein, um trotz aller finanziellen Sorgen das prickelnd Abenteuerliche seiner Situation zu genießen. Er streicht zärtlich über die Wölbung seines Mantels, unter welcher Erwin pustet. »Braver, vorwurfslos ergebener, unermüdlicher Sancho Pansa Erwin. – Aber die Parker duftet wirklich verdammt gut!«

»Schwager, hast du gehört?« ruft Giselher von ihrer rechten Seite, schuddernd vor Kälte und Aufregung. »Mrs. Parker erzählt gerade, sie wohne nicht im Hotel, sondern in der Villa, wo ihre Freundin auf Anacapri besitzt. Stell dir vor, wir werden in einer Villa wohnen! Und alles bloß wegen dem Benzin, wo wir ihr geschenkt haben. Und – wem hast du das zu verdanken, Schwager? Mir! Dem Giselher Knopf. – Schwager!«

»Ja doch!«

»Ich hab nix zum Anziehen mit. Du hascha auch nix Vernünftiges. Denn müssen wir uns in Capri vollkommen neu einkleiden, nöch?«

Hans nickt abwesend. Es könnte wirklich alles wunderschön sein, wenn es nur billiger wäre – und wenn es keinen Florian gäbe, der jetzt zwei Tage lang ohne Fichtesche Aufsicht um Jous dummes Kleine-Mädchen-Herz werben darf.

18. Kapitel: *Südliche Nächte*

In Rom herrschte eitel Frieden unter den Busfahrern. Sie begegneten einander mit Gelassenheit und Wohlwollen.

Kein Wunder, denn ihr Blick durfte nach Verlassen des Hotels weit ausschweifen – bis zu den erhabenen Bauten der Engelsburg und des Petersdomes. Sie waren an würdevolle, stille Weite gewöhnt und am nächsten Abend in der lärmenden, schlampig-stickigen Enge neapolitanischer Gassen eingeschlossen. Der Blick prallte gegen schwitzende Mauern oder durch ein geöffnetes Fenster auf intimes Familienleben. Die Füße taten auf einmal bewußt weh, die Nerven meldeten sich, das Wohlwollen gegenüber den kleinen Schwächen und Besonderheiten der Mitreisenden schwand, Gereiztheit wurde groß geschrieben, und eine nicht funktionierende Nachttischlampe, ein tröpfelnder Wasserhahn – irgendeine winzige Begebenheit löste einen tränen- und wortreichen Streit aus.

Es muß sich in jener ersten Nacht in Neapel, da Jou vor Sorge um ihre Mannen nicht schlafen konnte, recht Unerfreuliches getan haben, denn am nächsten Morgen herrschte an einigen Frühstückstischen eisiges Schweigen.

Aber nur vier Personen trugen ihren Streit dem Robert Florian vor, zwei weibliche und zwei männliche.

Die weiblichen: Frau Küßnich und die Feldherrin. Sie teilten vom ersten Tag an ihre südlichen Nächte, und bisher ging das auch recht gut. Die Feldherrin ist geduldig und verträglich und Frau Küßnich eine liebe, ältere, nicht übermäßig geistig belastete Dame mit guter Beamtenpension und auf Karakul getrimmten Löckchen. Trotz ihrer Jahre ist sie zu eitel, einen Hörapparat zu tragen. Sie versteht lieber Bahnhof und schenkt den Mitreisenden dadurch manch frohe Minute.

Aber was tut es, wenn Mussolini statt Michelangelo die Grabmäler der italienischen Könige in der Kapelle Medici geschaffen hat! Die Medicis würden sich nur freuen, daß Frau Küßnich Könige aus ihnen macht, Mussolini fühlt sich geschmeichelt – höchstens Michelangelo könnte gegen die Verwechslung Einspruch erheben.

Die Feldherrin begegnete dieser Schwerhörigkeit mit rührend geduldigem Gebrüll, und Frau Küßnich hatte bisher nichts gegen das Hobby ihrer Bettnachbarin einzuwenden.

Die Feldherrin liebt nämlich nicht nur Tiere – lebendige und solche zum Umhängen –, sie sammelt auch Pflanzen. Die Feldherrin hat die Ablegersucht.

In Neapel führt sie bereits einen Pinienschößling, ein Agavenjunges, einen Feigen- und einen Zitronentrieb mit sich. Außerdem erstand sie in Florenz ein reizendes Zierbäumchen mit rosa Blüten, dessen Ballen – in poröses Sacktuch gebunden – neben Florian auf dem Führersitz blühen und Erde streuen darf. Von Fiesole stammt der kleine, weißblühende Oleander und aus der Umgebung Neapels ihre Feigenkakteen.

Sobald sie eine Stadt erreichen, schreitet die Feldherrin zur Wässerung ihres botanischen Gartens. Diese findet im gemeinsamen Hotelwaschbecken statt, in der das Gros an reisender Vegetation auch die

Nacht verbringen darf.

Frau Küßnich nahm es freundlich seufzend hin, daß ihre Waschlappen sich erdig anfühlten. Auch das ungewöhnliche Knirschen beim Zähneputzen beanstandete sie nicht.

Aber in jener ersten Nacht in Neapel, in einem düster tapezierten Zimmer voll stickiger Luft und gereizter Atmosphäre, beim müden Schein einer abgeschirmten Nachttischlampe, beim Anblick eines Oleanders und eines rosa blühenden Bäumchens vor ihren unteren Bettpfosten, da platzte Frau Küßnich der Kragen der Geduld. Da soll sie so laut, daß es Neumanns noch im Nebenzimmer hörten, »Ich hab's satt, vor meinem Tode in einem Krematorium zu schlafen!« geschrien haben und: »Raus mit dem Zeug, aber dalli!«

». . .und stellen Sie sich vor, Herr Florian«, weint die Feldherrin am nächsten Morgen, »springt diese Person doch aus dem Bett, greift alle meine Ableger aus dem Waschbecken und schmeißt sie zum Fenster hinaus. Gerade die Bäumchen konnte ich noch retten!«

Florian ringt müde die Hände. Der Posten eines Reiseleiters ist schon schwer genug ohne Ableger, Schwerhörigkeit und verlorene Herzliebs, nach deren Besatzung er heute früh an alle Ortschaften zwischen Terracina und Neapel vergebens telefonierte.

Jetzt brodelt auch noch ein Streit zwischen Kümmel und dem Primus auf.

Die beiden sind ebenfalls Bettnachbarn. Aus ihrem Zimmer tönt selten ein Laut – es sei denn strammes Schnarchen. Der Primus behauptet, Gustav zersäge pro Nacht einen kompletten Pinienhain, und wenn das noch Wochen so weitergehe, dann wäre er mit den Nerven fertig und Italien kahl! Kümmel hingegen meint, der Primus unterstütze ihn mannhaft beim Roden.

Dieser geht meistens nach dem Abendbrot zu Bett. Dafür steht er aber auch um fünf Uhr nachts auf, um Freiübungen zu machen.

Kümmel: »Vom Knirschen seiner morschen Knochen wache ich jedesmal auf.«

Primus, giftig retour: »Aber wenn Sie nachts ins Zimmer stolpern – voll wie tausend Mann – und dreimal von der Bettkante trudeln, ehe Sie einen Stiebel aushaben, und mir dann noch Ihren Schlips ins Gesicht feuern – das ist gar nichts, wie? Ich habe das Glückslos mit Ihnen gezogen, wahrhaftig! Der döllste Suffkopp Europas muß ausgerechnet mein Bettnachbar werden.«

Kümmel, wehleidig: »Und was hab ich für 'n Fang mit Ihnen gemacht? Nicht nur, daß Sie zu völlig unanständigen Zeiten turnen, nein, Sie drehen nachts auch noch Filme auf.«

Primus, mit erhobenem Zeigefinger: »Aber nur unter der Bettdekke!«

Florian, mit elendem Gesichtsausdruck: »Meine Herren, wenn Sie sich absolut nicht vertragen können, muß ich Sie mit jemand anderem zusammenlegen.«

Kümmel: »Am liebsten wär's mir mit unserem Knöpfchen.«

Primus, empört: »Lustmolch, Mensch! Die Kakteen der Feldherrin kriegen Sie ins Bett!«

Einen Augenblick herrscht ratlose Stille, dann legt sich Kümmels Arm um die runden Schultern seines Streitpartners. »Is ja alles bloß Spaß, nich? Wir bleiben zusammen, Ede, Bettchen an Bettchen. Ich schmeiß dir keinen Schlips mehr ins Gesicht, und du turnst erst ab sieben Uhr früh. Es ist doch so nett mit uns beiden!«

Wie immer, wenn jemand in besonders herzlichem Ton mit ihm spricht, bekommt der Primus feuchte Augen, und sein Gesicht nimmt den griesgrämig-gutmütigen Ausdruck eines Boxerrüden an.

»Meine Damen«, ruft Florian schnell. »Nehmen Sie sich ein Beispiel an soviel männlicher Großherzigkeit! Umarmen Sie sich auch! Los, Frau Behrend, machen Sie den Anfang – na, bitte! Lächeln Sie dabei – wundervoll! Zwei Sorgen bin ich los. Bleibt nur noch die eine. Ich habe heute früh bei allen möglichen Polizeistationen angerufen und die beruhigende Mitteilung erhalten, daß weder zwei deutsche Touristen noch ihr Dackel auf dem Weg hierher verunglückt sind. Nehme an, daß sich Fichte verfahren hat oder unsere Hoteladresse vergaß. Aber spätestens heute abend, wenn wir aus Amalfi zurückkehren, werden sie hier eingetroffen sein. – Bestimmt«, fügt er bekräftigend und voll Überzeugung in Jous Richtung hinzu. »Sie brauchen sich wirklich keine Sorgen zu machen, Jou!«

»Ich fahr nicht mit, Herr Florian. Ich kann doch nicht . . .«

»Unsinn«, sagt er und schiebt sie vor sich her dem Hotelausgang zu. »Sie kommen mit. Nur Ihre Sorgen dürfen Sie hierlassen. Männer wie

Fichte und Giselher, die sind nicht so schnell auszurotten!« Auch diese letzte Bemerkung spricht er voll Überzeugung.

19. Kapitel: *Er chat serr fröllisch gelebben*

Der Vesuv sieht heute nur noch auf älteren Postkarten wie der Vesuv aus. Seitdem er das Rauchen aufgegeben hat und zum pensionierten Vulkan wurde, unterscheidet er sich nicht mehr von anderen Bergen. Höchstens ein paar Lavafelder, um die die Vegetation bisher einen Bogen gemacht hat, erinnern noch an seinen letzten Ausbruch.

Sie fahren an Gemmenschneidereien und Korallenfabriken vorbei zum gründlichsten Opfer seiner Lavaströme und Aschenregen: Pompeji.

»Ach, bitte, Herr Florian, wann fand dieses Drama noch statt?«

»Am 24. August 79.«

Fräulein Herzberg, kopfschüttelnd: »Gott, wie die Zeit vergeht!«

Der Führer in Pompeji sieht aus wie Napoleon III. Er trägt einen schwarzen Regenschirm überm Arm und strömt mit seinen erklärenden Worten betörenden Veilchenpastillenduft über die grünumwucherten Ausgrabungen.

». . .und nun wirr werden kommen zu das Chaus von Vetti. Er warr eine Schunggeselle, und er chat serr fröllisch gelebben.«

Zumindest hat dieser Vetti selig einen ausgezeichneten Architekten gehabt. Fensterlose Mauern schließen sein Haus von der Außenwelt ab. Vom blühenden Innenhof überblickt man fast sämtliche Räume des Hauses. Leuchtende Wandmalereien im architektonischen Stil ersetzen die Möbel.

». . .und darum Witze ieber Galan in Schrank nix mögglisch in alltes Pompeji.«

Der Führer empfiehlt den Damen, im Peristyl zu lustwandeln, während er die männlichen Mitglieder der Gruppe gegen eine kleine Extravergütung in ein besonders privates Gemach des Herrn Vetti führt.

Jou weiß nicht, was es in »Nur für Herren« Lockeres zu sehen gibt. Sie kennt nur die Reaktionen der Männer, als sie nach wenigen Minuten zurückkehren.

Rudi, mit hochrotem Kopf: »Mann, o Mann!«

Elfi, begierig: »Erzählste mir nachher?«

Primus, griesgrämig: »Ziemlich übertriebene Darstellungen.«

Neumann, verärgert: »Blitzlicht hätte man mitnehmen sollen, es war so dunkel. Aber wer ahnt denn das!«

Kümmel, grinsend: »Er chat wirklisch serr fröllisch gelebben!«

Florian, dozierend: »Man führt diese Darstellungen auf den ungebundenen, spätalexandrinischen Einfluß zurück.«

Und Düvenasch, empört bis in die Zehen: »Der Vetti, so ein Schwein!«

20. Kapitel: *Lieblinge der Götter*

Mächtige Schaumgebirge rollen vom silbrigen Horizont durch breite Bänder in allen Blauschattierungen, ehe sie gelbsprühend an den Felsen zerschellen. In engen Buchten leuchtet das Meer russischgrün, vor dem Strand honigfarben. Links liegt, in blendendes Sonnenlicht getaucht, die Bucht von Amalfi. Pastellfarbene Häuser, umgestülpte Fischerboote – gelb, rot und grün.

Wenn Jou den Kopf hebt, hat sie das Gefühl, daß die steil aufsteigenden Felsen dem schweren, unbeschreiblich blauen Himmel als Stützpfeiler dienen. Zwischen schwarzem Gestänge terrassenförmiger Gärten leuchten Zitronen, trocknet die Spätlese – und Florian sagt leise vor sich hin: »Unsere glücklichsten Augenblicke sind manchmal diejenigen, in denen gar nichts geschieht.«

Im Augenblick geschieht nichts. Sie hocken nur da auf unbequemen, in die Weichteile spitz einschneidenden Felsvorsprüngen, blinzeln schweigend um sich und – ja, soo, genauso haben sie sich Italien vorgestellt.

Neumann zieht die Stacheln eines Seeigels aus den Fußsohlen seiner Frau, und Elfi Düvenasch schreibt eine Ansichtskarte mit einer Palme im Vordergrund – dem botanischen Symbol nordländischer Sehnsucht nach dem Süden – an ihre beste Freundin in Neukölln. Sie schreibt gerade: »Unser Reiseleiter ist ein gutaussehender Mann – italienischer Typ, ganz schwarz –, aber ich habe ja meinen Rudi.«

Fräulein Herzberg, in des Primus' Bademantel gewickelt, wirft einen neidischen Blick auf die obere Hälfte Jous. Warum hat sie selber bloß so wenig Busen abgekriegt? Und der Primus fotografiert Wellen. Seine rotverbrannten Hände an den laschen, weißen Armen wirken wie Handschuhe.

Es geschieht wirklich nichts bis zu dem Augenblick, da sich Jous und Florians Blicke wie zufällig treffen. »Komm mit«, sagt er halblaut und springt ins Wasser. Jou folgt knapp hinter ihm.

Sie schwimmen aus dem Schatten der Bucht, aus dem Blickfeld der Zurückbleibenden, auf einen meterhoch aus der gelben Gischt ragenden Felsvorsprung zu. Florian schwingt sich zuerst hinauf und zieht Jou nach. »Vorsichtig«, warnt er, »nicht zerschellen!«

Jetzt sitzt sie neben ihm, spürt seine lachende Atemlosigkeit um sich und seine kühle, salzige Haut, langsam von innen sich erwärmend.

Sonne glitzert in Form von Billionen Pailletten auf dem bewegten Meer, hinter ihnen ist steile Felswand, von kleinen Grotten unterhöhlt. Daß sie jemals mit einem Mann außer Hans Fichte so sehr allein sein würde! Daß ihr dieses Alleinsein so sehr behagt – obgleich sie doch vor Sorge um die verlorenen Mannen vergehen müßte!

Und dann sieht sie, daß Florian an der Schulter blutet. Er hat sich am spitzen Felsen geschnitten, und Jou macht erschrocken: »Oh! Tut's sehr weh? Soll ich mal pusten?« Sie beugt sich vor und pustet und spricht dabei den alten Kindervers: »Heile, heile, Segen . . . Jetzt besser?«

Florian küßt sie zum Dank auf den Nacken, aber das ist ein viel zu empfindlicher Punkt für einen Dankeskuß, und Jou fühlt plötzlich eine große, herzklopfende Scheu.

»Wo liegt eigentlich Capri?« fragt sie ablenkend.

»Schräg rechts. Aber Sie können die Insel von hier nicht sehen.« Und dann sagt er: »Schau mich mal an!«

Sie tut es, blinzelnd zwischen feuchten Wimpern.

»Denk doch nicht immerzu an ihn. Es ist bestimmt nichts passiert.«

Himmel, sie hat im Augenblick überhaupt nicht an Hans gedacht. Und um Versäumtes nachzuholen, seufzt Jou nicht ohne Bühnendramatik: »Was soll ich dagegen tun!? Ich sehe ihn deutlich vor mir. Verunglückt. Er stöhnt meinen Namen . . .Ach, es ist schrecklich, Florian.«

»Ja«, nickt er nach einer Weile und macht dabei ein undurchdringliches Gesicht.

Jou wartet. Jetzt wird er sie trösten – nicht gerade wieder auf den Nacken, aber auf die Wange. Die ist beim Trösten schon erlaubt.

Aber sie wartet umsonst. Florian sagt nur: »Am besten, wir schwimmen jetzt zurück«, und läßt sich vorsichtig ins Wasser gleiten. »Kommen Sie.«

Es bleibt Jou nichts anderes übrig, als ihm zu folgen.

Indessen genießen die verlorengegangenen Mannen ihr capresisches Dasein wie einen Reiche-Leute-Film.

Sie liegen auf der Terrasse der weißen, maurischen Villa, die außer ihnen zur Zeit nur das einheimische Hausmeisterpaar, die göttliche Mrs. Parker und ein New Yorker Hochzeitspärchen, Verwandte der abwesenden Besitzerin, bewohnen.

Ein Wasserfall von violetten Blüten rankt sich um Marmorsäulen, bizarre Schatten über das Mosaik des Terrassenbodens bis zu der Flasche mit gekühltem Capriwein werfend, die griffbereit und oft bewegt zwischen Giselher und Hansens Stühlen steht. O dolce dolce far niente! Sie stöhnen vor Behagen und werden nicht müde, sich ihr unwahrscheinliches Glück zu schildern. Und wenn Hans Fichte nicht zuweilen die Sorge um Jou und seine Eifersucht auf Florian sehr wirklich zwickten, hielte er sein augenblickliches Dasein für eine Vorspiegelung falscher Köstlichkeiten, für den Fiebertraum oder die Fata Morgana eines hungrigen, frierenden, lebesüchtigen Pleitegeiers.

»Na, ist dieses Italien vielleicht eine Wucht?« sagt Giselher und meint dabei Mrs. Parker, die goldbraun, in hautengem Weiß, gerade die Terrasse vom Garten her betritt. Aber nicht nur Giselher, auch Hans befindet sich auf dem schnurgeraden Wege, ein Opfer ihrer geschmeidig gealterten Reize zu werden.

Ihretwegen hat er auch den hohen Preis für die raubtiergemusterte Badehose bezahlt, die sich ein wenig ungewöhnlich an seinen strammen, rosigen Breughelformen ausnimmt.

»Ich habe leckere Sachen eingekauft«, sagt sie englisch, auf ihren Strohkorb weisend. »Und für Erwin etwas besonders Gutes!«

Hans möchte »Sie verwöhnen uns zu sehr« antworten, aber er weiß die Vokabel für »verwöhnen« nicht, und darum beschränkt er sich darauf, »Oh, fine!« zu sagen und einen ungeschickten Kuß auf die feingliedrige Hand zu drücken.

Während sie in die Küche geht, seufzt Giselher: » . . .und morgen ist unser Götterleben zu Ende. Morgen kommen die anderen an.«

»Du wirst zu jedem Schiff zum Hafen hinunterfahren, damit wir sie nicht verpassen«, sagt Fichte und denkt: Götterleben! Götterliebe! Götterlieblinge! Das sind wir im Augenblick. Aber die Gunst der Götter zeigte sich von jeher hauptächlich darin, daß sie ihren Lieblingen frühzeitig den Garaus machten. Nicht nett von den Göttern.

21. Kapitel: *Auf ziemlich hoher See*

Und wenn Florian ihr auch hundertmal versichert, daß Hans, Giselher und Erwin nichts Böses zugestoßen sein kann, sie hätten es sonst längst von der alarmierten Polizei erfahren – Jou sieht sie dennoch und immer deutlicher mit zerschmetterten Gliedern in einem armseligen Dorfspital liegen oder von Banditen überfallen und in Berghöhlen verschleppt. Allerdings, gegen diese letzte grause Möglichkeit spricht der Umstand, daß sich Giselher noch nicht in Neapel eingefunden hat. Denn spätestens nach einem Tag hätten selbst Banditen seine totale Nutzlosigkeit erkennen müssen und ihn laufenlassen.

Jou ist halbtot vor Sorge und schlaflosen Nächten. Sie weigert sich strikt, am nächsten Morgen mit nach Capri zu fahren. Am gestrigen Tag in Amalfi hielt sie die Hoffnung, die drei abends im Hotel vorzufinden, noch aufrecht. Jetzt hat sie keine mehr.

Kurz bevor die anderen vom Hotel aufbrechen wollen, wird Florian ans Telefon gerufen. Gleich darauf kommt er, Arme schwenkend, auf Jou zugelaufen. »Wir haben sie, wir haben sie! Das heißt, wir haben Herzlieb. Eben erhielt ich von der Polizei die Nachricht, daß der gesuchte Wagen mit der Berliner Nummer auf dem Parkplatz am Hafen steht. Bereits seit vorgestern abend. Die beiden Herren und ihr Hund seien angeblich nach Capri gefahren, und zwar mit einer Amerikanerin, deren Wagen . . .«

Er bricht ab, als er Jous Gesicht sieht, das plötzlich ganz rund geworden ist, so fest beißt sie die Zähne aufeinander.

Nichts empört eine Frau mehr als die springlebendige Treulosigkeit eines Mannes, um dessen Leben sie mit aller Kraft ihres Herzens gebangt hat. »Eine Amerikanerin?«

»Der Mann kann sich auch geirrt haben«, sagt Florian schnell.

Doch Jou weiß bereits aus Erfahrung, daß Erfreulichkeiten sich oft als Irrtum erweisen, Hiobsbotschaften dagegen meist auf Wahrheit beruhen.

Ihre Sorge um Hans verwandelt sich urplötzlich in grimmigen Zorn.

Sie schaut Florian an und spürt noch einen Extrazorn: wie viele unwiederbringliche Gelegenheiten, mit diesem so herrlich gebildeten, gutaussehenden Mann zu flirten, sind ihr durch ihre Sorge entgangen!

Sie fahren zum Hafen hinunter. Es regnet Bindfäden. Der Vesuv hat sich fröstelnd in eine graue Wolke gewickelt, und die wundervolle neapolitanische Wäsche hängt schlapp und regenschwer in den Gassen.

Jou zottelt als letzte auf den ältlichen Dampfer. Sie ist so böse wie das Wetter und möchte mit niemandem sprechen. Die mitleidigen Blicke der übrigen Touristen, die noch nichts von Fichtes und Giselhers capresischem Abstecher wissen, empfindet sie als Hohn. Auch Kümmels Aufheiterungsversuche behagen ihr nicht.

Gleich nachdem der Dampfer den schützenden Hafen verlassen und in die schaumköpfigen, größer werdenden Wellen hinausgerauscht ist, nimmt Gustav da Wulkow die grantige Jou beim Arm. »Komm, mein Mädchen, wir steigen mal rasch zur Bar. Wenn schon, dann sollen die Fische was Ordentliches zu kosten bekommen.« Und: »Buon giorno«, begrüßt er fließend den Mixer. »Was möchten Sie trinken, Knöpfchen?«

»Ich weiß nicht, was mögen die Fische gern?«

»Due Kognaks, per favore.«

Der Mixer spült die Gläser mit zwei Fingern aus und stellt das Gewünschte vor sie auf die Bar.

»Molto Sturmo today, ja?« fragt Kümmel und heult zwecks Erläuterung seines Ausländisch wie der Wind in Kriminalhörspielen.

Der Mixer antwortet mit einem lachenden Wortschwall.

»Was hat er gesagt?«

»Weiß nicht, wird aber schon stimmen. – Eh, Signor! Tutti Personas seemalade, was?« Da der Italiener nicht gleich versteht und Kümmel Anstalten trifft, ihm plastisch und akustisch vorzuführen, was er mit seemalade meint, zieht Jou ihn eilends fort.

Die Bucht von Neapel sieht nirgends nach sonnigem Süden aus, als sie – Kümmel mit flatternden Hosenbeinen, Jou in seinem breiten Windschatten – das Vorderdeck betreten und sich zu Florian, Primus und Fräulein Herzberg unter zwei Regenschirme drängeln.

Zuerst ist es wie das mutwillige Wiegen einer üppigen Bauersfrau, die einem fernen Tanzlied lauscht. Einmal nach rechts über die Hüfte und einmal links, dann eine kleine Verbeugung. Ganz harmlos. Aber sie befinden sich ja noch tief im Schutze der Bucht.

Später werden die Wellen länger und höher. Der Dampfer legt mehr Temperament in seine Tanzbewegungen.

Das eben war schon ein vollendeter Hofknicks.

»Und etwa zwei Stunden dauert die Fahrt noch?« fragt Fräulein Herzberg ängstlich.

In diesem Augenblick rutscht Kümmel auf Jou, Jou auf Primus, dieser auf Fräulein Herzberg, und ihrer aller Gewicht drückt Florian hart an die Reling.

»Das war nichts weiter. Die Bank hat sich bloß gesenkt, gleich steht sie wieder gerade. Sehen Sie?« tröstet Primus seine Nachbarin. »Ein Ärger, daß es regnet. Kommen so viele Tropfen aufs Objektiv. – Interessieren Sie sich für Fotoapparate, Fräulein Herzberg?«

»O jaa, leidenschaftlich.« Ihre Stimme klingt eifrig, doch ein wenig blaß.

»Das hier ist eine wundervolle Kamera, alles automatisch. Die Kurbel spannt Verschluß und Selbstauslöser, bedient den Filmstop und die Belichtungssperre und schaltet, wenn man geknipst hat, automatisch zum nächsten Bild.«

»Wie erstaunlich.« Fräulein Herzbergs Interesse ist jetzt auch nur noch ein automatisch von der Höflichkeit geschaltetes. Ihre Stimme klingt nicht mehr blaß, sondern grün. »Die Bank senkt sich doch recht oft, nicht wahr?«

»Ja, ja.« Primus ist ungeduldig über die Unterbrechung seines Vortrages. »Diese Kamera hat zwei brennweitengleiche Objektive in vollsynchronisiertem . . .«

»Oh –«, macht Fräulein Herzberg wehe und ist die erste, die den Fischen Frühstück, Seele und allen Lebenswillen spendet. Der Primus sieht ihr hilflos zu, bis das Meer plötzlich seinen Rachen aufreißt, der Bug des Dampfers bis zum Schlund hineinstolpert und salzige Lippen sich gierig über dem Oberdeck schließen. Sie fühlen sich sekundenlang verschluckt. Als wieder Himmel über ihnen auftaucht, ist Kümmels Mütze fort, Jous Schirm zerbrochen und ein Matrose da, der sie gellend vom Vorderdeck verscheucht.

Florian hat die völlig durchnäßte Jou in seinen Regenmantel mit eingeknöpft. So schleudert sie – fest an ihn gepreßt, ganz in seine schützende Wärme eingeschlossen – mit dem Schiff auf und nieder, und es ist niemand da, der etwas dabei finden würde.

Es ist überhaupt allen alles egal: das Benehmen der anderen, der Standesunterschied, die Nationalität und das mögliche Ende auf dem Meeresgrund. Der Tod und die Seekrankheit machen die Menschen eben gleich.

»Verstehe das nicht«, brüllt Kümmel gegen den Sturm an. »Irgendwann muß unser Dampfer doch untergehen!«

Oma Radke singt mit zitteriger Stimme: »Aus tiefster Not schrei ich zu dir.« Am Bug der Feldherrin stöhnt ein fremder junger Mann. Der Primus turnt über mehrere Lebensmüde hinweg zu jener Bank, auf der Elisabeth Herzberg willenlos hin und her rutscht. Mit liebevoller Tapsigkeit fängt er ihre schlaff herabschlenkernde Hand ein. »Hallo, Sie! Wollen wir Mariechen singen? Mariechen fuhr auch mal zu Schiff, mal zu Schiff, mal zu Schiff . . .?« Und die arme Herzberg hat keine Kraft, um mit dem Schnürschuh nach ihm zu schlagen.

Noch fühlt sich der Primus nur als der herrliche Beschützer des armen, leidenden Fräuleins, mehr fühlt er nicht für sie, aber die Rolle gefällt ihm, und er möchte sie beibehalten. Er hat doch noch nie Gelegenheit gehabt, eine Frau zu beschützen. Er hat überhaupt noch nie einer Frau beweisen können, was für ein dolles Mannsbild er ist.

Noch möchte Fräulein Herzberg den Primus zum Teufel jagen. Sie hat sich immer den Schutz eines Mannes gewünscht, und keiner war bisher bereit, ihr solchen zu gewähren. Und jetzt – wo sie mit dem Leben abgeschlossen hat und niemanden sehen noch um sich haben will, da kümmert sich endlich ein Mann um sie. Ich muß abscheulich aussehen, kann sie noch denken, er muß sich doch vor mir graulen. Aber irgendwo tief innen, unter allem Jammer, spürt sie ein winzig kleines, wärmendes, ganz neues Glücksgefühl. Und so beginnt auf einer tobsüchtigen Seepartie zur »schönsten Felseninsel der Welt, ganzjährig blühend«, die späte, ein wenig umständliche Liebe zwischen zwei ältlichen, vereinsamten Junggesellen.

»Wie geht's?« fragt Florian besorgt.

»Och, danke, ich halte schon durch«, lächelt Jou tapfer zu ihm auf.

Es ist bei einem so engen Aneindander in einem Regenmantel nicht zu vermeiden, daß Florians Mund zuweilen über ihre regennasse Stirn streicht. Es ist auch nicht zu vermeiden, daß sie ihren Kopf fest an seinen Hals preßt. Wenn wir untergehen und man uns eines Tages so eng vereint auffischt, denkt sie voll dumpfer Genugtuung, also dann – schaden würde es Hans Fichte nichts!

In diesem Augenblick versucht Rudi Staubschläger die Treppe vom unteren Deck her zu überlisten. Kümmel, der ihn dabei beobachtet, brüllt: »Hallo, Rudi! Wie geht's Papachen?«

Da verklärt sich Rudis bleiches, von nassen Haarzipfeln eingerahmtes Gesicht zu überirdischem Leuchten: »Papachen kotzt!«

Anfangs hieß es, daß wegen des Sturmes überhaupt kein Dampfer von Neapel nach den Inseln auslaufen würde, und Giselher – naß bis auf die Haut – wollte frohlockend zur Funiculare eilen und sich zur Villa zurückbegeben, um seinen ›Schwager‹ und Mäzen von der unverhofften Verlängerung ihres Götterlebens zu unterrichten, da wurde die Meldung widerrufen. Es sei doch ein Dampfer unterwegs.

Wie gesagt – erfreuliche Nachrichten erweisen sich öfter als Irrtum.

Giselher verharrt also im schützenden Torbogen, neben sich den zitternden, pitschnassen Erwin. Sein Rücken wölbt sich vor Unbehagen, die kurzen Hinterpfoten sind eingeknickt – er sah nie elender und rattenhafter aus.

Vor dem Hafen klatschen Motorjachten in gelbköpfigen, durcheinanderwirbelnden Wellen, Fischerkähne reißen ungeduldig an ihren Leinen. Die Felseninsel wirkt so grauflimmrig und streifig wie eine alte, abgespielte Filmkopie. Jetzt rollt eine Kutsche mit regenblankem, schwarzem Verdeck ins Bild und hält. Ihr entsteigen die Hochzeitsreisenden aus New York. (Man muß schon sehr verliebt sein, um sich freiwillig in dieses Wetter hinauszuwagen!)

»Hallo!« ruft Giselher und eilt, Pfützen umspringend, auf sie zu. Was er denn hier am Hafen mache, fragen sie. Och, sagt Giselher, er wolle seine Schwester abholen. Die Arme, seufzt die Honeymoonerin, sicher wird sie seekrank sein. Aber wo, sagt Giselher, seine Schwester sei die stürmische Seefahrt von Kindheit an gewohnt. Bereits mit zwei Jahren segelten die Eltern mit ihr auf ihrer Luxusjacht nach Teneriffa.

Die Honeymoonerin denkt: Es scheint in der ganzen Welt so zu sein, nicht nur bei uns, daß die Söhne der Geldaristokratie häufig mit einem wenig reizvollen Äußeren bedacht worden sind. Pferdezähne, fliehendes Kinn, abstehende Ohren, Fistelstimme. Sie kennt mehrere Fälle wie diesen Giselher Knopf.

Er spürt ihr freundliches Interesse – alle verliebten Leute sind ja so gläubig, weil ihnen ihr eigenes Glück gar keine Zeit läßt, an den Worten eines anderen zu zweifeln. Und Giselher schneidet immer waghalsiger auf. Villen, Rennwagen, gräfliche Güter mütterlicherseits. Seine Familie – so hat's den Anschein – setzt sich aus hohenzollernschem Stammbaum und Onassisschem Geld zusammen.

Und dann läuft mit jenen weich ausschaukelnden Bewegungen, die den Seetüchtigsten oft noch im letzten Moment den Magen umstülpen, der erwartete Dampfer aus Neapel ein. Wird vertäut mit viel Geschrei und Gerenne – wenn schon Arbeit, so geschieht sie hier mit lärmender Wichtigkeit.

Die ersten Jammergestalten gehen an Land, unsicher tastend ob der plötzlichen Festigkeit des Bodens unter ihren Füßen. Giselher sieht Düvenasch im Lodenmantel, durch zahllose innerliche Umdrehungen erschöpft und total entgrimmt. Sieht Oma Radke mit verrutschtem Strohhut, Opa schleift sie behutsam hinter sich her. Sieht den verbeulten Primus, an seiner Schulter ein zerstörtes Fräulein Herzberg, sieht die Feldherrin mit ihrem Oleanderbaum im Arm, sieht Krause mit geknüpftem Taschentuch auf dem Kopf und die aufgeweichten, grüngesichtigen Neumanns. Sieht endlich auch mit strähnigem Haar seine Schwester. Sie führt die elende Frau Küßnich und trägt ihre drei Nerze – kurz, Giselher sieht einen Trupp von grotesker Erbärmlichkeit, wie ihn nur ein Goya zeichnen konnte und wie er auf keinen Fall zu den Aufschneidereien eines Knopf junior paßt. Zu so einem trostlosen Trupp kann die Tochter des großen Hamburger Reeders Otto Knopf einfach nicht gehören. Und Giselher zieht sich tiefer in den Schutz des Torbogens zurück, Erwin kurz an der Leine.

Seine Schwester sei wohl nicht mitgekommen? fragt der Honeymooner.

»No«, sagt Gisel und quält sich sekundenlang mit einer Unbehaglichkeit herum, die sich am treffendsten als Judasgewissen bezeichnen läßt.

Er verleugnet Jous Ankunft noch einmal bei seiner Rückkehr in die Villa vor Hans Fichte.

»Nein, Schwager, sie war wohl nicht auf dem Schiff, ich hätte sie ja sonst gesehen. Vielleicht kommt Jou morgen an . . .«

»Du fährst zum nächsten Dampfer wieder zum Hafen, verstanden?« sagt Hans, aber sein strenges Befehlsgesicht weicht in einem Lächeln auf, als Mrs. Parker die Terrasse betritt. »Hello – Joan!«

Giselher beobachtet voll Eifersucht das herzlich-freundschaftliche Gehabe der beiden – und möchte am liebsten selber überlegen! Hätte er doch die Ankunft der Schwester nicht verleugnet! Hans Fichte wäre durch Jous Auftritt als Nebenbuhler um die Gunst Joan Parkers ausgeschaltet gewesen. Jetzt wird er ihn jede Stunde zum Hafen hinunterschicken, damit er eine Jou abfange, die gar nicht mehr ankommen kann, weil sie bereits irgendwo auf der Insel ist. – O Giselher! Du Idiot!

22. Kapitel: *Kapriolen*

Für den Nachmittag gibt Florian seinen lädierten Schafen Urlaub, damit sie sich von den Strapazen der stürmischen Seefahrt erholen können.

Aber bereits nach dem Mittagessen fühlen sich einige von ihnen wieder wohl genug, um ihn mit Fragen zu überfallen.

»Wann fahren wir zur Blauen Grotte, Herr Florian?«

»Herr Florian, ich hab mein Netz auf dem Dampfer vergessen!«

»Gucken Sie mal, in meinem Baedeker steht, daß der zuständige Arzt von Capri Dr. Axel Munthe heißt. Aber ich denke, der ist längst tot, Herr Florian!«

»Wie alt ist denn Ihr Baedeker? – Eben!«

»Hat der Tyrann Tiberius wirklich seine Opfer vom Felsen ins Meer gestürzt?«

»Ob wohl Faruk gerade hier ist?«

»Herr Florian, ich brauche dringend . . .«

»Meine Zimmertür schließt nicht richtig. Herr Florian! Ja, wo ist er denn?«

Er muß sie plötzlich verloren haben. Sie lugen in alle Winkel der Hotelhalle, jedoch vergeblich.

»Zu dumm«, ärgert sich Kümmel, »gerade wollte ich ihn fragen, was für Zahnstocher man zur Zeit auf Capri benützt, und das ist doch so wichtig! – Mich deucht, Florian hat uns absichtlich verloren. Gönnen wir's ihm. Auch das gelernteste Herdenvieh hat mal Momente, wo es für sich ganz allein grasen möchte.«

Florian verdrückte sich übrigens, um Jou zu suchen, die gleich nach dem Mittagessen über die Insel schwärmte, in der Hoffnung, ihre Mannen zu finden.

Es treibt sie weniger die Sehnsucht als vielmehr die vom Vater ererbte Ordnungsliebe: Was man verloren hat – ob man's noch braucht oder nicht –, muß man erst wiederfinden, ehe man es wegwirft.

Und während Florian Jou sucht und Jou ihre Männer, fahndet Giselher nach allen beiden oder irgendeinem anderen Busmitglied, das ihm sagen kann, in welchem Hotel sie abgestiegen sind.

Hans Fichte hatte ihn zwar zum Hafen geschickt, aber was soll er am Hafen? Er muß Jou finden, die irgendwo auf der Insel ist. Jou soll die fröhliche Idylle Parker-Fichte stören, damit er, Giselher, endlich einmal ungehindert seinen pickligen Charme auf die reizvolle Amerikanerin verströmen lassen kann.

Zweimal rennen die Geschwister aneinander vorbei, ohne sich zu sehen. Eine wuschlig-possierliche Caprimischung, die in greifsicherer Entfernung, doch hoffnungsvoll hinter Gisel herlümmelte, schließt sich Jou an und spannt so eine Brücke zwischen ihnen, die beide zu betreten versäumen.

»Cane«, lockt Jou den Hund. Cane – kleine, namenlose Kreatur – welcher Hund hörte wohl zu Hause auf »Hund«? Und sie gibt ihm das Fleisch, das sie für Erwin in ihrem Strohkörbchen mit sich herumträgt. Es schmeckt ein bißchen nach ihrem Parfüm, aber Cane verschlingt es genußlos hastig – im letzten Moment könnte ja jemand kommen und es ihm wieder fortnehmen.

Giselher trabt indessen einen steilen Pfad in villenlose Höhen hinauf und an einer kleinen, künstlichen Grotte vorbei, in die sich der getürmte Reiseleiter vor einem starken Regenschauer zurückgezogen hat. Giselher ergeht sich – zornig schlenkernd – in stummen Anklagen gegen sein trostloses Schicksal: »Fichte hätte ihr nie das Benzin geschenkt, dazu ist er viel zu knauserig. Wer hat es ihr geschenkt? Ich, Giselher Knopf! Wer kam auf die Idee, nach Capri zu fahren? Wem hat Schwager zu verdanken, daß wir in einer Traumvilla wohnen? Dem Giselher. Und wie dankt er es ihm? Indem er in jede Stunde zum Hafen hetzt, damit er ungestört mit der Parker flirten kann. Sieglinde muß her, aber schnell! Aber so was von schnell!«

Florian, der ihn amüsiert beobachtet hat, führt einen kleinen Kampf mit sich selber aus. Ich sollte mich doch melden, denkt er. Jou sucht jetzt verzweifelt nach ihren Mannen. Giselher gehört zu den mir anvertrauten Schafen. Ich sollte mich wirklich melden. Aber Hans Fichte gehört nicht zu seiner Reisegruppe. Hans Fichte ist die überflüssigste Person, die sich zur Zeit in Italien befindet. Hans Fichte soll weiter verloren bleiben, denn Jou . . .Was kann er, Florian, dafür, daß ihre hausbackene Seele in diesen hinreißenden, herausfordernd biegsamen Körper geschlüpft ist, daß ihr Anblick ihm zusetzt, bei Tage und leider auch nachts!?

Und so wandert Giselher, charaktervoll gestikulierend, an der Grotte und seinem Reiseleiter vorbei, bergabwärts. Und guckt sich nicht einmal um. Das ist sein Schade, denn gleich nach ihm schlendern der Primus und Fräulein Herzberg über die malerische Höhe, die der Regen vereinsamt hat. Primus trägt ihre Tasche aus gemustertem Rindsleder, vor der Grotte halten sie einen Moment an und blicken auf das graue, sich langsam beruhigende Meer hinab.

Und Florian fühlt sich wie ein Zuschauer in einem Theater: Auftritt der Schauspieler von links, Abgang nach rechts.

»Tagsüber ist mein Kater Pepi bei der Nachbarin, ich kann ihn doch nicht mit ins Büro nehmen«, erzählt Elisabeth. »Aber so gegen sechs Uhr abends, da weiß er: jetzt kommt Frauchen. Ich bringe ihm auch immer was Feines mit. Schabefleisch oder Bückling.«

»Ach was«, staunt der Primus und blinzelt ihr verträumt ins Gesicht. Dann nimmt er ihren Arm, sie wandern weiter, ohne Florian bemerkt zu haben.

Hoffentlich mag er Katzen, denkt dieser, tritt seine Zigarette aus und macht sich auf den Heimweg zum Hotel.

Später, beim Abendessen, sagt Düvenasch plötzlich: »Sie, Fräulein

Knopf, mir ist so, als ob ich Erwin gesehen hätte. Zumindest war es ein Rauhaardackel, der ihm bis aufs I-Tüpfelchen ähnlich sah. Stimmt's, Elfi?«

»Jawohl, Papachen«, sagt Elfi, »aber zwei junge Leute hatten ihn bei sich, die sprachen Amerikanisch mit ihm, und das versteht der Erwin doch nicht, oder?«

»Nein«, Jou wühlt mit zorniger Gabel in ihren Spaghetti, »das versteht er nicht.«

»Daß Sie so ruhig sind, Fräulein Knopf«, wundert sich Marie Peters, und Frau Neumann fügt hinzu:

». . .und auch noch essen können! Also wenn mein Bruder und mein Freund . . .«

»Und vor allem der keine Dackel«, schiebt die Feldherrin ein.

». . .verlorengingen, ich weiß nicht, was ich täte! Aber ich glaube, ich wäre verrückt vor Sorge.«

»Ja«, nickt Oma Radke, »das wäre ich auch.«

»Laßt das arme Mädchen zufrieden«, mischt sich Kümmel ein, der als einziger von Jou über den treulosen Verbleib ihrer Mannen orientiert wurde, »sie hat es schwer genug. Und ich finde es sehr tapfer von ihr, daß sie uns nicht durch Jammertiraden die Reise verdirbt.«

Auf Jous Drängen hin ruft Florian nach dem Abendessen alle entlegenen Hotels und Pensionen an, die näheren wollen sie zu Fuß aufsuchen. Aber ihr mühevolles Unternehmen führt zu keinem positiven Ergebnis, denn das üppige Domizil der Abtrünnigen ist ein Privathaus, das nicht an Fremde vermietet.

Gegen zehn Uhr kehren sie von ihrem fruchtlosen Suchgang ins Hotel zurück.

»Jetzt ist es mir egal«, sagt Jou. »Ich laufe nicht länger einem Hans Fichte hinterher, der mich grußlos sitzenließ!«

»Nicht so laut. Primus und Fräulein Herzberg . . .«

»Aber ist doch eine Unverschämtheit, finden Sie nicht? Von Rechts wegen müßte er mich suchen und nicht ich ihn. – Ja, ich spreche schon leiser. – Gute Nacht!« Jou möchte mit einem höflichen Gruß an Elisabeth Herzberg vorbei, aber diese kommt rotwangig vom Schlüsselbord her auf sie zugeschossen.

»Wir haben doch beide unsere Zimmernummern vergessen, Herr Schnell und ich –« Man hört aus der Betonung ihres Ausrufs, wie ungewohnt es für sie ist, »wir« und »beide« und »ein Herr und ich« zu sagen. »Vielleicht weiß Florian aus dem Kopf, wo er uns eingewiesen hat?« Während dieser gemeinsam mit dem Primus und dem Nachtportier die Zimmerliste durchgeht, flüstert Elisabeth wic ein aufgeregter Backfisch: »Ach, Fräulein Knopf! Wiie verstehe ich Sie jetzt! Die Liebe ist doch etwas Wunder-wundervolles!«

»Na, bitte«, sagt Jou sauer.

»Was war denn?« fragt Florian wenig später, als sie sich von den beiden verabschiedet haben und zur Treppe gehen. »Sie haben vielleicht ein Gesicht gemacht!«

»Ich mußte Fräulein Herzberg bestätigen, daß die Liebe etwas Wunder-wundervolles ist.«

»Das ist sie ja auch – zuweilen«, sagt er.

Langsam, die Hand auf dem Geländer, zieht sich Jou die Stufen hinauf. Ihre rote Stola schleift sie achtlos nach. Florian hebt sie auf und legt sie wie eine Liebkosung um ihre Schultern.

»Schön«, sagt er. »Das Geranienrot und Ihr helles Haar . . .«

»Ach«, sagt Jou, »das müßte ich dringend nachtönen lassen, es wächst schon dunkel nach.«

In jedem Stockwerk steht ein Fenster offen – ein Rechteck voll schwarzem, flimmerndem, sehr fernen Sternenhimmel. Von irgendwoher tröpfelt Mandolinenmusik in das eintönige Rauschen des Meeres, und von den Gärten duftet die Feuchtigkeit herauf.

Die Musik und ein heller, gefühlvoller Tenor, der zu Florians Ärger dazu singt, stimmen Jou plötzlich sehr romantisch.

»Tadidada Tadidadam . . .«, singt sie leise mit. »Erinnern Sie sich noch? Venedig. Unsere Gondelfahrt. Tadiiiachja . . .wie lange das her ist.«

»Knapp zwei Wochen.«

»Erst?« Sie summt leise, die Arme aufs Fensterbrett gelehnt. »Ein wundervolles Land, dieses Italien. Und hat soviel Kultur.«

Herzchen, denkt Florian amüsiert, sprich nicht von »Kultur«, wenn du gerade »O sole mio« hörst! Und dann ist er nur noch gerührt, denn er spürt, sie möchte ihm auch in ihren Worten gefallen.

»Ja, es ist ein schönes Land«, sagt er. »Der Primus und Fräulein Herzberg, zum Beispiel, wären zu Hause interesselos aneinander vorbeigelaufen.«

Jou nickt. »Sie haben ihr spätes Glück Italien zu verdanken. So ein tägliches, enges Beieinander in romantischer Umgebung, das bringt die Menschen schon auf Gedanken, auf die sie zu Hause nie gekommen wären«, sagt sie sinnend und fügt sehr sachlich hinzu: »Meinen Tierarzt hat es auch auf feine Gedanken gebracht.«

»Nicht nur ihn«, sagt Florian, und da ist Jou plötzlich still.

In der Ferne die dilettantische Mandolinenmusik und Stimmen, wie Stimmen nur im Sommer klingen – träge und sorglos.

Wenn sie nach Hause kommen, werden morgens die ersten Herbstnebel über den Gärten liegen. Die Füße rascheln durch moderndes Laub, und es wird lange, unfreundliche Monate bis zum nächsten Frühling dauern.

»Ich mag noch nicht schlafen gehen«, sagt Jou. »Der Abend ist viel zu schön.«

Nein, sie möchte nicht in ihrem Zimmer allein sein, nicht daran denken, daß man sie sitzengelassen hat, ohne Grund. Sie möchte Musik hören und Wein trinken und einen Schwips haben und von Florian geküßt werden . . . Kurz, Jou möchte endlich einmal mit einem Mann allein eine südliche Nacht erleben.

Sie schaut Florian fragend an.

»Gut«, sagt er nach kurzem Überlegen, »gehn wir bummeln!«

Jou läuft zur Treppe, dreht sich ungeduldig um, weil Florian ihr nicht folgt. Er lehnt noch am Fenster, und er sieht im Augenblick genauso aus wie der Mann, mit dem man ein »südliches Abenteuer« erleben muß, wenn es unvergeßlich sein soll . . . so jedenfalls empfindet Jou seinen Anblick.

»Komm noch einmal her«, sagt er, und sie geht zu ihm zurück und legt die Arme um seinen Nacken.

In der Ferne das eintönige Rauschen des Meeres, dilettantische Mandolinenmusik und Stimmen, wie Stimmen nur im Sommer klingen – träge und sorglos.

Jou gibt sich ganz Florians Zärtlichkeiten hin – seinen geübten Hän-

den und sanften Lippen. Wann – jemals in ihrem Leben – empfand sie so ein Glücksgefühl? Florian, ach, Florian . . .

Hans Fichte ist vergessen. Denn *so* war es niemals mit ihm.

23. Kapitel: *Sie gehen bummeln*

Auf der hellerleuchteten Piazza ist jeder Tisch mit farbenfrohem Völkchen besetzt, das sich in dekorativer Laschheit über die Stühle räkelt. Man flirtet nachlässig, mustert die Leute neben sich, klatscht, trinkt – man holt den verregneten Tag nach.

Überdimensionale Sonnenbrillen, die weibliche, sonnenverbrannte Gesichter modisch entzaubern und um diese nächtliche Stunde genau so unnütz sind wie ihre Trägerinnen ein ganzes Leben lang, richten sich auf Jou und Florian, abschätzende Blicke verbergend: Das Mädchen ist aufreizend hübsch, der Mann sieht intelligent aus und – irgendwie vielversprechend. Schade, daß er schon was Passendes gefunden hat. Aber vielleicht bleibt er noch länger hier. Auf Capri wechselt man »was Passendes« manchmal über Nacht.

Jou spürt von diesen abschätzenden Gedanken hinter Sonnenbrillen nichts. Sie ist glücklich und sentimental, bis in die Zehenspitzen von der prickelnden Süße ihres Abenteuers erfüllt. Es ist ihr erstes. Hans Fichte war kein Abenteuer. Hans Fichte war eine Art Lebensversicherung, ein fröhliches Zuhause. Herzklopfen hat sie dabei nie gehabt.

Auf ihrer Schulter spürt sie Florians Hand, besitzergreifend, liebkosend, während er sie vor sich her durch die vollbesetzten Tischreihen schiebt, nach freien Stühlen forschend. Vielleicht sitzt dort irgendwo ein sensationshungriger Spähtrupp ihrer Reisegruppe – vielleicht Marie Peters oder Düvenasch. Jou ist es egal. Jou ist viel zu beschwingt und glücklich, um sich jetzt um möglichen Klatsch zu sorgen.

Und dann sieht sie Erwin. Er wandert, Mätzchen machend, von Tisch zu Tisch, um einen Happen schnorrend.

»Erwin!«

Der Dackel setzt sich abrupt hin, wie immer, wenn er nachdenken muß. Guckt sich um, wittert Jou, starrt atem- und bewegungslos auf ihre Erscheinung, und erst als sie ihn noch einmal anruft, löst sich seine

Erstarrung in einem seligen Aufheulen. Die krummen, kurzen Pfoten laufen sich selbst davon, mit nicht zu bremsender Eiligkeit prallt er gegen ihre Füße, die Zunge schleckt ziellos und stürmisch durch die Luft. Tiefinnerliche Schnarchtöne des Glücks werden laut, als sie ihn am Genick zu sich heraufbefördert.

Es gibt kaum einen im Umkreis, der diese Begrüßung nicht beobachtet hätte. An einem Tisch stolpert ein Stuhl um. Hans Fichtes überraschte Stimme:

»Jou?«

Und dann ein hallender Schrei: »Jou! Um Himmels willen, bleib stehen! Sei kein Traum!«

Er stürzt auf sie zu und fleht in ihr verdattertes Schweigen: »Pschscht, pschscht, Liebling! Schimpf jetzt nicht. Schimpf später. Ich bin ja so froh, daß ich dich wiederhabe. Wann bist du denn angekommen? Giselher war doch zu jedem Dampfer am Hafen. – All deine Vorwürfe sind unbegründet, glaub mir, Kindchen. Es kam nämlich so – Joan Parker hatte kein Benzin mehr, und wir gaben ihr zwanzig Liter. Und dann verloren wir die Hoteladresse und grämten uns halbtot. Dachten, in Capri finden wir dich eher wieder als in Neapel. Sie besorgte uns eine Bleibe hier, wir trafen sie doch zufällig auf dem Dampfer, und so war das eben. Verstehst du nun?«

»Kein Wort«, sagt Jou verwirrt.

»Weil du nicht verstehen willst, Knöpfchen! Sei nicht so trotzig! Freu dich doch, daß du mich wieder hast. – Tag, Florian. Na, war das ein Ding, das uns da passiert ist?« Er schiebt Jou vor sich her zu dem Tisch, an dem der Cameriere gerade den umgefallenen Stuhl wieder aufrichtet und eine grazile Frau in hautengem, violettem Samtanzug mit Goldstickerei am spitzen Ausschnitt sehr gelassen ihre Zigarettenasche in ein Weinglas stäubt . . . was beweist, daß sie der unerwarteten, dank Fichte nahezu turbulenten Szene zwar gewachsen, jedoch ein bißchen verblüfft ist.

»Miss Knopf – Frau Parker«, stellt er stürmisch vor und drückt Jou auf seinen Stuhl. »Sei freundlich«, zischt er dabei, »wir haben Joan viel zu verdanken.«

Mrs. Parker drückt ihre Zigarette aus – diesmal korrekt im Aschenbecher – und lächelt amüsiert.

»Oh, Ihre Freund hat mich nix mehr zu danken wie ich zu ihm.« Sie schaute Fichte an, der bis in die Ohrläppchen errötet.

»Aber Sie können ja Deutsch, Joan!« stöhnt er.

»Ein büschen«, lachte sie. »Ich hatte großen Spaß, wenn Sie sprekken mit Giselher über mir.« Dann blickte sie auf Florian, der bisher schweigend hinter Fichte stand und mehrmals vergeblich einen Ansatz machte, sich vorzustellen.

»Ach Gott, entschuldigen Sie, Joan – das ist unser Reiseleiter. Robert Florian – Mrs. Parker. Kinder, was machen wir bloß jetzt? Hier ist kein Platz für uns vier, und unser Wiedersehen muß doch gefeiert werden.«

»In unser Haus haben wir viel Platz«, sagt Joan Parker, sich mit jungenhafter Schlaksigkeit erhebend. »Let's go?«

Sie schlendern zu viert durch die laue Nacht, Sternenhimmel über sich, einen übermütigen Erwin vor sich, und Hans Fichte redet, redet ... es ist gut, daß er innerhalb weniger Minuten alles loswerden will, was er in den letzten beiden Tagen erlebt und gedacht hat ... Dadurch fällt die Schweigsamkeit der anderen nicht auf.

Florian denkt kurz und ärgerlich: Ist mir doch noch kein Kerl begegnet, der mit so akkurater Pünktlichkeit immer dann auftritt, wenn seine Anwesenheit am meisten stört.

Und Jou ist völlig durcheinander. Sie hatte Hans eine schöne, laute Krachszene machen wollen, aber seine ehrliche Wiedersehensfreude hindert sie daran. Und am liebsten würde sie über die Unterbrechung ihres so köstlich begonnenen Abenteuers weinen.

»Bloß eins verstehe ich nicht: wie konntet ihr hier landen, ohne daß Giselher euch bemerkt hat! Seid ihr etwa mit einem Geisterschiff gekommen?« fragt Fichte.

»Man konnte unsern Dampfer eher als Seelenverkäufer bezeichnen«, sagt Florian.

Auf der romantischen Terrasse der Villa empfangen sie die Honeymooner und fallen sofort mit herzlicher Neugier über Jou her. Wann sie denn angekommen sei? Was? Heute früh, mit dem ersten Schiff von Neapel? Mit jenem Dampfer, auf dem alles seekrank gewesen sei? Ganz recht, sagt Jou. Aber zu dem wären sie doch mit ihrem Bruder am Hafen gewesen und hätten so lange gewartet, bis der letzte Passagier von Bord gewesen sei. – Giselher hätte ihnen derweil soviel von seiner Schwester erzählt – remember, Margy?

»Ach, was erzählte er denn?« fragt Jou interessiert.

Nun, von den Gütern ihrer Mutter und ihrer ersten Fahrt auf der väterlichen Segeljacht nach Teneriffa . . .Margy, did he say Teneriffa? – You're right, darlin'.«

»Schuft«, knirscht Hans Fichte vor sich hin.

Aber wie konnte Jou nur auf dem Dampfer gewesen sein, wenn Gisel sie nicht gesehen hat!?

»Ja, wie konnte ich –«, sagt sie nur lahm. Es gelingt ihr nicht, sich über die schmähliche Verleugnung durch ihren Bruder zu ärgern, denn indirekt hat sie ihm die romantischste halbe Stunde ihres bisherigen Lebens zu verdanken.

Ihr Blick wandert auf vorsichtigen Umwegen über Hans und die Honeymooner zu Florian, der in einem gelben Fledermausstuhl liegt, die Beine übereinandergeschlagen, sehr elegant, sehr zurückhaltend und sehr nachdenklich. Er lächelt ihr zu. Und zuckt kaum merklich mit den Schultern.

»Wo ist Giselher jetzt?«

»Er war mit auf der Piazza. Joan schickte ihn zu einem Weinhändler, damit er noch ein paar Flaschen holt. Auf der Terrasse trinkt sich das Zeug wie Wasser weg . . .weiß auch nicht, wie das kommt«, grinst Hans. »Im Nu sind die Flaschen leer.«

Joan Parker hat Cocktails gemixt, der Honeymooner für Musik gesorgt. Um das Windlicht flattern geblendete Insekten, und der Nachtwind raschelt in der violetten Umrankung der Terrassensäulen . . .

Fichte rutscht mit seinem Stuhl zu Jou heran. »Hätte ich nicht deinetwegen solch belastetes Gewissen gehabt«, leitet er vorsichtig seine Rede ein, »also dann hätte ich die beiden Tage hier genossen! Es war wie im westlichen Vorort des Götterhimmels. Da schuftet man sein Lebtag lang, um sich sonntags ein Kotelett und ein Bier leisten zu können und ab und zu einen neuen Anzug – übrigens, ich hab mir eine schicke Badehose gekauft, sehe wie Tarzan drin aus –, ja, also da denkt man, das Kotelett und das Bier und der Anzug machen die Wohlhabenheit eines braven Erdenbürgers aus . . . und dann kommt man hierher.« Er unterbricht seinen Wortschwall und bläht die Nasenflügel unheilschwanger, denn eben stolpert Giselher, mit Flaschen beladen, vom Garten her die Terrassenstufen herauf.

»Hello –«, ruft er amerikanischer als die Amerikaner selber und sackt sichtbar in sich zusammen, als er Jous nackte Beine mit den zierlichen »Angelos« daran aus einem weißen Stuhl baumeln sieht. »Siegi – du!«

Ehe sie noch antworten kann, hat sich Fichte erhoben. »Stell die Flaschen ab. Und dann komm mal mit, mein Junge. Ich wollte dir schon immer die Kakteen im Garten zeigen.«

»O weh«, lächelt Florian hinter den beiden her, »Giselher machte nicht den Eindruck, als ob er besonders neugierig auf diese ›Kakteen‹ wäre. – Warum mag er uns wohl am Schiff verleugnet haben!?«

»Weiß nicht«, erwidert Jou gleichgültig. Was geht sie im Augenblick ihr Bruder an! »Vielleicht hat er sich unserer Aufmachung geschämt. – Robert!« Zum erstenmal spricht sie Florians Vornamen – er klingt so steif und ernst, als ob er einen schwarzen Prüfungsanzug trägt, und sie flüchtet sich eilig zu dem vertrauten, viel heitereren »Florian« zurück. »Ich möchte auch tanzen.«

Die Honeymooner bewegen sich mit schleifenden, mechanischen Schritten auf dem Mosaikboden – man kann es auch Tanz nennen, aber vor allem benutzen sie die langsame Fortbewegung, um sich intensiv und ungeniert zu küssen. Joan Parker ist in die Küche gegangen, um frisches Eis zu holen. Im Dunkel des Gartens standrichtet Hans Fichte mit Giselher.

Es ist niemand da, der sich um Florian und Jou kümmert. Seine Stirn reibt sich beim Tanzen sehr zart an der ihren.

»Mädchen«, sagt er halblaut, »was haben wir uns da eingebrockt.«

»Ja«, nickt Jou, »es ist sehr schlimm. Ob ich es ihm gleich sagen soll?«

»Was willst du ihm denn sagen?«

»Nun – daß wir beide – ich meine – hallo, Hans!« lächelt sie Fichte zu. Er steht breitbeinig und stämmig da, die Unterlippe vorgeschoben, eine steile Falte zwischen den hellen Augenbrauen. Steht vielleicht schon eine ganze Weile an der Treppe und hat sie beobachtet. Sie lösen sich langsam voneinander. Jetzt lacht er sein unbekümmertes Jungenlachen. »Tanzt nur weiter. – Wo steckt denn Joan Parker?«

»Here I am«, ruft sie von der rundbogigen Hallentür her, und Hans geht Joan entgegen, um ihr den schweren Eiskübel abzunehmen.

»Giselher ist gestiegen in Fenster von Küsche«, flüstert sie ihm zu, »mit ein ganz rotes, dickes Gesicht. I'm afraid you slapped him.«

»Und wie ich den Burschen geslapped habe.«

»Warum?« fragt sie kopfschüttelnd.

»Ich schlage sehr selten zu, aber wenn – dann habe ich Grund«, erwidert Hans nur.

Joan Parker stellt eine Schüssel voll Obstsalat auf den Tisch, und Florian erklärt schnuppernd: »Zu diesem Salat möchte man Prost sagen«, so alkoholisch duftet er.

»Ist Rezept von mein Vater. Er war Cook in die großte Hotel von Chicago«, strahlt Joan.

»Und meiner war Schiffskoch!« Auf einmal hat Jou kein Seelendilemma mehr, auf einmal hat sie einen Löffel in der Hand und probiert gleich aus der Schüssel heraus.

»Gut?« fragt Joan Parker gespannt.

»Prima«, lobt Jou. Sie lachen sich zu. Es fällt schwer, sich nicht zu mögen, wenn beide Väter Köche sind, wenn sie zudem im Leben ihrer einzigen Töchter eine so wichtige Rolle spielen, daß es dem einen – Otto Knopf – sogar aus der Ferne gelang, eine Zeitlang ein Stopschild vor die Abwege töchterlicher Leidenschaften zu stellen.

»Prost, auf unsere Väter!« Und ihre schwappvollen Löffel klirren klanglos aneinander.

Inzwischen hat sich – maulend und rotverschwollen – auch Giselher eingefunden. »Toothache-Zahnweh«, erklärt er leidend die blühende Backpfeifen-Veränderung seines Gesichts. Die Honeymoonerin springt mitleidig auf, um schmerzstillende Pillen aus ihrem Zimmer zu holen.

Gegen ein Uhr erhebt sich Florian. »Es war ein großartiger Abend. Ich bedanke mich. Aber wir müssen jetzt leider ins Hotel zurück, denn morgen früh steht uns laut Reiseplan die Blaue Grotte bevor.«

Joan Parker guckt erschrocken aus ihrem angeregten Gespräch mit Jou auf. Oh, schon gehen? Dabei wollten sie doch noch einige Rezepte austauschen, und außerdem gibt es so viele Histörchen von ihren Vätern, die sie sich noch nicht erzählt haben! Kann Jou die Nacht nicht in der Villa zubringen? Muß Jou mit zur Blauen Grotte? So wichtig ist die doch nicht!

Jou schaut Florian an.

Hans Fichte ruft: »Großartige Idee. Knöpfchen bleibt über Nacht hier.«

Jou blickt noch immer Florian an. »Ich kann nicht. Ich – ich habe doch keine Zahnbürste mit.«

»Es gibt hier sicher eine speziell für Gäste. Du bleibst«, bestimmt Hans.

So kommt es, daß Robert Florian allein durch die Nacht zum Hotel zurückwandert, Jou auf der Terrasse der maurischen Villa sitzen bleibt und mit Joan Parker Salatrezepte tauscht, die sie jetzt gar nicht mehr interessieren.

Fichte aber hebt sein Weinglas gegen die Marmorsäulen und sagt stumm vor sich hin: »Gesegnet seien die Köche – der in Altona und der in Chicago.«

Jou sieht Florian erst am nächsten Nachmittag wieder. In der Hotelhalle. Kurz vorm allgemeinen Abmarsch zum Hafen. Hans Fichte ist dabei, die Honeymooner und Joan Parker, die ihren Mann vom Dampfer abholen will.

Auch auf dem Schiff, das sittsam streng und ohne zu schwanken an einem vorbildlichen Sonnenuntergang vorbei nach Neapel zurückrauscht, finden sie keinen unbewachten Augenblick.

Hans bleibt fröhlich, aber eisern um Jou bis zum Gute-Nacht-Gruß. Und am nächsten Morgen, früh um halb acht, fahren sie – beladen mit weißen Gladiolen- und Nelkensträußen – nach Monte Cassino.

24. Kapitel: *Rechts neben der Landstraße*

Der kleine Soldatenfriedhof liegt kurz vor Cassino, rechts neben der Landstraße, wenn man von Neapel heraufkommt.

Die Sonne brennt auf das eingezäunte Stückchen verwilderten Gartens mit seinen dunklen Holzkreuzen. Vor dem Eingang hockt ein Kind mit einem blauen Ferkelchen, dem es eine Strippe um die Hinterpfote geschlungen hat. Das Kind lächelt scheu den vielen Fremden zu, die, von Kreuz zu Kreuz gehend, jeden einzelnen Namen lesen. Namen, die ihnen nichts sagen, außer daß es deutsche Namen sind.

»Wenn man bedenkt, daß es mich damals auch erwischt hätte«, flüstert der Primus Elisabeth Herzberg zu. »Auf unsere Schreibstube in Holland fiel eine Bombe. Von meinem Arbeitsplatz war hinterher nicht mehr sooo viel da!«

»Und Ihnen ist nichts passiert?« fragt sie erschüttert.

»Nein, ich war gerade auf Heimaturlaub. Aber wenn ich es nicht gewesen wäre – stellen Sie sich vor!«

»Hier wird nicht geschwätzt und rumgestanden«, schimpft die Feldherrin, schürzt ihren Rock und geht mühsam in die Knie. »An die Arbeit!« Mit fast zornigem Eifer greifen ihre Hände nach dem Unkraut, das die Gräberreihen überwuchert.

Im Nu sind alle beschäftigt, richten schiefe Holzkreuze auf, jäten mit ungeübten Händen, befestigen den Zaun, holen Wasser vom nächsten Bauernhof für ihre mitgebrachten Blumen – und sind ihrem Schicksal herzlich dankbar, daß ihnen die Sonne auf den gekrümmten Buckel brennt, daß sie etwas für die tun können, die Cassino nicht auf einer wohlorganisierten Reise im gutgefederten Bus kennenlernten.

Jou und Frau Neumann ordnen die Blumen um das kleine Hauptkreuz auf seinem Sockel aus Feldsteinen. Die höchsten Gladiolenblüten reichen bis zu den vier Worten hinauf: »Für Deutschland, unser Vaterland.«

Aber die Feldherrin ist unzufrieden mit der Dekoration. Sie sagt, sie verstände schließlich mehr von Blumen, und ordnet sie noch einmal nach ihrem Geschmack um. Und ganz nebenbei erwähnt sie ihre beiden Söhne, die in Rußland geblieben sind.

Nicht einmal Düvenasch wagt zu lästern, als seine Nachbarin wenig später einen Unkrautableger vom Friedhof im Gepäcknetz verstaut. Man muß eben bei alten Frauen manches übersehen, vor allem dann, wenn sie einmal Mütter waren.

An der Landstraße steht das Kind mit seinem Ferkelchen an der Strippe und winkt dem Bus und Herzlieb nach. Erwins Kläffen ist noch lange zu hören.

Sie kommen durch den Ort und dann in Serpentinen zum neuerstandenen Kloster hinauf, und alles um sie erinnert noch bedrückend an den Krieg. Friedhöfe, zerstörte Unterstände, Ruinen.

Aber eine halbe Stunde später – auf dem Wege nach Rom – wird wieder »Mariechen« gesungen.

25. Kapitel: *Das römische Fest*

Der Hotelstrand wird von einer Mole begrenzt. Auf dieser schmoren sie seit zwei Tagen vom Morgen bis zum Abend und lassen sich durch nichts, aber auch gar nichts aus den sonnendurchglühten Gefilden der Faulheit locken.

Nein, danke, Herr Florian, keine alten Meister mehr, keine Kirche, kein noch so schöner landschaftlicher Blick. Selbst der wißbegierige Primus ist kunstsatt, nachdem er das für ihn wichtigste Bauwerk Italiens, den schiefen Turm von Pisa, gesehen hat. Und außerdem hat er vollauf mit der Entdeckung eines von ihm neu entdeckten Gebietes: der Liebe, zu tun. Hier allerdings werden seiner Wißbegierde noch züchtige Grenzen von Elisabeth Herzberg gesetzt.

Wie sich das mausgraue, ältliche Fräulein verändert hat! Kümmel behauptet: »Sie grünt und blüht.« Frau Neumann drückt es etwas nüchterner aus: »Endlich hat sie sich eine vernünftige Frisur machen lassen.« Und jeder einzelne betrachtet ihr Glück, den eigentlichen Verschönerer dieser verkümmerten Menschenblume, als sein eigenes Werk und darum uneingeschränkt wohlwollend.

Einen neuen Badeanzug hat Elisabeth auch erstanden – rot und verwegen gemustert. Sie trägt ihn auf der Mole, reizend verschämt ob der lauten, teils plumpen, aber gutgemeinten Komplimente, die an ihm haften.

Vor ihnen schwimmen angebissene Feigen, Tomaten und die Fetzen eines im Zorn zerrissenen Briefes im Meer. Das sieht nicht nach Riviera di Levante aus, das mutet heimatlich an.

»Für tausend Lire spucke ich genau auf die Tomate«, schlägt Rudi gerade vor.

»Für tausend Lire tu ich noch was ganz anderes. Dafür fasse ich sogar einen lebendigen Polypen an«, erbietet sich Giselher.

Jedoch – auch er findet keinen Wettpartner, obgleich alle Anwesenden die Ausführung dieses Angebotes ungemein interessieren würde. Aber dafür tausend Lire riskieren? Geldnot hat schon manchen giselherenen Feigling zu unerwartet heldenmütigen Taten verleitet.

»Wetten die Verarmten schon wieder untereinander?« fragt Florian, der gerade, einen Liegestuhl unter dem Arm, über platt ausgestreckte, öligglänzende Leiber zur Spitze der Mole vorklettert, auf der noch ein paar tote Fischlein vom letzten Sturmangriff des Meeres liegen und glitzernd verdorren. Er hat dabei auch über Jous geschmeidigen, brutzelbraunverbrannten Rücken steigen müssen, und sie hob ein wenig den Kopf.

Neben ihr – so nah, daß man keinen Liegestuhl dazwischenbauen kann –, liegt Hans Fichte, seit Capri ihr unentwegter Leibgardist. Nicht einmal die beängstigenden Sonnenbrände auf seinem Körper können ihn davon abhalten, von ihrer Seite zu weichen. Er dampft und brütet unter seiner Vermummung, die von den Zehen bis zum Haaransatz reicht, erträgt es geduldig, daß man ihn zuweilen an unvorbereiteter Stelle kitzelt, »Mummum Kuckuck«mit ihm spielt, und weicht auch nicht, als Jou ihn warnt: »Du wirst dir noch einen Hitzschlag holen.« Er ist immer um sie, vom Frühstück bis zum Gute-Nacht-Gruß vor ihrer Zimmertür, und er gestaltet seine ständige Anwesenheit so zufällig, daß niemand annehmen kann, sie entspränge etwa einer eifersüchtigen Regung.

Und Jou ist völlig hilflos. »Ich müßte endlich mit ihm über Florian sprechen, so geht das doch nicht weiter«, nimmt sie sich stündlich vor. Aber um mit Hans über Florian sprechen zu können, müßte sie vorerst mit diesem gesprochen haben, und dazu bietet sich keine Gelegenheit. Dazu müßte sie erst energisch Hans Fichte aus dem Wege räumen. Wie aber räumt man einen Menschen – und sei es auch nur für eine Stunde – fort, der einem mit soviel unschuldiger Fröhlichkeit begegnet und gar, aber auch gar keine Angriffsflächen für einen Streit bietet, in dem man verärgert: »Ach, laß mich allein!« fordern könnte!

So bleibt ihnen nichts weiter übrig, als heimliche Blicke zu tauschen – sehnsüchtige, leidenschaftliche, rebellische, schwermütige und immer verzagtere.

Derjenige, den Jou ihm eben bei seinem Erscheinen auf der Mole zuwarf, war schon sehr verzagt. Er reichte nicht mehr bis zu Florians Augen hinauf, nur noch bis zu seinem Knie . . .

Aber so geht das natürlich nicht weiter . . .

Nein, so geht das nicht weiter, denkt auch er, während er seinen Liegestuhl entwirrt, der auf italienisch geradezu polnisch heißt, nämlich »sdraio«.

Er greift mit Entschlossenheit in seinen so mysteriösen wie heimtükischen Mechanismus und fühlt eine unerwartete Latte am Ohr. Diese schlägt die Entschlossenheit aus seiner Miene, und er flucht »sdraio!«, denn dazu eignet sich das Wort vorzüglich.

»Heute ist der letzte Abend, an dem wir vollzählig sind«, sagt Kümmel, der – eine gefaltete Zeitung auf dem Kopf – bisher still vor sich hin geschwitzt hat. »Neumanns verlassen uns doch morgen in Genua . . .«

»Autsch!« sagt Florian und lutscht am Daumen. Er hat ihn sich bei der Überlistung des »sdraio« geklemmt, aber dieser nimmt Formen an, die bereits an einen Liegestuhl erinnern. Florian legt sich vorsichtig – hält er? – hinein und schlägt erleichtert die Beine übereinander. Geschafft.

»Ja, Herr Kümmel?«

»Also, da dachte ich mir, wir starten unser Abschiedsfest schon heute abend. Es müßte natürlich was Besonderes sein. Hat jemand dazu vielleicht einen Vorschlag?«

»Ich!« Rudi streckt einen salzig verkrusteten Zeh in die Höhe. »Wie wäre es mit einem echt römischen Fest?«

»Pfui Deibel!« ruft Elfi Düvenasch, denn schließlich weiß sie aus zahlreichen Mammutfilmen, wie es früher bei römischen Gelagen zuging. Und hat davon behalten: feiste, amoralische Trunkenbolde, Lustknaben, arme, hübsche, leichtbekleidete Sklavinnen.

»Was du dir wieder denkst, meine ich doch gar nicht«, rechtfertigt sich Rudi.

»Ich weiß, was Sie meinen«, strahlt Elisabeth Herzberg. »Wir erscheinen alle in römischen Gewändern –«

»Wo kriegen wir die her?«

»Ganz einfach: Bettlaken«, klingt es dumpf unter dem Handtuch hervor, das Fichte über sein verbranntes Gesicht gezogen hat. »Und Lorbeerkränze ins Haar.«

»Lorbeer haben wir einen ganzen Baum vor unserer Dependance«, sagt Neumann. »Der reicht aus.«

»Na, herrlich«, jubelt Elisabeth. »Und dann dachte ich, jeder von uns sagt ein antikes Gedicht auf!«

»Ich weiß eins«, sagt Kümmel. »In Ägypten geradeaus, dann links, steht die Sphinx. Gut, ja? – Ist leider nicht von mir.«

Jou beschließt sofort: Ich ziehe mein griechisches Nylonnachthemd aus New York an. Das wirkt auch altrömisch und steht mir so gut. Und geschlafen habe ich sowieso noch nicht drin, weil es dazu viel zu schade ist.

Florian denkt: Vielleicht ergibt sich auf so einer Party endlich die ersehnte Möglichkeit . . .

»Ja«, sagt er laut, »das römische Fest ist eine gute Idee. Wir feiern es in unserer Hotel-Dependance, da sind wir ganz unter uns. Und unsere älteren Herrschaften, die drüben im Haupthotel wohnen . . .«

»Denen erzählen wir natürlich noch nichts«, ruft Neumann. »Wir sagen ihnen nur, daß wir um neun Uhr bei uns das Abschiedsfest feiern wollen. Seine echt römische Färbung soll eine Überraschung für sie sein.«

»Papachen wird aber Augen machen«, bemerkt Elfi bedrückt.

»Phh – wegen der paar Gedichte, die wir aufsagen werden?« Rudi rollt sich männlich auf den brühheißen Bauch. »Mein liebes Kind, du stehst viel zu sehr unterm Pantoffel deines Vaters. Das wollte ich dir schon immer sagen!«

Am Nachmittag kauft Florian vom gesammelten Geld mehrere Literflaschen Wein, Brot, Ziegenkäse und Salami für die echt römische Party.

Wie schon besprochen, wird das Fest in der Halle der Dependance des Grandhotels stattfinden, in der außer Neumanns, Jou, Florian, Fichte, Giselher, Elfi, Krause, Kümmel und der frischen Liebe Primus-Herzberg niemand sonst wohnt.

Über diese Dependance-Hall, die zu ihrer Zeit – um die Jahrhundertwende – zweifellos todschick gewesen sein muß und heute nur mehr im äußersten Notfall benutzt wird, das heißt, wenn die fünfhundert Betten des Grandhotels belegt sind, wäre zu sagen: man vermißt in ihr nur die Fledermäuse.

Ihr Boden ist im Schachbrettmuster gefliest. Von der Decke lächeln pausbäckige Stuckengel. Ein Mädchen mit güldenem, sich abwärts schlängelndem Haar, in die seerosigen Schlinggewächse des Jugendstils unrettbar, doch schelmisch verstrickt, nimmt eine gläserne Längswand bis zum ersten Stock ein. Schlächterpalmen verstauben würdevoll in bauchigen Majolikakrügen mit Birkenrindendessin, und kandelaberartige Lampen mit getönten Milchglaskugeln erhellen den ganzen Zauber mühselig.

Aber unsere Bus-Touristen lieben diese Atmosphäre abblätternden Pomps geradezu zärtlich, denn sie gehört ihnen ganz allein. Kein strenges Portierauge nimmt Anstoß daran, wenn sich Erwin auf der Troddelottomane zur mittäglichen Siesta niederläßt. Kein Hotelgast zeigt sich schockiert, wenn die Sportlichen unter ihnen das Treppengeländer bis zum bleckenden Löwenknauf hinunterrutschen.

Um acht Uhr abends betritt das Zimmermädchen zum letztenmal die Dependance, um die Betten für die Nacht zu richten. Danach ist das Haus die Privatvilla unserer Berliner Bus-Touristen.

Um acht Uhr dreißig – das Mädchen ist kaum ins Grandhotel zurückgekehrt – werden die von ihr sorgsam verstopften Laken mit Schwung von den Matratzen gerissen und mit Hilfe von Sicherheitsnadeln und Broschen über sonnenverschwollenen Schultern zu römischen Togen drapiert.

Sämtliche Zimmertüren stehen dabei offen, einer hilft dem anderen. Frau Neumann steckt Jous Haar »möglichst antik« auf. Giselher und Rudi rupfen den Lorbeerbaum am Hauseingang. Elfi verteilt alle ihre Haarklemmen an die anwesenden Herren, damit sie den Lorbeer befestigen können. Und – kein Zweifel – dieser Schmuck verleiht selbst Krauses Stirn einen dichterischen Anflug.

Erwin bellt hysterisch ob all der weißen Gespenster, die über die Flure eilen, und verzieht sich endlich – knurrend vor Angst – unter Fichtes Bett. Er ist in diesem Italien völlig mit den Dackelnerven runtergekommen.

Kümmel, mit Weinlaubkranz und raschelnden Lorbeergirlanden

auf dem Bettlaken, gefällt sich als römisch-berlinischer Bacchus. Eine entkorkte Literflasche im Arm, wandert er von Zimmer zu Zimmer, und als er Jous Raum betritt, entfährt ihm ein ehrlich-erstauntes: »Donnerlittchen! – Du bist mir heute abend zu schön, Knöpfchen. Das Griechische steht dir zu – römisch.«

Jou freut sich über sein Kompliment. »Danke, Herr Kümmel.« Er setzt sich auf den Bettrand, die Hände zwischen den Togafalten über seinen starken Knien, die Flasche neben sich, und schaut sie prüfend an. »Aber das geht so nicht –«, sagt er vor sich hin.

Jou, ihn durch den Waschbeckenspiegel ansehend: »Warum nicht? Ich habe doch was unter.«

»Das meine ich nicht. Ich mache mir andere Gedanken. Sie wissen schon ...«

»Ja«, nickt Jou, legt ihren Kamm fort und setzt sich neben ihn auf die knarrende Matratze des altmodischen Bettes. »Es ist wirklich sehr schwierig, Herr Kümmel.«

»Komm, trink was, Knöpfchen.« Er reicht ihr seine Flasche, und dann fragt er: »Hast du dich denn nun entschlossen?«

Jou setzt die Flasche ab. »Ja. – Ich glaube. – Wir hatten so wenig Gelegenheit bisher, allein zu sein. Aber Florian ...« Sie seufzt. »Manchmal wünschte ich, man könnte beide Menschen zu einem Menschen verschmelzen. Florians Aussehen, seine Bildung und sein ... na ...« Sie schnippt mit den Fingern, aber diese Geste hilft ihr auch nicht, das rechte Wort zu finden.

»Nennen wir's seine männliche Ausstrahlung. Das ist ein vornehmer Ausdruck dafür«, assistiert Kümmel lächelnd.

»Ja«, nickt Jou ernsthaft, »und zu allem Hans Fichtes Fröhlichkeit und seine solide Praxis ...«

Der Bacchus Gustav lacht leise vor sich hin. »Knöpfchen, wer hätte in seinem jungen Leben nicht einmal gewünscht, er könnte zwei liebenswerte Menschen zu einem einzigen verschmelzen, damit ihm selbst die Entscheidung erspart bliebe. – Komm, trink noch mal! – Aber selbst, wenn dieser Wunsch zu verwirklichen wäre, dann würde sich nach kurzer Zeit ein anderer Haken finden, denn niemand – auch kein realisierter Wunschmensch – ist vollkommen.«

»Ich bin's auch nicht«, seufzt Jou.

»Nein«, sagt er herzlich, sich erhebend, »du auch nicht. Aber verdammt hübsch bist du. Und *das* andre, na – du weißt schon – das überlege dir gut.«

»Ja, Herr Kümmel. – Herr Kümmel!«

Er wendet sich an der Tür noch einmal um.

»Eine Entscheidung habe ich schon getroffen.« Und Jou ist plötzlich sehr verlegen. »Sie möchte ich gern als Freund behalten – auch nach der Reise. Ist das vielleicht möglich?«

»Mein Knöpfchen –«, lächelt er und erhält einen Buff von rückwärts: Giselher möchte an der Menge Kümmel vorbei ins Zimmer. Zwei Frottiertücher – ein hellblaues und ein rosagemustertes, an Schulter und Hüfte zusammengepikt – drückt er unzufrieden an sich. »Siegi, hilf mir mal. Da muscha woll irgendwo ein Trick sein mit dem Drapieren von einem Lustknaben. Schwager sagt auch – soo geht das nich.«

Auf seinen rötlichen Borstenhaaren, die sich während der letzten Woche beinahe zu Locken ausgewachsen haben, raschelt ein verrutschter Lorbeerzweig. Und parfümiert ist er –! Das ganze Zimmer duftet im Nu billig.

»Komm mal mit«, sagt Kümmel und schiebt ihn vor sich her auf den Flur, »das werden wir schon irgendwie hinkriegen.«

Jou steht jetzt wieder vor dem Waschbecken, auf einem nah herangerückten Stuhl, und betrachtet abschnittsweise ihr Äußeres in dem schmalen Spiegel darüber. Vom Flur her hört sie Krauses aufgeregte Stimme: »Herr Florian! Wo is er denn? Er soll mir wieder zusammenpiken, mein jesamtes Römertum is am Rutschen! Florian – Mensch, die anderen kommen doch gleich!«

»Sofort«, antwortet Florians Stimme so nah, daß Jou zusammenfährt und zur Tür schaut, in deren Rahmen er seit geraumer Zeit gelehnt und sie schweigend betrachtet hat.

»Ach, Florian«, sagt sie sehnsüchtig von ihrem Stuhl herab.

Er geht auf sie zu, nimmt sie in seinen Arm und hilft ihr auf den Erdboden zurück . . .und all die Worte, die sie ihm in den vergangenen Tagen sagen wollte und nicht sagen konnte, weil es keine Gelegenheit dafür gab, die fallen ihr plötzlich nicht mehr ein.

Hinter ihnen gähnt das offene Türrechteck, jeden Augenblick kann jemand hereinkommen, Krauses Stimme ruft immer ungeduldiger:

»Herr Florian!!!«

»Wenn wir nur erst in Berlin wären«, sagt Florian und hält Jou noch immer in seinen Armen. »In Berlin wird alles anders.«

»Es ist gleich neun!« schreit Neumann aufgeregt über die Flure. »Auf die Plätze, marsch, marsch! Unsere Alten kommen!«

»Ja, in Berlin«, nickt Jou atemlos. In Berlin . . .

Aus allen Zimmern jagt es – die Bettlaken über die Knie geschürzt – in die Halle hinunter, kichert und stolpert und rennt sich um.

Punkt neun Uhr erscheinen die übrigen Bus-Mitglieder – feingemacht und ahnungslos ob der römischen Färbung des geplanten Abschiedsfestes – in der Tür der Dependance und schrecken kreischend zurück.

Denn in dieser müde beleuchteten, verstaubt-üppigen Umgebung wirken die weißbelakten Gesichter eher spukig als römisch.

Sie lagern – noch atemlos von ihrer eigenen Verspätung – auf der geschnitzten Treppe. Erwin flitzt – wie im Veitstanz nach dem kitzelnden Lorbeerzweig schnappend, den man ihm ins Halsband gezwängt hat – treppab – ottomaneauf und springt endlich bittend an Düvenasch hoch, damit er ihn von seinem Schmuck befreie.

Neumann, leicht zerzaust und weinselig, erhebt sich mit großartiger Geste, um die verstörten Ankömmlinge zu begrüßen.

»Freunde! Mitreisende! Berliner!
Hört mich an!« beginnt er schallend.
»Dies sind die Thermen des Florianus,
und was ihr drinnen seht, sind echte Römer
mit kahlen Köpfen und dicken Bäuchen,
die nachts gut schlafen –

Au warte!« unterbricht er sich selbst. »Da bin ich doch in den verkehrten Shakespeare geraten. Na, macht nischt. Auf jeden Fall: Salve! Seid herzlich gegrüßt.«

Er schlägt seine Hand zum römischen Gruß um der Feldherrin verdatterten Arm und ahnt, was all seine antiken Mitbürger auf der Treppe im gleichen Moment befürchten: Dieses altrömische Fest hat

die besten Aussichten, ein Mißerfolg zu werden.

Denn Radkes, Düvenasch, Frau Küßnich fühlen sich in ihrer sonntäglich-bürgerlichen Aufmachung hier eher deplaciert als erheitert: wieder einmal eine Überraschung, die danebengelang.

Jetzt schreitet Jou – ängstlich bedacht, nicht auf den Saum ihres teuren Nachthemdes zu treten – die Treppe herab, und Neumann – noch immer nicht durch die eisige Zurückhaltung der Gäste entmutigt – begleitet ihren Auftritt mit der werbenden Stimme eines Rummelbuden-Besitzers:

»Sieglinde, die schöne Barbarin,
gotische Geisel am Hofe des Florianus,
dazu ausersehen, verdienstvollen Kriegern
unserer herrlichen römischen Armee
den Rücken zu salben. –

Applaus für Sieglinde. Na, Mensch, nun klatscht schon!«

Die Besucher aus dem Grandhotel applaudieren höflich, und Florian schickt eilends den Wein herum, damit er die Stimmung hebe.

Er selbst setzt sich zu den alten Damen auf die Lehne der Troddelottomane und erzählt ihnen Witzchen. »Vier Schnecken gingen auch mal ein Bier trinken . . .« Und es sind weniger seine harmlosen Darbietungen als seine »männliche Ausstrahlung«, das Interesse, das er ausschließlich ihnen widmet, was die alten Damen Radke, Behrend und Küßnich im Nu in angeregte Stimmung versetzt. Sie leben zwar schon jenseits von Gut und Böse, aber so wie das weibliche Baby bereits unbewußt mit dem männlichen Wesen kokettiert, das sich über sein Körbchen beugt . . . es hört eben nie auf. Nie . . .

Giselher erzählt so laut, daß auch Marie Peters es hören kann, von seinen unglaublich romantischen Erlebnissen mit Joan Parker, der Millionärstochter aus Chicago. Beim Abschied habe sie – kaum der Tränen mächtig – zu ihm gesagt: »Gisel dear, you 've been my little lucky star.«

»Öh –«, macht Rudi darauf ungläubig, obgleich er kein Englisch versteht, und Marie Peters zuckt spöttisch mit den Mundwinkeln. Auch sie hat inzwischen begriffen, daß Giselher Knopf über eine geradezu hochstaplerische Phantasie verfügt. Und trotzdem – ihrer Eitelkeit versetzen seine Parker-Lügen doch einen winzig kleinen Stich.

Auf der Treppe hat man vor lauter Jucken und Um-sich-Schlagen keine Zeit, sich römisch zu gebärden. Hans Fichte vollführt auf Kümmels massigen Schultern einen akrobatischen Balanceakt beim Schließen der oberen Hallenfenster, durch die ununterbrochene Ströme von atonal singenden Moskitos ins Innere ziehen. Auf gingen die Fenster so leicht, aber zu . . .

Gegen Mitternacht entschließen sich die Römer zum Singen. »Es war in Schöneberg, im Monat Mai« und »Horch, was kommt von draußen rein? Hollahiiii hollahooo. Muß doch ein Moskito sein, hollahiaho.«

Dabei haben sie sich untergeärmelt, Käse, Salami und Brot in der Hand – auch geöffnete Taschenmesser. Und das bringt sie endlich in Stimmung. Es wird aber auch Zeit.

»Komm«, sagt Fichte zu Jou und zieht sie am Arm in die Höhe. »Die Römer schunkeln mal wieder. Laß uns verschwinden.«

»Wohin?« fragt sie widerstrebend, während ihre Augen Florian suchen. Sie will nicht fort . . .

»Ich dachte, wir machen so eine kleine Spazierfahrt.«

»Jetzt, mitten in der Nacht?«

»Is doch schön, Kindchen! Nun komm schon –« Er zerrt sie ungeduldig hinter sich her aus der Halle, wobei er seinen unnatürlichen Bauch unter der Toga festhält. Jou wirft noch einen unglücklichen Blick zurück auf Florian, dann fällt die schwere Hallentür hinter ihnen zu.

Eine Weile noch begleitet sie der Gesang. »Am Rhein, am deutschen Rhein . . .« Düvenaschs gefühlvolles Tremolo ist deutlich herauszuhören. Und jetzt ist nur noch das Schrillen der Zikaden um sie, müdes Wellenklatschen an Bootswänden, ein erregtes Frauenlachen irgendwo in der Dunkelheit.

Hans Fichte schließt Herzlieb auf und räumt seinen künstlich verstärkten Bauch auf den Vordersitz: einen gemausten Zipfel Salami, Brot und eine angebrochene Flasche Wein. »Müßte eigentlich in Neapel erfunden worden sein, diese Togamode«, sagt er, das Verdeck zurückwuchtend. »Ein ideales Kleidungsstück zur Tarnung von illegal erworbenen Gütern. – Steig ein, Sieglinde, schöne Barbarin. Herzlieb wird schon ungeduldig. Falls es dir zu kalt sein sollte – hier ist eine Decke.«

Ich will nicht fort, ich will nicht . . . denkt sie verzweifelt, aber da hat er sie schon in den Wagen geschoben, das neuerworbene Plaid (in Italien sind sie so billig, daß man sie einfach kaufen muß, selbst wenn man schon zwei zu Hause hat) um ihre Schultern geschwungen, den Schlag zugeklappt, und ab geht's, den romantischen Palmenkai hinunter.

Nach hundert Metern muß Fichte noch mal anhalten, denn er hat im Rückspiegel einen mitten auf dem Damm emsig vorwärtstrudelnden Schatten entdeckt: Erwin.

»Hupp rein, mein Sohn«, sagt er, den Schlag öffnend, und Erwin kollert japsend zwischen seine Füße. »So, damit wären wir drei einmal wieder ganz für uns allein. Zum letztenmal. In Italien, meine ich. Dies hier war der letzte Ort, an dem sich unsere Kleider noch mal für längere Zeit auf Bügeln erholen konnten. Ab morgen leben wir wieder aus dem Koffer.«

Er lacht. »War ja nie ein eleganter Herr, aber so verdreckt und zerknautscht wie jetzt – ich schäme mich direkt, meine Hemden in die Wäscherei zu geben. Und meine Anzüge – die reinsten gastronomischen Landkarten mit Gruß aus Rom in Tomatensauce und Fettflekken als Erinnerung an Capri. – Wird höchste Zeit, daß wir nach Hause kommen.«

»Wo fahren wir eigentlich hin?«

»Weiß ich auch nicht«, lacht Fichte unbekümmert. »Ins Blaue. Macht's dir keinen Spaß? Bei der schönen Luft und dem Palmengeraschel! Du bist unromantisch, Knöpfchen!«

»Ich bin romantisch«, widerspricht sie gereizt.

»So? Na, um so besser.« Hans Fichte redet und redet, und da er kein Echo findet, amüsiert er sich herzlich über seine eigenen Dialoge.

Er scheint wirklich nichts davon gemerkt zu haben, wie es um sie und Florian steht. Demnach muß Jou fürchten, daß er sie entführte, um endlich einmal wieder ungestört zärtlich sein zu können. Und daran liegt ihr nichts. Sie will nicht, sie will nicht . . .

Nach einer halben Stunde Fahrt stellt Hans den Wagen am dunklen Ausgang eines kleinen Badeorts ab. »So, da wären wir.«

»Wo?« fragt Jou.

»Keine Ahnung. Aber ich nehme an, hier irgendwo in der Nähe befindet sich ein lauschiges Plätzchen . . .«

»Wozu?« fragt sie mißtrauisch.

»Zum Picknicken, mein Herzblatt. – Erwin, wirst du wohl! Er riecht die Salami. Nimm sie gleich an dich, Jou, und, bitte, auch das Brot.« Er stülpt das Verdeck über Herzlieb, holt die Decke, Wein und Zigaretten aus dem Wageninnern, schließt ab und schiebt seinen Arm unter den ihren. »Gehen wir.«

Nach etwa zehn Minuten Tasten durch geröllhaltige Dunkelheit hat Hans das Passende gefunden: einen einsamen Ausläufer des Strandes und darauf ein an Land gezogenes Fischerboot.

»Klein und schäbig, aber dafür auch nicht unser«, deklamiert er und springt hinein. »Paß auf, daß du dir keinen Splitter einreißt. – Und nun laß uns schmausen, was der liebe Vati alles geklaut hat.«

Erwin hat sich zwischen sie auf das morsche Querbrett gedrängelt, seine spitze, stachelige Schnauze drückt verlangend auf Jous Arm. Wegen der Salami.

In der Ferne glitzern die Lichter des Hafens von Portofino, das Meer ist glatt und seidigblank wie ein frischgestriegelter Appe. Zikaden zirpen. Eine winzige rote Lampe gleitet quer durch die Bucht, begleitet von leisem Ruderplätschern.

»O sonniges Italien«, seufzt Hans. »Am besten gefällst du mir nachts.«

Da hocken sie, römisch verkleidet, in einem alten, lecken Fischerboot in lauwarmer, flimmernder, nächtlicher Einsamkeit, zwischen ihnen das eilige Atmen eines kleinen Hundes. Es ist nicht gerade das, was man so gern unter südlich-erregender Romantik versteht. Es ist die Romantik der halbwüchsigen Pfadfinder an einem nächtlichen Lagerfeuer, das köstliche Abenteuer eines kleinen Jungen namens Hans Fichte, der wider seinen Willen ein Mann werden mußte.

Jou betrachtet ihn zuerst heimlich und abwartend von der Seite – sein kurznasiges Profil mit der vorgeschobenen Unterlippe, seinen stämmigen Nacken und die vorgebeugten Schultern, die er ab und zu vorsichtig bewegt, weil ihm die verbrannte Haut schmerzt. Und als er sie plötzlich ansieht, kann sie gar nicht anders: sie lächelt ihm zu. Er ist ihr so herzlich vertraut.

Hans nutzt ihre plötzliche weiche Stimmung nicht aus. Grinst nur freundlich zurück und schaut dann wieder auf das Meer.

»Am liebsten ginge ich jetzt schwimmen«, sagt er.

»Aber wir haben doch kein Badezeug mit.«

»Na und? Die Fische stört das nicht. Du brauchst ja auch nicht, wenn du nicht willst.«

Jou bleibt im Boot hocken und hört neidisch auf das zaghafte Plätschern im seichten Wasser, das seine vorsichtigen Schritte auf dem Geröll begleitet, und dann jenen temperamentvollen Wasserwirbel, der ihr ankündigt, daß Hans jetzt auch oberhalb der Gürtellinie untergetaucht ist. Sie selbst darf doch nicht, was würde Florian von ihr denken! Aber er sieht es ja nicht, und darum kann er nichts denken! Und schon hat sie sich ausgezogen und läuft Hans nach.

Sie schwimmen auf die Lichter von Portofino zu. Jou legt sich auf den Rücken und sucht die ihr bekannten Sternbilder am endlosen Himmel, und wenn Hans nicht neben ihr wäre, würde sie sich vor der Größe des Weltalls fürchten. Eine Sternschnuppe huscht gleich einem goldenen Faden auf die Berge herab, und Jou wünscht sich ganz schnell . . . ja, was soll sie sich wünschen: daß alles gut wird.

»Schön, nicht wahr?« sagt Hans, das Meer mit Daumen und Zeigefinger aus seiner Nase drückend. »Ich schwimme nachts am liebsten. Da sieht man wenigstens die Polypen nicht, wenn sie sich einem um die Wade wickeln . . . Jou, wo willst du hin?«

»Ans Ufer!« Jou hat nämlich am vergangenen Mittag einen großen Polypen auf dem Wege in die Hotelküche gesehen. Ein Kellner trug ihn in einem Wasserbehälter, und weil er die bildhübsche Deutsche einmal kreischen hören wollte, nahm er ihn heraus und erlaubte ihm, seine langen, glitschigen Fangarme um seine Hand zu wickeln. So eine Zumutung am Bein, und Jou ginge vor Schreck unter.

Mangels eines Handtuches müssen sie sich an der Luft trocknen lassen, und diese laue Nachtluft auf nasser Haut ist plötzlich zum Zähneklappern kühl. Erwin umspringt seine schlotternde Familie, selig, sie wieder auf dem Landboden zu wissen. Er hatte ihren Schwimmausflug – bis zum Bauch im Wasser stehend – mit langgezogenem Geheul begleitet.

Jetzt sitzen sie wieder im Boot, in ihr römisches Habit verkleidet, das Plaid über die Schultern, und Hans flicht mit seinen Fransen Zöpfchen. Sie trinken den Rest des Weins, Fichte erzählt ausführlich von seinem Landstraßenabenteuer, in das ihn Giselher auf dem Wege nach Neapel verwickelte. Jou sagt: »Wenn Vater das alles wüßte, ich glaube, er prügelte sein Söhnchen windelweich.« Und dann erzählt sie ihm von Pompeji und der unvorstellbar schönen, tausendkurvigen Küstenstraße, der Amalfiana, auf der Krause ins Schwitzen geraten war.

»Ja«, sagt er, »Italien war schön. Ich bin ihm nicht einmal böse, daß es mein Bankkonto aufgefressen hat.«

Die Zeit vergeht über ihrem friedlichen Erinnern. Hans hat zweimal das Plaid umlegen müssen, damit Jou die Fransenzöpfchen lösen und er neue flechten kann. Und über den Bergen beginnt es zu dämmern . . .

»Hast du eine Uhr mit?«

»Als verkleideter Römer? Natürlich nicht. Aber ich glaube, es wird Zeit zurückzufahren, wenn wir noch zwei Stunden vor dem allgemeinen Abmarsch schlafen wollen. Gehen wir?«

Die Decke fällt auf seiner Seite auf den tief schlafenden Erwin, denn Hans ist aufgestanden. Jou bleibt sitzen und schaut ihn unzufrieden an. –

Sie hatte sich mit allen Fasern ihres von Florian besetzten Herzens gegen dieses nächtliche Abenteuer gesträubt, aus Angst, Hans könnte ihr zu nahe treten. Jetzt waren sie mehrere Stunden hier, sie hatten zusammen geschwommen und Wein getrunken und – nur durch Erwins halbe Portion voneinander getrennt – unter einer Decke gesessen. Sie waren beinahe so vertraut wie früher, aber Hans hatte nicht einmal den Arm um sie gelegt. Er behandelte sie wie einen guten Freund, und das verletzte, obgleich sie sich's gewünscht hatte. Wenigstens den Versuch, sie zu küssen, hätte er unternehmen sollen . . .

»Es wird hell.« Er hilft ihr aus dem Boot, sie gleitet im Schwung gegen seine Brust und macht keine Anstalten, sich von dort zurückzuziehen. Da hebt er mit zwei Fingern ihr Kinn zu sich empor, Jou schließt erwartungsvoll die Augen. »Mach sie ruhig wieder auf, ich küsse dich doch nicht«, sagt er. »Ich hab's nämlich nicht gern, wenn eine Frau in meinen Armen an einen anderen Mann denkt. – So, und nun komm.«

»Aber, Hans, wie kannst du –!« Sie stolpert, verletzt, beschämt und zugleich furchtbar böse, hinter ihm her.

»Ja, wie konnte ich. So ein lieber Trottel wie Hans Fichte hat doch gar kein Recht, zu bemerken, wenn er betrogen wird.«

»Ich habe dich nicht betrogen!« schreit sie wütend.

»Vielleicht noch nicht, weil ihr keine Gelegenheit dazu hattet.«

»Es hat überhaupt erst alles begonnen, als ich erfuhr, daß du mit einer Amerikanerin nach Capri gefahren bist!«

»Sieh mal an. Und diese Amerikanerin, die hast du bereits in Venedig vorausgeahnt?«

»Wieso? Hat etwa Giselher ...?«

»Nein, hat er nicht. Aber glaubst du, mir wäre nicht bereits in Florenz euer gegenseitiges leidvolles Anhimmeln aufgefallen!? So guckt man sich bloß an, wenn man mitten in einer Idylle durch den lästigen Dritten gestört worden ist. – Pschscht, Knöpfchen, trompete jetzt nichts Unbedachtes. Du bist ein schlechter Streitpartner. Du gibst im Zorn viel mehr zu, als dir recht ist.«

Gut gesprochen, Hans Fichte, denkt er. Und so überlegen. Dabei ist ihm gar nicht wohl zumute, denn – zum Kuckuck noch mal: Sie ist ein dummes, kleines, sentimentales Mädchen, aber diese Erkenntnis hindert ihn nicht daran, sie zu lieben.

Jou möchte gern etwas zu ihrer Verteidigung sagen, aber in ihrem Kopf poltern alle Gedanken hilflos durcheinander, nur Trotz bleibt, der Trotz des ertappten Schulmädchens.

»Ja, ich mag Florian!« schreit sie in den verschlafenen Morgen.

»Verstehe ich, Kindchen, hatte ja selber die Gelegenheit, seine Vorzüge kennenzulernen. Er sieht gut aus, er ist klug, gebildet, scheint sogar einen anständigen Charakter zu haben. Lacht nie im falschen Augenblick und wird keine blaue Krawatte zum grünen Hemd tragen so wie Hans Fichte. Einziger, sichtbarer Fehler: er hat noch weniger auf der Bank als ich. Aber er kann ja noch unverhofft erben ...«

»Sei endlich still, Hans!«

»Mich bedrückt nur eins. Wird Florian wohl auf die Dauer genügend Humor aufbringen, um dich zu verstehen – dich komische kleine Mischung aus einer Rose und einer Mohrrübe?« Es gelingt ihm noch rechtzeitig, ihre Fäuste abzufangen.

Sie begreift nicht die Zärtlichkeit in seinem Gesicht, sie schreit, und Hans muß von neuem mahnen: »Kindchen Knopf, nicht so gewaltig! Du weckst ja die Felsen mit deinem Gebrüll.«
»Es ist restlos aus mit uns!«
Sie haben sich inzwischen bis zum Herzlieb vorgestritten, und Fichte tastet die Toga ab, als ob sie Taschen hätte.
»Dieses Italien hat mir die Augen geöffnet«, schreit sie.
Hans findet keine Zeit zu fragen, wofür es wohl Jous Augen geöffnet hat.
Er guckt Herzlieb unter den Rock und sucht die Straße im nahen Umkreis ab.
»Nimm sofort die ›Mohrrübe‹ zurück, Hans, das war so gemein von dir!!!«
»Sag mal«, fragt er, sich aufrichtend, »weißt du zufällig, wo ich vorhin die Autoschlüssel gelassen habe?«
»Auch das noch!« jammert Jou auf.
»Sie sind futsch!« sagt Hans, und an seinem Gesichtsausdruck erkennt sie, daß verlorene Autoschlüssel beinahe so ein Drama heraufbeschwören können wie ein neuer Mann in einer alten Liebe. Im Nu schaltet Jou von leidenschaftlichem Trotz auf Sachlichkeit um. »Wo hast du sie denn hingesteckt?«
Hans blickt an seiner Toga herab. »Da gab's nicht viel zum Stecken. Ich glaube, ich hielt sie in der Hand. – Tut mir leid, Jou, aber ich muß noch mal zum Strand zurück.«
Sie folgt ihm, Schritt für Schritt den Weg absuchend, das Plaid eng um die fröstelnden Schultern gezogen.
Gemeinsam stülpen sie das Fischerboot um. Ein verrostetes Messer mit zerbrochener Klinge fällt heraus, aber kein Schlüsselbund.
Um sie ist die zauberische, silberblaue, reglose Dämmerung, aber sie sehen nur Steine – rote, graphitfarbene, kalkweiße – und nirgends zwischen ihnen das so dringend Ersehnte.
»Da war doch auch der Talisman dran, den ich dir geschenkt habe«, sagt Jou plötzlich.
»Ja. Wieso? Wolltest du ihn wiederhaben?«
»Quatsch.« Und dann suchen sie weiter.
Hinter den Bergen breitet die Grandedame Sonne ihr majestäti-

sches Lever vor. Jou und Hans gucken sich ratlos an:

»Was machen wir nun?«

»Schlag Herzlieb eine Scheibe ein!« rät sie.

»Nützt nichts, der Startschlüssel ist ebenfalls am Bund.«

»O du lieber Himmel!«

»Ja«, seufzt Hans, »das finde ich auch.«

»Unser Bus fährt um halb acht vom Hotel ab. Wie kommen wir jetzt dorthin?«

»Zu Fuß«, meint er lakonisch.

»So, wie wir angezogen sind?« stöhnt Jou. »Man wird uns als Geisteskranke verhaften!«

»Wenn uns nichts Schlimmeres passiert. Komm!«

»Hast du einen zweiten Schlüssel für Herzlieb?«

»Ja. In Berlin. Aber wo – in meinem Schreibtisch, glaube ich. Und den Schreibtischschlüssel habe ich mit. Werde nachher gleich mit Zuhause telefonieren. Die Hecht muß die Schublade aufbrechen und ihn herschicken.«

»Aber dann kannst du ja gar nicht mit uns zurückfahren!«

»Nein, Kindchen. Wird dir doch recht sein.«

Jou antwortet nicht.

Erwin zottelt verschlafen hinter ihnen her, während sie ein zweites Mal den Weg zum Herzlieb zurücklegen.

»Aber er kann doch nicht spurlos vom Erdboden verschwinden, das gibt's doch gar nicht!« bäumt sich Hans zornig gegen sein Schicksal auf. Er hat die gehbehindernde Toga über die Knie gezogen, an der freien Hand zerrt er die müde, verzweifelte Jou hinter sich her zu einem Bauernhaus. Auf dem schmalen Hofplatz davor schläft ein uralter Lastwagen.

»Hänsel und Gretel vor dem Hexenhaus.« Aber sein Scherz gefällt Hans selber nicht. Trotz seines wohlausgebildeten Sinns für Situationskomik – ihr haarsträubend römischer Aufzug im güldenen Licht der Morgensonne ist zweifellos kein Anblick auf nüchterne Mägen. Und als plötzlich ein wütender Hund auf sie zugeschossen kommt, da ist auch keine Gretel mehr an seiner Hand. Sie hat sich losgerissen und – gefolgt von Erwin – in ein nahes Lorbeergebüsch gerettet.

Die nächsten Minuten werden für Otto Knopfs Tochter immer ein grotesker Alptraum bleiben, den sie gar nicht erlebt haben kann. Sie hockt in den kratzenden Zweigen des Busches, zwischen den Knien Erwin. Unter dem plissierten Vorhang ihres Hemdsaums fühlt er sich leider stark und fletscht dem wie toll bellenden Hofhund seine sämtlichen Zähne entgegen. Angenehm ist so was nicht.

Dazu kommt die Szene, die sich vor dem Lastwagen abspielt und von Jou mit entsetzten Blicken zwischen den blanklackierten Lorbeerblättern hindurch beobachtet wird.

(Und sie dankt ihrem Schöpfer, kein Mannsbild zu sein, das Mut markieren muß, auch in so trostlosen Situationen wie der augenblicklichen.)

Durch das wütende Gekläff angelockt, ist nämlich ein junger Mann auf dem Hof erschienen. Guckt verschlafen um sich, das Hemd in die Hose stopfend, guckt auch hinter den Lastwagen und sieht Hans Fichte – bedauernd lächelnd – dastehen.

Der junge Mann, wer nimmt's ihm übel, ahnt nicht, daß es sich bei dieser wilden Erscheinung um einen braven Tierarzt aus Berlin handelt, der, abgesehen von Strafmandaten wegen falschen Parkens und Baumfrevels, nie mit dem Gesetz in Konflikt gekommen ist.

Er starrt ihn blöde an, Hans vollführt eine anschauliche Pantomime, das heißt, er beginnt mit einer solchen, bricht aber mittendrin mit einer hilflosen Geste ab: Wie soll man einem Menschen, der kein Wort Deutsch versteht, klarmachen, daß man von einer »römischen« Party kommt, daß man die Nacht über am Seeufer verbracht hat und die Autoschlüssel verloren hat!

Der junge Mann mag ihn für einen Entlaufenen, für einen spinnerten Wanderprediger halten, auf jeden Fall fängt er plötzlich an zu brüllen: »Anna! Mario! Tonio! Mama!«

»Pschscht! Nicht doch, kein Aufsehen!« drückt Fichtes beschwörende Geste aus. Er will dem anderen den Mund zuhalten, aber da stürzen sie schon vom Haus her: Anna, Mario, Tonio, einige Bambinos mit schlafwirren Köpfen und zum Schluß – fett, atemlos und gebirgig – die Mama.

Sie bekreuzigt sich vorsichtshalber bei seinem Anblick, die anderen brechen in kreischendes Gelächter aus. Wer hätte das gedacht! Schon am frühen Morgen einen Übergeschnappten, solch ein Glück!

Daß sie ihn nicht der zuständigen Ortspolizei überantworten, hat Hans dem Tonio zu verdanken. Er war während des Krieges als Fremdarbeiter in Deutschland und verfügt seit dieser Zeit über sächsische Sprachkenntnisse. Ihm trägt Fichte seine Kümmernisse vor. Tonio nickt grinsend zum Zeichen, daß er verstanden hat, aber glauben tut er die ganze Geschichte als intelligenter Mensch natürlich nicht. Das mit dem Autoschlüssel mag schon stimmen. Aber das andere –?

Nach kurzem Zögern bespricht er sich lärmend mit seiner Familie, ab und zu treffen Fichte abschätzende Blicke. Er läßt es sich lächelnd gefallen, daß die Bambinos indessen an ihm herumzerren.

Im Familienrat scheint man sich endlich geeinigt zu haben, und Tonio tritt wieder vor ihn hin. Er sagt etwas, und Hans nickt erleichtert.

Mario springt auf den Lastwagen, und Anna hebt die Bambinos zu ihm hinauf. Gino wuchtet Mama auf den zweiten Sitz der Führerkabine. »Was soll das?« fragt Hans skeptisch.

»Alle mitgomm'«, lacht Tonio und macht ein einladendes Zeichen: Nun steig schon auf.

Aber Hans schüttelt den Kopf und zeigt auf das giftig knurrende Lorbeergebüsch.

»Meine Frau sitzt da drin, die muß auch mit. – Jou, komm vor!« ruft er laut.

»Kann doch nicht! Die Köter!« jammert sie.

Gino und Tonio laufen mit Fichte auf den Busch zu. Gino pfeift seinem Hund. Tonios verarbeitete Hände biegen die Lorbeerzweige auseinander. Staunend grinst er in Jous angstvoll aufgerissene Augen. Sie zieht fest das Plaid um sich.

»Dein – Frrau?« fragt er ungläubig.

»Klar! Signora Fichte.«

»Buon giorno, Signora.« Es ist Ginos unzweideutiges, bewunderndes Jungenlächeln, das Jou wieder auf die Beine hilft. Allerdings erleidet ihr Selbstbewußtsein noch einmal eine arge Demütigung, als sie den beiden weiblichen Familienmitgliedern vorgeführt wird.

Da ist zuerst Anna. Neugierig hebt sie einen Zipfel des Plaids an und läßt ihn mit der Entrüstung einer tugendsamen Italienerin fallen, nachdem sie Jous Nachthemd gesichtet hat.

Und dann erst Mama. Mit so einem Frauenzimmer fährt sie nicht auf einem Wagen. Und will wieder aussteigen. Es sei überhaupt eine Sünde, diesen gottlosen, meschuggenen Ausländern Hilfe zu leisten. »Du fährst sie nicht zum Hotel, Tonio. Was würde der heilige Antonius davon halten?«

Tonio gibt zu bedenken, daß sie sich ihre Hilfestellung ja gut bezahlen lassen werden, und wenn Mama von diesem Geld zwei Kerzen kauft und dem Heiligen stiftet, vielleicht wird er dann ein Auge zudrücken!?

Mama überlegt, ihre Nase reibend, und betrachtet mit strengen Augen die meschuggene Ausländerin. Jou lächelt ihr schüchtern zu. Hm. So verdorben sieht sie eigentlich gar nicht aus, eher jämmerlich. Sollte sie wirklich Böses getan haben, so ist sie vom heiligen Antonius schon genügend bestraft worden, indem er ihre Autoschlüssel verschwinden ließ.

Vielleicht genügt auch bloß *eine* Kerze, überlegt Mama, und Gino hebt Jou auf den Laderaum des Lasters, schwingt sich selbst hoch, zieht Fichte nach, und ab geht die Fahrt.

Sie rasen durch einen hinreißend blauen, leuchtenden Morgen, krampfhaft um lockere Planken gekrallt, ständig in Angst, auf die Straße geschleudert zu werden, dabei bemüht, den heimtückischen

Fahrwind an einem frivolen Spiel mit ihrer locker sitzenden Verkleidung zu hindern. Hans muß zudem noch den völlig verstörten, wehrlos hopsenden Erwin festhalten.

Die Bambinos kreischen vor Vergnügen, Anna hat sich flach ausgestreckt, die Arme um Jous Hüften – wenn sie vielleicht auch ein lockeres Frauenzimmer ist, so bietet sie doch immerhin einen Halt.

In einer tollkühn geschnittenen Kurve schleudern sie alle übereinander zu einem kreischenden, lachenden Knäuel.

So kommen sie denn – durchmassiert und blaugeschlagen – vor die Tore ihres Badeortes. »Wie spät mag es wohl sein?«

Der Laster rast mit unvermindertem Tempo und Hupengeheul den Palmenkai hinab.

Vor dem Grandhotel parkt der himmelblaue Touristenbus. Krause und der Hoteldiener sind gerade dabei, die letzten Koffer zu verladen.

Zwischen seinen reisefertigen und vorwurfsvoll um sich blickenden Schafen steht Florian mit unbeweglichem Gesicht.

Sie bemerken wohl das tollwütige Gefährt, das auf sie zugeschossen kommt, Düvenasch schimpft über die rücksichtslose Fahrweise der Italiener, Neumann gibt dagegen zu bedenken, daß in diesem Land weniger Unfälle passieren als zu Haus, sie pumpen ihre Lungen voll zu einem lauten Für und Wider – da hält der Laster kreischend und krachend vor ihnen. Sämtliche Touristen springen erschrocken nach rückwärts.

Zuerst geschieht nichts. Jou und Hans haben sich flach auf den Boden gelegt, um den Blicken der zum Abschied versammelten Hotelangestellten zu entgehen.

»Das sind unsere Leute da«, zischt er, auf die Touristen zeigend.

Gino richtet sich auf, einen zappelnden Gegenstand im Arm, den Frau Neumann mit einem Aufschrei als »Erwin! Das ist doch der Erwin!« erkennt.

Im Nu umringen sie den Laderaum des Lasters, begeistert von den Bambinos begrüßt.

Jou hebt vorsichtig den Kopf und steckt ihn sofort wieder runter, nachdem sie in Florians eiskühle Augen geschaut hat.

»Mensch, Schwager, wo wart ihr denn bloß? Wir warten und warten und denken, ihr seid längst tot. Wo ist Herzlieb? Warum steigt ihr nicht aus?«

»Weil wir immer noch römisch sind«, flüstert Hans, und während er und Jou sich eilig in Neumanns heraufgereichte Regenmäntel wickeln, erzählt er in Stichworten von ihrem Mißgeschick.

Eine Minute später rennen sie zur Dependance hinüber. Auf halbem Wege fühlt sich Fichte roh am Arm ergriffen, schaut verärgert zurück in Tonios mahnendes Gesicht.

»Ja doch, du kriegst gleich dein Geld. Muß mich doch erst anziehen!«

Er rennt weiter, Tonio hinterher.

»Sweitaus Lire!« schreit er.

Zweitausend Lire dafür, daß sie sich auf dem Höllenauto die Knochen verrenkt haben! »Jou, er verlangt zweitausend Lire!«

»Na und? Gib sie ihm doch«, ruft sie schon von der Treppe her. »Vorhin hättest du ihm glatt zehntausend geboten, um aus deiner scheußlichen Lage herauszukommen!«

»Aber ich besitze bloß noch im ganzen zweitausend Lire.«

»Dann pump Kümmel an, der hat noch.« Und sie verschwindet in ihrem Zimmer.

Tonio erhält seinen Lohn, und als er schon an der Tür ist, reut Fichte sein Geiz. War doch eigentlich ein netter Kerl, der Tonio. Überhaupt die ganze Familie – reizende Leute, alle sind sie mit hierhergekommen. Soviel Aufmerksamkeit für lumpige zweitausend Lire – fast geschenkt. Und er ruft Tonio noch einmal zurück und vermacht ihm sein letztes Päckchen deutscher Zigaretten. Sie scheiden mit Tränen in den Augen voneinander.

Dann zieht sich Hans in Windeseile um. Als er seine Toga über die Matratze breiten will, kommen ihm furchtbare Bedenken, ja, er gerät beinahe in Ausnahmezustände. Gewiß, das Laken hat heute nacht viele für ein Laken ungewöhnliche Dinge erlebt, zuletzt eine mörderische Fahrt auf einem schmutzigen Laster. Aber das entschuldigt trotzdem nicht sein wüstes Aussehen. Es geht so nicht. Es ist ganz unmöglich, daß es so geht. Schließlich reist er heute nicht ab, er muß dem Zimmermädchen doch ins Auge sehen, er muß seinen vernichtenden Blick ertragen. »Ferkel!« wird dieser Blick sagen.

Sekundenlang verharrt Fichte in dumpfer Verzweiflung, dann

kommt ihm der Gedanke, der Rettung mit süßer Rache verbindet. Er reißt das Schandlaken vom Bett und rennt damit zu Florians Zimmer, um es mit dem nur leicht zerknitterten des Reiseleiters zu vertauschen.

Somit hat er alle unschönen Bezeichnungen aus dem Munde des Zimmermädchens auf den Rivalen abgewälzt, aber die rechte Befriedigung stellt sich nicht ein.

Auf dem Treppenabsatz begegnet er Jou, bis zum Hals mit Gepäck beladen. Und jetzt begreifen beide zum erstenmal, daß sie sich trennen müssen. Sie wird in wenigen Minuten mit den anderen, mit Florian, abfahren – er wird hier warten müssen, bis seine zweiten Autoschlüssel aus Berlin eintreffen.

»Also dann – gute Reise.«

»Danke. – Hoffentlich kommen die Schlüssel bald. Und . . .und paß auf den Hund auf.«

»Mach ich . . . Wir werden uns ja in Berlin mal sehen.«

»Natürlich.«

Es ist viel schlimmer, als sie angenommen hat. Es ist ganz schlimm.

»Siegi, komm bloß, wir müssen los!« ruft Giselher von der Hallentür.

»Sofort –«

Sie schaut Hans Fichte an. Er schaut unglücklich zurück, aber er sagt nichts.

Da knickt Jou zusammen und greift sich den kleinen Dackel. »Tschüß, mein Kleiner. Sei schön brav, und wenn du nach Berlin zurückkommst, dann rufst du mich sofort an. Sollte es länger dauern, dann . . .dann schreib mir mal, hörst du, Erwin? Eine Postkarte –« Sie richtet sich schnell auf, greift nach ihren Mänteln, rennt die Treppe hinunter und heult wie ein grauliger Schloßhund dabei.

Hans folgt mit den Koffern.

Auf halbem Weg erwartet sie Florian. »Endlich«, sagt er kühl, und als er ihre Tränen bemerkt, wird seine Stimme sofort weich. »Aber, aber –«

»Na ja«, heult Jou auf, mit dem Handrücken einmal im Halbkreis um die Nase wischend.

»Ich verstehe –«

Zwei Minuten später rollt der himmelblaue Bus mit seinem schwankenden Kofferanhänger den Palmenkai hinunter. Hans Fichte steht mitten auf dem Damm und schwenkt beide Arme. In seinen Ohren klirrt noch Giselhers aufgeregte Stimme:

»Mach's gut, Schwager. Und schreib mir mal, nächste Woche habe ich Geburtstag. War ganz lustig, dies Italien, aber das beste war Capri, und das hast du ja woll mir zu danken, nöch?«

Jetzt biegt der Bus in eine Querstraße ein, sein Heckbaby zottelt hinterdrein. Hans nimmt seine Arme aus der Luft.

»Weg sind sie. Komm, Erwin, wir müssen mit Berlin telefonieren.«

Fräulein Hecht, die Assistentin, ist zu Tode erschrocken. Ein Ferngespräch aus Italien! Ihrer Stimme hört man die weichen Knie an. »Wie? Den Autoschlüssel? Aber, Herr Doktor! Ja, ich werde gleich mal nachsehen – obgleich es mir unangenehm ist, Ihren Schreibtisch aufzubrechen . . . natürlich, natürlich . . . und das Wetter ist gut? Nein, hier war nichts Besonderes. Der Vertreter? Ein reizender, feinsinniger Mensch. Möchten Sie ihn auch mal sprechen? Wie? – Ach so, ja, wird zu teuer. Aber das muß ich Ihnen erzählen, Herr Doktor. Der eine Spaniel von Marschalls hat am Donnerstag, nein, ich glaube, es war am Mittwoch . . .«

»Wiederschaun, Fräulein Hecht. Das dürfen Sie mir alles zu Hause berichten, da kommt's mich billiger. Also – nicht den Schlüssel vergessen. An folgende Adresse . . .«

Nach diesem Gespräch überlegt Hans, was sich außer dem Autoschlüssel in der Schublade befinden mag, die Fräulein Hecht gewiß voll Wißbegierde durchstöbern wird. Dann setzt er sich mit Erwin zu einem ausführlichen Frühstück ins Grandhotel.

Am späten Vormittag borgt sich Fichte den Topolino des Chefobers und fährt noch einmal zur Stätte ihrer nächtlichen Abenteuer hinaus. Vielleicht wird er Mama und ihrer Familie einen Besuch abstatten – er hat ja jetzt soviel Zeit, bis der Schlüssel aus Berlin kommt.

Erwin wedelt, als er das abgestellte Herzlieb sieht, Hans tippt ihm freundschaftlich aufs Verdeck. »Na, altes Mädchen?« Und er wirft auch einen sehnsüchtigen Blick in sein Inneres. Im Fond liegen eine kunstvolle Basttasche aus Fiesole für Fräulein Hecht und die Majolikavase für den Hauswart und auch – »Guck mal, Erwin, deine Wasserkuh Florenzia!«

Auf den steinigen Strand brennt jetzt die hohe Mittagssonne, aus der Ferne tönt Badegeschrei, Jachten kreuzen gemächlich auf dem Meer...ein makelloser, leuchtender, fröhlicher Sommertag...nur Jou fehlt. Fehlt ihm schrecklich.

Hans hockt sich auf den Rand des alten Fischerkahns, seine Schuhspitze schubst mutwillig gegen die Weinflasche, nachdem er zuvor geprüft hat, ob sic heute nacht nicht doch noch einen kleinen Rest in ihr gelassen haben, jedoch sie haben nicht. Die Flasche kollert mit viel Geklapper über die unebenen Steine.

»Dummes Ding«, schimpft Hans und weiß selber nicht, wen er damit meint, die Flasche oder ... aber Jou fehlt ihm schrecklich.

Der Hund beobachtet ihn stumm. Er hat sich im Schatten des Kahns ausgestreckt, sein magerer Körper zittert in rhythmischem Jacheln, und in plötzlicher Zärtlichkeit beugt sich Hans zu ihm und streicht über sein rauhes Köpfchen. So ein Hund kann zwar keine Lücke ausfüllen, die ein geliebter Mensch hinterlassen hat, aber er ist ein Lebewesen, das mit einem in der gleichen Bredulje sitzt – ergeben, vertrauensvoll, vorwurfslos.

»Mein Sancho-Pansa-Erwin«, sagt er mit einer Stimme, die ganz schwer ist vor Sentimentalität, »da gerätst du armes Viech an einen Tierarzt, von dem man annehmen müßte, er wird dir ein gesundes Hundeleben bieten, statt dessen ... anzeigen müßte ich mich selber beim Schutzverein. Aber ich verspreche dir hoch und heilig, so was Tierquälerisches wie eine Italienreise brauchst du nie, nie wieder zu erleben. Du sollst es gut ...«

Hans bricht ab, seine Augen weiten sich, er starrt wie hypnotisiert auf ein metallisches Glitzern zwischen roten Steinen ... »Heiliger Franz, wenn das ...« Er läßt sich auf die Knie fallen, wagt nicht zu blinzeln, aus Angst, das metallische Blinken, in dem sich ein Sonnenstrahl verfangen hat, könnte inzwischen verschwinden; seine Hände greifen zögernd, doch gierig, gleich denen eines enttäuschten Goldsuchers, der glaubt, beim Anblick eines plötzlich goldigen Aufleuchtens einer Halluzination zu erliegen, nach dem metallischen Blinken – und wie jener »Gold, pures Gold!« geschrien haben mag bei der Erkenntnis, daß es keine falsche Vorspiegelung war, so brüllt Hans glücklich: »Meine Schlüssel!« Und beinahe hätte er sie geküßt.

26. Kapitel: *Der Brunnen von Trevi*

Hinter der schwarzen, knorrigen Silhouette märkischer Kiefern spielt die scheidende Sonne Blutorange . . . und – komisch – ist genau dieselbe Sonne, deren gigantisches Abgangsschauspiel unsere Bus-Touristen auf der Überfahrt von Capri nach Neapel zu mundoffenem Entzücken anregte.

»Die Sonne hat's gut«, seufzt Elfi Düvenasch. »Darf überall scheinen, ohne erst dafür teuer bezahlen zu müssen.«

»Ah«, meint Kümmel – seit München Jous Platznachbar, »wenn man das so oft wie die Sonne gemacht hat, dann freut's einen nicht mehr. Dann ist es pure Routinesache.«

»Wie in jedem Beruf«, nickt Rudi erfahren. »Dabei fällt mir auf: es weiß doch beinahe keiner von uns vom anderen, was er zu Hause macht.«

»Wozu auch? Der gleiche Fahrpreis hat uns für die Dauer der Reise alle gleichgestellt.«

Stimmt nicht ganz, denkt Jou. Giselher, zum Beispiel, hörte keinen Augenblick auf, sich den übrigen Touristen gesellschaftlich überlegen zu fühlen. »Wenn ich bedenke, was mein Bruder für eine Bombenstory aus seiner Italienreise machen wird«, schaudert sie. »Bestimmt hat er sich den staunenden Mitreisenden im Zugabteil als ›von Knopf, Hamburg‹ vorgestellt und so ganz nebenbei vom Leben unter seinen Millionärsfreunden auf Capri erzählt. Ich fürchte, er landet noch mal wegen Hochstapelei im Knast.«

»Bewahre«, sagt Kümmel, »das sind alles Pubertätserscheinungen. Aus Giselher wird noch mal ein ganz ordentlicher Junge werden.«

»Sie wollen mich bloß trösten, Herr Kümmel.«

»Keineswegs. Ich beabsichtige sogar, ihm eine neue Lehrstelle zu besorgen.«

»Aber nicht in Berlin!« fleht Jou. »Sonst siedle ich nach außerhalb um.«

Jetzt steuert Krause den Bus auf den Berliner Ring. Die Sonne ist längst untergegangen. Zugvögel streichen durch das duftige Blaß des Himmels gen Süden, und unsere Heimkehrer wissen nicht recht, ob sie die Vögel beneiden sollen. Sie befinden sich in einem Zustand der Unentschlossenheit: noch italienisches Abschiedsweh, schon Vorfreude auf Zuhause. »Wir wollen noch einmal Mariechen singen«, ruft Rudi, »sozusagen zum Abschied.«

»Aber unser Busdichter Neumann fehlt!«

»Herr Kümmel soll dichten.«

Gustav da Wulkow nimmt die Zigarre aus dem Mund, räuspert sich umständlich – »Aber schön wird's bestimmt nicht« – und beginnt mit heiserem Baß:

»Und als Mariechen kam nach Haus, kam nach Haus,
kam nach Haus,
Da war die schöne Reise aus, Reise aus.
Das Geld war futsch, der Sommer aus, die Palmen fort
und fort das Meer,
Der Jammer, der kam hinterher, hinterheeeer . . .«

»O ja«, seufzt Jou.

»Stimmt meine köstliche Lyrik das Mädchen traurig?« fragt er belustigt.

»Ein bißchen schon sehr, Herr Kümmel. Ich weiß doch nicht, wie es weitergehen soll.«

»Ich denke, du hast dich entschieden?«

»Natürlich«, sagt Jou. »Aber ob er mich jetzt noch will?«

Es ist dunkel, als sie den Kontrollpunkt Dreilinden passieren. Jetzt dauert es nicht mehr lange – und die Erleichterung, bald zu Hause zu sein, verleiht Krauses Bewegungen einen geradezu virtuosen Anstrich.

»Na, bitte«, lacht er, »haben wa diese Fuhre ooch heil durch die Runden jeschifft. War die letzte Lange in diß Jahr. Jetzt mach ick noch mal nach 'n Harz und wintersüber die konschtante Tour nach Hamburg. – Ihnen is ooch wohl, daß Se die Bande loswer'n, was?« wendet er sich an Florian, der neben ihm eine Zigarette nach der anderen raucht, tief in Gedanken versunken und zu keiner Unterhaltung bereit.

Über ihnen taucht die Brücke der Potsdamer Chaussee auf. Ein hellerleuchteter Bus der Linie 18 überquert sie in Richtung Zehlendorf. Berlin. Zu Hause.

Und jetzt die Avus, natürlich mit Bauarbeiten.

Krause greift zum Mikrofon und verkündet in Reiseleiterton: »Meine Damen und Herren. Das, wo wir jrade druff langfahr'n, is die Avus, ein Werk des 20. Jahrhunderts, an dem se immer noch rumkrebsen. Rechts und links sehn Se nischt wie Bäume und alles märkische. Am liebsten jedeiht hier die Kiefer, weil's doch so ein reichhaltiger Sandboden is. Und nu, meine Herrschaften, sehn Se genau vor sich...«

»Das Kolosseum!« ruft Rudi.

»Falsch. Na, Herr Radke, sagen Sie ihm mal, was das is?«

»Der Funkturm«, grinst Opa kopfschüttelnd.

Die Avus ist sehr lang, wenn man so ungeduldig wie unsere Touristen auf ihr Ende wartet. Kümmel hört ein kleines, zärtliches Lachen neben sich.

»Wissen Sie, was Hans Fichte gesagt hat? Ich wäre eine komische Mischung aus einer Rose und einer Mohrrübe.«

Der Bus reiht sich in den eiligen Verkehr auf der Kantstraße ein, in seinem Innern hebt ein wildes Packen an.

Und jetzt erreicht er den Stuttgarter Platz: Ausgangspunkt und Endstation ihrer Reise.

Oma Radke hat sich, den Strohhut in ihre verwilderten Haare drükkend, aufgerichtet und späht aus dem Fenster. »Nu guck doch, Vatter! Ella und Hildchen sind da! Und Herbert auch!«

»Huhu, Fritz, huhu!« Die Feldherrin bummert aufgeregt gegen die Scheibe, wirres Ankunftsgerede stammelnd, obgleich Fritz sie noch gar nicht hören kann.

»Da steht meine Frau«, sagt Krause zu Florian.

Ja, da steht ihr Zuhause mit Schnittblumen und langen Hälsen und kann's gar nicht abwarten, von Schulzes und ihrem schlimmen Schwiegersohn zu erzählen und vom Gummibaum, den sie in Pflege genommen haben. Er hat lauter gelbe Blätter, dabei haben sie ihn täglich gegossen...

Da steht ihr Zuhause.

Drei Wochen lang fügte die gleiche Ferienidee, gebucht bei der gleichen Reisegesellschaft, unsere Busfahrer zu einer Familie zusammen.

Aber da steht ihr Zuhause. Die Gemeinschaft, die eben doch nur eine zufällige war, löst sich in Sekundenschnelle auf. Man ist sich wieder fremd.

Die Feldherrin ist wieder Frau Behrend aus der Paulsborner Straße, Frau Küßnich die liebe Hertha ihrer vollzählig versammelten Kränzchenschwestern, Radkes sind nur noch Eltern und Großeltern, keine verspäteten Hochzeitsreisenden mehr.

Gerade fährt ein Mercedes mit Schofför vor. Ein Herr und eine Dame entsteigen ihm, und Kümmel macht eine artige Verbeugung ins Leere.

»Meine Frau Schwägerin hat sich auch bemüht . . .« lacht er.

Nun ja, er ist immerhin ein gutgehender Verwandter. Zum Glück hat er nicht geheiratet. Man wird – abgesehen von seinem Junggesellenplunder – auch seinen echten Liebermann erben.

»Arrivederci, mein Knöpfchen.« Er beugt sich herzlich über Jou. »Wir sehen uns bald. Habe ja deine Telefonnummer. Und – ich halte dir fest die Daumen.«

»Danke, Herr – Gustav da Wulkow.« Sie küßt ihn herzlich auf die Wange. »Danke für alles.«

Dann steigt er aus, geht auf seine Verwandten zu und weiß nichts mehr davon, daß er im Canale Grande geschwommen und Bettnachbar Primus im seligen Suff seine Schlipse ins Gesicht gefeuert hat. Er ist wieder ganz der Herr, den man zu Hause von ihm erwartet.

»Grüßen Sie das Kerlchen«, sagt Düvenasch zu Jou und schüttelt schmerzhaft ihre Hand. »Hier ist meine Adresse, falls – falls er mal Vater werden sollte.«

»Ja«, ruft die Feldherrin, »ich nehme auch ein Kind von Erwin!«

Für die noch nicht vorhandenen Nachkommen des Dackels ist bereits gesorgt, denkt Jou, aber für mich –? Alles meine Schuld.

Der Primus und Elisabeth Herzberg buckeln gemeinsam ihr Gepäck zum nahen S-Bahnhof hinüber. »Was wohl mein Pepi sagen wird, wenn ich ihm von der Reise ein Herrchen mitbringe«, kichert sie aufgeregt. »Er besaß doch noch nie eins!«

Jeder hat seine Art von Zuhause an der Endstation Stuttgarter Platz gefunden. Selbst Marie Peters in Form eines blankschädeligen, üppigen Herrn, sozusagen »Wenn-keinen-anderen-mehr, na-denn-den«.

Er empfängt sie mit einem Strauß Astern, und sie freut sich darüber, als ob es Orchideen wären.

Einzig Jou steht verlassen zwischen ihrem Gepäck. Ohne Blumen, ohne Umarmung, ohne frischgebohnertes Zuhause, das auf ihre Ankunft wartet.

Niemand ist da, der sich auf sie freut. Sie kam sich selten so verlassen vor.

Vom S-Bahnhof schallt die Stimme des Stationsvorstehers durch den Lautsprecher. »Nach Spandau-West bitte einsteigen. Diiie Türen schließen. Vorsicht am Zuge . . .«

»Gondola, scheene Gondola, Lady!« singt eine Stimme im werbenden Tone des venezianischen Gondoliere hinter ihr, und Jou wendet sich strahlend um.

»Florian! – Hat Sie auch niemand abgeholt?«

Seit ihrer überstürzten Abreise von der östlichen Riviera ging sie dem Alleinsein mit ihm aus dem Wege. Nicht etwa, weil sie ihn weniger herrlich fand als vorher, sondern weil ihr Hans Fichte heute ebenso herrlich erschien. Sie wird niemals seine trutzige, sonnverschwollene Gestalt, eingehüllt in ein zerknittertes Laken, im Hofe der Italiener vergessen. Da hing alles von ihm ab. Da kam es nicht auf die gewisse »männliche Ausstrahlung« an, nicht auf schönes, schwarzes Haar, nicht auf kunsthistorische Bildung, sondern einzig und allein auf Mut. Und Hans bewies ihn, semmelblond und stupsnasig. Da ward er in Jous Augen zum Helden.

Sie startet eine großartige Geste. »Besorgen Sie mir bitte eine Gondel zur Lietzenburger!«

Florian winkt ein Taxi heran. »Soll es eine mit Gesang sein?«

»Ach, lieber nicht, das kommt zu teuer.«

Er verlädt Jous Koffer. Sie steigt ein.

»Wenn ich's mir recht überlege, dann könnte ich eigentlich mitfahren. Schließlich wohne ich in der Xantener.«

Jou guckt ihn fast erschrocken an. ›So nah bei mir!‹ Dann sagt sie: »Bitte.«

Das Taxi fährt ab. Sie lehnen nebeneinander im Fond, der eine links, der andere rechts . . .genauso fing es damals in einer venezianischen Gondel an. (»Damals!« Dabei ist es noch nicht einmal drei Wochen her.)

Sie fahren durch Berliner Straßen, und Jou seufzt: »Diese romantischen, verwunschenen Kanäle . . .ach ja, es war schön. Ich werd's nie, nie, niemals vergessen.« Und dann singt sie leise den zweiten Vers von Kümmels Mariechen-Dichtung:

»Das Geld war futsch, der Sommer aus, die Palmen fort
und fort das Meer,
Der Jammer, der kam hinterher – tadiiidadam!«

Sie überqueren den Kurfürstendamm Richtung Olivaer Platz.

Jetzt will das Taxi in die Lietzenburger einbiegen. »Die Dame zuerst?« fragt der Schofför.

»Ja«, nickt Florian.

»Nein, bitte, halten Sie einen Augenblick hier. Ich habe noch etwas zu erledigen«, sagt Jou und steigt aus. »Kommen Sie, Florian.«

»Wohin?«

»Zum Brunnen von Trevi.«

»Aber Herzchen, der liegt doch nicht in Berlinisch-Venedig!«

»Weiß ich«, sagt Jou, den Kopf schüttelnd ob so einer dummen Bemerkung. »Er liegt in Rom. Und Rom liegt hier in den Anlagen des Olivaer Platzes. Verstehen Sie?«

»Ich bemühe mich«, lacht er amüsiert, und bittet den Taxischofför, einen Augenblick zu warten, und läuft hinter ihr her, die Treppen der Anlage hinab.

Unten angekommen, nimmt Jou seine Hand und sagt feierlich, auf ein humorloses Brunnengebilde zeigend: »Das ist er!«

Der Brunnen des Olivaer Platzes enthält zur Zeit kein Wasser, nur künstliche Steine und dazwischen viel zusammengeknülltes Stullenpapier.

»Wundervoll«, sagt Florian überwältigt.

»Nicht wahr? – Haben Sie zufällig einen Sechser bei sich?«

Er kramt eilfertig durch die Taschen seines Jacketts und fördert »leider nur Lirestücke« zutage.

»Um so besser.« Jou nimmt eine Münze aus seiner Hand, stellt sich mit dem Rücken zum Brunnen auf. »Jetzt muß ich schmeißen und mir dabei etwas wünschen. Was soll ich mir wünschen, Florian?«

Das Geldstück in ihrer Faust wird warm, ehe er eine Antwort findet.

»Wünsch dir, daß du glücklich wirst. So oder so.«

»Lieber bloß so!« sagt sie und wirft die Münze über ihre Schulter in den Brunnen. Sie klirrt hell auf einen Stein. »Oder ist immer schlecht.«

Das Ganze ist ein törichtes Spiel, aber die beschwörende Ernsthaftigkeit, mit der Jou es ausführt, rührt Florian.

Er nimmt sie behutsam in seinen Arm.

»Zum Abschied.«

»Ja –«, nickt Jou und legt die Hände um seinen Nacken. »Zum Abschied. Es fällt mir nicht leicht, weißt du. Denn beinahe –«

»Beinahe –«, bestätigt er, über ihr helles Haar streichelnd, das vom Salzgehalt des Meeres starr geworden ist.

». . .aber auf die Dauer wäre es nicht gut gegangen. Du hättest die Mohrrübe in mir nicht verstanden.«

Mohrrübe? überlegt er. Natürlich! Mohrrübe. Und lacht.

»Diese Erkenntnis ist nicht auf deinem Mist gewachsen?«

»Nein, auf Hans Fichtes. Und eigentlich müßte ich darüber böse sein. Aber für seine Verhältnisse ist das schon eine Art Liebeserklärung.«

Auf der Straße rollen ununterbrochen Autos vorbei, Richtung Kurfürstendamm, Richtung Fehrbelliner Platz. Der Abend ist fast sommerlich warm – wenn man bedenkt: Ende September!

Jou streichelt abschiednehmend über Florians schmales, dunkles Gesicht. »Es war wunderschön, und ich werde dich nie vergessen, weil – weil es keine süßere Erinnerung in unserem Leben gibt als die an das einmal ersehnte Ungeschehene . . . hat Kümmel in Rom zu mir gesagt«, fügt sie sachlich hinzu. »Und er weiß so was. Denn in seiner Jugend, als er noch nicht so dick und bequem war . . .«

Ihre Stimme gleitet in den vorherigen sentimentalen Klang zurück, während ihr Kopf gegen Florians Schulter sinkt.

»Du kannst mir glauben, leicht fällt mir der Abschied von dir wirklich nicht . . .«

Und jetzt klinkt sie mit dem Ellbogen die Tür zu ihrem möblierten Zimmer auf.

Die Wirtin ist nicht zu Hause, auch keiner von ihren anderen Untermietern. Jou stellt ihre Koffer ab und knipst das Licht an.

Auf dem Tisch liegt ihre Post, aber eine Nachricht von Hans Fichte befindet sich nicht dabei.

Vielleicht ist er inzwischen zu arm geworden, um eine Briefmarke kaufen zu können!? Vielleicht stieß ihm auf der Rückfahrt etwas zu – ein Unfall oder eine neue Frau!? Vielleicht will er ihr auch gar nicht mehr schreiben!

Es soll schon öfter vorgekommen sein, daß jemand zwei große Lieben hatte und auf einmal alle beide loswurde. Jou ist sehr mulmig zumute.

Seufzend wendet sie sich ihrem Wellensittich zu, einem Geschenk Hans Fichtes. »Tag, Otto, Frauchen ist wieder da –« Aber er begrüßt sie nicht wie sonst, sondern wendet sich nach flüchtigem Blick seiner Vogelpuppe aus Zelluloid zu, die neben ihm auf der Stange hockt. Beschnäbelt sie, stupst sie und nuschelt ihr all die Zärtlichkeiten zu, die Jou ihm mühsam beibrachte: »Ththth – ach, der süße Otto – ththth – Frauchens kleiner Liebling – ththth – gib Küßchen gib Küßchen – ththth . . .«

Selbst der Wellensittich zieht eine dumme, leblose Zelluloidpuppe ihr vor. Das Leben spielt Jou wirklich hart mit.

Sie nimmt ihren alten Regenmantel vom Haken, steckt das Portemonnaie ein und geht über den endlosen, schlauchschmalen Flur der Altberliner Wohnung, in der man nach Herzenslust Budenangst frönen kann (sofern man frönen will) zur Tür.

Würstchenessen heißt ihr Ziel, mit dem Ober reden, bloß nicht nachdenken müssen.

Jou hat schon eine halbe Treppe hinter sich, als sie das Telefon hört.

»Ist ja doch nicht für mich«, denkt sie und will weitergehen.

Aber das ist so eine vertrackte Sache mit einem stur klingelnden Telefon. Man braucht viel Willensstärke, um seinem alarmierenden Ton zu widerstehen. Jou besitzt sie nicht.

Sie rennt die paar Stufen zurück, schließt hastig die Tür auf, jagt zum Apparat, den die Wirtin neben dem Garderobenspiegel anbringen ließ.

»Ja, bitte?«

»Jou?« fragt eine ihr wohlbekannte Stimme. »Ich sollte mich doch gleich melden, wenn ich nach Berlin zurückkomme. Hier spricht nämlich der Erwin . . .«

Happy Ende

Juliette Benzoni

ein Ullstein Buch

Marianne – Ein Stern für Napoleon
Ullstein Buch 22087

Marianne – Das Schloß in der Toskana
Ullstein Buch 22128

Marianne – Gesandte des Kaisers
Ullstein Buch 22167

Marianne und der Mann der vier Meere
Ullstein Buch 22210

Von zwei Rosen die eine
Ullstein Buch 22260

Marianne – Flammender Lorbeer
Ullstein Buch 22300

Marjolaine – Weg der Versuchung
Ullstein Buch 22335

Marianne und der Sieg der Liebe
Ullstein Buch 22377

Cathérine und der Weg zum Glück
Ullstein Buch 22465

Pearl S. Buck

Die gute Erde

Roman

Ullstein Buch 20705

ein Ullstein Buch

Der Roman, für den Pearl S. Buck 1938 den Nobelpreis für Literatur erhielt, hat wie kein anderer das Bild Chinas in der westlichen Welt geprägt. Er erzählt vom einfachen Leben des chinesischen Bauern Wang Lung, der sein Land über alles liebt: die gute Erde – Gleichnis für den ewigen Rhythmus von Werden und Vergehen.